EMILIA LOMBARDI

Café Alba – Ein Traum aus Nuss und Schokolade

EMILIA LOMBARDI

Café *Alba*

Ein Traum aus Nuss und Schokolade

Roman

Lübbe

NACHHALTIG PRODUZIERT

Die Bastei Lübbe AG verfolgt eine nachhaltige Buchproduktion. Wir verwenden Papiere aus nachhaltiger Forstwirtschaft und verzichten darauf, Bücher einzeln in Folie zu verpacken. Wir stellen unsere Bücher in Deutschland und Europa (EU) her und arbeiten mit den Druckereien kontinuierlich an einer positiven Ökobilanz.

FSC www.fsc.org MIX Papier | Fördert gute Waldnutzung FSC® C014496

Originalausgabe

Textredaktion: Susanne George, Bergisch Gladbach
Umschlaggestaltung: www.buerosued.de
Einband-/Umschlagmotiv: © mauritius images/Michal Sikorski/
Alamy/Alamy Stock Photos
Satz: hanseatenSatz-bremen, Bremen
Gesetzt aus der Adobe Garamond Pro
Druck und Verarbeitung: GGP Media GmbH, Pößneck

Printed in Germany
ISBN 978-3-7577-0025-6

5 4 3 2 1

Sie finden uns im Internet unter luebbe.de
Bitte beachten Sie auch: lesejury.de

Kapitel 1

Italien, Piemont, Mai 1946

Francesca nahm weder das Ruckeln des Pferdekarrens wahr, auf dem sie saß, noch die Wärme des Frühlingstages. Hinter ihr klirrten die Weinflaschen ihres Vaters in den Holzkisten, in denen er sie zum Händler nach Barolo fuhr. Das Hufgetrappel des alten Gauls vermischte sich mit dem fröhlichen Gezwitscher der Vögel. Der Duft von Glyzinien und Holunder stieg ihr in die Nase. Am Wegesrand leuchtete der blühende Ginster strahlend gelb.

Doch die Schönheit der Landschaft mit ihren sanften Hügeln verschwamm vor Francescas Augen. Ihr Hals war so eng, dass sie kaum Luft bekam. Noch nie in ihrem sechzehn Jahre jungen Leben hatte sie sich so verzweifelt und zugleich so erwartungsvoll gefühlt. Es kam ihr vor, als würde ihre Heimat ein letztes Mal an ihr vorbeiziehen, und mit jedem Rebstock, jedem Haselnussstrauch und jeder Pinie schien ein Stück von ihr selbst herausgerissen zu werden. Zugleich konnte sie das Ziel, das vor ihr lag, kaum erwarten. Sie strich über ihren dunkelblauen Wollrock, zu dem sie die neue Bluse trug, die sie erst letzte Woche genäht hatte. Ihre Mutter hatte ihr ein Stück beigen Baumwollstoff überlassen, damit sie für die neue Stellung auch passend gekleidet war.

Francesca war zwar traurig, weil sie alles hinter sich lassen musste, was bislang ihre ganze Welt gewesen war, sie hatte Angst und fühlte sich unsicher, aber sie war auch erleichtert, denn ihrer jüngeren Schwester war es nicht vergönnt gewesen, nach Alba zu gehen, in eine große aufregende Stadt, die so gar nichts mit ihrer bisherigen Wirklichkeit auf dem Hof zu tun hatte. Chiara war ins Kloster geschickt worden, weil es gut war, wenn eine Tochter Nonne wurde, hatte ihr Vater gesagt. Das ließe die Familie im Ansehen steigen. Francesca konnte jederzeit ihre Eltern und Brüder auf dem Weingut besuchen, wenn sie ein paar Tage freihatte. Chiara hingegen durfte das Kloster nie verlassen. Francesca fröstelte es unwillkürlich, als sie daran dachte. Sie presste die Lippen fest zusammen und schloss die Lider, um die Tränen zurückzuhalten, die ihr in den Augen brannten. Wann würde sie wieder hierher in ihre Heimat kommen? Der Weg von Alba war weit, zu Fuß würde sie mehrere Stunden, wenn nicht einen Tag unterwegs sein.

Sie atmete tief durch, weil sie wusste, dass ihr Vater es nicht mochte, wenn sie weinte. Sie wandte sich um und konnte ihr kleines Haus noch gerade in der Ferne hinter dem Hügel verschwinden sehen. Wie oft hatte sie in den letzten Jahren im Weinberg bei der Arbeit innegehalten, um den Rücken durchzustrecken, und auf das alte Haus mit den orangeroten Fensterläden geblickt. Ein Gefühl der Wärme hatte sich dann in ihr ausgebreitet. Sie hatte sich darauf gefreut, am Abend heimzukehren, mit ihrer Mutter und den Schwestern das Essen zuzubereiten und den Tisch im Hof zu decken. Und dann, wenn die Sonne tief stand und das Land mit einem rötlichen Schimmer überzogen war, saßen die Eltern und die fünf Geschwister um den großen Tisch unter der alten Linde im Hof zusammen, aßen, redeten, schwiegen, stritten und lachten.

Ihr Vater schlief oft, müde von der harten Arbeit im Weinberg, im Sitzen ein.

Aber dann hatten zuerst Roberto und wenig später Alessandro geheiratet. Beide Brüder hatten nun Frauen und dann auch Kinder bekommen, die irgendwann ebenfalls auf dem kleinen Weingut arbeiten würden. So viele Menschen konnte der Betrieb nicht ernähren. Schon jetzt war es schwer gewesen, die Preise für den Wein schwankten stark. Im Krieg war sowieso alles unsicher geworden, aber die Familie Pellegrino hatte sich zum Glück recht gut durchgeschlagen. Sie hatten Wein und auch Trauben tauschen können gegen Käse, Milch und hin und wieder sogar ein Huhn. Statt Mehl hatte ihre Mutter gemahlene Haselnüsse zum Backen verwendet. Und keiner von Francescas Brüdern hatte in den Krieg gemusst. Die Söhne der Familie würden eines Tages das Weingut mit seinen drei Weinbergen erben, die eigentlich eher Hügel waren. Die drei Töchter würden bald keinen Platz mehr hier haben. So war Francescas ältere Schwester Adriana schon vor drei Jahren nach Meran zu einer Cousine ihrer Mutter geschickt worden, wo sie als Hausmädchen arbeitete. Und Francescas engste Vertraute, ihre nur ein Jahr jüngere Schwester Chiara, war ja nun vor einem halben Jahr als Novizin ins Kloster gegangen, und schon damals hatte Francesca nächtelang geweint. Ihre Mutter hatte sie zu trösten versucht, aber Francesca war die Verzweiflung ihrer Mamma darüber, dass sie sich nach und nach von all ihren Töchtern trennen musste, nicht verborgen geblieben. Schnell riss sie sich von dem Gedanken an ihre geliebte Mutter los, um nicht vollends die Fassung zu verlieren.

Sie sah kurz zu ihrem Vater hinüber, der neben ihr saß und stumm die Zügel in der Hand hielt. Er war erleichtert gewesen, als er die Anstellung für Francesca gefunden hatte. Aber für sie war zunächst, an dem Tag vor zwei Wochen, an dem er abends aus Barolo zurückgekehrt war und freudig verkündet hatte, Francesca könne eine Stelle in Alba antreten, eine Welt zusammengebrochen. Sie hatte natürlich gewusst, dass sie nicht für immer auf dem Gut bleiben konnte, insgeheim hatte sie jedoch fest daran geglaubt, dass sich keine Alternative finden würde und sie ihre geliebte Heimat, das kleine Dorf Monchiero, niemals verlassen müsste.

Erst allmählich hatte sie begonnen, auch eine gewisse Vorfreude zu empfinden. Sie würde nach Alba gehen, in eine richtige Stadt! Dort gab es alle möglichen Geschäfte, mit Waren, von denen Francesca bislang nicht einmal gehört hatte. Und es gab natürlich die Märkte. Den Trüffelmarkt, aber auch die Märkte fürs Vieh, den normalen Wochenmarkt und besondere Verkaufstage, an denen nur Stoffe, Bänder und Spitzen angeboten wurden. In Alba würde sie den unterschiedlichsten Menschen begegnen, sogar reichen Adeligen, vornehmen Geschäftsleuten und Künstlern.

Im Winter hatten sich die drei Schwestern abends am Kamin die Geschichten erzählt, die sie im Dorf aufgeschnappt hatten. Und darin war es meist um alle möglichen aufregenden Erlebnisse in einer der größeren Städte gegangen, wie Alba oder Turin. Sie hatten sich vorgestellt, wie sie selbst dorthin kommen und auf einen Conte oder Marchese treffen würden, der sich auf der Stelle und rettungslos in sie verlieben würde. Natürlich waren das bloß Mädchenfantasien gewesen, aber Francesca war dennoch sicher, dass in Alba so manches Abenteuer auf sie warten würde.

Nun stand ihr das erste Abenteuer tatsächlich bevor, und mit einem Mal hatten all die verheißungsvollen Träume, denen sie und ihre Schwestern in der Geborgenheit ihres Elternhauses nachgehangen hatten, etwas Bedrohliches. Was würde auf sie zukommen? Sie ahnte, dass die Wirklichkeit nicht viel mit den Marcheses und Contes ihrer Träume zu tun haben würde. Plötzlich fielen ihr die Rebstöcke ein, die ihr Vater vor zwei Jahren von einem Hügel auf den anderen versetzt hatte. Die meisten hatten es unbeschadet überstanden, aber zwei waren eingegangen. Sie hatten es nicht verkraftet, den Boden, in dem sie gewachsen waren, in dem sie jahrelang gelebt hatten, zu verlassen. Manche Rebstöcke ließen sich verpflanzen, andere starben daran. Francesca war sich nicht sicher, ob sie sich gut verpflanzen ließ oder nicht, denn es hatte sich nie eine Gelegenheit geboten, es auszutesten. Bislang hatte es keine einzige Nacht gegeben, die sie nicht in ihrem Bett in der Kammer unterm Dach verbracht hatte, die sie mit ihren Schwestern geteilt hatte. Jetzt würden ihr Bruder Roberto und seine Frau Giuseppa dort wohnen.

Die vertraute Landschaft zog langsam an ihr vorbei. In Reih und Glied standen die Rebstöcke, so weit das Auge reichte. Francesca nahm sie kaum wahr, ihre Gedanken flatterten. In welche Familie würde sie kommen? In was für einem Haus würde sie wohnen? Was würden ihre Aufgaben sein? Hin und wieder warf ihr Vater einen Blick in ihre Richtung, er sagte jedoch kein einziges Wort. Eine ihrer dicken lockigen Haarsträhnen hatte sich unter dem Kopftuch gelöst. Fahrig steckte sie sie zurück. Sie musste wieder an ihre Mamma denken, wie sie sich am Morgen an sie geklammert und geschluchzt hatte. In den letzten Tagen hatte sich ihre Mutter sehr gefasst gezeigt. Francesca wusste, dass sie ihr den Abschied hatte leichter machen wollen, dass sie die Tochter durch ihre Trauer nicht verunsichern wollte. Doch vorhin waren alle Dämme gebrochen, und ihre Mamma hatte den Kummer aus sich herausgeschrien. Francesca hatte ihr unter Tränen versprechen müssen, sooft wie möglich zu Besuch zu kommen und Nachrichten zu übermitteln, wenn einer der Bauern von Monchiero nach Alba kam. Sie biss sich fest auf die Unterlippe und zwang sich, an die Zukunft zu denken. An Alba und die Menschen, denen sie dort begegnen würde. Sie würde neue Freunde finden, vielleicht sogar einen Kavalier, der ihr den Hof machen würde. Plötzlich kribbelte ihr Bauch vor Aufregung.

Als sie nach einer weiteren halben Stunde endlich Barolo erreicht hatten, konnte sie es dann aber doch nicht verhindern, dass ihr Tränen über die Wangen liefen, die sie hastig fortwischte. Ihr ganzer Körper schmerzte von dieser ungewöhnlichen seelischen Anspannung zwischen Wehmut und Vorfreude. Schließlich verdrängten die neuen Eindrücke die Trauer, und sie betrachtete den kleinen Ort, der sich auf einem Hügel ausbreitete. Ein Weinlokal reihte sich an das nächste, in den Schaufenstern der Läden waren Flaschen ausgestellt, Menschen schlenderten die steilen Gassen entlang. Ein Automobil kam ihnen ratternd und schnaufend entgegen und hinterließ eine Wolke aus stinkenden Abgasen. Francesca bestaunte das Gewimmel in den schmalen Straßen. Sie war bislang nur wenige Male in Barolo gewesen. Hin und wieder nahm ihr Vater eines seiner Kinder mit, wenn er den Wein zum Händler brachte, aber meist wurden alle Hände zu Hause gebraucht. Wenn Francesca ihn jedoch hatte begleiten dürfen, war sie immer überwältigt gewesen von den vielen Menschen, der Geschäftigkeit und dem bunten Leben in den Gassen. Hier würde sie selbst gern einmal entlangschlendern, sich verlieben, am Arm des Auserwählten vor den Schaufenstern stehen und in einem der Lokale ein Glas Barolo mit ihm trinken. So hatte sie sich das jedes Mal vorgestellt. Nun aber war ihr übel und schwindlig, alles erschien ihr wie ein ferner Traum. Das Bauernhaus in den grünen Hügeln, ihre Geschwister und ihre Mutter, die Katzen, die Blindschleichen, die sich ihr im Weinberg um die Füße schlängelten, all das, was bislang ihre ganze Welt gewesen war, schien in diesem Moment schon weit fort zu sein. Und zugleich saß neben ihr noch ihr Vater, die letzte Verbindung zu der alten Francesca, die sie bis heute Morgen gewesen war. Der Karren holperte über das Kopfsteinpflaster die Straße hinauf. In der Via Roma hielt ihr Vater an und sprang vom Wagen hinunter.

»Ciao, Signor Campanini.« Er ging auf einen kleinen rundlichen Mann mit zurückweichendem Haaransatz zu, der neben dem Torbogen eines hellen zweistöckigen Hauses lehnte und in einer Zeitung blätterte. In einem dicken Kübel am Eingang waren Geranien gepflanzt, die bald prächtig blühen würden. Francesca konnte die unzähligen Knospen sehen, die nur noch ein paar Sonnentage brauchten, um ihre Blüten zu zeigen. Der Mann faltete die Zeitung sorgfältig zusammen, steckte sie dann in die Tasche seines grauen Kittels und tauschte mit Francescas Vater einige Höflichkeiten aus. Schließlich winkte ihr Vater sie zu sich, und Francesca stieg langsam vom Wagen. Ihre Beine zitterten.

»Das ist meine Tochter Francesca«, stellte ihr Vater sie dem Signore vor.

Der Mann nickte ihr lächelnd zu, wobei er eine breite Lücke zwischen den Schneidezähnen entblößte. Dann fragte er: »Gepäck?«

Ihr Vater bedeutete Francesca, dass sie ihren Koffer holen sollte. Sie beeilte sich, der Aufforderung nachzukommen, und stand bald darauf, mit ihrem gesamten Hab und Gut, das in einen kleinen Pappkoffer passte, wieder vor den Männern.

»Signor Campanini bringt dich nach Alba«, richtete ihr Vater zum ersten Mal, seit sie von zu Hause aufgebrochen waren, das Wort an sie. »Er beliefert dort einige Weinhandlungen mit Barolo und hat auch die Stellung für dich gefunden.«

Francesca nickte und sah zu Boden, weil ihr Hals wieder ganz eng wurde.

»Ich hole den Wagen«, erklärte der Signore und öffnete das Tor, neben dem er die ganze Zeit gestanden hatte. Francesca konnte einen großen Innenhof dahinter liegen sehen.

»Tja.« Ihr Vater räusperte sich. Er sah sie hilflos an, und sie musste wieder den Blick abwenden, um nicht in Tränen auszubrechen.

Pferdegetrappel erklang hinter ihnen, und Signor Campanini erschien auf einem ähnlichen Karren wie dem ihres Vaters, ebenfalls mit Weinkisten beladen.

»Ich wünsche dir alles Gute«, sagte ihr Vater, und einen Augenblick lang glaubte sie, er würde sie in seine Arme ziehen. Aber dann tätschelte er nur ihren Oberarm, und sie meinte, ein verdächtiges Schimmern in seinen Augen zu sehen. Ihr Vater liebte sie, das wusste Francesca tief in ihrem Innern, aber er hatte noch nie große Worte machen oder seine Zuneigung durch Umarmungen zeigen können.

Francesca presste die Lippen fest aufeinander und musste sich zusammenreißen, ihren Vater nicht anzuflehen, sie nicht fortzuschicken. Aber sie wusste, dass es nichts gebracht hätte, er würde sie nicht wieder mit nach Hause nehmen, und sie würde die Situation nur umso schwerer für sich und auch für ihren Vater machen. Und außerdem freute sie sich genauso auf die Zukunft in Alba, wie sie der Vergangenheit auf dem kleinen Weingut schon jetzt nachtrauerte.

Francesca sah ihren Vater an, und sie erkannte den Schmerz hinter der steinernen Fassade seines Gesichts. Hastig wandte sie sich um. Signor Campanini nahm ihr den Koffer ab und verstaute ihn zwischen den Holzkisten. Dann kletterte Francesca auf die schmale Holzbank. Das Pferd scharrte ungeduldig mit den Hufen. Der Signore schnalzte und tippte sich an den abgenutzten Hut. Francesca warf noch einen letzten Blick auf ihren Vater, und ein Schluchzen entfuhr ihrer Kehle, als sie die Traurigkeit in seinem Gesicht wahrnahm. Schnell schlug sie die Hand vor den Mund. Der Kaltblüter hatte sich in Bewegung gesetzt und brachte Francesca endgültig fort. Von nun an wäre sie vollkommen allein, niemand, den sie kannte, würde sie erwarten.

Die Sonne stand hoch am Himmel, als sie gegen Mittag Alba erreichten. Bislang war Francesca noch nie weiter als bis Barolo gekommen. Zum ersten Mal verließ sie heute den Ort in nordöstlicher Richtung, dorthin, wo sie in der Ferne die Hügel des Monferrato aufragen sah, die sie an ihre Heimat erinnerten. Von Monchiero aus hatte sie die schneebedeckten Gipfel der Alpen sehen können, während sie die Weinreben angebunden, beschnitten oder gewässert hatte. Oft hatte sie sich in ihren Vorstellungen verloren, hatte überlegt, wie der Ausblick von einem dieser Berge wohl wäre. Ob man von dort das Meer sehen konnte? Noch nie war Francesca an der Küste gewesen, aber sie hatte immer gespannt zugehört, wenn Händler oder Reisende durch Monchiero gekommen waren, die vom weiten Ozean erzählt hatten. Einmal in ihrem Leben wollte sie auch die See sehen.

Die Fahrt von Barolo nach Alba erlebte Francesca wie durch einen Schleier. Die Schönheit der Landschaft konnte sie nicht berühren. Weinfelder erstreckten sich rechts und links der Straße, Lastwagen und Automobile überholten sie, deren Abgase ihr immer wieder den Atem nahmen. Je weiter sie sich der Stadt näherten, umso dichter wurde der Verkehr. Die Landstraße führte an Dörfern und kleinen Ortschaften vorbei. Mächtige Castellos thronten auf Hügeln, Bussarde kreisten über den Wiesen, und neben der Straße glitzerte der

Tanaro in der Sonne. Francesca spürte, wie sich ein erwartungsvolles Kribbeln in ihr ausbreitete.

Und dann sah sie die Stadt, die ihre neue Heimat werden sollte, zum ersten Mal in der Ferne vor sich liegen. Sie wusste sofort, dass sie das Ziel ihrer Reise bald erreicht hatten, denn kein Ort, den sie bislang gesehen hatte, war auch nur annähernd so groß. Die Straßen wurden immer breiter, und schon aus der Entfernung konnte sie den Lärm der großen Stadt vernehmen. Autos hupten und Motoren dröhnten. Pferde wieherten und Hunde bellten. Francesca hatte immer geglaubt, Barolo sei groß, doch je mehr sie sich Alba näherten, umso unbedeutender erschien ihr plötzlich das Örtchen. Mindestens drei Kirchtürme konnte sie erkennen, Häuser reihten sich an Häuser, und der Verkehr nahm immer mehr zu. Vor ihnen schimpfte ein Kutscher lautstark über einen Automobilfahrer, der so dicht an seinem Karren vorbeigefahren war, dass das Pferd ausgebrochen war. Eine Frau goss einen Eimer Putzwasser in die Gosse, Schuljungen mit Ranzen auf dem Rücken liefen lachend an alten Männern vorbei, die am Straßenrand in kleinen Gruppen unter Pinien saßen.

Als sie schließlich die Innenstadt von Alba erreichten, war Francesca schier überwältigt von dem geschäftigen Treiben. Ihr kamen immer mehr Automobile entgegen, die sie noch nie gesehen hatte. Es gab sogar motorisierte Omnibusse und einen Feuerwehrwagen, dem Francesca staunend hinterherblickte. In Monchiero waren hin und wieder auch Autos zu sehen gewesen, meist von Touristen, die einen Abstecher in die kleinen Dörfer des Piemont unternahmen, aber das vorherrschende Verkehrsmittel in ihrem Dorf war noch immer der Pferdekarren gewesen. Jeder Weinbauer besaß mindestens einen, die großen Bauernhöfe hatten einen ganzen Stall voll, aber Automobile hatten nur der Pfarrer und der Dorfarzt besessen.

Über die Bürgersteige von Alba liefen Frauen ohne Kopftücher, die meisten trugen elegante Hüte, manche waren aber auch ganz ohne Kopfbedeckung unterwegs. In den Händen hielten sie Einkaufstaschen. Manche führten einen kleinen Hund an der Leine spazieren. Sie sah Herren in hellen Leinenanzügen mit Strohhüten auf dem Kopf und dicken Zeitungen unterm Arm. Andere Männer eilten in dunklen Anzügen und mit Ledertaschen an ihnen vorbei. Pferdefuhrwerke teilten sich die Straßen mit den bunten Automobilen. Signor Campanini lenkte seinen Karren geschickt durch die Straßen. Hier im Zentrum der Stadt waren überall Verkaufsstände am Straßenrand aufgebaut, an denen Süßigkeiten und andere Leckereien angeboten wurden. Es gab Geschäfte, in denen Eiscreme verkauft wurde. Francesca hatte bereits von den Salons gehört, in denen diese kalte Creme unters Volk gebracht wurde, aber in Monchiero hatte es so etwas nicht gegeben. Ihr Herz schlug schneller, als sie daran dachte, dass sie bald vielleicht auch einmal ein Schälchen Eis essen würde. Am liebsten wäre Francesca von einem Stand zum anderen gelaufen und hätte die Waren genauer bestaunt.

Die Häuser waren bunt gestrichen, manche strahlten in rosa Farbe, andere in Hellgelb, Mintgrün und Orange. Ein Geschäft reihte sich ans nächste. Manche Ladenlokale standen leer, vielleicht hatten ihnen der überstandene Krieg und die daraus resultierende Lebensmittelknappheit die Grundlage entzogen. In anderen Schaufenstern hingegen bogen sich die Auslagebretter unter Zuckerwerk, Weinflaschen und anderen Köstlichkeiten. Francesca konnte die fröhlichen Stimmen der Menschen in den Straßen hören, vor vielen Lokalen standen Tische und Stühle, wo Menschen in der Sonne saßen und Kaffee tranken, mitten in der Woche! Die Luft war erfüllt von den Gerüchen der süßen Kuchen, der Pferdeäpfel auf den

Straßen und dem Duft der Hyazinthen, Narzissen und Tulpen, die überall am Straßenrand in Kübeln oder Beeten blühten.

Die gute Laune der Flaneure steckte Francesca an. Unwillkürlich musste sie lächeln und sog die Luft der Stadt tief ein. Signor Campanini zügelte sein Pferd, sie kamen nur noch langsam voran, weil immer wieder Menschen und bellende Hunde über die Straße liefen oder Fuhrwerke im Weg standen, um Waren abzuladen.

»Via Rattazzi«, las Francesca auf einem Schild, an dem sie gerade vorbeigefahren waren. Kurz darauf hielt Signor Campanini an einem riesigen Platz an, auf dem einige Bäume standen und von dem in alle vier Richtungen Straßen abgingen. Die Häuser ringsumher waren in gelber, grüner und beiger Farbe gestrichen. In der Mitte des Platzes gab es einen Springbrunnen, aus dem Wasserfontänen in die Luft schossen. Kinder spielten mit Reifen und Bällen, während ihre Mütter auf Bänken in der Sonne saßen. Es gab Restaurants und Cafés, die Tische und Stühle nach draußen gestellt hatten. Francesca sah, dass sie genau vor einer Konditorei standen, vor der Leute in Korbstühlen an kleinen runden Tischen saßen, Espresso tranken und Kuchen aßen. Ein paar Kinder spielten auf dem Gehweg mit Murmeln.

»Wir sind da«, sagte der Signore und sprang vom Wagen.

Einen Moment lang saß Francesca wie benommen da. All diese Eindrücke! Sie wusste gar nicht, wo sie zuerst hinschauen sollte.

»Hier entlang«, rief der Signore ihr zu, deutete mit dem Daumen über die Schulter und schirmte seine Augen mit der Hand gegen die Sonne ab.

Schnell kletterte Francesca vom Wagen und zog ihren Koffer zwischen den Weinkisten hervor. Ohne den Blick von den

Menschen an den Tischen abzuwenden, die unter fröhlichen grün-weißen Markisen saßen, folgte sie Signor Campanini. »Café Alba« stand auf dem ovalen Emblem, das die Markisen zierte. Plötzlich stolperte sie über einen Pflasterstein, konnte sich aber im letzten Moment fangen. Ein paar Gäste schauten kurz zu ihr hinüber. Sie betrachtete den Kuchen auf den Tellern und bewunderte das weiße Porzellan.

Signor Campanini blieb stehen und nahm seine Mütze vom Kopf, um sich über die feuchte Stirn zu wischen. Dann ging er zwischen den Gästen hindurch auf den Eingang der Pasticceria zu. Hier würde sie arbeiten? Francescas Herzschlag beschleunigte sich. Sie hatte nicht nachgefragt, als ihr Vater berichtet hatte, eine Stellung als Hausmädchen in Alba für sie gefunden zu haben. Sie war davon ausgegangen, dass sie in einem Haushalt arbeiten würde wie ihre Schwester Adriana, aber dass sie in einem Café landen würde, das hätte sie im Leben nicht gedacht. Wie aufregend! Staunend betrachtete sie eines der Schaufenster, in dem unzählige Likörflaschen präsentiert wurden. Das Haus stand an einer Ecke, an jeder der beiden Seiten gab es einen Eingang zum Café. Vor Freude wäre sie am liebsten an den Tischen der Gäste vorbeigehüpft, aber sie zwang sich zu einem ruhigen, bedächtigen Gang.

Kurz vor dem Eingang blieb sie stehen, um das Gebäude genauer zu betrachten. Sie legte den Kopf in den Nacken und sah an der Fassade hinauf. Das Haus hatte ein Obergeschoss und darüber ein spitzes Giebeldach. Die beiden Eingänge schienen in ein und denselben großen Raum zu führen. Der obere Teil des Hauses war in einem hellen Beige gestrichen, der untere in einem hellen Grün gehalten. Francesca sah wieder nach oben, grüne Fensterläden, die zum Schutz vor der Wärme geschlossen waren, leuchteten fröhlich in den Sommertag hinaus. In der ersten Etage befanden sich kleine Zierbalkone mit schmiedeeisernen Geländern vor den bodentiefen Fenstern. Beeindruckt wandte Francesca sich wieder dem unteren Teil des Hauses zu. Das Erdgeschoss wurde von der Konditorei eingenommen, und es gab riesige Schaufenster, in denen außer den Likören in einem der Fenster auch diverse Kuchen und Gebäck zu sehen waren, unter anderem *Baci di dama*, diese köstlichen Haselnusskekse mit Schokoladenfüllung. Auf einem Schild wurde auf unterschiedliche Kaffeesorten hingewiesen. Eine große Werbetafel hing neben der Tür, auf der in schwungvollen Lettern »Café Alba« und gleich darunter »*Albesi Regina* für Hochzeiten und Taufen« stand. Kurz wurde Francesca an zu Hause erinnert, ihre Mutter und die drei Schwestern hatten auch gern die feinen Mandelplätzchen mit Namen *Albesi Regina* zubereitet, die traditionell zu Familienfesten gebacken wurden.

»Hierher!«, riss Signor Campanini Francesca aus ihren Betrachtungen.

Der Duft von Kaffee, Gebackenem und Schokolade empfing sie, sobald sie hinter dem Signore durch die Tür in die Pasticceria getreten war. Unwillkürlich lief Francesca das Wasser im Mund zusammen. Schüchtern sah sie sich um. Sie befanden sich in einem kleinen Verkaufsraum, der zur linken Seite durch große Yuccapalmen und andere Zimmerpflanzen abgetrennt war. Der andere Eingang führte direkt in das Café, wie sie jetzt sehen konnte. Hinter der Wand aus Pflanzen sah sie kleine runde Marmortische, an denen weiße Korbstühle standen. Große Farne sorgten für eine exotische Atmosphäre. Von der Decke hingen mehrere moderne Leuchter mit elektrischen Glühbirnen, an der Wand gegenüber dem Eingang befanden sich bodentiefe Spiegel, die den Raum noch größer erscheinen ließen, als er ohnehin schon war. Auf den weißen Fliesen lagen dicke rote Teppiche. Kleine Vasen mit jeweils einer roten Rose darin standen auf den Tischen. Ungefähr die Hälfte der Plätze war besetzt. Erleichtert erblickte Francesca neben vornehmen Herrschaften auch bäuerlich gekleidete Frauen in demselben derben Schuhwerk, wie sie selbst es trug, mit ähnlichen groben Blusen und Röcken, und sie fühlte sich gleich nicht mehr ganz so fehl am Platz. Stimmengewirr erfüllte den Raum. Sie schaute sich wieder in dem Teil des Raums um, in dem sie stand. In niedrigen Regalen wurden Schachteln mit Gebäck und Schokolade präsentiert, neben den Preisen standen auch die dafür benötigten Lebensmittelkarten. Geradeaus befand sich eine große Verkaufstheke aus Glas, in der Kuchen, Kekse und Torten ausgestellt waren. Dahinter standen zwei Frauen, eine junge und eine in mittlerem Alter, in adretten schwarzen Kleidern, mit weißen Häubchen und Schürzen, die Kuchenstücke auf Tellern platzierten und Kaffee zubereiteten.

»*Buongiorno.*« Die junge Frau wandte sich ihnen zu und lächelte freundlich. »Was darf es sein?«

»Ich bringe Signorina Pellegrino, das neue Mädchen für Signora Milani.« Signor Campanini entblößte seine Zahnlücke und tippte sich an seine Mütze.

»Ich sage der Signora sofort Bescheid.« Das Servierfräulein verschwand durch eine rückwärtige Tür.

»Ich muss dann weiter.« Der Weinhändler nickte Francesca noch einmal zu und ging zur Eingangstür.

Verwirrt sah sie ihm nach, sie hatte nicht mit einem so schnellen Aufbruch des Mannes gerechnet. Was, wenn die Signora sie sah und doch nicht einstellen wollte? Wie würde sie dann wieder nach Hause kommen? Plötzlich stand sie vollkommen allein vor der gewaltigen Glastheke und klammerte sich an ihrem schäbigen Koffer fest. Zwei vornehm gekleidete Damen betraten die Konditorei und steuerten sofort auf das Café zu, wo sie sich an einen der runden Tische setzten. Francesca sah ihnen bewundernd nach. Sie selbst war noch nie in einem Café gewesen, bei ihnen hatte es weit und breit kein solches gegeben. Außerdem hätten sich ihre Eltern das vermutlich nicht leisten können, und Francesca selbst hatte noch nie eine einzige Lira verdient. Ihr Blick fiel wieder auf die Bauersfrauen, die beide Teller mit verlockend aussehendem Zitronenkuchen vor sich stehen hatten. Eine dicke Schicht Zuckerguss bedeckte den hellen Teig. Vielleicht war der Weg von einem Weingut in eines der Cafés von Alba doch nicht so weit.

»Komm bitte hier entlang.« Das Servierfräulein war wieder hinter der Theke aufgetaucht und winkte sie zu sich.

Francesca trat zögernd durch eine halb hohe Schwingtür neben der Theke zu ihr. Einen kurzen Moment lang bestaunte sie die große silberfarbene dampfende Maschine, aus deren Hahn gerade herrlich duftender Kaffee in eine Tasse lief. Sie sog das volle Aroma tief ein. Zu Hause hatte es seit Jahren keinen Kaffee mehr gegeben. Nicht dass sie selbst ihn vermisst hätte, schließlich hatte sie noch nie welchen getrunken, aber sie konnte sich noch an die Sonntage ihrer Kindheit erinnern, an denen der intensive Geruch durchs Haus gezogen war. Der Anblick der Kuchen und Torten ließ plötzlich ihren Magen knurren. Schnell wandte sie sich ab und folgte der Signorina durch die Tür, die ins Innere des Hauses führte.

»Ich bin übrigens Angelina«, stellte sich die junge Frau vor. »Wir werden uns jetzt sicher öfter sehen, wenn du bei den Herrschaften im Haushalt arbeitest.«

Francesca schenkte ihr ein dankbares Lächeln. »Ich bin Francesca.«

»*Prego*.« Angelina ließ ihr den Vortritt in einen Korridor, der fensterlos war und nur von künstlichem Licht erhellt wurde. An den Wänden standen hohe Schränke. Geradeaus war ein Durchgang, der in einen großen Raum führte. Sie konnte zwei Männer in weißer Kleidung sehen. Öfen dampften, Töpfe und Backbleche standen auf Arbeitsflächen, und der süße Duft von Frischgebackenem strömte in den Flur hinaus. Das musste die Backstube sein.

Angelina ging voraus zu einer Treppe, die ins obere Stockwerk führte. Langsam stieg sie hinter dem Servierfräulein die breiten, knarrenden Holzstufen hinauf. Oben gelangten sie zu einer großen doppelflügeligen Tür mit bunten Glasscheiben, die wunderschön leuchteten. Angelina öffnete sie, und die beiden betraten eine geräumige Diele, von der zu beiden Seiten jeweils zwei Türen abgingen und der sich ein langer Flur anschloss. Angelina klopfte an eine der Türen.

»*Prego*«, erklang es laut.

Das Servierfräulein nickte ihr zu und verschwand dann schnell.

Francesca schluckte und nahm all ihren Mut zusammen. Was würde sie hinter dieser Tür erwarten?

Langsam trat sie ein und fand sich in einem kleinen Büro wieder, das mit großen Schränken vollgestellt war. Vor dem Fenster stand ein Schreibtisch, hinter dem eine Signora saß, die jetzt aufblickte. Das Haar hatte sie in Wasserwellen gelegt, sie trug eine Bluse aus dunkelblauer Seide, die bis unters Kinn geschlossen war. Auf Höhe ihres Kehlkopfes hatte sie eine Gemme angesteckt. Ihr Gesicht mit den hohen Wangenknochen war von einer besonderen, unnahbaren Schönheit. Aber der Blick aus ihren dunklen Augen war so eisig, dass Francesca zusammenzuckte. Noch bevor die Frau auch nur ein Wort gesagt hatte, war sie vor Angst und Respekt wie erstarrt.

»Ja, bitte?« Die Frau sah sie auffordernd an.

Francesca öffnete den Mund, es wollte aber kein Ton über

ihre Lippen kommen. Plötzlich fühlte sie sich unendlich klein und hilflos.

Die Signora stieß einen ungeduldigen Seufzer aus. »Du bist das neue Hausmädchen, nehme ich an?«

Francesca nickte nur und starrte auf ihre Schuhspitzen.

»Name?«

»Francesca Pellegrino«, antwortete sie mit unsicherer Stimme.

»Na schön.« Die Signora stand auf und kam um den Schreibtisch herum. Jetzt konnte Francesca auch ihren wadenlangen braunen Rock sehen. »Ich bin Signora Carla Milani, und ich erwarte stets das Beste von meinen Angestellten. Wenn du fleißig bist und ehrlich, wirst du gut in unserem Haus zurechtkommen. Ich zeige dir jetzt dein Zimmer und bringe dich dann zu Antonella, der Köchin. Sie wird sich um dich kümmern und dir deine Aufgaben erklären. Aber zuerst«, sie musterte Francesca mit einem kritischen Blick von oben bis unten, »werden wir nach passender Kleidung für dich suchen.«

Sie ging an ihr vorbei und trat in die große Diele hinaus. Dann öffnete sie die Tür neben ihrem Büro. Francesca war ihr mit ihrem Koffer gefolgt und sah, dass dahinter eine steile Stiege nach oben unters Dach führte. Sie ging hinter Signora Milani die Stufen hinauf in einen schmalen Korridor. Die erste Tür stand auf.

»Hier wirst du wohnen. Bettwäsche findest du in dem Schrank weiter hinten im Flur.« Die Signora deutete den Gang hinunter, dann betrat sie die Kammer.

Francesca folgte ihr und sah sich in dem winzigen Raum um. Ein schmales Bett stand unter der Dachschräge, daneben befand sich eine Fensterluke. Hinter der Tür war eine kleine Kommode, auf einem Ständer in der anderen Ecke eine

Waschschüssel. Mehr Einrichtung gab es nicht, aber Francesca war auch nicht mehr gewohnt. Früher hatte sie sich sogar das Bett mit Chiara teilen müssen. Sosehr sie ihre Schwester auch liebte, sie hatte deutlich besser geschlafen, seit sie sich nicht mehr nachts um die Bettdecke streiten musste.

Lavendelduft stieg ihr in die Nase. Jemand hatte an den Wänden getrocknete Sträußchen aufgehängt.

»Lass dein Gepäck hier«, befahl die Signora und trat dann wieder auf den schmalen Flur hinaus. »Irgendwo muss hier oben ein Schrank sein, in dem wir geeignete Kleidung aufbewahren. Du wirst schließlich auch im Erdgeschoss putzen und bei Tisch servieren. Ich möchte, dass du dann repräsentabel aussiehst.«

Francesca schaute an sich hinunter, und zum ersten Mal sah sie sich mit fremden Augen. Mit einem Mal schämte sie sich ihrer Kleider. Traurigkeit überkam sie, als sie die neue Bluse betrachtete und daran dachte, wie stolz sie gewesen war, als sie sie vor wenigen Tagen fertiggestellt hatte. Sie war felsenfest davon überzeugt gewesen, dass sie mit ihrer Kleidung auch in einem vornehmen Haus bestehen würde. So schnell war sie also eines Besseren belehrt worden! In den Augen der Signora mussten ihre Sachen schäbig und ärmlich wirken.

»Komm mal her«, rief die Signora aus einem der anderen Zimmer.

Francesca eilte der Stimme nach und fand sich kurz darauf in einer Art Rumpelkammer wieder. Koffer und ausrangierte Möbel waren hier abgestellt worden. Ein altes Schaukelpferd stand neben einer verrosteten Waschtrommel. Aus einem Kleiderschrank hatte Signora Milani ein schwarzes langes Kleid herausgenommen, das Francesca wie aus dem letzten Jahrhundert erschien.

»Zieh das an«, wies die Signora sie an. »Und darüber dann die Schürze, die dir Antonella geben wird. Ich werde gleich morgen zwei weiße Blusen, Röcke und ein weiteres Kleid für dich bestellen. Wir haben oft Gäste, und ich möchte, dass du unser Haus tadellos repräsentierst. Wenn du dich umgezogen hast, kommst du wieder zu mir nach unten, dann bringe ich dich in die Küche.«

Als Francesca ein paar Minuten später in dem kratzigen, etwas zu großen Kleid hinter der Signora in die Küche trat, empfing sie eine rundliche Köchin, die sie sofort an ihre Mutter erinnerte. Sie war genauso klein und hatte dasselbe schwarze, von silbrigen Strähnen durchzogene Haar. In erster Linie war es aber das freundliche Lächeln, das sie ihr schenkte und das Francesca sofort beruhigte. Auch ihre Mutter hatte es immer geschafft, mit einem einzigen Blick Zuversicht oder Trost zu spenden. Allerdings war die Frau, die jetzt vor ihr stand, bestimmt zwanzig Jahre älter als ihre Mamma. Die Küche hatten sie durch eine Tür betreten, die schräg gegenüber von dem Büro der Signora lag.

»Aber ja, Signora Milani«, rief die Köchin und klopfte die mehlbestäubten Hände an ihrer großen weißen Schürze ab. »Gehen Sie nur wieder an Ihren Schreibtisch. Ich werde mich um Francesca kümmern.«

Signora Milani warf Francesca noch einen Blick unter hochgezogenen Augenbrauen zu, der ihr einen Schauer über den Rücken jagte.

»Warten Sie.« Die Köchin reichte der Signora einen Teller, auf dem Francesca Gnocchi in Tomatensoße erkennen konnte, und zwinkerte ihr zu. »Damit Sie nicht wieder das Essen vergessen.«

»Aber ich habe doch keine Zeit für …«, wollte die Signora widersprechen, doch die Köchin unterbrach sie mit einer Geste.

»Deshalb habe ich ja auch Gnocchi gemacht, die lassen sich einhändig bei der Arbeit essen. Haben Sie noch Kaffee und Wasser?« Die Köchin legte ihrer Chefin die Hand an den Rücken und schob sie in Richtung Tür.

»Ich bin bestens versorgt«, erklärte Signora Milani, und der Hauch eines Lächelns legte sich auf ihre strengen Gesichtszüge. »*Grazie*, Antonella.«

Dann ließ sie die beiden allein.

Die Köchin schüttelte lächelnd den Kopf. »Hier im Haus steht die Arbeit immer an erster Stelle. Ich muss alle zum Mittagessen ermahnen, dabei ist es doch so wichtig, dass man gut und ausreichend isst.«

Francesca betrachtete die Köchin bewundernd. Dass sie sich traute, so offen und bevormundend mit der Hausherrin zu sprechen. Niemals hätte es eine der Pellegrino-Töchter gewagt, in ähnlichem Ton mit der Mutter zu reden. Aber die Köchin schien älter zu sein als die Signora und kannte sie vermutlich schon seit Jahren. Ob Francesca auch einmal ein solches Vertrauensverhältnis zu ihrer Herrschaft entwickeln würde? Sie betrachtete Antonella genauer. Sie war bestimmt schon über sechzig. Die Signora war vermutlich so alt wie ihre eigene Mutter, die war einundvierzig, überlegte Francesca. Aber was für ein Unterschied zwischen den beiden Frauen bestand! Während Francescas Mutter immer schmutzige Hände und rote Wangen von der Arbeit im Weinberg, Gemüsegarten oder im Haus hatte, schien die Signora kaum je einem Sonnenstrahl ausgesetzt zu sein. Ihr Teint war zwar dunkel, aber ihr haftete auch eine gewisse vornehme Blässe an. Die Finger waren so sauber gewesen, wie Francesca es bislang bei noch keinem Menschen gesehen hatte.

Antonella trat an den großen Spülstein und wusch sich die Hände. Diesen Augenblick nutzte Francesca, um sich in der Küche umzusehen. Ein wuchtiges Büfett stand zwischen zwei grau gestrichenen Türen, die neben dem gigantischen Möbelstück winzig wirkten. An der Stirnseite befand sich ein großer Kohleherd, und in der Mitte stand ein alter Tisch mit vier Stühlen. Es roch nach Gebratenem und Kräutern und nach frisch geernteten Tomaten.

»Zieh die hier mal drüber.« Die Köchin hatte eine der beiden Türen geöffnet, hinter der Francesca einen weiteren Flur erkennen konnte, und eine Schürze von einem Wandhaken genommen. Dann blieb sie vor ihr stehen und stemmte die Hände in die Hüften. »Du bist ein verdammt hübsches Menschenkind.«

»Oh, ich … das …«, stammelte Francesca und verstummte. Noch nie hatte jemand zu ihr gesagt, sie sei hübsch. Verlegen strich sie sich über das dunkle lockige Haar, das sie zu einem Knoten aufgesteckt hatte. Sie selbst hatte noch nie über ihr Äußeres nachgedacht. Sie hatte feine Gesichtszüge, eine gerade, nicht zu spitze Nase, große grüne Augen und volle Lippen. Und wenn sie sich das Gesicht wusch, wie sie es heute Morgen natürlich gründlich getan hatte, kam unter dem Schmutz des Weinberges, der sonst immer ihr Gesicht bedeckte, eine weiche ebenmäßige Haut zum Vorschein. Francesca band sich die lange weiße Schürze um. Sie war ein wenig zu weit, aber so konnte sie sich wenigstens gut bewegen.

»Bevor ich dir deine Aufgaben erkläre, werden wir erst mal eine Tasse Kaffee trinken.« Antonella wandte sich zum Herd und nahm den großen Kessel, den sie auf die Platte setzte. Sie öffnete die Luke und stocherte in den glühenden Kohlen. »Nimm Platz, arbeiten wirst du hier noch genug.«

Francesca schluckte. Es war ihr unangenehm, sich an den Tisch zu setzen, während die alte Frau für sie Kaffee kochte.

»Na los.« Die Köchin schien ihr Zögern zu bemerken. »Du kannst mir dabei sowieso nicht helfen, es ist schnell gemacht.«

Francesca setzte sich auf einen der Stühle, nicht ohne einen ängstlichen Blick zur Tür zu werfen, hinter der die Signora Milani verschwunden war. Sie ahnte, dass es der Hausherrin ganz und gar nicht gefallen würde, wenn sie ihr neues Hausmädchen so kurz nach ihrer Ankunft schon beim Faulenzen überraschen würde.

Die Köchin stellte zwei Espressotassen und einen Teller mit goldgelbem Spritzgebäck vor sie auf den Tisch. Francesca beobachtete, wie sie Kaffeebohnen aus einer Dose in die Kaffeemühle schüttete. Bald darauf breitete sich der köstliche Duft des dampfenden Getränks in der Küche aus. Die Köchin hatte den gemahlenen Kaffee in einen Porzellanfilter gegeben, diesen auf eine Kanne gesetzt und dann das kochende Wasser hineingegossen. Nun stand die Kanne zwischen ihnen auf dem Tisch.

»Greif zu.« Antonella deutete auf den Teller mit den Keksen. »Die hat Signor Milani heute ganz frisch gebacken.«

»Der Signore?«, fragte Francesca überrascht. Sie hatte noch nie einen Mann Kekse backen gesehen und hätte fast lachen müssen, als sie daran dachte, ihr Vater würde zu Hause in ihrer großen Küche stehen und Plätzchenteig kneten.

»Der Signore ist der beste Konditor der gesamten Provinz Cuneo.« Antonella goss die dicke schwarze Flüssigkeit in Francescas kleine Espressotasse. Anschließend schenkte sie sich selbst ein. »Du stammst nicht von hier, nicht wahr?«

Francesca schüttelte den Kopf.

»Es wird dir bestimmt gefallen. In Alba ist immer eine Menge los.«

»Ich wusste nicht, dass ich zu einer Familie komme, die ein Café hat«, sagte Francesca schüchtern. »Ich war noch nie in einem.« Sie erinnerte sich wieder an die beiden Bauersfrauen, die sie gerade unten an einem der Tische sitzen gesehen hatte. Das hätte sie mit einer ihrer Schwestern sein können.

»Ja, die Milanis sind angesehen hier in der Stadt.« Die Köchin schien stolz auf ihre Herrschaft zu sein. Sie zwinkerte ihr zu und biss dann genüsslich in einen der Kekse. »Na los, probiere mal.«

Francesca griff zögernd nach einem der perfekt geformten Plätzchen. Zu Hause hatten sie nur sonntags Kuchen oder Biskuits gegessen. Es kam ihr seltsam vor, dass sie an einem gewöhnlichen Werktag, bei fremden Leuten in der Küche, Gebäck essen sollte. Aber seit sie gerade im Verkaufsraum die verschiedenen Backwaren gesehen hatte, lechzte sie geradezu nach etwas Süßem. Außerdem wollte sie die Köchin nicht enttäuschen und biss zaghaft in das Gebäckstück. Sofort breitete sich das Aroma von Zitronen und Mandeln in ihrem Mund aus. Sie schloss genussvoll die Augen, dann nickte sie. »Sehr gut.«

»Ja, der Signore versteht sein Handwerk.« Antonella verdrehte übertrieben die Augen. »Greif ordentlich zu, du brauchst nämlich dringend was auf die Rippen. Auch die Kinder sind ganz verrückt nach unserem Gebäck. Sonntags kommen sie immer nach der Kirche, und ihre Väter kaufen ihnen welches, bevor sie selbst draußen auf der Terrasse ihren Kaffee trinken. Woher stammst du?«

»Der Hof meiner Eltern liegt in Monchiero, das ist noch hinter Barolo«, erklärte Francesca und nippte an ihrem Kaffee. Unwillkürlich verzog sie das Gesicht, und beinahe hätte sie ihn über den Tisch gespuckt. Sie war davon ausgegangen, dass das heiße Getränk genauso köstlich schmeckte, wie es roch. Aber es war entsetzlich bitter und sauer und schmeckte alles andere als gut. Schnell steckte sie sich einen Keks in den Mund, um den Geschmack loszuwerden.

»Oje.« Antonella sah sie lachend an. »Du hast wohl noch nie Kaffee getrunken?«

Beschämt sah Francesca auf die hölzerne Tischplatte. Sie kam sich so tölpelhaft vor und schüttelte nur langsam den Kopf.

»Warte.« Antonella stand unter leisem Stöhnen auf, und Francesca sah, wie sie schmerzhaft das Gesicht verzog und die Hand auf die Hüfte legte. Unter leichtem Hinken ging sie hinaus. Francesca fragte sich, wie lange die Köchin wohl schon für die Familie Milani arbeitete. Sie erschien ihr so selbstsicher und erfahren.

Wenig später kehrte Antonella mit einem Krug Zitronenlimonade zurück. Nachdem sie ihr ein großes Glas eingeschenkt hatte, ließ sie sich wieder auf dem Stuhl gegenüber nieder. »An den Geschmack von Kaffee muss man sich erst gewöhnen.«

Francesca trank dankbar die Limonade und griff beherzt nach einem zweiten Keks, weil sie dem Geschmack nicht widerstehen konnte.

»Ich gestehe dir gleich, wir haben hier im Moment viel zu wenig Personal«, sagte Antonella und seufzte. »Vor dem Krieg hatte ich drei Mädchen, zwei, die sich um die Stuben gekümmert haben, und eine zur Hilfe in der Küche. Die hat auch unten die Pasticceria gesäubert. Aber dann kam der Krieg, und wir mussten kürzertreten. Und jetzt, wo das Geschäft langsam wieder anläuft, finden wir keine Signorine. Wir sind froh, dass du so schnell kommen konntest, aber es gibt viel zu tun.«

»Ich habe keine Angst vor schwerer Arbeit«, versicherte Francesca schnell. »Zu Hause habe ich schon von klein auf im Weinberg mithelfen müssen.«

Die Köchin lächelte sie wieder an, und diese freundliche Geste wärmte Francesca von innen auf. »Gut, denn Signora Milani fordert viel. Sie ist streng zu sich selbst und auch zu anderen. Manchmal wirkt sie vielleicht ein wenig furchteinflößend, aber sie ist ein sehr gerechter Mensch. Und wenn du fleißig bist, wird sie das zu schätzen wissen.«

Francesca nickte und trank ihre Limonade aus. Wieder musste sie an ihre Mamma denken, die nicht nur herzlich, sondern auch streng sein konnte. Hier fand sie beide Eigenschaften wieder, jedoch in zwei Frauen. Während die Signora Strenge verkörperte, war Antonella die Herzlichkeit in Person. Aber sie kannte die beiden erst seit Kurzem, vielleicht sollte sie sich mit ihrem Urteil mehr Zeit lassen.

Die Köchin stand auf. »Jetzt werde ich dich herumführen und dich in deine Aufgaben einweisen. Hauptsächlich bist du für die Räume hier oben zuständig, die die Familie Milani privat nutzt. Die Pasticceria und das Café müssen die Mitarbeiter unten sauber halten, einmal in der Woche ist es jedoch deine Aufgabe, auch dort eine gründliche Reinigung vorzunehmen, einschließlich Teppiche säubern und den Boden schrubben.«

»In Ordnung«, sagte Francesca und freute sich schon auf diese Aufgabe. Ein Café war eine neue Welt für sie, und sie sehnte sich danach, sie genauer in Augenschein nehmen zu können. Am liebsten hätte sie dort unten selbst als Servierfräulein gearbeitet, oder besser noch als Konditorin, die all die Köstlichkeiten fabrizierte, aber ihr Vater hatte nun einmal diese Stellung als Hausmädchen für sie gefunden.

»Hier hinten sind die Wirtschaftsräume.« Antonella öffnete die Tür, die sich rechts neben dem großen Büfett befand. »Speisekammer, Waschküche, außerdem die Hintertreppe.« Sie deutete mit dem Kopf auf die zweite Tür, links neben der Anrichte. »Und hier sind meine privaten Räume, ein kleines

Wohnzimmer und meine Schlafkammer. Wenn du mich mal suchst und ich nicht hier in der Küche sein sollte, findest du mich dort.«

Dann führte Antonella sie hinaus auf einen kurzen Flur, in dem rechts und links Geschirrschränke standen, und von dort in ein geräumiges vornehmes Esszimmer. Die Wände hatten dicke weinrote Tapeten, die hohe Decke war mit Stuck verziert. Die Köchin deutete auf den ovalen Kirschbaumtisch. »Die Familie besteht nur noch aus drei Personen, seit der älteste Sohn Valentino nicht aus dem Krieg zurückgekehrt ist.«

Francesca presste erschrocken die Lippen zusammen. Sie hatte von den vielen Toten gehört, die der Krieg gefordert hatte, und viele Familien warteten noch immer darauf, dass ihre Söhne, Väter und Brüder nach Hause kamen. Auch in Monchiero fehlten einige junge Männer, manche von ihnen hatte Francesca gekannt. Glücklicherweise war das Piemont von schweren Bombenangriffen verschont geblieben, aber sie kannte die Geschichten von zerbombten Städten und getöteten Zivilisten. Der Krieg war noch allgegenwärtig, und Verluste, wie der der Milanis, erinnerten immer wieder daran, dass die schweren Gefechte nicht einmal ein Jahr zurücklagen. »Das tut mir sehr leid.«

»Für die Signora ist es besonders schlimm.« Die Köchin strich über die glänzende Tischplatte. »Sie haben noch den jüngeren Sohn Matteo, wenigstens das.«

»Die Milanis haben nur zwei Kinder?«, fragte Francesca erstaunt. In ihrem Dorf gab es keine Familie, die nicht mindestens vier Kinder hatte.

»Oh ja, und das reicht auch vollkommen.« Antonella lachte. »Schließlich hat die Signora immer kräftig mitarbeiten müssen. Sie macht die Bestellungen für das Café, kümmert sich ums Personal und pflegt die wichtigsten Kontakte.

Da reichten schon zwei Jungs, um die sie sich auch noch kümmern musste.«

»Wir waren fünf Kinder zu Hause«, sagte Francesca, und sofort spürte sie einen Stich in der Brust. Sie schluckte schnell gegen die Tränen an, die wieder in ihr aufstiegen.

»Für uns ist es ganz gut, stell dir vor, wir müssten statt für drei für sieben kochen!« Die Köchin schlug die Hände zusammen. »Aber oft sind auch Gäste zum Essen eingeladen, was mich bei der Lebensmittelknappheit manchmal vor Herausforderungen stellt. Wir haben nicht immer genügend Lebensmittelkarten, doch die Signora schafft es meistens, das Nötigste, und noch ein bisschen mehr, zu besorgen.«

Francesca dachte an die *Tessere*, die Marken, die ihre Eltern bekommen hatten und mit denen sie beim Händler im Dorf anstehen mussten, um ihre Rationen Butter und Eier zu bekommen. Manchmal hatten sie aber auch mehr ergattert, wenn sie eine Flasche Wein gegen ein Pfund Butter oder Mehl hatten tauschen können. Sie betrachtete den großen Esstisch, an dem bequem zehn Personen Platz finden konnten. An den Wänden hingen kleine Ölbilder, auf denen Stillleben auf meist dunklem Hintergrund abgebildet waren.

»Bei Tisch bedienst du allein, aber wenn viele Gäste da sind, helfe ich dir«, erklärte die Köchin gerade. »Ansonsten bist du für das Sauberhalten der Räume zuständig und ich fürs Kochen.«

Francesca sah Antonella unsicher an. »Aber ich kenne mich nicht damit aus. Ich weiß nicht, welche Regeln ich beim Bedienen beachten muss.«

»Das wirst du schnell lernen, glaub mir.«

Francesca schluckte. Sie hatte jetzt schon Angst vor dem Tadel der Signora, der unweigerlich erfolgen würde, weil sie etwas falsch gemacht hätte.

Antonella führte Francesca aus dem Esszimmer in die große Diele, von der das Büro von Signora Milani und die Stiege zum Dachgeschoss abgingen. »Das Büro der Signora reinigst du nur, wenn sie nicht da ist. Und fass bloß nicht die Papiere an, und bring nichts in Unordnung, das mag sie gar nicht.«

Francesca nickte eifrig. Das würde sie auf keinen Fall vergessen. Schließlich war die Signora angsteinflößend genug.

»Da hinten sind die Schlafzimmer, die machst du immer nach dem Frühstück.« Antonella deutete den Flur hinunter. Vor der ersten Tür rechts blieb sie stehen. »Und das hier ist der Salon. Dort musst du schön vorsichtig sein, damit nichts hinunterfällt. Die Signora hängt sehr an ihren Porzellanfiguren.«

Francesca betrat hinter der Köchin den Raum, der mit kleinen Tischchen und Kommoden vollgestellt war. Die Luft hier roch abgestanden. Der Salon machte überhaupt den Eindruck, selten benutzt zu werden. Der Kamin war sauber ausgefegt. Über den Rückenlehnen der Sessel und des Sofas hingen kleine Spitzendeckchen, und auf sämtlichen Flächen standen Nippesfiguren. Francesca betrachtete staunend die Schafe und Harlekine aus feinstem Porzellan, die filigran gearbeiteten Kätzchen und Blumenkörbe. Auf dem Kaminsims standen einige Fotografien, auf denen Frauen in langen Kleidern und Männer in Uniformen zu sehen waren.

Die Köchin deutete auf die schweren Gardinen vor dem Fenster. »Jeden ersten Dienstag im Quartal werden die Gardinen gewaschen. Das machst du selbst und hängst sie dann noch feucht wieder auf. Die übrige Wäsche wird abgeholt.«

Francesca atmete auf, denn gerade das Wäschewaschen war immer besonders anstrengend gewesen. Noch am Vortag hatten sie die Kleidung in Bleichsoda einlegen und die besonders schmutzigen Stellen mit brauner Seife einreiben müssen. Dann war die Wäsche gekocht worden, sie hatten sie mit langen Stielen im Bottich herumrühren müssen, und anschließend musste jedes Stück auf dem Waschbrett geschrubbt werden. Keine der Schwestern hatte das besonders gern getan, aber ihre Mutter war da unnachgiebig gewesen.

Francesca folgte Antonella wieder auf den Flur hinaus. Vor der nächsten Tür blieb die Köchin stehen und klopfte kurz an. Nachdem keine Antwort kam, öffnete sie die Tür und ließ Francesca in das abgedunkelte Zimmer treten. Kalter Tabakrauch schlug ihnen entgegen.

»Das hier ist das Kontor des Signore«, erklärte Antonella und ging zum Fenster, um es zu öffnen und den Laden aufzustoßen. »Der Signore mag es nicht, wenn wir hier lüften, aber manchmal muss man sich einfach durchsetzen.« Sie zwinkerte Francesca zu.

Francesca bewunderte den Mut der Köchin. Sie selbst hätte sich niemals getraut, das Fenster zu öffnen, wenn der Signore es nicht wollte. Obwohl sie zugeben musste, dass die Luft im Zimmer wirklich sehr schlecht war. Sie sah sich um. Vor dem Kamin stand ein runder Eichentisch mit vier Stühlen, der über und über mit Papieren bedeckt war. An der anderen Seite des Zimmers gab es einen Schreibtisch, auf dem sich Aktenberge stapelten. Auf einem Tischchen zwischen den beiden Fenstern waren diverse Grappaflaschen und Gläser angeordnet. Ein Porzellanschälchen mit Pfefferminzbonbons stand daneben.

Als Nächstes führte Antonella sie in das Schlafzimmer von Signora und Signor Milani. Während sie die Fensterläden aufstieß, um Licht hereinzulassen, erklärte sie: »Du stehst morgens um fünf auf, dann machst du als Erstes die Räume mit Ausnahme der Schlafzimmer sauber. Die Signora möchte mit ihrem Sohn um acht im Esszimmer frühstücken. Wenn Signor Milani es schafft, kommt er dazu. Bis dahin muss der Tisch gedeckt sein. Sobald die Herrschaften beim Frühstück sitzen, kannst du die Schlafzimmer machen.« Antonella machte eine kurze Pause. »Die Bettwäsche wird jeden zweiten Montag gewechselt. Die Teppiche werden jede Woche draußen im Hof ausgeklopft. Wir haben einen modernen Staubsauger, mit dem wird an den anderen Tagen gereinigt. Das Zimmer von Signor Matteo befindet sich gleich nebenan. Dann gibt es noch das Zimmer vom seligen Signor Valentino. Die Signora erlaubt nicht, dort etwas zu verändern. Sie hofft noch immer, dass er eines Tages heimkehrt. Dort musst du auch hin und wieder sauber machen, aber das Bett beziehen wir nur selten neu.«

Schließlich zeigte Antonella Francesca das Badezimmer, in dem eine große Badewanne aus Emaille auf geschwungenen Füßen stand. Das Waschbecken war mit goldenen Hähnen ausgestattet. Zu Hause in Monchiero hatten sie eine Zinkwanne gehabt, die immer samstags in die Küche geholt wurde. Und für den täglichen Bedarf gab es Waschschüsseln, an denen sie sich mit kaltem Wasser wuschen.

In dieser Nacht hatte Francesca keine einzige Minute geschlafen. Ihr Kopf schwirrte von all den neuen Eindrücken, die immer wieder von ihrem Heimweh überlagert wurden. Sie dachte an die vielen Menschen, die sie gesehen hatte, an die bunten Häuser Albas, an denen sie vorbeigefahren waren, an die Automobile, an Antonella und Signora Milani. Und sie sorgte sich, dass sie den Zeitplan nicht einhalten oder etwas vergessen könnte. All diese Aufgaben klangen sehr anspruchsvoll, sie hoffte, dass sie mit der Zeit lernen würde, sie zu erfüllen. Den Signore und auch den Sohn des Ehepaars hatte sie bislang noch nicht kennengelernt, weil die Milanis am Abend nicht zu Hause gegessen hatten, sondern eingeladen gewesen waren. Sie war aufgeregt, als sie an das Gerät dachte, das Antonella ihr gezeigt hatte. Es war ein Apparat, der den Staub einsaugte, welcher dann in einem runden Behälter gesammelt wurde, den man hinter sich herzog. Er funktionierte mit elektrischem Strom und musste in einer Steckdose eingestöpselt werden. Francesca konnte es kaum erwarten, dieses wundersame Ding auszuprobieren.

Sie hatte schreckliche Angst zu verschlafen, denn sie hatte sich nicht getraut, Antonella zu fragen, wie sie denn wissen konnte, dass es fünf Uhr war. Vielleicht wurde hier vorausgesetzt, dass ein fleißiges Hausmädchen von selbst aufwachte, wenn die Zeit gekommen war. Deshalb kroch sie irgendwann zwischen den Laken hervor, unsicher, ob sie nicht schon verschlafen hatte. Sie sah aus der kleinen Fensterluke neben ihrem Bett, um nach einer der Turmuhren Ausschau zu halten. Allerdings war es noch stockfinster draußen, sodass sie nichts erkennen konnte. Das Licht einzelner Straßenlaternen schaffte es kaum, die nächste Umgebung zu erhellen. Sie wusch sich mit dem kalten Wasser, das sie am Abend in einem Krug heraufgetragen hatte, und zog sich anschließend das schwarze Kleid an und band die Schürze darüber.

Dann schlich sie im schwachen Schein der Glühbirne, die im Flur vor ihrem Zimmer hing, nach unten. Als sie die große Diele betrat, blieb sie kurz stehen und lauschte. Alles war still, nicht der geringste Laut war zu hören. Leise ging sie in die Küche, wo sie die Deckenlampe einschaltete. Ihre Augen brauchten einen Moment, um sich an das grelle Licht zu gewöhnen. Ihr Blick fiel auf die Uhr, die an der Wand hing. Erschrocken stellte sie fest, dass es mitten in der Nacht war. Die Zeiger zeigten halb drei.

Hilflos stand sie in der Küche. Was sollte sie jetzt tun? Ihr erster Impuls war, wieder zurück ins Bett zu gehen, aber dann stünde sie wieder vor dem Problem, dass sie nicht wusste, wann es Zeit war, hinunterzukommen. Nein, sie würde hier warten, in der Küche. Wenn sie nur besser Bescheid gewusst hätte, dann hätte sie sich schon nützlich machen und vielleicht das Frühstück vorbereiten können. Um Antonella nicht zu wecken, deren Zimmer gleich nebenan waren, löschte sie das Licht und setzte sich im Dunkeln an den Küchentisch.

»Francesca«, hörte sie irgendwann eine Stimme und fuhr erschrocken hoch.

Es war hell, und die Köchin beugte sich über sie. Erschrocken sprang sie auf. Sie musste eingeschlafen sein. Ein Blick auf die Uhr zeigte, dass es kurz vor fünf war. Sie hatte zweieinhalb Stunden im Sitzen am Tisch geschlafen.

»Was tust du denn hier unten?«, fragte Antonella mit besorgter Miene.

Hastig erklärte Francesca: »Ich wusste nicht, wann es fünf Uhr ist, und bin vorsichtshalber etwas früher hinuntergegangen.«

»Kindchen!« Die Köchin schlug die Hände zusammen. »Ich komme immer rauf, um dich zu wecken. Du brauchst dir also keine Sorgen zu machen, ich kümmere mich schon darum, dass du rechtzeitig hier unten stehst.«

»Ach so«, sagte Francesca leise und schämte sich schrecklich, dass sie sich so viele unnötige Gedanken gemacht hatte. Sie fühlte sich entsetzlich dumm, weil sie nicht selbst darauf gekommen war, dass die Köchin sie wecken käme. Alles schien zu kompliziert für Francesca zu sein, nichts verstand sie richtig. Sie hatte keinerlei Erfahrung und erst recht keine Bildung. Sie war nur vier Jahre zur Schule gegangen, weil sie dann auf dem Weingut gebraucht wurde, und konnte kaum mehr als lesen, schreiben und leichte Rechenaufgaben lösen. Plötzlich kam sie sich so nichtsnutzig vor, dass Tränen der Scham in ihr aufstiegen.

»Kindchen«, sagte die Köchin wieder und zog Francesca in ihre Arme. »Das macht doch nichts. Es ist alles sehr viel und neu für dich, das verstehe ich.«

Francesca konnte die Tränen nicht mehr zurückhalten. Sie stürzten aus ihr heraus, und je mehr sie versuchte, sich wieder zu beruhigen, umso schlimmer wurde es. Antonella streichelte über ihren Rücken und redete leise und beruhigend auf sie ein.

»So«, sagte die Köchin irgendwann und löste sich behutsam von ihr. »Jetzt werde ich mit dir nach unten gehen und dir erklären, was in der Pasticceria zu reinigen ist, und anschließend werden wir das Esszimmer vorbereiten und das Frühstück machen. Wasch dir das Gesicht und trink ein Glas Limonade mit einem Extralöffel Zucker, dann geht es dir gleich besser.«

Ihr erster Arbeitstag verlief dann doch besser, als Francesca es bei diesem holprigen Start vermutet hätte. Antonella erklärte ihr ausführlich ihre Aufgaben, und Francesca gab sich anschließend redlich Mühe, sie perfekt zu erledigen. Kein Staubkorn sollte sich mehr finden lassen, nachdem sie ein Zimmer gesäubert hatte, die Betten sollten aussehen, als habe noch nie jemand darin geschlafen, nachdem sie sie gemacht hatte, und in den Armaturen des Badezimmers sollte man sich spiegeln können. Bei der Hausarbeit fühlte Francesca sich sicher, hier hatte sie ausreichend Erfahrungen, und ihre Mutter war eine strenge Lehrmeisterin gewesen. Und die modernen Geräte, die sie im Haus der Milanis zur Verfügung hatte, erleichterten ihr die Arbeit sehr. Begeistert nutzte sie den Staubsauger und staunte, wie schnell sich damit die Böden reinigen ließen.

Es gab ein elektrisches Bügeleisen, mit dem man nicht mehr Gefahr lief, durch den Kohlenstaub die frische Wäsche zu verschmutzen, und eine Schleuder, mit der man die gewaschenen Gardinen ganz leicht auswringen konnte. Was würden ihre Schwestern und die Mutter große Augen machen, wenn sie diese modernen Apparate zu Gesicht bekämen.

Francesca war den Mitgliedern der Familie Milani nur bei den Mahlzeiten begegnet. Die Milanis hatten sie jedoch kaum zur Kenntnis genommen. Sie hatte Speisen angereicht und Gläser gefüllt, genau so, wie die Köchin es ihr erklärt hatte. Anscheinend hatte sie ihre Aufgabe gut gemacht, denn niemand hatte etwas zu beanstanden. Sie war nach jeder Mahlzeit erleichtert gewesen, die sie bei Tisch bedient und die sie hinter sich gebracht hatte. Signora Milani hatte sie gestern einschüchternd genug empfunden, bestimmt war auch der Signore sehr streng. Je weniger sie ihrer Herrschaft auffiel, umso besser wäre es. Daher hatte sie Vater und Sohn nicht einmal angesehen und hätte hinterher nicht sagen können, ob sie Bärte im Gesicht trugen oder nicht. Nur den Blick der Signora Milani hatte sie hin und wieder prüfend auf sich gespürt, aber gesagt hatte sie zu ihr kein einziges Wort.

Francesca hatte den ganzen Tag emsig gearbeitet und war so darauf konzentriert gewesen, alles bestmöglich zu erledigen, dass sie gar nicht dazu gekommen war, länger an zu Hause zu denken. Erst nach ihrem späten Abendessen, das sie mit Antonella in der Küche eingenommen hatte, nachdem sich die Familie Milani in ihre Schlafzimmer zurückgezogen hatte, spürte sie einen Anflug von Traurigkeit.

Die Arbeit bereitete ihr von Anfang an Freude, sie konnte gar nicht genug davon bekommen, mit dem Staubsauger über die Teppiche zu fahren, die kleinen Porzellanfiguren zu säubern und das Kirschbaumholz zu polieren. Sie fühlte sich wohl inmitten der schönen Dinge des Haushalts, die sie den ganzen Tag während der Arbeit bewundern konnte. Auch Antonella fiel auf, wie gut Francesca sich eingewöhnt hatte, und sie hatte oft ein lobendes Wort für sie. Francesca sog diesen Zuspruch auf wie ein Rebstock die ersten Regentropfen nach wochenlanger Trockenheit. Das Lob der Köchin gab ihr Selbstsicherheit. Wenn sie am Morgen in das Zimmer von Matteo Milani kam und die Unordnung sah, die der junge Mann hinterlassen hatte, machte sie sich beschwingt ans Aufräumen und Putzen. Wenn sie eine halbe Stunde später den Raum in perfekter Ordnung und Sauberkeit wieder verließ, breitete sich eine tiefe Zufriedenheit in ihr aus. Anders als beim Weinanbau, wo man oft wochen- oder sogar monatelang hatte warten müssen, um das Ergebnis seiner harten Arbeit zu sehen, konnte sie sich hier direkt daran erfreuen.

Doch manchmal, vor allem abends, wenn sie in ihrer Dachkammer im Bett lag, wurde sie wehmütig, dann vermisste sie ihre Familie und die Freundinnen aus dem Dorf. Und sosehr sie Antonella auch mochte, so fehlte ihr doch eine Gleichgesinnte ihres Alters, mit der sie sich hätte austauschen können.

An diesem Morgen, sie war inzwischen seit genau einer Woche im Haushalt der Milanis, hingen die Wolken tief über der Stadt, und während Francesca auf den Knien den Fußboden von Signor Matteos Zimmer putzte, musste sie daran denken, dass ihre Familie den Tag vermutlich dazu nutzte, die Reben hochzubinden und die zarten Triebe zu begutachten. Es war wichtig, dass die Pflanzen dem Sommerregen, der vermutlich bald fallen würde, gewachsen waren.

Francesca musste sich eingestehen, dass sie die Arbeit in der Natur vermisste. Obwohl sie auch ihre Tätigkeit hier bei den Milanis sehr gern mochte und sich über ihr Glück freute, in einen herrschaftlichen Haushalt mitsamt Café gekommen zu sein, sosehr sehnte sie sich auch nach den Weinreben, den sanften Hügeln, der Weite der Landschaft um sie herum und natürlich nach ihrer Mamma, ihren Freundinnen und Brüdern. Sie wollte wieder die Erde in ihren Händen spüren, wollte die Düfte der Pflanzen um sich herum einatmen und ihre Familie um sich haben. Plötzlich wurde ihr Hals eng, und zum ersten Mal, seit sie nach Alba gekommen war, fühlte sie sich einsam. Tränen liefen ihr über die Wangen. Einen Moment lang hielt sie inne und gab sich ihren Gefühlen hin.

In diesem Moment wurde die Zimmertür aufgerissen. Erschrocken sah sie auf und direkt in Matteo Milanis Gesicht.

»Oh, Verzeihung.« Er sah sie mit großen dunklen Augen an. »Ich suche nach einem grünen Journal.«

Francesca deutete stumm und beschämt, dass er sie in Tränen aufgelöst überrascht hatte, zur Kommode, auf der sie ein grünes Heft hatte liegen sehen, und wischte sich verstohlen über die Wangen.

»Danke.« Signor Matteo durchquerte das Zimmer und griff nach dem Heft. Dann kam er zurück und blieb vor ihr stehen.

Francesca hielt unwillkürlich den Atem an. Würde er mit ihr schimpfen, weil sie bei der Arbeit geweint hatte? Ihr Vater hatte immer gesagt, wer weine, könne nicht arbeiten, und wer nicht arbeite, sei faul. Francesca hatte sich also gehütet zu weinen, zumindest dann, wenn ihr Vater in der Nähe gewesen war.

Jetzt wagte sie nicht, den Kopf noch einmal zu heben. Sie starrte auf die blank geputzten Schuhspitzen von Signor Matteo.

»Wie heißt du?«, fragte er sie mit sanfter Stimme.

»Francesca Pellegrino, Signore«, antwortete sie leise.

»Francesca«, wiederholte er und ging plötzlich in die Hocke.

Erschrocken, weil er ihr mit einem Mal ganz nah gekommen war, blickte sie auf und direkt in seine dunklen Augen. Der Duft von Zitrone und Pfefferminze stieg ihr in die Nase. Einen Moment lang blieb die Welt um sie herum stehen, und sie verlor sich in der Tiefe seines Blicks.

Signor Matteo lächelte und hielt ihr etwas hin. »Bitte, nimm das.«

Sie war nicht in der Lage, sich zu rühren, weil sein Blick sie noch immer festhielt. Da spürte sie etwas an ihren Fingern. Sie musste den Putzlappen längst fallen gelassen haben. Er hatte ihr etwas in die Hand gedrückt. Als sie ihren Blick von den dunklen sanften Augen losriss und auf ihre Finger hinuntersah, bemerkte sie das Taschentuch, das er ihr gereicht hatte.

Und so schnell es geschehen war, so schnell war es auch wieder vorüber. Er stand auf und ging aus dem Zimmer. Francesca starrte ihm noch lange nach. Dann faltete sie ehrfurchtsvoll das weiße Taschentuch auseinander und tupfte über ihre Wangen. Dabei roch sie wieder den Duft von Zitrone und Pfefferminze, und plötzlich fühlte sie sich seltsam geborgen und getröstet.

Als sie am Abend gerade die Wasserkaraffe auf den Tisch im Esszimmer stellte, betrat Matteo den Raum. Francesca wich seinem Blick aus und wandte sich zur Tür. Sie schämte sich noch immer für ihren Tränenausbruch am Vormittag, zumal ihr Weinen bestimmt einen vollkommen falschen Eindruck vermittelt hatte. Sie war nicht unglücklich gewesen, sie hatte nur einen kurzen Moment lang ihre Familie vermisst. Jetzt dachten die Milanis womöglich, dass sie undankbar und unzufrieden mit ihrer Anstellung sei.

»Wo kommst du her?«, fragte Matteo unvermittelt.

Francesca hielt inne und sah sich rasch um. Aber außer ihr war niemand im Zimmer, Signor Matteo musste also sie gemeint haben. Sie drehte sich langsam zu ihm um. »Von einem Weingut bei Monchiero.«

Matteo blieb hinter einem der Esszimmerstühle stehen. Die Hände auf die Rückenlehne gestützt, betrachtete er sie wie einen seltenen Edelstein, den er unerwartet in einem Bachlauf gefunden hatte. »Dann hast du deinen eigenen Wein gemacht?«

Francesca spürte, dass sie errötete. War er etwa der Meinung, ihr hätte das Weingut gehört?

»Nein, Signore«, beeilte sie sich zu sagen. »Ich habe nur meinen Eltern geholfen.«

Mit einem interessierten Lächeln kam er um den Tisch herum auf sie zu. Verstohlen betrachtete sie ihn ein wenig genauer. Seine schwarzen Haare waren fast so lockig wie ihre eigenen. Er trug keinen Bart, aber auf seinem Gesicht lag ein dunkler Schatten. Die letzte Rasur schien schon länger zurückzuliegen. Er war etwa einen Kopf größer als Francesca. Wie schon am Vormittag umgab ihn der Duft von Zitrone und Pfefferminze.

»Vermisst du deine Familie?«, fragte er und stand jetzt dicht vor ihr.

Sie war nicht in der Lage, sich zu rühren, weil seine Augen ihre festhielten. Daher nickte sie nur ganz leicht.

»Das tut mir leid.« Er sah sie mitfühlend an.

Francesca schluckte. Wie konnte sie ihm erklären, dass sie nicht unglücklich war? Er hatte alles vollkommen falsch verstanden, wie sie schon befürchtet hatte. »Ich bin sehr gerne hier, Signore. Es war nur ein Versehen, dass ich heute Morgen geweint habe.«

»Ein Versehen?« Er musste lachen. »Ich habe noch nie gehört, dass jemand aus Versehen weint.«

Sein warmes Lachen hörte sich ein wenig wie das Gurren einer turtelnden Taube an. Eine Gänsehaut überlief Francesca, es war ein Lachen, das sie gerne öfter hören würde. Er fuhr fort: »Schade daran ist höchstens, dass es dein wunderschönes Gesicht verschleiert. Gefällt es dir denn wirklich hier bei uns?«

»Sì, Signore.« Sie riss sich los von seinem warmen Blick und dem Kompliment, dass sie ein schönes Gesicht habe.

In diesem Moment betraten die Signora und der Signore das Esszimmer, und Francesca schlüpfte schnell hinaus, um den Wein aus der Küche zu holen. Einen Moment blieb sie stehen und atmete tief durch. Matteos Blick hatte sich tief in ihr Innerstes gebrannt.

Kapitel 2

Italien, Piemont, Mai bis Juni 1946

In den nächsten Wochen gewöhnte sich Francesca rasch an den neuen Tagesablauf. Sobald Antonella sie morgens weckte, sprang sie aus dem Bett, wusch sich und schlüpfte in die Kleidung, die sie von Signora Milani bekommen hatte. Wenige Tage nachdem sie nach Alba gekommen war, hatte die Hausherrin ihr ein Paket mit Blusen, Röcken, Schürzen und Strümpfen überreicht, die sie für Francesca bestellt hatte. Als Francesca die Kleidungsstücke aus dem Papier nahm, stiegen ihr Tränen in die Augen. Alles war vollkommen neu, es roch ganz leicht nach Essig, ein Geruch, den Francesca von den Stoffen kannte, die ein Händler anbot, der regelmäßig nach Monchiero kam. Ehrfurchtsvoll strich sie über die teure dicke Baumwolle der Strümpfe und war der Signora unendlich dankbar, dass sie ihr all diese schönen Sachen gekauft hatte. Immer wieder betrachtete Francesca sich verstohlen in einem der Spiegel, an denen sie vorbeikam, und bewunderte den fließenden Stoff, der ihre zarte Figur betonte. Die Röcke gingen bis unters Knie, die schwarzen Baumwollstrümpfe passten sehr gut dazu, die weißen Schürzen konnte Francesca in der Taille eng binden.

Die Tage vergingen mit dem Säubern der Zimmer, dem

Servieren bei Tisch und ihrer Hilfe für Antonella, von der Francesca viel lernte. Aber es war nicht nur so, dass Antonella ihr beibrachte, wie sie Gnocchi, Agnolotti oder Peperoni con bagna machte, wie sie Gemüse einlegte und Vitello tonnato oder Fisch und Fleisch zubereitete, oft fragte die Köchin auch Francesca nach Rezepten, die sie von zu Hause kannte. Und so übernahm Antonella die Lasagne mit Fenchel und Oliven oder die Polenta nach altem Familienrezept, die es auf dem Weingut regelmäßig gegeben hatte. Für Francesca war es eine vollkommen neue Erfahrung, dass sie etwas weitergeben konnte und sich jemand für ihr Wissen interessierte. Stolz servierte sie beim Abendessen die Polenta, die Antonella nach Francescas Familienrezept zubereitet hatte, und freute sich insgeheim, als der Signore noch eine zweite Portion davon verlangte.

»So etwas könnten wir auch im Café anbieten«, sagte Signor Milani kauend und deutete auf die Polenta. »Ich denke schon seit Längerem daran, dass wir auch herzhafte Speisen auf unsere Karte nehmen könnten.«

Die Signora schnalzte abfällig mit der Zunge. »Und woher sollen die Lebensmittel dafür kommen? Du weißt doch selbst am besten, wie schwer es ist, überhaupt genug Mehl und Zucker zu bekommen.«

Der Signore häufte einen Berg Polenta auf seine Gabel. Sein schwarzer Schnauzbart, dessen Enden etwas traurig nach unten hingen, zitterte leicht. »Nun, du bist doch ganz hervorragend darin, alles zu beschaffen, was wir an Lebensmitteln benötigen.«

Der Signore war Francesca während ihrer ersten Wochen immer sympathischer geworden. Im Gegensatz zu der Signora lächelte er freundlich, wenn er Francesca sah. Er strich sich permanent über den mächtigen Schnurrbart, war aber oft bei schlechtem Appetit und ließ seinen Teller halb voll stehen, wie Francesca schon festgestellt hatte. Deshalb war er vermutlich auch so schlank. Dabei war er hochgewachsen, hatte ein edles schmales Gesicht, die Wangen wirkten etwas eingefallen, die Augen waren genauso dunkel wie die seines Sohnes und das Haar ebenso lockig und widerspenstig.

Die Signora schürzte die Lippen und schüttelte den Kopf. »No, das ist keine gute Idee. Wir bleiben bei unseren Kuchen, Kleingebäck und den Likören. Basta!«

Francesca sah beschämt zu Boden, es war ihr unangenehm, Zeugin dieses Gesprächs zu sein, bei dem die Signora ihren Gatten in die Schranken wies. Aber Antonella hatte ihr eingeschärft, das Esszimmer keinesfalls ohne Anweisung oder Auftrag zu verlassen. Daher stand sie neben dem Büfett an der Wand und versuchte, so unauffällig wie möglich zu sein. Außerdem befürchtete sie, die Aufmerksamkeit erst recht auf sich zu ziehen, wenn sie jetzt den Raum verließ.

»Madre, ich finde die Idee gar nicht so schlecht«, mischte sich in diesem Moment Matteo ein.

Francesca sah erschrocken zum Tisch, und ihr entging nicht der strenge Blick, den Signora Milani ihrem Sohn zuwarf. »Halte dich da raus, Matteo. Das geht dich nichts an.«

Der Signore räusperte sich. Die gefüllte Gabel schwebte in der Luft. »Nun, er wird den Betrieb eines Tages erben, so Gott will, und daher sollte er ruhig …«

»*Senza senso!*« Die Signora machte mit einer Handbewegung deutlich, dass sie das Thema für beendet hielt.

»Wir werden sehen, *mia cara.*« Der Signore aß lächelnd die Polenta, die ihm gut zu bekommen schien. Francesca bewunderte ihn immer wieder für seinen Gleichmut, die Signora neigte dazu, ihrem Mann über den Mund zu fahren, und der Signore schwieg dazu mit einem sanften Lächeln. Doch nicht selten hatte Francesca auch beobachtet, dass die Signora später dann doch einlenkte. Anscheinend war sie eine Frau, die zuerst Einwände vorbringen musste, bevor sie in Ruhe über etwas nachdachte.

Francesca sah zu Matteo hinüber und meinte, an seiner angespannten Körperhaltung und dem finsteren, nachdenklichen Blick zu erkennen, dass er noch nicht mit dem Thema abgeschlossen hatte.

Francesca nahm die Weinflasche, um nachzuschenken. Keiner der drei schien sie wahrzunehmen, wie sie erleichtert feststellte. Es schien also auch niemandem von ihnen unangenehm zu sein, dass sie die Streitereien der Familie mitbekam. Insgeheim bewunderte sie die Signora dafür, dass sie so vehement ihre Meinung vertrat und sich über die Männer hinwegsetzte, zumal es doch die Aufgabe des Mannes war, Entscheidungen zu treffen.

Zugleich hatte Francesca nach wie vor Angst vor der Signora, auch wenn diese sie die meiste Zeit ignorierte. Die Anweisungen erhielt Francesca in der Regel von Antonella, nur selten sollte sie auf Geheiß der Signora etwas erledigen. Francesca gab sich große Mühe, die strenge Hausherrin zufriedenzustellen, die den Vormittag in ihrem Büro verbrachte und den Nachmittag meist außer Haus war, um Einkäufe zu erledigen, andere Damen zu besuchen oder in der Kirche für den vermissten Sohn zu beten.

Francesca bemühte sich, der Signora keinen Anlass zur Kritik zu geben, und arbeitete fleißig und konzentriert. Am liebsten war sie frühmorgens, nachdem sie die Backstube gewischt hatte, unten im Café. Anfänglich hatte sie hier zweimal in der Woche die Böden geputzt, die Tische mit Essig abgerieben, bis sie glänzten, und am Sonntag die Backstube gründlicher gereinigt. Doch schon bald verlangte Signor Milani von

Francesca jeden Tag vor der Öffnung eine Reinigung des Cafés, weil den Gästen anscheinend die neue Sauberkeit zusagte. Und auch wenn das für Francesca nun zusätzliche Arbeit bedeutete, freute sie sich über die neue regelmäßige Aufgabe. Denn sie liebte es, frühmorgens in dem großen leeren Café allein zu sein.

Francesca stellte ihre Eimer ab und sog den Duft tief ein, der hier unten ganz besonders war. Es roch nach Schokolade und Gebäck, aber auch nach Kaffee und Likör. Und während Francesca die Spiegel an den Wänden polierte, stellte sie sich das Gewimmel der Gäste vor, die wenig später hier an den runden Tischen sitzen würden. Sie hatte inzwischen auch alle Servierfräulein kennengelernt und mochte besonders Angelina, die sie an ihrem Ankunftstag nach oben geführt hatte. Angelina war einundzwanzig und somit nur fünf Jahre älter als Francesca. Angelina war nicht nur deutlich jünger als ihre drei Kolleginnen, sondern auch die tollpatschigste von allen vieren.

Eines Morgens, als das Café bereits geöffnet hatte und Francesca gerade die Treppe putzte, hörte sie unten ein lautes Scheppern. Kurz darauf kam Angelina hektisch in den Flur gerannt und holte Besen und Wischlappen aus einer Kammer, wirkte dabei jedoch vollkommen hilflos. Francesca fragte sie, ob sie ihr vielleicht helfen könne.

»Oh, das wäre wunderbar«, rief Angelina erleichtert und deutete auf die Tür zum Café. »Ich habe nicht aufgepasst und ein voll beladenes Tablett mit Kaffee, Limonade und Tellern fallen lassen.«

Francesca eilte also mit ihrem Eimer und einem Besen in den Gastraum, während Angelina sich ein zweites Mal um die Bestellungen kümmerte.

Und das war das erste Mal, dass Francesca das Café, außer

an ihrem Ankunftstag, mit Gästen besetzt erlebte. Kaum jemand nahm sie wahr, ein paar Frauen sahen kurz zu ihr hinüber, als sie am Boden hockte und die Scherben und Gebäckreste aufsammelte. Francesca konnte nicht widerstehen, sich verstohlen umzuschauen, während sie das Kehrblech hinaustrug. Beinahe alle der kleinen runden Marmortische waren besetzt. Es duftete nach Kaffee, Zitronen und Schokolade. An einigen Tischen saßen ein paar ältere Männer bei Espresso und Likör zusammen, an anderen sah sie Frauen bei Kaffee und Kuchen, und auch einige Paare schienen unter den Gästen zu sein. Francesca betrachtete zwei Frauen mittleren Alters, die moderne Kostüme in Himmelblau und Rostrot trugen, deren luftiger Baumwollstoff die Knie umspielte. Die beiden hatten auch Seidenstrümpfe an, und Francesca hätte zu gern gewusst, wie sich diese wohl auf der Haut anfühlten. Ob sie sich jemals auch solche Strümpfe würde leisten können?

An einem anderen Tisch saß eine Mutter mit ihrem vielleicht sechs Jahre alten Sohn, der mit großen Augen um sich schaute. Francesca musste lächeln, als sie den Jungen sah. Genauso überwältigt von all den Eindrücken fühlte sie sich selbst. Die Mutter trug klobige Schuhe. Ihre Bluse und der Rock ähnelten der Kleidung, die Francesca von zu Hause kannte, und waren bestimmt selbst genäht. Ihre Handtasche war aus Kordstoff und bereits mehrere Male geflickt worden.

»Die *Baci di dama* gehen aufs Haus«, sagte in diesem Moment Enrica, die zweite Kellnerin, die heute im Dienst war, und stellte einen Teller mit nach Schokolade duftenden Keksen vor dem Kind und seiner Mutter ab. Die dicke Creme quoll zwischen den beiden Keksschichten hervor. »Und hier sind der Kaffee und der Kakao, die Sie bestellt haben.«

»Oh, *grazie*, Signorina«, antwortete die Mutter mit belegter Stimme. »Das ist sehr freundlich von Ihnen, aber es wäre nicht nötig gewesen.«

Enrica schenkte Mutter und Sohn noch ein Lächeln und ging dann weiter zum nächsten Tisch, an dem sich gerade ein junges Paar niedergelassen hatte, um dessen Bestellung aufzunehmen.

Francesca warf einen letzten Blick auf das strahlende Gesicht des kleinen Jungen, der nach einem *Bacio di dama* griff, und verließ das Café durch die Tür hinter der Theke.

»Kommt es oft vor, dass Gäste hier Kekse geschenkt bekommen?«, fragte Francesca Angelina, die ihr in diesem Moment mit dem inzwischen neu befüllten Tablett in dem fensterlosen Flur entgegenkam.

»Manchmal«, erklärte Angelina und blieb kurz stehen. »Signor Milani ist es wichtig, dass jeder sich bei uns wohlfühlt, und er hat uns aufgetragen, besonders Familien, die so aussehen, als könnten sie sich den Cafébesuch nicht allzu oft leisten, ein wenig zu verwöhnen. Und die Frau mit dem Jungen, der Enrica gerade die Kekse gebracht hat, hat kurz vor Kriegsende noch ihren Mann verloren.«

»Oh.« Francesca sah Angelina einen Moment lang betroffen nach. Was für ein schweres Schicksal hatte diese junge Frau, nun musste sie den Sohn allein großziehen. Und wie großzügig vom Signore, ihnen auf diese Weise eine kleine Freude zu bereiten.

Beeindruckt von der Güte des Signore ging Francesca zu den Abfalltonnen im Hof. Sie dachte über den Mann nach, der immer ein wenig im Schatten der resoluten Signora stand. Aber vielleicht war er gar nicht so zurückhaltend, wie Francesca geglaubt hatte, sondern traf doch deutlich mehr Entscheidungen. Manchmal wurde sogar das Gesicht der Signora weich, wenn sie ihren Mann betrachtete. Der Signore war ein gut aussehender Herr in den Vierzigern mit vollem Haar, in das sich erste graue Strähnen mischten. Francesca staubte gern die Fotografien im Salon ab, darunter waren auch Bilder, die die Milanis als junges Ehepaar zeigten. Beide waren sehr hübsch gewesen, und das hatte sich bis heute nicht geändert, auch wenn sie die Jugend natürlich inzwischen verloren hatten. Francesca zwang sich, nicht weiter ihren Gedanken nachzuhängen, sondern sich stattdessen auf ihre Arbeit zu konzentrieren.

Nachdem sie den Boden im Café gewischt und die letzten Spuren des Missgeschicks beseitigt hatte, sah sie sich noch ein letztes Mal um. Die vielen Stimmen der Gäste, die sich zu einem Meer an Tönen mischten, und der Duft des Kaffees und der Kuchen waren betörend und versetzten sie in ihre früheste Kindheit zurück, vor dem Krieg, als sie zu Hause noch regelmäßig Schokolade und Schlagsahne zu Geburtstagen bekommen hatten. Wie gerne wäre sie hier stehen geblieben, hätte die Gäste beobachtet und die Gebäckstücke und Torten auf den Tellern bestaunt. Aber oben wartete die nächste Aufgabe auf sie, daher riss sie sich aus der bunten, aufregenden Welt des Café Alba los und trat wieder in den Flur.

»Warte!« Angelina lief mit einem leeren Tablett in der Hand hinter ihr her. »Danke, das war wirklich nett von dir.«

Francesca nickte verlegen, sie war es nicht gewohnt, dass Menschen sich bei ihr bedankten, in der Regel wurde ihre Arbeit kaum wahrgenommen.

»Hast du Lust, dass wir vielleicht mal zusammen auf den Wochenmarkt gehen?«, fragte Angelina. »Gerade jetzt im Sommer ist es wirklich toll dort. Da gibt es das beste Obst und Gemüse von ganz Cuneo. Morgen ist Samstag, was hältst du davon, wenn wir uns um neun vor dem Café treffen?«

»Das würde ich sehr gerne«, antwortete Francesca und freute sich über das Angebot. Sie mochte Angelina, und seit sie hier angekommen war, hatte sie noch nicht ein einziges Mal das Haus verlassen. »Aber ich muss erst um Erlaubnis bitten. Hast du denn morgen früh frei?«

Angelina nickte. »Ich muss erst mittags anfangen. Vielleicht kannst du ja der Signora anbieten, für sie ein paar Besorgungen auf dem Markt zu machen, ich weiß nämlich, dass sie oft die Köchin schickt, um dort Gemüse und Obst zu kaufen.«

Francesca nickte und lief zur Treppe. »Ich sage dir gleich Bescheid.«

Weder Antonella noch die Signora hatten etwas einzuwenden, allerdings reichte die Signora Francesca sofort einen Einkaufszettel mit Dingen, die sie mitbringen sollte, und dazu eine Geldbörse mit einigen Scheinen darin, die Francesca ehrfürchtig einsteckte. Noch nie hatte sie Geld in den Händen gehalten. Sie würde gut darauf achtgeben.

Am nächsten Morgen traf Francesca Angelina um neun Uhr vor dem Café Alba. Schon hier in der Via Rattazzi konnte sie das Stimmengewirr und die Marktschreier von der nahe gelegenen Piazza Duomo hören.

»Ciao.« Angelina kam mit einer großen Sonnenbrille die Straße hinunter, die sie ein wenig mondän wirken ließ. Das dunkelblonde Haar hatte sie unter dem Hut zusammengebunden, das karierte Sommerkleid umschmeichelte ihre vollschlanke Figur. »Bereit für unseren Marktspaziergang?«

»Sì.« Francesca blinzelte unter ihrem Strohhut hervor, den sie sich von Antonella geliehen hatte. Sie trug eine der neuen Blusen und einen schwarzen Rock. Francesca hob den Korb, den sie am Arm trug. »Ich muss allerdings ein paar Besorgungen machen.« Noch einmal versicherte sie sich, dass die Geldbörse sicher verwahrt in ihrer Rocktasche steckte.

»Umso besser.« Angelina winkte ihrer Kollegin Emilia zu, die gerade vor dem Café die Stühle zurechtrückte und die Tische abwischte. Dann hakte sie sich bei Francesca ein, und gemeinsam schlenderten sie die Via Rattazzi bis zur Via Macrino hinunter. Der Himmel war strahlend blau, es versprach ein weiterer schöner Frühsommertag zu werden. »Du wirst staunen, wie viele unterschiedliche Früchte es auf dem Markt zu kaufen gibt.«

»Bei uns zu Hause gab es keinen Wochenmarkt, die Bauern sind nach Barolo gefahren, um ihre Waren zu verkaufen. Bei uns kamen aber immer Händler vorbei, die dann für einen halben Tag neben der Kirche ihren Verkaufsstand aufgebaut haben. Und dann gab es noch Toscas Lebensmittelladen, da haben wir alles gekauft, was wir nicht im Garten hatten.«

»Du scheinst aus einer ganz anderen Welt zu kommen«, stellte Angelina lachend fest. »Nur ein einziger Laden im Dorf, das nenne ich bescheiden!«

»Es ist auf jeden Fall eine andere Welt.« Francesca nickte. Auch wenn Monchiero kaum eine halbe Tagesreise entfernt lag, war es tatsächlich ein vollkommen anderes Leben, das die Menschen dort führten.

Alba war aufregend, und auch jetzt konnte sie sich nicht sattsehen an all den Eindrücken und Farben. Ein motorisierter Omnibus fuhr gerade vorbei, auf dem ein buntes Plakat prangte, das für Seifenlauge warb. Francesca betrachtete die Geschäfte, an denen sie vorbeiliefen. Die Auslagen waren zwar lückenhaft, die Lebensmittelknappheit machte sich immer noch deutlich bemerkbar, aber die Händler hatten sich bemüht, die Schaufenster dennoch ansprechend zu gestalten. Sie passierten auch einen Laden mit Ansichtspostkarten, hier war das Angebot riesig. Francesca bestaunte die vielen Fotografien der Stadt.

Während sie die Piazza Savona überquerten, erzählte ihr Angelina von ihrer eigenen Kindheit hier in Alba und von ihren Eltern und Geschwistern. Francesca hatte jedoch Mühe, ihr zuzuhören, denn sie war viel zu abgelenkt. Immer wieder entdeckte sie ein Automobil, das sie noch nie zuvor gesehen hatte, oder sie betrachtete die Menschen, die über die Gehwege schlenderten. Ein paar hatten es eiliger, wieder andere saßen schon vor den Cafés in der Morgensonne, mit einer Espressotasse vor sich auf dem Tisch. Unter einem Feigenbaum spielte eine Katze mit einem Stück verwehtem Papier.

»Hast du eine Münze?«, fragte Angelina sie, als sie den großen Brunnen in der Mitte des Platzes erreicht hatten, aus dem eine gewaltige Wasserfontäne schoss.

»Eine … Nein, leider nicht.« Francesca hatte noch nie in ihrem Leben Geld besessen. Sie sah in das Becken, auf dessen Grund unzählige Münzen lagen. Die Sonne warf glitzernde Sprenkel auf die Wasseroberfläche.

»Hier.« Angelina reichte ihr ein Geldstück. »Wirf es hinein und wünsch dir was.«

Angelina nahm ebenfalls eine Münze in die Hand und ließ sie in den Brunnen fallen. Dabei schloss sie die Augen, und ihre Lippen bewegten sich lautlos.

Francesca zögerte kurz, bevor sie ihr Lire-Stück mit einem leisen Platschen ins Wasser warf. Was sollte sie sich wünschen? Dass sie glücklich in Alba würde? Dass sie einen lieben Mann fand? Nein, sie würde sich wünschen, dass die Weinernte ihrer Familie gut ausfallen würde.

»Und? Was hast du dir gewünscht?«, wollte Angelina wissen, als Francesca ihre Augen wieder geöffnet hatte.

»Sagt man nicht, dass ein Wunsch nur dann in Erfüllung geht, wenn man ihn nicht ausspricht?«, fragte Francesca, die diesen Brauch aus ihrem Dorf kannte, wo es eine kleine Grotte am Berg gab, in die ebenfalls Geldstücke geworfen wurden. Allerdings hatte Francesca schon lange Zweifel an der Wirkung, weil einige Söhne, für die Münzen geworfen worden waren, trotzdem gefallen waren.

»Ach was«, wischte Angelina den Einwand weg und griff nach Francescas Arm, um sie weiterzuziehen. »Also?«

Francesca wich einer Blumenfrau aus, die einen Karren voller Sommerblumen hinter sich herzog. »Ich habe meiner Familie eine gute Weinernte gewünscht«, sagte sie.

»Wirklich?« Angelina sah Francesca überrascht an.

Sie nickte. »Und du? Was hast du dir gewünscht?«

Das Servierfräulein grinste und blieb stehen. Sie atmete tief durch. »Liebe! Ich habe mir Liebe gewünscht.«

»Ich habe auch kurz daran gedacht, mir einen netten Kavalier zu wünschen«, gab Francesca zu und beobachtete ein junges Paar, das eng aneinandergeschmiegt an ihnen vorbeilief. »Aber ich bin erst sechzehn und habe noch genug Zeit. Die Weinernte dagegen steht schon in wenigen Monaten an. Ein guter Sommer wäre wirklich hilfreich für meine Familie.«

»Aber ein Liebster wäre für dich selbst hilfreich, oder nicht?« Angelina knuffte sie in die Seite, und sie setzten sich wieder in Bewegung. »Warst du schon mal verliebt?«

Francesca schüttelte den Kopf. »Bislang habe ich ja kaum Männer kennengelernt. Im Dorf gab es zwar den ein oder anderen in meinem Alter, aber ich hätte mir nie vorstellen können, einen von ihnen zu heiraten. Ich weiß gar nicht, wie es ist, verliebt zu sein.«

»Es ist wundervoll«, schwärmte Angelina und deutete auf den Platz, der auf der anderen Seite der Straße lag, an der sie jetzt standen. »Da drüben ist der Wochenmarkt. Ich bin zurzeit verliebt.«

Francesca folgte ihrem Blick zu den bunten Verkaufsständen, die mit Markisen vor der Sonne geschützt waren. Je näher sie kamen, umso lauter wurde das Stimmengewirr. Menschen drängten sich dicht an dicht, überall wurden lautstark Waren angepriesen. Es herrschte eine fröhliche Stimmung, wie Francesca erstaunt feststellte. Es war, als läge der Krieg nicht erst ein Jahr zurück. Nur die Lebensmittelkarten, auf die mit großen Plakaten hingewiesen wurde, erinnerten noch an das schreckliche Geschehen.

»In wen bist du verliebt?«, fragte Francesca, als sie die ersten Marktstände erreichten.

»In einen Gast, der zweimal die Woche ins Café Alba kommt«, sagte Angelina. »Ich glaube nicht, dass er mich überhaupt wahrnimmt, aber er ist der schönste Mann, den man sich nur vorstellen kann.«

»Oh.« Francesca blieb stehen. Sie waren gerade in einen der Gänge abgebogen, und vor ihnen erstreckte sich eine lange Reihe mit Pfirsichen, Melonen, Äpfeln, Birnen, Zitronen und Aprikosen. Francesca schloss die Augen und atmete tief ein. Es duftete nach Kräutern, Knoblauch, Honig und Früchten. Bienen und Fliegen summten durch die Luft.

»Verstehst du jetzt, warum ich den Wochenmarkt so sehr mag?« Angelina zog sie weiter. »Ich treffe hier übrigens immer ein paar Freundinnen, wir sind am großen Käsestand in der Mitte verabredet.«

Francesca bestaunte die vielen Waren, die es hier gab, viele Obst- und Gemüsesorten hatte sie noch nie zuvor gesehen. Der Anblick der Feigen und Nektarinen ließ Francesca das Wasser im Mund zusammenlaufen. Mirabellen und Aprikosen dufteten lieblich. Wenn all das ihre Schwestern sehen könnten! In ihren kühnsten Träumen hätte sie sich eine derartige Fülle nicht vorstellen können. Sie musste noch heute Briefe an Adriana und Chiara schreiben. Sofort bekam sie ein schlechtes Gewissen, sie war seit fast zwei Wochen in Alba und hatte ihrer Familie noch nicht einen Brief geschickt.

Angelina brachte sie zu ihrem Lieblingshändler, wo Francesca die Früchte und das Gemüse für Antonella besorgte. Der Korb war anschließend so voll, dass Angelina ihr beim Tragen helfen musste. Der Verkäufer schenkte jeder von ihnen eine Nektarine, die einen herrlich süßen Duft verströmte. Francesca wollte sie sich für später aufbewahren, obwohl ihr der Magen schon knurrte.

»Lucia!«, rief Angelina in diesem Moment. »Ciao!«

Eine junge Frau drehte sich in der Menge um. Ein Strahlen legte sich auf ihr Gesicht. Sie war klein, hatte ein rundes Gesicht, haselnussbraune Haare, die so aussahen, als habe sie sich diese gerade noch gerauft, und wache Augen, mit denen sie Francesca jetzt betrachtete.

»Das ist Francesca«, erklärte Angelina schnell und machte einer Gruppe Frauen Platz, die einen großen Karren hinter sich herzogen, der mit Kartoffeln und Obst gefüllt war. »Sie arbeitet seit zwei Wochen im Haushalt der Milanis.«

»Ciao, Francesca.« Lucia reichte ihr die Hand. »Kommst du aus Alba? Ich habe dich noch nie gesehen.«

Francesca schüttelte den Kopf. »Ich bin neu hier. Arbeitest du auch als Hausmädchen?«

»No.« Lucia lachte, und Francesca stellte fest, dass sie einer der Menschen war, die beim Lachen aufblühten. Zuerst hatte Francesca sie nicht als sonderlich auffällig wahrgenommen, aber jetzt strahlte sie eine natürliche Schönheit aus. Lucia erklärte: »Ich bin Trüffelsucherin.«

»Oh«, stieß Francesca überrascht aus. Noch nie war sie einer Trüffelsucherin begegnet, von denen es rund um Alba nicht wenige gab. Immerhin wusste sie, dass Trüffel auch »das weiße Gold« genannt wurden.

»Wie findest du die Trüffel?«, fragte sie die junge Frau, die ungefähr in ihrem Alter sein musste.

»Mithilfe meiner Schweine«, antwortete Lucia. »Ein Großteil meiner Arbeit besteht darin, mit meinen Tieren zu üben. Ohne sie wäre ich aufgeschmissen. Wenn du möchtest, kannst du mich mal begleiten.«

»Das würde ich sehr gern tun.« Francesca lächelte. Sie mochte Lucia, die ein offenes, freundliches Wesen zu haben schien.

»Hier.« Lucia hielt Francesca und Angelina eine Papiertüte mit Aprikosen hin. »Bedient euch.«

Francesca nahm eine der dicken weichen Früchte und biss vorsichtig hinein. Saft lief ihr über die Finger, und im selben Moment breitete sich das süße Aroma der reifen Aprikose in ihrem Mund aus. Sie schloss genussvoll die Augen. »Himmel, schmeckt die gut!«

»Ich könnte mich den ganzen Sommer nur von Aprikosen und Pfirsichen ernähren«, sagte Lucia und lachte.

»Die sind so lecker.« Angelina hatte ihre Aprikose schon aufgegessen und griff noch einmal in Lucias Tüte.

»Du arbeitest also für die Milanis«, stellte Lucia fest, nachdem sie ihren Aprikosenkern ausgespuckt hatte. »Ist der Sohn nicht eine Augenweide?«

»Matteo?«, fragte Francesca, überrascht von der direkten Frage. »Nun, er ist auf jeden Fall sehr nett.«

»Mehr als nett.« Lucia zwinkerte ihr zu. »Ich möchte nicht wissen, wie viele junge Frauen hier in Alba in ihn verschossen sind.«

Francesca schluckte und versuchte, sich ihre Enttäuschung

nicht anmerken zu lassen. Sie selbst hatte sich ein bisschen in Matteo verliebt, als er ihr sein Taschentuch gereicht hatte. Natürlich wusste sie, dass Matteo sich niemals ernsthaft für sie, ein Hausmädchen, interessieren würde, und doch konnte sie nicht ganz leugnen, dass sie ihm gegenüber eine gewisse Anziehung verspürte. Jetzt ärgerte sie sich über sich selbst, dass sie nicht anders war als all die anderen jungen Mädchen hier in Alba. Sie wollte sich nicht in den beliebtesten Junggesellen der Stadt verlieben, am besten würde sie sich überhaupt nicht verlieben.

Das kräftige Aroma von reifem Käse stieg ihr in die Nase, und erst jetzt nahm sie wahr, dass sie längst den Stand in der Mitte des Marktes erreicht hatten. Noch nie hatte Francesca so viele verschiedene Sorten Käse gesehen. Es gab dunkelgelbe und weiße, welche mit und andere ohne Schimmel, manche waren aus Ziegenmilch und andere aus Kuhmilch. Sie beobachtete, wie drei Verkäufer die Kunden bedienten, in Papier eingewickelte Käsestücke auf die Theke legten und Lebensmittelmarken und Lire entgegennahmen.

»Michela!«, rief Lucia plötzlich, und Francesca wandte sich wieder ihren Begleiterinnen zu.

Ein weiteres Mädchen kam zu ihnen, die so wie Francesca einen prall gefüllten Korb bei sich hatte. »Ciao! Ich habe leider kaum Zeit, weil die Einkäufe heute länger als sonst gedauert haben. Die Signora wartet bestimmt schon auf mich, denn ich habe auch das Gemüse fürs Mittagessen heute im Korb.«

»Schade, aber wir sind auch erst gerade gekommen.« Angelina deutete auf Francesca und stellte die beiden einander vor.

Michela war genauso warmherzig und freundlich wie Lucia und Angelina, und sie erkundigte sich nach Francescas Familie und berichtete von ihren eigenen Eltern, die beide in einem Haushalt in Alba arbeiteten und ihre Tochter quasi zum Hausmädchen erzogen hatten. Allerdings war Michela jetzt in einem anderen Haus angestellt, jedoch nicht weit entfernt von ihren Eltern, sodass sie sie regelmäßig besuchen konnte.

»Es muss schwer für dich sein, dass deine Familie so weit weg wohnt, oder?«, fragte Michela Francesca mitfühlend, während sie ihren schweren Korb, den sie einen Moment lang in den Schatten unter einen der Bäume auf dem Marktplatz gestellt hatte, wieder aufnahm.

»Ja«, gab Francesca zu. »Ich vermisse sie sehr. Aber ich komme kaum dazu, traurig zu sein, weil ich so viel zu tun habe.«

»So geht es uns allen.« Michela seufzte. »Und das ist auch schon mein Stichwort. Ich hoffe, wir sehen uns nächste Woche wieder und dass ich dann ein bisschen mehr Zeit habe.«

Die Frauen verabschiedeten sich voneinander, und Francesca sah Michela noch einen Moment lang nach, wie sie die schweren Einkäufe durch die Menge davontrug.

»Ich glaube, ich sollte auch langsam zurückgehen«, sagte Francesca zu Angelina. »Antonella wartet sicherlich auch auf die Einkäufe, und ich habe noch eine ganze Menge zu erledigen.«

Lucia begleitete sie noch ein Stück, und als sie sich auf der Piazza Savona voneinander verabschiedeten, nahmen sie sich vor, sich von nun an regelmäßig zu treffen.

»Ich danke dir, dass du mich mitgenommen hast und auch deinen Freundinnen vorgestellt hast«, sagte Francesca zu Angelina, als sie vor dem Café Alba standen. »Ich kannte bislang noch niemanden hier in Alba, außer natürlich den Milanis und Antonella.«

»Und ich freue mich, dass du mitgekommen bist.« Angelina winkte ihr zum Abschied zu. »Schließlich hast du mich gerettet, als ich das Tablett fallen gelassen habe.«

Auch am nächsten Samstag schickte Antonella Francesca zum Wochenmarkt, sodass sie mit Angelina zusammen dorthin gehen und auch Lucia und Michela treffen konnte. Francesca genoss die Zeit mit ihren neuen Freundinnen und den Bummel über den bunten Markt. Ein bisschen Sorgen bereitete ihr allein, dass die Signora sie für faul halten könnte. Doch bislang hatte sie ihr nicht den geringsten Anlass für Beschwerden gegeben. Egal, wie viele zusätzliche Arbeiten Francesca in der Pasticceria zu verrichten hatte, sie schaffte es immer, auch den Haushalt oben zur Zufriedenheit der Signora zu erledigen. Allerdings flogen die Tage nur so dahin. Ehe Francesca sich's versah, war es schon Mittag, und sie aß in Eile die kleine Mahlzeit, die Antonella für sie vorbereitet hatte. Die Milanis versammelten sich nur zum Mittagessen im Esszimmer, wenn sie Gäste hatten, sonst verzichteten sie entweder ganz auf eine kleine Stärkung oder nahmen sie während der Arbeit zu sich.

Der Nachmittag verging in derselben Geschäftigkeit wie der Vormittag, und beim gemeinsamen Abendessen mit Antonella in der Küche musste Francesca sich meist Mühe geben, nicht über ihrem Teller einzuschlafen. Kaum war das letzte Glas gespült, verabschiedete sie sich auch schon von der Köchin und stieg hinauf in ihre Dachkammer. Sie schlief ein, kaum dass ihr Kopf das Kissen berührt hatte.

Als sie und Angelina an diesem Samstag, es war bereits der vierte in Folge, den sie gemeinsam auf dem Wochenmarkt verbrachten, mit ihren Einkäufen in die Via Rattazzi zurückschlenderten, pfiff ihnen ein junger Mann hinterher. Er stand mit ein paar anderen Männern auf der Piazza Savona. Obwohl es Francesca nicht zum ersten Mal passierte, dass sie auf diese Weise belästigt wurde, beschleunigte sie unwillkürlich ihren Schritt, ohne den Männern auch nur die geringste Beachtung zu schenken.

»*Idiota!*«, rief Angelina, lachte aber dabei.

»Wartet doch mal!« Einer der Männer, vermutlich der, der den Pfiff ausgestoßen hatte, kam zu ihnen gelaufen. »Wir wollen euch mit dem Korb helfen.«

»Indem ihr uns so unverschämt hinterherpfeift?« Angelina blieb stehen und schob ihre gewaltige Sonnenbrille hoch. Francesca bewunderte sie für ihre Courage. Sie selbst hätte sich niemals auch noch auf ein Gespräch eingelassen.

Der Mann trug eine Schiebermütze und hatte die Hände lässig in die Taschen seiner Hose gesteckt. Er war nicht sonderlich groß, hatte rote Haare und Sommersprossen. »Das war anerkennend gemeint.«

»Das war ungehörig«, entgegnete Angelina und setzte sich wieder in Bewegung.

Der junge Mann trat ihnen in den Weg, sodass sie wieder zum Anhalten gezwungen waren.

»Es ist unverantwortlich, dass zwei so hübsche Damen so schwer tragen müssen.« Er deutete mit einer Kopfbewegung auf den Korb und winkte seine Freunde heran.

»*No, grazie*, Signore«, sagte Francesca schnell und versuchte weiterzugehen, doch Angelina blieb stehen. Es war Francesca ganz und gar nicht geheuer, auf offener Straße von fremden Männern angesprochen zu werden.

»Francesca?«, hörte sie auf einmal einen der Männer ihren Namen sagen.

Erschrocken sah sie sich zu den anderen Kerlen um, die plötzlich alle vor ihr standen.

»Francesca«, hörte sie wieder ihren Namen und erkannte im nächsten Moment Matteo Milani. »Das ist ja ein Zufall, dass wir uns hier über den Weg laufen.«

Einen Moment lang schwieg Francesca verwirrt. Matteo hätte sie nun wirklich nicht hier unter den Männern erwartet.

»Ich war auf dem Wochenmarkt, Signore«, erklärte sie schnell. Die Situation war ihr unangenehm. Sie wollte nicht, dass Matteo Milani dachte, sie vertrödle die Zeit, anstatt zu arbeiten.

»Kennst du die schöne Signorina?«, fragte jetzt ein dritter Mann, etwa im selben Alter wie Matteo. Er trug einen gepflegten Vollbart und lehnte an einer großen schwarzen Limousine, die in einer der Parkbuchten an der Piazza Savona abgestellt war.

»Sì«, antwortete Matteo. »Entschuldigt mich, Leute, ich werde die beiden Damen nach Hause begleiten.« Er nahm ihnen den Korb ab und zwinkerte Francesca zu. »Ich darf doch, oder?«

Francesca dachte noch fieberhaft über eine Erwiderung nach, als Angelina sich schon bei Matteo eingehakt hatte. Sie warf ihm einen Blick aus gesenkten Augen zu und hauchte: »Das ist schrecklich nett von Ihnen, Signore.«

Francesca beeilte sich, den beiden zu folgen, die bereits in Richtung Via Rattazzi unterwegs waren.

Seit ihrer Begegnung mit Matteo in seinem Schlafzimmer hatte er ihr deutlich mehr Aufmerksamkeit geschenkt. Beim Essen bedankte er sich, wenn Francesca ihm servierte oder nachschenkte, wenn sie sich im Flur begegneten, suchte er ihren Blick und schenkte ihr ein Lächeln. Und Francesca begann, immer öfter an ihn zu denken, während sie die Figuren im Salon abstaubte, die Böden saugte und wischte oder Decken und Laken ausschlug. Deshalb rief sie sich in Erinnerung, dass sie bei Weitem nicht die einzige junge Frau in Alba war, die für Matteo schwärmte. Matteo war nicht der Mann, in den sie sich verlieben sollte. Und doch reagierte ihr dummes Herz immer mit freudigen Hüpfern, wenn sie ihm begegnete. Auch jetzt sah er sich immer wieder nach Francesca um und blieb sogar stehen, bis sie zu ihm und Angelina aufgeschlossen hatte. Jeder Blick aus seinen warmen dunklen Augen bescherte Francesca ein Prickeln auf der Haut.

»Sind Sie auch auf dem Markt gewesen?«, fragte Angelina ihn in diesem Moment.

»No«, antwortete er und setzte sich langsam wieder in Bewegung. »Ich habe nur einen kleinen Spaziergang gemacht und ein paar Freunde getroffen.«

Angelina berichtete ihm sofort von dem Marktbesuch und den Früchten, die es dort zu kaufen gab.

Matteo hörte mit einem höflichen Lächeln zu. Immer wenn Francesca verstohlen zu ihm hinübersah, begegneten sich ihre Blicke, und ein verräterisches Kribbeln breitete sich in ihrem Magen aus. Wenige Minuten später hatten sie fast das Café Alba erreicht, und Angelina war noch immer bei ihren Schwärmereien vom Wochenmarkt.

»Oje«, rief sie, als die grün-weiß gestreiften Markisen des Cafés in Sicht waren. »Jetzt habe ich die ganze Zeit geredet und geredet.« Sie ließ den Arm des jungen Mannes noch immer nicht los, so als sei sie fest entschlossen, diese Eroberung nicht so schnell wieder herzugeben. »Wissen Sie was? Sie müssen uns unbedingt mal auf den Markt begleiten.«

»Vielleicht«, entgegnete Matteo ausweichend. »Ich habe wenig Zeit, heute war es purer Zufall, dass ich mich mal freimachen konnte. Normalerweise muss ich um diese Zeit in der Backstube stehen.«

»Wie schade!«, rief Angelina und blieb zögernd stehen, als sie die voll besetzten Tische vor dem Café erreicht hatten.

»Es war mir eine Ehre, Signorina.« Matteo löste sich aus dem festen Griff des Servierfräuleins und tippte an seinen weißen Hut. »Francesca, ich trage dir den Korb noch nach oben.«

Angelina wirkte enttäuscht und sah Francesca böse an.

Dann nickte sie beiden zu und ging ohne ein weiteres Wort davon. Francesca sah ihr irritiert nach.

»Was für ein schöner Anblick, nicht wahr?«, sagte Matteo in diesem Moment, und Francesca wandte sich ihm zu. Er deutete auf die gut besetzten Tische. »Das Geschäft läuft, es ist fast wieder so wie vor dem Krieg.«

Francesca folgte seinem Blick und musste unwillkürlich lächeln, als sie die Männer und Frauen sah, die unbekümmert in der Morgensonne saßen und Kaffee tranken. Es schien so, als wollten sie einfach wieder genießen und so tun, als habe es den Krieg nicht gegeben.

Er ließ ihr den Vortritt durch die Hintertür, bevor er ihr mit dem schweren Korb folgte. Sie spürte seinen Blick im Rücken, als sie vor ihm die schmale Treppe hinaufstieg.

»*Grazie*, Signore.« Francesca wollte ihm den Korb abnehmen, bevor sie die Tür zu den Wirtschaftsräumen öffnete. Es wäre ihr unangenehm gewesen, wenn Antonella gesehen hätte, dass Matteo für sie die Einkäufe trug.

Matteo zögerte, dann stellte er den Korb vor der Tür ab. Einen Moment lang glaubte sie, dass er noch etwas sagen wollte, doch dann nickte er nur, drehte sich um und lief die Treppe hinunter.

Am Nachmittag desselben Tages beschloss Francesca, nach unten zu gehen, um Angelina abzupassen. Irgendwie hatte sie das Gefühl, dass ihr Treffen am Vormittag unschön geendet hatte. Je länger sie darüber nachdachte, umso mehr hatte sie den Eindruck, dass es Angelina nicht gepasst hatte, dass Matteo ihr den Korb noch nach oben getragen hatte. Und auch wenn sie natürlich nichts dafür konnte, dass sich Matteo so aufmerksam gezeigt hatte, beschloss sie, die Sache aus der Welt zu schaffen, indem sie mit Angelina ein paar Worte wechselte. Denn das Servierfräulein war ihr in den letzten Wochen sehr ans Herz gewachsen, und Francesca war glücklich darüber, in ihr, Lucia und Michela Freundinnen gefunden zu haben.

Also richtete Francesca es so ein, dass sie am Nachmittag das Geländer der Treppe, die vom Erdgeschoss zur Wohnung der Milanis hinaufführte, polierte. Gäste der Herrschaft mussten entweder durchs Café gehen und hinter der Theke entlang oder die Hintertür benutzen, um in die Wohnung der Milanis zu gelangen.

Es dauerte nicht lange, als sie Angelina mit einem Tablett voller schmutziger Teller den Flur entlangkommen sah.

»Bist du heute Morgen gut nach Hause gekommen?«, fragte sie ihre Freundin und trat ihr in den Weg.

Angelina sah überrascht auf. »Na klar.« Sie grinste. »Und du? Hat dir Signor Matteo den Korb gut nach oben geschafft?«

Francesca nickte. »Hör zu, ich hatte irgendwie das Gefühl, dass du böse auf mich warst, weil Matteo noch mit mir allein nach oben gegangen ist.«

Angelina verdrehte die Augen. »Unsinn.« Dann lachte sie. »Oder vielleicht auch nicht. Ja, ich gebe zu, dass ich erst ein bisschen eifersüchtig war, aber ich habe nachgedacht.«

»So?«, fragte Francesca vorsichtig. Sie kannte Angelina noch nicht gut genug, um einschätzen zu können, wie sie reagierte.

»Warte, lass mich kurz das hier wegbringen, meine Arme werden schon ganz lang.« Sie deutete mit dem Kinn auf das schwere Tablett in ihren Händen und eilte weiter in Richtung der Spülküche, die sich neben der Backstube befand. Wenige Augenblicke später war sie wieder bei Francesca. »Weißt du eigentlich, wer da bei Matteo Milani war, als wir ihn an der Piazza Savona getroffen haben?«, fragte Angelina.

Francesca schüttelte den Kopf. »Meinst du den Mann mit dem teuren Automobil? Der mit dem Bart?«

»Sì.« Angelina lehnte sich an einen der Geschirrschränke. »Das ist Mario Braida, ein Nachfahre der Conti di Ronsecco, ein uraltes Adelsgeschlecht. Er ist steinreich.« Sie verzog den Mund.

»Wirklich? Und woher kennt Signor Matteo ihn?« Francesca musste an ihre Schwestern denken und an die Geschichten, die sie sich ausgedacht hatten, als sie noch alle drei zu Hause gewesen waren. Dass sie in Alba einen Conte treffen würden, der sie in seinen Palazzo mitnahm.

»Matteo hat ihn durch einen Schulfreund kennengelernt, glaube ich.« Angelina stieß sich von dem Schrank ab. »Ich muss weitermachen.«

»Ja, ich auch.« Francesca atmete erleichtert auf. Alles schien in bester Ordnung zwischen ihnen zu sein.

»Übrigens …« Angelina drehte sich noch einmal zu ihr um und sagte mit leiser, verschwörerischer Stimme: »Ich glaube, unser Signor Matteo hat eine kleine Schwäche für dich.«

»Was?« Francesca sah sie mit großen Augen an. Plötzlich schlug ihr Herz schneller. »Nein, das hat er nicht.«

»Natürlich hat er das. Ich bin doch nicht blind und habe genau gesehen, wie er dich angeschaut hat.« Sie seufzte. »Ich gebe zu, dass ich ein bisschen verletzt war, dass er nicht mich so angesehen hat, aber es ist nun mal so, dass ich mit deinem Aussehen nicht mithalten kann.«

»Das … nein … Du redest Unsinn«, stammelte Francesca und spürte, wie ihr das Blut in die Wangen schoss. Aber da war Angelina auch schon wieder verschwunden.

Während sie das Geländer polierte, gingen ihr die Worte der Freundin nicht aus dem Kopf. Ja, sie hatte Matteos Blicke auch wahrgenommen. Bereits seit jener Begegnung in seinem

Zimmer schien er sie anders anzusehen. Aber sie durfte sich nicht von diesen Blicken verleiten lassen, auf gar keinen Fall durfte sie sich in den jungen Mann verlieben. Niemals würde er eine ernsthafte Beziehung mit einem einfachen Hausmädchen wie Francesca eingehen, es könnte höchstens zu einer kleinen Schäkerei kommen, bei der sie ihr Herz verlieren und in Scherben zurückbekommen würde. Nein, Matteo Milani war nicht der junge Mann, dem Francesca ihre Träume widmen würde. Eines Tages fände sie schon einen netten Kavalier, der zu ihr passen würde. Vielleicht einen Mann, der in der Backstube arbeitete, wobei die beiden Konditoren Amadeo und Fernando, die sie bislang kennengelernt hatte, zu alt und sowieso verheiratet waren. Aber vielleicht würde Signor Milani bald einen neuen Konditor einstellen, einen jungen Mann in ihrem Alter. Oder Francesca würde einen Mann treffen, wenn sie wieder auf dem Markt war. Nein, sie schüttelte den Kopf, als sie sich an die jungen Männer vom Vormittag erinnerte, unter denen ja auch Matteo gewesen war. Niemals würde sie sich auf einen Mann einlassen, der ihr auf der Straße hinterherpfiff.

Sie hielt inne. Das Geländer strahlte inzwischen in perfektem Glanz. Francesca ging zu einem der Geschirrschränke und betrachtete ihr Spiegelbild in der Glasscheibe.

Mit ihrem Aussehen könne sie nicht mithalten, hatte Angelina gesagt. Auch Antonella hatte behauptet, Francesca sei hübsch. Erst jetzt fiel ihr ein, dass ihr Vater letztes Jahr etwas Ähnliches geäußert hatte. Francesca hatte nicht weiter darüber nachgedacht, weil das, was er danach verkündet hatte, viel zu wichtig gewesen war. Es war das Wochenende gewesen, als ihre Eltern den Geschwistern vom Kloster erzählt und dass sie Chiara dort als Novizin angemeldet hatten.

»Es wurde uns geraten, lieber Chiara als Francesca zu schicken«, erklärte ihr Vater in die Stille hinein, die auf diese schockierende Nachricht in der guten Stube geherrscht hatte. »Es ist nicht gut, wenn die Nonnen zu gut aussehen.«

Jetzt fielen ihr die Worte wieder ein, als sie in der Glasscheibe ihre großen Augen betrachtete. Sie selbst hatte ihre dicken Locken nie gemocht, sie wünschte sich glattes glänzendes Haar. Erst jetzt nahm sie wahr, dass die schwarzen Locken, selbst wenn sie sie wie jetzt streng zusammengebunden trug, ihre ebenmäßige Haut betonten und die Augen strahlen ließen. Und ihre vollen Lippen waren wirklich sehr schön geschwungen.

Francesca seufzte und wandte sich von ihrem Spiegelbild ab. Sie war auf dem besten Weg, eitel zu werden. Auf gar keinen Fall durfte sie sich verleiten lassen zu glauben, was über ihr Aussehen gesagt wurde. Sie wollte keine dieser eingebildeten Frauen werden, die meinten, allein aufgrund ihrer Schönheit mehr wert zu sein als andere. Im Dorf hatte es ein paar solcher Damen gegeben, und Francesca hatte sich mit ihren Freundinnen immer über sie lustig gemacht. Was würden die Mädchen aus dem Dorf sagen, wenn sie Francesca so selbstverliebt vor dem Geschirrschrank sehen könnten, wie sie ihr Spiegelbild betrachtete? Schnell nahm sie den Lappen und lief nach oben.

Kapitel 3

Italien, Piemont, Juni 1946

»Francesca«, hörte sie Matteos Stimme am nächsten Tag, es war Sonntag. Francesca wollte sich gerade, nachdem sie gefrühstückt hatte, mit einem Eimer heißes Wasser auf den Weg nach unten in die Backstube machen.

Sie sah auf und lächelte ihm schüchtern zu. Seit gestern hatte sie immer an ihn denken müssen, und trotz aller guten Vorsätze verspürte sie ein Flattern im Magen, als er ihr nun in die Augen schaute. Nur mit Mühe riss sie sich von seinem Blick los und wandte sich zum Gehen.

»Lass mich dir helfen.« Er wollte ihr den schweren Eimer abnehmen, wobei sich ihre Hände berührten. Prompt verstärkte sich das flatterige Gefühl in Francescas Bauch.

»Oh, nein, das ist nicht nötig«, sagte sie schnell und hielt den Eimer fest. »Es ist ja nicht weit.«

»Ich möchte dir aber gern helfen.« Er ließ den Griff nicht los, sodass ihre Hände noch immer nebeneinanderlagen. Wieder roch sie seinen Duft nach Zitrone und Pfefferminze.

Er sah sie mit einem schelmischen Lächeln an. »Bitte, lass mich doch den Kavalier spielen.«

Sie spürte, dass sie errötete, und ließ schließlich den Henkel los, verwirrt und auch ein wenig verärgert über die Empfindungen, die seine Nähe in ihr auslöste. Sie ging ihm voraus die Treppe runter und hörte seine Schritte dicht hinter sich. Nun trug sie nur noch den zweiten Eimer, in dem sich eine Flasche Essiglauge, Bürsten, Schwämme und Lappen befanden. Als sie die Backstube betraten, schaltete Francesca das elektrische Licht ein. Ganz schwach lag noch der süße Duft von Gebackenem in der Luft.

»Wohin soll ich den Eimer stellen?«, fragte Matteo.

Francesca deutete neben den Arbeitstisch in der Mitte des Raums.

Sie ging immer in derselben Reihenfolge vor. Zuerst reinigte sie den großen Tisch, dann holte sie die Leiter und stieg zu den Regalen an der Wand hinauf, um die Bretter abzuwischen und auch die runden Dosen, in denen Zutaten aufbewahrt wurden. »Zimt«, »Kardamom« oder »Anis« stand auf den Behältern, aber die meisten von ihnen waren leer. Zurzeit war eben alles schwer zu bekommen. Anschließend kamen die Arbeitsflächen unter den Regalen dran, dann der Herd, die Backöfen und der Spülstein. Danach nahm sie sich den angrenzenden Lagerraum vor, in dem auch ein großer moderner Kühlschrank stand. Und zum Schluss putzte sie den Fußboden. Sie würde noch mehrmals die Treppe hinauf- und hinunterlaufen müssen, um neues heißes Wasser aus der Küche zu holen, wo Antonella es für sie bereithielt. Theoretisch hätte sie es auch in der Backstube erhitzen können, was ihr viel mühsames Schleppen erspart hätte, aber sie durfte den Herd hier nicht benutzen, der sehr teuer und wichtig für den Betrieb war.

Sie griff nach dem Schwamm und begann, die Arbeitsfläche abzuwaschen.

Matteo lehnte sich an eines der Regale und sah ihr bei der Arbeit zu. »Was tust du nachher, an deinem freien Nachmittag?«

Francesca sah auf. Inzwischen war sie seit über einem Monat bei den Milanis, und einen freien Nachmittag hatte sie bislang noch nicht gehabt. »Ich habe nicht frei, es gibt immer Arbeit.«

Er zog die Augenbrauen zusammen und verschränkte die Arme vor der Brust. »Du willst sagen, dass du in der ganzen Zeit, die du schon bei uns bist, noch keine Freizeit hattest?«

Francesca deutete ein Nicken an. Auf keinen Fall wollte sie den Eindruck vermitteln, dass sie sich beklagte. »Aber das ist nicht schlimm, ich bin zufrieden. Die Arbeit hier gefällt mir sehr ...«

»Francesca.« Matteo stieß sich von dem Regal ab und kam auf sie zu. »Es ist nicht in Ordnung, dass du nie einen freien Tag hast.«

»Ich ... Das macht mir nichts aus, wirklich nicht«, sagte sie schnell und wünschte, er würde sie nicht so eindringlich ansehen, während sie weiter die Tischplatte schrubbte.

Er fasste ihre Hand mit dem Schwamm und hielt sie fest. Als sie den Kopf hob, blickte sie direkt in seine dunklen Augen. »Ich werde meiner Mutter sagen, dass sie dir zumindest einen freien Nachmittag geben muss.«

»Das ist aber nicht nötig«, beharrte sie und bemühte sich, seinem Blick auszuweichen, der noch immer auf ihr ruhte.

»Du möchtest doch bestimmt mal deine Familie besuchen, oder nicht?« Matteo ließ sie los und lehnte sich an den Arbeitstisch.

Francesca hielt inne. Oh ja, sie vermisste ihre Familie sehr, in den letzten Tagen musste sie immer öfter an zu Hause denken, an ihre Mamma, ihren Vater, die Brüder und Schwägerinnen. Sie schüttelte die wehmütigen Erinnerungen ab und räusperte sich. »Monchiero liegt noch hinter Barolo. Selbst wenn ich einen ganzen Nachmittag hätte, das ist viel zu weit.«

Matteo drehte sich zu ihr, fasste wieder ihre Hand und zwang sie so, ihn erneut anzusehen. Ein freches Grinsen lag auf seinem Gesicht. »Und wenn ich dich hinfahre?«

»Mich hinfahren?« Francesca entzog ihm die Hand und bückte sich nach einem Lappen und der Essiglauge, um damit die Arbeitsfläche abschließend zu reinigen. Der scharfe Geruch kitzelte ihr in der Nase. »Warum?«

»Meine Mutter hat für nächsten Sonntag, also heute in einer Woche, die Biancos eingeladen. Signor Bianco gehören hier in der Stadt viele Wohnhäuser und Restaurants. Ich befürchte, er plant, mich mit seiner Tochter zu verheiraten. Und immer finden die Biancos einen Grund dafür, dass ich Zeit mit Giovanna verbringe.«

»Und?«, fragte Francesca vorsichtig und warf den Lappen zurück in den Eimer.

»Ich finde Giovanna nett, aber ich habe nicht vor, sie zu heiraten. Ich habe überhaupt nicht vor zu heiraten.« Er stützte sich mit beiden Händen auf die Arbeitsfläche. »Also, versteh mich nicht falsch, ich werde irgendwann bestimmt heiraten, aber ich bin gerade mal zwanzig. Ich will mich noch nicht binden. Und du würdest mir einen Gefallen tun, wenn ich dich nächsten Sonntag fahren darf.«

Francesca nahm beide Eimer und ging zu einem der Regale hinüber. Nachdem sie die Leiter aus der Kammer geholt hatte, stieg sie hinauf und begann, die Bretter abzuwischen.

»Wieso würde ich Ihnen einen Gefallen tun?«, fragte sie. Sie war sich nicht sicher, ob Matteo mit ihr spielte oder sich vielleicht einen Scherz erlaubte. Plötzlich musste sie an seine Freunde denken. Ob sie ihn angestachelt hatten?

»Wenn ich dich fahre, muss ich den Nachmittag nicht mit den Biancos verbringen, die bestimmt irgendwas planen, das kannst du mir glauben, das habe ich jetzt schon genug Sonntage über mich ergehen lassen.« Er sah zu ihr hinauf, und Francesca hatte Mühe, nicht in seinen dunklen Augen zu versinken.

»Und außerdem«, fuhr er fort, »fahre ich sehr gerne mit dem Wagen durch die Gegend. Und wenn du bei mir bist, eine der schönsten Frauen des Piemonts, dann kann ich mir keinen besseren Sonntag vorstellen.«

Francescas Herz schlug schneller. Er wollte sich mit ihr treffen, er wollte Zeit mit ihr verbringen. Sie lächelte, doch im nächsten Moment hielt sie inne. Niemals würde Matteo Milani ernsthaftes Interesse an einem Hausmädchen haben. »*No, grazie*, Signore.«

»Was? Du gibst mir einen Korb?«, fragte Matteo und wirkte tatsächlich erstaunt. Vermutlich passierte es eher selten, dass eine Frau seinem Charme widerstand.

Francesca nahm all ihren Mut zusammen und erklärte: »Ich bin mir sicher, Sie finden eine andere Frau, die Ihnen gern helfen wird.«

Sie musste an die Signora denken, die bestimmt nicht davon begeistert wäre, wenn ihr Sohn die Tochter der Biancos versetzte und sich stattdessen mit dem Hausmädchen traf. Außerdem wollte er sich sicher nur auf ihre Kosten amüsieren. Nein, sie würde sich nicht von Matteo einwickeln lassen. Plötzlich musste sie an Sabrina denken, eine junge Frau aus Monchiero, die auf dem Hof der Ferraris gearbeitet hatte. Der älteste Sohn des Bauern hatte ihr schöne Augen gemacht, und dann war Sabrina in anderen Umständen gewesen. Der Sohn der Ferraris hatte sich kurz darauf mit der Tochter des Montanari-Bauern verlobt, und Sabrina war fortgeschickt worden. Damals hatte ihre Mutter ihr und ihren Schwestern eingeschärft, dass sie sich niemals auf ihren Dienstherrn einlassen durften. Francesca dachte jetzt daran und wischte das Regal schweigend zu Ende. Dann stieg sie langsam von der Leiter.

Matteo betrachtete sie nachdenklich, ohne ein Wort zu sagen.

Daher wiederholte Francesca noch einmal: »Ich habe leider keine Zeit für einen freien Nachmittag, es ist so viel zu tun.«

»Francesca.« Er berührte sanft ihre Schulter und drehte sie behutsam zu sich. »Na gut, ich gebe zu, dass das mit den Biancos eine Ausrede war, die allerdings nicht ganz falsch ist. Sie kommen wirklich zum Essen, und der Signore möchte mich tatsächlich mit seiner Tochter verkuppeln.«

Francesca sah ihn abwartend an. Sein Gesicht war so nah, dass sie den dunklen Bartschatten sehen konnte. Zu gern hätte sie gewusst, wie es sich anfühlte, über die Stoppeln zu streichen, seinen Duft einzuatmen, die Wärme seiner Haut zu spüren.

»Versprich mir, nicht böse zu werden, wenn ich dir jetzt etwas erzähle«, sagte Matteo mit einem leisen Flehen in der Stimme, das Francesca beinahe zum Lachen gebracht hätte.

Sie sah ihn skeptisch an und nickte.

Ohne den Blick von ihr abzuwenden, seufzte er. »Die Jungs, mit denen du mich gestern an der Piazza Savona gesehen hast, fanden dich alle ... sehr hübsch.«

Francesca schluckte. Ihre Wangen brannten. Sie wusste nicht, wie sie auf so ein zweifelhaftes Kompliment reagieren sollte. Auch wenn es ihr schmeichelte, schämte sie sich zugleich, Thema eines solchen Gesprächs gewesen zu sein.

»Wir haben herumgealbert«, fuhr Matteo fort, während er noch immer dicht vor ihr stand, »und mein Freund Mario wollte, dass ich dich ihm vorstelle. Ich habe mich geweigert, daraufhin hat Alfredo euch dann angesprochen.«

»Ach so«, sagte Francesca und wich seinem Blick aus. »Mario, der Conte?«

Überrascht sah er sie an. »Woher ... Ach, die Kellnerin hat es dir vermutlich gesagt, nicht wahr?«

Francesca nickte.

»Bitte sei mir nicht böse, dass ich euch nicht bekannt gemacht habe, aber Mario würde niemals … Weißt du, es steht schon seit Jahren fest, wen er heiratet. Seine zukünftige Braut ist erst vierzehn, er will noch etwas warten.« Matteo fasste nun mit beiden Händen nach Francescas Fingern. Sie wagte es, ihn wieder anzusehen, und erkannte in seinem Blick etwas Neues. War es Angst?

»Aber er weiß um seine Ausstrahlung, um seine Stellung, und auch wenn er ein sehr guter Freund von mir ist, mag ich nicht, wie er mit Frauen umgeht. Besonders mit denen, die gesellschaftlich unter ihm stehen. Ich möchte auf keinen Fall, dass er dir wehtut.« Matteo sah sie abwartend an.

Der Zweifel war ihrer Stimme deutlich anzuhören, als sie fragte: »Dann wollen Sie mich vor ihm schützen?«

»Genau.« Matteos Hände umschlossen noch immer ihre Finger, warm und weich. »Und dann habe ich etwas Dummes gesagt, ich hoffe, du verzeihst mir. Ich habe gesagt, dass du *mein* Hausmädchen bist, und wenn jemand Spaß mit dir hat, dann bin ich es. Und daraufhin hat Mario gelacht und gesagt, er verzichte darauf, dich zu erobern, wenn ich es schaffen würde.«

Francesca stieß empört die Luft aus und entzog Matteo ihre Hände. »Spaß mit mir haben? Und deshalb wollen Sie mich zu meinen Eltern fahren?«

»No! Bitte, entschuldige, ich kann mich selbst nicht leiden für das, was ich gesagt habe. Männer reden manchmal echt blöd daher, wenn sie zusammen sind.«

»Offensichtlich.« Francesca wusch den Lappen im Eimer aus und kletterte dann wütend wieder die Leiter hinauf, um die Deckel der runden Dosen abzuwischen. Matteo folgte ihr und hielt die Leiter fest, so als wolle er sicherstellen, dass sie nicht umkippte. »*Ti prego*, es tut mir wahnsinnig leid, aber zeigt nicht allein die Tatsache, dass ich dir davon erzählt habe, dass ich es ehrlich mit dir meine?«

Das stimmte natürlich. Er hätte ihr nichts von dem Gespräch erzählen müssen. Eine Weile putzte sie schweigend weiter. Einerseits würde sie schrecklich gern sein Angebot annehmen, um endlich ihre Familie wiederzusehen. Andererseits wollte sie sich nicht womöglich lächerlich machen, indem sie auf seine Beteuerungen hereinfiel und er hinterher mit seinen Freunden über sie lachte. Bevor sie die Leiter wieder hinunterstieg, fragte sie: »Was beabsichtigen Sie?«

»Was meinst du?«, fragte er überrascht.

Francesca atmete tief durch. Sie nahm all ihren Mut zusammen, so offen mit ihrem Dienstherrn zu sprechen. »Ich bin Ihr Hausmädchen, Signore. Ich bezweifle nicht, dass Sie ein ehrenwerter junger Mann sind, aber es erscheint mir doch sehr seltsam, dass Sie und Ihr Freund, der Conte, sich ausgerechnet um mich streiten.«

Matteo zuckte in einer hilflosen Geste mit den Schultern. »So was ist auch noch nie zuvor vorgekommen. Ich will ganz ehrlich zu dir sein: Ich weiß keine Antwort auf deine Frage. Ich … mag dich, du bist irgendwie besonders, ich sehe dich gern an und bin gern in deiner Nähe. Und ich bin erst zwanzig Jahre alt, ich muss mich noch nicht nach einer Ehefrau umsehen. Ich möchte einfach nur das Leben genießen, warum können wir das nicht gemeinsam am nächsten Sonntag tun?«

»Ich verstehe«, sagte Francesca. »Sie möchten Ihren Spaß haben – auf meine Kosten.«

»No! No! Francesca! Nicht auf deine Kosten, sondern mit dir gemeinsam. Ich bin nur ein junger Mann, so wie du eine junge Frau bist. Wir beide haben noch so viel Zeit.« Er streckte ihr die Hand entgegen, und Francesca stieg vorsichtig die Leiter hinunter. Matteo wich ihr nicht aus, als sie die letzten Stufen erreicht hatte. Er stand neben ihr, so dicht, dass ihre Arme seinen Körper berührten. Und obwohl sie es nicht beabsichtigt hatte, trafen sich ihre Blicke. In seinen Augen lag ein Ausdruck, der ihr den Atem verschlug. Noch nie hatte sie jemand so angesehen. Als sei sie der einzige Mensch auf der Welt, als gäbe es nichts anderes, was zählen würde. Francesca konnte hinterher nicht sagen, wie lange sie so dagestanden hatten. Als er sprach, war seine Stimme brüchig. »Ich verspreche dir, dass ich kein Spiel mit dir treibe. Bitte, Francesca, lass mich dich nächsten Sonntag zu deiner Familie fahren.«

Sie nickte zaghaft. »Aber ich weiß nicht, ob Ihre Mutter mir den Nachmittag freigibt.«

»Ich werde sie darum bitten«, sagte Matteo und streckte die Hand nach ihr aus. Im letzten Moment schien er es sich anders zu überlegen und hielt inne.

Francesca schüttelte den Kopf. »Nein, bitte nicht. Ich werde das schon regeln.«

Francesca war tatsächlich bislang nur selten aus dem Haus gegangen. Samstagmorgens ging sie zum Markt und Samstagabends in die Kirche. Zu Hause hatte Francesca nie die Sonntagsmesse verpasst, aber nun musste sie die Stellung halten. Denn die Messe am Sonntagmorgen war die einzige Stunde in der Woche, in der Antonella das Haus verließ, sie kehrte immer vor der Familie wieder zurück und begann mit den Essensvorbereitungen. Sonntags gab es ein großes Mittagessen, meist waren auch Gäste eingeladen. Daher musste Francesca um zwölf mit der Backstube fertig sein, damit sie der Köchin bei den letzten Dingen helfen konnte, um dann, pünktlich um eins, das Essen zu servieren.

»Müssen Sie denn heute gar nicht in die Kirche?«, fragte

Francesca Matteo, der noch immer neben ihr stand. »Es ist Sonntagmorgen.«

»Doch.« Sein Blick lag noch immer auf ihr. Die Luft zwischen ihnen schien zu flirren. Francesca erkannte dieselbe Sehnsucht in seinem Blick, die auch sie spürte. Aber mehr als die gemeinsame Autofahrt zum Weingut durfte sie nicht zulassen. Auch diesen Gefallen nahm sie nur an, weil sie keine andere Möglichkeit hatte, um zu ihrer Familie zu gelangen. Und doch klopfte ihr das Herz bis zum Hals, und ihre Knie waren weich.

Irgendwann wandte Matteo sich ab, ohne ein weiteres Wort verließ er die Backstube, und Francesca ließ sich auf die unterste Sprosse der Leiter sinken und wartete darauf, dass ihre Beine aufhörten zu zittern.

Nach einer Weile zwang sie sich aufzustehen und wandte sich wieder der Arbeit zu, doch Matteo ging ihr nicht aus dem Kopf. Sie musste sich zusammenreißen, durfte sich auf gar keinen Fall in ihn verlieben, in diese dunklen warmen Augen voller Zärtlichkeit. No! No! No!

Wie viele Frauen hatte er schon mit diesem Blick betrachtet, mit diesem sehnsüchtigen Ausdruck. Matteo war vier Jahre älter als Francesca, er stammte aus einer anderen Gesellschaftsschicht, hatte Freunde wie den Conte. Sie musste sich zusammenreißen.

Sie schüttelte den Kopf und wischte das nächste Regalbrett samt Dosen ab. Natürlich war sie nicht gut genug für ihn, sie, ein einfaches Mädchen vom Land, das sein Zimmer putzte und ihm das Essen servierte. Sie musste aufhören mit diesen Träumereien. Er hatte es ja im Grunde selbst zugegeben, hatte gesagt, dass sie jemand war, mit dem er seinen Spaß haben konnte. Und auch wenn sie bislang noch nicht viel von der Liebe verstand, so ahnte sie doch, dass ihre Verliebtheit ihr nur

Kummer bereiten würde. Trotzdem kehrten ihre Gedanken immer wieder zu Matteos dunklen Augen zurück.

Später, als die Familie aus der Kirche zurück war und Francesca das Mittagessen servierte, suchten Matteos Augen immer wieder Francescas Blick, die sich bemühte, ihn nicht allzu lange anzusehen. Denn je mehr sie versuchte, ihm gegenüber Gleichgültigkeit zu empfinden, umso schneller schlug ihr Herz bei seinem Anblick.

Die Milanis hatten, wie fast jeden Sonntag, Gäste zum Mittagessen. Dieses Mal war es ein älteres Ehepaar, er mit einem Kranz grauer Locken und langen Koteletten, seine braunen Augen blitzten die ganze Zeit belustigt, als habe gerade jemand eine amüsante Anekdote erzählt. Seine Frau hingegen hatte ein verhärmtes Gesicht und hob ständig die Augenbrauen, als zweifle sie alles an, was gesagt wurde. Ihre Tochter Ana begleitete sie. Ana musste schon deutlich über zwanzig sein und hatte einen dunklen Flaum über der Oberlippe, der die Attraktivität ihres schmalen edlen Gesichts etwas schmälerte.

In der kommenden Nacht schlief Francesca schlecht. Immer wieder dachte sie darüber nach, wie sie es anstellen sollte, die Signora um einen freien Nachmittag zu bitten. Egal, was sie sich überlegte, sobald sie die strenge Signora vor sich sah, verließ sie sämtlicher Mut. Ob sie doch Matteo bitten sollte, mit seiner Mutter zu sprechen? Nein, sie schüttelte stumm den Kopf und drehte sich auf die andere Seite. Was würde die Signora dann denken? Schnell würde sie eins und eins zusammenzählen und erkennen, dass das Hausmädchen die Dreistigkeit besaß, mit ihrem Sohn zu schäkern.

Als Francesca am nächsten Morgen in die Küche kam, sah Antonella sie erschrocken an. »Was ist denn mit dir los, Kindchen? Hast du schlecht geschlafen?«

Francesca berichtete der Köchin von ihrem Vorhaben, die Signora um einen freien Nachmittag zu bitten.

»Recht hast du«, stimmte Antonella ihr zu. »Das muss sowieso mal geregelt werden. Ich werde die Signora bitten, mit uns heute Vormittag einen Kaffee zu trinken, dann können wir das Thema zur Sprache bringen.«

Nachdem Francesca an diesem Morgen ihre Aufgaben erledigt hatte, rief Antonella sie zu sich in die Küche. Francesca schluckte, als sie die Signora am Küchentisch sitzen sah.

»Setz dich, Kindchen.« Antonella machte eine Handbewegung in Richtung des Tisches. Dann nahm sie die Espressokanne vom Herd und stellte sie auf den Tisch.

Signora Milani hatte eine kühle Miene aufgesetzt und die Hände gefaltet vor sich auf den Tisch gelegt.

Antonella kam mit drei kleinen Porzellantassen und stellte sie auf dem Tisch ab. Da Francesca noch immer zögerte, deutete sie wieder auf den freien Stuhl.

Langsam setzte sie sich, ohne die Signora anzusehen. Der Duft des frischen Kaffees stieg ihr in die Nase. Das war vermutlich der Vorteil, wenn man ein Café betrieb, irgendwoher bekam man immer noch ein paar Bohnen, um auch an einem Montagmorgen einen herrlich duftenden Kaffee zubereiten zu können.

»Signora Milani«, begann Antonella, nachdem sie allen eingeschenkt und Francesca ein Kännchen mit Milch hingeschoben hatte. »Ich weiß, dass es gerade eine schwere Zeit für uns alle ist, wir haben mehr als eine harte Prüfung zu bestehen. Aus diesem Grund ist es wichtig, dass wir alle zusammenhalten, und Francesca hat sich in den ersten fünf Wochen, die sie nun bei uns ist, wahrlich als ein Geschenk des Himmels erwiesen. Noch nie hatten wir ein so fleißiges, aber auch kluges Mädchen. Sie weiß immer genau, wie sie Flächen zum Glänzen bringt, und sie teilt mit uns sogar die Rezepte ihrer Familie. Hat sie Ihnen bislang auch nur einen Anlass gegeben, unzufrieden zu sein?«

Francesca spürte, wie ihr das Blut in die Wangen schoss. Sie war es nicht gewohnt, gelobt zu werden. Mit gesenktem Kopf beobachtete sie ihre Herrin aus den Augenwinkeln.

»Nun …« Die Signora dachte einen Moment lang nach. Schließlich gab sie zu: »Nein, natürlich nicht. Sie haben recht, Antonella. Francesca macht sich ganz gut.«

»Grazie«, murmelte Francesca, der das Gespräch genauso unangenehm war, wie es sie überraschte. Wie konnte sich Antonella bloß trauen, so direkt mit der Hausherrin zu sprechen?

»Nimm einen ordentlichen Schuss Milch«, wandte sich die Köchin an Francesca. Dann erklärte sie der Signora: »Sie hat noch keine Erfahrung mit Kaffee, und beim letzten Mal fand sie ihn eher scheußlich. Da hilft es ungemein, Milch und Zucker hinzuzugeben. Glücklicherweise haben wir beides im Haus.« Sie zwinkerte Francesca zu.

Francesca biss sich auf die Unterlippe. Dann griff sie zaghaft nach dem Milchkännchen und gab einen Tropfen hinein.

»Mehr, so wird es den bitteren Geschmack kaum mildern«, wies Antonella sie an.

Francescas Finger zitterten, als sie unter dem missbilligenden Blick der Signora mehr Milch in ihren Kaffee gab. Antonella warf zwei Stücke Zucker in ihre Tasse. »So, jetzt versuch mal.«

Vorsichtig nippte Francesca an dem Gebräu. Es war überraschend lecker. Zwar konnte sie das Bittere noch immer wahrnehmen, aber in Kombination mit dem Süßen und der Milch war es sehr schmackhaft.

»Das ist zwar nicht sehr italienisch«, sagte Antonella und lachte, »aber ich habe eine deutsche Urgroßmutter, die aus München kam, und zu Hause gab es oft Milch zum Kaffee.«

Die Signora hatte inzwischen ihre Tasse geleert. Sie sah Antonella fragend an. »Was ist denn nun?«

»Noch eine Tasse, Signora?« Antonella schenkte ihr noch etwas von der dicken schwarzen Flüssigkeit ein. Dann kam sie zum Thema. »Francesca hat seit fünf Wochen keine freie Stunde gehabt, und da sie auch nur am Samstagabend in die Messe gehen kann, weil sie am Sonntagmorgen immer die Backstube putzt, sollten Sie ihr zumindest gestatten, unserem Herrn zu Ehren, ein wenig freie Zeit am Sonntagnachmittag zu haben, wo sie sich von der harten Arbeit ausruhen kann. Das sehen Sie doch bestimmt auch so, nicht wahr, Signora Milani?«

Die Signora sah überrascht zwischen Antonella und Francesca hin und her.

»Bedenken Sie, dass ich es bin, die darum bittet, nicht Francesca selbst«, warf die Köchin noch ein.

Die Hausherrin seufzte. »Sie haben recht, Antonella. Ich fordere zu viel.«

Antonella nickte zustimmend und lächelte die Signora an. Dann streckte sie die Hand aus, um ihr den Arm zu tätscheln, wie Francesca es von ihrer Mutter kannte, wenn sie einer ihrer Töchter einen Rat gegeben hatte.

Signora Milani schaute Francesca an. »Also schön, den Sonntagnachmittag hast du von nun an frei. Und zusätzlich einen ganzen weiteren freien Tag im Monat, den wir noch bestimmen werden. Vielleicht den Montag, dann kannst du hin und wieder deine Familie besuchen. Aber nur ein Mal im Monat«, wiederholte sie mit strenger Stimme.

»*Grazie*, Signora«, sagte Francesca leise.

Die Signora stand auf. »Und natürlich darf deshalb keine Arbeit liegen bleiben. Antonella, sorge bitte dafür, dass immer alles erledigt wird.«

»Oh, natürlich. Das brauche ich Francesca nicht zu sagen.« Antonella erhob sich ebenfalls und nahm die leeren Kaffeetassen, um sie zum Spülstein zu tragen. »Francesca ist, wie gesagt, ein fleißiges Mädchen, sie sieht die Arbeit und packt an, ohne dass es ihr gesagt werden muss.«

»Na schön.« Die Signora schenkte Francesca einen letzten warnenden Blick. »Dann hoffe ich, dass weiterhin alles zu meiner Zufriedenheit läuft.«

Francesca, die inzwischen ebenfalls aufgesprungen war, knickste und sah zu Boden. »Selbstverständlich.«

Die Signora verließ die Küche, und Antonella reckte sich nach der großen gusseisernen Pfanne, um sie vom Haken über dem Herd zu nehmen. Francesca holte die Bohnen aus der Vorratskammer, die sie putzte und anschließend im Sieb abtropfen ließ.

»Ich hole ein paar Tomaten für die Bruschetta«, erklärte sie der Köchin und ging dann hinaus in den Hof. Dort war am hinteren Ende ein Gemüsebeet angelegt worden, wo wenigstens ein paar Stunden am Tag die Sonne hinkam. Hier zogen sie Tomaten, Salat und Kräuter. Und auch wenn die Tomaten nicht so aromatisch waren wie die, die die Pellegrinos in ihrem Gemüsegarten ernteten, so waren sie doch erstaunlich schmackhaft dafür, dass sie inmitten der Stadt gediehen.

Während Francesca nach den reifsten Exemplaren Ausschau hielt, dachte sie über das Gespräch mit der Hausherrin nach. Die Köchin schien einen besänftigenden Einfluss auf Signora Milani auszuüben, überhaupt war sie die einzige Person, deren Vorschläge die Signora sofort annehmen konnte. Francesca pflückte eine der reifen Früchte vom Strauch und hob sie an die Nase. Einen Moment lang genoss sie den intensiven Duft. Dann legte sie sie in den kleinen Korb, den sie mitgenommen hatte, und ging weiter zwischen den Sträuchern entlang. Ihre Gedanken kehrten zu der Begegnung mit Matteo am Vortag zurück. Es gab ganz eindeutig eine Anziehung zwischen ihnen, da war sie sich sicher. Sie konnte spüren, dass er sie wirklich gern hatte, aber genauso gut wusste sie auch, dass er weiterziehen würde, wenn er genug von ihr hatte. Sie hätte sich nicht darauf einlassen sollen, dass er sie am Sonntag zum Weingut chauffierte, überlegte sie. Denn auch wenn sie Matteo mochte, sogar sehr, er war nicht der richtige Mann für sie. Sie seufzte, während sie noch drei weitere Tomaten pflückte und dann wieder zurück ins Haus ging.

Am nächsten Morgen war sie zum ersten Mal nach dem Wecken noch einmal eingeschlafen. Sie hatte nur kurz die Augen geschlossen, nachdem Antonella die Kammer verlassen hatte, und wachte erst wieder auf, als die Köchin eine Stunde später verwundert wieder vor ihrem Bett stand.

Francesca war die Angelegenheit so peinlich, dass sie Antonella kaum ansehen konnte. Sie hatte sich schon oft vorgenommen, von selbst aufzustehen, aber sie schlief immer so tief, dass sie auf das sanfte Wecken der Köchin angewiesen war. Antonella hatte nur gelacht, als sie sich stammelnd bei ihr entschuldigt hatte, und gemeint, ihr Körper habe den Schlaf dann wohl auch nötig gehabt.

Daher hatte Francesca sich heute besonders beeilt, das Café zu putzen und das Frühstück für die Familie vorzubereiten, um die verschlafene Stunde wieder hereinzuholen.

»*Buongiorno*«, hörte sie Matteos Stimme hinter sich, als sie gerade die Marmelade und das Weißbrot auf den Tisch gestellt hatte.

»*Buongiorno*«, antwortete sie und deutete einen Knicks an. »Ich hole Ihnen sofort den Kaffee.«

»Warte.« Matteo trat ihr in den Weg.

Sie sah ihn abwartend an, das Tablett in der einen Hand.

Einen Moment lang schien es so, als habe er vergessen, was er sagen wollte. Dann fragte er: »Hast du gut geschlafen?«

»Sehr gut, danke«, antwortete sie überrascht. Noch nie hatte sich ein Mitglied der Familie danach erkundigt. Ob Antonella etwas gesagt hatte? Nein, die Köchin war ihr nicht böse gewesen, dass sie heute nicht pünktlich aufgestanden war.

Sein Blick lag sanft und beinahe zärtlich auf ihrem Gesicht. Wieder fiel ihr auf, wie dunkel seine Augen waren. Plötzlich hatte sie das Bedürfnis, etwas zu sagen. »Es wird Sie freuen zu hören, dass ich jetzt immer den Sonntagnachmittag freihabe und einmal im Monat noch den ganzen Montag dazu.«

Er stieß einen leisen Pfiff aus. »Sehr gut. Ich finde es richtig, dass du darum gebeten hast.«

Francesca wollte ihm gerade erklären, dass nicht sie es gewesen war, die dafür gesorgt hatte, sondern Antonella. Doch in diesem Moment hörte sie die schnellen, entschlossenen Schritte der Signora, die kurz darauf ins Esszimmer trat. Als sie Francesca und Matteo beieinanderstehen sah, legte sich sofort ein skeptischer Ausdruck auf ihr Gesicht.

Francesca nickte ihr kurz zu. »*Buongiorno*, Signora.« Dann eilte sie aus dem Zimmer in die Küche, wo sie den Kaffee in die Kanne füllte.

Als sie wieder ins Esszimmer kam, saß auch der Signore inzwischen am Tisch. Doch als Francesca mit der Kaffeekanne zu ihm trat, winkte er ab.

»*Grazie*, Francesca.« Er bedeckte mit der Hand die kleine Tasse und verzog gequält das Gesicht. »Ich habe wieder Magenschmerzen. Sei so nett und bringe mir eine Tasse Kamillentee, ja?«

»Natürlich, Signore.« Francesca wandte sich an Matteo, um ihm einzuschenken.

»Du solltest trotzdem lieber Kaffee trinken«, sagte die Signora zu ihrem Gatten. »Sonst wirst du den ganzen Tag müde sein.«

Er schüttelte den Kopf. »Die Säure bekommt mir nicht. Ich habe die halbe Nacht wach gelegen. Ich werde auch nur ein bisschen Brot essen.«

Signora Milani schnalzte missbilligend mit der Zunge. »Unsinn, wenn du deinen Magen behandelst wie ein rohes Ei, dann wird er immer Zicken machen. Menschen, die ihre Krankheiten pflegen, werden nie gesund werden. Ich empfehle dir, all deine Verstimmungen zu ignorieren, dann wird es dir ganz schnell wieder besser gehen.«

Francesca verließ das Esszimmer. Sie konnte der Signora nicht recht geben. Man brauchte sich den Signore nur anzuschauen, in den paar Wochen, in denen sie ihn jetzt kannte, hatte er deutlich an Gewicht verloren. Ihrer Meinung nach sollte er sich von einem Doktor untersuchen lassen, aber was wusste sie schon? Schließlich hatten sie auf dem Dorf nur selten einen Arzt zu Gesicht bekommen, und wenn, dann nur, wenn es wirklich mal einen schlimmen Unfall gegeben hatte oder eine Geburt ins Stocken geraten war. Francesca selbst war zweimal beim Arzt gewesen, einmal als eine Anordnung kam, dass alle Dorfkinder auf Windpocken untersucht werden sollten, die gerade grassierten, und das andere Mal, als sie tatsächlich Windpocken bekommen hatte.

Als sie wenige Minuten später wieder ins Zimmer trat, hörte sie Matteo gerade sagen: »Ich finde es nicht übertrieben.«

Die Signora zuckte mit den Schultern. »Ihr macht ja doch, was ihr wollt.«

»Das stimmt doch gar nicht, Carla«, entgegnete der Signore und nickte Francesca dankbar zu, als sie den Tee vor ihm auf den Tisch stellte. »Wir geben beide sehr viel auf dein Urteil, und insgeheim bin ich ja auch vollkommen deiner Meinung.

Aber ob ich die Schmerzen nun ignoriere oder nicht, sie sind da. Ich finde es daher durchaus vernünftig, einen Arzt zu konsultieren.«

Die Signora sah ihren Mann lange an. Schließlich seufzte sie: »Na schön, es kann vermutlich nicht schaden, den Dottore mal aufzusuchen. Es ist ja nicht so, dass ich mir keine Sorgen um dich mache, Bernardo.«

»Vermutlich sagt er, dass alles in Ordnung ist«, versuchte ihr Mann sie zu beruhigen.

»Vermutlich«, wiederholte die Signora, trank ihren Kaffee aus und stand auf. »Francesca, wenn du hier fertig bist, erwarte ich dich in meinem Büro.« Sie warf ihrem Mann einen besorgten Blick zu und verließ dann den Raum.

Francesca sah ihr einen Moment lang hinterher und überlegte, was sie wohl von ihr wollte. Sie war beunruhigt, bislang hatte die Signora sie noch nie zu sich gerufen. Ob sie erfahren hatte, dass Matteo und sie für nächsten Sonntag einen gemeinsamen Ausflug planten? Wie konnte sie ihrer Herrin klarmachen, dass das allein Matteos Idee gewesen war?

»Ich nehme den Tee mit hinunter in die Backstube«, murmelte der Signore, nahm die Tasse und verließ den Raum.

Auch Matteo stand auf. »Was meinst du?«, wandte er sich an Francesca. »Ist mein Vater dünner geworden?«

»Ja, Signore«, antwortete Francesca wahrheitsgemäß. »Ich habe gerade erst darüber nachgedacht, dass er, seit ich hier bin, wirklich schwächer geworden ist.«

»Dann bilde ich es mir nicht bloß ein, nicht wahr?« Matteo sah nachdenklich zu der Tür, durch die sein Vater eben verschwunden war. »Er ist auch sehr blass.«

»Ja, Signore«, bestätigte Francesca und nahm das Tablett, das sie an die Wand neben der Tür gelehnt hatte, um den Tisch abzuräumen.

»Danke für deine Ehrlichkeit.« Matteo schenkte ihr ein Lächeln, hinter dem sie seine Besorgnis deutlich erkennen konnte. »Ich gehe dann auch mal in die Backstube.«

Wenig später hatte sie den Tisch abgeräumt und abgewischt und Antonella das benutzte Geschirr gebracht.

Dann eilte sie zum Büro der Signora. Zögernd klopfte sie an die Tür und vernahm ein strenges *»Prego«*.

Als sie in den Raum trat, sah Signora Milani nicht einmal auf, sondern schrieb den Brief zu Ende, an dem sie gerade saß. Francesca blieb an der Tür stehen, die Hände auf dem Rücken, und sah sich in dem Büro um. Auf einem kleinen Tisch an der Wand lagen dicke Stapel mit Frauenmagazinen. Francesca erkannte die »Alba« und die »Annabella«, die »Gioia« und eine Zeitschrift mit dem klangvollen Namen »La Cucina Italiana«.

»Setz dich.« Signora Milani war mit ihrem Schreiben fertig und deutete auf den Stuhl vor ihrem Schreibtisch.

Francesca nahm Platz, blieb aber auf der vorderen Kante des harten Stuhls sitzen.

»Wir haben nie über deine Entlohnung gesprochen«, begann die Signora. Sie legte die Hände gefaltet vor sich auf den Tisch. »Und du bist nun schon über einen Monat bei uns.«

Francesca schluckte. Daran hatte sie bislang gar nicht gedacht, und auch ihr Vater schien gar nicht nachgefragt zu haben. Wie blauäugig sie doch diese Stellung angetreten hatte! Matteo musste sie für schrecklich naiv halten.

»Früher habe ich es immer so gehalten, dass ich die Dienstmädchen jährlich bezahlt habe. Doch wenn du regelmäßig deine freien Nachmittage nimmst, wirst du vermutlich Geld brauchen, um dir das ein oder andere zu kaufen.« Sie seufzte und lehnte sich in ihrem Stuhl zurück. »Die Angestellten sind inzwischen anspruchsvoller als vor dem Krieg.«

»Oh, Signora«, Francesca zuckte erschrocken mit den Schultern. »Ich wollte keineswegs …«

Doch die Signora ließ sie nicht ausreden. »Es ist schon gut, ich habe nicht dich im Speziellen gemeint. Es hat sich nur alles geändert. Ich habe beschlossen, dir jeden Monat das hier zu zahlen.« Die Signora schob ihr einen Umschlag zu.

»Danke«, sagte Francesca leise und griff zögernd nach dem Kuvert. Noch nie in ihrem Leben hatte sie eigenes Geld besessen.

»Schau nach«, forderte die Signora sie auf. »Es ist nicht allzu viel, aber mehr kann ich dir zurzeit nicht zahlen.«

Mit zitternden Fingern öffnete Francesca den Umschlag und sah hinein. Sie sog überrascht die Luft ein. Vielleicht mochte es für die Signora nicht viel sein, aber für sie waren die Scheine darin ein kleines Vermögen. Sie würde es für ihre Aussteuer sparen. Falls sie jemals einen Mann finden sollte.

»Du musst mir den Empfang quittieren«, erklärte ihre Herrin und schob ein Blatt Papier über den Tisch. »Ich habe es schon vorbereitet, bitte hier auf der Linie.« Francesca sah die mit Schreibmaschine getippte Zahl. Die Buchstaben hüpften ein bisschen, und ebenso tat es Francescas Herz, als sie den Umschlag mit den Geldscheinen in ihre Schürzentasche steckte. Ihr erstes eigenes Geld!

»*Grazie*, Signora«, sagte sie und unterzeichnete auf der Linie.

»Sì, sì«, brummte Signora Milani und machte eine Handbewegung. »Und jetzt wieder an die Arbeit.«

Schnell erhob sich Francesca und verließ das Büro. Vielleicht sollte sie mit dem Geld noch etwas anderes machen, als es nur für eine Hochzeit zu sparen.

Doch in den nächsten Tagen kam Francesca nicht dazu, weiter über ihren plötzlichen Reichtum nachzudenken. Sie legte die Geldscheine in ihre Wäscheschublade und freute sich jeden Abend, wenn sie sie vor dem Zubettgehen in die Hand nahm. Wenn sie das Café putzte, warf sie einen schnellen Blick auf die abgepackten Back- und Zuckerwaren und stellte stolz fest, dass sie sich alles davon hätte leisten können. Sie arbeitete nun umso verbissener.

Am Freitag nahm sie sich die Hintertreppe vor, nachdem sie bereits die Regale der Vorratskammer gereinigt hatte. Wenn sie morgen den Rest schaffen würde, hätte sie die Arbeit vom Sonntag zu großen Teilen schon erledigt. Sie kippte gerade etwas Putzwasser auf die oberen Stufen der Treppe und griff nach der Wurzelbürste, als sie eine Stimme hörte.

»Hier bist du.«

Sie hielt inne und blickt über die Schulter nach unten. Dort stand Matteo, die Hände in die Hosentaschen seiner weißen Arbeitshose gesteckt, den Kopf schräg gelegt und ein Grinsen auf den Lippen.

»*Buongiorno*, Signore«, sagte Francesca, deren Herz unwillkürlich ein bisschen schneller schlug, und wandte sich dann wieder den Stufen vor sich zu.

»Freust du dich schon auf unseren Ausflug am Sonntag?«, fragte er.

Francesca schrubbte kräftig weiter, immer in kreisenden Bewegungen. »Sì, Signore.«

Sie warf die Bürste in den Eimer mit dem Putzwasser und griff nach dem Aufnehmer, um die Stufen abzureiben. Ihre Gedanken hatten sich auffällig oft um Matteo bewegt, immer und immer wieder hatte sie über ihre Unterhaltung nachgedacht, und sie hatte sich dabei ertappt, dass sie im Haus immer öfter nach ihm Ausschau hielt. Wenn sie ihn zufällig im

Flur, auf der Treppe oder in einem der Zimmer traf, breitete sich jedes Mal eine neue, unbekannte Wärme in ihrem Bauch aus. Und jedes Mal wenn sie eine dieser kleinen Begegnungen hatten, fanden sich ihre Blicke und hielten sich einen Moment lang fest. Bei den Mahlzeiten hingegen versuchte Francesca, seinem Blick auszuweichen, weil die Signora auf gar keinen Fall ahnen durfte, dass sie und Matteo mehr verband als die normale Beziehung zwischen Dienstmädchen und Sohn des Hauses. Was dieses Mehr war, war Francesca hingegen nicht klar, und sie befürchtete nach wie vor, dass es Matteo nur um ein Abenteuer gehen könnte. Denn was sollte der gut aussehende junge Mann aus der gut betuchten und angesehenen Familie Milani von einem armen Bauernmädchen wollen, das nicht einmal die durchschnittliche Bildung einer modernen jungen Frau besaß?

»Wann sollen wir am Sonntag losfahren? Um zwei Uhr, nach dem Mittagessen?«

Francesca zögerte einen Moment. Eigentlich hätte sie ihm absagen, sich nicht auf einen Nachmittag in seiner Gesellschaft einlassen sollen, um sich nicht noch weiter in ihre Gefühle zu verstricken. Aber natürlich würde sie ohne Matteos Hilfe nicht zu ihrer Familie kommen. Die Anreise mit dem Omnibus würde viel länger dauern, und ob sie schließlich wirklich am Ziel ankommen würde, war mehr als fraglich, weil sie nichts von Busverbindungen und Abfahrtszeiten verstand. Außerdem wusste sie auch noch gar nicht genau, wann sie an ihrem freien Nachmittag wieder zurück in Alba sein musste. Mit dem Auto wäre all das gesichert.

»Sehr gerne«, erklärte sie daher und spürte, wie ihr Bauch vor Freude und Aufregung kribbelte, und das lag nicht allein an dem bevorstehenden Wiedersehen mit ihrer Familie.

Kapitel 4

Italien, Piemont, Juni und Juli 1946

Francesca konnte an nichts anderes als das Wiedersehen mit ihrer Familie denken. Sie hatte ihr ein Telegramm geschickt, das Antonella für sie aufgegeben hatte und in dem sie ihren Besuch ankündigte. Sie konnte sich die Aufregung auf dem Weingut vorstellen, wenn es eintraf. Denn solange Francesca denken konnte, hatte es nie ein Telegramm auf dem Hof gegeben. Das Geld dafür hatte sie von ihrem ersten Lohn genommen. Es fühlte sich gut an, dieses kleine Vermögen in ihrer Wäscheschublade zu haben, und es kam ihr vor, als hätte sie dadurch ein Stück Unabhängigkeit erlangt.

Am Samstagvormittag nahm sie ein paar weitere Lire und ging hinunter ins Café. Sie wollte etwas kaufen, das sie ihrer Familie mitbringen konnte. Doch es scheiterte an den Lebensmittelmarken, die sie nicht hatte. Mit rotem Kopf, weil das Servierfräulein Emilia, bei der sie die Waren hatte erstehen wollen, sie abgewiesen hatte, und enttäuscht, nun mit leeren Händen nach Hause fahren zu müssen, ging sie wieder nach oben.

Als der Signore am Samstagmittag zum Essen kam, reichte er Francesca eine Papiertüte. »Signorina Emilia hat mir erzählt, dass du deinen Eltern eine Kleinigkeit mitbringen möchtest, aber keine Marken hast. Ich habe dir etwas herausgeschmuggelt.« Er zwinkerte ihr zu.

»Oh.« Francesca spürte, wie ihr wieder das Blut in die Wangen schoss. »Das … Ich … Es wäre nicht nötig …«

»Ach was.« Er winkte ab.

Francesca sah unwillkürlich in Richtung der Signora, weil sie wusste, dass sie das Geschenk ihres Gatten ganz bestimmt nicht gutheißen würde. Die war jedoch mit dem Ehepaar, das heute zum Essen eingeladen war, in ein Gespräch vertieft, und Matteo war noch gar nicht erschienen.

Vorsichtig warf Francesca einen Blick in die Tüte, in der sich Pralinen, Gebäck und ein Panettone befanden. »Oh, Signore, ich danke Ihnen.« Dann fragte sie leise: »Wie viel Geld schulde ich Ihnen?«

»Es ist ein Geschenk an Sie und Ihre Familie für Ihre wunderbaren Dienste«, erklärte er lächelnd und wandte sich dann den Gästen zu, ohne dass Francesca noch etwas hätte erwidern können.

Unauffällig brachte sie die Tüte in die Küche, wo sie Antonella in wenigen Worten die Güte des Hausherrn schilderte.

»So ist unser Signore.« Antonella nickte lächelnd. »Und jetzt los! Mach, dass du schnell wieder zurückkommst, bevor sie dich vermissen. Hier, nimm das Vitello tonnato schon mal mit.«

Der Sonntag brach an, und es hingen schwere Wolken über der Stadt. Francesca arbeitete emsig, um am Vormittag nicht nur die Backstube fertig geputzt zu bekommen, sondern auch noch die restliche Arbeit des Nachmittags zu schaffen. Zum Mittagessen waren, wie Matteo erzählt hatte, das Ehepaar Bianco mit seiner Tochter Giovanna zu Gast. Signor Bianco und seine Frau ignorierten das Dienstpersonal, und auch wenn Francesca keine

Dankbarkeit erwartete, so erforderte es jedoch das Gebot der Höflichkeit, dass man sich entschuldigte, wenn man einem anderen Menschen auf den Fuß trat. Nicht so Signor Bianco. Außerdem hatte er Francesca bei einer seiner langweiligen Erzählungen, die er durch Körpereinsatz ein wenig interessanter zu gestalten versuchte, beinahe die Karaffe aus der Hand geschlagen, als sie ihm nachschenken sollte. Er sprach einfach weiter, als sei nichts geschehen. Seine Gattin hingegen schien die ganze Zeit gelangweilt zu sein und zeigte das nur allzu deutlich. Hin und wieder hielt sie sich die grazile Hand vor den Mund und gähnte. Francesca fragte sich, ob sie wohl von dem Essen, den Gastgebern oder ihrem Mann so ermüdet war, und vermutete, dass es wohl eine Mischung aus allem sein musste.

Obwohl Antonella sich viel Mühe gegeben hatte, aus den wenigen Zutaten, die die Signora besorgt hatte, ein schmackhaftes Mahl zuzubereiten, quittierten die Biancos das mit keinem Wort. Sie bedankten sich nicht und lobten auch nicht die Bruschetta oder die Spaghetti mit Tomatensauce. Genauso wenig die Lingua in salsa piccante. Francesca hatte die Kalbszunge gestern auf Geheiß der Signora auf dem Wochenmarkt erstanden, und Antonella hatte eine Sauce aus Staudensellerie, Zwiebeln, Knoblauch, Petersilie und Tomaten zubereitet, die so köstlich duftete, dass Francescas Magen leise knurrte. Noch immer war es schwierig, Lebensmittel zu bekommen, da glich es einem kleinen Wunder, dass Antonella es immer wieder gelang, abwechslungsreiche Gerichte zu zaubern und auch große Portionen servieren zu können. Eine Hilfe waren auf jeden Fall das Gemüse und die Kräuter aus dem eigenen Garten im Hinterhof. Seit Francesca in Alba lebte, hatte sie die Pflege der Beete übernommen. Die alte Köchin war froh darüber, dass Francesca sie jeden Morgen und Abend wässerte, Unkraut jätete und Triebe hochband.

Nur die Tochter der Biancos, Giovanna, war Francesca sympathisch. Zugleich tat sie ihr aber auch leid, weil sie die Blicke bemerkte, die sie Matteo immer wieder zuwarf, zugleich aber von seinem Desinteresse an der jungen Frau wusste. Giovanna war zwar keine Schönheit, aber sie hatte ein sehr nettes Lächeln und schien viel interessierter an ihrer Umgebung zu sein als ihre Eltern. Sie lächelte jedes Mal dankbar, wenn ihr serviert wurde, und manchmal meinte Francesca ein leichtes Augenverdrehen zu erkennen, wenn ihr Vater sich wieder in einer seiner langatmigen und selbstbeweihräuchernden Erzählungen verlor. Allerdings hatte Signor Bianco einen besonderen Humor, den Francesca nur selten an Menschen fand. Er konnte über sich selbst lachen, und das machte ihn ihr dann wieder etwas netter. Als er von seiner Bruschetta abbeißen wollte, hatte er das Brot ungeschickt gehalten, sodass der Belag auf sein Hemd und den Anzug gefallen war.

»Seht euch das an!«, rief er und deutete auf das Malheur. »Das ist doch wieder einmal typisch. Ich mache keine halben Sachen.« Und dann lachte er vollkommen unbekümmert, während er die Tomatenstückchen zusammenklaubte und die Ölflecken abtupfte.

Oder er berichtete von einer Verwechslung, bei der er seinen Arzt versehentlich für den neuen Koch gehalten und ihm detaillierte Anweisungen zur Zubereitung des Hähnchens gegeben hatte. Manch anderer hätte diese peinliche Geschichte totgeschwiegen, doch Signor Bianco hatte Tränen in den Augen, als er sie erzählte, weil er so sehr lachen musste.

»Wir würden Sie gerne heute Nachmittag ganz spontan zu einem Picknick einladen«, wandte er sich während des Hauptgangs an die Milanis. »Giovanna hat es vorbereitet. Ganz altmodisch, in den Weinbergen. Es wird Gebäck und Erfrischungen geben.«

»Oh, was für eine wundervolle Überraschung!«, rief die Signora. »Das nehmen wir sehr gern an, nicht wahr, Bernardo? Matteo?«

Francesca sah zu Matteo hinüber, der ihren Blick ganz kurz erwiderte. Er hatte es vorausgesehen und musste jetzt ein Lachen unterdrücken. Francesca hingegen war die Situation sehr unangenehm, am liebsten wäre sie aus dem Esszimmer geschlüpft, weil Giovanna so hoffnungsvoll wirkte. Und sie wusste ja, dass Matteo die Einladung ausschlagen würde, um sie zu ihren Eltern zu fahren.

»Nun.« Der Signore legte seine Gabel neben den Teller. »Ich weiß Ihre Einladung sehr zu schätzen, aber ich fürchte, ich fühle mich momentan gesundheitlich nicht dazu in der Lage.«

»Oh, ich wusste gar nicht, dass Sie angeschlagen sind?« Ein Hauch von Interesse blitzte in Signora Biancos Augen auf.

»Der Magen«, erklärte der Signore. »Macht mir schon seit Längerem zu schaffen. Ich bin da leider recht empfindlich. Und in den letzten Wochen ist es penetrant geworden.«

Die Signora seufzte leise auf, und Francesca konnte ihr ansehen, wie viel Mühe es sie kostete, mit ihrer Meinung zu dem Thema hinterm Berg zu halten. Stattdessen sagte sie nur: »Dann werden Matteo und ich Ihre Einladung annehmen.«

»No, Madre. Ich fürchte, auch ich muss leider absagen. Es tut mir leid, Signore, Signora.« Matteo sah zwischen dem Ehepaar Bianco hin und her. »Aber ich bin bereits anderweitig verabredet. Es ist sehr schade, Ihre Einladung klingt sehr verlockend, aber Sie verstehen natürlich, wie wichtig es ist, zu seinem Wort zu stehen, nicht wahr? Ich muss nämlich einem Freund in der Not helfen, ich habe ihm versprochen, ihn mit dem Automobil zu einer Verabredung zu fahren.«

Francesca hatte gerade damit begonnen, die Teller abzuräumen. Jetzt hielt sie kurz inne. Wider besseres Wissen schlug ihr Herz schneller.

»So?« Signor Bianco sah ihn an. Zwischen seinen Brauen hatte sich eine steile Falte gebildet.

Matteo breitete in einer entschuldigenden Geste die Arme aus und schenkte dem Mann sein charmantestes Lächeln. »Es tut mir wirklich sehr leid.«

»Besonders Giovanna ist enttäuscht, nicht wahr, *mia cara?*«, warf Signora Bianco ein.

Giovanna errötete und starrte auf das Tischtuch vor sich.

Francesca tat die junge Frau einmal mehr leid, weil sie nun von ihrer Mutter dermaßen vorgeführt wurde. Gleichzeitig breitete sich jedoch ein ganz neues Glücksgefühl in ihr aus. Dieser junge Mann, der der Schwarm so vieler junger Frauen zu sein schien, wollte mit ihr seinen Sonntagnachmittag verbringen. Im nächsten Moment ärgerte sie sich jedoch über sich selbst. Sie durfte nicht so naiv sein und sich von Matteo einwickeln lassen.

»Dann wirst du dein Treffen mit deinem Freund verschieben«, wandte sich Signora Milani an ihren Sohn. »Schau nur, wie traurig Giovanna ist. Natürlich wird Matteo mich begleiten. Wir freuen uns sehr über die Einladung.«

Einen Moment lang herrschte betretene Stille. Matteo sog scharf die Luft ein.

Francesca schluckte.

»Wunderbar!« Signor Bianco rieb sich zufrieden die Hände.

»*Scusi*, Signore«, sagte Matteo. »Aber meine Mutter ist zu voreilig. Wie gesagt, ich habe einem Freund mein Wort gegeben, und mir ist es wichtig, es zu halten.« Unwillkürlich sah Matteo in Francescas Richtung, die seinen Blick erwiderte.

»Matteo!« Signora Milanis Stimme war scharf. »Wie kannst du …«

»*Prego*«, unterbrach ihr Mann sie und hob die Hand. »Ich stimme Matteo voll und ganz zu. Sein Freund verlässt sich auf ihn, also muss er ihm auch helfen. Sicher werden die Biancos verstehen, dass ihre kurzfristige Einladung zwar sehr liebenswürdig ist, aber leider zum falschen Zeitpunkt kommt.«

Signor Bianco sah nicht so aus, als verstünde er das. Er starrte Matteo mit finsterer Miene an. Die Signora hatte die Lippen zu einem dünnen Strich zusammengepresst. Francesca hoffte inständig, dass sie nicht herausfinden würde, wer der wahre Grund für Matteos Absage war.

»Nun, dann sollten wir das Picknick verschieben, vielleicht auf nächsten Sonntag. Schließlich ist es in erster Linie dafür gedacht, dass sich die Kinder besser kennenlernen«, erklärte Signora Bianco.

Francesca biss sich auf die Unterlippe. Während des gesamten Mittagessens hatten die Biancos immer wieder Andeutungen gemacht, die auf eine Verbindung zwischen Matteo und Giovanna hindeuteten. Und auch Signora Milani schien eine solche Ehe zu befürworten. Keine andere Familie war bislang so oft bei den Milanis zum Essen gewesen, seit Francesca hier war. Und bestimmt war Giovanna eine sehr gute Partie.

»Es war ja auch sehr kurzfristig«, mischte sich Giovanna mit leiser Stimme ein. Die ganze Situation schien ihr sehr unangenehm zu sein.

Das Mittagessen war bald darauf beendet, und die Biancos brachen ungewöhnlich schnell auf. Es war nicht zu übersehen, dass sie beleidigt waren, weil ihre Einladung nicht angenommen worden war.

Als Francesca gerade den Tisch im Esszimmer abräumte, kehrte der Signore noch einmal zurück, um seine Zigaretten zu holen, die noch auf dem Tisch lagen.

»Ah, Francesca.« Er lächelte sie freundlich an. Mit leiser

Stimme fügte er hinzu: »Ich nehme an, du bist der Grund dafür, dass Matteo heute Nachmittag verhindert ist?«

»*Scusi?*«, fragte Francesca erschrocken.

»Schon gut.« Er hob beruhigend die Hand und öffnete sein Zigarettenetui. »Von mir hast du nichts zu befürchten. Aber meine Frau würde ich nicht unbedingt darüber unterrichten, wenn du verstehst, was ich meine?«

»Oh … Ja, Signore.« Francesca sah ihn verblüfft an.

»Ich habe eins und eins zusammengezählt«, beantwortete er ihre stumme Frage. »Du willst heute zu deiner Familie, und Matteo möchte einen Freund fahren, der sonst nicht an sein Ziel kommen würde.«

»Sie haben recht, Signore.« Francesca spürte, wie ihr das Blut in die Wangen schoss. Sie sah zu Boden.

»Sei vorsichtig«, sagte er, während er ein Streichholz anriss und seine Zigarette entzündete. Er nickte ihr noch einmal zu, dann verließ er das Zimmer.

Francesca dachte noch über seine Worte nach, als sie wenige Minuten später, mit der Papiertüte in der Hand, aus dem Hintereingang trat.

»Bereit?«

Sie erschrak, als sie Matteos Stimme so unvermutet aus dem Schatten vernahm. Er lehnte im Durchgang neben dem Haus, warf seinen Zigarettenstummel fort und schlenderte mit den Händen in den Hosentaschen auf sie zu. Er trug noch immer das kurzärmlige Hemd und die dunkelblaue Stoffhose vom Mittagessen, aber über das Hemd hatte er einen bunten Wollpullunder gezogen. Den Hut hatte er so weit zurückgeschoben, dass seine Stirn zu sehen war.

»Darf ich?« Er nahm ihr die Tüte ab.

Francesca nickte und blinzelte ins Licht, als sie aus der Gasse zwischen den Häusern ins gleißende Sonnenlicht traten. Die Wolkendecke war inzwischen aufgerissen, und nur noch wenige weiße Wattebausche zogen über den blauen Himmel. Die Markisen vor dem Café Alba waren komplett herausgezogen, und ihre Bordüre flatterte im Sommerwind. Gäste saßen dicht an dicht an den kleinen runden Tischchen. Es duftet nach Kaffee.

»Hier entlang.« Matteo deutete die Straße hinunter. »Oder möchtest du erst noch einen Kaffee trinken?«

Francesca sah Matteo erschrocken an. »Hier?«

Matteo lachte. »Warum nicht?«

»Die Signora …«, setzte Francesca an, erkannte dann aber an seinem Grinsen, dass er sie mit der Frage nur ein wenig hatte necken wollen.

»Du hast wirklich Angst vor meiner Mutter, oder?«, fragte Matteo, während er ihr seinen Arm reichte.

Francesca hakte sich bei ihm ein. »Nicht direkt Angst.«

»Komm schon, du siehst immer aus, als wolltest du im nächsten Mauseloch verschwinden, wenn sie auftaucht.« Er blieb mitten auf dem Bürgersteig stehen und drehte sich zu ihr. »Dabei ist sie gar nicht so schlimm, wie du vielleicht denkst.«

Francesca sah ihn empört an und zog ihn ein Stück zur Seite. Hier, mitten auf dem Gehweg, bildeten sie ein kleines Hindernis. Es waren viele Menschen unterwegs, die trotz der Mittagshitze durch die Stadt schlenderten. Aber heute schien es niemand eilig zu haben, immer wieder blieben Passanten stehen und betrachteten die Geschäftsauslagen. »Ich finde nicht, dass die Signora *schlimm* ist.«

»No?« Er grinste.

»Streng vielleicht, aber ich bewundere sie auch«, stellte Francesca richtig.

»Einigen wir uns darauf, dass du so aussiehst, als hättest du Angst vor ihr, sie aber insgeheim bewunderst.« Matteo fasste wieder nach Francescas Arm und zog sie dabei ein Stückchen näher an sich heran, als notwendig gewesen wäre. »Und du siehst ungemein hübsch dabei aus.«

»Wir einigen uns nicht darauf, dass ich so aussehe, als hätte ich Angst.« Francesca fiel in seinen schäkernden Tonfall ein und wunderte sich, wie einfach es plötzlich war, mit ihm auf diese Weise herumzualbern.

»Aber darauf, dass du hübsch dabei aussiehst, können wir uns einigen, oder?« Matteo beugte sich zu ihr hinunter und flüsterte ihr ins Ohr: »Ich liebe deine grünen Augen, die immer ein bisschen erschrocken aussehen.«

Francesca wurde plötzlich ziemlich heiß, was mit Sicherheit nicht allein dem warmen Sommertag geschuldet war. Sie überlegte fieberhaft nach einer schlagfertigen Antwort. »Sie sind ziemlich frech, Signore.«

War das schlagfertig? Wohl eher nicht. Sie hatte noch keine allzu große Übung darin, und eigentlich sollte sie sich auch gar nicht auf diese Neckereien einlassen.

»Frech?« Matteo lachte. »Warte mal ab, was bei mir frech bedeutet.«

Francesca hielt es für besser, nichts darauf zu entgegnen, denn sie wollte ihn nicht ermutigen, noch kesser zu werden.

Matteo führte sie um die nächste Straßenecke. Vor einem hellgrünen Automobil blieb er stehen. Die Farbe war genau dieselbe wie das Grün der Markisen vor dem Café Alba. Und auch das runde Emblem mit dem Namen des Cafés prangte darauf. Staunend betrachtete sie das moderne Fahrzeug.

»Bitte.« Matteo hatte ihr die Beifahrertür geöffnet.

Francesca stieg ehrfurchtsvoll ein. Die Sitze waren aus beigefarbenem Leder, vor ihr befanden sich zwei runde Anzeigen mit dünnen Nadeln und zwei weiße Knöpfe. Der Sitz war erstaunlich bequem und überhaupt nicht zu vergleichen mit der harten Bank auf dem Karren ihres Vaters. Es roch nach Leder und Holz.

»Ist das Fahrzeug neu?«, fragte sie Matteo, der in diesem Moment die Fahrertür öffnete.

»Sì.« Er nickte stolz. »Wir hatten vorher einen Wagen von 1932, der war in die Jahre gekommen.«

Er schob sich hinter das große Lenkrad. Dann steckte er den Schlüssel ins Zündschloss und startete den Wagen, indem er an einem der weißen Knöpfe zog.

Es war das erste Mal, dass Francesca in einem Automobil saß, und sie genoss das Gefühl, über die Straße zu fliegen, während sie das Knattern des Motors begleitete. Sanft wurde sie hin und her geschaukelt, während die Häuser und Menschen in rasantem Tempo an ihr vorüberzogen. Der Geruch des Benzins stieg ihr in die Nase. Es herrschte nicht so viel Verkehr wie unter der Woche, aber sie nahm die anderen Fahrzeuge sowieso kaum wahr. Noch nie hatte sie einen solchen Rausch erlebt. Sie lachte laut auf.

Matteo warf ihr einen amüsierten Blick von der Seite zu und trat aufs Gaspedal. Der Wagen flog nach vorne, und Francesca kreischte erschrocken und begeistert zugleich auf.

»Dreißig PS«, erklärte Matteo und beschleunigte noch einmal.

Francesca hielt unwillkürlich Antonellas Strohhut fest, den sie heute wieder trug. Dabei waren die Fenster geschlossen, die Kopfbedeckung hätte also gar nicht davonfliegen können. »Was bedeutet das?«

»Dass unter der Haube da vorne dreißig Pferde wohnen.« Er grinste.

Francesca sah aus dem Fenster und stellte sich vor, in einer Kutsche zu sitzen, die von dreißig Pferden gezogen wurde. Dann wäre man also so schnell wie sie beide in diesem Moment. Sie lachte übermütig. »So werden wir wirklich im Nu in Monchiero sein!«

»Na klar.« Matteo bremste ab, um vor einer Ampel zu warten, die gerade das rote Licht zeigte.

Stolz sah Francesca zu den Fußgängern hinaus. Bislang hatte sie nur bewundernd zu den Autofahrern hineinsehen können, heute saß sie auch einmal in einem der Sitze und wurde von dreißig Pferden durch die Gegend gezogen.

»Dann bereust du es also nicht, dass du dich auf meine Chauffeurdienste eingelassen hast?« Matteo sah sie zwinkernd an.

»Oh nein, Signore.« Francesca warf ihm einen dankbaren Blick zu. »Gar nicht.«

»Du wirkst auch sehr glücklich«, stellte Matteo lächelnd fest und fuhr wieder los. »Und ich freue mich, dich jetzt, in diesem Moment, ansehen zu können.«

»Warum?«

Er zuckte mit den Schultern. »Du bist einfach bezaubernd.«

»Sie werden ja schon wieder frech«, rief Francesca und sog seine Worte tief in sich auf. Noch nie hatte ihr jemand gesagt, dass sie bezaubernd sei.

Matteo drosselte die Geschwindigkeit. Sie hatten inzwischen die Stadt hinter sich gelassen und fuhren über den Tanaro. Das Wasser unter ihnen floss träge dahin. »Ich meine es ernst. Ich verstehe selbst nicht ganz, warum ich so fasziniert von dir bin, aber irgendetwas ist es … Egal. Ich mag dich einfach.«

Eine kitzelnde Welle durchströmte Francescas Körper. Plötzlich war sie sich seiner unmittelbaren Nähe nur allzu bewusst.

»Wenn ich nicht fahren müsste, würde ich jetzt versuchen, dich zu küssen.« Er sah grinsend zu ihr hinüber.

Francesca stieß ein verlegenes Lachen aus. »Sie können es ja später mal versuchen, Signore, wenn der Wagen steht.« Francesca sog erschrocken über ihre kessen Worte scharf die Luft ein. Aber in diesem Moment wünschte sie sich tatsächlich nichts sehnlicher, als seine Lippen auf ihren zu spüren.

»Keine Sorge, ich komme darauf zurück.« Er gab Gas, als sie die Brücke hinter sich gelassen hatten und eine lange gerade Landstraße vor ihnen lag.

Wenn Francesca gerade gedacht hatte, er habe schon aufs Äußerste beschleunigt, so musste sie jetzt erkennen, dass der Fiat noch viel schneller fahren konnte. Sie rasten nur so dahin, während die heiße Sommerluft über den Wiesen flirrte. Matteo hatte sein Fenster inzwischen heruntergekurbelt.

Francesca sah hinaus und betrachtete die Hügel, auf denen kleine Dörfer prangten, die meist von einem imposanten Castello dominiert wurden. Im Nu waren sie hinter der nächsten Straßenbiegung verschwunden. Noch nie war Francesca so schnell von einem Ort zum anderen gelangt.

»Kurbel dein Fenster auch runter«, rief Matteo über den Lärm des Motors hinweg. »Du wirst sehen, es ist noch schöner, wenn einem der Wind um die Nase weht.«

Sie ließ die Scheibe hinunter und sog den Geruch des Benzins tief ein, der sich mit dem Duft des Grases und der Blumen am Straßenrand mischte. Der Wind zerrte an ihren Haaren, und sie nahm Antonellas Strohhut lieber ab, um ihn nicht doch noch zu verlieren. Hin und wieder überholte Matteo Pferdefuhrwerke, und sie musste an ihre Reise nach Alba denken, die inzwischen schon viele Wochen zurücklag. Damals hatten die Lastwagen sie überholt, heute raste sie an der Seite von Matteo an den Wagen vorbei. In nicht einmal einer halben Stunde hatten sie Barolo erreicht, und obwohl sie es kaum erwarten konnte, ihre Familie wiederzusehen, war sie auch ein wenig traurig, dass die Fahrt gleich schon vorüber sein würde. Sie hätte tagelang so weiterfahren können, wie im Fieber.

Auf dem Weg nach Monchiero folgte Matteo Francescas Anweisungen, obwohl sie nicht ganz sicher war, was der richtige Weg war. Denn sie hatte damals ihr Dorf ja nur selten verlassen. Doch sie fanden Monchiero schnell. Am Straßenrand standen immer wieder Schilder, die den Weg wiesen. Es war ein seltsames Gefühl, wieder hier zu sein. Einerseits war alles vertraut, andererseits wirkte es aber auch fremd, sie spürte, dass sie kein Teil mehr davon war. Als der Fiat durch das Dorf ratterte, tauchten Köpfe an den Fenstern und Kinder am Straßenrand auf, die Francesca alle kannte. Sie winkte ihnen fröhlich zu. Als sie das Dorf wieder verließen, blieb ein wehmütiges Gefühl bei Francesca zurück. Zum ersten Mal wurde ihr klar, dass sie nicht mehr das Mädchen war, das hier zur Schule und in die Kirche gegangen war. Und dann sah Francesca auch schon die Einfahrt, die zum Weingut führte.

Aufregung stieg in ihr auf. Sie umklammerte die Papiertüte mit den Leckereien, die der Signore ihr gegeben hatte. Dann tauchte das rote Dach des Hauses zwischen den Haselnusssträuchern auf. Hinter ihnen wirbelte der Staub der Einfahrt auf, vor ihnen kam nun der große Hof in den Blick, auf dem sich nach und nach sämtliche Familienmitglieder versammelten. Gerade kamen Roberto und seine Frau Giuseppa mit wehenden Haaren aus den Hügeln gelaufen. Francescas Mutter stand in der Tür des Bauernhauses. Ihr Vater saß bereits am gedeckten Tisch unter der Platane. Und Alessandro kam mit seiner Frau Raffaela auch gerade um die Hausecke. Sie hatten alle das Motorengeräusch gehört.

Sobald Matteo den Wagen angehalten hatte, riss Francesca die Tür auf und stieg aus.

»Mamma!« Sie rannte in die ausgestreckten Arme ihrer

Mutter und sog den vertrauten Duft nach Kräutern und Seifenlauge ein. »Ich bin so froh, dich endlich wiederzusehen.«

»*Mia cara figlia.*« Ihre Mutter küsste sie auf beide Wangen und drückte sie fest an sich. »Wie geht es dir? Ich freue mich so sehr, dass du da bist!«

Francesca ließ sich einen Moment lang in den Duft ihrer Kindheit fallen. Sie schloss die Augen und fühlte sich wieder wie das Mädchen, das sie bis vor wenigen Wochen noch gewesen war. Nur widerstrebend ließ sie ihre Mutter los und reichte ihr die Papiertüte. »Das habe ich euch mitgebracht, aus der Pasticceria der Milanis.«

Im nächsten Augenblick war sie von ihren Brüdern und Schwägerinnen umringt, die sie umarmten und küssten. Schließlich ging sie zu ihrem Vater hinüber, der vom Tisch aufgestanden war und sie liebevoll betrachtete. Es war so schön, wieder zu Hause zu sein!

Nachdem sie alle begrüßt hatte, deutete sie auf Matteo, der neben dem Fiat stehen geblieben war. »Und das ist Matteo Milani, der so freundlich war, mich zu euch zu fahren. Sonst hätte ich es kaum geschafft, an meinem freien Nachmittag hier herauszukommen.«

»Ciao.« Alessandro reichte ihm die Hand. »Ist das Ihr Automobil?«

Matteo nickte. »Fürs Café. Wir haben viele Lieferungen zu machen.«

Alessandro trat an den Wagen und bestaunte ihn. Matteo öffnete den Motor, indem er die Kühlerhaube nach oben klappte, und bald hatten sich die Männer um ihn versammelt, um den Motor genau zu betrachten, während Giuseppa, Raffaela und Francesca der Mutter in die Küche folgten, um den Kuchen und die Limonade zu holen, die es heute geben sollte.

Als sie kurze Zeit später die *Torta di nocciole della nonna*, die typische Piemonteser Nusstorte, auf dem Tisch stehen hatten, mussten sich die Männer regelrecht von dem Wagen losreißen. Matteo hatte Francescas Brüdern und dem Vater ausführlich über die Vorteile des Fiat 1100 berichtet, und die Männer hingen an seinen Lippen. Als sie sich endlich an den Tisch setzten, wollten sie von Francescas Eindrücken von der Autofahrt hören, bis ihre Mutter mit der flachen Hand so fest auf die Tafel unter der Platane schlug, dass Besteck und Geschirr klapperten.

»Jetzt ist es aber gut, ihr mit euren Automobilen«, schimpfte die Mutter. »Ihr tut ja gerade so, als sei das das einzig Wichtige. Francesca«, wandte sie sich an ihre Tochter, »erzähl uns von deiner Arbeit.«

Francesca berichtete von ihrem Tagwerk bei den Milanis, und nicht nur ihre Familie, sondern auch Matteo hörte interessiert zu. Als sie stolz von ihrem ersten Lohn berichtete, sah Matteo sie erstaunt an. »Das ist wenig. Ich werde mal mit meiner Mutter sprechen, sie soll dir mehr zahlen.«

»Nein«, rief Francesca erschrocken. »Ich bin sehr zufrieden damit.«

»*Mia cara figlia.*« Die Mutter erhob den Zeigefinger. »Wenn der Signore mit seiner Mutter über deinen Lohn verhandeln möchte, dann lass ihn doch.«

»Ich … ich möchte nicht, dass die Signora mich für undankbar hält«, sagte Francesca.

»So?« Matteo zwinkerte ihr zu, und sie musste grinsen, als sie daran dachte, wie er gesagt hatte, sie habe Angst vor der Signora.

»Was nicht bedeutet, dass ich Angst vor ihr habe«, beeilte sie sich zu sagen. »Ich fühle mich sehr wohl bei den Milanis.«

»Natürlich.« Matteo hob die Hand. »Wir sind ja auch eine nette Familie.«

»Das Café müsstet ihr sehen«, schwärmte Francesca. »Es ist alles hell, den ganzen Tag brennt elektrisches Licht, und an den Wänden hängen Spiegel.« Sie berichtete von den Torten und Pralinen, von der Güte des Signore, der den vaterlosen Jungen mit *Baci di dama* beschenken ließ, und von ihren Freundinnen Angelina, Lucia und Michela, mit denen sie sich samstags auf dem Wochenmarkt traf. »Und der Markt, ich kann gar nicht alle Obstsorten aufzählen, die es dort zu kaufen gibt.«

»Warum kommen Sie alle uns nicht mal in Alba besuchen?«, schlug Matteo vor. »Francesca hat recht, den Wochenmarkt muss man mit eigenen Augen sehen, und das Café Alba würde Ihnen bestimmt gefallen. Ich lade Sie jetzt schon zu so viel Kuchen ein, wie Sie nur essen können.«

Francesca lächelte Matteo dankbar an. Es war so liebenswürdig von ihm, dass er an einen Besuch ihrer Familie dachte, auch wenn sie wusste, dass es wohl kaum je dazu kommen würde, weil die Pellegrinos ihr Weingut nicht einfach einen Tag allein lassen konnten. Aber vielleicht würde zumindest ihre Mutter mit den Schwägerinnen mal in die Stadt fahren. Matteo versprach, sie jederzeit gern abholen zu können.

Der Nachmittag flog dahin. Nachdem sie Kuchen gegessen und sich ausgetauscht hatten, spazierten Francesca und ihre Brüder mit Matteo ein wenig durch die Weinfelder, um ihm zu erklären, wie sie arbeiteten, und die ersten, schon bald reifen Trauben zu zeigen. Francesca dachte daran, wie viele Stunden ihres Lebens sie hier damit verbracht hatte, die Reben zu pflegen, Unkraut zu jäten und die Trauben zu ernten. Als sie schließlich wieder zu dem kleinen Bauernhaus zurückkehrten, reichte Francescas Vater ihr zwei Flaschen Wein, die sie dem Signore als Dank für das Gebäck und die Pralinen mitbringen sollte.

»Wir müssen leider aufbrechen«, seufzte Francesca, als sie die sechs Schläge der Kirchturmuhr gehört hatte. »Um acht wird gegessen, und Antonella braucht mich dann zum Servieren.«

»Ich danke Ihnen für den guten Kuchen und die Limonade.« Matteo reichte ihren Eltern die Hand und verabschiedete sich anschließend von Francescas Brüdern und Schwägerinnen.

Francesca hatte Tränen in den Augen, als sie ihre Familie umarmte und dann in den Fiat stieg.

»Bis bald«, rief sie aus dem Fenster. »Ich hoffe, ich kann euch bald wieder besuchen.«

Mit zusammengepressten Lippen beobachtete sie im Seitenspiegel, wie ihre winkende Familie immer kleiner wurde und schließlich ganz in der Staubwolke verschwand, die der Fiat aufgewirbelt hatte. Tränen liefen ihr über die Wangen.

»So schlimm?«, fragte Matteo, als er sie am Ende der Auffahrt ansah, bevor er auf die Landstraße Richtung Barolo abbog. »Du vermisst deine Familie sehr, nicht wahr?«

Sie schüttelte den Kopf und atmete tief durch. »Es ist nur der Abschied, der schwerfällt. Glauben Sie mir, Signore, ich bin sehr glücklich bei Ihnen in Alba.«

Er streckte eine Hand aus und wischte die Tränen von ihrer Wange. Francesca stockte der Atem, als sie seine warmen Finger an ihrer Haut spürte. Einen Augenblick lang glaubte sie, er würde sie jetzt küssen. Aber in diesem Moment kam ein Reiter hinter ihnen die Auffahrt hinunter, sodass Matteo aufs Gaspedal trat und auf die Landstraße fuhr.

»Danke.« Francesca atmete tief durch, um den Schmerz des Abschieds zu vertreiben. »Sie haben mir eine riesengroße Freude gemacht, mich heute hierherzubringen.«

»Und ich habe dich überreden müssen, weißt du noch?« Er

lächelte, während er einem Schlagloch auf der Straße auswich, die ins Dorf führte.

Francesca musste ihm zustimmen. Doch nun war sie umso erleichterter, dass sie sein Angebot angenommen hatte.

»Du kannst dich übrigens revanchieren, indem du mir auch einen Gefallen tust.«

»So?« Francesca sah ihn fragend an.

»Wenn wir allein sind, nenne mich nicht Signore, sondern Matteo. Wir sind Freunde, oder nicht?«

Francesca wurde warm. »Einverstanden, Matteo.« Sie sprach den Namen bewusst aus, und sein Klang gefiel ihr ausgesprochen gut.

»Ich fahre dich sehr gerne jederzeit zum Weingut. Sag mir Bescheid, wenn du deine Familie wieder besuchen willst«, sagte Matteo, während er den Schaltknüppel umfasste und in einen anderen Gang wechselte.

»Das werde ich tun«, sagte Francesca leise und war in diesem Moment so glücklich, dass sie es selbst kaum fassen konnte.

Seine dunklen Locken wehten im Fahrtwind, der durch das offene Fenster ins Innere des Wagens wehte. Die Sonne stand tief und tauchte die Landschaft, durch die sie fuhren, in ein warmes goldenes Licht. Francesca war erfüllt von der Wärme des Wiedersehens mit ihrer Familie, aber auch von der Gesellschaft Matteos. Immer wieder sah sie verstohlen zu ihm hinüber und fragte sich, wie seine Hände sich auf ihrem Körper anfühlen würden, und stellte sich vor, ihn zu küssen, in seinen Armen zu liegen. Nein! Sie zwang sich, ihre Gedanken in eine andere Richtung zu lenken. Er war ein Kind der Stadt, während sie ihr Leben bis vor Kurzem auf dem Land, in den mit Wein bewachsenen Hügeln verbracht hatte. Niemand bei ihnen in den kleinen Dörfern hatte ein Automobil besessen, niemand hatte sich mit Geschäftspapieren, Unterlagen und

Verträgen ausgekannt. Sie hatten dasselbe Leben geführt wie schon Generationen vor ihnen. Ihr Wissen hatten sie von den Alten bekommen, niemand hatte Bücher gelesen oder war auf höhere Schulen gegangen. Die Unterrichtsstunden der Bauernkinder hatten die Eltern geärgert, weil sie in der Zeit auf die dringend benötigte Hilfe in den Weinbergen oder auf den Feldern hatten verzichten müssen. Francescas Welt war eine vollkommen andere als die, aus der Matteo kam. Sie würde für ihn niemals das sein können, was er brauchte. Sie würde niemals eine Signora Milani werden. Und doch gab es in diesem Moment keinen Ort, an dem sie lieber gewesen wäre als hier in diesem Auto neben Matteo.

Die Rückfahrt verging viel zu schnell. Am liebsten wäre sie noch stundenlang mit ihm durch die grünen Wiesen gefahren. In der Ferne ragten die Alpen auf, der Himmel färbte sich allmählich orangerot. Die sanften Hügel mit ihren Weinreben und Castellos ragten rechts und links von ihnen auf, und wenn sie an einer Kreuzung hielten, konnte Francesca hören, dass die Vögel sich vom Knattern des Motors nicht bei ihrem Abendkonzert stören ließen.

»Da wären wir.« Matteo hielt schräg gegenüber vom Café Alba.

»*Grazie*. Es war … es war so schön, Matteo«, sagte Francesca lächelnd, als er ihr die Tür öffnete und beim Aussteigen half. Noch immer war es ungewohnt, ihn beim Vornamen zu nennen. Sie spürte den Silben nach. Matteo.

»Ich danke dir«, entgegnete er. »Ich habe heute viele nette Menschen kennengelernt. Du hast eine wunderbare Familie.«

Francesca nickte und sah dann besorgt zu den Fenstern über dem Café Alba hinauf. Hoffentlich würde die Signora nicht ausgerechnet jetzt einen Blick hinauswerfen.

Matteo fasste ihre Hand und lächelte ihr aufmunternd

zu. »Mach dir keine Sorgen. Wenn meine Mutter etwas herausfinden sollte, stehe ich dazu, dass ich dich überredet habe. Außerdem können wir auch immer noch sagen, dass ich dich unterwegs getroffen und mitgenommen habe.«

Francesca nickte. Er hatte erraten, was ihr durch den Kopf gegangen war. Die Berührung von Matteos Hand, die immer noch ihre umschloss, ließ kleine Blitze durch ihren Körper fahren. Seine Haut war weich, und sie schämte sich plötzlich für ihre eigenen, von Seifenlauge und Wasser mitgenommenen rauen Hände.

Matteo ließ sie wieder los und reichte ihr stattdessen seinen Arm, den sie vorsichtig ergriff. Wieder musste sie an die Signora denken.

»Ich kann dir gar nicht genug dafür danken, dass du mich heute zu meinen Eltern gefahren hast«, sagte Francesca noch einmal leise, als sie in der kleinen Gasse neben dem Haus standen, die zum Hintereingang führte. »Das ist wirklich nicht selbstverständlich, zumal du dafür den Ärger in Kauf genommen hast, den dir deine Mutter gemacht hat.«

Er winkte ab. »Ich habe es sehr gern getan und danke dir für deine Gesellschaft. Sehen wir uns am nächsten Sonntag wieder? Vielleicht zu einem Spaziergang?«

»Musst du dann nicht mit den Biancos picknicken?«, fragte Francesca, die sich nur allzu gut an die Szene vom Mittag erinnerte, auch wenn sie inzwischen meilenweit entfernt zu sein schien.

»Ich entscheide, was ich mit meinen Sonntagnachmittagen anfange, nicht meine Mutter. Und da es nun einmal der einzige freie Tag für dich ist, versuche ich, mir diese Zeit ebenfalls freizuhalten. Denn ich möchte dich sehr gerne sehen, auch außerhalb des Hauses.« Er tippte an seinen hellen Hut und schlenderte dann in Richtung des Caféeingangs davon.

Francesca ging lächelnd durch die Gasse, die in den Hinterhof führte. Es war sehr schwer, sich nicht in Matteo zu verlieben, wenn er so nette Dinge sagte. Sie schien ihm wichtig zu sein, wenn er seine Zeit nach ihren freien Nachmittagen plante, andererseits wusste sie aber auch nicht, ob er vielleicht nur so lange freundlich und liebenswürdig zu ihr war, bis er bekommen hatte, was er wollte. Einen Kuss vielleicht? Oder sogar mehr? Francesca hatte nur sehr vage Vorstellungen von dem, was dieses »Mehr« sein konnte. Ihre Mutter hatte ein paarmal Andeutungen gemacht, auch die drei Schwestern hatten sich darüber unterhalten. Aber das Thema war dann doch zu peinlich gewesen, um näher darauf einzugehen. Letztlich war es so, dass Francesca kaum etwas über eheliche Aktivitäten wusste. In den letzten Wochen, besonders wenn sie an Matteo dachte, begann sie jedoch, viel mehr darüber nachzudenken, und sie verspürte auch immer öfter ein kribbelndes Ziehen in ihrem Unterleib. Ja, es war, als erwache etwas in ihr, was bislang tief und fest geschlafen hatte. Und sie war sich noch nicht sicher, ob sie es willkommen heißen oder doch lieber verfluchen sollte.

»Da bist du ja wieder!« Antonella saß am Küchentisch, eine Tasse Kaffee vor sich. In der Küche lag der köstliche Duft von gebratenen Zwiebeln und Knoblauch. Der Backofen war an, und Francesca war gespannt, was Antonella für das Abendessen zubereitet hatte. Sie sah zur Uhr und stellte fest, dass es fast Viertel vor acht war. Sie war also rechtzeitig zurückgekehrt.

»Ich hatte noch gar nicht mir dir gerechnet. Die Strecke raus bis hinter Barolo ist ganz schön weit«, sagte Antonella und sah neugierig auf die beiden Weinflaschen, die Francesca in den Händen hielt. »Was hast du denn da? Und wie war es? Hattest du einen schönen Tag?«

»Oh ja, es war wunderbar!«, sagte Francesca und strahlte. »Die Flaschen sind von meinem Vater für den Signore. Weil er mir doch die Pralinen und Kekse mitgegeben hat.«

»Wie aufmerksam von deinem Vater.« Antonella stand auf, um nach dem Essen im Ofen zu sehen, dann wandte sie sich wieder Francesca zu, die an den Spülstein getreten war und sich die Hände wusch. »Aber du bist erstaunlich schnell hin- und zurückgekommen.«

Francesca zuckte leicht zusammen. Vor Antonella musste sie im Grunde keine Geheimnisse haben, und doch hatte sie ihr nicht erzählt, dass Matteo sie zu ihrer Familie fahren wollte. Anscheinend hatte die Köchin bislang noch gar nicht darüber nachgedacht, wie sie eigentlich zum Weingut kommen würde.

»Ich bin mitgenommen worden«, erklärte Francesca ausweichend und hatte es plötzlich sehr eilig, nach oben zu kommen. »Ich bin gleich wieder da, ich will mich nur schnell umziehen …«

»Scusa, Signorina mia.« Antonella stand erstaunlich schnell für ihr Alter auf und fasste sie am Unterarm.

Francesca schloss kurz die Augen. Die alte Köchin schien etwas zu ahnen.

»Wer hat dich mitgenommen? Du weißt hoffentlich, dass es sehr gefährlich ist, zu fremden Menschen ins Automobil zu steigen.«

»Natürlich. Es war kein Fremder.« Francesca drehte sich um und sah Antonella an. Das war es also, sie meinte, Francesca sei per Anhalter gefahren. Sie wandte sich aus dem Griff der Köchin und hoffte, dass sie sie nun nach oben gehen ließ.

»Wer war es?« Antonella kam einen Schritt näher und baute sich vor Francesca auf.

»Matteo«, murmelte Francesca und verließ schleunigst die Küche.

Als sie wenige Minuten später wieder nach unten kam, sah Antonella ihr skeptisch entgegen. »Wir müssen da noch etwas besprechen«, sagte sie. »Ich weiß, dass ich kein Recht habe, mich in dein Leben einzumischen, schließlich bin ich nicht deine Mutter. Aber du bist hier Hausmädchen und Matteo der Sohn des Hauses.«

»Ich weiß«, sagte Francesca leise. »Es ist ja auch gar nichts passiert. Er war nur so freundlich, mich zu fahren.«

»Nichts ist jemals nur reine Freundlichkeit.« Antonella trat zu ihr und fasste sie an den Oberarmen. »Du bist ein sehr schönes Mädchen. Zu schön, als dass es gut für dich wäre. Du bist nur ein Hausmädchen, vergiss das bitte nicht. Eine ernsthafte Beziehung zwischen dir und Matteo käme nie infrage. Das weiß Matteo, und du solltest es auch wissen.«

»Natürlich«, sagte Francesca. »Und doch hat er mir heute ermöglicht, meine Eltern zu sehen. Ohne seine Hilfe hätte ich sie niemals für einen Nachmittag besuchen können. Ich verspreche, dass ich mich vorsehen werde und auf mein Herz gut achtgebe.«

»Ich hoffe es.« Antonella seufzte. »Der Salat ist fertig. Schau mal, ob die Familie schon zu Tisch sitzt.«

Francesca machte sich auf den Weg, doch im Esszimmer fand sie nur Matteo vor, der am Fenster stand und nachdenklich auf die Straße hinuntersah. Sofort begann ihr Bauch zu kribbeln.

»Signore.« Francesca wählte wieder die formelle Ansprache, aus Angst davor, von der Signora überrascht zu werden. »Es ist schon nach acht. Möchten Sie ein Glas Wein trinken?«

Er fuhr herum, anscheinend war er so tief in Gedanken versunken gewesen, dass er sie gar nicht hatte kommen hören.

Als er Francesca jetzt sah, legte sich ein warmes Lächeln auf sein Gesicht. »Vielleicht ein Glas von dem Wein, den dein Vater dir mitgegeben hat?«, schlug er vor.

Francesca nickte und wollte gerade in die Küche eilen, um die Flasche zu holen, als die Signora ins Esszimmer trat. Sie ging mit schnellen Schritten auf ihren Platz zu. »Das Gedeck meines Mannes kannst du abräumen, er wird nicht mit uns essen«, sagte sie zu Francesca, während sie die Serviette aufschlug und sich auf den Schoß legte. »Wieso steht das Essen noch nicht auf dem Tisch?«

»*Scusi*, Signora.« Francesca beeilte sich, in die Küche zu kommen, um den Salat und eine Flasche Wein zu holen. Dort ließ sie Antonella wissen, dass der Signore nicht mitessen würde und die Signora schlechter Laune war.

»Das gefällt mir gar nicht«, murmelte die Köchin und drückte ihr die Salatschüssel in die Hand. Francesca griff noch nach einer Weinflasche und verließ die Küche, während die Köchin schon die dampfenden Nudeln abschüttete.

Im Esszimmer hatte Matteo seine Mutter im Arm, die an seiner Schulter weinte. Erschrocken wandte Francesca sich ab und lief zurück in die Küche.

»Die Signora weint«, rief sie. »Was soll ich denn jetzt machen? Ich kann doch nicht einfach das Essen servieren.«

»Was?« Antonella wirkte einen Moment lang ratlos, dann winkte sie Francesca, mit ihr zu kommen. »Wir werden erst einmal sehen, was da los ist.«

Als sie das Esszimmer betraten, hatte sich die Signora schon wieder gefasst. Francesca servierte den Salat und schenkte Wein ein.

Antonella setzte sich auf einen Stuhl und beugte sich zu der Signora. »Was ist los, Carla?«

Francesca schaute erstaunt zu den beiden hinüber, als sie

die vertraute Ansprache hörte. Aber die Signora schien sich nicht daran zu stören.

»Der Magen, es geht ihm immer noch nicht gut, und ich habe Angst. Da stimmt was nicht.«

»Es bringt nichts, wenn du dir Gedanken machst, Kindchen. Er soll morgen zum Arzt gehen, bis dahin bleibt er im Bett und bekommt erst einmal eine Suppe und etwas Brot. Und du isst jetzt, damit wir nicht noch jemanden haben, um den wir uns sorgen müssen.« Antonella strich der Signora über die Wange und stand auf. Dann nickte sie Francesca zu und ging in die Küche.

Francesca räumte das Geschirr von Signor Milanis Platz fort. Sie war verwirrt. Noch nie hatte sie die Signora so aufgelöst gesehen und Antonella so bestimmend. Man hätte meinen können, Antonella sei die Herrin des Hauses und die Signora ihre Tochter. Und doch schien sich die Signora durch die Worte der Köchin beruhigt zu haben.

Als Francesca wenig später in die Küche kam, hatte Antonella bereits einen kleinen Topf auf dem Herd stehen.

»Das gefällt mir alles ganz und gar nicht«, wiederholte die Köchin. »Der Signore scheint ernsthaft krank zu sein.«

Francesca konnte ihr nicht widersprechen, der Meinung war sie schon seit Tagen. Der Signore schien immer blasser und auch immer magerer zu werden. Sein Appetit hatte mehr und mehr nachgelassen. Seufzend nahm sie die Spaghetti und die Sauce.

»Der Wein ist köstlich«, sagte Matteo, als sie ins Esszimmer trat. Er wandte sich an seine Mutter. »Francesca hat ihn vom Weingut ihrer Eltern mitgebracht.«

Erschrocken zuckte Francesca zusammen. Die Signora brauchte nun doch nur noch eins und eins zusammenzuzählen, um darauf zu kommen, wen Matteo heute Nachmittag unbedingt hatte fahren wollen. Auch der Hausherrin wäre sehr schnell klar, dass der Weg bis zum Weingut viel zu weit war, um ihn an einem Nachmittag mit den Omnibusverbindungen zu schaffen.

Doch Signora Milani schien nicht bei der Sache zu sein. Sie machte nur: »Hm.« Dann nippte sie an dem Rotwein, stellte das Glas wieder ab und seufzte. »Ich werde gleich morgen früh nach Dottor Colombo schicken.« Nachdenklich schüttelte sie den Kopf. »Dein Vater war immer schon bei schlechter Gesundheit.«

Francesca huschte schnell wieder aus dem Zimmer. Sie kannte die Milanis erst seit kurzer Zeit, und sie kam sich wie ein Eindringling vor, wenn sie die Signora bei ihren Sorgen belauschte. Sie hoffte inständig, dass der Signore keine schlimme Krankheit haben und es ihm schnell wieder besser gehen würde. Aber das lag allein in Gottes Hand, und wer wusste schon, welche Prüfung sich der Herr für den Signore überlegt hatte.

»Ach, da bist du ja.« Antonella rührte in dem kleinen Topf. »Ich hatte noch ein bisschen Hühnerbrühe von gestern, die habe ich aufgewärmt. Bring sie bitte mit einer Scheibe Brot dem Signore. Ich werde derweil den Hauptgang servieren.«

Francesca nickte und nahm ein Tablett vom Haken, auf das sie den Teller mit der Suppe stellte. Sie legte eine Brotscheibe dazu und füllte ein Glas mit Wasser.

»Frag ihn auch, ob er sonst noch etwas wünscht«, rief Antonella ihr nach.

Vor der Tür des Schlafzimmers hielt Francesca inne. Sie klopfte mit der einen Hand gegen das alte Holz, während sie in der anderen das Tablett balancierte. Gleich darauf vernahm sie ein schwaches: »Sì?« Sie öffnete die Tür. Die Vorhänge im Zimmer waren zugezogen, die Luft roch abgestanden.

»Ich bringe Ihnen Suppe und Brot, Signore.« Francesca versuchte, sich im Dämmerlicht zu orientieren.

»Ich kann nichts zu mir nehmen«, sagte der Signore, der im Bett lag, mit kraftloser Stimme. »Nehmen Sie alles wieder mit. Mir wird übel, wenn ich es nur rieche.«

»Wie Sie meinen, Signore.« Francesca zögerte. Es erschien ihr falsch, den leidenden Mann einfach so zurückzulassen. Sie hatte das Bedürfnis, irgendetwas für ihn zu tun. »Möchten Sie zumindest ein Glas Wasser trinken?«

»No«, stöhnte er. »Vielleicht einen Kamillentee.«

»Sehr gerne, Signore.« Francesca ging zur Tür. »Soll ich vielleicht das Fenster etwas öffnen, damit ein wenig frische Luft hereinkommt?«

»No«, stieß er hervor. »Dann würde ich mir auch noch eine Erkältung zuziehen, das kann ich gar nicht gebrauchen.«

Francesca eilte davon.

Als sie wieder in die Küche trat, war Antonella anscheinend gerade im Esszimmer. Daher setzte sie selbst den Wasserkessel auf den Herd und holte die Dose mit dem Kamillentee.

»Oh, da bist du ja …« Antonella, die gerade zurück in die Küche kam, hielt inne, als sie das unangetastete Tablett auf dem Tisch stehen sah. »Hat er nichts essen wollen?«

Francesca schüttelte besorgt den Kopf. »Er möchte nur eine Tasse Tee.«

»Ich hätte heute Morgen in der Kirche für ihn beten sollen.« Antonella sah betrübt auf die Suppe.

»Vielleicht ist es nur ein Virus«, versuchte Francesca sie zu beruhigen.

»So lange?« Die Köchin schüttelte den Kopf. »Er leidet seit Monaten unter Magenbeschwerden.«

Am nächsten Tag ging es dem Signore wieder etwas besser, sodass er am Morgen zum Frühstück kam und etwas trockenes Weißbrot zu sich nahm. Anschließend ging er sogar hinunter in die Backstube. Als Francesca jedoch die Schlafzimmer säuberte, fand sie den Signore schon wieder in seinem Bett vor. Er krümmte sich vor Schmerzen. Im Raum roch es säuerlich und muffig.

»Signore!«, rief sie überrascht. »Geht es Ihnen nicht gut?«

»*Prego*«, flüsterte er und streckte die bleiche Hand nach ihr aus. »Hilf mir!«

Francesca trat näher ans Bett und fuhr gleich darauf erschrocken zurück. Auf dem Kopfkissen und dem Laken daneben befand sich eine Blutlache. Das Rinnsal schien aus dem Mund des Signore zu kommen.

»Ich … ich rufe den Arzt.« Sie tat einen Schritt rückwärts zur Tür. »Machen Sie sich keine Sorgen, ich bin gleich wieder bei Ihnen.«

Francescas Herz raste vor Angst. Noch nie hatte sie einen Menschen so hilflos gesehen. Sie rannte den Gang hinunter zum Büro der Signora, wo sich das einzige Telefon oben im Haus befand. Sie klopfte an die Tür und riss sie auf, ohne auf die Aufforderung zum Eintreten zu warten.

»Signora, ein Arzt!«, schrie sie. »Ihr Mann! Er verblutet.«

»Was?« Die Signora hatte am Schreibtisch gesessen und stand jetzt auf. Der ärgerliche Ausdruck auf ihrem Gesicht verwandelte sich in einen besorgten. »Aber … ich habe bereits angerufen, der Arzt will heute Mittag …«

»Das ist zu spät.« Francesca hörte selbst, wie schrill ihre Stimme war. »Ihr Mann braucht sofort Hilfe.«

Einen Moment schien die Signora zu zögern, ob sie den Anruf tätigen oder sich erst selbst überzeugen sollte. Dann jedoch griff sie zum Telefonhörer.

Francesca wandte sich ab und lief wieder zum Signore, der stöhnend auf der Seite lag. Francesca zog einen der Vorhänge zurück, um etwas Licht ins Zimmer zu lassen. Dann lief sie schnell ins Badezimmer, füllte eine Schüssel mit Wasser, riss Waschlappen und Handtuch vom Haken und trug alles hinüber ins Schlafzimmer. Vorsichtig säuberte sie den mit Blut verklebten Mund des Hausherrn und hob dann sacht seinen Kopf an, um das Handtuch auf das blutige Kissen zu legen.

Die Signora trat ins Zimmer. »Meine Güte, die Luft hier drin ist schrecklich. Da würde es mir auch übel werden.« Sie öffnete energisch das Fenster.

Ihr Mann stieß ein leises Stöhnen aus.

Dann wandte sich die Signora wieder zu Francesca und dem Signore. Einen Moment lang erkannte Francesca Verzweiflung und Angst, und sie dachte, die Signora würde wieder in Tränen ausbrechen. Doch dann atmete ihre Herrin tief durch. »Der Dottore ist auf dem Weg. Er hat alles stehen und liegen lassen. Es wird alles gut werden.« Sie beugte sich zu ihrem Mann hinunter und strich ihm liebevoll über die Wange.

Immer wieder tupfte Francesca ihm die Stirn mit dem ausgewrungenen Waschlappen ab und säuberte seine Lippen von dem Blut, das aus seinem Mund tröpfelte. Die Zeit schien stillzustehen, die Ankunft des Arztes dauerte eine Ewigkeit.

Nach etwa zwanzig Minuten, die Kirchturmuhr hatte gerade zehn geschlagen, kam endlich der Dottore.

Francesca sprang auf, als der rundliche Mann mit dem grauen Haar und weißen Bart ins Zimmer trat. Er trug eine große schwarze Tasche in der Hand und über seinem Anzug einen weißen Kittel.

Francesca wollte das Schlafzimmer verlassen, aber die Signora hielt sie zurück. »Bleib bitte, vielleicht brauchen wir deine Hilfe.«

Also stellte sie sich an die Wand, wo sie nicht im Weg war. Der Dottore ließ sich von der Signora die Beschwerden ihres Mannes schildern, er selbst schien zu schwach dazu zu sein. Dann nahm er ein Stethoskop aus seiner Tasche, das Francesca von ihren beiden Besuchen beim Dorfarzt kannte. Er hörte die Brust des Patienten ab.

»Das Herz schlägt etwas schwach, aber regelmäßig«, stellte er fest. Dann drückte er auf dem Bauch des Signore herum, der daraufhin laut aufschrie. »Er muss ins Krankenhaus, wir müssen Untersuchungen durchführen lassen.«

»Ins Krankenhaus?« Die Signora sah ihn entsetzt an. »Ist das denn wirklich notwendig? Können Sie ihm nicht ein Medikament verschreiben?«

»Signora Milani.« Der Arzt richtete sich auf und legte das Stethoskop in seine Arzttasche zurück. »Ich weiß noch nicht, was genau die Ursache ist. Es kann sich um ein Magengeschwür handeln, es kann aber auch etwas anderes sein. Wir müssen Gewissheit haben, bevor wir behandeln können.« Er wandte sich an Francesca. »Sie sollten eine Tasche für Ihren Herrn packen, ich rufe die Ambulanz, damit sie ihn gleich abholen. Signora Milani, möchten Sie Ihren Gatten begleiten?«

Die Signora sah hilflos auf ihren Mann und dann wieder zu dem Arzt. Schließlich nickte sie. »Das wird wohl das Beste sein.«

Zum ersten Mal tat Francesca die sonst so starke Frau leid. Sie wirkte vollkommen überfordert, als sie sich an Francesca wandte und sagte: »Schnell, hol Matteo aus der Backstube.«

»Sì, Signora.« Francesca eilte davon. Sie lief aber zuerst in die Küche, wo Antonella sie schon erwartete.

»Und?«, fragte die Köchin.

In wenigen Worten berichtete Francesca ihr, was geschehen war, und lief dann in die Backstube hinunter.

Als sie durch die Tür trat, empfingen sie das Geklapper von Blechen und Schüsseln, das Surren der elektrischen Öfen und der Dampf, der aus den Backröhren stieg. Es duftete nach gebrannten Mandeln und kandierten Zitronen.

Niemand bemerkte sie. Drei Männer in weißen Bäckerjacken und karierten Hosen standen an den Arbeitsflächen, rührten in Schüsseln und kneteten Teig. Matteo war am Herd.

»Signore!«, rief Francesca und lief auf Matteo zu.

Jetzt sahen alle drei Männer erstaunt von ihrer Arbeit auf.

»Francesca?« Ein Lächeln zeigte sich auf Matteos Gesicht. »Wie schön …« Er brach ab. »Was ist passiert?«

»Ihr Vater, Signore.« Francesca atmete tief durch. »Der Dottore ist da und sagt, er muss sofort ins Krankenhaus.«

Einen Moment lang starrte Matteo sie erschrocken an, ohne mit dem Rühren in der Schüssel vor sich aufzuhören. »Dann ist es also doch etwas Ernstes?«

Francesca zuckte mit den Schultern. »Der Dottore möchte ihn untersuchen lassen. Ihre Mutter hat nach Ihnen gefragt.«

Matteo nickte. »Ich gehe schnell nach oben. Kannst du mir bitte einen Gefallen tun und die Creme weiterrühren? Sie darf nicht fest werden.«

Francesca nahm den Schneebesen von ihm entgegen und betrachtete die dunkle Masse in dem Wasserbad. Sie nahm das Aroma von Schokolade wahr. Ehrfürchtig rührte sie so, wie Matteo es eben noch getan hatte.

Matteo eilte davon.

Amadeo und Fernando, die beiden Konditoren, bestürmten Francesca mit Fragen, aber viel konnte sie ihnen auch nicht sagen. Schließlich arbeiteten sie alle drei schweigend nebeneinander, die Sorgen der Männer um ihren Chef konnte Francesca spüren.

Es verging fast eine halbe Stunde, bis Matteo zurückkam.

Alle sahen auf, als er eintrat. Er stützte sich mit beiden Händen auf die Arbeitsplatte und starrte vor sich hin. »Ich hatte keine Ahnung, dass es ihm so schlecht geht. Gestern war es doch noch gar nicht so schlimm. Aber all das Blut …«

Die beiden Männer wirkten betroffen.

Francesca nickte. Noch immer rührte sie in der Schüssel, als könne sie mit ihrem eifrigen Tun das drohende Unheil abwenden. »Ich habe mich auch sehr erschrocken. Was glauben Sie, was er haben könnte?«

»Ich weiß es nicht.« Matteo seufzte. »Meine Mutter ist mit ihm gefahren. Du musst mir hier in der Backstube helfen, denn mein Vater wird sicher für eine Weile ausfallen. Jetzt muss ich sehen, wie ich alles organisiert bekomme. Kann ich auf dich zählen?«

»*Naturalmente,* Signore.« Francesca war froh darüber, etwas tun zu können, was in dieser Situation half. Und auch wenn so die Arbeit im Haushalt liegen blieb, die würde sie später auch noch erledigen können. »Ich sage nur schnell Antonella Bescheid, dass ich Ihnen hier unten helfe. Möchten Sie denn dann nachher zu Mittag essen?«

»Was?« Er dachte einen Moment nach. »Nein, Antonella soll uns eine Kleinigkeit bringen, das können wir dann zwischendurch hier unten essen. Ich werde jetzt die Pralinen gießen, und wenn du wiederkommst, machen wir gemeinsam weiter.«

Matteo zeigte Francesca, wie man die Backöfen benutzte und einstellte. Sie schob die Bleche hinein, behielt die duftenden Gebäckstücke durch die kleinen Glasscheiben im Auge und holte sie rechtzeitig wieder heraus. Sie half Matteo beim Kneten und Ausrollen.

Nun lernte sie auch endlich die beiden Konditoren näher

kennen, die sie in ihren ersten Wochen hier in Alba immer nur aus der Ferne in der Backstube hatte arbeiten sehen. Sie waren stille, zurückhaltende Männer mittleren Alters, die sehr gute Freunde zu sein schienen und beide Kinder und Ehefrauen hatten.

In der angrenzenden Vorratskammer standen im Kühlschrank bereits fertige Massen.

»Warum sind all die Teige schon angerührt?«, fragte Francesca Matteo, als die beiden Angestellten zu ihrer Mittagspause gegangen waren und sie nebeneinanderstanden und Blätterteig rollten, falteten und fetteten.

Matteo lächelte. »Weil die Rezepte geheim sind. Nur mein Vater und ich kennen sie, er hat sie von meinem Großvater, und der hat sie wiederum von meinem Urgroßvater bekommen.«

»Ach so.« Francesca nickte, während sie ihre Finger mit Mehl bestäubte. Sie konnte gut verstehen, dass die Milanis sich selbst darum kümmern wollten. Jede Familie in Italien hatte diese geheimen Rezepte, Francesca kannte selbst genügend, die sie von ihrer Mutter gelernt hatte. Im Falle der Milanis bedeuteten diese geheimen Rezepte noch viel mehr, denn auf ihnen beruhte der Erfolg des Cafés. »Aber was ist, wenn dein Vater jetzt länger ausfällt? Schaffst du es, die ganze Arbeit allein zu machen? Wenn keiner deiner Mitarbeiter das Geheimnis kennen darf?«

Matteo zuckte mit den Schultern. »Ich hoffe, dass er bald wieder auf den Beinen steht.«

Das hoffte Francesca auch, aber sie hatte ihre Zweifel. Der Signore hatte so schlimm geblutet, die Schmerzen und Krämpfe waren stark gewesen, weshalb sie nicht glaubte, dass er so schnell genesen würde.

»Du machst das sehr geschickt«, sagte Matteo anerkennend, während er ihre schnellen Bewegungen mit den Fingern beobachtete. »Normalerweise dauert es lange, bis ein Lehrling so gekonnt Blätterteig zubereiten kann.«

Francesca errötete. »Ich habe zu Hause immer mithelfen müssen, und vor dem Krieg haben wir oft Blätterteig gemacht. Jetzt ist ja alles knapp, und das Fett für den Teig fehlt meist.«

»Allerdings«, seufzte Matteo. »Auch wir müssen sehr erfinderisch sein, um an die Zutaten zu kommen.«

Francesca hatte den Teig inzwischen erneut mit Butter bestrichen und sorgfältig gefaltet. »Soll ich ihn erst kühlen, bevor ich weitermache?«

»Sehr gut.« Er sah sie überrascht an. »Viele nehmen sich nicht die Zeit dafür, aber gerade das ist sehr wichtig.«

»Ich glaube, es gibt nicht viele Italiener, die oft Blätterteig machen«, sagte Francesca, während sie das Blech in die Vorratskammer trug. »Dafür sind wir ein viel zu ungeduldiges Volk.«

Matteo musste lachen, und Francesca freute sich, dass er einen Moment lang die Sorgen um seinen Vater zu vergessen schien. Sie arbeiteten die nächsten Stunden emsig nebeneinander. Erst als Antonella kam, um sich zu erkundigen, wie lange Francesca noch in der Backstube gebraucht würde, stellte sie fest, dass inzwischen längst später Nachmittag geworden war. Und sie hatte noch nicht einmal die Schlafzimmer fertig gemacht!

»Oje!«, rief sie erschrocken. »Ich habe die Zeit vollkommen vergessen. Aber wir waren so in die Arbeit vertieft.«

»Geh nach oben.« Matteo scheuchte sie mit einer Handbewegung zur Tür. »Du hast mir sehr geholfen. Den Rest schaffen wir ohne dich.«

»*Grazie*, Signore«, sagte sie, mit einem Blick auf Antonella wählte sie lieber wieder die offizielle Anrede. »Ich habe viel von Ihnen gelernt.«

»Ach was, du bist bereits eine ausgezeichnete Konditorin. Eigentlich ist es schade, dass dein Talent dort oben vergeudet wird. Ich könnte dich hier unten in der Backstube sehr gut gebrauchen.« Matteo sah sie ernst an.

Francesca musste lächeln, obwohl der Tag so schrecklich begonnen hatte. »*Grazie*, Signore.«

Dann folgte sie Antonella nach oben, wo sie sich schnell daranmachte, wenigstens die Schlafzimmer aufzuräumen und grob zu säubern. Als sie in das Elternschlafzimmer trat, stellte sie fest, dass Antonella das Bett schon abgezogen hatte. Francesca öffnete die Fenster weit, um frische Luft hineinzulassen, bezog alles mit frischen Leinen und wischte dann den Boden. Anschließend erinnerte nichts mehr an die Tragödie, die sich heute Morgen hier abgespielt hatte.

Die anderen Zimmer reinigte sie nur grob, denn ihr fehlte beinahe der gesamte Arbeitstag. Morgen wollte sie sich diese Räume wieder gründlicher vornehmen.

Als sie um halb acht in die Küche kam, um Antonella mit dem Abendessen zu helfen, saß die Signora mit der Köchin am Tisch. Signora Milani trug noch ihren Hut, den Mantel hatte sie über eine Stuhllehne geworfen. Ihr Gesicht war gerötet, die Augen verquollen. Als sie Francesca eintreten sah, stand sie auf und ging wortlos hinaus.

Francesca sah ihr erschrocken hinterher. Dann wandte sie sich an Antonella, die sitzen geblieben war. »Was ist passiert? Wie geht es dem Signore?«

Die Köchin war blass, bislang hatte Francesca sie noch nie so entmutigt gesehen. Sie schüttelte den Kopf. »Es sieht nicht gut aus«, sagte sie leise. »Gar nicht gut. Es wurden Untersuchungen gemacht, und noch steht nichts fest, aber es deutet wohl alles daraufhin, dass der Signore Magenkrebs hat.«

»Krebs?«, wiederholte Francesca fassungslos und ließ sich

auf den Stuhl fallen, auf dem die Signora eben noch gesessen hatte. »Und was bedeutet das? Kann er wieder gesund werden?«

»Der Dottore hat der Signora keine großen Hoffnungen gemacht. Er sagt, die Krankheit ist schon viel zu weit fortgeschritten. Sie haben Röntgenbilder gemacht, und morgen wird ein Spezialist zurate gezogen. Aber so, wie es aussieht, ist das Geschwür schon sehr groß und hat sich auch schon auf den Darm ausgeweitet. Vielleicht gibt es noch weitere Organe, die befallen sind, das wissen sie aber noch nicht.«

»Wie lange kennen Sie den Signore schon?«, fragte Francesca.

Antonellas Augen glänzten feucht. »Seit er ein kleiner Junge war. Ich bin hier ins Haus gekommen, als ich nur wenig älter gewesen bin als du jetzt. Der Signore war damals gerade in die Schule gekommen.«

Unwillkürlich streckte Francesca den Arm aus und fasste nach der schwieligen Hand der Köchin. »Es tut mir sehr leid. Dann muss es auch für Sie schlimm sein, ihn jetzt so leiden zu sehen. Niemand in diesem Haus wird den Signore länger kennen als Sie, nehme ich an.«

»Stimmt.« Antonella lächelte, und eine Träne löste sich aus ihrem Augenwinkel und rollte über die runzlige Wange. »Ich habe Bernardo aufwachsen sehen, ich habe mitbekommen, wie er sich in die Signora verliebt hat, wie er den Betrieb von seinem Vater übernommen und ausgebaut hat. Wie er sich über seine Söhne gefreut hat.« Sie hielt inne und seufzte schwer. Dann stemmte sie sich an der Tischplatte hoch und stand mühsam auf. »Es hilft ja nichts, das Essen muss gemacht werden. Aber wir sollten heute nur ein einfaches Mahl servieren. Es gibt Salat und Polenta, ich glaube sowieso nicht, dass die beiden besonders großen Appetit haben.«

Francesca konnte Antonella nur zustimmen. Ihr Herz zog

sich schmerzhaft zusammen, als sie daran dachte, dass Matteo seinen Vater verlieren könnte. Leise sagte sie: »Was für eine schwere Zeit für die Familie. Erst gilt der Sohn Valentino als verschollen, und jetzt erkrankt der Signore so schwer …«

»Grausam«, bestätigte Antonella. »Die Signora sagt, es sei sogar ungewiss, ob der Signore noch einmal nach Hause zurückkehrt.«

Francesca zuckte zusammen. So schlimm stand es also um den Hausherrn? Die arme Frau!

An diesem Abend wurde alles später als sonst. Antonella hatte die Polenta erst um zwanzig nach acht fertig, die Signora und Matteo erschienen aber auch erst um Viertel vor neun zum Essen und aßen kaum etwas.

»Francesca«, wandte sich Matteo an sie, als er seinen halb vollen Teller zur Seite geschoben hatte. »Wäre es wohl möglich, dass du morgen noch einmal in der Backstube hilfst?«

»Natürlich.« Francesca sah unwillkürlich zu seiner Mutter. »Wenn die Signora nichts dagegen hat …«

Die Hausherrin machte eine kraftlose Geste, die vermutlich ihr Einverständnis bekunden sollte, und stocherte in ihrem Salat.

»Ich danke dir, denn ich möchte morgen früh meine Mutter ins Krankenhaus begleiten, und anschließend muss ich mich um die Einkäufe kümmern.« Er seufzte. »Ich werde aber zwei Stunden eher aufstehen und die Teige vorbereiten. Vielleicht kannst du um sieben in die Backstube kommen? Dann kann ich dir vor dem Frühstück alles erklären. Morgen sind die Trüffelpralinen an der Reihe und die Blätterteigplätzchen, für die wir den Teig heute schon vorbereitet haben.«

»Selbstverständlich.« Francesca schenkte der Signora Wein nach. »Ich kann auch schon früher aufstehen, um Ihnen in der Backstube zur Hand zu gehen.«

»Schlaf dich besser aus, in den nächsten Tagen wird noch mehr als genug Arbeit auf uns zukommen.« Matteo stand auf. »Und nun entschuldige mich bitte, Madre, aber ich werde zu Bett gehen.«

Die Signora nickte ihm stumm zu und trank einen großen Schluck Wein. Dann stand auch sie auf und nahm ihr Glas und die noch fast volle Weinflasche, um damit aus dem Zimmer zu gehen. Noch nie hatte Francesca erlebt, dass die Signora außerhalb der Mahlzeiten Alkohol getrunken hatte, von dem Likör mit den Gästen im Salon einmal abgesehen, doch der heutige Tag schien seinen Tribut zu fordern. Francesca räumte die kaum angerührten Speisen ab. Sie wünschte, sie hätte der Familie in ihrem Kummer irgendwie helfen können. Als sie in die Küche kam, sah Antonella ebenso mitgenommen aus wie die Signora. Während sie gemeinsam abwuschen, redeten sie kaum ein Wort. Die Angst um den Signore hatte das ganze Haus erfasst, und als Francesca sich müde nach oben schleppte, war sie beinahe froh, dass sie dem Kummer entkommen konnte. Und doch begleitete sie die Traurigkeit. Denn auch wenn sie selbst den Signore erst wenige Wochen kannte, so hatte sie den höflichen, zurückhaltenden Mann bereits ins Herz geschlossen.

Am nächsten Morgen wachte sie schon vor dem Wecken auf. Sie stand sofort auf und zog sich an, weil sie Matteo in der Backstube helfen wollte. In der Küche war noch alles still, als Francesca hinunterkam. Im grellen Licht der Lampe sah sie, dass es gerade vier Uhr vorbei war. Sie setzte Wasser auf und kochte einen starken Kaffee, den sie in zwei Tassen füllte und mit hinunter in die Backstube nahm.

Als sie die Tür am unteren Ende der Hintertreppe öffnete, brannte bereits Licht. Matteo stand mit dem Rücken zu ihr an einem der Arbeitstische.

»*Buongiorno*«, begrüßte sie ihn.

Er fuhr herum, und als er Francesca sah, verzog sich sein Mund zu einem zaghaften Lächeln. Er wirkte müde, und sie fragte sich, ob er überhaupt ein Auge zugetan hatte.

»Francesca! *Buongiorno.*«

Sie reichte ihm eine der Tassen, die er dankbar annahm.

Dann sagte er vorwurfsvoll: »Ich habe doch gesagt, du sollst dich ausruhen.«

»Wenn du früh anfängst, kann ich es auch. Wenn wir uns die Arbeit teilen, ist sie schneller getan.« Sie trank ihren Kaffee in zwei Schlucken aus und stellte die Tasse dann zur Seite, während sie ein Schütteln unterdrückte. Noch immer hatte sie sich nicht an den bitteren Geschmack gewöhnt. »Sag mir, was ich tun kann.«

Er seufzte. »Na schön. Versprich mir, dass ich dir vertrauen kann.«

»Natürlich kannst du das.« Francesca sah ihn ernst an, und einen Moment lang versanken ihre Blicke ineinander.

Er öffnete den Schrank, der in der Ecke neben der Tür zur Vorratskammer stand, und Francesca konnte sehen, dass sich darin ein weiterer Schrank aus Metall befand, den Matteo jetzt aufschloss.

»In diesem Tresor liegen unsere Familienrezepte«, erklärte er und zog einen dicken Aktenordner hervor. Er blätterte durch die mit Schreibmaschine beschriebenen Bögen, nahm eins der Blätter heraus und reichte es Francesca. »Kannst du das anrühren? Es ist die Rezeptur für die Trüffelpralinen. Wenn du das fertig hast, machen wir gemeinsam weiter. Die Zutaten findest du in den Dosen hier oben und dahinten im Regal.«

Francesca nickte und warf einen Blick auf das Rezept. Dann begann sie die Zutaten zusammenzusuchen. Sie kratzte

Vanilleschoten aus und maß Kakaopulver ab, goss vorsichtig Rum hinzu und karamellisierte Zucker. Sie arbeitete eine halbe Stunde lang konzentriert, bis sie eine weiche, cremige Masse zubereitet hatte. Das Aroma von gebranntem Zucker hatte sich ausgebreitet, und Francesca sog es genüsslich auf. Dann holte Matteo ein außergewöhnliches Blech, das die Pralinenform bereits vorgegeben hatte, und zeigte ihr, wie viel der heißen Masse sie in die einzelnen Mulden gießen musste. Als sie das Blech vorsichtig in die Vorratskammer getragen hatten, wo die Pralinen nun fest werden mussten, kandierte Francesca Früchte und half Matteo anschließend dabei, verschiedene Teige anzurühren. Die Zeit bis zum Frühstück verflog im Nu. Matteo instruierte sie, aus welchem der Teige sie Tortenböden backen sollte. Sie hatte Antonella einen Zettel auf den Küchentisch gelegt, um ihr mitzuteilen, dass sie sie nicht zu wecken brauchte, weil sie bereits in der Backstube war, doch jetzt hätte sie beinahe vergessen, rechtzeitig nach oben zu laufen, um der Köchin bei den Frühstücksvorbereitungen zu helfen.

Nach dem kurzen und schweigsamen Frühstück der Familie eilte Francesca wieder in die Backstube. Inzwischen waren Fernando und Amadeo ebenfalls eingetroffen, die scheinbar immer um acht Uhr begannen. Matteo kam und gab allen Anweisungen, dann verließ er sie, um mit seiner Mutter ins Krankenhaus zu fahren.

So belastend die Situation auch war, so viele Sorgen sich Francesca auch um den Signore machte und sosehr sie auch mit der Signora, Matteo und Antonella litt, so sehr genoss sie aber auch ihre Aufgaben in der Backstube. Sie liebte es, die Kuchen zu beobachten, wie sie im Ofen aufgingen, den Duft der Schokolade einzuatmen und Früchte zu kandieren.

Gegen elf Uhr hatte sie sämtliche Arbeiten erledigt und ging wieder nach oben, wo sie die Schlafzimmer säuberte, lüftete und aufräumte. Dann war es Zeit, Antonella mit dem Mittagessen zu helfen, doch da die Signora und Matteo nicht hatten sagen können, wann und ob sie überhaupt zum Essen nach Hause kämen, hatte Antonella eine Platte mit eingelegtem Gemüse, Salami und Mozzarella vorbereitet, zu der sie frisch gebackenes Weißbrot reichen wollte. Vermutlich würden die beiden sowieso wieder nur wenig zu sich nehmen.

Erst am frühen Nachmittag, als Francesca gerade die Fenster im Schlafzimmer putzte, sah sie den Fiat um die Ecke biegen. Ihr Herz schlug bis zum Hals, plötzlich konnte sie es kaum erwarten zu erfahren, was bei der heutigen Expertenkonsultation und den weiteren Untersuchungen herausgekommen war. Sie schloss schnell das Fenster und brachte die Putzsachen in die Küche.

Kurz darauf trat auch schon die Signora ein. Sie war blass und sah noch mitgenommener aus als tags zuvor.

»Bitte, lass mich mit Antonella allein«, sagte sie zu Francesca.

Ein wenig enttäuscht darüber, dass sie die Neuigkeiten nun nicht aus erster Hand erfahren konnte, verließ sie die Küche. Sie konnte aber verstehen, dass die Signora mit der Köchin allein sprechen wollte. Die alte Frau war ihr vertraut, und manchmal schien es so, als sei Antonella wie eine Mutter für die Signora.

»Francesca.« Matteo stand in der großen Diele, als Francesca aus der Küche trat. Er hielt seinen Hut in den Händen und drehte ihn nervös hin und her. Dann ließ er von dem Hut ab und fasste sie am Oberarm, um sie in den langen Flur zu den Zimmern der Familie zu führen.

Vor der Tür des Arbeitszimmers seines Vaters blieb er stehen. »Hier herein!«

Francesca ließ sich von ihm in den abgedunkelten Raum

ziehen. Der Geruch von abgestandenem Rauch und Staub stieg ihr in die Nase. Matteo warf den Hut achtlos auf einen der Stühle, die um den runden Eichentisch standen. Er strich sich mit den Händen über das Gesicht.

»Ich werde deine Hilfe brauchen«, begann er und blieb dicht vor Francesca stehen. Er wirkte gehetzt, ruhelos. Seine Augen wanderten unruhig durch das Zimmer, die Unterlippe bebte leicht, seine Atemzüge gingen schnell. »Es sieht nicht gut aus, der Spezialist sagt, wir müssen bald Abschied nehmen.«

Francesca sog resigniert die Luft ein. »Das heißt, es gibt keine Rettung mehr für ihn?«

Matteo wandte sich ab und lief ein paar Schritte durch das Zimmer. »Ich bin doch noch gar nicht so weit. Mein Vater hat immer alles geregelt. Ich weiß gar nicht, wie ich …« Er wandte sich abrupt Francesca zu. »Verstehst du? Ich habe keine Ahnung. Ich weiß nichts! Gar nichts!«

»Das stimmt doch nicht«, sagte Francesca mit sanfter, aber auch fester Stimme. Es schmerzte sie, Matteo so verzweifelt zu sehen. Sie trat zu ihm und griff nach seinen Händen. »Du hast doch die Rezepte. Und ich habe dich beobachtet, als wir zusammen in der Backstube waren. Du bist gut in dem, was du tust, und kannst die Mitarbeiter anleiten.«

»Aber ich verstehe nichts vom Geschäft«, widersprach er ihr heftig. »Zuerst sollte ich das Handwerk lernen, erst nach und nach wollte mein Vater mich an die geschäftlichen Dinge heranführen. Er hat mir noch so viel zeigen wollen. Sieh dich doch um.« Er löste sich aus Francescas Griff und machte eine ausgreifende Handbewegung. »All die Ordner, die Hefte, die Bücher! Was sind die ausstehenden Rechnungen, was die bezahlten? Wo finde ich unsere Außenstände?«

»Aber du hast doch sicher eine Ausbildung gemacht?«,

fragte Francesca vorsichtig, die von ihrer Schwägerin wusste, dass es für alles einen Lehrgang gab.

»Ja«, stöhnte er und fuhr sich durch die Haare. »Aber durch den Krieg habe ich meinen Lehrbrief schon nach einem Jahr erhalten, weil sie die Berufsschule geschlossen haben. Und alles, was wir dort gelernt haben, ist ferne Theorie geblieben. Das, was mir wirklich weitergeholfen hat, war alles, was mein Vater mir in der Backstube beigebracht hat. Ich wünschte, er hätte mir auch etwas zu unserer Buchhaltung erklärt, aber da hat er mir noch keine Einblicke gegeben. Natürlich hatten wir in der Ausbildung auch Rechnungswesen, Betriebswirtschaftslehre und solche Dinge, aber ernst genommen hat das eigentlich niemand. Und nichts davon hat mich auf das hier vorbereitet.« Er deutet hilflos auf die Akten.

»Aber so, wie du dich in die Backstube eingefunden hast, wirst du auch lernen, wie man eine Konditorei führt. Und deine Mutter wird sich bestimmt auskennen, sie sitzt doch den ganzen Tag über ihren Unterlagen.«

Matteo schüttelte den Kopf. »Sie kümmert sich ausschließlich um die Buchführung des Haushalts. Fürs Geschäft macht sie lediglich die Bestellungen und kümmert sich um die Angestellten. Alles andere hat immer mein Vater gemacht.«

»Trotzdem kann sie dir bestimmt helfen«, sagte Francesca leise, der es wehtat, Matteos Verzweiflung zu sehen. Sie ahnte, dass es nicht das Geschäft war, was ihn in die Mutlosigkeit trieb, sondern die Angst um seinen Vater.

»Du musst mir helfen, tust du das?« Er fasste wieder ihre Hände und sah sie eindringlich an. »Ich weiß nicht, wie ich das schaffen soll.«

»Ich kann dir in der Backstube helfen«, schlug Francesca vor, die von Buchführung ganz sicher noch weniger Ahnung hatte als Matteo.

»Danke.« Er versuchte zu lächeln, aber es gelang ihm nicht. Und plötzlich schien er in sich zusammenzusinken, als habe jemand die Luft aus einem Ballon herausgelassen. Er presste die Lippen zusammen und schluckte gegen die Tränen an.

Es war entsetzlich, die Trauer zu sehen, die Matteo zu unterdrücken versuchte. Und ohne zu zögern, zog Francesca ihn in die Arme und drückte ihn fest an sich. Sanft strich sie ihm über den Rücken und sog seinen Duft nach Pfefferminze und Zitrone ein. Matteo suchte Halt, schloss auch seine Arme um Francesca, und sie spürte, wie sein Körper von leisen Schluchzern erschüttert wurde. Sie hatte noch nie einen nahestehenden Menschen verloren, aber sie hatte schon genug Leid mitbekommen. Im Dorf hatten Mütter ihre Kinder verloren, Frauen ihre Männer und Brüder, die nicht aus dem Krieg zurückgekehrt waren. Sie hatte erlebt, wie Schicksalsschläge ganze Familien zerrissen hatten. Aber Matteos Leid war so nah, so greifbar, dass auch Francesca die Tränen kamen. Sie dachte an den freundlichen Signore, der ihr Geschenke für ihre Eltern gegeben und ihr beigestanden hatte, als er geahnt hatte, dass Matteo sie zu ihren Eltern fahren wollte, anstatt mit den Biancos ein Picknick zu machen. Der vaterlosen Kindern *Baci di dama* schenkte.

Lange standen sie so da, bis Matteo sich irgendwann so weit von ihr löste, dass er sie ansehen konnte. Seine Augen waren gerötet, aber der gehetzte Ausdruck in ihnen war verschwunden.

»Es tut mir leid«, sagte er. »Ich hätte … Du musst mich für sehr schwach halten.«

»Dich?« Francesca sah ihn überrascht an. »Auf die Idee würde ich nie kommen. Ganz im Gegenteil, du bist der stärkste Mensch, den ich kenne.«

Er musste lächeln und nahm eine Hand von Francescas

Rücken, um sich die Tränen von den Wangen zu wischen. Er hielt inne und berührte dann ganz vorsichtig Francescas Gesicht. Seine Finger waren warm, und ganz sanft strich er nun über die feuchten Spuren.

»Danke«, sagte er leise und kam ihr ganz nah.

Francescas Bauch begann zu kribbeln, ihr Atem stockte. Sein Duft betörte sie, als sie unwillkürlich die Augen schloss und im nächsten Moment seinen Mund auf ihren Wangen spürte. Zärtlich strich er über ihre Haut, wo eben noch seine Finger entlanggefahren waren, und tastete nun ihre Stirn, die Nase, das Kinn mit seinen Lippen ab. Und ganz langsam, beinahe fragend, wanderte er weiter zu ihren. Als sie sich in einem sanften Kuss trafen, durchströmte Francesca eine ganz neue Wärme, die ihren gesamten Körper in einen unbekannten Schwebezustand versetzte. Es war, als hörte die Welt in diesem Moment auf, sich zu drehen, es gab nur noch Matteo und sie und die Zärtlichkeit, die in dieser Berührung lag. Ihre Lippen lagen erst zaghaft aufeinander, Francesca spürte seine Wärme. Und dann, ganz vorsichtig, begannen sie sich zu bewegen, sich zu öffnen, einander entgegenzukommen, und als sich ihre Zungen trafen, entfuhr Francesca ein leises Seufzen. Sie spürte Matteos Herzschlag, der genauso schnell hämmerte wie ihrer, und je länger sie sich in ihrem Kuss verloren, umso mehr fanden die Schläge ihrer Herzen in denselben Rhythmus, dasselbe tröstende Pochen.

Kapitel 5

Italien, Piemont, Juli und August 1946

In den nächsten Tagen veränderte sich die gesamte Routine im Haus Milani. Francesca stand in der Regel noch früher auf als sonst, manchmal jedoch war sie so erschöpft, dass sie erst wach wurde, wenn Antonella sie leicht rüttelte. Sie ging in die Backstube hinunter und rührte Teige an, deren Rezepte sie inzwischen auswendig kannte. Meist war auch Matteo schon da und begrüßte sie mit einem liebevollen Kuss. In diesen Tagen tauschten sie immer wieder heimlich Zärtlichkeiten aus, und Francesca hatte das Gefühl, dass ihre junge, aufkeimende Liebe Matteo Kraft gab in dieser so schweren und aufreibenden Zeit. Für sie selbst war es eine vollkommen neue Erfahrung. Morgens erwachte sie mit Herzklopfen, und ihr erster Gedanke galt Matteo. Sie litt mit ihm und sorgte sich mit ihm, sie weinte mit ihm und dachte mit ihm zusammen an den Signore. Vor allem aber hörte sie ihm zu, wenn sie morgens Mehl, Eier, Zucker, Zitronenschale und Rum zu einem Teig verrührte, wenn sie Kakaopulver mit Sahne vermengte, Vanilleschoten auskratzte, Früchte kandierte und Kuvertüre schmolz. Leise erzählte Matteo dann während der Arbeit von seinem Vater. Von dem, was er ihm beigebracht hatte, von den Ausflügen, die sie gemacht hatten, als Matteo noch ein kleiner

Junge gewesen war. Von der ersten Zigarette, die er mit seinem Vater geraucht hatte, und dem ersten Huhn, das sie zusammen geschlachtet hatten. Zwischendurch musste er immer mal wieder eine Pause einlegen, wenn ihn seine Gefühle zu überwältigen drohten. Dann nahm Francesca ihn sanft in die Arme, und er weinte an ihrer Schulter. Auch Francesca selbst war verzweifelt und traurig, wenn sie an den Signore dachte. Sie war die Einzige im Haus, die ihn nicht im Krankenhaus besuchte, denn einer von ihnen musste zu Hause bleiben und das Essen vorbereiten oder in der Backstube helfen. Außerdem kannte sie ihn bei Weitem am kürzesten.

Hinterher sah sie an den entmutigten Gesichtern der drei, dass es dem Signore immer schlechter ging, und eines Tages blieben die Signora und Matteo sogar über Nacht, weil der Arzt meinte, dass es nun nicht mehr lange dauern würde.

Der Signore starb am nächsten Morgen, es war der 10. Juli 1946, ein Mittwoch, im Beisein seines Sohnes und seiner Frau. Das schöne Sommerwetter schien die Gefühle der Familie zu verhöhnen.

Francesca hatte an diesem Morgen die komplette Vorbereitung in der Backstube übernommen, sie hatte inzwischen so viel von Matteo gelernt, dass sie wusste, was zu erledigen war und welche Aufgaben sie Amadeo und Fernando geben musste, die um acht Uhr kamen. Anfänglich hatten die beiden Männer gezögert, als Francesca sie angewiesen hatte. Aber Fernando und Amadeo waren Menschen, die den einfachsten Weg suchten, und hielten es anscheinend für zu anstrengend, wenn sie sich Francescas Bitten widersetzten. Sie taten ihren Dienst, um pünktlich um zwölf Uhr zur *pausa pranzo*, der Mittagspause, nach Hause zu gehen, sich vier Stunden lang auszuruhen, um dann von vier bis acht den zweiten Teil ihrer Arbeitszeit zu erledigen. Niemals kam es vor, dass sie eine

Minute länger blieben als nötig, oft hingegen machten sie schon eine halbe Stunde früher Schluss. Wenn Francesca sie verwundert ansah, weil sie dabei waren, schon um halb zwölf die Backstube zu verlassen, erklärten sie ihr, dass es sich nicht lohne, jetzt noch mit einem neuen Backvorgang zu beginnen. Da Amadeo und Fernando ansonsten aber zuverlässig jeden Tag erschienen und während ihrer Anwesenheit auch konzentriert arbeiteten, ließ sie es darauf beruhen.

Als Matteo und die Signora schließlich nach Hause kamen, zogen sie sich in den Salon zurück, wo sie Besuch von einer Cousine des Signore und ihren zwei Töchtern bekamen, und am Nachmittag kam der Bestatter, der den Signore mitbrachte, der im Schlafzimmer aufgebahrt wurde.

Francesca eilte zwischen der Backstube und dem Salon hin und her, wo sie den Gästen Kaffee und *Albesi Regina* servierte, denn auch Antonella war vollkommen niedergeschlagen und nicht in der Lage, die Gäste zu bewirten.

Die Signora hatte Trauerkleidung angelegt, wie eine Rüstung, die sie vor der Außenwelt schützte. Mit ihrem langen schwarzen Kleid und der Witwenhaube saß sie reglos da, und Tränen liefen ihr übers Gesicht. Im Haus herrschte ein reges Kommen und Gehen, alle wollten bei der dreitägigen Totenwache dabei sein. Jeder Freund, Nachbar und Bekannte der Familie brachte Essen mit, und in der Küche standen immer mehr Schüsseln und Auflaufformen mit Lasagne, Polenta und Pasta. Antonella versuchte tapfer, das Essen zu erwärmen und Kaffee zu kochen, aber zwischendurch ließ sie sich immer wieder auf einen der Stühle am Küchentisch sinken und schlug die Hände vor das Gesicht. Zugleich schien es der Köchin einen gewissen Halt zu geben, dass sie sich in ihre Routine flüchten konnte und nicht groß reden musste.

Matteo saß auf seinem Platz am Tisch im Esszimmer, und

Francesca konnte ihm ansehen, dass er sich am liebsten weit fortgewünscht hätte. Er beteiligte sich kaum an den Gesprächen und wich den Blicken seiner Gäste aus. Wenn Francesca gehofft hatte, dass nach dem Abendessen ein wenig Ruhe einkehren würde, hatte sie sich getäuscht. Denn es kamen immer noch Leute, die den Verstorbenen noch einmal sehen und ihm ihre Ehre erweisen wollten.

Irgendwann zwang Francesca die Köchin, zu Bett zu gehen, sie selbst würde dafür sorgen, dass die Gäste mit Wasser und Kaffee im Salon versorgt würden. Antonella protestierte zwar, aber sie war so müde, dass sie sich kaum noch auf den Beinen halten konnte. Gegen Mitternacht gingen dann endlich die letzten Besucher und ließen den Signore allein, wie es der Brauch erforderte. Sogar die Signora verließ das Schlafzimmer, damit die Geister kommen und sich verabschieden konnten.

Francesca hatte die Kaffeetassen gerade abgewaschen, als sich die Küchentür öffnete und Matteo hineinschaute.

»Bist du allein?«, fragte er leise.

Francesca nickte und hängte das feuchte Geschirrtuch über die Stange vor dem Herd. »Es tut mir entsetzlich leid, es tut mir so leid, dass du deinen Vater verloren hast. Ich wollte dir das schon den ganzen Tag sagen, aber es war so viel los.«

Er kam in die Küche und schloss die Tür hinter sich. Dann streckte er die Arme nach ihr aus und zog sie an sich. Er küsste ihre Wangen, ihre Stirn und murmelte: »Und ich wollte den ganzen Tag nichts anderes, als mich von dir trösten zu lassen.«

Francesca schmiegte sich fest an ihn und erwiderte seine zarten verzweifelten Küsse. »Ich wünschte, ich könnte dir etwas von deinem Schmerz nehmen.«

»*Amore mio*«, flüsterte er und strich mit den Lippen über ihre Haut. »Ich bin so froh, dass ich dich an meiner Seite habe.«

»Ja, ich bin bei dir«, sagte sie leise. Auch wenn ihre Liebe nicht sein durfte, auch wenn die Signora nie davon erfahren durfte. Auch wenn sie nicht gut genug für ihn war, auch wenn diese Liebe keine Zukunft hatte. Aber in diesem Moment war all das nicht wichtig, es zählte nur, dass sie Matteos Leid lindern wollte.

*

11. bis 13. Juli 1946

Nach einer kurzen Nacht, in der vermutlich kaum jemand von ihnen geschlafen hatte, fand sich Francesca als Erste in der Backstube ein. Sie hatte eine kleine Kanne heißen Kaffee mitgebracht.

Matteo kam kurz nach ihr. Er hatte dunkle Schatten unter den Augen, und seine dunklen Locken waren zerzaust. Als er Francesca sah, zog er sie sofort in seine Arme und hielt sie einen Moment lang fest. Beruhigend streichelte sie ihm über den Rücken und bedeckte seine Wange mit kleinen tröstenden Küssen.

Widerstrebend ließ sie ihn irgendwann los, weil sie wusste, wie viel Arbeit noch vor ihnen lag. Nach einer Tasse des schwarzen starken Kaffees begannen sie ihr Tagwerk, auch wenn nun wieder alles anders war. In den letzten Tagen hatten sie insgeheim beide gehofft, dass doch noch alles gut werden würde. Sie hatten einfach nur durchgehalten, nichts verändert, keine Aufgaben neu verteilt, außer eben Francescas Mitwirken in der Backstube. Matteo hatte Schecks unterschrieben und mühsam Rechnungen auf der alten Schreibmaschine im Büro seines Vaters getippt, er hatte die Kassenabrechnung der Cafémitarbeiter abends entgegengenommen und so getan, als habe er sie auf ihre Richtigkeit geprüft. Und er war zu den Händlern gefahren, wo er zuvor mit seinem Vater gemeinsam eingekauft hatte, um die Zutaten zu besorgen, die sie in der Backstube benötigten. Die Bestellungen hingegen, die die Signora bislang immer gemacht hatte, waren während der letzten Wochen, in denen Carla Milani am Bett ihres Mannes gesessen hatte, liegen geblieben, und daher war inzwischen der Kaffeevorrat fürs Café stark zurückgegangen. Auch die Limetten, Zitronen und anderen Früchte, die die Signora sonst immer bestellt hatte, waren nicht geliefert worden. Francesca und Angelina hatten bereits am letzten Samstag das Nötigste vom Markt mitgebracht, aber die beiden Frauen hatten bei Weitem nicht die Mengen heranschaffen können, die für Limonade und Torten gebraucht wurden.

Francesca fragte sich, ob Matteo vorhatte, trotz ihrer tatkräftigen Hilfe einen zusätzlichen Konditor einzustellen, um die Aufgaben, die zuvor sein Vater erledigt hatte, zu erfüllen. Oder würde sie auf Dauer hier unten arbeiten dürfen? Insgeheim hoffte sie das, denn es machte ihr große Freude, zu backen und Pralinen zu gießen. Aber natürlich war sie nicht vom Fach und wurde außerdem oben im Haushalt gebraucht. Sie sprach das Thema nicht von sich aus an, weil sie ahnte, dass Matteo momentan vermutlich nicht der Sinn nach solchen Überlegungen stand.

Also arbeitete Francesca noch mehr, weil Antonella die meiste Zeit kraftlos und traurig am Tisch saß und kaum aus ihrer Küche herauskam und Matteo ebenso niedergeschlagen wirkte und oft bei seiner Arbeit innehielt. Sie eilte zwischen den Etagen hin und her, saugte und wischte schnell den oberen Korridor, während die *Baci di dama* aushärteten, oder machte geschwind Matteos Zimmer sauber, während die Amaretti im Ofen waren. Oben servierte sie den traurigen Gästen das Mittagessen, unten garnierte sie Torten. Sie brauchte die alten Familienrezepte nicht mehr, denn sie kannte sie längst auswendig. Manchmal veränderte sie allerdings die Zutaten, weil sie manche Lebensmittel nicht mehr in ausreichender Menge vorrätig hatten. So musste sie hin und wieder weniger Zucker verwenden, gab dafür aber Honig in den Teig, oder sie füllte Pralinen versuchsweise mit Limoncello-Likör statt gesüßtem Kaffee, weil sie sonst für die Schokoladenhülle nicht mehr genug Zucker übrig gehabt hätte. Umso stolzer war Francesca, als sie an diesem Tag von Matteo hörte, dass ihre Limoncello-Pralinen ausgesprochen beliebt waren. Er ermutigte sie, noch andere Varianten auszuprobieren, aber Francesca war vorsichtig. Denn sie wusste, dass sie es sich kaum leisten konnten, wertvolle Zutaten zu verlieren, wenn eine neue Kreation doch nicht gelingen würde. Daher wandelte sie die Rezepte nur in Notfällen ab, die jedoch immer mehr wurden, denn die Signora war zurzeit nicht in der Lage, Waren zu bestellen. Weder Francesca noch Matteo wussten, welche verschlungenen Wege die Signora genommen hatte, um die benötigten Dinge zu bekommen. Und Matteo war auch viel zu sehr mit all den anderen Dingen beschäftigt, um die er sich kümmern musste, als dass er sich auf die Einkäufe hätte konzentrieren können.

»Wir brauchen dringend neue Schokoladencreme«, erklärte an diesem Vormittag, es war bereits der dritte Tag nach dem Tod des Signore, Angelina, als Matteo und Francesca nebeneinander an dem Arbeitstisch in der Mitte standen, um eine Hochzeitstorte zu verzieren. Es duftete nach dem Nusskuchen im Ofen, und das Aroma abgeriebener Zitronen, Orangen und heißer Milch lag in der Luft. »Es ist nichts mehr da, um die Schokoladenwaffeln zu befüllen.« Im Café wurde immer eine Schüssel mit der Creme aufbewahrt, die die Kellnerinnen bei Bedarf dann in harte Waffeln streichen konnten.

»Aber wir haben doch erst letzte Woche einen großen Bottich angerührt. Schau mal in der Kammer nach, das Fass kann noch nicht leer sein.« Matteo deutete auf den angrenzenden Lagerraum, in dem auch der Kühlschrank stand.

»Der Bottich ist leer«, erklärte Francescas Freundin.

Matteo legte den Pinsel hin, mit dem er gerade kleine Herzen auf die Torte gemalt hatte, und ging selbst nach nebenan, um nachzusehen.

Als er wiederkam, sah er Francesca besorgt an. »Es stimmt, wir haben tatsächlich keine Creme mehr und müssen doch die *Baci di dama* für die Hochzeit damit füllen.«

»Natürlich stimmt es«, sagte Angelina in beleidigtem Tonfall. »Als ob ich lügen würde.«

»Das würden wir im Traum nicht von dir annehmen, Liebes«, lächelte Francesca und schob die Kellnerin aus der Backstube. »Wir kümmern uns um die Creme.«

»Alles klar.« Angelina öffnete die Tür. »Was hältst du nachher von einem Kaffee?«

»Wenn ich es schaffe.« Francesca seufzte. Sie wusste, dass sie ihre Freundinnen seit Wochen vernachlässigte. Aber sie hatte einfach viel zu viel Arbeit. Auch ihre Familie hatte sie schon seit Wochen nicht mehr gesehen. Wehmütig dachte sie an ihre Mamma.

»Dann lass uns neue anrühren«, riss Francesca sich von ihren Gedanken los. Inzwischen wusste sie, dass diese Schokoladencreme eine der wichtigsten Spezialitäten des Café Alba war. Sie wurde als Füllung zahlreicher Torten und Kekse benutzt.

»Die Creme für die Hochzeit brauchen wir schon morgen.« Matteo seufzte.

»Ich mache die Torte fertig, und du kümmerst dich um die Creme, einverstanden?«, schlug Francesca vor.

»Wir müssen erst Kakao besorgen.« Matteo kratzte sich nachdenklich am Unterarm. »Das hat mein Vater immer erledigt, und für diese Creme brauchen wir eine Menge Kakao, wie du dir denken kannst. Ich weiß nur leider nicht, wie er es geschafft hat, an diese Mengen zu kommen.«

»Aber die Creme ist wichtig für das Café, oder nicht?«, fragte Francesca nach.

Matteo nickte. »Sehr wichtig. Ich muss schnell eine Lösung finden.«

»Vielleicht weiß die Signora darüber Bescheid«, überlegte Francesca und trank den letzten Schluck Kaffee aus ihrer Tasse, die auf dem Arbeitstisch in der Backstube neben ihr stand. »Schließlich hat sie sich um die Bestellungen gekümmert.«

Matteo schüttelte den Kopf. »Ich habe sie schon danach gefragt. Aber mit dem Kakao hatte sie nie etwas zu tun, sagt sie.«

»Können wir dem Brautpaar für die Hochzeit vielleicht eine Alternative anbieten?«, fragte Francesca und überlegte, was sie noch vorrätig hatten. Vor allem Likör, das wusste sie. »Vielleicht können wir eine Eierlikörcreme oder Ähnliches machen, mit der wir die Kekse füllen?«

Matteo musste lachen, sah sich verstohlen um und strich dann Francesca liebevoll über die Wange. »Ich glaube, sie haben die *Baci di dama* eigens für die Kinder bestellt. Die Kekse dafür wollte ich morgen früh backen lassen, nachmittags muss ich schon alles ausliefern.«

»Gut.« Francesca deutete zur Tür. »Du machst dich auf den Weg und versuchst, den Kakao zu bekommen. Ich werde die Torte allein fertig machen.«

Matteo nickte. Er war schon fast an der Tür, als er zögerte. »Aber was ist mit den anderen Sachen? Wir haben doch noch mehr Bestellungen.«

»Ich weiß, es steht alles im Buch.« Francesca machte eine Kopfbewegung in Richtung des dicken zerfledderten Buches, in das der Signore und jetzt Matteo immer die Bestellungen der Gäste schrieben. »Ich kümmere mich um alles.«

Matteo kam noch einmal zurück und fasste ihre Hand. »Danke, ich weiß nicht, was ich ohne dich anfangen würde.«

Francesca lächelte ihn liebevoll an. »Geh schon.«

Während Matteo also versuchte, die Zutaten zu bekommen, arbeitete Francesca sich durch die Bestellungen. Die beiden Mitarbeiter ließ sie schon die *Baci di dama* backen, damit sie das am nächsten Morgen nicht mehr zu tun brauchten, die sie dann hoffentlich bald mit der Schokoladencreme füllen konnten.

Für das Mittagessen eilte Francesca nach oben, wo sich in der Küche schon wieder mitgebrachte Aufläufe, Pasteten und Saucen türmten, aber Antonella schickte sie wieder in die Backstube. »Mit der Signora und den Gästen werde ich schon allein fertig«, erklärte sie. »Hilf du lieber Matteo. Der arme Junge hat genug zu tun.«

Als Matteo am Nachmittag zurückkam, hatte er kaum etwas von dem bekommen, was sie für die Creme benötigten. Er hatte nur eine Schachtel Kakao und zwei Blöcke Schokolade erhalten, mehr gab es anscheinend in ganz Alba nicht zu kaufen.

»Ich weiß nicht, wie mein Vater es geschafft hat, Woche für Woche genug davon zu bekommen«, seufzte er. »Wir müssen uns irgendetwas einfallen lassen, denn das hier reicht kaum für die *Baci di dama*, die wir für die Hochzeit brauchen.«

Francesca tat es weh, ihn so verzweifelt zu sehen. Matteo hatte wirklich schon genug Kummer, jetzt kamen auch noch die Sorgen um die Lebensmittel hinzu.

»Zu Hause haben wir sehr viel mit Haselnüssen gemacht«,

überlegte sie laut. »Bei uns gibt es unzählige Haselnusssträucher. Und wenn du sie röstest, bekommen sie ein Aroma, als wären sie von einer feinen Schicht Schokolade umzogen.«

»Hier in Alba gibt es auch Unmengen davon.« Matteo legte die Stirn in Falten. Er lehnte sich gegen den Arbeitstisch und verschränkte die Arme vor der Brust. »Sie wachsen überall, und die Nussschalen werden sogar zum Heizen verwendet, wenn das Brennholz knapp ist.« Er verstummte und schien zu überlegen. Dann fuhr er fort: »Du willst Haselnüsse anstatt der Schokolade für die Creme verwenden?«

»Komplett ersetzen können wir damit den Kakao natürlich nicht.« Francesca wischte über die Oberfläche des Tisches. Die beiden Konditoren waren schon nach Hause gegangen, weil ja nicht mehr genügend Zutaten da waren, um weiterzuarbeiten. »Das würde vermutlich zu trocken sein. Aber ich glaube, man könnte eine Mischung aus Haselnüssen und Schokolade versuchen, die cremig genug wäre, um sie wie eure reine Schokoladencreme streichen zu können.«

Matteo sah sie zweifelnd an. »Ich bin mir nicht sicher, ob das schmecken würde.«

»Ich auch nicht.« Sie zwinkerte ihm zu. »Aber es ist einen Versuch wert.« Sie machte sich auf den Weg in die Vorratskammer, um nach Haselnüssen zu suchen. Sie hatten einige eingelagert, weil sie sie zur Verzierung von Pralinen, aber auch als Ingredienz für verschiedene Naschwerke nutzten. »Wir können es an einer kleinen Menge testen, und falls es funktioniert, müssen wir natürlich mehr Haselnüsse beschaffen.« Sie machte eine kurze Pause, bevor sie fragte: »Meinst du, dass wir das können?«

»Ich bin mir nicht sicher.« Er sah sie hilflos an. »Noch ist es zu früh für die Ernte, und ich weiß nicht, wo wir an die

Vorräte vom letzten Jahr kommen können. Sicherlich gibt es Händler, die noch …«

»Meine Eltern haben den ganzen Keller voller Haselnüsse«, rief Francesca, die plötzlich ganz aufgeregt war. »Man bekommt kaum eine Lira für die Nüsse, und ich weiß, dass mein Vater immer darüber geschimpft hat, dass auf unserem Land so viele Haselnusssträucher stehen. Er hat sie längst durch Weinreben ersetzen wollen, aber es fehlte immer die Zeit dazu.« Francesca nahm die Dose mit den Haselnüssen aus einem der Regale und stellte Pfannen und Töpfe auf den Herd, um die Nüsse zu rösten. »Falls unser Plan aufgeht, können wir raus nach Monchiero fahren und meinen Vater um die Nüsse bitten. Er nimmt bestimmt nicht viel Geld dafür, denn meine Familie kann sie gar nicht alle selbst aufbrauchen, und verkaufen lassen sie sich auch schwer.«

Wenig später breitete sich das intensive Aroma der gerösteten Nüsse in der Backstube aus. Francesca sog den Duft nach Schokolade ein. In der nächsten Stunde rührten, mörserten, schmolzen und pürierten sie. Matteo wusste genau, welche Zutaten sie verwenden konnten, damit die Creme für eine längere Zeit haltbar und zugleich streichbar war. Francesca hingegen brachte vollkommen neue Ideen ein, und gemeinsam hatten sie am frühen Abend eine schmackhafte Creme zubereitet, die zu beinahe siebzig Prozent aus gerösteten und gemahlenen Haselnüssen bestand und die Francesca sogar noch leckerer fand als die alte aus reiner Schokolade.

»Diese Creme ist großartig«, rief Matteo, nachdem er sie mit und ohne Keks probiert hatte. »Komm mit!«

Er nahm den Topf in die eine und Francescas Finger in die andere Hand und zog sie hinter sich her nach oben.

»Schnell, wir brauchen frisches Brot«, rief er Antonella zu, als sie in die Küche stürmten.

Die Köchin sah vom Topf auf und deutete auf den großen Brotkasten.

Matteo nahm einen Laib heraus und schnitt eine dicke Scheibe ab. Dann bestrich er sie mit der neuen Nussschokoladencreme und teilte sie in mehrere kleine Stücke. Eines davon reichte er der Köchin.

»Was meinst du dazu?«, fragte er sie.

Antonella schob sich das bestrichene Brot in den Mund. »Hm«, machte sie. »Sehr gut. Ist das die Schokoladencreme?«

»Nicht die übliche«, rief Matteo, nahm das restliche bestrichene Brot, das er auf einen Teller gelegt hatte, und zog Francesca mit sich aus der Küche, um nach der Signora zu suchen.

Sie fanden sie im Salon, wo sie allein saß und in einem Buch blätterte. Der Leichnam des Signore war heute abgeholt worden, und seitdem schien die Signora antrieblos und müde zu sein, als sei nun endgültig sämtliche Energie aus ihrem Körper gewichen. Die Beerdigung des Signore würde übermorgen stattfinden, und sie hatte auch heute wieder den ganzen Tag Besuche erhalten. Sie schien beinahe froh zu sein, endlich ein wenig für sich zu sein.

Als auch sie ein Stück der neuen Schokoladennusscreme probiert hatte, nickte sie wohlwollend. »Sehr schmackhaft.«

»Es war Francescas Idee«, erklärte Matteo, und Francesca wünschte, er hätte es nicht erwähnt. Denn sie hatte Angst, dass die Signora es nicht gutheißen könnte, dass sie sich in die Firmenentscheidungen einmischte. Es war eine Sache, in der Konditorei und Backstube auszuhelfen, aber eine andere, in die bestehenden Rezepte einzugreifen.

Doch die Signora sagte nichts weiter dazu, sondern wandte sich wieder ihrem Buch zu.

Die Creme reichte gerade so für die *Baci di dama*, die

sie für die Hochzeit am nächsten Tag brauchten. Francesca schrieb ein Telegramm an ihre Eltern, in dem sie ihren baldigen Besuch ankündigte und kurz mitteilte, dass sie Interesse an den Haselnüssen hatte, die in einem der Kellerräume des Weinguts lagerten.

Am nächsten Tag machten sie mit den Vorbereitungen für die Hochzeitsbestellung weiter, die am Nachmittag ausgeliefert werden musste. Und als Matteo am Nachmittag die Hochzeitstorte, die *Baci di dama* mit Schokoladennusscreme gefüllt und mit den *Albesi Regina* zu dem Brautpaar gebracht hatte, waren sie zwar müde, aber auch zufrieden, diese Schwierigkeit gemeinsam gemeistert zu haben.

Die beiden Mitarbeiter waren schon nach Hause gegangen, als Francesca die Backstube erleichtert von Schokoladenspritzern und Nusskrümeln befreite. Sie hatte etwas geschaffen, das Matteo verkaufen konnte. Und sie hatte Matteo den ganzen Tag von der Beerdigung abgelenkt, die am nächsten Freitag stattfinden sollte.

*

19. Juli 1946

Die Signora hatte entschieden, dass das Café Alba am Tag des Begräbnisses geschlossen blieb, denn die Trauergäste sollten anschließend mit Kaffee und Kuchen dort bewirtet werden. Aufgrund der Lebensmittelmarken war es natürlich unmöglich, so viele Zutaten für den Kuchen zu bekommen. Doch Antonella schien zuversichtlich, dass jeder etwas mitbringen und auf diese Weise genug zu essen zusammenkommen würde. Antonella und Francesca standen noch früher auf als sonst und bereiteten in der Frühe das Café vor. Francesca hatte zu Hause bleiben und schon die Heißgetränke vorbereiten wollen, doch Antonella bestand darauf, dass auch sie mit zur Beerdigung kommen sollte.

Es waren viele Menschen in die Cattedrale di San Lorenzo an der Piazza Duomo gekommen. Francesca erkannte Stammgäste des Cafés, Freunde der Milanis, die auch schon zum Essen im Haus gewesen waren, und Nachbarn, die sie auf der Straße gesehen hatte. Es wurde Anteil genommen.

Heute war Freitag, und zum ersten Mal erlebte Francesca die Piazza Duomo ohne den Wochenmarkt darauf. Trotz des strahlenden Himmels, der warmen Temperaturen und der bunten Blumen, die in den Kübeln am Rande des Platzes blühten, kam ihr die Umgebung grau und trostlos vor. Das lag nicht nur an den fehlenden Ständen, den nicht vorhandenen Gerüchen, die sonst hier die Luft schwängerten, sondern auch an dem traurigen Anlass, der sie heute hierhergeführt hatte.

Francesca und Antonella waren schweigend den kurzen Weg aus der Via Rattazzi hierhergelaufen und hatten sich in der Kirche weit hinten Plätze gesucht. Als sie sich auf die Bank setzten, war die Kathedrale bereits gut gefüllt. Erst kurz vor Beginn kam die Signora in einem schwarzen langen Kleid herein. Sie trug einen Hut mit Schleier, der ihr Gesicht verdeckte. Und zwei Schritte hinter ihr kam Matteo in die Kirche. Die Köpfe der Anwesenden hatten sich alle gedreht, offen oder diskret beobachtete man die Familie. Matteos Gesichtsausdruck war verschlossen. Den Zylinder hatte er abgenommen und trug ihn in der Hand. Er hatte Frack und schwarze Hose an und wirkte in seiner Trauer verletzlich und stark zugleich. Verletzlich, weil ihm der Schmerz ins Gesicht geschrieben stand, stark, weil er mit entschlossenen, kraftvollen Schritten lief. Er wich den neugierigen Blicken aus, seine Augen strichen jedoch über die Reihen und blieben an Francesca hängen. Einen Moment lang sahen sie sich an, und ein kaum wahrnehmbares Nicken zeigte ihr, dass alles in Ordnung war. Dass er wusste, sie war da, und das ließ ihn zusätzliche Kraft schöpfen.

Dann begann der Gottesdienst, und der Pfarrer ließ in seinen Worten den zurückhaltenden, freundlichen und fleißigen Signore noch einmal lebendig werden. Francesca konnte spüren, dass der Pastor den Signore gekannt und geschätzt hatte. Seine Worte waren ergreifend, und Antonella weinte leise in ihr Taschentuch. Auch Francesca liefen die Tränen übers Gesicht. Anschließend folgten sie alle dem Sarg, der in einer Prozession durch Alba getragen wurde, hinaus aus dem alten Stadtkern zum *Cimitero*, wo der Signore in der Familiengruft, in der auch schon die Gebeine seiner Eltern lagen, zur letzten Ruhe gebettet werden sollte. Francesca und Antonella warteten nicht mehr ab, bis der Strom an Menschen am offenen Grab entlang patrouilliert war, sondern eilten nach den letzten Worten des Pfarrers nach Hause zurück. Es war inzwischen wieder warm geworden, ein weiterer heißer Sommertag stand bevor. Im Café setzten sie Wasser auf, um die bereits vorbereiteten Kannen mit Kaffee und Tee zu befüllen. Sie waren noch nicht ganz fertig, als wenig später die ersten Gäste eintrafen.

Die nächsten Stunden verbrachte Francesca damit, zwischen den schwarz gekleideten Menschen umherzulaufen, Kaffee und Tee auszuschenken, leere Kuchenplatten wegzuräumen und Teller zu stapeln. Immer wieder suchte sie nach Matteo, der ständig im Gespräch zu sein schien. Doch Francesca erkannte die Müdigkeit in seinem Blick und ahnte, dass er sich nach Ruhe sehnte. Seit der Signore ins Krankenhaus gekommen war, hatte Matteo die Verantwortung für den Betrieb und die Mitarbeiter übernehmen müssen. Wie gern hätte Francesca ihn nur sanft am Arm berührt, ihm ihre Anteilnahme gezeigt oder ein paar Worte der Zuversicht zugeflüstert. Aber sie musste sich zurückhalten, musste die Fassade der Bediensteten wahren, die sie streng genommen nun einmal war.

Es wurde spät, als die letzten Gäste endlich gegangen waren und Francesca das Café wieder aufräumen und für den nächsten Tag herrichten konnte. Es war inzwischen fast halb sieben. Antonella war schon nach oben gegangen, um das Abendessen vorzubereiten, auch wenn Francesca sich nicht vorstellen konnte, dass die Signora oder Matteo noch sonderlich hungrig waren. Aber in erster Linie ging es wohl darum, die Routine wiederzufinden, und wenn man sich nun einmal im Hause Milani jeden Abend um acht zum Abendessen im Esszimmer einfand, dann half das auch jetzt, um die Trauer zu überwinden.

Francesca schob gerade die schweren Tische wieder an die üblichen Positionen, als sie eine Bewegung im Türrahmen hinter der Theke bemerkte. Sie sah auf und erkannte Matteo, der dort lehnte, die Hände in den Hosentaschen, und sie beobachtete. Den Frack und die schwarze Anzughose hatte er inzwischen gegen eine braune Kordhose und ein kurzärmliges Hemd getauscht. Als sie ihn bemerkte, lächelte er müde.

Francesca schaute sich verstohlen um. Es war zwar niemand im Raum, aber natürlich konnten sie durch die großen Fenster von draußen gesehen werden. Sie hätte ihn gern in die Arme genommen, aber das war zu gefährlich.

»Wie geht es dir?«, fragte sie daher leise, auch wenn sie es kaum ertragen konnte, ihn nicht zu berühren.

Matteo zuckte mit den Schultern und streckte die Hand nach ihr aus. »Komm her.«

»Hier?« Francesca zögerte.

Matteo nickte. Er wirkte erschöpft.

Francesca sah sich noch einmal um. Der Bürgersteig vor dem Café war leer. Also lief sie zu ihm hinter den Tresen und ließ sich in seine Arme ziehen.

Matteo vergrub sein Gesicht in ihrem Haar. Er flüsterte: »Ich bin froh, dass es vorbei ist.«

Francesca drückte ihn ganz fest an sich. Sie wünschte, sie hätte ihm einen Teil der Trauer und Verantwortung, der Sorgen und Ängste abnehmen können.

»Morgen kommt der Anwalt, dann wird offiziell das Testament eröffnet«, sagte er leise.

»Weißt du, was darin steht?« Francesca löste sich ein wenig von ihm und drehte ihren Kopf so, dass sie ihn ansehen konnte.

Matteo legte seine Stirn an ihre. Sie hielten einander mit beiden Händen fest. »Im Prinzip schon. Ich werde wohl alles erben. Eigentlich würden Valentino und ich uns den Nachlass teilen, aber er ist ja verschollen.«

»Geht sein Anteil dann an dich?«

»Ich glaube schon.« Matteo seufzte. »Zuerst Valentino, dann mein Vater … Ich hoffe, dass wir jetzt endlich zur Ruhe kommen werden.«

Francesca küsste ihn sanft auf die Lippen. »Sag mir, wenn ich dir irgendwie helfen kann.«

»Das tust du doch schon die ganze Zeit. Du bist wie mein persönlicher Engel, der mir geschickt worden ist, unmittelbar, bevor all das hier passiert ist.« Matteos Blick wanderte liebevoll über ihr Gesicht. »Allein der Gedanke an dich tröstet mich. Ich habe heute immer wieder, wenn mir alles zu viel wurde, nur in deine Richtung schauen müssen, und es ging mir besser.«

»Und ich habe mir die ganze Zeit gewünscht, dich trösten zu dürfen, aber es war natürlich unmöglich.« Francesca atmete tief ein.

»Ist es das?« Matteo löste eine Hand von ihrer und strich ihr sanft eine Haarsträhne zurück, die sich aus ihrer Frisur gelöst hatte. »Ist es wirklich unmöglich? Heute habe ich mir gedacht, dass es vielleicht keine Rolle spielt, dass wir aus unterschiedlichen Gesellschaftsschichten stammen, dass wir vielleicht nichts auf das Gerede der Menschen geben sollten.«

Francesca sog zitternd die Luft ein. »Was meinst du damit?«

»Ich mag dich sehr gerne, das weißt du, und ich fühle mich wohl, wenn wir zusammen sind, wenn wir nebeneinander in der Backstube arbeiten. Und ich will nicht, dass du nur das Hausmädchen bist, das auch immer noch die Zimmer säubern und das Essen servieren muss. Ich möchte mit dir am Tisch sitzen und mich nicht von dir bedienen lassen. Ich möchte neben dir im Bett liegen und es nicht von dir machen lassen.« Er hielt inne. »Und gleichzeitig fühle ich mich aber auch noch so jung, zu jung zum Heiraten.«

Francescas Herz schlug schneller. Es war das erste Mal, dass er tatsächlich in Erwägung zog, sie zu heiraten. Aber im Moment war er erschöpft und traurig. Wie ernst konnte sie seine Worte nehmen, wie lange würde seine Sympathie anhalten, wenn eine andere, geeignetere Kandidatin kam? Ja, sein Vater war gestorben, und mit seinem Tod hatte auch Matteos Jugend geendet. Aber würde er nicht irgendwann doch Sehnsucht nach dem bekommen, was er jetzt nicht erleben konnte? Nach Abenteuern und Schäkereien?

»Wir müssen abwarten, was die nächste Zeit alles bringen wird«, erklärte Francesca leise.

»Du hast recht, mein Liebling«, seufzte Matteo und küsste

sie noch einmal. »Ich werde noch in der Backstube vorbeischauen und schon den Hefeteig für morgen ansetzen.«

»Ruh dich aus.« Francesca hielt seine Hand noch einen Moment fest. »Ich werde das für dich tun. Du hattest einen anstrengenden Tag.«

»Den hattest du auch.« Er lächelte. »Du räumst hier auf, und ich bereite den Teig vor.«

*

28. Juli 1946

Francesca holte ihren Hut und folgte Matteo dann durch die Hintertür nach draußen. Erst heute kamen sie dazu, Francescas Familie in Monchiero zu besuchen und nach den Haselnüssen zu fragen. Francesca hatte ihren Besuch wieder mit einem Telegramm angekündigt, nachdem ihre Mutter ihr eine Karte geschickt hatte mit der Nachricht, dass der ganze Keller noch voller Nüsse aus dem letzten Herbst war, die sie gern mitnehmen könnten. So würde Francesca also gleich zum zweiten Mal innerhalb kürzester Zeit in dem Automobil sitzen, doch wie viel hatte sich seit ihrer ersten Fahrt, die auf den Tag genau drei Wochen zurücklag, verändert! Nicht nur die Situation im Hause Milani, auch sie selbst hatte sich verändert. Oder war sie durch die neuen Aufgaben verändert worden? Sie war inzwischen nicht mehr nur das Hausmädchen, sondern verbrachte viel mehr Zeit in der Backstube und fertigte die unterschiedlichsten Süßigkeiten an. Obwohl sie erst seit wenigen Monaten in dem Haushalt war, traute sie sich inzwischen sogar, eigenständig Veränderungen in jahrhundertealten Familienrezepten vorzunehmen, und Matteo schien viel an ihrer Meinung zu liegen. Er vertraute ihr und ihren Ideen. Natürlich war all das aus der Not heraus entstanden, und Francesca schämte sich dafür, dass sie aus dem Tod des Signore Vorteile für sich zog. Sie seufzte laut.

»Was?« Matteo sah sie besorgt an, während er ihr die Autotür öffnete. Der Fiat war heute schräg gegenüber dem Café Alba abgestellt. »Worüber hast du nachgedacht?«

»Ach, nichts Wichtiges«, sie winkte ab und sah zum Café Alba hinüber. Es wurde Zeit, dass sie die Haselnüsse herschafften, denn sie hatten seit Tagen keine Schokoladencreme mehr herstellen können, weil sie viel zu wenig Kakao hatten. Morgen würde Matteo sämtliche Händler abklappern und versuchen, so viel Schokolade wie nur möglich zu bekommen, die sie dann mit den Haselnüssen von Francescas Eltern strecken würden. War die Terrasse des Cafés leerer als sonst? Sprach es sich bereits herum, dass die Milanis keine Schokoladencreme mehr für ihr Gebäck hatten?

»Ich will es wissen, es scheint dich zu belasten«, sagte Matteo, nachdem er sich hinters Steuer gesetzt hatte. Er drehte sich zu ihr und fasste nach ihrer Hand. Liebevoll strich er über ihren Handrücken.

»Mir kam gerade unsere erste gemeinsame Autofahrt in den Sinn und wie viel sich seitdem ereignet hat. Und ich mag meine neue Aufgabe, dir in der Backstube zu helfen, habe aber gleichzeitig ein schlechtes Gewissen, dass ich es genieße, weil das alles nur möglich ist, weil dein Vater gestorben ist.«

»*Cara mia.*« Matteo küsste zärtlich ihre Hand, dann startete er den Wagen. »Auf gar keinen Fall darfst du dir Vorwürfe deswegen machen. Du tust gerade in diesen schweren Tagen so viel für unsere Familie, ich weiß gar nicht, wie ich das ohne dich schaffen würde.«

Francesca schenkte ihm ein trauriges Lächeln. »Dass ich euch helfe, ist doch selbstverständlich.«

»Aber ich verstehe, was du meinst«, fuhr er nachdenklich fort, während er losfuhr. »Denn ich habe tatsächlich auch ein schlechtes Gewissen. Obwohl ich so traurig bin wie noch nie in meinem Leben, ist es auch irgendwie schön, mit dir zusammen in der Backstube zu arbeiten. Es kommt mir nicht richtig vor, dass ich das genieße, schließlich ist mein Vater tot.«

Francesca nickte. »Dein Vater war so ein lieber und warmherziger Mann. Er wusste, dass du Giovanna Bianco für mich versetzt hast.«

»Ja?« Matteo sah sie überrascht an, und Francesca berichtete ihm von ihrer Unterhaltung mit dem Signore im Esszimmer nach dem Mittagessen.

»Er hätte sich bestimmt für uns gefreut«, erklärte Matteo, als Francesca geendet hatte.

Sie konnte ihm nur zustimmen. Der Signore hätte bestimmt gewollt, dass sein Sohn glücklich wird. Aber der Tod des Signore hatte auch Matteo verändert, das zeigte sich ganz praktisch dadurch, dass er ab sofort die Verantwortung für den Familienbetrieb übernehmen musste, aber auch darin, dass er in der letzten Zeit ernster und erwachsener wirkte.

Matteo hatten den Fiat inzwischen aus der Stadt hinausgelenkt und fuhr auf die Landstraße in Richtung Barolo. Francesca wunderte sich, wie vertraut ihr das Autofahren schon war. Sie betrachtete die Weinreben, die sich rechts und links ausbreiteten, die Trauben waren schon gut gereift. Das Gras auf den Wiesen trocknete an einigen Stellen aus, es hatte seit Wochen kaum geregnet. Wieder staunte sie darüber, wie schnell alles an ihr vorüberflog. Aber die ausgelassene Heiterkeit vom letzten Mal stellte sich heute nicht ein.

Francesca konnte sich nicht sattsehen an den Hügeln mit den kleinen Dörfern darauf, die in der Nachmittagshitze wie ausgestorben erschienen. Die Fensterläden der Gebäude waren geschlossen, hier und da flatterten Sonnenschirme und Markisen im Wind.

Als sie das Weingut erreichten, war wieder der Tisch im Schatten unter der Platane gedeckt. Der Duft von Gras und Sonne, von Rosen, Wein und Erde schlug ihnen entgegen. Die Blätter der Weinreben rauschten leise im Wind.

»Mamma!«, rief Francesca und rannte auf das alte Haus zu, wo ihre Mutter in der Eingangstür aufgetaucht war.

»Mia cara figlia.« Ihre Mutter umarmte sie. »Wie schön. Setzt euch, Giuseppa kommt gleich mit dem Kuchen.«

Matteo reichte Francescas Mutter die Hand, und in diesem Moment kamen ihre Brüder und ihr Vater aus dem Haus.

Nachdem sich alle begrüßt hatten, deutete ihr Vater auf die Kellertür, die sich an der Seite des Hauses befand. »Sollen wir runtergehen und nachsehen, wie es mit den Haselnüssen aussieht?«

»Der Kaffee ist gleich fertig«, mahnte Francescas Mutter.

»Nur ein schneller Blick, damit wir wissen, worüber wir sprechen.« Der Vater hatte schon die Tür geöffnet und nach einer Lampe gegriffen. Im Schein der Öllampe stiegen sie in den dunklen Keller. Francesca wich einer Spinnwebe aus. Es roch nach Moder und Feuchtigkeit. Sie strich sich fröstelnd über die Arme, als sie an den Weinflaschen entlang in den hinteren Raum gingen. Die Kühle hier unten tat bei der Hitze, die seit Tagen draußen herrschte, sehr gut. Alessandro, der das Schlusslicht der kleinen Prozession gebildet hatte, öffnete jetzt die Klappe zu einem Verschlag, der zwar recht geräumig war, aber so niedrig, dass darin unmöglich ein ausgewachsener Mensch stehen konnte. Ihr Vater leuchtete hinein, und zum Vorschein kamen mehrere Dutzend Kartoffelsäcke. Er hievte einen von ihnen heraus und öffnete ihn.

Matteo ließ seine Hand in die Haselnüsse gleiten. »Das

sind genug Nüsse, um eine ganze Weile unsere Schokoladencreme damit strecken zu können.«

»Sie können die Nüsse gern haben, wir brauchen nicht mehr als einen Sack, damit kommen wir gut über den Sommer«, stellte ihr Vater fest. »Wenn Sie möchten, können Sie die alle heute schon mitnehmen.«

»Das wäre wunderbar, denn wir brauchen sie dringend.« Matteo beugte sich in den Verschlag hinein und überschlug die Anzahl der Säcke. Als er wieder auftauchte, fragte er: »Wie viel verlangen Sie dafür, Signor Pellegrino?«

Ihr Vater nannte einen Preis, der Francesca sehr großzügig erschien, und Matteo schlug auch sofort erleichtert ein. Nachdem das Geschäftliche also geklärt war, stiegen sie alle aus dem kühlen dunklen Keller wieder hinauf.

Die Schwägerinnen und ihre Mutter warteten bereits am gedeckten Tisch auf die anderen. Es duftete nach Kaffee, und Francesca sah mit reichlich Obst belegte Torten auf der Tafel stehen.

Während Giuseppa und Roberta allen große Tortenstücke auf die Teller legten und Francesca es übernahm, den Kaffee einzuschenken, fragte ihre Mutter sie nach dem Leben in Alba. Francesca erzählte, so einfühlend wie möglich, vom Tod des Signore und den Veränderungen im Hause Milani. Dass sie selbst jetzt so viel in der Backstube arbeitete, ließ sie unerwähnt wegen ihres schlechten Gewissens, sich darüber zu freuen. Die Zeit verflog so schnell, dass Francesca kaum glauben wollte, dass es schon nach sechs Uhr war, als Matteo vorsichtig zum Aufbruch mahnte. Die Säcke waren längst verladen, Francesca hatte gar nicht mitbekommen, wie die Männer den Fiat befüllt hatten.

Der Abschied von ihrer Familie fiel Francesca dieses Mal noch schwerer als beim letzten Mal. Sie wusste nun um die

Flüchtigkeit des Lebens, der Tod des Signore hatte ihr gezeigt, wie schnell ein geliebter Mensch verloren werden konnte, und sie wusste ja nicht, wann sie sich wiedersahen. Doch Matteo, der ihre Traurigkeit spürte, versprach ihr, sie bald wieder zum Weingut hinauszufahren. Spätestens im Oktober zur Haselnussernte würden sie wieder herkommen, denn Matteo hatte mit Francescas Vater vereinbart, dass er die Haselnüsse der Pellegrinos ernten durfte.

Auf einer Wiese standen Schafe, die gemächlich an dem trockenen Gras zupften. Ihr Blöken drang durch das geöffnete Autofenster und begleitete sie ein Stück.

»Die Dörfer auf den Hügel sehen malerisch aus«, stellte Francesca fest, während sie die bunten Häuser betrachtete, die von der Abendsonne in goldenes Licht getaucht wurden. Auf Wäscheleinen wehten Laken im Wind, Geranien leuchteten vor den Fenstern.

»Wir haben noch Zeit für einen kleinen Umweg«, lächelte Matteo. »Ich werde dir eins meiner Lieblingsdörfer zeigen.«

Er steuerte den Fiat vor Alba den Berg hinauf. »Das Örtchen heißt Guarene und liegt gleich neben Alba. Als ich noch Kind war, sind meine Eltern oft mit mir zum Wandern hierhergekommen. Ich liebe die Aussicht. Du kannst bis zu den Westalpen blicken.«

Francesca sah ihn überrascht an. Sie konnte sich die Signora nur schwer als Wanderin vorstellen. Aber auch sie und der Signore waren einmal jung gewesen.

Die Straße führte in steilen Kurven hinauf. Vor dem Dorf bog Matteo rechts ab und lenkte den Wagen in einen Feldweg. Er hielt am Wegrand an und half ihr aus dem Wagen.

Francesca blieb überwältigt stehen und sog den Blick in sich auf. Vor ihr lag eine Wiese, dahinter breiteten sich Weinfelder aus, die sanft ins Tal hinunter abfielen. Es duftete nach trockenem Gras und wilder Pfefferminze, nach Erde und seltsamerweise nach Honig, obwohl nirgendwo Bienenstöcke zu sehen waren. In der Ferne erhoben sich majestätische schneebedeckte Berge wie ein silbernes Band. Matteo hatte eine Decke ausgebreitet, auf die Francesca sich jetzt sinken ließ.

»Wunderschön, nicht wahr?« Matteo setzte sich dicht neben sie und legte seinen Arm um ihre Schultern. »Der höchste Berg da hinten ist der Montblanc.«

»Diese Weite! Es ist wirklich wunderschön hier.« Francesca lächelte und ließ sich in seine Umarmung fallen. Schmetterlinge flatterten im Abendwind, und Amseln pickten in der Erde nach Würmern. Unter ihnen standen Weinstöcke, dicht an dicht, die Trauben waren bereits prall, und es brauchte nicht mehr allzu viele Sonnentage, bis sie geerntet werden konnten. Matteo schmiegte seine Wange an ihre Stirn, und sie genoss das sanfte Kratzen seiner Bartstoppeln. Eine Weile saßen sie so nebeneinander, trotz all der Trauer der letzten Tage war dieser Moment perfekt und wunderschön. Es gab nur sie beide und diese Minuten, in denen die Hitze des Tages in die angenehme Wärme eines lauen Sommerabends übergegangen war und die untergehende Sonne alles in warmes goldenes Licht tauchte.

»Ich wünschte, wir könnten einfach hier sitzen bleiben«, murmelte Matteo mit den Lippen an ihrer Schläfe. »Alles erscheint so leicht, wenn du bei mir bist.«

Liebe durchströmte Francesca. Vorsichtig drehte sie den Kopf, und ihre Lippen fanden einander. Sie sog den süßen Duft seiner Haut ein, genoss das Prickeln, das sich in ihrem Körper ausbreitete, während ihre Münder miteinander verschmolzen, ihre Zungen sich umspielten und ihre Herzschläge zu einem wurden. Ihre Atemzüge beschleunigten sich, der Kuss wurde gieriger. Francesca ließ sich ins Gras fallen, es gab nichts anderes, das in diesem Moment wichtig gewesen wäre. Ihr Körper glühte, als er mit seinen Händen zärtlich und fordernd zugleich über den dünnen Stoff ihrer Bluse strich, an ihrem Arm entlang, über die Taille fuhr. Und ganz langsam, beinahe fragend, arbeiteten sich seine Finger vor zu den Rundungen ihrer Brüste. Als sie seine Berührung an dieser intimen Stelle spürte, stöhnte sie leise auf. Noch nie hatte sie so etwas Erregendes, Wunderschönes gespürt wie diese Zärtlichkeiten. Aus dem Kribbeln in ihrem Magen war eine Erschütterung geworden, ein Erdbeben, das ihren Körper befallen hatte und sich in ihrem Unterleib manifestierte. Plötzlich wollte sie so viel mehr von Matteo spüren, wollte seinen Körper mit ihrem bedecken, von ihm erforscht und liebkost werden, an Stellen, die noch nie jemand anderes berührt hatte. Vorsichtig wagte auch sie sich mit ihren Händen vor, strich vom Rücken über seine Arme, die vom vielen Teigkneten und -rühren gut definiert waren, ließ ihre Finger nach vorn zur Brust wandern. Sie hatte noch nie einen Mann auf diese Weise berührt, und jetzt, während ihre Lippen nicht voneinander abließen, ließ sie sich vollkommen fallen in diese neue Welt. Matteo hatte inzwischen ihren Bauch erreicht und die Bluse aus dem Bund ihres Rockes gezogen. Als seine Hand sich unter den Stoff schob und ihre nackte Haut streichelte, glaubte Francesca vollkommen zu zerfließen. Er fuhr an ihrem Oberschenkel entlang, schob den Stoff ihres Rocks hoch und tastete sich zu den Strumpfbändern vor. Als seine warmen rauen Finger ihre Haut oberhalb der Strümpfe berührte, seufzte sie vor Wonne und Begehren auf und streckte sich ihm entgegen.

»Halt! Stopp!« Matteo ließ unvermittelt von ihr ab und setzte sich auf. »Das ist nicht richtig, ich sollte nicht …«

Francesca blinzelte erschrocken und verwirrt über die abrupte Unterbrechung in die untergehende Sonne. Eben noch hatte sie sich in einer vollkommen neuen, sinnlichen Welt befunden, in der sie ihren Körper auf unbekannte Weise gespürt hatte. Da waren Empfindungen gewesen, die sie so noch nie gespürt hatte, ein beinahe schmerzhaftes Verlangen hatte sie befallen, und sie hatte aufgehört zu denken, hatte zum ersten Mal in ihrem Leben nur gefühlt. Das unvermittelte Zurückziehen von Matteo hinterließ eine Sehnsucht, die sie frösteln ließ. Sie schloss die Arme um ihren Oberkörper, fast als Ersatz für den plötzlichen Abstand zu Matteo.

»Entschuldige, *amore mio.*« Sein Atem ging noch stoßweise. Er schüttelte den Kopf. »Das hast du nicht verdient. Ich muss aufpassen.«

»Aber was …? Ich verstehe nicht, was du meinst.« Francesca strich die Bluse glatt und steckte sie wieder in den Rockbund. »Es ist doch nichts passiert.«

»Noch nicht.« Matteo sprang auf. Er klopfte sich den Staub von der Hose und streckte die Hand aus, um Francesca aufzuhelfen. »Aber es hat nicht viel gefehlt. Oh, mein Liebling, du ahnst nicht, wie gerne ich mit dir stundenlang so daliegen und viele verbotene Dinge tun möchte, aber …« Er brach ab, und sein Blick verlor sich in der Ferne.

Francesca war sich nicht ganz sicher, wovon genau Matteo sprach, denn das, was sie gerade getan hatten, war doch schon sehr verboten gewesen. Und doch musste es noch mehr geben, ihr Körper hatte es ihr deutlich gesagt.

Sie stand jetzt neben ihm, er hatte sich abgewendet, betrachtete die Alpen in der Ferne, die Hände in die Hüften gestemmt. Hinter ihnen war der Fiat auf dem Feldweg geparkt.

Francesca fühlte sich plötzlich unendlich allein und verloren. Die Tatsache, dass sie nur ahnte, wovon Matteo sprach, dass sie sich nach diesem mysteriösen Handeln sehnte, in das sie gerade fast geraten wären, und dass sie selbst es niemals aufgehalten hätte, gaben ihr das Gefühl der Hilflosigkeit. Und vor allem behandelte Matteo sie so, als wäre sie nicht selbst in der Lage, auf sich aufzupassen.

Aber er hatte ja recht! Sie hatte sich gerade fallen lassen und wäre erst aufgetaucht aus diesem Meer der Sinnlichkeit, wenn all das Sehnen und Verlangen in ihr abgeklungen und gestillt gewesen wären.

»*Cara mia*, du zitterst ja!« Matteo hatte sich umgedreht und kam jetzt wieder ganz nah. Er zögerte einen Moment lang, dann zog er sie in seine Arme.

Sofort durchströmte sie wieder seine Nähe, die Wärme, die entstand, wenn sie zusammen waren, sein Duft, der ihr inzwischen so vertraut geworden war.

»Bist du mir böse?«, fragte er und löste sich von ihr. Er fasste nach ihrer Hand, und gemeinsam schlenderten sie ein paar Schritte den Feldweg entlang.

Francesca wusste nicht, was genau er meinte. Ob sie ihm böse war, weil er sie aus diesem wundervollen Strudel der Lust und Gefühle gerissen hatte oder weil er sie genau dort hineingezogen hatte.

»Es tut mir so leid«, wiederholte er. »Ich verspreche dir, ich werde mich nie wieder so gehen lassen. Ich darf deine Schwäche nicht ausnutzen.«

Francesca stieß mit der Fußspitze gegen einen Stein, der davonrollte. Mit leiser Stimme sagte sie: »Warum meinst du, dass nur ich schwach gewesen sei? Was ist mit dir?«

»Ich bin ein Mann, das ist was anderes«, erklärte Matteo.

»Inwiefern?« Francesca ließ seine Hand los und ging zurück zu der Decke, die noch immer auf dem Boden lag. Fühlten Männer anders als Frauen? Es gab so vieles, was sie einfach nicht wusste, sie kam sich furchtbar naiv vor.

Matteo war ihr gefolgt und bückte sich nach der Decke. Er warf sie sich über den Arm und legte die andere Hand in Francescas Rücken, um sie sanft zurück zum Wagen zu führen. Ohne auf ihre Frage zu antworten, räumte er die Decke in den Laderaum zwischen den Haselnusssäcken.

Erst als er wieder im Fiat neben Francesca saß, zuckte er mit den Schultern. Er saß hinterm Steuer, ohne den Wagen zu starten. »Ich weiß nicht, es ist bei einem Mann nicht so schlimm, nehme ich an, wenn er … du weißt schon.«

»Nein, ich weiß es nicht«, sagte Francesca, plötzlich wütend auf sich selbst und ihre Unwissenheit. »Wenn ich ehrlich bin, habe ich keine Ahnung, und das ärgert mich. Ich komme mir so dumm vor. Ich wollte gerade nicht aufhören, aber ich weiß genauso wenig, wohin uns das geführt hätte.«

Matteo wandte sich zu ihr und strich zärtlich mit der Außenseite seiner Finger über Francescas Wange. »Es ist überhaupt nichts Schlechtes an deiner Unerfahrenheit. Ganz im Gegenteil, es spricht für dich, dass du in diesen Dingen so wenig Bescheid weißt. Und du hast dafür eine unglaubliche Kraft in dir, für die ich dich bewundere. Du bist schlau, wenn es um praktische Dinge geht, deine Idee mit den Haselnüssen ist großartig. Und du packst die Dinge an, wenn ich vor dem Berg an Arbeit verzweifeln will, hast du schon längst die Hälfte erledigt. Aber zugleich wirkst du auch so … unbedarft und verletzlich.« Er hob die Hand, als Francesca widersprechen wollte. »Warte, ich bin noch nicht fertig. Du machst mich verrückt, im wahrsten Sinne des Wortes. Ich mag dich, ich begehre dich, ich will mit dir zusammen sein. Aber ich habe auch großen Respekt vor dir und möchte deine Unerfahrenheit nicht ausnutzen. Ich … ja, ich liebe dich, und glaube mir, ich habe diese Worte noch nie in meinem Leben zu einer Frau gesagt und habe auch nicht geglaubt, dass ich es so schnell tun werde. Aber ich spüre es so deutlich wie selten etwas in meinem Leben.«

Francesca drehte sich auf dem Autositz zu ihm. Sie spürte die Schläge ihres Herzens in der Brust. »Du liebst mich?«

»Das tue ich«, sagte er zärtlich und sah sie an. Er wirkte beinahe überrascht von seinen eigenen Worten. »Und aus diesem Grund will ich dich schützen, ich möchte nicht, dass du von mir benutzt wirst und dich hinterher schlecht fühlst. Du hast gerade selbst gesagt, dass du nicht genau weißt, was gerade eigentlich geschehen ist.«

Francesca schwirrte der Kopf.

Matteo griff nach ihrer Hand. »Ich wünsche mir nichts mehr, als dir all das zu zeigen, was du wissen möchtest. Ich will mit dir diese Dinge tun, die dir noch unbekannt sind und von denen ich träume, sie mit dir zu tun, seit ich dich zum ersten Mal gesehen habe. Aber solange wir nicht wissen, was die Zukunft für uns bereithält, wäre es nicht richtig.«

»Warum nicht?«, flüsterte Francesca.

»Du könntest dich hinterher schlecht fühlen, benutzt, beschämt.«

»Und du nicht?«

Er stieß ein kurzes Lachen aus. Dann küsste er zärtlich ihren Handrücken. »Ich kann nicht in andere Umstände geraten, aber dir könnte das passieren, wenn wir nicht aufpassen. Und sicher hast du schon von Frauen gehört, die aus diesem Grund verstoßen wurden.«

»Ach so«, sagte Francesca leise und spürte, dass sie rot wurde. So ganz genau war ihr nicht klar, wie sie schwanger werden konnte, aber seit gerade und den übermächtigen Gefühlen, die sie in Matteos Armen überfallen hatten, hatte sie eine vage Ahnung. Sie dachte wieder an Sabrina und den Sohn des Ferrari-Bauern.

Matteo ließ ihre Hand los und streichelte stattdessen zärtlich über ihre Wange.

Sie sagte leise: »Ich liebe dich auch.«

Auf der Rückfahrt schwiegen sie. Francesca dachte über Matteos Worte nach. Vermutlich hatte er recht, sie war mit ihren sechzehn Jahren wirklich noch unerfahren, auf dem Weingut hatte sie kaum etwas mitbekommen von der Welt und dem Leben, zu dem auch all die Dinge zwischen Mann und Frau gehörten, von denen sie allenfalls eine leise Ahnung hatte. Vor allem aber bewegte sie sein Geständnis, dass er sie liebte. Liebe war ein großes Wort, und Matteo war ein besonnener Mann.

*

August 1946

Im August hatten sie zu einer neuen Routine gefunden, und nur die Unterbrechung durch den Besuch des Anwalts, der das Testament noch einmal offiziell in Gegenwart der Signora und Matteos verlas, erinnerte an den Verlust, den das Haus erlitten hatte.

»Keine Überraschungen«, erklärte Matteo, als er am späten Nachmittag wieder neben Francesca in der Backstube stand. »Ich habe alles geerbt, wie erwartet. Ich sollte mich morgen mal mit den Unterlagen in seinem Arbeitszimmer befassen. Bislang habe ich mich immer darum gedrückt. Ich weiß nicht, wann mein Vater das alles noch geschafft hat, er hat doch auch hier unten mitgearbeitet.«

Diese Frage sollte sich schneller klären, als Matteo und Francesca lieb war. Denn als Francesca am nächsten Vormittag gerade aus der Backstube, wo sie die Tortenböden in den

Ofen geschoben hatte, nach oben eilte, kam ihr Matteo auf der Hintertreppe entgegen.

»Komm mit«, sagte er und fasste Francescas Hand, um sie hinter sich her die Treppe wieder hinaufzuziehen.

Francesca war erschrocken über seine ernste Miene und die Dringlichkeit in seiner Stimme. Sie wunderte sich, als er sie ins Arbeitszimmer des Signore führte.

»Schau dir das mal an.« Er deutete auf die Unterlagen auf dem Schreibtisch und fuhr sich durch die Haare.

Francesca trat an den Arbeitsplatz heran und betrachtete die Papiere. »Was ist das?«

»Das sind Aufzeichnungen unserer Bank.« Matteo lief ein paar Schritte unruhig im Zimmer umher. »Ich begreife das nicht. Hier steht, dass wir praktisch kein Geld mehr haben, wir haben nur Schulden. Ich habe schon alles abgesucht, es muss eigentlich noch ein anderes Konto geben, denn mein Vater hat nie irgendwelche Andeutungen gemacht, dass das Geld knapp wäre.«

»Dann wird es bestimmt noch irgendwo etwas geben«, versuchte Francesca ihn zu beruhigen. »Denn sonst hätte es doch bestimmt längst Ärger gegeben, oder nicht?«

»Vermutlich hast du recht.« Trotzdem wirkte Matteo nicht überzeugt. Er blieb mitten im Zimmer stehen. »Ich werde in den nächsten Tagen am besten zur Bank gehen und mir das alles mal von einem der Mitarbeiter erklären lassen.«

»Dann wird sich alles fügen.« Francesca ging zu ihm und fasste seine Hände.

Matteo zog sie in seine Arme und hielt sie einen Moment lang fest. »Ich fühle mich mit alldem überfordert.«

»Kann deine Mutter dir nicht helfen? Sie hat doch all die Jahre den Haushalt geführt, da muss sie doch auch ein bisschen Ahnung von den Geschäftskonten haben.«

»No«, murmelte Matteo mit den Lippen an ihrer Stirn. »Sie sagt, mein Vater hat ihr immer Haushaltsgeld gegeben, damit hat sie eingekauft. Fürs Café hat sie zwar die Bestellungen gemacht, die Rechnungen bezahlt hat sie jedoch nie. Für sämtliche Finanzen war mein Vater allein verantwortlich, sie weiß gar nichts darüber.«

In den nächsten Tagen zog sich die Signora mehr und mehr zurück. Es kamen keine Gäste mehr zum Essen, was vermutlich auch der Trauerzeit geschuldet war. Doch wenn Besucher vorbeikamen, um ihr Beileid zu bekunden oder Blumen zu bringen, erklärte die Signora Francesca, diese möge die Geschenke annehmen und sie entschuldigen, sie fühle sich nicht gut. Natürlich wusste Francesca nicht, wie die Signora trauerte, aber dieses Zurückziehen war so vollkommen anders als ihr vorheriges lebhaftes Gesellschaftsleben, dass Francesca verwundert war. Selbst Telefonate nahm sie nicht entgegen, sondern bat Francesca oder Matteo, sie zu verleugnen. Zum Essen erschien die Hausherrin zwar, aber sie sprach kaum mit ihrem Sohn und aß auch nur wenig.

»Sie hat ihren Mann sehr geliebt«, erklärte Antonella, als Francesca der Köchin ihre Sorgen um die Signora anvertraut hatte. Mit der Spülbürste schrubbte sie gerade einen Teller, den sie dann zum Abtrocknen an Francesca weiterreichte. »Auch wenn sie das oft nicht gezeigt hat. Aber es war damals wirklich eine Liebesheirat. Du musst wissen, die Familie der Signora hatte kein Geld. Sie konnte gar nicht die Mitgift aufbringen, sodass die Verlobung beinahe wieder gelöst worden wäre.«

»Tatsächlich?« Francesca sah auf und stellte den trockenen Teller in den Schrank. »Ich hatte immer geglaubt, die Signora stamme auch aus einer wohlhabenden Familie.«

»Ihr Vater war Lehrer und die Mutter Köchin.« Antonella

reichte ihr eine Suppenschüssel. »Der Signore hat sie hier im Café zum ersten Mal gesehen, wo sie mit einer Freundin gesessen hatte. Es war ihr siebzehnter Geburtstag gewesen, und er hatte eine frisch gebackene Torte aus der Backstube gebracht und in die Vitrine gestellt. Da ist sie ihm aufgefallen, und er hat sich sofort in sie verliebt.«

»Oh.« Francesca versuchte sich die Signora als Siebzehnjährige vorzustellen. Sie selbst würde auch bald siebzehn werden. Irgendwie gelang es ihr nicht, die Signora mit dieser Jugend in Verbindung zu bringen.

»Ich kann mich noch sehr gut an den Tag erinnern, als Bernardo in die Küche kam und mir von ihr erzählte. Von dem Moment an hat er nur noch davon gesprochen, dass er sie unbedingt wiedersehen wollte.« Antonella lächelte verträumt. Die Erinnerung versetzte sie in eine lange zurückliegende Zeit. »Und als die Signora dann einzog, war sie ganz schüchtern. Bernardos Mutter, die alte Signora, hat ihr das Leben am Anfang nicht leicht gemacht. Aber sie hat sich behauptet, sich eingefunden und von der alten Signora gelernt. Bis sie den Haushalt dann ganz allein führen konnte, und das tut sie bis heute sehr akribisch. Keine Lira, die nicht genau abgerechnet ist. Sie schreibt sogar die Tomaten auf, die im Hof wachsen, und führt ein Tagebuch. Darin dokumentiert sie jeden Besuch, den sie macht und den sie empfängt, und auch, was den Gästen serviert wird. Auf diese Weise vermeidet sie, dass zweimal hintereinander dieselben Speisen auf den Tisch kommen. Zumindest war das vor dem Krieg so, als wir noch mehr Auswahl hatten. Jetzt muss man natürlich schauen, dass die Gäste überhaupt satt werden …«

»Wenn denn wieder Gäste kommen«, warf Francesca ein.

»Das wird schon wieder.« Die Köchin ließ das Wasser aus dem Spülstein ab. »Wenn die größte Trauer erst einmal vorüber ist, wird die Signora wieder Freude am gesellschaftlichen Leben haben.«

»Dann hatte die Signora also auch Probleme damit, dass sie aus einer einfacheren Familie stammte?«, fragte Francesca, während sie die letzten Teller wegräumte. Sie dachte an Matteo und ihre Liebe. Plötzlich erschien ihr die ganze Beziehung doch nicht mehr so unmöglich. Ausgerechnet vor der Signora hatte sie Angst gehabt, jetzt erfuhr sie, dass sie in einer ähnlichen Situation gewesen war.

»Nun ja, die alten Herrschaften haben sie nicht gerade willkommen geheißen. Es war ein Kampf, aber am Ende haben sich die jungen Leute durchgesetzt. Bernardo war ja auch das einzige Kind, das ihnen geblieben war, ich nehme an, sie wollten nicht riskieren, dass er davonläuft.« Antonella seufzte, während sie Wasser für ihren Kräutertee aufsetzte, den sie immer zum Abendessen trank.

»Hätte der Signore das denn getan?« Francesca konnte sich den zurückhaltenden Mann gar nicht so leidenschaftlich vorstellen, als dass er für seine große Liebe sein Elternhaus verlassen hätte.

»Ich vermute es«, sagte Antonella. »Er war sehr verliebt in sie, und wenn er sich etwas in den Kopf gesetzt hatte, dann ließ er es sich nicht so schnell ausreden.«

Francesca stellte wieder einmal fest, dass sie den Signore kaum gekannt hatte, und bereute es einmal mehr. Zu gern hätte sie mehr Zeit gehabt, um ihn kennenzulernen und ihre eigenen Erinnerungen an ihn zu haben.

*

9. August 1946

Am nächsten Tag kam Besuch. Es war ein Freitag, und Francesca betrachtete die beiden unbekannten Herren, die plötzlich in der großen Diele vor dem Büro der Signora standen. Sie waren mittleren Alters, die Haare des größeren schlanken Mannes waren bereits mit grauen Strähnen durchsetzt. Er hatte einen teuren Anzug an. Der zweite Mann war klein und untersetzt. Er hatte kaum noch Haare auf dem Kopf, trug einen dichten Bart und war in einen vornehmen Sommermantel gekleidet.

»Wen darf ich melden?«, fragte sie. »Ich weiß nicht, ob die Signora sich in der Lage fühlt, Besuch zu empfangen.«

»Oh, *no*, Signorina.« Der größere Mann schenkte Francesca ein Lächeln. Er und sein Begleiter ließen die Blicke ungeniert über ihren Körper wandern. »Wir möchten mit Signor Milani sprechen.«

»Signor Bernardo Milani?«, fragte Francesca nach.

»Sì.«

»Es tut mir leid, aber der Signore ist vor einem Monat verstorben.« Francesca überlegte, um wen es sich bei den beiden Herren handeln konnte, denn sämtliche Bewohner von Alba hatten inzwischen mitbekommen, dass der Signore nicht mehr lebte. Ebenso hätten die wenigen Verwandten alle davon wissen müssen.

»Verstorben?« Die beiden Männer tauschten einen Blick. Dann fragte der kleinere: »Und wer ist sein Erbe?«

»Sein Sohn.« Francesca sah zur Tür. »Möchten Sie ihn sprechen?«

»Das wäre sehr freundlich, Signorina.«

Sie nickte und war froh, als sie aus der Diele ins Treppenhaus trat. Sie wusste nicht, warum, aber die beiden gefielen ihr nicht. Vermutlich waren es die Blicke der Männer, mit denen die beiden sie so abschätzend bedacht hatten.

Sie fand Matteo in der Backstube, wo er gerade dabei war, eine Torte zu verzieren. Im Ofen garten Kuchen. Sie liebte den Duft von Schokolade und gebranntem Zucker, von gerösteten Haselnüssen und Zitronenabrieb, der sie empfing.

»Oben sind zwei Herren, die dich sprechen möchten«, erklärte sie ihm.

»Mich? Wer sind sie?« Er sah sie erstaunt an.

»Ich weiß es nicht.« Francesca verschwieg ihm ihre Antipathie den beiden Herren gegenüber. Vielleicht hatte sie ja nur zu empfindlich reagiert.

»Na schön.« Er sah auf die Uhr. »Aber du musst solange hier unten helfen, auch wenn gleich Mittag ist.«

»Es wird ja wohl nicht allzu lange dauern«, entgegnete sie. Antonella verließ sich nämlich darauf, dass Francesca für das Mittagessen eindeckte. Sie hatte gerade damit beginnen wollen, als die Besucher aufgetaucht waren.

»In ein paar Minuten müssen die Zitronenkuchen aus dem Ofen. Und die Pralinen sind vermutlich auch ausgehärtet und müssen verziert werden.« Er sah zu Amadeo und Fernando hinüber, die gerade konzentriert damit beschäftigt waren, Rosen aus einer Zuckerpaste zu formen.

»Ich übernehme das solange«, beruhigte Francesca ihn und sah ihm nach, während er zur Hintertreppe ging.

Sie machte sich am Ofen zu schaffen, holte die Kuchen heraus und setzte sie zum Abkühlen auf einen Gitterrost. Dann sah sie nach den Pralinen und bereitete die kandierten Zitronenschnitze vor, stellte einen Topf zum Schmelzen der weißen Kuvertüre auf den Herd und rieb ein paar feine Späne der Schokolade ab, die sie später mit der Pinzette auf die Pralinen legen wollte. Sie hatte gerade die ersten zwei Reihen der Trüffel garniert, als Matteo zurückkehrte. Er war kaum zehn Minuten weg gewesen.

»Und?« Sie sah ihm neugierig entgegen.

»Nicht hier.« Matteo machte eine dezente Kopfbewegung zu den beiden Konditoren, die gerade zur verspäteten Mittagspause aufbrechen wollten, fasste Francesca am Arm und zog sie aus der Backstube ins Treppenhaus und die Stufen hinauf.

In der Diele war niemand mehr, nur die Sonne füllte sie mit dem bunten Licht, das entstand, wenn sie durch das Bleiglasfenster gegenüber der doppelflügeligen Tür schien.

Matteo steuerte auf das Büro seiner Mutter zu, klopfte an und öffnete die Tür. Das Zimmer war jedoch leer.

»Vielleicht ist sie ja im Salon«, sagte Francesca verwirrt. Warum wollte Matteo mit ihr und seiner Mutter zusammen sprechen? Was auch immer die beiden Männer gewollt hatten, es musste Matteo aufgewühlt haben. Die Lippen fest zusammengepresst, zog er Francesca mit entschlossenen Schritten hinter sich her zum Salon.

Die Signora sah auf, als Matteo und Francesca eintraten. Sie saß in einem der zierlichen, mit Brokat bezogenen Sessel, eine Tasse Kaffee neben sich, die sie jedoch kaum angerührt hatte.

»Madre, es waren gerade zwei Männer hier, die Geld gefordert haben«, begann er ohne jede Vorrede.

»Geld? Wie viel? Und wieso?« Die Signora rutschte nach vorne auf die Kante des Sessels.

»Eine Menge Geld«, antwortete er nur und zog ein Blatt Papier aus der Tasche, das er ihr reichte.

Francesca konnte einen Blick auf die Zahl werfen und sog erschrocken die Luft ein.

»Und warum stellen sie diese Forderung?« Die Signora legte die Stirn in Falten und sah ihren Sohn irritiert an.

»Ich dachte, du kannst mir das sagen«, erwiderte Matteo.

»No, das kann ich natürlich nicht.« Jetzt stand die Signora auf. »Ich habe keine Ahnung, warum …« In diesem Moment fiel ihr Blick auf Francesca. »Lass uns bitte allein, das ist eine Familienangelegenheit.«

»No, Madre! Sie muss bleiben, Francesca ist meine wichtigste Mitarbeiterin.«

Die Signora stutzte. »Sie ist unser Hausmädchen.«

»Sie ist schon lange mehr als das. Wer, meinst du, hat die ganze Arbeit in der Backstube gemacht, als Vater im Krankenhaus war und ich so oft nicht da sein konnte? Und wer mir in den letzten Wochen geholfen hat? Wir haben ihr viel zu verdanken.«

»Trotzdem.« Die Signora wirkte ärgerlich. »Unsere finanziellen Dinge gehen sie nichts an.«

»Francesca ist weit mehr als eine Angestellte.« Matteo ging zu Francesca und ergriff ihre Hand.

Francesca hielt den Atem an und wusste nicht, ob sie sich wünschte, dass er weitersprach oder dass er schwieg. Sie hatte noch immer Angst vor der Signora und davor, sich ihren Zorn zuzuziehen, aber jetzt kannte sie ihre Geschichte und wusste, dass auch sie einst als armes Mädchen hergekommen war.

»Wir lieben uns, Francesca gehört zu meinem Leben«, sagte Matteo mit fester Stimme.

Die Signora schnappte hörbar nach Luft. Sie öffnete den Mund und schloss ihn wieder, ohne ein Wort zu sagen.

»Entschuldige«, fuhr Matteo nach einigen Sekunden fort, in denen die Signora offenbar noch immer nach Worten suchte. »Es war nicht richtig von mir, dir das in dieser Situation mitzuteilen, denn eigentlich haben wir gerade ganz andere Sorgen. Es ist mir nur wichtig, dass du weißt, dass ich vor Francesca keinerlei Geheimnisse habe.«

»Aber Matteo.« Die Signora hatte ihre Sprache offenbar wiedergefunden. »Es gibt doch so viele bessere Frauen für dich.«

Francesca sackte in sich zusammen, als sie diese Wahrheit laut ausgesprochen hörte, die sie tief in ihrem Inneren selbst kannte.

»Nicht für mich«, widersprach Matteo.

»Sag mir bitte nicht, dass du sie heiraten willst! Ein Hausmädchen? Eine Bauerstochter?« Sie machte einen schwankenden Schritt auf ihren Sohn zu. Diese Neuigkeit schien ihr die letzte Kraft zu nehmen, die ihr nach dem Tod ihres Mannes noch geblieben war.

»Nun, wir haben bislang nicht darüber gesprochen, schließlich sind wir beide noch sehr jung«, lenkte Matteo ein und warf Francesca einen kurzen Blick zu.

»Na Gott sei Dank.« Die Signora sank auf das Sofa. »Einer Hochzeit mit ihr würde ich nie und nimmer zustimmen, merk dir das.« Die Signora sah ihren Sohn an. Plötzlich war der alte Kampfgeist zurückgekehrt.

»Darum geht es doch im Augenblick überhaupt nicht.« Matteo löste sich von Francesca und ging hinüber zum Kamin, dessen Sims mit Nippesfiguren vollgestellt war. »Wir stecken in ernsthaften Schwierigkeiten.«

Die Signora sah ihn fragend an.

Matteo blickte sich zu Francesca um, die in diesem Moment gar nicht mehr wusste, was sie von der Situation halten sollte. Da war die Signora, deren Lebensgeister durch ihre Rebellion gegen eine Verbindung von Francesca und Matteo plötzlich wieder geweckt worden waren, und da war Matteo, der ihr und seiner Mutter etwas berichtete, was er besser jeder von ihnen einzeln beigebracht hätte. Was auch immer es war.

»Diese beiden Männer«, begann er endlich, »haben behauptet, Vater habe sich Geld von ihnen geliehen, viel Geld, und das fordern sie jetzt zurück.«

»Was? Dein Vater hat sich nie Geld von irgendjemandem geliehen«, erklärte die Signora.

»Das war auch mein erster Gedanke«, sagte Matteo. »Aber sie hatten einen Vertrag dabei, und die Unterschrift darunter sah auf jeden Fall so aus wie die von Padre.«

»Unmöglich!« Die Signora stand wieder auf. »Zeig mir das Schreiben!«

»Sie haben es nicht hiergelassen.« Matteo breitete die Arme aus. »Ich will nur wissen: Ist es möglich, dass Vater Schulden hatte? Gestern erst habe ich unsere Kontostände gesehen und bin fast in Ohnmacht gefallen. Demnach haben wir kein Geld auf der Bank.«

»Das kann nicht sein.« Die Signora schüttelte den Kopf. »Er hat nie irgendetwas in diese Richtung gesagt. Wir hatten immer genug Geld …« Sie blickte zu Francesca. »Muss sie dabei sein? Es ist mir unangenehm, im Beisein des Personals darüber zu sprechen.«

»Sie gehört nicht zum Personal.« Matteo trat wieder neben Francesca und fasste ihre Hand.

»Ich sollte sowieso besser für das Mittagessen decken, Antonella wird sich schon wundern, wo ich geblieben bin.« Francesca deutete einen Knicks in Richtung der Signora an und schlüpfte dann schnell aus dem Salon. Ihr war es ebenso unangenehm, bei diesem Gespräch dabei zu sein. Sie verstand Matteo, dem sie in den letzten Wochen eine wichtige Vertraute geworden war und der sie und seine Mutter gern beide an seiner Seite hatte. Aber es war nun einmal nicht so vorgesehen, dass sich das Hausmädchen und der Sohn des Hauses ineinander verliebten. Und dann sollte sie auch noch Zeugin sein, wie das ganze finanzielle Gerüst der Familie zusammenzubrechen drohte.

Im Esszimmer hatte Antonella bereits alles für das Mittagessen vorbereitet. Francesca sah mit schlechtem Gewissen, dass der Tisch gedeckt war und die Wasserkaraffe bereitstand. Sie eilte in die Küche.

»Es tut mir leid, dass ich nicht rechtzeitig da war«, beeilte sie sich zu sagen. »Aber ich musste Matteo helfen.«

Die Köchin seufzte. »Du kannst nichts dafür und Matteo auch nicht. Aber wir sollten mit der Signora sprechen, sobald es ihr wieder besser geht. Wenn du in der Backstube arbeitest, brauchen wir hier oben ein anderes Mädchen. Wir müssen noch einmal nach einer jungen Frau suchen.«

»Ich weiß ja gar nicht, ob Matteo möchte, dass ich dauerhaft in der Backstube arbeite«, sagte Francesca und half Antonella dabei, die Platte mit dem marinierten Gemüse anzurichten. Sie griff nach einer kleinen Kelle, mit der sie einige Oliven aus dem großen Glas holte.

»Wir sollten es schnellstmöglich klären, denn allmählich wird es schwierig. Noch kannst du die Arbeit irgendwie schaffen, aber auf Dauer wirst du nicht in aller Herrgottsfrühe aufstehen und den ganzen Tag ohne Pause durcharbeiten können. Irgendwann wird auch dein Körper zu müde dafür werden. Und deinen freien Nachmittag hast du auch aufgegeben.«

»Nun, wir konnten ja alle nicht ahnen, dass …«, begann Francesca.

»Nein«, unterbrach Antonella sie. »Aber jetzt müssen wir uns neu organisieren.«

Francesca nickte nur und trug die Platte aus der Küche. Im Moment war sicher nicht der richtige Zeitpunkt, um mit der Signora über weiteres Personal zu sprechen. Schließlich standen gerade Geldsorgen im Raum, und ehe das Thema nicht aus der Welt geschafft war, sollten sie wohl keine zusätzlichen Kosten produzieren.

Als sie wieder ins Esszimmer trat, war es noch immer leer. Vermutlich diskutierten Matteo und die Signora noch immer über die beiden Männer und den Kontostand der Milanis. War es tatsächlich möglich, dass die Familie verschuldet war und der Signore das vor seiner Frau und seinem Sohn verheimlicht hatte? Sie würde Antonella nichts darüber sagen, denn der Signora schien das Thema, verständlicherweise, unangenehm zu sein. Wenn sie wollte, konnte sie es ja der Köchin selbst erzählen.

Matteo und die Signora kamen erst um halb zwei zum Mittagessen. Die Signora ignorierte Francesca geflissentlich und war noch kühler als sonst. Jedoch schienen die neuen Informationen, die für die Signora zweifelsfrei eine Katastrophe darstellten, sie aus ihrer Lethargie gerissen zu haben. Ihre Augen blitzten vor Wut, und sie hatte wieder zu ihrer alten Energie zurückgefunden.

Matteo lächelte Francesca zaghaft zu.

Sie überlegte, ob er inzwischen mehr wusste. Waren die Forderungen der beiden Männer tatsächlich gerechtfertigt? Und würde die Familie Milani das überstehen? Würde das Café Alba es überleben?

»Ich werde Montag zur Bank gehen und mich informieren«, sagte Matteo leise zu ihr, als er Platz nahm.

Francesca nickte.

Die Signora schnalzte missbilligend mit der Zunge.

Als Francesca zu ihr hinsah, schüttelte sie leicht den Kopf. »Das geht das Mädchen nichts an, Matteo.«

»Ach, Madre«, seufzte Matteo.

Francesca warf ihm einen Blick zu, um ihm zu verstehen zu geben, dass er es gut sein lassen sollte.

Matteo ließ das Thema ruhen, während des Essens sprach er kaum. Seine Stirn war in Falten gelegt, er aß mit wenig Appetit. Francesca hätte ihn am liebsten in den Arm genommen und ihm gesagt, dass er sich keine Sorgen machen müsse, aber sie wusste nicht, ob das stimmte. Außerdem war das natürlich unmöglich, Matteo war weiterhin der Sohn des Hauses, und Francesca war immer noch das Hausmädchen. Nachdem sie die Spaghetti auf den Tisch gestellt hatte, versuchte sie, ihre Gedanken zu ordnen.

Matteo hatte der Signora gegenüber seine Liebe zu Francesca gestanden. Er hatte aber mit diesem Bekenntnis auch ihr gezeigt, dass er ihre Unterstützung zu würdigen wusste. Francesca hatte in den letzten Tagen nie das Gefühl gehabt, dass er sie ausnutzte, und doch hätte dieser Eindruck entstehen können. Schließlich verdienten Amadeo und Fernando deutlich mehr als Francesca, die bislang nur ihren Lohn als Hausmädchen erhalten hatte, obwohl sie deutlich mehr Verantwortung trug und niemals pünktlich Feierabend machte so wie die beiden Konditoren. In der momentanen Situation wollte sie aber auch nicht danach fragen. Nicht jetzt, wo die Geldsorgen im Raum standen. Am Montag würde Matteo zur Bank gehen, und dann würden sie hoffentlich alle mehr wissen.

Kapitel 6

Italien, Piemont, August und September 1946

12. August 1946

Am Montagmorgen, gleich nach dem Frühstück, machte sich Matteo auf den Weg zur Bank. Francesca wartete unruhig in der Backstube, während sie die Arbeit erledigte. Sie mischte Mehl, Butter, Zucker und eine Prise Salz zusammen und knetete dann den Teig so lange, bis ihr die Hände schmerzten. Anschließend formte sie große Rollen, die sie in Tücher wickelte und in den Kühlschrank legte, während sie die Rollen, die sie am Samstag vorbereitet hatte, jetzt herausnahm. Daraus schnitt sie jetzt gleichmäßige Scheiben, die sie vorsichtig auf einem Backblech verteilte.

Als die *Baci di dama* im Ofen backten, lief sie nach oben und holte den Staubsauger aus der Abstellkammer. Unter lautem Getöse befreite sie die Teppiche vom Staub, musste aber nach zwanzig Minuten wieder in die Backstube hinunter, um die Kekse aus dem Ofen zu nehmen. Während sie hin und her eilte, hielt sie immer wieder am Fenster Ausschau nach Matteo.

Um kurz vor eins sah sie ihn endlich die Straße hinunterkommen. Francesca wäre ihm gern auf der Treppe entgegengelaufen, aber es war sicher besser, wenn er zunächst mit der Signora sprach. Daher geduldete sie sich, obwohl sie es kaum erwarten konnte. Sie hoffte inständig, dass die Bank Matteo von weiteren Konten mit genügend Geldreserven berichtet hatte.

Die Signora und Matteo erschienen nicht zum Mittagessen. Auch um halb drei, eineinhalb Stunden nach der üblichen Zeit, waren sie nicht im Esszimmer aufgetaucht. Als Francesca hier angefangen hatte, war es üblich gewesen, nur dann ein Mittagessen zu servieren, wenn Gäste eingeladen waren, doch seit dem Tod des Signore hatten sich Matteo und seine Mutter, auf Drängen der Köchin, angewöhnt, mittags zumindest eine Kleinigkeit zu sich zu nehmen.

Francesca hatte sich also mit allerlei kleineren Arbeiten beschäftigt, um nicht zu verpassen, wann sie das Essen auftragen konnte.

Schließlich ging sie zu Antonella in die Küche. »Soll ich den Tisch wieder abräumen? Ich glaube nicht, dass sie jetzt noch kommen.«

Antonella sah sie mit von Sorgen zerfurchter Stirn an. Dann nickte sie. »Vermutlich wird es das Beste sein. Wir können ihnen ja jederzeit einen Teller Suppe bringen.«

Francesca ging also ins Esszimmer und räumte das Geschirr ab. Kaum war sie damit fertig, kam Matteo hinein.

»Oh, ich habe gerade …« Sie brach ab, als sie sein Gesicht sah, auf dem sich Verzweiflung und Entsetzen abzeichneten. »Es ist also wahr?«

Matteo nickte stumm und lehnte sich an die Wand neben der Tür.

Francesca stellte das Tablett auf dem Tisch ab und trat zu ihm. Sie nahm seine Hand und hielt sie fest. »Kann ich dir irgendwie helfen? Mehr arbeiten?«

Er schloss die Augen und lehnte den Kopf zurück. »Die Schulden, die mein Vater in den letzten Jahren gemacht hat, sind so gewaltig, dass wir gar nicht genug arbeiten können, um das Café Alba zu retten.«

»So schlimm?« Francesca ließ erschrocken seine Hand los.

Matteo nickte, die Augen hatte er noch immer geschlossen, als könne er das ganze Unheil so von sich fernhalten. »Ich weiß ehrlich gesagt nicht, wie ich das Dilemma lösen soll. Ich gehe jetzt sofort bei dem Steuerberater meines Vaters vorbei. Ich muss mir von ihm alles erklären lassen.«

»Wie hat er denn bloß so viele Schulden machen können?«, überlegte Francesca laut.

Matteo öffnete die Augen wieder und stieß sich von der Wand ab. »Das muss ich alles herausfinden. Denn wenn ich überhaupt noch eine Chance habe, den Betrieb weiterzuführen, muss ich verstehen, welche Fehler mein Vater gemacht hat, damit ich sie nicht auch mache.«

Francesca nickte. Das hörte sich vernünftig an.

»Aber ich brauche deine Hilfe.« Er trat zu ihr und zog sie in seine Arme. »Du musst unten mithelfen. Fernando und Amadeo machen alles gut, was ich ihnen auftrage. Aber eben auch nicht mehr als das. Sie würden niemals ein Rezept selbst kreieren können, etwas verbessern oder eine Lösung für ein Problem finden. Ich werde mich in den nächsten Tagen erst einmal darum kümmern müssen, dass wir nicht alles verlieren. Es wäre eine große Erleichterung für mich, wenn ich mir um die Backstube keine Gedanken machen müsste.«

Francesca überlief, trotz der Sorgen, ein warmer Schauer. Sie war froh, dass es etwas gab, mit dem sie Matteo helfen konnte, und sie würde ihn nicht enttäuschen. Zugleich war sie stolz darauf, dass er ihr eine so wichtige Aufgabe anvertraute. »Natürlich. Du kannst dich auf mich verlassen.«

Er küsste zärtlich ihre Stirn. »*Grazie, tesoro mio.*«

»Oh mein Liebling.« Francesca drückte ihn fest an sich. »Ich werde so viel arbeiten, wie ich nur kann, damit das Café Alba gerettet werden kann. Um die Backstube kümmere ich mich.«

Als Matteo am Nachmittag wieder zurückkam, war er blass und hatte dunkle Ringe unter den Augen. Francesca wusste, auch ohne mit ihm gesprochen zu haben, dass er keine guten Neuigkeiten vom Steuerberater mitbrachte.

»Wir sind tatsächlich bankrott«, begann er, als er am Abend zu ihr in die Backstube kam. »Der Steuerberater sagt, er hätte meinen Vater schon seit Jahren auf die Probleme hingewiesen, aber er sei kein guter Geschäftsmann gewesen. Wenn Kunden kein Geld hatten, hat er sogar Kuchen und Gebäck verschenkt. Mehr als eine Hochzeitstorte und mehr als eine Schüssel *Albesi Regina* wurde nicht bezahlt. Wenn ein Paar noch schnell heiraten wollte, bevor der Bräutigam in den Krieg zog, hat er manchmal komplett auf die Bezahlung verzichtet.«

»Das war sehr freundlich von ihm.« Francesca konnte nicht umhin, den Signore für diese Großzügigkeit zu bewundern.

»Aber auch sehr dumm.« Matteo seufzte. »Denn er hat anscheinend gar nicht an seine Familie und die Angestellten gedacht.«

»Ist ihm denn gar nicht aufgefallen, dass es so nicht ewig weitergehen konnte?«, fragte Francesca. »Was hat er denn dem Steuerberater gesagt, wenn der ihn darauf hingewiesen hat?«

»Er meinte, nach dem Krieg würde sich das Geschäft schon von allein erholen.« Matteo schlug mit der flachen Hand auf den Arbeitstisch und verzog den Mund. »Ich begreife es nicht. Er hat doch selbst als Junge den Ersten Weltkrieg erlebt und musste sich nur allzu gut daran erinnern können, dass das

Hungern und die Lebensmittelknappheit nicht mit dem letzten Kampftag vorbei waren. Auch damals waren doch Jahre des Entbehrens gefolgt.«

Francesca fand es auch sehr merkwürdig, dass der Signore die Schwierigkeiten nicht gesehen hatte, in die er zwangsläufig hatte geraten müssen. Ob die Magenschmerzen des Signore vielleicht eine Folge dieser Sorgen gewesen waren, die schließlich zum Magenkrebs geführt hatten?

»Jedenfalls hat er sich, nachdem die Bank ihm kein Darlehen mehr geben wollte, an diese privaten Geldverleiher aus Turin gewendet. Von ihnen hat er einen Batzen Geld erhalten, das hatte ihm vor zwei Jahren erst einmal weitergeholfen. Aber die Männer wollten das Geld natürlich zurückhaben, und zwar mit Zinsen. Mein Vater kam schnell in Verzug, und inzwischen hat sich der Betrag natürlich erhöht. Und es muss noch andere Gläubiger geben.«

Francesca biss sich auf die Unterlippe. Sie griff nach einem Tuch und begann, die Arbeitsfläche abzuwischen. »Und wie lange hast du Zeit, den Männern das Geld zurückzuzahlen?«

»Sie wollen die erste Teilzahlung im nächsten Monat haben«, sagte Matteo und stützte sich mit beiden Händen auf den Tisch.

»Was passiert, wenn du nicht zahlen kannst?«, fragte Francesca vorsichtig, wobei sie sich nicht sicher war, ob sie die Antwort wirklich hören wollte.

»Das haben sie nicht gesagt, aber ich nehme an, dass es nicht besonders angenehm wäre. Vielleicht schicken sie einen Schlägertrupp vorbei, vielleicht nehmen sie sich irgendwelche Wertgegenstände aus dem Café oder der Wohnung. Den Schmuck meiner Mutter zum Beispiel … Größere Sorgen mache ich mir um die Bank. Da hat mein Vater nämlich auch Schulden, und da er in den letzten Monaten in Verzug geraten ist, sagt der Direktor, mit dem ich heute Morgen gesprochen habe, dass er uns keinen Kredit mehr geben kann. Ich weiß also nicht, wie ich die Mitarbeiter am Ende des Monats bezahlen soll oder die Lebensmittel, die wir brauchen.«

»Reichen die Einnahmen aus dem Café nicht dafür?«

»Ich weiß es nicht.« Matteo seufzte. »Mir fehlt dafür die Erfahrung.«

»Vielleicht kannst du mit den Mitarbeitern sprechen«, schlug Francesca vor. »Wenn sie einverstanden sind, dass du den Lohn ein paar Tage später zahlst, sobald du genug eingenommen hast?«

»Sie werden auch ihre Verpflichtungen haben, Mieten bezahlen und Kinder ernähren müssen. Aber ich weiß mir auch nicht anders zu helfen. Vielleicht werde ich es wirklich so machen müssen.« Matteo schüttelte den Kopf. »Und ich weiß nicht, ob das überhaupt ausreichen wird. Der Bankdirektor hat mir vorgeschlagen, den Betrieb einschließlich des Hauses zu verkaufen. Und ich zweifle nicht daran, dass er uns über kurz oder lang zum Verkauf drängen wird, wenn uns nicht eine andere Lösung einfällt.«

»Wie schrecklich«, rief Francesca und schlug die Hand vor den Mund. Genau das hatte sie befürchtet. »Was könnte es denn für eine Lösung geben?«

»Ich weiß es nicht.« Matteo seufzte, während er sich wieder aufrichtete und verzweifelt in der Backstube umsah. »Ich weiß es wirklich nicht.«

*

17. und 18. August 1946

Als Francesca sich am darauffolgenden Samstag mit Angelina traf, um auf den Markt zu gehen, erkannte die Freundin sofort, dass Francesca betrübt war.

»Was ist los?«, fragte sie und steuerte auf den Brunnen auf der Piazza Savona zu. »Du siehst aus, als ob du von einem Zug überfahren worden wärst.«

Francesca zögerte. Sie wollte auf keinen Fall von den Problemen der Milanis erzählen, andererseits würde es sowieso nicht lange vor den Angestellten zu verheimlichen sein, dass die Familie in finanziellen Schwierigkeiten steckte. In diesem Moment fuhr ein altes Automobil vorbei, das unter lautem Knattern und Röhren eine stinkende Abgaswolke hinter sich zurückließ. Als der Lärm leiser wurde, sagte Francesca: »Ach, es scheint so, als habe der alte Signore nicht immer gut gehaushaltet. Signor Matteo hat ein ziemliches Durcheinander in den Unterlagen vorgefunden, und das besorgt mich etwas.«

Angelina nickte. »Das wundert mich nicht. Der Signore war immer so großzügig, hat Kuchen und Kekse verschenkt, und mehr als ein Stammgast hat seinen Kaffee auch dann bekommen, wenn er gar nicht dafür bezahlen konnte. Und eine Erhöhung der Preise hat Signor Milani auch immer abgelehnt.«

Francesca blinzelte in die Sonne. Inzwischen hatten sie den Brunnen erreicht, und Angelina küsste eine Münze, die sie dann ins Wasser warf. »Was läuft da eigentlich zwischen dir und Matteo Milani?«, wechselte Angelina abrupt das Thema.

Francesca ärgerte sich, dass sie so unvorsichtig gewesen war, Matteo zu erwähnen. Bei ihren letzten Marktbesuchen hatte sie es geschafft, sich den Freundinnen gegenüber nichts anmerken zu lassen. Sie wollte ihre Freundin nicht belügen, zugleich war ihr aber auch nicht wohl dabei, ihr von Matteos und ihrer Liebe zu erzählen.

»Also?«, fragte Angelina, als sie die Straße zur Piazza Duomo überquerten, auf der sich die bunten Marktstände aneinanderreihten.

Francesca machte eine wegwerfende Handbewegung. »Wir verstehen uns gut, und ich helfe ihm in der Backstube.«

»So? Du hilfst ihm also nur? Francesca, ich bin doch nicht blind, ich sehe genau, wie er dich anschaut. Das habe ich schon beim allerersten Mal bemerkt, als er uns nach Hause begleitet hat.« Angelina blieb stehen, weil sich vor ihnen an einem Stand eine Traube Menschen gebildet hatte, die die Mirabellen im Sonderangebot bestaunte. »Ich bekomme dich im Haus ja selten zu Gesicht, aber wenn ich mal in die Backstube komme und ihr seid beide da, dann kann ich fast die Funken sehen, die zwischen euch hin- und herfliegen.«

Francesca deutete auf die Menschen, die um das Obst anstanden. »Was hältst du davon, wenn wir uns auch ein paar Mirabellen holen?«

»Lenk nicht vom Thema ab.« Angelina hakte sich bei ihr ein und führte sie um den vollen Stand herum. »Das würde viel zu lange dauern, bis wir da bedient werden. Ich will doch nur wissen, was los ist, wir sind schließlich Freundinnen. Und ich bin neugierig. Wenn ich es schon nicht schaffe, mir einen gut aussehenden Mann aus besserer Gesellschaft zu angeln, lass mich doch wenigstens an deinem Glück teilhaben.«

Francesca musste lachen. »Es gibt nicht viel zum Teilhaben. Ja, wir schäkern ein wenig miteinander. Wir mögen uns, aber es ist längst nicht klar, wo das alles hinführt.«

»Aha!«, rief Angelina so laut, dass Francesca sie leicht in den Arm kniff.

»Nicht so laut«, murmelte sie und sah sich schnell um, ob

sie auch nicht belauscht wurden. »Vermutlich endet die ganze Geschichte sowieso mit einem gebrochenen Herzen, weil ich niemals gut genug für ihn sein kann.«

»Ich hoffe nicht«, sagte Angelina, jetzt etwas leiser. »Lass dich bloß auf nichts ein, du weiß ja, worauf die Männer aus sind.«

Francesca nickte, obwohl sie noch immer keine ganz genaue Vorstellung hatte. Als sie an letzten Sonntag dachte, als sie in seinen Armen gelegen und ihr Körper sich nach so viel mehr gesehnt hatte, begann ihr Bauch wieder zu kribbeln. Sie vermisste ihn schon jetzt und konnte es kaum erwarten, ihn gleich wiederzusehen.

In diesem Moment tippte Lucia ihnen von hinten auf die Schulter, und sie begrüßten die Freundin und ließen das Thema Matteo ruhen.

Als Francesca über Mittag allein in der Backstube war, weil Amadeo und Fernando zur Pause nach Hause gegangen waren, kam Matteo zu ihr in die Backstube. Er strich sich müde übers Gesicht.

»Ich habe die ganze Zeit versucht, mir einen Überblick über die Finanzen zu verschaffen, aber ich verstehe es einfach nicht.« Er breitete die Arme aus, und Francesca stürzte sich hinein. Es tat so gut, seine Nähe zu spüren.

Sie klammerte sich fest an ihn. Die Umarmung hatte etwas Tröstendes und Verzweifeltes zugleich.

Den Nachmittag über arbeiteten sie Seite an Seite, wobei Matteo sie immer wieder in den Nebenraum zog, um sie kurz in den Arm zu nehmen oder zu küssen. Francesca wusste, dass er diese Berührungen brauchte, dass sie ihm Kraft gaben und halfen, die Sorgen zu ertragen.

»Ich habe nachgedacht«, sagte sie leise, während sie Zitronen auspresste, um dann den Saft für die Limoncello-Pralinenfüllung mit Likör und Zucker zu verrühren. Die beiden Konditoren waren noch nicht zurückgekehrt, und ihr gingen die Worte von Angelina nicht aus dem Kopf, dass der Signore sich immer gegen Preisanhebungen gewehrt habe. »Wäre es nicht eine Möglichkeit, wenn du die Preise erhöhst? Mir kommt das alles sehr günstig vor, und ich frage mich, ob dein Vater berücksichtigt hat, dass die Lebensmittel extrem teurer geworden sind.«

Er sah sie nachdenklich an. An seiner Stirn haftete ein wenig Mehl. »Ich weiß, dass er sie seit vielen Jahren nicht angepasst hat. Das ist schon immer das Motto des Hauses gewesen. Unsere Waren sollen für alle erschwinglich sein. Wir wollen gute Qualität für kleines Geld anbieten.«

Francesca nickte, während sie zum Ofen ging und ein Blech mit Haselnüssen herausholte. Sie sog das Aroma tief ein. Die gerösteten Nüsse rochen beinahe wie Schokolade. »Aber was ist, wenn dein Vater einfach zu wenig Geld gefordert hat? Ich frage mich, warum das Café Alba in Schwierigkeiten geraten konnte, wenn es doch so gut besucht wird. Du weißt selbst, wie viele Kuchen, Torten, Kekse und Pralinen hier verkauft werden. Und niemand kann behaupten, dass es zu viel Personal gibt.«

»Ganz im Gegenteil«, stieß Matteo aus und reichte ihr ein sauberes Tuch, auf das Francesca die heißen Nüsse schüttete. »Wenn einer ausfällt, geraten wir sofort in Bedrängnis.«

»Ich frage mich also, was hat dein Vater falsch gemacht, dass er solche Schulden angehäuft hat? Er hat ja nicht einmal größere Anschaffungen gemacht, oder?« Sie nahm die Enden des Tuchs auf und drehte sie so zusammen, dass die gerösteten Haselnüsse im Tuch gefangen waren. Dann rieb sie sie vorsichtig aneinander, um die dünnen Häutchen zu entfernen.

Matteo schüttelte den Kopf. »Du hast recht. Ich sollte mir das noch einmal genauer ansehen.«

Matteo zog sich für ein paar Stunden ins Arbeitszimmer seines Vaters zurück, um die Preise neu zu kalkulieren und den Warenbedarf zu errechnen. Irgendwann kam er mit neuen Preisschildern zurück, die er den Verkäuferinnen im Café brachte. Am Montag sollten die Waren neu ausgezeichnet werden.

»Das war ein guter Gedanke von dir.« Eine ganz neue Bewunderung lag in seinem Blick, die Francesca stolz machte. Er seufzte. »Du hattest recht. Das Café Alba hat anscheinend nie die Preise erhöht. Natürlich hat mein Vater dadurch vielen Menschen den Cafébesuch ermöglicht, die es sich sonst nicht leisten könnten, aber auf Dauer funktioniert das Ganze natürlich nicht.«

»Bleibt nur zu hoffen, dass die höheren Preise nicht dazu führen, dass weniger Leute kommen«, sagte Francesca besorgt, während sie den Ofen öffnete, um zwei Formen mit Panettone herauszuziehen, die sie nach altem Familienrezept der Milanis zubereitet hatte.

»Das hoffe ich auch. Aber ich bin zuversichtlich, dass sich die Qualität durchsetzen wird, auch wenn wir womöglich weniger Kunden haben werden. Wir haben nur keine Wahl, fürchte ich.«

»Ich verstehe.« Francesca mörserte die Haselnüsse, die sie bereits am Mittag geröstet hatte. »Hoffentlich ist es noch nicht zu spät, sodass die Preissteigerungen uns retten können.«

»Haben wir eigentlich genug Schokoladencreme?« Matteo schaute ihr über die Schulter.

»Ich will gerade noch eine Schüssel anrühren«, sagte Francesca und griff nach der Dose mit dem Kakao.

»Ich helfe dir. Wir müssen das genaue Mischungsverhältnis festlegen. Bislang haben wir immer nur kleine Mengen angerührt, lass uns das alles mal auf ein Kilo abmessen.« Matteo holte den alten Ordner mit den Familienrezepten aus dem Tresor.

Francesca nahm deutlich mehr Nüsse als Kakaopulver und experimentierte auch mit der Sahne und Milch, die sie als Bindemittel hinzugab. Mit dem Rahm gelang es, eine cremige Konsistenz zu schaffen, und der Zucker, den sie hinzufügten, sorgte für die Süße.

»Die schmeckt sogar noch besser als beim letzten Mal«, sagte Matteo anerkennend, als er die fertige Creme probierte.

Francesca musste ihm recht geben. Die Mischung war ihnen sehr gut gelungen.

»Ich schreibe das Rezept in unser Buch.« Er zwinkerte ihr zu. »Und ich notiere dazu, dass wir es gemeinsam entwickelt haben.«

Anschließend bestrichen sie ein paar einfache Biskuitkekse mit der Schokoladennusscreme und richteten sie auf vier Tellern an. Auch für Antonella und Francesca sollte es heute diese besondere Nachspeise geben.

»Wir haben jetzt so viel Creme, dass wir die *Baci di dama* ganz leicht gefüllt bekommen, und in der Pasticceria können auch wieder die harten Waffeln mit Schokoladenfüllung verkauft werden«, sagte Francesca und deutete auf den großen Eimer, in den sie die Creme gefüllt hatten. »Außerdem könnten wir den Rest als Aufstrich anbieten. Morgen ist Sonntag. Die Kinder können sich einen Keks kaufen, der mit dieser Creme bestrichen ist.«

»Meinst du, dass das laufen würde?«, fragte Matteo skeptisch.

Francesca zuckte mit den Schultern. »Einen Versuch ist es wert. Gib mir mal ein Stück Pappe, wir machen ein Schild, das wir morgen draußen aufstellen können.«

Nicht nur Antonella und die Signora waren von der neuen Creme begeistert, sondern anscheinend auch die Kinder von Alba. Zuerst war die Nachfrage noch zögerlich, doch schon gegen Mittag des nächsten Tages hatte sich eine Schlange von Leuten gebildet, die für die Creme auf Keksen anstanden. Nicht nur Kinder, sondern auch ihre Eltern, Männer und Frauen in mittleren Jahren und ältere Leute. Jeder wollte die neue Schokoladennusscreme probieren, als hätte es sich schon herumgesprochen, dass es heute eine ganz besondere Spezialität im Café Alba zu kaufen gab. Bereits am frühen Nachmittag war alles ausverkauft, und sie mussten versprechen, die Creme am nächsten Wochenende wieder anzubieten.

*

24. August 1946

»Wie viel Creme machen wir denn heute?«, fragte Francesca, die dabei war, Nüsse zu knacken, um sie anschließend im Ofen zu rösten.

»Bei der Nachfrage am Sonntag besser nicht zu wenig.« Matteo stellte sich neben sie und folgte ihrem Blick zum Regal. Dann deutete er auf die größte Schüssel. »Nimm die. Da passt eine Menge rein.«

»Aber wir sollten auch nicht zu viel machen, denn es wäre schade, wenn wir etwas davon wegwerfen müssten.« Francesca zog die Schüssel aus dem Regal.

»Natürlich hält sie sich.« Matteo nahm die ersten Nüsse aus dem Ofen und schüttete sie auf ein Tuch. »Wenn sie gut gekühlt wird, bleibt sie bestimmt fast eine Woche frisch, vielleicht auch länger.«

Francesca nahm die Schokolade, um sie in die Schüssel zu

raspeln. Dabei sah sie Matteo an. »Wir müssten eine Methode finden, um die Creme haltbar zu machen. Dann könnten wir sie nicht nur sonntags, sondern jeden Tag anbieten. Vielleicht so ähnlich wie Marmelade.«

»Du meinst, wir sollten versuchen, sie einzukochen?« Matteo lachte. »Ich fürchte, das funktioniert mit unserer Creme nicht, wegen der Milch. Aber du hast recht, es müsste irgendeine Möglichkeit dafür geben.«

»Und dann könnten wir die Creme in Gläsern verkaufen«, rief Francesca aufgeregt. »Das ist wirklich gar keine schlechte Idee. Wenn wir unsere Nussschokoladencreme wie Marmelade in Gläsern verkaufen. Dann könnte man sie auch zu Hause auf Weißbrot schmieren und zum Frühstück oder zum Dessert essen.«

Matteos Augen glänzten plötzlich. »Francesca, ich glaube, das ist eine richtig gute Idee. Wir müssen nur eine Möglichkeit finden, sie zu konservieren.«

Während sie die große Schüssel mit Schokoladennusscreme zubereiteten, fantasierten sie weiter darüber, wie man sie haltbar bekommen konnte, und auch über die vielen Verwendungsmöglichkeiten. Als sie die Creme fertig hatten, schwirrte ihnen der Kopf.

»Im Moment ist all das sowieso nicht umzusetzen«, seufzte Matteo, als er die Schüssel mit der Creme gegen zehn Uhr abends in den großen Kühlschrank stellte. »Denn wir brauchen auf jeden Fall Geld, um ein wenig experimentieren zu können. Und Geld haben wir zurzeit überhaupt nicht.«

»Matteo.« Francesca folgte ihm aus der Vorratskammer hinaus zurück in die Backstube. Sie fasste seine Hände und drehte ihn zu sich. In diesem Moment hatte sie das Bedürfnis, ihm Zuspruch zu schenken, ihm die schweren Sorgen abzunehmen. »Wir finden schon einen Weg.«

Er lächelte sie müde an. »Und wenn nicht, ist es auch nicht schlimm, denn ich habe ja dich. Und mit dir an meiner Seite werde ich alles überstehen.« Er zog sie fest an sich und küsste sie.

Francesca erwiderte seinen Kuss. Sie schmiegte sich an ihn und spürte die Wärme, die er ausstrahlte. Sein Herzschlag pochte fest gegen seine Rippen, und seine leisen Atemzüge vermischten sich mit ihren. Zärtlich strich er über ihren Rücken, ließ seine Hände tiefer wandern, und Francesca stöhnte leise auf, als sie seine Finger an ihren Oberschenkeln spürte. Noch nie hatte sie jemand dort berührt, und es rief ein wildes Kribbeln in ihr hervor. Vielleicht war es das Verlangen, das in den letzten Wochen stetig in ihr gewachsen war, jedenfalls wagte auch sie es, ohne dass ihre Lippen sich voneinander lösten, mit ihren Händen an Matteos Rücken hinunterzufahren. Sein Hintern war fest und muskulös. Sein Atem beschleunigte sich, der Kuss wurde gieriger. Er drückte sie fester an sich, und zum ersten Mal spürte Francesca etwas Hartes an ihrem Bauch. Sie wusste nicht genau, was es war, aber es erregte sie schrecklich. Das Kribbeln in ihrem Unterleib rief ein kaum zu ertragendes Sehnen hervor. Sie wollte mehr spüren, mehr bekommen, ohne zu wissen, was es genau war, das sie sich so sehr wünschte. Matteo ließ seine rechte Hand nun langsam nach vorne wandern, wo sie ihre Brüste sanft streichelte. Auch das brachte Francesca beinahe um den Verstand. Sie stöhnte leise auf, als Matteo mit den Fingern unter ihre Bluse fuhr und vorsichtig das Unterhemd hochschob. Und dann streichelten seine warmen weichen Finger wieder über Francescas Bauch.

»Ich liebe dich, *cara mia*«, murmelte er, als er kurz von ihren Lippen abließ.

»Ich liebe dich auch.« Francescas Stimme war belegt vor

Verlangen und Lust. Vorsichtig tastete sie sich mit ihren Händen nach vorne.

»Wir dürfen das nicht tun.« Er löste sich von ihr, sein Atem ging schnell. »Mein Liebling, das dürfen wir einfach nicht. Nicht auf diese Weise.«

Francesca wandte sich ab. Sie wusste, dass er recht hatte, schon beim letzten Mal hatte sie genau das gedacht. Und doch war da dieses Bedürfnis, ein Verlangen, das sie vorher noch nie empfunden hatte. Sie wollte ihm nah sein, so nah wie nur möglich. In seinen Armen liegen, sich von ihm berühren lassen und seinen Körper erforschen.

Er trat von hinten an sie heran und schlang die Arme um ihre Taille. »Es fällt mir jedes Mal schwerer, mich zu beherrschen. Aber es wäre falsch.«

»Aber warum empfinden wir dann so?«, fragte sie leise. »Es ist eine Qual, wenn wir diesem Verlangen nicht nachgeben dürfen.«

Matteo küsste sanft ihren Nacken. »Ich weiß. Irgendwann … Im Moment kann ich nicht über unsere Zukunft nachdenken, weil ich nicht weiß, wie alles weitergehen wird. Ich muss mich ums Geschäft kümmern und irgendwie mit den Schulden fertigwerden.«

Francesca nickte. Auch wenn sie erst seit knapp vier Monaten bei der Familie Milani arbeitete, hatte sie schon so viel mit ihnen erlebt. Ihr Schicksal war auch Francescas, besonders wichtig war ihr natürlich Matteo. Er liebte sie, und sie hatte sich längst in ihn verliebt. Und sie würde alles tun, um den Milanis zu helfen.

*

24. August bis 7. September 1946

In den nächsten zwei Wochen ging das Leben mehr oder weniger so weiter wie zuvor. Die Schokoladennusscreme war ein riesiger Erfolg, der sich in Windeseile in der Stadt verbreitete. Wochentags kauften Mütter Kekse und Creme, um sie ihren Kindern am nächsten Tag mit in die Schule zu geben. Francesca begann auch Pralinen mit der Creme zu kreieren, indem sie Kugelhälften aus Schokolade goss und diese mit Gebäckkrümeln auskleidete. In die Hälften füllte sie dann die Schokoladennusscreme und gab zudem eine Haselnuss hinein. Dann setzte sie je zwei Halbkugeln vorsichtig zusammen. Das Äußere der Praline garnierte sie mit gehackten Nüssen.

»Unglaublich!«, sagte Matteo, nachdem er eine dieser Kreationen probiert hatte. »So eine hervorragende Praline haben wir noch nie hergestellt. Großartig!«

Francesca schrieb das Rezept in das große Buch, das im Tresor aufbewahrt wurde.

Als sie an einem Samstagnachmittag gerade in der Backstube die Haselnüsse für die Pralinenfüllung aussortierte, kam Antonella zu ihr nach unten.

Francesca sah mit schlechtem Gewissen auf. In den letzten Wochen hatte sie die Köchin viel zu oft allein gelassen. Sie hatte zwar die wichtigsten Aufgaben erledigt, aber Francesca wusste auch, dass unter ihrer Arbeit in der Backstube der Haushalt litt. Antonella musste vieles von dem übernehmen, was eigentlich ihre Pflicht gewesen wäre.

»Soll ich nach oben kommen? Brauchen Sie mich?«, fragte sie und ließ von den Haselnüssen ab.

»Heute Abend bekommen wir nach langer Zeit mal wieder Gäste zum Essen.« Die Köchin lächelte. »Endlich scheint die Signora wieder ein bisschen aus ihrem Schneckenhaus zu kommen.«

Nicht nur der Tod ihres Mannes, der sie zum offiziellen Trauerjahr zwang, hatte die Signora gesellschaftlich ausgebremst, sondern vor allem auch das Wissen um die desaströse finanzielle Lage. Francesca hatte ein paarmal Bemerkungen von Matteos Mutter gehört, wie unangenehm es ihr sei, Bekannte auf dem Friedhof zu treffen und immer anzunehmen, dass sich der drohende Bankrott bereits in ganz Alba herumgesprochen habe. Noch konnte die Signora sich in ihrem Haus einschließen und Kontakte meiden, im Trauerjahr wurde das sogar erwartet, allerdings wollte sie auch keinen Besuch von Freunden haben, was durchaus unüblich war. Denn normalerweise kamen gute Bekannte in den Trauerhaushalt, um Trost und Zuspruch zu spenden. Die Signora hatte bislang jedoch jeden Besuch abgelehnt.

»Wer wird denn erwartet?«, fragte Francesca überrascht, denn Matteo hatte nichts dergleichen erwähnt.

»Signor Cattaneo, der Direttore der Hausbank der Milanis, mit seiner Ehefrau«, sagte Antonella und seufzte. »Ich weiß nicht, ob das ein gutes oder ein schlechtes Zeichen ist. Vielleicht hat die Signora sich etwas dabei gedacht, ausgerechnet ihn zum Essen einzuladen.«

»Bestimmt hat sie das.« Francesca zog die Schürze aus und folgte Antonella nach oben. »Ich werde die Kristallgläser polieren und lieber noch einmal mit dem Staubwedel über die Bilder an den Wänden des Esszimmers gehen.« Es war wichtig, dass sie heute Abend einen guten Eindruck bei dem Bankdirektor machten.

Antonella erntete das reife Gemüse im Garten, mit dem sie eine große Platte als Vorspeise anrichten wollte. Dann bereitete sie ein *Pollo alla Marengo* zu, ein Schmorgericht mit

Hühnchen, Tomaten und Ei, weil das alles war, was sie auf die Schnelle in ausreichender Menge auftreiben konnte. Hätten sie von dem Besuch schon am Morgen gewusst, hätte Francesca auf dem Markt einkaufen können, wo sie sich auch heute wieder mit ihren Freundinnen getroffen hatte. Während Antonella also das Hähnchen zubereitete, eilte Francesca zwischen Küche und Esszimmer hin und her. Als die Gäste um halb acht eintrafen, zog sie eine frische gestärkte Schürze an und servierte dann den Limoncello im Salon.

Direttore Cattaneo war ein stattlicher Mann mittleren Alters, Francesca schätzte ihn auf ungefähr fünfzig Jahre, mit einem grauen Bart und wenig Haupthaar. Er war füllig und hatte eine tiefe raue Stimme, die vermutlich auf die vielen dunklen Zigaretten zurückzuführen war, die er pausenlos rauchte. Im Salon hatten sich bereits dichte Rauchschwaden ausgebreitet, und Francesca konnte sich den Unmut der Signora gut vorstellen, die dem Signore immer untersagt hatte, im Salon zu rauchen. Jetzt trug sie jedoch eine gleichmütige Miene zur Schau und unterhielt sich ruhig und freundlich mit dem Ehepaar. Die Frau des Direttore war klein und zierlich, man sah ihr an den Falten um Mund und Augen an, dass sie nicht mehr jung war, doch früher musste sie eine Schönheit gewesen sein. Aber auch heute strahlte sie noch immer eine bemerkenswerte Eleganz aus. Das schwarze Haar war von vielen grauen Strähnen durchzogen und glänzte im Abendlicht, das durch das Fenster hereinfiel. Ihre Augen waren von einem auffallenden Grün, und die hohen Wangenknochen verliehen ihrem Gesicht etwas Edles. Sie wirkte zurückhaltend, aber wenn sie etwas einwarf, deutete dies auf aufrichtiges Interesse hin.

»Es muss für Sie eine große Umstellung gewesen sein, so plötzlich die Position Ihres Vaters zu übernehmen, nicht wahr?«, fragte sie Matteo, während sie ihr leeres Aperitifglas auf Francescas Tablett stellte.

»Mehr als das«, gab Matteo zu. »Ich fühle mich noch immer von den Ereignissen überrollt.«

»Sie sind noch sehr jung. Vielleicht zu jung, um schon solch eine Verantwortung zu tragen.« Signora Cattaneo lächelte.

Matteo nickte. »Aber es gibt Dinge, die können wir uns nun einmal nicht aussuchen. Wer weiß, warum Gott mir eine solche Prüfung auferlegt hat.«

Signora Cattaneo seufzte und ergriff den Arm ihres Mannes, der gerade seine dritte Zigarette ausgedrückt hatte, um sich von ihm ins Esszimmer führen zu lassen. »Der Herr wird Ihnen schon den richtigen Weg weisen.«

Daran hatte Francesca ihre Zweifel. Ihrem Verständnis nach war es doch vollkommen unsinnig, dass der liebe Gott seine Schäfchen erst in eine so schwierige Situation führte wie die, in der die Milanis jetzt steckten, nur um ihnen dann einen Weg dort hinauszuweisen. Wenn er schon einen Mann wie den Signore durch eine heimtückische Krankheit aus dem Leben reißen musste, wieso musste er dann auch noch der Familie diese Schuldenlast aufbürden? Nein, Francesca war mehr und mehr davon überzeugt, dass ihnen kein Ausweg von oben gezeigt würde, sondern sie selbst eine Lösung finden mussten.

Nachdem die Herrschaften im Esszimmer Platz genommen hatten, servierte Francesca die Vorspeisen, die aus der Gemüseplatte, Bruschetta und eingelegten Oliven bestand. Sie schenkte die zweite Flasche Wein vom Gut ihrer Familie aus, den ihr Vater ihr mitgegeben hatte.

»Ich hatte natürlich noch einen weiteren Grund, warum ich den Kontakt zu Ihnen gesucht habe, Signora«, wandte sich Signor Cattaneo an seine Gastgeberin.

»Eugenio, bitte! Wir wollen heute Abend nicht über Geschäftliches sprechen«, warf seine Frau ein.

»Natürlich nicht.« Signor Cattaneo neigte schuldbewusst den Kopf. »Es ist nur ein kleiner Hinweis, den ich Signora Milani und ihrem Sohn geben möchte. Aber meine Gattin hat natürlich recht, ich will uns nicht den Abend mit diesem Thema verderben.«

»No, no, bitte sprechen Sie.« Die Signora legte die Gabel ab und ließ die Hände rechts und links neben ihren Teller sinken. »Fahren Sie fort, ich bin gespannt, was Sie zu sagen haben.«

Signor Cattaneo warf seiner Frau einen Blick zu, der vermutlich seine Unschuld verdeutlichen sollte, er wurde ja sozusagen von der Gastgeberin genötigt, darüber zu sprechen.

Francesca, die kaum wagte zu atmen, damit sie nicht auffiel und womöglich noch aus dem Zimmer geschickt wurde, sah kurz zur Frau des Bankdirektors hinüber, die mit zusammengepressten Lippen widerwillig nickte.

»Die Gelegenheit ist gerade günstig, weil ich natürlich weiß, dass alles, was mit dem Geschäft zusammenhängt, eine Männerangelegenheit ist. Aber da Ihr Sohn noch so jung ist, er ist ja nicht einmal volljährig …«

»So gut wie, Direttore Cattaneo«, mischte sich Matteo ein. »In drei Tagen werde ich einundzwanzig.«

»Sehr gut.« Der Bankdirektor zwang sich zu einem Lächeln. »Jedenfalls habe ich über Ihre Situation nachgedacht.« Und ich will ganz ehrlich zu Ihnen sein.« Der Bankdirektor spießte eine Olive auf seine Gabel. »Die nächsten Schecks, die Sie ausstellen, Signor Milani, werden platzen. Ihr Konto ist nicht gedeckt, die Schulden sind riesig. Wie ich Ihnen schon sagte, als Sie mich in der Bank besucht haben, hat Ihr Vater die letzten drei Rückzahlungsraten des Darlehens nicht bedienen können. Wenn Sie nicht in Kürze diese drei Raten zahlen, sehen wir uns gezwungen, die Darlehen zu kündigen. Dann würde die gesamte Summe fällig.« Er schob sich die Olive in den Mund.

Francesca wurde eiskalt. Sie versuchte zu schlucken, aber ihr Mund war zu trocken.

»Und wie hoch ist diese Summe?«, fragte die Signora mit seltsam hoher Stimme.

Der Direttore nannte einen Betrag, der Francesca unvorstellbar hoch erschien.

»Aber unsere Einnahmen sind deutlich gestiegen in den letzten Wochen«, sagte Matteo. »Ich habe bereits die Preise unserer Waren erhöht. Und das macht sich bemerkbar.«

Signor Cattaneo nickte. »Dennoch sind die Schulden hoch. Zu hoch, wenn Sie verstehen.«

Matteo stieß ein ungläubiges Lachen aus und schob seinen unberührten Teller zur Seite. »Ich brauche Zeit, Signor Cattaneo. Ich habe den Betrieb erst vor ein paar Wochen übernommen. Die Einnahmen steigen von Woche zu Woche. Aber ich verstehe nicht, warum Sie mir die Pistole auf die Brust setzen, jetzt, in dieser Situation.«

»Natürlich verstehen Sie nicht, mein Junge.« Signor Cattaneo trank einen großen Schluck Wein. »Wie denn auch, in Ihrem Alter? Sie sind unerfahren, und Ihr Betrieb braucht einen erfahrenen Mann an der Spitze.«

Matteo öffnete den Mund und schloss ihn kurz darauf wieder, ohne etwas zu sagen.

Einen Moment lang herrschte peinliche Stille am Tisch, nur die Kaugeräusche des Signor Cattaneo waren zu hören. Francesca fragte sich, warum der Direttore nicht bis Montag gewartet hatte, um Matteo dann zu sich in die Bank zu bestellen. Musste er denn zu ihnen nach Hause kommen und ihnen den ersten Abend seit Langem mit Gästen verderben? Francesca warf einen Blick auf Matteo, und ihr Herz zog sich zusammen, als sie sah, wie blass er plötzlich geworden war.

»Aber da ich mich Ihrer Familie immer freundschaftlich verbunden gefühlt habe … Sie wissen vielleicht, dass ich mit Ihrem verstorbenen Gatten zusammen zur Schule gegangen bin?« Er lächelte die Signora an. »Nun, ich möchte Ihnen helfen. Ich habe einen guten Freund, der an dem Café Alba interessiert ist. Er würde Ihnen aus Ihrer Schuldenmisere heraushelfen.«

Signor Cattaneo sah zwischen Mutter und Sohn hin und her. Er strahlte, als habe er ihnen gerade von einem Millionengewinn berichtet. Er aß zwei weitere Oliven und schloss genussvoll die Augen, als er sie mit einem Schluck Rotwein hinunterspülte.

»Und wie will er uns da hinaushelfen?«, fragte Matteo mit rauer Stimme.

»Indem er das Café Alba mit all seinen Rezepten, Mitarbeitern und dem Kundenstamm übernimmt. Auch das Gebäude würde er Ihnen abkaufen. Natürlich müssten Sie dann aus der Wohnung raus, aber Sie hätten ja das Geld aus dem Verkauf. Auch wenn nach Begleichung der Schulden natürlich nicht mehr allzu viel übrig bleibt.«

»Wir sollen verkaufen?«, fragte die Signora entsetzt.

»Werte Signora Milani.« Der Bankdirektor lehnte sich vor. »Sie werden auf lange Sicht keine andere Möglichkeit haben. Mein privater Vorstoß heute soll Ihnen die Schmach eines öffentlichen Bankrotts nehmen. Ich könnte all das ohne großes Aufsehen in die Wege leiten, niemand müsste von Ihrem finanziellen Desaster erfahren. Der Betrieb wird nach dem Tod des Besitzers verkauft, der Sohn hat kein Interesse, da fällt uns schon eine Erklärung ein. Jedenfalls müssen wir nicht öffentlich bekannt machen, dass Sie so gut wie zahlungsunfähig sind.«

»Nun …« Die Signora fasste sich an die Kehle. »Das … Ich … Bitte entschuldigen Sie mich.« Sie stand auf. »Ich fühle mich nicht wohl und muss mich leider zurückziehen. Matteo, kümmere du dich bitte um unsere Gäste.«

»Oh Signora Milani!« Signor Cattaneo hatte immerhin den Anstand, sich zu erheben und ein schuldbewusstes Gesicht zu machen. »Ich hoffe, es liegt nicht an mir, ich wollte nur helfen.«

»No, no«, murmelte die Signora und ging eilig zur Tür. »Ich habe mir wohl zu viel zugemutet. Es ist erst wenige Wochen her …«

Signora Cattaneo warf ihrem Mann einen vorwurfsvollen Blick zu, doch der zuckte nur mit den Schultern.

Francesca wagte es, sich endlich wieder zu rühren, räumte die Vorspeisen ab und eilte in die Küche.

»Schnell, die Lasagne«, sagte sie zu Antonella. »Es hat einen kleinen Eklat gegeben, die Signora hat sich zurückgezogen.«

Antonella sah sie erschrocken an. Zusammen brachten sie die Hauptspeise auf den Tisch, und Francesca räumte so schnell wieder ab, wie es ging, ohne dass es unhöflich erschien, und servierte schließlich eilig das Dessert. Das Gespräch war von nun an angespannt. Signor Cattaneo versuchte immer wieder auf den Verkauf des Cafés zurückzukommen, doch Matteo schwieg dazu eisern. Als das Ehepaar schließlich aufbrach, war es gerade erst halb zehn. Ein sehr kurzer Abend für eine Essenseinladung.

Matteo kam zu Francesca ins Esszimmer, nachdem er die Gäste zur Tür begleitet hatte. Seufzend ließ er sich auf einen der Stühle sinken. »Ich weiß nicht, was ich tun soll. Das Angebot des Direttore wäre tatsächlich eine Möglichkeit, um einigermaßen das Gesicht zu wahren. Natürlich wird es sich dennoch herumsprechen, aber offiziell haben wir einfach nur verkauft, weil mein Vater gestorben ist und ich, aus welchem Grund auch immer, den Betrieb nicht weiterführen will.«

»Du würdest also tatsächlich das Café Alba aufgeben? Es ist doch schon seit zwei Generationen im Besitz deiner Familie.« Francesca stellte die leere Platte, auf der die mit Schokoladennusscreme gefüllten Waffeln gelegen hatten, auf das Tablett. »Und all die Rezepte deiner Vorfahren und unsere Creme …«

Matteo stützte die Ellbogen auf den Tisch und ließ den Kopf in seine Hände sinken. »Ich weiß. Es wäre schrecklich. Und Madre müsste aus ihrer Wohnung, die sie so liebt. Und ich weiß auch nicht, was dann aus dir und Antonella wird, ob wir uns einen Haushalt mit Köchin und Dienstmädchen dann überhaupt noch leisten können.«

»Dann kommt diese Lösung nicht infrage?« Francesca spürte einen Hoffnungsschimmer. Sie konnte sich einfach nicht vorstellen, dass Matteo das Café Alba verkaufen würde. Es musste einen anderen Ausweg geben.

»Ich will es nicht, aber vielleicht sollte ich dieses Angebot tatsächlich annehmen.« Matteo stand auf. »Ich werde jetzt schlafen gehen.«

»Warte«, hielt Francesca ihn auf. »Was ist dann mit unserer Creme? Ich habe das Gefühl, dass darin eine Zukunft steckt. Wir haben nur aus der Not heraus die Haselnüsse hinzugefügt, und inzwischen besteht die Creme zum größten Teil daraus. Wir sehen doch schon jetzt, was für ein Erfolg sie ist. Gibt es denn keine Möglichkeit, das Rezept zu schützen?«

»Doch.« Matteo kratzte sich am Hinterkopf. »Man kann natürlich ein Patent anmelden. Ich bin nicht sicher, ob es sich lohnt, aber vielleicht sollte ich sicherheitshalber mal mit unserem Anwalt darüber sprechen.«

Francesca lächelte müde. »Das würde mich beruhigen, ich denke nämlich, dass es nicht mehr lange dauert, bis viele unsere Idee nachmachen.«

»Ich kümmere mich gleich Montag darum.« Matteo kam auf Francesca zu. Er küsste sie zärtlich und ging dann mit schweren Schritten aus dem Zimmer. Sie ahnte, dass er in dieser Nacht keinen Schlaf finden würde, und wünschte sich von Herzen, dass es ihnen gelingen würde, das Café Alba zu retten.

Als Matteo am nächsten Morgen zum Frühstück kam, hatte er dunkle Ringe unter den Augen. Eigentlich nutzte Francesca in der letzten Zeit den Sonntag dazu, all das im Haushalt zu erledigen, was in der letzten Woche, wegen ihrer Arbeit in der Backstube, liegen geblieben war. Ihren freien Nachmittag hatte sie nie wieder genommen. Sie dachte wehmütig an ihre Eltern, das Weingut und ihre Schwestern. Wie es Adriana und Chiara wohl gerade ging? Hoffentlich waren sie nicht mit Sorgen belastet.

Sie musste Matteo helfen. Er war so niedergeschlagen, dass Francesca allein sein Anblick schmerzte. Sie beschloss, heute sämtliche Routinen zu ignorieren, und schlug ihm vor, die Creme zu verbessern. Bislang hatten sie sich auf die beiden Zutaten Haselnüsse und Schokolade konzentriert und diese mit Milch und Sahne cremig geschlagen. Doch sie mussten einen Weg finden, die Creme länger haltbar zu machen. Denn auch wenn sie gekühlt wurde, konnte man sie nur ungefähr eine Woche aufbewahren. Francesca hatte die Idee, dass sie die Creme auch in Gläser füllen und zum Mitnehmen verkaufen könnten. An diesem Sonntagmorgen brachte sie ihre Idee wieder zur Sprache, als sie gemeinsam mit Matteo in der Backstube stand.

Matteo nickte. »Ich frage mich, womit wir die Sahne und die Milch ersetzen können.«

»Was ist mit Butter?«, schlug Francesca vor.

»Sehr gut, Butter ist natürlich etwas länger haltbar. Aber auch nicht allzu lange. Trotzdem sollten wir es mal versuchen, falls wir genug davon im Haus haben.« Matteo ging in die Vorratskammer, dann rief er. »Oder Öl? Palmöl vielleicht?«

»Möglicherweise«, rief Francesca zurück und eilte ihm entgegen, als er mit verschiedenen Ölflaschen und einem großen Stück Butter zurückkam. »Oder reicht uns nicht das Öl aus den Nüssen?«

»Nein, wir werden sicher mehr Fett brauchen. Doch wir werden Probleme bekommen, so viel Butter zu besorgen«, sagte Matteo. »Deshalb sollten wir es erst mal mit Palmöl versuchen.«

Die nächsten Stunden rührten sie verschiedene Rezepturen zusammen. Das Mengenverhältnis von Kakao und Haselnüssen ließen sie unangetastet, aber sie experimentierten mit Palmöl und Butter. Gegen Abend hatten sie ein Rezept gefunden, das ganz ohne Milch und Sahne auskam. Sie benötigten etwas Butter und viel Öl.

»Wir sollten die Creme über Nacht in den Kühlschrank stellen und morgen schauen, wie streichbar sie noch ist. Mit dem Öl sollte es funktionieren.« Matteo stützte sich müde auf der Arbeitsfläche ab.

Sie stellten eine Schüssel in den Kühlschrank, und eine weitere ließen sie in der Vorratskammer stehen.

Am nächsten Tag ging Francesca gleich nach dem Aufstehen runter in die Backstube, um nach der Creme zu sehen. Enttäuscht stellte sie fest, dass die, die in der Speisekammer gestanden hatte, zu flüssig und die im Kühlschrank viel zu fest war.

»Und?«, hörte sie Matteos Stimme hinter sich.

Francesca deutete auf die beiden Schüsseln. »Bei der einen Creme scheinen sich die Zutaten nicht richtig verbunden zu haben, und die andere ist so fest, dass man sie nur schneiden kann.«

»Wir haben zu viel Palmöl genommen.« Matteo warf einen Blick auf die Schüsseln. Er strich sich über das müde Gesicht. Dann wandte er sich Francesca zu und zog sie in seine Arme. »Guten Morgen, *cara mia.*«

»Guten Morgen.« Sie lächelte ihn liebevoll an und küsste ihn dann zärtlich.

Als sie sich wieder voneinander lösten, sagte er: »Vielleicht sollten wir die Creme gar nicht in Gläsern verkaufen, sondern in Blöcken.«

Francesca sah ihn überrascht an. »Dann müssten die Leute sie in Scheiben schneiden, um sie auf dem Brot essen zu können.«

Matteo zuckte mit den Schultern. »Na und? Das tun sie doch bei Käse oder Wurst auch. Lass uns mal die Creme so anrühren, dass sie fester ist, und dann formen wir sie zu einem Block.«

Sie begannen erneut, die Creme anzurühren, dieses Mal mit noch weniger Butter und Öl. Sie formten sie zu Blöcken und stellten diese anschließend in den Kühlschrank. Dann ließ Matteo sie mit Fernando und Amadeo allein, weil er zum Anwalt gehen wollte, um sich danach zu erkundigen, wie sie ihre Schokoladennusscreme schützen konnten. Als er zurückkam, hatte er einen Antrag auf ein Patent gestellt.

Als sie am Nachmittag nach der Creme sahen, war sie fest und ließ sich wunderbar in Scheiben schneiden. Sie schmeckte köstlich.

»Sehr gut. Trotzdem sollten wir noch mal versuchen, sie

streichbar zu bekommen«, sagte Francesca, während sie stolz die abgeschnittenen Scheiben betrachtete.

Von dem Direttore hörten sie in den nächsten Tagen nichts mehr, und Matteo schien das Thema zu ignorieren. Francesca spürte zwar, dass er bedrückt war, aber sie wollte nicht daran rühren. Die Perfektionierung der Creme lenkte ihn immerhin ab, und sie arbeiteten noch eifriger daran als zuvor. Die zehn Blöcke der Creme, die sie versuchsweise zum Verkauf angeboten hatten, waren nach zwei Stunden weg gewesen.

Francesca hoffte, dass sie nun auch eine Haltbarkeit erreichten, die es ermöglichte, in Zukunft verstärkt die Blöcke anzubieten, die zu Hause ein oder zwei Wochen verwahrt werden konnten.

*

10. September 1946

»Matteo?« Antonella steckte den Kopf zur Tür der Backstube hinein.

»Sì?« Matteo sah auf.

»Besuch!« Die Köchin war schon wieder halb im Treppenhaus verschwunden.

Matteo hielt einen Moment lang wie versteinert inne. Francesca konnte ihn gut verstehen. Im Moment war es nicht angenehm, wenn überraschend Besuch kam. Sie musste an die Männer denken, die die Schulden eintreiben wollten.

»Soll ich mitkommen, falls etwas serviert werden soll?«, fragte sie, auch weil sie Matteo ungern allein lassen wollte. Vielleicht brauchte er ihre Unterstützung, und sei es nur in Form ihrer Anwesenheit.

Aber er schüttelte den Kopf. »Mach du hier weiter, Antonella ist ja auch noch da.«

Francesca sah ihm besorgt nach. Sie hoffte inständig, dass es nur ein Bekannter war, der sich nach seinem Befinden erkundigen wollte, aber jeder wusste, dass Matteo vormittags genug in der Backstube zu tun hatte. Es war gewiss eine geschäftliche Angelegenheit und damit keine angenehme.

Nervös schnitt sie eine Teigrolle in Scheiben und schob das erste Blech mit Keksen in den Ofen. Anschließend ließ sie sie auskühlen, bestrich dann immer ein rundes Plätzchen mit dicker Schokoladennusscreme und setzte schließlich ein zweites obendrauf. Fertig waren die *Baci di dama*. Nur Matteo war noch immer nicht zurückgekehrt. Sie begann mit der *Torta di nocciole*, der Nusstorte, und schlug Eigelb und Zucker schaumig, gab dann gemahlene Haselnüsse und Rum dazu. Nachdem sie das geschlagene Eiweiß untergehoben und schließlich den Kuchen in den Ofen geschoben hatte, sah sie auf die Uhr und überlegte, ob sie nach oben gehen und nach Matteo sehen sollte. Aber sie wusste, dass es ihr nicht zustand. Wenn er sie brauchte, würde er sie sicherlich rufen.

Bis zum Mittagessen erschien Matteo nicht wieder in der Backstube. Francesca war froh, als sie die letzten Kekse aus dem Ofen genommen hatte und nach oben laufen konnte. Antonella war in der Küche und bereitete gerade die grüne Sauce für ihr *Bollito misto con salsa verde* zu.

»Wer war denn zu Besuch gekommen?«, fragte sie und griff nach dem Tablett, um Teller und Besteck daraufzulegen.

»Es war Signor Bianco, er ist aber schon länger wieder fort«, antwortete die Köchin, während sie in einem Topf rührte.

Francesca atmete erleichtert auf. Signor Bianco hatte nichts mit der Bank zu tun und war auch kein Geldverleiher. Francesca mochte ihn zwar nicht sonderlich, sie erinnerte sich daran, wie er das Personal stets ignorierte, aber immerhin war er kein Gläubiger.

Sie ging ins Esszimmer und begann, den Tisch zu decken. Dann half sie Antonella bei der Zubereitung des Salats. Pünktlich um eins hörte Francesca die Signora und Matteo ins Esszimmer kommen. Sie schienen in ein Gespräch vertieft zu sein, doch als Francesca mit dem Wasserkrug eintrat, verstummten sie sofort. Matteo hatte die Arme verschränkt und lehnte an der Fensterbank. Die Signora hatte bereits am Tisch Platz genommen. Francesca lächelte Matteo an, aber er wich ihrem Blick aus.

Ihr Herzschlag beschleunigte sich. Irgendetwas war passiert. Schweigend goss sie Wasser in die Gläser und ging dann in die Küche, um den Salat zu holen. Als sie zurückkam, stand Matteo noch immer am Fenster und starrte vor sich hin.

»Bitte setz dich«, forderte die Signora ihren Sohn auf.

Matteo stieß geräuschvoll die Luft aus und ging dann zu seinem Stuhl.

Während der Vorspeise sprachen beide kein Wort. Francesca war beinahe froh, als sie die Teller abräumen und aus dem Esszimmer entkommen konnte. Sie war gerade in den dunklen Flur getreten, als sie die Signora mit leiser Stimme fragen hörte: »Sie ist der Grund, oder?«

Francesca konnte nicht anders, sie blieb stehen, um zu lauschen. Sie wollte unbedingt wissen, was zwischen den beiden vorgefallen war. Ob Signor Biancos Besuch etwas mit der schlechten Stimmung zwischen Mutter und Sohn zu tun hatte?

»Madre, bitte.« Matteo stöhnte. »Es liegt nicht an Francesca. Ich halte es einfach nicht für richtig.«

»Willst du etwa, dass wir alles verlieren?«, zischte die Signora wütend.

»Francesca?«, fragte Antonella, die in der Küchentür stand, in diesem Moment.

Ertappt zuckte Francesca zusammen und beeilte sich, mit dem schmutzigen Geschirr in die Küche zu kommen.

»Hast du etwa gelauscht?«, fragte Antonella mit vorwurfsvollem Blick.

Francesca spürte, wie ihr das Blut in die Wangen schoss. »Entschuldigung, ich bin nur so beunruhigt. Irgendetwas Schlimmes muss passiert sein.«

»Ums liebe Geld wird es gehen.« Antonella seufzte und reichte ihr die Schüssel mit dem gekochten Fleisch. »So ernst hat es wahrhaftig noch nie gestanden. Angst habe ich auch, aber das rechtfertigt noch lange nicht, an der Tür zu lauschen.«

Francesca murmelte noch einmal eine Entschuldigung und eilte mit der Schüssel wieder ins Esszimmer.

Dort herrschte nach wie vor eisige Kälte. Sobald die Signora die Tafel aufhob, eilte Matteo hinaus, sodass Francesca keine Gelegenheit hatte, ihn nach dem Besuch zu fragen. Beinahe kam es ihr so vor, als wolle er nicht mit ihr reden.

Francesca ging wieder runter in die Backstube und wartete unruhig auf ihn. Immer mehr bekam sie den Eindruck, dass etwas im Argen lag. Als sie nachmittags nach oben zu Antonella in die Küche kam, um endlich ihre Pflichten im Haushalt zu erledigen, erfuhr sie, dass Matteo ausgegangen war.

Francesca zermarterte sich den Kopf über den Besuch von Signor Bianco, denn der musste der Auslöser für Matteos seltsames Verhalten und die schlechte Stimmung zwischen ihm und seiner Mutter gewesen sein. Und auch wenn Francesca wusste, dass sie kein Recht darauf hatte, von ihm informiert zu werden, schmerzte es sie doch, dass er sich ihr nicht anvertraute. Zumal etwas Matteo sehr zu belasten schien. Was hatte die Signora damit gemeint, dass sie der Grund sein würde?

Matteo kam erst zum Abendessen nach Hause. Und das Gefühl, dass er ihr auswich, verstärkte sich noch. Sonst war er oft ein paar Minuten vor der Signora im Esszimmer, sodass sie sich unterhalten konnten, doch heute kam erst die Signora, wie immer pünktlich auf die Minute. Matteo erschien kurz nach ihr, so als habe er gewartet, bis seine Mutter da war, um nicht mit Francesca allein zu sein. Aber nein, das bildete sie sich bestimmt nur ein. Er schenkte Francesca ein flüchtiges Lächeln und zog sich dann wieder in sich selbst zurück. Auf die belanglosen Fragen der Signora, die ganz offensichtlich bemüht war, ein Gespräch mit ihm zu führen, antwortete er einsilbig und beinahe unfreundlich, sodass sie ihre Versuche bald aufgab. Auch Francesca sehnte sich nach seiner Aufmerksamkeit, nach einem liebevollen Blick, der sie beruhigt hätte, aber er sah sie nicht einmal an. Bereits vor dem Dessert entschuldigte er sich und verließ das Zimmer.

Francesca war verwirrter als je zuvor. Sie spielte ernsthaft mit dem Gedanken, ihn in seinem Zimmer aufzusuchen, aber dann rief sie sich ihre Stellung in Erinnerung. Auch wenn er ihr seine Liebe gestanden hatte, wollte er sich ihr ganz offensichtlich nicht anvertrauen und hatte vermutlich seine Gründe dafür.

*

10. bis 15. September 1946

Auch in den darauffolgenden Tagen änderte sich wenig an Matteos Verhalten. Er ging ihr aus dem Weg, vermied es, mit ihr allein zu sein, und überließ ihr die Backstube komplett. Hin und wieder ließ er sich unten blicken, aber nur, um sich zu vergewissern, dass die Arbeit gemacht wurde. Er kam auch erst, wenn er sicher war, dass Amadeo und Fernando da waren.

Am Sonntag hatten die Milanis zum zweiten Mal seit dem Tod des Signore wieder Gäste, nach dem denkwürdigen Abend mit dem Bankdirektor. Dieses Mal waren es die Biancos, mit ihrer Tochter Giovanna. Auch bei diesem Mittagessen war Matteo auffallend schweigsam, allerdings unterhielt die meiste Zeit Signor Bianco die Tischgesellschaft, sodass es nicht weiter auffiel. Danach verließen Matteo und die Signora gemeinsam mit der Familie Bianco das Haus, denn endlich sollte das Picknick nachgeholt werden. Francesca reinigte an diesem Nachmittag gründlich den Salon. Dann ging sie nach unten in die Backstube, um einen der Schokoladencreme-Blöcke, die sie vor einer Woche zubereitet hatte, zu prüfen. Der Block, den sie in Aluminiumfolie gewickelt hatte, sah noch genauso gut aus wie vor einer Woche. Sie probierte ein kleines Stück und stellte fest, dass auch der Geschmack noch wunderbar war. Eine Woche Haltbarkeit hatten sie also bereits erreicht, dachte Francesca zufrieden.

Francesca nahm sich vor, Matteo am Abend davon zu erzählen. Sie würde es auch im Beisein der Signora ansprechen, vielleicht würde die gute Nachricht sie und ihn sogar einander wieder näherbringen.

Die Signora kehrte um sechs Uhr nach Hause zurück. Matteo hingegen kam erst um acht heim und setzte sich wenige Minuten später an den Tisch, wo die Signora bereits mit der Vorspeise begonnen hatte.

Seine Mutter lächelte ihn liebevoll an, doch Matteo schenkte ihr nur ein kurzes Lächeln. Während des Essens war die Signora ungewohnt fröhlich. Sie lachte vor sich hin, ohne dass Francesca einen Grund hätte erkennen können.

»Schenken Sie mir noch ein Glas Wein ein«, forderte sie Francesca auf. »Heute ist mir nach einer Feier zumute.«

Francesca füllte das Kristallglas mit Rotwein. Es kam selten vor, dass die Signora mehr als ein kleines Glas trank.

Sie prostete ihrem Sohn zu und wollte offensichtlich etwas sagen, doch Matteo warf ihr einen scharfen Blick zu, worauf sie die Worte, die ihr auf der Zunge gelegen haben mussten, runterschluckte. Dann zuckte sie nur belustigt mit den Schultern und nahm einen großen Schluck.

Sobald die Signora aufgestanden war, wandte sich Francesca an Matteo. »Signore, ich würde Ihnen gern die Schokoladennusscreme vom letzten Sonntag zeigen. Sie ist noch immer ausgezeichnet, unser Rezept scheint also zu stimmen.«

Statt zufrieden zu lächeln, wie Francesca es erwartet hätte, warf er seiner Mutter einen gequälten Blick zu, ehe sie aus dem Zimmer ging. Dann sagte er: »Ich muss mit dir reden, Francesca.«

Sofort schlug ihr Herz so heftig, dass sie es im Hals spüren konnte. Irgendetwas musste passiert sein, etwas Schreckliches.

Matteo schaute kurz zur geschlossenen Tür, durch die die Signora verschwunden war, dann zog er einen Stuhl zurück. »Bitte setz dich.«

Francesca wurde eiskalt. Er würde ihr bestimmt kündigen, ihr sagen, dass er sie nicht länger bezahlen konnte. Seine Miene war so ernst, dass es nur etwas Schlimmes sein konnte, was er ihr zu sagen hatte. Mit steifen Gliedern setzte sie sich, jeder Muskel in ihrem Körper war plötzlich angespannt.

Er nahm neben ihr Platz. Halb ihr zugewandt, halb zum Tisch blickend begann er stockend: »Du weiß ja von den Schwierigkeiten … Mein Vater … Ich hatte keine Ahnung, dass es so schlimm …«

»Du willst mir kündigen?«, fragte Francesca mit belegter

Stimme. Als er sie überrascht ansah, fuhr sie schnell fort. »Das brauchst du nicht. Ich verzichte auf mein Geld, ich brauche auch nicht viel Essen, ich verspreche, ich werde euch keine Kosten …«

»No.« Matteo lächelte traurig und fasste dann nach ihrer Hand. Er lehnte sich vor und streichelte nervös ihre Finger. Ohne ihr in die Augen zu blicken, sagte er: »Das ist es nicht.«

Francesca schwieg. Erleichterung breitete sich in ihr aus. Sie musste ihn nicht verlassen, sie durfte bleiben.

»Es ist Giovanna Bianco«, sagte er, noch immer mit abgewandtem Blick. »Ich werde sie heiraten.«

Kapitel 7

Italien, Piemont, September 1946

15. September 1946

»Was?« Francesca entzog ihm vor Schreck ihre Hand und sprang auf. »Das … das verstehe ich nicht.«

»Oh Gott«, stieß Matteo stöhnend aus. Er war in sich zusammengesunken. »Ich bin dazu gezwungen, es gibt keine andere Lösung. Signor Bianco ist ein Freund von Direttore Cattaneo. Von ihm hatte der Direttore gesprochen, er ist der Mann, der am Café Alba interessiert ist. Angeblich, um uns zu helfen. Nachdem ich zuerst gezögert habe, ist Signor Bianco am Donnerstag hergekommen. Mit einem anderen Vorschlag, einem, bei dem wir das Café und auch das Haus behalten können, er aber trotzdem am Geschäft beteiligt wäre. Er hat mir vorgeschlagen, die Verbindung nicht finanzieller Art zu gestalten, sondern durch eine Heirat.«

Francesca starrte ihn ungläubig an. Die Worte drangen nur langsam in ihr Bewusstsein. Aber als sie die Zusammenhänge begriffen hatte, machte auf einmal auch Matteos seltsames Verhalten in den letzten Tagen Sinn.

»Auch wenn unsere Einnahmen steigen, macht uns die Bank Druck. Signor Cattaneo will mir einfach keine Zeit geben, obwohl ganz klar zu erkennen ist, dass das Café immer höhere Einnahmen hat. Ich vermute, er handelt im Auftrag seines Freundes Bianco. Warum sonst würde er auf einmal diesen Druck ausüben, wo mein Vater doch schon seit Jahren Schwierigkeiten hatte? Warum kommt er ausgerechnet jetzt mit dieser Drohung, wo die Einnahmen steigen und wir neue Ideen haben?« Matteo hatte sich in Rage geredet. Er stand auf und lief im Zimmer auf und ab. »Eigentlich sollte doch jede Bank gern in unseren Betrieb investieren. Es ist eine Verschwörung, da bin ich mir sicher, Cattaneo handelt auf Signor Biancos Anweisung. Es ist nichts anderes als eine Erpressung: Heirate meine Tochter, oder ich sorge dafür, dass du dein Geschäft und dein Haus verlierst!« Matteo blieb vor Francesca stehen, umfasste ihre Oberarme und sah sie beschwörend an. »Ich liebe Giovanna nicht. Aber wenn ich sie nicht heirate, werden wir alles verlieren. Wenn ich Giovanna heirate, zahlt Signor Bianco die Schulden.«

»Alle?«, fragte Francesca. Ihre Stimme war nur ein Krächzen.

»Alle.« Matteo ließ sie los und rang verzweifelt die Hände. »Auch die bei den Geldverleihern. Signor Bianco würde offiziell mein Partner werden. Und da ich sein einziger Schwiegersohn wäre, denn die Biancos haben nur eine Tochter, würden Giovanna und ich später sowieso alles erben, nicht nur das Café, auch ein immenses weiteres Vermögen.«

Francesca versuchte zu schlucken, aber ihr Mund war zu trocken.

»Ich habe keine Wahl«, sagte Matteo. »Verstehst du das?«

Sie verstand gar nichts und doch alles.

»Oh, mein Liebling.« Matteo zog sie an sich. »Ich bin genauso verzweifelt wie du. Und es schmerzt mich unendlich, dir wehtun zu müssen. Denn glaube mir, du solltest die Frau an meiner Seite sein. Es tut mir leid, so unendlich leid.« Er drückte sie so fest, dass sie kaum atmen konnte, und sie spürte seine Verzweiflung. Dann ließ er sie wieder los und trat einen Schritt zurück. »Das darf nicht mehr sein. Wir dürfen nicht mehr … Ich werde mich schon bald mit Giovanna Bianco verloben.«

»Darf ich denn noch für dich arbeiten?«, brachte Francesca mühsam hervor.

»Du musst.« Er betrachtete sie liebevoll. Seine Augen schimmerten feucht. »Du bist meine wichtigste Mitarbeiterin. Denk allein an unsere Creme.« Die letzten Worte waren nur noch geflüstert. Tränen liefen ihm über die Wangen, die er hastig wegwischte.

Francesca nickte erleichtert und verzweifelt zugleich. Sie spürte, wie ihre gefasste Haltung zu bröckeln begann, und wandte sich schnell ab. Mit letzter Kraft schleppte sie sich zu Antonella in die Küche, wo sie auf einem der Stühle zusammensank. Matteo folgte ihr nicht.

»Francesca! Was ist passiert?«, fragte Antonella erschrocken.

Sie presste die Lippen zusammen und konnte einen Moment lang gar nichts sagen, weil sie dann in heftiges Schluchzen ausgebrochen wäre. Aber sie durfte sich nicht so gehen lassen. Schließlich hatte sie es von Anfang an gewusst. Sie war nicht gut genug für einen Mann wie Matteo.

»So rede schon, Mädchen!« Antonella beugte sich zu ihr hinunter. »Hat es etwas mit Matteo zu tun?«

Francesca nickte. Sie flüsterte: »Er heiratet Giovanna Bianco.«

»Giovanna?«, rief die Köchin, richtete sich wieder auf und machte sich am Herd zu schaffen. Irgendwann sagte sie: »Im Grunde ist das keine Überraschung. Wenn ich so darüber nachdenke, erscheint es mir sogar vollkommen logisch. Die Biancos haben viel Geld, Signor Bianco ist einer der einflussreichsten Männer der Stadt. Und dass die kleine Giovanna Matteo mag, ist auch nicht zu übersehen.« Antonella goss kochendes Wasser in zwei Becher, die sie auf den Tisch stellte. »Trink erst einmal einen Kräutertee, der tut deinen Nerven gut.«

Nichts würde heute Francescas Kummer lindern können, geschweige denn ein Kräutertee. Sie starrte auf den Dampf, der aus den Bechern aufstieg. Ihr Kopf war plötzlich völlig leer. Sämtliche Energie war aus ihr gewichen. Sie dachte weder daran, dass im Esszimmer noch abgeräumt werden musste, noch an die Fensterläden, die geschlossen werden mussten.

Antonella verließ die Küche, und erst als sie ein paar Minuten später mit dem Geschirr wiederkam, fiel Francesca auf, dass sie fort gewesen war. Die Köchin begann zu spülen und trocknete anschließend ab. Francesca nahm all das wie durch einen Schleier wahr. Als Antonella den Küchentisch für ihr eigenes Abendessen deckte und Pasta und nach Knoblauch, Thymian und Zwiebeln duftende Sauce auf Tellern verteilte, erwachte sie allmählich aus ihrer Starre.

»Du musst etwas essen«, sagte die Köchin sanft.

Aber allein schon der Gedanke daran verursachte ihr Übelkeit. Francesca schüttelte matt den Kopf.

»Dann geh zu Bett, Schlaf wird sicher helfen.« Antonella seufzte. »Diese Herzensangelegenheiten sind schlimm. Oft bringt die Liebe nur Kummer. Na los, geh schon und leg dich hin, morgen sieht die Welt bestimmt wieder besser aus.« Sie hob die Hand und deutete zur Tür. »Aber nimm wenigstens deinen Tee mit.«

Francesca hätte später nicht mehr sagen können, wie sie nach oben gekommen war und sich ins Bett gelegt hatte. Sie fiel sofort in einen tiefen Schlaf, und als Antonella sie am nächsten Morgen weckte, blinzelte sie verwirrt. Einen Moment lang hatte sie keine Erinnerung an den letzten Abend. Aber dann überfiel sie ein Gefühl der Verzweiflung und brachte alles zurück. Matteo würde Giovanna Bianco heiraten! Einen Moment lang nahm ihr die Erkenntnis den Atem. Doch dann richtete sie sich auf und holte tief Luft.

Sie würde nicht tatenlos zusehen, wie ihr Glück zerbrach. Matteo hatte gesagt, dass er Giovanna nicht liebte, dass es eine Ehe aus Vernunftgründen sein würde. Signor Bianco hatte viel Geld, ein kleines Vermögen, das das Café Alba retten konnte. Wenn es aber nun doch eine andere Lösung geben würde, um das Café zu retten? Würde Matteo dann immer noch Giovanna heiraten? Vermutlich nicht, jedenfalls hatte sie ihn so verstanden.

Francesca spürte plötzlich eine neue Energie. Sie zog sich schnell an und eilte nach unten in die Backstube, wo sie sich dem Blätterteig widmete. Denn heute war Blätterteigtag, das hatte Francesca eingeführt, seit sie für Matteo die Backstube organisierte. Da Anfang der Woche immer weniger Gäste ins Café kamen, war es auch in der Backstube etwas ruhiger. Das nutzte sie dazu, die Gebäckstücke aus Blätterteig für die Markttage am Donnerstag und Samstag vorbereiten zu lassen. Dann platzte das Café immer aus allen Nähten, weil die Leute aus den umliegenden Dörfern vor und nach ihrem Marktbesuch zu ihnen kamen.

Als sie die fertigen Teige in die kühle Vorratskammer stellte, fiel ihr Blick auf die Schokoladennuss-Blöcke. Inzwischen waren sie über eine Woche alt. Sie wickelte die Folie ab. Nach wie vor sah die Schokolade tadellos aus. Bei der Creme, die sie in Gläser gefüllt hatten, hatte sich allerdings ein Ölfilm an der Oberfläche gebildet. Natürlich könnten die Kunden diesen verrühren, aber es schien Francesca noch nicht vollkommen. Wieso setzte sich immer noch dieses Öl oben ab, obwohl sie den Palmölanteil deutlich verringert und stattdessen Butter genommen hatten?

Francesca beschloss, sich vorerst ganz auf die Blöcke zu konzentrieren, denn mit der Creme kam sie im Moment nicht weiter. Sie konnten sie aber immerhin für die Füllung der *Baci di dama* verwenden.

Francesca sah auf die Uhr. Es war höchste Zeit, das Frühstück vorzubereiten, also lief sie schnell nach oben. Die Schokoladennusscreme hatte sie für ein Weilchen von ihrem Kummer abgelenkt. Aber nun spürte sie mit jedem Schritt, wie ihr schwerer ums Herz wurde. Als sie ins Esszimmer trat, überfiel sie die Erinnerung an den gestrigen Abend mit voller Wucht. Hier hatte Matteo ihr gesagt, dass er eine andere heiraten würde. Sie brauchte einen Moment, um sich zu sammeln. Während sie den Tisch deckte, liefen ihr Tränen über die Wangen. Bevor sie in die Küche ging, um das Weißbrot und die Marmelade zu holen, wischte sie sie eilig fort.

Antonella sah sie prüfend an, sagte aber nichts, und auch Francesca schwieg, weil sie das Gefühl hatte, sofort wieder weinen zu müssen, wenn sie den Mund aufmachte.

Als sie wieder im Esszimmer war, kam Matteo herein.

»Guten Morgen«, sagte er und sah Francesca an. Die Hände hatte er in die Hosentaschen gesteckt, den Kopf geneigt. Er wirkte verloren und verunsichert.

»Guten Morgen, Signore«, flüsterte Francesca, darauf konzentriert, die Fassung zu wahren. Sie war, ohne es vorher zu planen, wieder zu der förmlichen Anrede übergegangen. Sie wagte kaum, ihn anzusehen, auch wenn sie am liebsten auf ihn zugegangen wäre.

Er hielt einen Moment inne und zögerte. Dann ging er mit entschlossenen Schritten zu seinem Platz.

Francesca ging, um den Kaffee zu holen, und sie war froh,

dass sie den Raum verlassen konnte. Es war unerträglich, ihn zu sehen und zu wissen, dass sie ihn nie wieder küssen, nie wieder zärtlich berühren durfte.

Als sie mit dem Kaffee ins Esszimmer zurückkam, war inzwischen auch die Signora gekommen, und das machte Matteos Anwesenheit eigenartigerweise ein bisschen leichter für Francesca.

Matteo trank nur Kaffee, er aß nichts und stand nach wenigen Minuten wieder auf. Auch die Signora hatte es heute anscheinend eilig, den Frühstückstisch zu verlassen, sodass Francesca gleich wieder in die Backstube konnte, wo sie der tröstende Duft von gerösteten Haselnüssen empfing. Dann machte sie sich wieder an die Schokoladennusscreme. Bald hatte sie viele kleine Blöcke geformt, die sie auf der Waage genau abwog, sodass sie immer fünfhundert Gramm schwer waren. Sie legte sie auf Teller und stellte sie in den Kühlschrank.

Als sie fertig war, stand sie einen Moment lang ratlos in der Backstube und spürte, wie ihre Verzweiflung zurückkehrte. Sie musste irgendetwas tun, sich mit Arbeit ablenken. Also ging sie wieder nach oben, wo sie die Schlafzimmer aufräumte und sauber machte. Als sie ins Arbeitszimmer des Signore trat, schrak sie erschrocken zusammen, weil Matteo am Schreibtisch saß.

»Oh, Verzeihung, Signore, ich hatte gar nicht daran gedacht, dass Sie jetzt hier …« Sie verstummte, als sie sein blasses Gesicht sah.

Er stand auf und hob kraftlos die Hand. »Bitte, hör auf damit, mich Signore zu nennen.«

»Aber das sind Sie für mich. Mein Arbeitgeber, mein Vorgesetzter.« Francesca stellte den Eimer mit dem Putzwasser ab.

»Sag mir, was ich tun kann, um Giovanna nicht heiraten zu müssen«, sagte er mit flehender eindringlicher Stimme und kam um den Schreibtisch herum.

Francesca stand noch immer in der geöffneten Tür. Ihr fiel auf, dass die Luft im Zimmer besser war als zu Zeiten des alten Signore. Matteo hatte ein Fenster geöffnet, durch das frische Luft hereinwehte, außerdem rauchte er nicht. Warum dachte sie in diesem Moment an solche Nichtigkeiten, wo es doch viel dringendere Fragen gab?

»Sag mir, was ich tun kann«, wiederholte Matteo und machte einen Schritt auf sie zu. »Ich halte es nicht aus, nicht mehr mit dir zusammen sein zu dürfen. Dich um mich zu haben und nicht berühren zu dürfen, zu wissen, dass wir keine gemeinsame Zukunft haben, ist fürchterlich. Ich kann an nichts anderes mehr denken, ich sehne mich so sehr nach dir.«

Francesca wurde schwindelig. Sie tastete nach der Türklinke, um sich daran festzuhalten. Ihre Zuversicht, die sie nach dem Aufstehen gespürt hatte, war längst wieder verflogen.

Das alles war so verwirrend, so viele unterschiedliche Gefühle, die mit einem Mal auf sie einstürmten. Freude und Hoffnung, zugleich aber auch Angst und Verzweiflung. Wahrscheinlich gab es keinen Ausweg, Matteo musste Giovanna heiraten, oder sie alle würden alles verlieren. Auf der einen Seite stand ihr kleines, bescheidenes Glück, auf der anderen Seite aber die Verantwortung, die Matteo auch für seine Mutter und Antonella trug. Wenn es nur um sie beide gegangen wäre, dann hätte Francesca mutiger reagiert, hätte ihm gesagt, dass sie schon einen Weg finden würden, aber könnte sie damit leben, wenn die Signora und die liebe, treue Antonella, die seit vielen Jahren in diesem Haus lebte und die Familie versorgte, auf der Straße ständen? Und was wäre mit all den Mitarbeitern in der Backstube und im Café? Sie dachte an Angelina, ihre Freundin. Auch den Kellnerinnen und Konditoren gegenüber musste Matteo Verantwortung übernehmen.

»Ich weiß es nicht«, sagte Francesca und griff wieder nach dem Eimer.

»Warte.« Matteo trat zu ihr und zog sie ins Zimmer. Er schloss die Tür und nahm ihr den Eimer ab, den er wieder auf den Boden stellte. »Noch bin ich nicht verlobt.« Er zog Francesca in seine Arme, und sie hatte nicht die Kraft, sich ihm zu widersetzen. Als ihre Münder sich trafen, schloss sie die Augen und spürte die Weichheit und Wärme seiner Lippen. Matteo küsste sie ebenso leidenschaftlich wie verzweifelt, sie sog seinen Zitronen- und Pfefferminzduft ein und fuhr mit den Händen über seinen Rücken.

»Ich liebe dich, und nichts kann das ändern«, murmelte er, ohne von ihr abzulassen. »Wir müssen eine andere Lösung finden.«

Francesca gab sich einen Moment dieser Hoffnung hin, dass es eine andere Lösung gäbe, auch wenn sie nicht die geringste Ahnung hatte, wie diese aussehen konnte. Sie wusste sowieso so schrecklich wenig und kannte sich mit geschäftlichen Dingen nicht aus. Sie hatte zuvor noch nicht einmal gewusst, dass es Darlehen und Kredite gab, dass es private Verleiher gab, die das Geld, auch mit brutalen Methoden, wieder einforderten. Wie also sollte ausgerechnet ihr eine Lösung einfallen?

In den nächsten Tagen konnten Francesca und Matteo nicht voneinander lassen. Auch wenn er Giovanna heiraten musste und sie beide wussten, dass die Küsse und zärtlichen Berührungen, die Umarmungen und leidenschaftlichen Worte nicht richtig waren, so gaben sie ihnen beiden doch Trost und Kraft. Das Wissen darum, dass es falsch war, schien beide sogar noch begieriger aufeinander werden zu lassen.

*

»Maria, das Hausmädchen der Biancos, erzählt überall herum, dass Giovanna sich in Kürze mit Matteo Milani verloben würde«, platzte es aus Angelina heraus, als sie und Francesca sich am Samstag auf den Weg zum Markt machten. »Das kann doch nicht stimmen, oder?«

Francesca unterdrückte ein Seufzen, während sie unter den Kastanien herliefen, deren Blätter sich allmählich dunkelgrün färbten. Der Herbst war nicht mehr weit. Sie hatte gehofft, nicht über das Thema sprechen zu müssen. »Doch, es stimmt.«

Angelina blieb stehen und sah sie irritiert an. »Aber … Ich war mir sicher, dass du und Matteo …«

Francesca wich dem Blick ihrer Freundin aus. Sie bemühte sich um einen unbekümmerten Tonfall, als sie sagte: »Ach, sei nicht albern. Matteo und ich, das passt doch nicht. Ich bin ein Mädchen vom Land, ohne Geld, wie sollte ich jemals in eine Familie wie die Milanis passen?«

Eine Weile liefen sie schweigend nebeneinander her.

»Gehst du dann?«, wollte Angelina wissen, als sie an der Eisdiele am Ende der Via Rattazzi vorbeikamen.

»Gehen? Wohin denn?«, fragte Francesca erstaunt.

»Das weiß ich nicht. Aber wenn Giovanna dann die neue Herrin im Haus wird, kann ich mir vorstellen, dass das Leben für dich nicht leichter wird.« Angelina deutete auf die Tische vor dem Eissalon. »Komm, ich lade dich auf ein Eis ein.«

»Ich habe nicht so viel Zeit«, sagte Francesca und hielt nach einer der Turmuhren Ausschau.

»Ach was.« Angelina winkte ab und ließ sich auf einen der harten Metallstühle in der Sonne fallen.

Zögernd nahm Francesca ihr gegenüber Platz. Sie hatte

noch nie in ihrem Leben ein Eis gegessen und musste gestehen, dass sie neugierig war. Bislang hatte sie immer auf die dicken runden Kugeln gestarrt, die in kleinen Metallschalen serviert wurden. Kinder bekamen ihre Kugeln meist in Waffelhörnchen gereicht.

»Wir nehmen zweimal drei Kugeln, Vanille, Schoko und Erdbeere«, bestellte Angelina bei der Kellnerin, die zu ihrem Tisch geeilt war, kaum dass die Freundinnen Platz genommen hatten. Dann wandte sie sich wieder an Francesca. »Was ich meine, ist, dass Giovanna auch Augen im Kopf hat und sehr schnell feststellen wird, dass Matteo dich anders anschaut als sie oder sonst eine Frau. Und ich kann mir nicht vorstellen, dass ihr das gefällt.«

Francesca unterdrückte ein Lächeln. Es gefiel ihr, dass sogar Angelina Matteos Gefühle ihr gegenüber nicht verborgen geblieben waren, obwohl sie ihn und sie nur selten zusammen sah. Zugleich wurde ihr aber auch klar, dass sie noch gar nicht darüber nachgedacht hatte, dass Giovanna ja dann ihre Herrin werden würde. »Meinst du, sie würde mich entlassen?«

Angelina verzog den Mund. »Gut möglich. Ich würde es jedenfalls tun, wenn ich an ihrer Stelle wäre.«

»He.« Francesca gab ihrer Freundin einen Klaps auf den Arm.

»Ich würde dich ja nicht als Angelina entlassen, sondern als Giovanna Bianco«, sagte sie.

In diesem Moment wurde das Eis serviert, und Francesca vergaß für einen Moment ihre Sorgen. Sie bewunderte die Kugeln, betrachtete die winzigen Eiskristalle, die sich am Rand gebildet hatten, und roch an dem Eis. Aber es war kein Duft wahrzunehmen. Sie griff zum Löffel und probierte vorsichtig. Kalt und erfrischend, und dann breitete sich der Geschmack von Erdbeere und Süße auf ihrer Zunge aus. Es war köstlich.

Und doch fehlte ihr der Duft, der das Café und die Backstube erfüllte. Erst jetzt sah sie sich um, die Terrasse war spärlich besucht, aber es war ja auch noch früh. Später, wenn Angelina und Francesca vom Markt nach Hause gingen, würden hier alle Tische besetzt sein. Sie hatte in den letzten Wochen immer wieder beobachtet, dass besonders Kinder sehr gern herkamen und das Eis liebten.

»Ich an deiner Stelle würde vorsichtig sein«, riss Angelina Francesca aus ihren Gedanken. »Wenn Matteo Giovanna tatsächlich heiratet, bin ich mir ziemlich sicher, dass du nicht mehr so frei zwischen Backstube und Haushalt hin- und herwechseln kannst. Wenn du dann überhaupt bleiben darfst.«

»Matteo würde niemals zulassen, dass ich entlassen werde«, entgegnete Francesca, war sich aber sofort unsicher, nachdem sie die Worte ausgesprochen hatte. Sie hätte auch niemals geglaubt, dass Matteo eine Heirat mit Giovanna Bianco überhaupt in Erwägung ziehen würde. Sie war eines Besseren belehrt worden.

»Natürlich würde Giovanna eine andere Stellung für dich finden, bei einer anderen Familie, in einer anderen Stadt. Weit weg von Matteo. So würde ich es zumindest machen. Dagegen könnte Matteo schwer etwas sagen, schließlich wäre das Personal im Haushalt Giovannas Sache.«

Francesca sah Angelina erschrocken an. Ihre Freundin hatte recht. Da sie noch immer keine Lösung gefunden hatten, hatte sie sich in den letzten Tagen einzureden versucht, dass sie schon irgendwie mit Matteos Entscheidung leben könnte, wenn sie nur in seiner Nähe bleiben konnte. Aber das würde seine zukünftige Frau natürlich niemals zulassen, jedenfalls nicht mehr, wenn sie einmal erkannt hatte, wem Matteos Liebe galt.

Am Dienstagmorgen, als Matteo vor dem Frühstück in die Backstube kam, stellte Francesca gerade einen Block aus Schokoladennusscreme auf die Arbeitsfläche. Sie hatte in den letzten Tagen immer wieder über Angelinas Worte nachgedacht. Es ging ihr nicht um die Anstellung im Haushalt der Milanis, jedenfalls nicht nur. Natürlich wüsste sie nicht, was aus ihr werden sollte, wenn sie gekündigt wurde, aber vor allem wollte sie nicht Matteo verlieren. Auch wenn sie ihn niemals als Ehemann haben konnte.

»Oh, du warst fleißig.« Matteo deutete mit einem Nicken auf den Schoko-Block und umarmte sie zärtlich von hinten.

Francesca musste trotz aller Sorgen lachen. Ein Schauer überlief sie, sein Atem kitzelte sie im Nacken. Sie drehte sich zu ihm um. »Ich weiß vielleicht einen Ausweg.«

»Welchen denn?« Matteo sah sie verständnislos an.

Francesca legte die Hände in seinen Nacken und fuhr mit den Fingern durch seine schwarzen Locken. »Wir haben bislang nur wenige Blöcke verkauft, um zu testen, wie sie ankommen. Die Leute haben Schlange gestanden, die Nachfrage war so groß, dass wir viel mehr hätten verkaufen können. Wir könnten daraus bestimmt ein größeres Geschäft machen. Dann würdest du Signor Bianco und sein Geld gar nicht brauchen und müsstest auch nicht Giovanna heiraten.«

»Aber wie soll das gehen bei unserer momentanen finanziellen Lage?«, warf Matteo skeptisch ein.

»Wir müssen einen Geldgeber finden.« Francesca fasste seine Hände. »Du hast doch gesagt, dass Signor Cattaneo ein Freund der Biancos ist. Er gibt dir kein weiteres Geld, weil er seinem Freund einen Gefallen tun will. Aber das muss doch nicht heißen, dass es keine anderen Banken gibt, die dir einen Kredit geben würden, wenn du unsere Idee vorstellst.«

Seine Augen verengten sich, während er konzentriert nachdachte. »Du meinst, wir versuchen unsere neue Idee finanzieren zu lassen, unabhängig vom Café Alba?«

Francesca zuckte mit den Schultern. »Ich verstehe zu wenig davon, aber vielleicht könnte es so klappen.«

»Du bist schlauer, als du meinst.« Matteos Blick glitt zu ihrem Mund, und schon lagen ihre Lippen aufeinander. Einen Moment lang gaben sie sich ihrem Kuss hin, dann lösten sie sich voneinander.

»Wenn du zu anderen Banken gehst, nimmst du das hier mit.« Francesca nahm ein scharfes Messer und hielt es kurz in den Topf mit warmem Wasser, der auf dem Herd stand. Dann setzte sie es an den Schoko-Block und schnitt eine dünne Scheibe ab.

»Und dazu reichst du Weißbrot«, rief sie. »Du kannst den Bankdirektoren unsere neue Ware vorführen. Sie sollen es probieren, und dann werden sie das Potenzial, das darin steckt, bestimmt erkennen.«

»Das ist eine grandiose Idee.« Matteo beugte sich über die abgeschnittene Scheibe, um sich die Konsistenz genauer anzusehen. »Weißt du was? Schneide uns allen fürs Frühstück eine Scheibe ab. Das schmeckt nämlich nicht nur Bankdirektoren.«

Wenig später saß Matteo mit seiner Mutter am Frühstückstisch, jeder eine der Schoko-Scheiben auf dem von Antonella gebackenen Weißbrot vor sich.

»Hervorragend«, sagte Matteo kauend, »es schmeckt großartig.«

Die Signora fand es zwar zu süß, meinte jedoch, dass es Kindern sicherlich gut schmecken würde. Francesca war auch der Meinung, dass es besonders eine Speise für Kinder war, die ja Schokolade immer gern aßen.

Auch Antonella probierte in der Küche eine Scheibe und

war begeistert. »Wenn das kein Erfolg wird!«, rief sie, nachdem sie den letzten Bissen heruntergeschluckt hatte. »Ich könnte noch viel mehr davon essen.«

Francesca eilte wieder in die Backstube und rührte eine große Schüssel Schokoladennusscreme an. Sie verspürte eine eigenartige Aufregung, denn ihre Überzeugung wuchs, dass diese Idee funktionieren könnte. Während sie die Arbeitsfläche säuberte, musste sie an ihren Vater denken. Er hatte sich oft geärgert und gesagt, dass ihr Wein genauso gut, eigentlich sogar noch besser als der von den Hängen Barolos sei. Aber die Barolo-Weine wurden für mehr Geld verkauft, einfach nur, weil sie diesen Namen darauf stehen hatten: Barolo.

Plötzlich ließ sie den Lappen fallen und rannte an den beiden Konditoren vorbei, die ihr verwundert nachsahen. Auf der Treppe nahm sie zwei Stufen auf einmal, obwohl sie wusste, dass sich das nicht ziemte. Vor dem Arbeitszimmer hielt sie nur kurz inne, dann klopfte sie und öffnete die Tür.

Matteo stand hinter dem Schreibtisch auf und sah Francesca erschrocken an. Vor ihm saß seine Mutter.

»Francesca, ist etwas passiert?«, fragte er.

»Oh, nein, Entschuldigung, Signore, ich habe nur gerade eine Idee gehabt.« Sie kam sich plötzlich töricht vor, dass sie so ungestüm ins Arbeitszimmer geplatzt war. Vielleicht war diese Idee auch gar nichts wert, sie hatte spontan gehandelt und nicht nachgedacht. Wie dumm von ihr.

»Du hast eine Idee?«, fragte die Signora spitz.

»Ich komme besser später wieder«, murmelte sie und wollte schon den Raum verlassen, doch Matteo hielt sie auf.

»Nein, warte!« Er kam um seinen Schreibtisch herum und deutete auf einen der Stühle, die um den runden Tisch standen.

Francesca nahm zögernd Platz, während die Signora sie skeptisch ansah.

»Alles ist besser, als über meine geplante Verlobung nachzudenken«, sagte Matteo seufzend und warf seiner Mutter einen kühlen Blick zu.

Signora Milani ignorierte ihn und wandte sich stattdessen an Francesca. »Also, was für eine …«, sie machte eine kurze Pause und ließ ihre Stimme dann vor Sarkasmus triefen, »… fantastische Idee ist dir denn gekommen?«

»Nun …« Francesca schluckte und starrte auf die Maserung des Tisches.

Matteo setzte sich neben sie, so als wollte er ihr Beistand leisten.

»Ich habe gerade über unsere Creme nachgedacht«, begann sie. »Und mir fiel mein Vater ein, der sich über die Ungerechtigkeit aufgeregt hat, dass Barolo-Wein teurer verkauft werden kann als unserer, nur weil er an den Hügeln von Barolo wächst und dessen Namen tragen darf. Unser Wein ist genauso gut, oder sogar besser …«

»Ja, ja, wir sind nicht an den Sorgen deines Vaters interessiert. Wenn es nur darum geht …«, unterbrach die Signora sie.

Matteo hob die Hand. »Bitte, Madre, lass sie ausreden. Francesca?«

»Ich bin sicher, dass wir etwas Neues geschaffen haben, etwas Besonderes, das es wahrscheinlich in ganz Italien nicht noch einmal gibt«, fuhr sie fort und sah Matteo an.

»Das glaube ich auch«, stimmte er ihr zu. »Und ich habe zumindest einige Kontakte zu anderen Konditoren und Bäckern. Schokoladencreme für Torten und als Desserts, ja, aber Schokoladennusscreme, die man in Scheiben schneiden und aufs Brot legen kann, das ist auch mir neu.«

Francesca nickte. »Vorhin habe ich nur an das Café Alba

gedacht, aber ich glaube, wir könnten die Sache größer aufziehen, wenn es uns tatsächlich gelingt, eine Bank zu finden, die unsere Idee finanziert.«

»Wovon sprichst du?«, fragte die Signora und kräuselte zweifelnd ihre Nase.

»Ich … also«, stammelte Francesca, die plötzlich unsicher geworden war. Was verstand sie schon vom Geschäft? Leise und mit unsicherer Stimme fuhr sie fort: »Ich habe vom Barolo erzählt, weil dieser Wein allein schon wegen seines Namens besonders ist und in größeren Mengen verkauft werden kann. Die Creme ist auch etwas Besonderes. Außerdem ist sie kalorienreich, und jetzt, nach dem Krieg, wollen doch alle etwas auf die Rippen bekommen.«

Matteo lehnte sich auf seinem Stuhl zurück. »Ich denke auch, dass da mehr drinsteckt als nur lange Schlangen vor dem Café Alba. Aber um das umzusetzen, bräuchten wir mehr Platz. Vielleicht bräuchten wir sogar eine Halle, in der wir die Creme in großen Bottichen zubereiten könnten. Wir müssten auch eine Verpackung haben. Eine bunte Aluminiumfolie, in die die Blöcke eingewickelt werden, vielleicht mit dem Schriftzug vom Café.«

»Und das kostet eine Menge Geld«, warf die Signora ein, die dem Gespräch bis hierhin mit skeptischem Gesichtsausdruck gefolgt war.

»Ich weiß.« Francesca sah zwischen Mutter und Sohn hin und her. »Aber ich bin sicher, dass es irgendwo einen Bankdirektor geben muss, den wir von unserer Creme überzeugen können. Jemand, der unser Vorhaben unterstützt und uns Geld gibt. Wenn es klappt, würde die Bank den Kredit schnell zurückbekommen.«

Matteo dachte einen Moment lang nach. Schließlich schüttelte er abwägend den Kopf. »Du hast recht. Dennoch ist es sehr wichtig, dass wir diskret vorgehen. Signor Bianco darf auf keinen Fall erfahren, dass wir eine neuartige Creme haben und darin Potenzial sehen. Denn ich traue ihm zu, dass er dann dafür sorgen würde, dass wir auch bei anderen Banken auf Ablehnung stoßen.«

»Damit du gezwungen bist, dich an Signor Bianco zu binden, der dir das Geld zweifelsfrei geben würde, aber am Erfolg beteiligt sein will«, vollendete Francesca den Gedanken.

Matteo nickte. »Am liebsten hätte er mich in der Familie.«

»Francesca«, mischte sich die Signora jetzt mit schneidender Stimme ein. »Das geht dich wahrhaftig nichts an. Das alles sind Familienangelegenheiten, die Matteo und ich allein regeln werden. Und ich sehe den Grund für dieses Gespräch auch gar nicht ein. Matteo«, wandte sie sich an ihren Sohn, »du wirst doch sowieso Giovanna heiraten. Warum lässt du dir dann nicht von Signor Bianco finanziell helfen? Du wirst ihn sogar eines Tages beerben, sein gesamtes Vermögen wird an dich gehen.«

»Madre.« Matteo seufzte und stand auf. Er lief ein paar Schritte, dann blieb er mitten im Zimmer stehen. »Ich liebe Giovanna nicht. Ich kann sie nicht heiraten.«

»Was?« Signora Milani erhob sich ebenfalls. »Du hast es versprochen, du hast Giovanna bereits dein Wort gegeben. Die Biancos bereiten die große Verlobungsfeier vor. Und du hast es *mir* versprochen.«

»Dir habe ich lediglich versprochen, dafür zu sorgen, dass du weiterhin hier in diesem Haus leben kannst, dass wir nicht alles verlieren werden.« Matteo ließ seinen Blick durch das dunkle, mit schweren Eichenmöbeln eingerichtete Arbeitszimmer seines Vaters schweifen. »Aber ich liebe nun mal eine andere Frau, und ich weiß, dass ich unglücklich wäre, wenn ich Giovanna heiraten würde.«

Signora Milani wirbelte herum und starrte Francesca an. »Du! Du bist es, die meinem Sohn den Kopf verdreht hat. Du hast dich an ihn herangemacht, um möglichst viel für dich herauszuschlagen. Und nun sieh dir an, was du angerichtet hast! Wir werden noch alle auf der Straße landen, weil du nur an dich selbst gedacht hast.«

Francesca duckte sich unwillkürlich auf ihrem Stuhl weg. Sie hob abwehrend die Hände, beinahe fürchtete sie, von ihr geschlagen zu werden. »No, Signora. Ich … Es geht nicht ums Geld, ich liebe Ihren Sohn.«

Matteo lächelte sie zärtlich an. »Und Francesca hat nicht den ersten Schritt getan, das war ich. Ich habe mich schon in sie verliebt, als ich sie zum ersten Mal gesehen habe. Und in den letzten Wochen, seit Padre uns verlassen hat, hat sie mir unendlich viel geholfen, indem sie meine und seine Arbeit in der Backstube übernommen hat. Und noch mehr. Sie hat großartige Ideen, es war zum Beispiel ihr Vorschlag, den Kakao durch Haselnüsse zu ersetzen. Sie arbeitet weit mehr, als es eine einfache Angestellte tun würde, und sie verlangt gar nichts dafür. Wie viel Geld hast du ihr bislang gezahlt?«

Die Signora war einen Moment lang perplex, dann erklärte sie: »Darum geht es jetzt nicht. Ich möchte einfach nicht, dass sie sich in unsere familiären Angelegenheiten einmischt.«

Matteo lehnte sich an den Schreibtisch und verschränkte die Arme vor der Brust. »Aber sie ist vielleicht unsere Rettung, Madre. Ich halte es für gut, zu anderen Banken zu gehen und um einen Kredit zu bitten, mit dem wir unsere Idee in großem Stil umsetzen und auch die alten Schulden abbezahlen können. Vielleicht bekommen wir nirgendwo Geld, aber einen Versuch ist es wert. Ich kann Giovanna nicht heiraten, auch wenn ich es letzte Woche versprochen habe. Aber das habe ich aus purer Verzweiflung getan. Und siehst du denn nicht, dass Direttore Cattaneo und Signor Bianco uns erpresst haben?«

»No, no, no.« Die Signora richtete sich zu voller Größe auf, und Francesca machte sich noch kleiner auf ihrem Stuhl. »Ich bestehe darauf, dass du dein Wort dem Signore gegenüber hältst. Wir sind darauf angewiesen, dass er uns wohlgesinnt ist. Selbst wenn du dein Geld von einer anderen Bank geliehen bekommst, wie geht es dann weiter? Du hättest die Pleite dieses Mal vielleicht abgewendet, aber was ist mit dem nächsten Mal? Du hättest dir zwei mächtige Männer zu Feinden gemacht, und die warten nur darauf, dass du strauchelst. Dein Vater war auch nicht dumm, und doch hat er so große Schulden gemacht.«

»Ich weiß inzwischen, wie es zu all den Schulden gekommen ist«, sagte Matteo und stieß sich von der Schreibtischkante ab. »Ich musste leider erkennen, dass mein Vater kein guter Geschäftsmann war, und dann kam natürlich der Krieg, der ihm auch zu schaffen gemacht hat. Aber ich habe etwas, das er nicht hatte: Francesca. Sie ist ein großer Gewinn für uns, sie hat Ideen, die einzigartig sind, und ich glaube, wenn wir uns auf ihre Intuition verlassen, können wir viel erreichen.«

Francesca errötete und sah zu Boden. Es war ihr peinlich, in den Mittelpunkt gestellt zu werden, und das auch noch auf Kosten der Signora. Außerdem hatten Matteo und sie das neue Rezept für die Creme gemeinsam entwickelt.

»Dein Vater hatte mich«, erklärte Signora Milani dann auch gleich mit scharfer Stimme.

»Natürlich, und ich weiß, dass du ihm immer den Rücken freigehalten hast. Du hast den Haushalt geführt und fürs Geschäft die Bestellungen gemacht, aber aus allem anderen hast du dich herausgehalten. Francesca hingegen hat die Backstube in den letzten Wochen für mich geleitet.«

Die Signora wurde sichtlich ungehaltener und wechselte abrupt das Thema. »Ich dulde einfach nicht, dass du vor einem Dienstmädchen all unsere Geheimnisse ausplauderst«, rief sie.

»Madre, ich will mich nicht mit dir streiten.« Matteo drückte Zeigefinger und Daumen gegen seine Nasenwurzel und schloss einen Moment die Augen. »Aber Francesca ist kein Dienstmädchen, nicht für mich.«

Seine Mutter schüttelte erbost den Kopf, dann stürmte sie aus dem Arbeitszimmer, die Tür ließ sie hinter sich offen.

Francesca konnte hören, wie sie den Gang hinunterlief und in ihrem Büro verschwand.

»Es tut mir leid, dass ich mit meiner Idee einen Streit ausgelöst habe.« Francesca stand auf. »Ich hätte warten sollen, bis du wieder in die Backstube gekommen wärst. Dann hätte ich dir alles erzählen können.«

»No, ich bin froh darüber.« Er trat zu ihr und zog sie in seine Arme. »Denn erst jetzt ist mir endgültig klar geworden, dass ich auf keinen Fall Giovanna heiraten kann. Ich liebe dich, und du sollst die Frau sein, die ich heirate. Deshalb werde ich nötigenfalls zu sämtlichen Banken des Landes gehen und unsere Idee vortragen.«

Wärme breitete sich in Francescas Körper aus. Sie streichelte zärtlich über seinen Rücken.

»Wir haben eine sehr gute Creme kreiert und sollten versuchen, sie auch im größeren Maßstab zu vermarkten«, murmelte er mit den Lippen an ihrer Wange. »Aber wir müssen uns beeilen, denn lange werde ich Signor Bianco nicht hinhalten können. In dem Moment, in dem ich ihm mitteile, dass ich Giovanna nicht heirate, wird er alles daransetzen, uns zu zerstören. Ich kann die Verlobung erst platzen lassen, wenn wir eine Bank gefunden haben, die uns das Geld leiht.«

»Und wenn du keine Bank findest?«, fragte Francesca und legte den Kopf zurück, sodass sie ihn ansehen konnte.

Matteo küsste sie liebevoll auf die Lippen. »Ich muss es einfach schaffen.«

*

25. bis 27. September

Am nächsten Morgen reichte Francesca Matteo in der Backstube einen der Schokoladennuss-Blöcke. »Nimm den mit, um den Herren bei der Bank zu demonstrieren, wovon du sprichst«, sagte Francesca. Sie wusste, dass er heute damit beginnen wollte, von Bank zu Bank zu gehen. Ihnen beiden war klar, dass sie sicher Geduld brauchen würden.

Matteo nahm den Block, den Francesca in Aluminiumfolie geschlagen hatte. »Eigentlich müsstest du an meiner Seite sein, denn im Grunde ist es deine Idee.«

»Wir können nicht beide hier weg, und wer weiß, wie lange es dauern wird, bis du Erfolg hast.« Francesca lächelte ihn liebevoll an. Sie wäre sehr gern mitgekommen, zumal sie noch nie in einer Bank gewesen war. Aber im Moment war es wichtig, dass der Betrieb hier reibungslos weiterlief.

Während Matteo fort war, mahlte Francesca Haselnüsse, schlug Eiweiß steif, gab Zucker, Amaretto und das Innere einer Vanilleschote hinein. Anschließend hob sie vorsichtig die Haselnüsse unter und spritzte aus der schaumigen Masse kleine Amarettini auf Backbleche. Eigentlich wurden diese kleinen leichten Halbkugeln mit Mandeln gebacken, aber Francesca hatte auch hier ein wenig experimentiert und festgestellt, dass sie ebenso köstlich waren, wenn sie mit Haselnüssen zubereitet wurden. Während die Kekse im Ofen buken, begann Francesca, den Teig für drei piemontesische Nusstorten zuzubereiten. Schnell war die Backstube mit dem betörenden Duft von Vanille und Mandellikör erfüllt. Sie war nervös und dachte die ganze Zeit an Matteo. Alles hing davon ab, dass er einen Bänker von ihrer Idee überzeugen konnte, der dann bereit war, ein Darlehen zu gewähren. Und es musste ein enormer Kredit sein, schließlich hatten die Milanis einen Berg alter Schulden. Und dann mussten sie noch so viel bekommen, dass sie eine Produktionsstätte einrichten und mehr Mitarbeiter einstellen konnten. Je länger Francesca darüber nachdachte, umso resignierter wurde sie. Niemals würde eine Bank ihnen so viel Geld leihen.

Doch als Matteo zum Mittagessen nach Hause kam, verkündete er, dass er keine Absage erhalten habe. »Das ist schon mal ein guter Anfang.« Er hatte Francesca in seine Arme gezogen. Noch waren sie allein im Esszimmer. »Ich habe mit Signor D'Angelo von der Cassa di Risparmio di Genova gesprochen. Er hat mich sehr viel gefragt und sich alles angehört. Aber er kann selbst keine Entscheidung treffen, sondern muss zuerst mit dem Direttore aus Genua sprechen.«

Francesca löste sich von ihm, weil jeden Augenblick die Signora reinkommen konnte. »Aber grundsätzlich war er interessiert?«

Matteo nickte. »Ich glaube, er ist ein Mann, der sich begeistern lässt, und wenn ich mich nicht täusche, ist mir das gelungen. Wenn ich ihn richtig einschätze, wird er sich für die Sache einsetzen, weil er von ihr überzeugt ist. Aber wir sollten uns nicht zu sehr freuen, wahrscheinlich wird es trotzdem nicht klappen.«

»Warum nicht?« Francesca fand, dass sich all das sehr gut anhörte.

»Weil es fast zu einfach wäre, wenn es bei der ersten Bank,

bei der ich vorspreche, schon funktioniert.« Matteo setzte sich auf seinen Platz. »Jedenfalls müssen wir jetzt erst einmal abwarten. Wenn ich noch zu anderen Banken gehen würde und die Cassa di Risparmio di Genova sagt uns dann zu, hätten wir unsere Idee unnötig herumposaunt.«

»Glaubst du denn, dass uns jemand die Idee stehlen würde?«, fragte Francesca erschrocken. Darüber hatte sie bislang noch gar nicht nachgedacht.

»Darum geht es gar nicht in erster Linie.« Matteo zuckte mit den Schultern. »Sicher, unsere Creme ist gut, bestimmt wäre sie interessant für größere Firmen oder Investoren. Ich denke aber vielmehr daran, dass Signor Bianco und Direttore Cattaneo davon erfahren könnten und dann dafür sorgen, dass wir von keiner Bank einen Kredit erhalten.«

In diesem Moment betrat die Signora das Esszimmer. Sie verzog missbilligend den Mund, als sie Francesca erblickte, und wandte sich an ihren Sohn. »Heute Nachmittag kommen Signora Bianco und Giovanna vorbei, um mit mir über die Verlobungsfeier zu sprechen. Wie es aussieht, haben sie bereits ein Datum im Auge und sogar schon eine Gästeliste angefertigt.«

Matteo stöhnte leise auf.

Die Signora nahm Platz. »Du bringst mich in eine sehr unangenehme Lage. Ich bin gezwungen, die beiden Frauen hinzuhalten. Ich muss sie in dem Gauben lassen, dass du Giovanna heiraten wirst, obwohl du alles dafür tust, es nicht zu müssen.«

Matteo nickte. »Ich werde Giovanna nicht heiraten, aber wenn wir das den Biancos jetzt schon sagen, wird der Signore gegen uns arbeiten. Er könnte zum Beispiel Kontakte bei der Cassa di Risparmio di Genova haben, wo ich heute war. Daher sollten wir uns bedeckt halten, bis wir einen Kredit bekommen haben, der uns rettet.«

»Falls du den je bekommst.« Die Signora hörte sich nicht überzeugt an. Sie legte die Hände rechts und links neben ihren Teller, spreizte die Finger und betrachtete nachdenklich ihre gepflegten Fingernägel. »Und du erwartest von mir, dass ich lüge? Dass ich Giovanna und ihrer Mutter gegenüber so tue, als fände eine Hochzeit statt, von der ich aber sicher weiß, dass sie nie zustande kommen wird?«

Matteo nickte. »Ich weiß, das ist viel verlangt, aber es ist wichtig. Signor Bianco ist mächtig, und ich glaube, er verliert ungern. Er wird die Absage der Verlobung als persönliche Beleidigung ansehen, und dann werden wir ihn zum Feind haben.«

Signora Milanis Kiefer war angespannt, ihre Wangenmuskeln zuckten. Francesca tat die Frau leid. Auch sie hatte plötzlich sämtliche Sicherheiten verloren, an die sie geglaubt hatte. Sie stammte selbst aus einer armen Familie, hatte sich durch die vorteilhafte Heirat mit Signor Milani in eine deutlich bessere Stellung gebracht und alles dafür getan, den Makel ihrer Herkunft vergessen zu lassen. Natürlich wollte sie die gesellschaftliche Position der Familie durch eine Heirat ihres Sohnes in eine der einflussreichsten Familien Albas verbessern, und sie schien gut mit den Biancos auszukommen. Dass Matteo nun dagegen agierte, war für sie vermutlich schwer zu ertragen. Und doch: Musste sie nicht wollen, dass ihr Sohn glücklich war und nicht aus Kalkül eine Frau heiratete, die er nicht liebte und an die er dann ein Leben lang gebunden wäre? Sie selbst hatte schließlich auch aus Liebe geheiratet.

Francesca servierte den drei Frauen am Nachmittag im Salon Kaffee und Kuchen. Wie auch schon bei vorherigen Besuchen der Biancos im Hause Milani erschien ihr Giovanna sympathisch. Die junge Frau war zurückhaltend und natürlich. Sie mischte sich kaum in das Gespräch der beiden älteren Frauen ein, zumindest nicht in der Zeit, in der Francesca im Salon war. Doch auch Signora Milani war zurückhaltend, was Francesca nur zu gut verstehen konnte, schließlich befand sie sich wirklich in einer unangenehmen Situation. Allein Signora Bianco schien aufgekratzt und redete pausenlos. Sie hatte auf dem Tisch am Fenster Stoffe ausgebreitet und Zeitschriften.

»Dieses Leinen finde ich wunderschön. Ich habe mir überlegt, dass wir für die Verlobung daraus die Tischdecken nähen könnten und sie bei der Hochzeit dann als Servietten verwenden. Dann haben wir den schönen altrosa Ton wieder aufgegriffen, aber bei der Hochzeitsfeier sollten wir natürlich weiße Tischdecken benutzen. Das ist feierlicher.« Signora Bianco griff nach den Zeitschriften, während Francesca die Kaffeetassen auf dem Couchtisch verteilte. »Und als Blumenschmuck habe ich an so etwas gedacht …«

»Donna, lass uns eine Pause machen«, unterbrach Signora Milani den Redefluss der Frau. »Der Kaffee ist da, und wir sollten ihn nicht kalt werden lassen.«

Francesca war froh, als sie den Salon wieder verlassen konnte.

Am nächsten Vormittag kam Matteo in die Backstube, wo Francesca gerade Pralinen in gehackten Haselnüssen wälzte. Er warf einen kurzen Blick zu Amadeo und Fernando hinüber, die an den Backöfen beschäftigt waren, und zog Francesca aus der Tür ins Treppenhaus. »Ich habe gerade noch einmal Signor D'Angelo von der Cassa di Risparmio angerufen. Er hat tatsächlich einen Termin für uns bei einem Signor Foscarelli in Genua machen können, dem er von unseren Plänen erzählt hat. Signor Foscarelli kann, im Gegensatz zu Signor D'Angelo, der nur ein kleiner Mitarbeiter hier in Alba ist, Entscheidungen von dieser Größe treffen. Wir sollen nun also zu Signor Foscarelli nach Genua kommen.«

»Wir?«, fragte Francesca, und Aufregung stieg in ihr hoch.

»Ja, wir.« Matteo lachte. »Schließlich ist das unsere Creme. Du hast einen großen Anteil daran, und ich möchte, dass wir sie gemeinsam vorstellen.«

»Ich … Also, du meinst … Ich weiß doch so wenig, und ich war noch nie in einer Bank.« Francesca ließ sich auf die kalten Steinstufen der Hintertreppe sinken. »Das alles ist verrückt.«

»Ja, das ist es.« Matteo ging vor ihr in die Hocke und hob sanft Francescas Kinn an. »Ich habe doch genauso wenig Ahnung wie du. Aber wir haben ein sehr gutes Produkt, und wir sind geschäftstüchtig. Wir verstehen etwas von dem, was wir tun, und darauf sollten wir uns verlassen.«

Francesca verlor sich in seinem warmen Blick. Plötzlich wusste sie, dass er recht hatte. Zusammen würden sie alles schaffen können, was sie sich vornahmen.

»Wann ist denn der Termin?«, fragte sie.

»Nächste Woche Mittwoch.« Matteo stand wieder auf. »Wir fahren mit dem Fiat, dann sollten wir in nicht einmal drei Stunden da sein.«

»Aber … ich habe gar nichts anzuziehen«, sagte Francesca und stand ebenfalls auf.

Matteo dachte einen Moment lang nach. »Wir werden etwas für dich leihen, ich kümmere mich darum.«

*

In den nächsten Tagen konnte Francesca an nichts anderes mehr denken. Noch nie war sie in einer Bank gewesen, geschweige denn hatte sie sich um einen Kredit kümmern müssen. Sie bereitete alles sehr gründlich vor. Am Montag stellte sie eine Auswahl an Pralinen her, die alle auf Basis ihrer Creme gemacht waren, am Dienstag verzierte sie sie und rührte Creme an, die sie zu einem Block formte und in den Kühlschrank legte.

»Vielleicht sollten wir uns einen Namen überlegen, unter dem wir unsere Creme morgen Signor Foscarelli vorstellen«, schlug sie Matteo vor, als er am Nachmittag zu ihr in die Backstube kam.

»*Crema spalmabile alla nocciola piemontese*? Piemonter Haselnusscreme?«, schlug Matteo vor.

Francesca schüttelte den Kopf. »Das ist zu kompliziert. Ewas Kürzeres, Eingängigeres.«

»Wir sollten mit dem Namen aber schon einen lokalen Bezug herstellen.« Matteo lehnte sich an den Arbeitstisch in der Mitte der Backstube.

»*Crema piemontese*«, schlug Francesca vor. »Nur um erst mal einen Namen zu haben. Wir können später ja immer noch darüber nachdenken.«

»Einverstanden.« Matteo lächelte. »Und jetzt komm mit, ich war gerade in der Boutique von Madame Rénard, der wir letztes Jahr zur Hochzeit ihrer Tochter eine Torte geliefert haben. Sie hat mir ein Kostüm für dich geliehen.«

Francesca folgte Matteo nach oben in sein Arbeitszimmer, wo auf dem runden Tisch eine große Schachtel lag. Matteo öffnete sie, und Francesca stieß einen bewundernden Laut aus, als sie den glänzenden hellgrünen Seidenstoff sah.

Matteo hob eine gerade geschnittene Jacke hoch, die einen Stehkragen hatte und mit einem Gürtel in Dunkelgrün tailliert wurde. »Probiere es mal an. Schuhe habe ich auch für dich und eine Seidenbluse.«

Er reichte ihr zwei weitere Schachteln, die auf einem der Stühle gelegen hatten.

Sie nahm die Schachteln und wollte mit ihnen nach oben gehen, aber Matteo hielt sie auf. »Du kannst dich hier umziehen, ich drehe mich um.« Er zwinkerte ihr zu. »Obwohl die Verlockung sehr groß ist, dir dabei zuzusehen.«

Francesca spürte, wie ihr das Blut in die Wangen schoss. Es war ihr peinlich, sich im selben Raum mit Matteo umzuziehen, denn auf gar keinen Fall sollte er ihre schäbige Unterwäsche sehen, die sie schon viele Jahre besaß und die mit Sicherheit nicht mit den eleganten Damennegligés der Frauen von Alba mithalten konnte. Doch sie sah ein, dass es sehr umständlich war, mit den Schachteln nach oben zu laufen.

Daher zog sie schnell ihre Schürze aus und schlüpfte aus dem einfachen Kleid, das die Signora für Francesca hatte nähen lassen, als sie hier angefangen hatte. Das Kostüm aus der Boutique roch ein bisschen nach Essig und Seife. Der Stoff war so weich wie Rosenblätter und schmiegte sich sanft an ihre Haut. Der Rock endete unterm Knie und passte perfekt. Auch die Seidenbluse und die Jacke waren wie für sie geschneidert. Noch nie hatte Francesca zuvor gekaufte Kleidungsstücke getragen, stets wurden die Kleider im Hause der Pellegrinos aus alten Vorhängen oder billigen Stoffen genäht, die sie auf dem Kirchenbasar gekauft oder gegen Wein eingetauscht hatten. Die Kleider, die Francesca, ihre Schwestern und die Mutter daraus geschneidert hatten, waren kaum als modisch zu bezeichnen gewesen. Sie hatten praktisch sein müssen, für die Arbeit im Weinberg wie auch im Haushalt geeignet. Nur die Sonntagskleider waren etwas ausgefallener gewesen, aber natürlich waren die Pellegrino-Frauen keine gelernten Schneiderinnen, sodass auch diese Kleider, die sich die Schwestern zudem geteilt hatten, nicht von auffallender Eleganz gewesen waren.

Jetzt strich Francesca vorsichtig über das edle Kostüm und schlüpfte in die schwarzen Lederpumps. »Ich bin fertig.«

Matteo drehte sich um und rief bewundernd aus: »Du siehst umwerfend aus!«

Francesca drehte sich ausgelassen im Kreis und versuchte sich selbst zu betrachten. Aber es gab keinen Spiegel im Zimmer, daher folgte sie Matteo ins Badezimmer, wo ein großer, in Gold gerahmter Spiegel an der Wand hing, dessen Pflege Francesca immer viel Mühe kostete.

Sie erschrak beinahe, als sie sich selbst sah. Der moderne Schnitt betonte ihre schlanke Taille, und das Grün des Stoffes bildete einen attraktiven Kontrast zu ihren dunklen Haaren und Augen. Sie sah edel aus, erwachsen und wirkte selbstsicherer als in ihrer schäbigen eigenen Kleidung. Sie lächelte ihrem eigenen Spiegelbild zu.

»Wunderbar.« Matteo trat neben sie und legte einen Arm um ihre Schultern. »Sehen wir nicht nach einem erfolgreichen Paar aus?«

Francesca musste ihm zustimmen. »Aber um wirklich erfolgreich zu sein, sollten wir jetzt lieber noch die letzten Vorbereitungen für morgen treffen. Ich ziehe das hier schnell aus, bevor ich es noch schmutzig mache.«

*

2. Oktober 1946

Am nächsten Morgen fuhren sie gleich nach dem Frühstück los. Francesca hatte sich am Abend zuvor noch die Haare gewaschen und jetzt mit Spangen zurückgesteckt. Dann zog sie die Bluse, das teure Kostüm und die Schuhe an. Eine Handtasche hatte sie nicht, aber es gab auch nicht viel, was sie hätte hineinstecken können.

Bereits vor dem Frühstück hatte sie einen Schokoladennuss-Block in Aluminiumfolie gewickelt und die Pralinen, die sie gestern hergestellt hatte, in einer Geschenkverpackung des Café Alba angeordnet. Beides kam in einen Korb, und obendrauf legte sie ein von Antonella frisch gebackenes Weißbrot. Der Korb kam in eine mit Stroh gefüllte Holzkiste, die auf der Ladefläche stand. So blieb die Schokolade während der langen Fahrt schön kühl.

Dann saßen sie im Fiat und fuhren Richtung Genua. Sie waren beide aufgeregt, Francesca konnte sehen, wie Matteos Finger leicht zitterten, wenn er sie vom Lenkrad nahm, während sich in ihrem Magen ein nervöses Kribbeln ausgebreitet hatte.

»Was meinst du denn, wie viel Geld wir brauchen werden?«, fragte sie Matteo.

Er zuckte mit den Schultern. »Ich kann es nicht genau sagen. Wir werden uns erst einmal anhören, was Signor Foscarelli zu erzählen hat«, sagte er.

Francesca sah aus dem Fenster und betrachtete die vorbeiziehende Landschaft. Sie hatten Alba bereits hinter sich gelassen und fuhren durch eine grüne Ebene. Rebstöcke reihten sich aneinander, Haselnusssträucher wuchsen an den Wiesenrändern. Was für Schätze dieses Land ihnen zu bieten hatte, dachte Francesca. Ihre Arbeit hatte immer darin bestanden, die Trauben zu ernten und zu verarbeiten, die ihnen die Reben schenkten. Jetzt waren es die Haselnüsse, die ihnen die Natur zum Geschenk machte. Francesca empfand mit einem Mal eine tiefe Dankbarkeit für ihre Heimat, das Piemont. Sie musste an ihre Familie denken, und ein wehmütiger Schmerz mischte sich unter das Glück, das sie in diesem Moment empfand.

Rechts und links erhoben sich immer wieder kleine Hügel, auf denen sich Dörfer befanden, die meist von einem eindrucksvollen Palazzo überragt wurden. Die Orte erinnerten Francesca an ihr Heimatdorf Monchiero, nur dass es dort keinen so schönen Palazzo gab. Die Herbstsonne beschien die Landschaft mit einem warmen Licht.

Das lange Stillsitzen fiel ihr schwer, auch wenn das Autofahren für Francesca noch immer ein Abenteuer war. Aber heute konnte sie die Geschwindigkeit, mit der sie durch die Gegend rasten, nicht genießen, denn sie dachte die ganze Zeit daran, was auf sie zukommen würde und wie ihr Gespräch in der Bank wohl verlaufen würde. Immer wieder sah sie zu Matteo hinüber. Auch er wirkte angespannt, sobald sich aber ihre Blicke trafen, lächelte er sie beruhigend an. Zwischendurch hielten sie zweimal an, um sich die Beine zu vertreten. Der Termin war erst um drei Uhr am Nachmittag, sie hatten also genug Zeit. Aber Matteo wusste nicht, wo genau sich die Straße befand, in der die Cassa di Risparmio lag, und Francesca war ja noch nie in Genua gewesen. Sie würden also sicher ein Weilchen brauchen, um den richtigen Ort zu finden.

Irgendwann tauchten die ersten Möwen auf, die am Himmel kreisten. Die Luft war salzgeschwängert, die ersten Vorboten des Meeres. Erst in diesem Moment begriff Francesca, dass gleich ein Traum in Erfüllung gehen sollte: Sie würde endlich die See erleben. Wie oft hatte sie davon geträumt, jetzt war es endlich so weit.

Und dann erblickte sie den Ozean, der in der Oktobersonne glitzerte. Die Straße lag etwa hundert Meter darüber, und sie fuhren über gewundene Straßen hinunter zur Küste. Mit offenem Mund starrte Francesca auf das azurblaue Wasser, das seltsame Formen unter der Oberfläche zu verbergen schien. Erst nach einer Weile begriff sie, dass es die wenigen Wolken waren, die am Himmel vorbeizogen und sich auf dem Wasser spiegelten. An der Küste gab es Häuser, die majestätisch auf Felsen thronten. Ihr farbenfroher Anstrich schien das tiefe Blau der See nur noch zu verstärken. Vor der Küste dümpelten ein paar Boote, weiter draußen zog ein großer Dampfer vorbei. Francesca ließ ihren Blick zu dem weiten Horizont wandern. Das Meer schien sich in der Ferne zu krümmen. Noch nie hatte sie etwas so Schönes gesehen.

Zuvor hatte sie das Meer und die Küste nur auf Fotografien bestaunt, deren schwarz-weiße Töne jedoch das blaue Funkeln und die Buntheit der Häuser nicht annähernd wiedergeben konnten. Sie hatte auch schon ein paar Gemälde gesehen, die das Meer zeigten. Doch nichts hatte Francesca auf die Weite vorbereitet, auf das Glitzern, die Geräusche und die Vielfalt der Farben. Und als sie schließlich unten an der Standpromenade ankamen, liefen Francesca Tränen übers Gesicht, so gerührt und ergriffen war sie von dem Anblick.

Matteo stellte den Wagen auf einem der vielen Parkplätze ab, die es hier gab, und stieg aus.

»Ist das Genua?«, fragte Francesca, die nicht damit gerechnet hatte, dass die Stadt so malerisch war.

»Nein, Genua liegt noch einige Kilometer weiter östlich, aber es ist viel größer als Savona, wo wir jetzt gerade sind. Genua ist sogar noch schöner, finde ich.« Er legte Francesca den

Arm um die Schulter, und sie schmiegte sich an ihn. Wie ein Liebespaar, das sie im Grunde ja auch waren, liefen sie zur Kaimauer, die nur wenige Schritte entfernt war. »Weil du nun zum ersten Mal am Meer bist, wollte ich, dass du es ein Weilchen genießt, und das geht besser, wenn man nicht im Auto sitzt.«

Francesca schenkte ihm ein dankbares Lächeln. Sie fühlte sich winzig klein, als sie vor dem Wasser stand, das unendlich zu sein schien. Der Wind löste Strähnen aus ihrer Frisur, und sie würde sie gleich richten müssen, aber das war ihr in diesem Moment egal. Das Rauschen der Wellen, die sanft gegen die Felsen und die Mauer schlugen, vermischte sich mit den Schreien der Möwen, die über ihre Köpfe hinwegflogen und zu ihren Füßen saßen.

Matteo führte sie über eine steinerne Treppe hinunter zum Strand.

»Zieh besser deine Schuhe aus.« Er deutete auf den feinen Sand. »Mit diesen Pumps wirst du hier kaum gehen können.«

Francesca streifte die teuren Schuhe ab und nahm sie in die Hand. Dann machte sie ihre ersten Schritte auf den hellen, nicht allzu breiten Strand. Der Sand war weich und von der Sonne gewärmt. Sie gingen bis zum Wasser. Die Wellen umspülten ihre Füße, und sie schloss einen Moment lang die Augen und spürte die angenehme Kühle. Die Sonne schien ihr ins Gesicht, und sie atmete tief die salzige Luft ein. Mit jeder Faser ihres Körpers nahm sie das Meer und die Wärme der Sonne in sich auf. Dann öffnete sie die Augen wieder und blickte in Matteos lachendes Gesicht.

»Da war sie wieder.« Er streckte seine Hand aus und strich ihr liebevoll über die Wange. »Diese Sinnlichkeit. Du kannst dich ganz und gar deinen Empfindungen hingeben.«

Francesca lächelte und blinzelte in die Sonne. »Das alles

ist vollkommen neu für mich. Ich habe noch nie den Sand an meinen Füßen und die Wellen an meinen Knöcheln gespürt. Ich habe noch keine Möwen und keine Brandung gehört. Es ist aufregend und wundervoll zugleich.«

»Ich liebe dich, Francesca.« Er legte einen Arm um ihre Taille und ließ den Blick zärtlich über ihr Gesicht wandern. Dann küsste er sie, und seine Lippen schmeckten nach Salz.

Er seufzte. »Aber wir müssen weiter, damit wir nicht zu spät kommen.«

Francesca folgte ihm widerstrebend zur Treppe, die zur Straße hinaufführte. Doch auch wenn sie es bedauerte, den Strand verlassen zu müssen, so war sie doch froh, dass der wichtige Termin näher rückte. Die Schuhe behielt sie in der Hand und lief mit nackten Füßen über die Straße. Da sie sonst nie Pumps trug, war das Laufen darin sowieso sehr anstrengend. Als sie am Fiat angekommen waren, waren ihre Füße trocken. Sie strich den Sand ab und schlüpfte wieder in die Schuhe.

Kurze Zeit später folgten sie der Küstenstraße in Richtung Osten. Francesca hatte das Fenster heruntergekurbelt, um die Meeresluft einatmen und den Wellen lauschen zu können, deren Rauschen vom Geschrei der Möwen begleitet wurde. Sie konnte sich gar nicht sattsehen an den bunten Häusern und den Palmen, die die Straße säumten.

Sie erreichten Genua um Viertel nach zwei. Matteo hielt am Stadtrand an, wo eine Tafel mit einem Plan der Stadt angebracht war.

»Wir können hier parken.« Matteo deutete auf eine Stelle auf dem Plan. »Die Cassa di Risparmio di Genova ist nicht weit von hier, und da wir noch Zeit haben, können wir zu Fuß dorthin gehen und uns die Stadt anschauen.«

Sie waren jedoch beide so angespannt, dass sie nicht viel

von der Schönheit Genuas, den imposanten Straßenzügen und malerischen Gassen mitbekamen. Jetzt, wo sich gleich entscheiden würde, ob sie weitersuchen mussten oder schon eine Bank gefunden hatten, die an sie glaubte, waren sie beide aufgeregt. Francesca umklammerte den Korb mit der Schokolade. Sie hatte Angst, dass die Wärme ihren Pralinen schaden könnte, und ging möglichst im Schatten über die Bürgersteige.

Eine Viertelstunde vor dem Termin betraten sie die Cassa di Risparmio di Genova. Einen Moment lang blieben sie stehen. Sie befanden sich in einer weitläufigen Halle mit hoher Decke, die von zahlreichen weißen Säulen gestützt wurde. Am anderen Ende befand sich ein langer Tresen, hinter dem Herren in Anzügen standen, die sich mit den Kunden davor unterhielten. Die Luft war stickig und warm. Francesca ließ ihren Blick schweifen. Wie sollten sie hier den richtigen Mann finden, mit dem sie verabredet waren? Doch in diesem Moment trat schon ein junger Signore auf sie zu und fragte nach ihrem Anliegen.

»Wir haben einen Termin mit Signor Foscarelli«, sagte Matteo, und Francesca bewunderte ihn für seine Lässigkeit. Sie selbst hätte in dieser Atmosphäre vermutlich nur gestammelt.

»Bitte nehmen Sie Platz, ich werde dem Signore Bescheid sagen, dass Sie hier sind.« Der Mann deutete auf eine Sitzgruppe im vorderen Bereich der Halle.

Sie setzten sich auf zwei der modernen Cocktailsessel. Vor ihnen auf einem niedrigen Tisch lagen Prospekte und Broschüren. Matteo wippte nervös mit dem Fuß. Hoffentlich mussten sie nicht zu lange warten.

Kapitel 8

Italien, Piemont, Oktober 1946

2. Oktober 1946

»Signor Milani?« Eine Frau in mittleren Jahren mit einer schwarz umrandeten Brille und modischer Kurzhaarfrisur trat auf sie zu.

Matteo stand auf. Inzwischen hatten sie beinahe zwanzig Minuten gewartet. »Sì?«

»Signor Foscarelli empfängt Sie jetzt.« Die Signora deutete mit einer eleganten Handbewegung in die Halle hinein. »Wenn Sie mir bitte folgen wollen.«

Francesca stand ebenfalls auf und griff hastig nach dem Korb. Ihr Herz klopfte bis zum Hals, und ihr war plötzlich heiß. Sie spürte, wie die geliehene Bluse an ihrem Körper klebte. Am liebsten hätte sie die Jacke ausgezogen, aber das kam natürlich nicht infrage. Mit unsicheren Schritten folgte sie Matteo und der Signora, die sie durch die Halle hinter den langen Tresen führte. Durch eine Glastür gelangten sie in ein Treppenhaus. Es roch nach Papier und Staub, aber auch ganz schwach nach Pasta und Kaffee.

Im oberen Stockwerk verließen sie das Treppenhaus und standen in einem langen Flur, von dem rechts und links Türen aus dunklem Holz abgingen. Manche dieser Türen standen auf, und Francesca konnte im Vorbeigehen Frauen und Männer an Schreibtischen sitzen sehen. Das Geklapper von Schreibmaschinen und leises Stimmengemurmel waren zu hören.

Vor einer der offenen Türen blieb die Signora stehen. Ein junger Mann stand von seinem Schreibtisch auf, der in der Mitte des kleinen Zimmers stand und auf dem sich Akten türmten.

»*Grazie*, Signora.« Er nickte der Frau zu, die sie hochgebracht hatte, und kam dann um den Tisch herum auf sie zu.

Die Frau lächelte kurz und eilte den Gang hinunter.

»*Piacere.*« Matteo schüttelte dem Mann die Hand. Dann nickte er in Francescas Richtung. »Das ist Francesca Pellegrino.«

»Ciao, Signorina. *Piacere.*« Der Mann reichte nun auch Francesca die Hand. »Ich bin Signor Foscarellis Assistent.« Dann ging er zu der Tür, die links von ihnen ins Nebenzimmer führte. Er klopfte an und öffnete, ohne auf eine Antwort zu warten. Francesca hörte ihn sagen: »Signore, Ihr Besuch ist da. Signor Milani und Signorina Pellegrino.«

»Bitte.« Er machte einen Schritt zur Seite, sodass Matteo und Francesca eintreten konnten.

Als sie den Raum betraten, war Francesca von der Größe überrascht. Es musste ein Eckbüro sein, denn an zwei Seiten befanden sich jeweils zwei große Fenster, die dem Raum Helligkeit verliehen. Sie erblickte einen wuchtigen Schreibtisch im Kolonialstil, vor dem zwei Besucherstühle standen. Neben der Tür rechts befand sich eine Sitzgruppe aus braunen Ledersesseln mit einem niedrigen Glastisch in der Mitte.

Signor Foscarelli schien ein Pflanzenfreund zu sein, denn es gab einen großen Benjamin, eine Yuccapalme und einen

Gummibaum in schweren Blumentöpfen. Die Pflanzen reichten beinahe bis unter die Decke. Und auch der Signore selbst, der sich nun erhob und zu ihnen kam, war ein großer, eindrucksvoller Mann. Die dunklen Haare waren bereits dünn geworden, er hatte sich die verbliebenen Strähnen über die Glatze gekämmt und trug eine runde Schildpattbrille. Seine Statur war kräftig, ohne dick zu wirken, vielmehr erschien er Francesca muskulös und sportlich. Ein Mann, den Francesca nicht hinter einem Schreibtisch, sondern eher in einem körperlich anstrengenden Beruf vermutet hätte. »Ciao, Signorina Pellegrino, Signor Milani.« Er deutete auf die beiden Stühle vor dem Schreibtisch. »*Piacere di conoscervi*, ich freue mich, Sie kennenzulernen.«

Sie reichten sich die Hand, dann nahmen Francesca und Matteo Platz.

»Haben Sie gut hergefunden?«, fragte Signor Foscarelli, während er sich ebenfalls setzte.

Matteo nickte und berichtete kurz von der Fahrt hierher. Die nächsten Minuten vergingen in allgemeinem Geplauder über die Straßenverhältnisse, die Filiale der Cassa di Risparmio di Genova in Alba und den Mangel an guten Fachkräften nach dem Krieg. Francesca folgte der Unterhaltung ungeduldig. Sie bewunderte Matteo für seine Fähigkeit, in dieser Situation über belanglose Dinge sprechen zu können. Sie hätte schon auf die erste Frage nicht mehr als ein schlichtes »Sì, Signore« hervorgebracht.

»Und jetzt haben Sie ein neues Produkt entwickelt, wenn ich Signor D'Angelo richtig verstanden habe, mit dem Sie große Pläne haben?« Signor Foscarelli stützte die Ellbogen auf den Armlehnen seines Stuhls ab und legte die Fingerspitzen abwartend zusammen.

»Sì, es geht um unsere Crema Piemontese.« Matteo nickte

Francesca zu, die sich daraufhin zu dem Korb hinunterbeugte und die Schokoladennusscreme und die Pralinen herausnahm.

Ihre Finger zitterten leicht, als sie die Alufolie öffnete und den Block Crema Piemontese auf die blitzsaubere Lederunterlage des Schreibtischs legte. Die Pappschachtel mit ihren liebevoll kreierten Pralinen stellte sie daneben.

Signor Foscarelli lächelte und sah Francesca fragend an. »Haben Sie mir Anschauungsmaterial mitgebracht?«

»Sì, Signore.« Sie spürte, dass sie errötete, und ärgerte sich darüber.

Matteo lächelte ihr aufmunternd zu. »Erzähl doch mal von deiner Idee, Haselnüsse zu verwenden.«

Francesca schluckte und wünschte, er würde sie nicht auffordern, dieses wichtige Anliegen vorzutragen, denn schließlich hing von diesem Gespräch die Zukunft des Café Alba ab. Dennoch begann sie stockend von dem Mangel an Kakao zu berichten und ihrem Einfall, geröstete Haselnüsse zu verwenden. Auf Details ging sie wohlweislich nicht ein, schließlich handelte es sich um ihr eigenes geheimes Rezept.

»Und wir sind überzeugt davon, dass die Crema Piemontese erfolgreich sein wird. Wir verwenden sie für unsere Pralinen, die bei der Kundschaft sehr beliebt sind. Aber nicht nur das. Wir bieten die Schokoladennusscreme auch in Blöcken an.« Francesca zeigte auf den Block, der auf dem Schreibtisch prangte. »Man kann ihn in Scheiben schneiden und dann aufs Brot legen. Das finden vor allem Kinder toll. Und die Creme ist wegen der Nüsse nicht nur gesund, sondern auch kalorienreich. Das ist gerade heutzutage, wo es an vielen Lebensmitteln mangelt, ein großer Vorteil.« Jetzt war Francesca in Fahrt gekommen. Sie klang beinahe wie eine Werbesprecherin im Radio.

»Hm«, machte Signor Foscarelli.

»Bitte, probieren Sie.« Francesca öffnete die Pralinenpackung und hielt sie ihm entgegen.

Der Signore griff nach einer der perfekt geformten runden Kugeln, die mit gerösteten Haselnusssplittern überzogen waren. Er steckte sie sich in den Mund und kaute. »Sehr gut.« Er griff nach einer zweiten und zwinkerte Francesca zu. »Ich muss mich vergewissern.«

»Nur zu, Signore«, ermunterte Matteo ihn lächelnd.

Francesca holte das Weißbrot und ein Messer aus dem Korb und schnitt eine dicke Scheibe von dem Schokoladennuss-Block ab, die sie auf ein Stück Brot legte. »Und probieren Sie nun das. Stellen Sie sich vor, das Brot kommt gerade aus dem Ofen und ist noch warm. Die Kruste ist knusprig, es duftet nach Weizen und Hefe und der süßen Schokolade.« Sie reichte ihm das belegte Brot.

Signor Foscarelli nahm es und biss ein Stück davon ab. Er nickte anerkennend, während er einen weiteren Bissen nahm. »Ich gebe Ihnen recht, es hat einen ganz speziellen ausgezeichneten Geschmack. Und die Idee, die Schokolade in Scheiben geschnitten aufs Brot zu legen, finde ich gut.« Er schob sich das restliche Brot in den Mund.

»Wir arbeiten übrigens weiter an der Crema, sodass wir sie vielleicht auch in Gläser füllen und als Streichcreme verkaufen können«, warf Matteo ein. »Aber erst einmal wollen wir uns auf diese Variante konzentrieren.«

Signor Foscarelli nickte. »Das ist vermutlich auch preiswerter, schließlich bräuchten Sie andernfalls Gläser, was weitere Kosten verursacht. So würde ein Papier reichen, in das die Blöcke eingeschlagen werden.«

»Oder Aluminiumfolie«, sagte Francesca.

»Auch gut.« Der Signore griff nach einer weiteren Praline. »Wirklich sehr schmackhaft.«

Francescas Bauch kribbelte vor Aufregung. Am liebsten hätte sie Signor Foscarelli direkt gefragt, ob das bedeutete, dass er ihr Projekt unterstützen wollte. Stattdessen musste sie sich jedoch gedulden, weil die beiden Männer sich in Überlegungen zur Folienbeschaffenheit verloren.

Irgendwann lehnte sich Signor Foscarelli in seinem Sessel zurück und faltete die Hände vor dem Bauch. »Signor Milani, was haben Sie sich denn vorgestellt? Wie soll die Cassa di Risparmio di Genova Ihnen behilflich sein?«

Francesca biss sich fest auf die Unterlippe. Ihr Herz schlug bis zum Hals, während sie Matteo zuhörte, als er dem Bankangestellten antwortete.

»Ich will mit offenen Karten spielen, Signore«, begann er. »Mein Vater ist vor vier Wochen gestorben und hat uns sehr viele Schulden hinterlassen. Er war kein guter Geschäftsmann, obwohl er eigentlich die besten Voraussetzungen hatte. Meiner Familie gehört ein sehr gut gehendes Café in Alba, das Café Alba. Vielleicht hat Ihnen Signor D'Angelo davon erzählt?«

Signor Foscarelli nickte und forderte ihn mit einer kurzen Handbewegung auf weiterzusprechen, bevor er die Hände wieder vor dem Bauch verschränkte.

»Der Krieg hat natürlich auch zu den Schwierigkeiten meines Vaters beigetragen«, fuhr Matteo fort, der erstaunlich gelassen wirkte, wie er mit übereinandergeschlagenen Beinen auf seinem Besucherstuhl saß. Dann berichtete er von dem Café und den langen Schlangen, die sich seit Kurzem für die Kekse mit Schokoladencreme bildeten. Schließlich kam er auf die Idee zu sprechen, die Crema Piemontese größer zu vermarkten als nur im Café. »Und dafür müssten wir eine Produktionsstätte haben, große Kessel anschaffen, eine moderne Herstellungskette schaffen. Wir müssten mehr Mitarbeiter einstellen, Werbematerialien erstellen und Vertriebswege schaffen.«

Francesca bewunderte Matteo für seine Wortgewandtheit. Nie im Leben hätte sie sich so präzise ausdrücken können.

Als er geendet hatte, blieb es einige Sekunden still im Büro. Signor Foscarelli spitzte die Lippen und wiegte den Kopf hin und her. Die Stirn in Falten gelegt, schien er nachzudenken. Schließlich nickte er. »Ich glaube, Sie haben da tatsächlich eine sehr vielversprechende Idee. Nach dem Krieg und der Lebensmittelknappheit, die ja immer noch nicht ganz überwunden ist, lechzen die Menschen nach nahrhaften, fettigen, süßen Speisen. Eine Fabrik aufzumachen, in der bezahlbare Schokoladennusscreme hergestellt würde, die aufs Brot gelegt oder geschmiert werden kann, halte ich für durchaus vorstellbar. Und dazu Ihre Pralinen, die sich auch in einem Preissegment bewegen sollten, das für den einfachen Bürger bezahlbar ist. Es könnte genau der richtige Zeitpunkt für so etwas sein.«

»Unbedingt, Signore«, pflichtete Matteo ihm bei.

Signor Foscarelli richtete sich auf und rutschte näher an seinen Schreibtisch heran. Behutsam schob er die Aluminiumfolie mit dem Schokoladenblock sowie die Pralinenschachtel zur Seite. Er öffnete eine Schublade, beugte sich zu ihr hinunter und zog ein Blatt Papier hervor. Dann griff er nach einem Kugelschreiber.

»Gut, zunächst einmal brauche ich einige Eckdaten von Ihnen. An welche Summe haben Sie gedacht? Wie viel können Sie monatlich zurückzahlen? Was für Sicherheiten können Sie der Cassa di Risparmio di Genova bieten?« Signor Foscarelli sah Matteo fragend an. Die Spitze seines Kugelschreibers schwebte über dem weißen Blatt.

Matteo zögerte nur kurz, dann erklärte er mit fester Stimme seine Vorstellungen, Wünsche und die Höhe der

Rückzahlungen, die er leisten zu können glaubte. »Als Sicherheit biete ich Ihnen unser Haus in Alba, in dem sich auch das Café befindet.«

Der Signore hatte alles eifrig mitgeschrieben, jetzt blickte er auf. »Und das Rezept?«

Matteo wechselte einen Blick mit Francesca. Dann nickte er. »Einverstanden. Das Rezept dient ebenfalls als Sicherheit.«

Signor Foscarelli machte sich eine Notiz. Dann legte er den Kugelschreiber zur Seite und lehnte sich wieder zurück. »Das klingt vernünftig, aber ich muss das im Haus besprechen. Über eine so große Summe kann ich nicht allein entscheiden. Ich mache folgenden Vorschlag: Sie konkretisieren Ihre Pläne und erstellen Listen mit all dem, was Sie für dieses Projekt benötigen, inklusive der Kosten. Und das lassen Sie mir möglichst bald zukommen. Machen Sie einen Termin mit meinem Assistenten aus, irgendwann in der übernächsten Woche. Bis dahin verfügen wir beide über mehr Informationen.« Signor Foscarelli stand auf. »Die Proben würde ich gerne behalten, wenn Sie einverstanden sind.«

»Selbstverständlich.« Matteo erhob sich ebenfalls.

»Vielen Dank, dass Sie mit uns gesprochen haben.« Francesca reichte dem Signore die Hand und folgte Matteo dann ins Vorzimmer, wo sie mit dem jungen Mann einen Termin für Mittwoch in einer Woche, also den neunten Oktober, vereinbarten. Dann gingen sie den Flur hinunter zum Treppenhaus. Francesca musste sich zwingen, nicht vor Freude und Begeisterung zu hüpfen.

»Wir sollten uns unserer Sache noch nicht zu sicher sein«, sagte Matteo leise, dem die Zuversicht, die Francesca erfüllte, nicht verborgen geblieben war. »Es gibt noch viele Hürden. Wenn die Kollegen des Signore sagen, dass ihnen das Risiko zu groß ist, müssen wir uns nach einer anderen Bank umschauen.«

»Der Termin ist aber doch viel besser gelaufen, als wir es uns hätten erträumen können, oder?«, fragte Francesca ebenso leise. Sie warf verstohlen einen Blick über die Schulter, aber es war niemand in der Nähe.

Matteo grinste, während er ihr die Glastür zum Treppenhaus aufhielt. »Finde ich auch. Ich will ja nur nicht, dass du dich freust und dann umso enttäuschter bist, falls es doch nichts wird.«

»Bin ich nicht«, entgegnete Francesca und schwang den Korb in der Hand, in dem jetzt nur noch das Messer lag, mit dem sie gerade die Schokoladennussscheibe abgeschnitten hatte.

Kurz darauf traten sie aus der Bank auf die Straße. Automobile hupten und Pferde wieherten. Möwen schrien und Kinder riefen. Und Matteo zog Francesca in seine Arme und küsste sie zärtlich auf die Wange. Dann fasste er ihre Hand, und so schlenderten sie die Straßen entlang, die immer enger wurden, je weiter sie sich dem Meer näherten. Hin und wieder saßen Bettler am Straßenrand, ganz offensichtlich Kriegsinvaliden, denen ein Bein oder Arm fehlte. Sie waren die einzige Erinnerung an den Krieg. Hier in Genua waren, wie auch in Alba und Monchiero, keine Gebäude zerstört worden, und es war, als habe es diese Schrecken gar nicht gegeben. Aber nicht nur Francesca konnte sich noch allzu gut an die Zeit erinnern, in der aus der Ferne die Sirenen zu hören waren. Hin und wieder waren feindliche Kampfjets über den Himmel geflogen. Sie schüttelte die Erinnerungen ab, denn sie wollte diesen besonderen Tag genießen.

Sie betrachtete die Palmen, die am Straßenrand standen und in den tiefblauen Himmel ragten. Es roch nach Fisch und Sonne. Menschen trugen ihre Einkäufe in Netzen mit sich, andere hatten Badetücher und Sonnenschirme dabei. Genua schien noch viel größer zu sein als Alba, die Häuser waren höher und massiver, die Straßen im Stadtzentrum breiter. Sie schlenderten durch den Schatten zwischen zwei Häuserzeilen, überquerten einen Marktplatz, der bestimmt doppelt so groß war wie die Piazza Savona. Francesca musste sich von Matteo stützen lassen, weil sie in den ungewohnten Stöckelschuhen auf dem Kopfsteinpflaster immer wieder ins Stolpern geriet. Aber sie hatten es nicht eilig und ließen sich Zeit. Immer wieder musste sie an ihre Schwestern denken, zu gern hätte sie den Anblick mit ihnen geteilt.

Als sie irgendwann am Strand angelangt waren, betrachtete Francesca die vielen bunten Sonnenschirme. Ein Stück entfernt konnte sie Felsen erkennen, in die Stufen gehauen waren. Menschen sprangen von den Klippen ins Wasser. Auf Handtüchern und Liegen lagen Männer und Frauen, die viel Haut zeigten und die Sonne genossen. Die Häuser waren beinahe bis ans Wasser herangebaut, nur durch die Kaimauer und einen schmalen Streifen Sand vom azurblauen Meer getrennt.

Sie fanden einen leeren Tisch vor einem Strandcafé, wo sie einen Kaffee und Zitronenlimonade bestellten. Francesca sog die fröhlichen Stimmen, das Rauschen der Wellen und den Geruch des Meeres tief in sich auf. Sie staunte über die Unbeschwertheit, die hier in der Luft lag. Der Krieg war noch kein Jahr vorbei, und doch schien er hier vergessen zu sein. Nichts erinnerte an die vielen Männer, die bislang nicht nach Hause gekommen waren, wie Matteos Bruder Valentino, an die zerstörten Gebäude in den Großstädten oder an die Armut, den Hunger, die Rationierungen. Hier schienen der Kummer und die Angst des Krieges vergessen zu sein, und Francesca und Matteo waren mitten unter diesen lärmenden, lachenden, genießenden Menschen. Sie hielten einander an den Händen, blickten über das bunte Treiben am Strand und konnten nicht aufhören zu lächeln. Ihr Gespräch war vielversprechend verlaufen, und auch wenn Matteo natürlich recht hatte und sie sich noch nicht sicher sein konnten, dass Signor Foscarelli ihnen den Kredit wirklich gewähren würde, so hatten sie auf jeden Fall keine Absage bekommen. Sie sprachen beide nicht an, dass das bedeuten würde, dass Matteo Giovanna nicht heiraten musste und sie beide dann eine gemeinsame Zukunft haben könnten. Noch verbot Francesca sich, auch nur daran zu denken.

Nachdem sie den Kaffee und die Limonade getrunken hatten, gingen sie barfuß am Strand spazieren. Die Schuhe hatten sie in den Korb gelegt, den Matteo jetzt trug. Francesca genoss den warmen Sand an den Füßen, den lauen Wind in den Haaren und die Sonne auf der Haut. Wie auch immer die Entscheidung der Cassa di Risparmio di Genova ausfallen würde, der Ausflug zum Meer hatte Francesca ganz neue Erfahrungen beschert. Fasziniert beobachtete sie die Menschen, die mutig in die Wellen sprangen. In diesem Moment wünschte sie sich, dass sie ebenfalls schwimmen könnte, zu gern hätte sie gewusst, wie es sich anfühlte, ganz in das kühle Wasser einzutauchen. Aber natürlich hatte sie es nie gelernt, und sie zweifelte sehr daran, dass sie es jemals lernen würde. Aber tief in ihrem Inneren war der Wunsch danach an diesem Tag geweckt worden.

Als sie Stunden später, müde und aufgekratzt zugleich, in ihrem Bett unterm Dach über dem Café Alba lag, glaubte sie noch das Meer zu hören und den Sand an den Füßen zu spüren. Und während sie sich vorstellte, wie sie auf dem Rücken auf den Wellen trieb, schlief sie ein.

*

3. bis 8. Oktober 1946

In den nächsten Tagen hatte Matteo viel zu tun. Er fuhr mit dem Fiat in die Vororte von Alba, schaute sich nach leer stehenden Fabrikhallen um, holte Erkundigungen über Maschinen ein und traf sich mit anderen Geschäftsleuten. Meist ging er nach dem Frühstück weg und kam oft nicht einmal zum Mittagessen nach Hause. Manchmal war er erst am Abend wieder bei ihnen. Giovanna Bianco schien zu ahnen, dass etwas nicht stimmte, denn sie stand plötzlich beinahe täglich in der Diele vor dem Büro der Signora und erkundigte sich nach Matteo. Vielleicht war es aber auch ihr Vater, der einen Verdacht hegte und sie schickte, um zu spionieren.

»Zieh deinen Mantel an, dann zeige ich dir was«, sagte Matteo eines Abends nach einem sehr frühen Abendessen, da die Signora ins Theater wollte, zu Francesca. Es war erst kurz vor sechs.

»Jetzt? Ich muss abräumen und …«, begann Francesca.

»Ich helfe dir, wenn wir zurück sind.« Matteo zog sie aus dem Esszimmer in die Diele. »Es dauert nicht lange, ich verspreche es dir.«

Francesca lachte und lief schnell nach oben, um ihren dünnen Mantel zu holen. Dann schaute sie kurz in die Küche, wo Antonella etwas Unverständliches brummte, als sie ihr zurief, dass sie gleich zurückkommen werde, und folgte Matteo nach draußen.

Sie stiegen in den Fiat, und Matteo lenkte den Wagen durch den ruhigen Abendverkehr. Um diese Zeit war nicht mehr viel los auf den Straßen der Stadt. Zehn Minuten später hielt er an einer Landstraße auf der anderen Seite des Tanaro, des breiten Flusses, der an Alba vorbeifloss. Die Randbezirke der Stadt lagen teilweise am anderen Ufer.

»Die Halle dort steht leer.« Er deutete auf einen flachen Bau, ein bisschen zurückversetzt von der Straße, vor dem ein großer betonierter Hof lag. »Ich habe mich erkundigt, sie wäre erschwinglich. Natürlich müsste man einiges renovieren. Und sämtliche Flächen ringsumher sind ebenfalls frei und stehen zum Verkauf. Was hältst du davon?«

»Hast du dir die Halle von innen angeschaut?«, fragte Francesca, während sie versuchte, die Größe zu erahnen. Auf jeden Fall würde hier viel Platz sein.

Matteo schüttelte den Kopf. »Ich habe bislang versucht, mich so unauffällig wie möglich zu verhalten. Du weißt ja, wie schnell sich Neuigkeiten herumsprechen. Wenn ich offizielles Interesse an der Halle zeige, könnte das sehr schnell Signor Bianco zu Ohren kommen. Der scheint sowieso schon misstrauisch geworden zu sein, warum sonst sollte er Giovanna so oft zu uns schicken?«

»Vielleicht kommt Giovanna freiwillig, weil sie sich in dich verliebt hat?«, schlug Francesca vor, die es ein bisschen hartherzig von Matteo fand, diese Möglichkeit von Vornherein auszuschließen. »Ob du es glaubst oder nicht, aber Frauen sind durchaus in der Lage, eigene Entscheidungen zu treffen.«

»Das weiß ich doch.« Er grinste und startete den Wagen wieder, um zurück in die Stadt zu fahren. »Immerhin habe ich Fotos von dem Gebäude gemacht. Ich bringe den Film morgen zum Entwickeln, dann kann ich nächste Woche Signor Foscarelli die Bilder zeigen.«

»Sehr gut.« Francesca sah in den dunkelblauen Abendhimmel. »Das ging tatsächlich schnell. Es ist noch nicht ganz dunkel geworden.«

»Der Abend ist so wunderschön.« Matteo setzte den Blinker. »Und wir haben in den letzten Wochen nun wirklich genug gearbeitet. Lass uns für eine halbe Stunde in die Berge fahren und uns den Sonnenuntergang anschauen.«

»Aber das Esszimmer«, warf Francesca ein.

»Ich habe dir doch gesagt, dass ich dir helfe«, sagte Matteo und steuerte den Fiat schon den Berg hinauf in Richtung Guarene. »Ich sehne mich nach ein paar Minuten mit dir allein, zu Hause haben wir doch kaum Zeit füreinander. Denk nur an den Tag in Genua, den wir nur zu zweit verbracht haben.«

Francesca protestierte nicht weiter. In den letzten Tagen hatten sie sich wirklich wenig gesehen, weil Matteo andauernd unterwegs gewesen war. Und sie war in der Backstube und im Haushalt zu beschäftigt gewesen, um ihn bei seinen Fahrten und den Terminen mit anderen Geschäftsleuten zu begleiten.

Matteo steuerte den Wagen auf einen kleinen Parkplatz, der am Fuße eines Hügels mit langen Reihen von Weinstöcken lag.

Sie stiegen aus und liefen Hand in Hand einen schmalen Weg entlang, der zwischen den Weinreben hinauf zu einem kleinen Waldstück führte. Am Rand des Waldes fanden sie einen umgestürzten Baum, auf dem sie sich niederließen. Von hier aus konnten sie über die Weinfelder bis zu den Westalpen in der Ferne sehen. Die Trauben waren reif und verströmten einen lieblichen schweren Duft, der Francesca an zu Hause erinnerte. Sie dachte an ihre Schwestern und daran, wie sie nebeneinander die Trauben gelesen hatten, und einen Moment lang wurde die Sehnsucht übermächtig. In Monchiero würde ihre Familie gerade bei der Lese sein, und es war das erste Mal, dass Francesca nicht daran teilnahm. Eine arbeitsreiche, aber auch erfüllende Zeit, und hinterher, wenn Chiara, Adriana und Francesca die Trauben gestampft hatten, hatten sie ausgelassen gelacht, begleitet vom Gefühl der Erleichterung, dass sie es für dieses Jahr geschafft hatten. Jetzt sah sie sich um.

Auch hier waren an einigen Hängen die Trauben schon geerntet worden.

Matteo legte seinen Arm um Francescas Schultern und drückte sie fest an sich. »Ich wünsche mir so sehr, dass wir den Kredit von der Bank in Genua bekommen. Dann kommt zwar sehr viel Arbeit auf uns zu, aber wir bräuchten keine Angst mehr zu haben. Wir könnten zusammen sein, und niemand könnte das ändern.«

Francesca nickte. »Bald erfahren wir endlich mehr.«

»Ich wünschte nur, mein Vater hätte unsere Creme noch erleben können.« Matteo seufzte leise, dann küsste er ihre Stirn und verharrte dort, als er sie leise fragte: »Du kommst doch wieder mit mir nach Genua, oder?«

Francesca lächelte und drehte den Kopf zu ihm, sodass sie ihn küssen konnte. Ihre Lippen verschmolzen miteinander, sie schloss die Augen und sog seinen Duft tief ein, sie genoss die Weichheit und Wärme seines Mundes, die Zärtlichkeit dieser Berührung. Matteo streichelte ihre Schulter, seine Atemzüge beschleunigten sich, und der Kuss wurde immer drängender.

»Ja.« Francesca löste sich so weit von ihm, dass sie ihn ansehen konnte. Das Begehren in seinem Blick ließ sie stocken. »Natürlich fahre ich mit dir nach Genua, auch wenn es deiner Mutter gar nicht gefallen wird. Schon letzte Woche, als wir zusammen dort waren, schien sie böse deswegen zu sein.«

»Ich weiß.« Matteo seufzte, und seine Lippen suchten wieder die ihren. Er murmelte: »Aber sie hält sich sonst ja auch meist aus dem Geschäftlichen heraus. Anders als du. Du bist so wichtig für mich, dein Urteil bedeutet mir viel, und mit dir zusammen kann ich alles schaffen.«

Wärme breitete sich in Francesca aus. In diesem Augenblick war sie vollkommen glücklich. Die Vögel zwitscherten um sie herum, der Wind rauschte leise in den Bäumen. Einzelne Wölkchen zogen über den blauen Himmel, und der Schnee auf den Alpen sah aus wie der Puderzucker auf ihren Nusstorten.

»Als ich vor vier Monaten nach Alba gekommen bin, habe ich Angst gehabt vor all dem Neuen, davor, allein zu sein und mich nicht zurechtzufinden.« Francesca strich liebevoll über Matteos Rücken. »Niemals hätte ich mir vorstellen können, mich so schnell und so sehr zu verlieben und dann auch noch eine Aufgabe zu finden, die mich dermaßen glücklich macht.«

Matteo sah sie hingebungsvoll an. Sie verlor sich in seinem Blick, mit dem er sie so betrachtete, als sei sie die einzige Frau auf der Welt.

Er näherte sich ihrem Gesicht und gab ihr viele kleine Küsse auf Wangen, Nase, Kinn und Stirn. Schließlich trafen sich ihre Münder erneut, und wieder versanken sie in ihren Zärtlichkeiten. Anschließend saßen sie ganz dicht nebeneinander und schauten über die Landschaft, die sich vor ihnen erstreckte.

»Vermisst du deinen Vater?«, fragte Francesca, die in der letzten Zeit oft darüber nachgedacht hatte, wie sehr die Erkenntnis, dass der Signore Matteo so viele Schulden hinterlassen hatte, sein Andenken an ihn trübte. »Oder bist du wütend auf ihn?«

»Beides«, gestand Matteo, »aber wirklich böse kann ich ihm nicht sein. Er hat ja immer nur das Beste gewollt. Wenn er das Geld verspielt oder für Alkohol und Frauen ausgegeben hätte, dann wäre ich jetzt wütend. Aber er hat ja immer gewollt, dass sich jeder den Besuch bei uns leisten kann, jeder seine Hochzeitstorte und *Albesi Regina* zur Taufe seines Kindes bekommen konnte.«

Francesca nickte. »Er war ein sehr gütiger Mann.«

»Ja, ich vermisse ihn sehr.« Matteo zog Francesca noch näher an sich. »Ich wünschte, er könnte mit uns die Fabrik gründen und die Crema Piemontese zu einem Erfolg machen.«

Schließlich war es dunkel, und sie machten sich auf den Rückweg. Wenige Minuten später hatten sie den kleinen Parkplatz neben der Straße erreicht. Die Scheinwerfer eines Wagens blendeten sie, als sie Arm in Arm aus dem Weinberg kamen. Der Wagen kam den Berg hinauf und bremste jetzt stark ab.

Matteo runzelte die Stirn, als das Fahrzeug schließlich mitten auf der Straße zum Stehen kam. »Was ...?«, murmelte er.

Die Tür des schwarzen Mercedes-Benz wurde geöffnet.

»Matteo?«

Francesca spürte, wie Matteo neben ihr zusammenzuckte. Im nächsten Moment kam der Mann näher, und sie verstand, warum Matteo sich so erschrocken hatte. Es war Signor Bianco.

Unwillkürlich lösten sie ihre Arme und wichen einen Schritt auseinander. Francesca hielt die Luft an. Warum waren sie nur so unvorsichtig gewesen?

Signor Bianco kam näher. Ein orangeroter Punkt leuchtete in der Dämmerung auf, als er an seiner Zigarette zog.

»*Buonasera*, Signore.« Matteo tippte sich an den nicht vorhandenen Hut.

Signor Bianco nickte ihm zu. Francesca ignorierte er. »Matteo, mein Junge.« Er klopfte ihm jovial auf die Schulter. »Seit Tagen versucht Giovanna dich zu sprechen, aber du scheinst ihr aus dem Weg zu gehen.«

»Ich habe viel zu tun, Signore.« Matteo breitete entschuldigend die Arme aus.

»Sie war auch in der Backstube.« Signor Bianco sah ihn vorwurfsvoll an. »Du warst nicht da.«

»No, Signore.« Matteo schluckte. »Vermutlich habe ich gerade Einkäufe gemacht.«

Signor Bianco zog noch einmal an seiner Zigarette, dann warf er sie achtlos an den Straßenrand. »Die Sache ist die.« Er legte Matteo den Arm um die Schultern und führte ihn ein Stück weg von Francesca. Er sprach jetzt leise weiter, sodass sie sich anstrengen musste, um ihn noch hören zu können. »Ich möchte nicht, dass du jetzt noch irgendwelche Veränderungen im Betrieb vornimmst. Ich habe gehört, dass du dich mit ein paar Leuten getroffen hast und irgendwas Großes planst.«

Matteo murmelte etwas Ausweichendes, das Francesca nicht verstehen konnte.

»Das sind Entscheidungen, die ich treffen werde. Natürlich mit dir zusammen, aber es bringt nichts, wenn du dich jetzt mit geschäftlichen Dingen beschäftigst, die später ja doch meine Aufgabe sein werden. Kümmere dich lieber um deine Braut, bereite die Verlobungsfeier und die Hochzeit mit ihr zusammen vor und vor allem: Hofiere sie. Bislang bist du kalt wie ein Fisch. Giovanna möchte umworben werden, zeig ihr dein Begehren, wie ungeduldig du auf die Hochzeitsnacht wartest, auch wenn du dich vorher noch mit dem Personal vergnügst.« Er machte eine vage Handbewegung in Francescas Richtung. »Wer von uns Männern kann schon sagen, dass er nur mit der Ehefrau auskommt, was? Aber sei diskret, mein Junge. Das hier ist viel zu öffentlich. Ich lasse nicht zu, dass du meine Tochter vor aller Augen blamierst. Verstanden?«

Die beiden Männer standen mit den Rücken zu Francesca, Signor Bianco hatte noch immer seinen Arm um Matteo gelegt. So konnte Francesca Matteos Gesicht nicht sehen.

»Ich liebe Ihre Tochter nicht, Signore«, hörte sie ihn dann mit lauter Stimme sagen.

»*Che cosa?*« Signor Bianco trat einen Schritt zurück und betrachtete ihn überrascht. Die Scheinwerfer seines Wagens beschienen ihn von der Seite, was ihm ein unheimliches Aussehen verlieh.

»Ich liebe Giovanna nicht«, wiederholte Matteo, der mit der Hand das blendende Licht abzuschirmen versuchte. »Ich liebe Francesca.«

Francescas Magen begann zu kribbeln. Es erfüllte sie mit Liebe und Stolz, dass Matteo seine Liebe zu ihr so mutig eingestand. Und zugleich machte ihr die mögliche Reaktion des Signore große Angst. Wäre es nicht besser gewesen, Matteo hätte geschwiegen? Wenigstens noch die paar Tage, bis sie die Antwort der Bank hatten? Aber wenn der Kredit abgelehnt würde, was wäre dann? War es nicht vielmehr richtig, wenn Matteo jetzt die Wahrheit sagte, anstatt weiter zu lügen?

»Das Hausmädchen? Aber mein Junge!« Signor Bianco lachte. »Wer von uns hat sich nicht schon mit einem Hausmädchen vergnügt? Ich würde nie von dir verlangen, darauf zu verzichten, aber du brauchst doch eine richtige Frau zum Heiraten.« Jetzt drehte er sich zu Francesca und ließ den Blick ungeniert über ihren Körper gleiten. »Die Signorina ist viel zu hübsch für eine Ehefrau, das würde nur Ärger bringen, weil ihr die Männer nachstellen würden. Das weiß doch jeder, früher oder später würde sie dich betrügen. Nimm dir eine Frau, die zwar einigermaßen nett aussieht, wie meine Giovanna, aber nicht überaus schön ist, sodass sie den Männern nicht den Kopf verdreht. Je weniger ihr Avancen gemacht werden, umso sicherer kannst du sein.«

Francesca stieß einen entrüsteten Laut aus. Was für eine unverschämte Behauptung! Als ob sie willenlos wäre und den Nachstellungen eines jeden Mannes sofort nachgeben würde.

Ohne auf ihre Empörung einzugehen, fuhr Signor Bianco

fort: »Eine zu schöne Frau heiratet man nicht, mein Junge. Einmal davon abgesehen, dass sie weder Geld noch Stellung haben kann.«

»Es geht nicht ums Aussehen oder die Stellung«, entgegnete Matteo mit entschiedener Stimme. »Sondern um Liebe.«

Signor Bianco lachte wieder. »*Amore, amore!* Ihr jungen Leute mit eurer *amore*. Giovanna ist auch verliebt und redet nur noch von *amore, amore, amore*. Glaub mir, die Liebe vergeht schnell, wenn du erst einmal einen Ehering am Finger hast. Bei einer Affäre ist es anders. Sie ist verboten, und aus diesem Grund bleibt das Feuer der Leidenschaft länger erhalten.« Er griff in die Tasche seines Jacketts, zog ein goldenes Zigarettenetui hervor und hielt es Matteo auffordernd hin.

»*No, grazie*, Signore.« Matteo hob abwehrend die Hand. »Sie wollen aber doch bestimmt nicht, dass ich Ihre Tochter heirate, während mein Herz einer anderen gehört, oder? Es kann doch nicht in Ihrem Interesse sein, dass ich Ihre Tochter betrüge.«

Signor Bianco zuckte mit den Schultern. »Das wird sich auf die Dauer sowieso nicht vermeiden lassen. Natürlich sollte alles diskret ablaufen, niemals darf meine Tochter zum Gespött der Leute werden. Aber ich wäre töricht, wenn ich glauben würde, dass du ihr ein Leben lang treu bleibst. Welcher Mann kann das schon von sich behaupten? Dazu sind wir doch Männer, oder?«

»Signore, ich habe nicht vor zu heiraten, um meine Frau dann zu betrügen.« Matteo wandte sich ab und ging langsam zurück zu Francesca.

»Unsinn«, rief Signor Bianco und folgte ihm.

Als Matteo wieder bei Francesca war, nahm er ihre Hand. »Es war ein Fehler, dass ich zugestimmt habe, Giovanna zu heiraten. Umso mehr, wenn sie sich tatsächlich in mich verliebt hat. Aber ich war mit der Situation überfordert, mein Vater war gestorben, die ganzen Schulden … Das war einfach zu viel für mich. Ich hatte plötzlich die Verantwortung für den Familienbetrieb, das Personal und meine Mutter, dabei bin ich doch kaum erwachsen.«

Matteo war vor einigen Tagen einundzwanzig geworden und somit offiziell in jeder Angelegenheit geschäftsfähig. Francesca hatte ihn an dem Morgen beim Frühstück mit einer selbst gebackenen Torte überrascht, aber dann hatte Matteo den ganzen Tag außer Haus verbracht und Vorbereitungen für ihren nächsten Termin mit Signor Foscarelli getroffen.

»Was willst du damit sagen?« Signor Bianco zog an seiner Zigarette, die er sich gerade angesteckt hatte, legte den Kopf in den Nacken und sah Matteo mit zusammengekniffenen Augen an.

»Ich kann Ihre Tochter nicht heiraten. Denn ich erwarte mehr von einer Ehe als ein geschäftliches Arrangement. Ich will meine Frau lieben wie keine andere Frau auf der Welt und ihr treu sein. Es wäre falsch, wenn ich Giovanna heirate, nur weil Sie mir finanzielle Hilfe versprechen.«

»Falsch?« Signor Bianco warf die kaum gerauchte Zigarette weg. Sein Ton hatte sich verändert, er spuckte jedes Wort abfällig aus. »Weiß du, was falsch ist? Falsch ist, sich gegen mich zu wenden. Wenn du meine Tochter nicht heiratest, werde ich dich fertigmachen. Das verspreche ich dir. Ich werde an das Café Alba kommen, mit oder ohne deine Hilfe. Aber du könntest es dir deutlich angenehmer machen, wenn du Giovanna heiratest.«

»Signor Bianco.« Matteo ließ seinen Blick kurz über die dunkle Landschaft wandern, inzwischen war die Nacht hereingebrochen. In der Ferne bildeten die Straßenlaternen der Dörfer kleine Lichterketten. »Ich bin Ihnen sehr dankbar dafür, dass Sie mir Ihre Hilfe angeboten haben. Aber ich muss meinem Herzen folgen. Francesca ist die Frau, die ich mir an meiner Seite wünsche.«

»Ist das dein letztes Wort?« Signor Bianco schnaubte. Dann wandte er sich in Richtung seines Mercedes. »Also schön, du wirst von mir hören.«

Matteo sah ihm nach, während er wütend die Straße hinaufstapfte. Er startete den Wagen und fuhr mit aufheulendem Motor davon.

Francesca trat neben ihn und tastete vorsichtig nach Matteos Hand. Langsam führte sie sie an ihre Lippen und küsste sie sanft. »Danke, dass du zu mir stehst«, flüsterte sie. »Ich hoffe nur, dass er uns keine Probleme machen wird.«

Francescas Hoffnung sollte schon am nächsten Morgen enttäuscht werden, als sie nach dem Frühstück in die Backstube kam. Anstatt der beiden Mitarbeiter stand eine Frau dort und wartete.

»Ciao, Signora«, begrüßte Francesca die kleine rundliche Frau in mittleren Jahren. Sie trug die Haare kurz, war ungeschminkt, und man konnte ihr ansehen, dass sie es gewohnt war, viel zu arbeiten. »Bestellungen nehmen wir nicht hier an, sondern vorne im …«

»No, no, Signorina, ich möchte mit Signor Matteo sprechen.« Die Frau sah sie beinahe ängstlich an.

»Oh, es tut mir leid, aber der Signore ist bereits außer Haus. Vielleicht kann ich Ihnen helfen? Ich leite die Backstube in seiner Abwesenheit.«

Ein missbilligender Ausdruck legte sich auf das Gesicht der Frau. »Ich weiß, Amadeo ist mein Mann.«

»Ach so, Sie sind seine Frau?«, fragte Francesca, die zwar wusste, dass Amadeo und Fernando verheiratet waren, sich aber bislang nie Gedanken über die Frauen der beiden gemacht hatte.

Die Signora nickte. Dann reichte sie ihr zwei Briefumschläge. »Ich bringe die Kündigungen von Amadeo und Fernando. Sie haben beide eine bessere Arbeit angeboten bekommen.«

»Eine bessere Arbeit? Aber sie können doch nicht von jetzt auf gleich …« Francesca brach ab und griff nach den beiden Schreiben. »Diese andere Stellung, sie wurde ihnen nicht zufällig von Signor Bianco angeboten?«

»Doch.« Die Signora nickte. »Signor Bianco hat ihnen ein sehr gutes Gehalt geboten, aber mit der Bedingung, sofort zu beginnen. Ich muss zurück, meine Kleinen sind allein zu Hause. Amadeo hat darauf bestanden, dass ich Ihnen gleich Bescheid sage. Es tut mir leid, Signorina.«

»Danke«, murmelte Francesca und sah der Frau einen Moment lang nach. Dann seufzte sie und machte sich an die Arbeit. Wenn die beiden Mitarbeiter nicht kamen, würde sie die ganze Arbeit kaum schaffen können. Und morgen konnte sie auch nicht mit Matteo zusammen nach Genua fahren, weil dann niemand mehr hier wäre. Sie begann Teige zu rühren, und als die ersten *Torte di nocciole* im Ofen waren, lief sie schnell zu Antonella nach oben, um sie zu bitten, ausnahmsweise für sie das Servieren des Mittagessens zu übernehmen. Die Köchin erklärte sich sofort bereit, als sie hörte, was geschehen war.

»Du musst aber auch selbst etwas essen, Kindchen.« Antonella fasste nach Francescas Arm, sodass sie die Küche nicht einfach wieder verlassen konnte. »Setzt dich hin, ich fülle dir einen Teller mit *Bollito misto*.«

»Ich habe keine Zeit, die Nusstorten sind im Ofen.«

Antonella seufzte. »Na schön, dann lauf. Ich bringe nachher einen Teller runter.«

Francesca nickte und eilte die Stufen hinunter in die Backstube. Der Duft der Nusstorten empfing sie, und ihr Magen begann zu knurren. Antonella hatte recht, sie durfte nicht vergessen, etwas zu essen. Als die Köchin kurz darauf kam und den gefüllten Teller auf den Arbeitstisch stellte, stürzte sich Francesca hungrig darauf.

Dann arbeitete sie ohne Pause bis zum Nachmittag. Als sie die wichtigsten Dinge erledigt hatte, eilte sie nach oben, um sich um den Haushalt zu kümmern, aber auch das hatte Antonella bereits für sie übernommen. Sie dankte der Köchin und lief sofort wieder nach unten, um Schokoladennusscreme für die Blöcke anzurühren und Pralinen herzustellen.

Um sieben Uhr kam Matteo in die Backstube. »Antonella hat mir erzählt, was passiert ist. Wir haben also keine Mitarbeiter mehr in der Backstube?«

Francesca nickte und fegte die letzten Nusskrümel vom Tisch. »Wenn Antonella nicht gewesen wäre, hätte ich all die Arbeit niemals geschafft.«

Matteo trat zu ihr und legte seine Arme um ihre Hüften. »Und wenn du nicht wärst, hätte ich nichts von alledem geschafft.«

Francesca drehte sich zu ihm um, lehnte sich gegen den Arbeitstisch und legte ihre Hände auf seine Taille. »Wenn ich nicht wäre, hättest du all die Probleme nicht.«

»Aber dann hätte ich die Probleme später bekommen.« Er lächelte sie traurig an. »Mir sind die Worte von Signor Bianco den ganzen Tag nicht aus dem Kopf gegangen. Selbst wenn ich Giovanna lieben würde, würde es mich niemals glücklich machen, in der Familie der Biancos zu sein.«

Francesca nickte. »Er hat dir gestern sehr deutlich gemacht, dass er die Entscheidungen treffen würde und du nichts mehr zu bestimmen hättest.«

Matteo strich ihr liebevoll über die Wange. »Aber in erster Linie geht es um meine Gefühle. Denn auch wenn ich dich nicht getroffen hätte, Giovanna liebe ich nun einmal nicht.«

Francesca strich ihm sanft durch die dunklen Haare. »Ich will nur nicht, dass ich am Untergang des Café Alba schuld bin.«

»Das Café Alba wird nicht untergehen.« Matteo küsste sie auf die Nasenspitze. »Wir werden kämpfen, und wir werden unsere Idee umsetzen. Mit der Cassa di Risparmio di Genova oder mit einer anderen Bank, aber wir werden schon Unterstützer finden.« Er sah sich um. »Es ist allerdings eine Katastrophe, dass Fernando und Amadeo uns mir nichts, dir nichts im Stich gelassen haben. Sie sind fast ein Teil der Familie und seit vielen Jahren hier. Nichts ist mehr so, wie es war. Padre fehlt mir so sehr.«

Francesca zog Matteo fest in ihre Arme und strich ihm tröstend über den Rücken.

*

9. Oktober 1946

Am nächsten Tag hatte Francesca nicht mit ihm nach Genua fahren wollen, doch Matteo bestand darauf. Und nachdem Antonella sich auf Matteos Seite geschlagen und Francesca genötigt hatte, ihn zu begleiten, war sie doch froh, als sie neben ihm im Fiat saß und wieder Richtung Ligurisches Meer fuhr. Leider würden sie heute keine Zeit für einen Ausflug zum Strand haben, denn sobald sie den Termin wahrgenommen hatten, würden sie sich wieder auf den Heimweg machen müssen, um die Backwaren für den nächsten Tag vorzubereiten. Am Wochenende standen zwei Hochzeiten an, für die sie die Torten, beide mit Crema Piemontese gefüllt, und die *Albesi Regina* lieferten. Heute Morgen, bevor sie aufgebrochen waren, hatte Francesca schon die ersten Vorbereitungen getroffen. Am Nachmittag, sobald sie zurück waren, würde sie die Creme anrühren, mit der die Torten gefüllt wurden, Zuckerfiguren gießen und auch noch Pralinen herstellen.

Jetzt standen sie also wieder vor der Bank. Francesca hatte den Anblick des Meeres in sich aufgesogen. Sie hatte die Fensterscheibe heruntergekurbelt und den Schreien der Möwen gelauscht, das Gesicht in die Sonne gestreckt und das Salz auf den Lippen geschmeckt. Zu gern hätte sie wieder angehalten, die Füße in den Sand gesteckt und die Wellen um ihre Waden gespürt. Irgendwann einmal würde sie vielleicht auch ein paar Tage am Meer verbringen können und sogar das Schwimmen lernen. Aber heute war all das nur ein ferner Traum.

»Bereit?«, fragte Matteo und fasste nach Francescas Hand, bevor sie die Bank betraten.

Wieder teilten sie einem jungen Mann ihr Anliegen mit, und kurze Zeit später erschien dieselbe Dame, die sie auch beim letzten Mal nach oben geführt hatte. Während Francesca ihr und Matteo folgte, hatte sie nur einen Gedanken: Noch war alles möglich, noch konnte es sein, dass sie den Kredit erhalten würden. Aber schon in wenigen Minuten würden sie die Entscheidung erfahren. Falls sie den Kredit nicht bekommen sollten, müssten sie eine andere Bank finden. Aber das würde nun viel schwerer werden, denn am Abend zuvor hatte sich Matteo Signor Bianco zum Feind gemacht. Und der hatte die besseren Kontakte und deutlich mehr Verbindungen als Matteo. Nein, sie waren auf den heutigen Erfolg angewiesen, sonst würden sie in Kürze das Café und auch ihr Zuhause verlieren.

»*Buongiorno*, Signor Milani, Signorina Pellegrino.« Der

junge Assistent von Signor Foscarelli kam ihnen in seinem Vorzimmer entgegen. »Bitte sehr, folgen Sie mir.«

Er klopfte an die Tür des angrenzenden Büros, öffnete sie und ließ die beiden eintreten. Dann zog er sich diskret zurück.

»Ciao.« Signor Foscarelli stand auf und reichte ihnen über den Schreibtisch hinweg die Hand. Dann deutete er auf die beiden Stühle davor. »Bitte nehmen Sie Platz.«

Francesca und Matteo kamen der Aufforderung nach. Plötzlich war Francesca schlecht vor Aufregung. Ihr Herz schlug mit doppelter Geschwindigkeit.

»*Come state?*« Signor Foscarelli strahlte sie an.

Matteo erwiderte das Lächeln. »Wie es uns geht, Signore, liegt in Ihrer Hand. Ich hoffe, Sie haben gute Nachrichten für uns?«

»Signor Milani.« Der Bankangestellte lehnte sich in seinem Sessel zurück. »Zunächst einmal versichere ich Ihnen, dass uns allen Ihre Idee hier sehr zugesagt hat. Ich habe auch meine Kollegen von Ihrer ausgezeichneten Creme probieren lassen, und wir sind uns alle einig, dass sie da ein durchaus zukunftsträchtiges Produkt entwickelt haben.«

»*Grazie*, Signore.« Matteo nickte kurz.

Francescas Herz schlug noch schneller.

»Wie gesagt, wir sehen eine sehr gute Verkaufsprognose für Ihre Crema Piemontese.« Signor Foscarelli lehnte sich wieder vor, sein Gesichtsausdruck veränderte sich. »Aber wir sind leider zu dem Schluss gekommen, dass das Risiko für die Cassa di Risparmio di Genova zu groß wäre.«

»*Che cosa*? Was?« Matteo sah ihn erschrocken an. »Aber ich verstehe nicht, Sie sagten doch, dass unser Produkt eine Zukunft hätte.«

»Sì, sì, aber es erscheint uns fragwürdig, warum Ihre Hausbank, mit der Sie in den letzten Jahrzehnten zusammengearbeitet haben, den Kredit nicht geben will. Signor D'Angelo sagt, Sie seien ursprünglich Kunden von Signor Cattaneos Bank.« Signor Foscarelli breitete die Arme aus. »Und da die Bank Sie und Ihr Geschäft besser kennt als wir es tun, schließen wir uns deren Einschätzung an.«

»Aber wir haben unsere Hausbank, bei der Signor Cattaneo Direttore ist, doch noch gar nicht um einen Kredit gebeten«, erklärte Matteo.

»Umso eigenartiger, dass Sie zuerst zu uns kommen.« Signor Foscarelli schüttelte bedauernd den Kopf. »Wie gesagt, Ihre Idee ist gut, und die Umsetzung scheint gelungen. Aber um daraus eine Massenware zu machen, brauchen Sie mehr als ein gutes Produkt. Sie brauchen Geschäftssinn und ...«

»Ich habe Ihnen doch beim letzten Mal erzählt, dass ich den Betrieb erst vor wenigen Wochen von meinem Vater übernommen habe. Mein Vater war leider nicht allzu versiert mit Zahlen, ich will alles anders machen. Sie können sich die Bilanzen der letzten Wochen ansehen und werden eine Steigerung von über fünfzig Prozent Umsatz feststellen, bei gleichzeitiger Senkung der Kosten.« Matteo stand auf und ging erregt ein paar Schritte im Zimmer umher. »Signore, in Alba habe ich einen Konkurrenten, der mit dem Direttore meiner Hausbank gut bekannt ist. Er ist interessiert an dem Café Alba, und der Direttore scheint von ihm beeinflusst zu werden. Aus diesem Grund bin ich zuerst zu Ihnen gekommen, weil ich weiß, dass ich bei meiner Hausbank, auf Intervention des Konkurrenten, keinen Kredit bekommen werde.«

»Nun ...« Signor Foscarelli faltete die Hände und machte einen gequälten Gesichtsausdruck. »Wenn ich allein die Entscheidung treffen würde, ich würde das Risiko eingehen, weil ich wirklich überzeugt von Ihrer Crema bin. Aber ich muss mich vor dem Direttore unserer Bank und meinen Kollegen rechtfertigen, und es ist nun einmal entschieden worden, dass wir das Risiko nicht eingehen können.« Er stand auf, ein deutliches Zeichen, dass das Gespräch beendet war.

Francesca sah zu Matteo, der sich mit beiden Händen übers Gesicht fuhr.

»Signore, können wir denn gar nichts tun, um Ihre Kollegen zu überzeugen?«, fragte Francesca und stand ebenfalls auf.

»Ich fürchte nicht.« Der Signore breitete in einer hilflosen Geste die Arme aus. »Es tut mir leid.«

Francesca trat mit weichen Knien auf Matteo zu. Die Enttäuschung setzte ihr körperlich zu, und sie sah Matteo an, dass es ihn genauso schwer getroffen hatte. Sämtliche Farbe schien aus seinem Gesicht gewichen zu sein, die Schultern hingen kraftlos hinunter. Francesca nahm seinen Arm, nickte Signor Foscarelli noch einmal zu und zog Matteo dann aus dem Zimmer. Geschlagen schlichen sie durch den langen Flur zum Treppenhaus, durchquerten die Eingangshalle und traten hinaus in die Sonne.

Genua hatte seinen Zauber verloren. Die Gassen wirkten weniger malerisch, die Menschen, die in fröhlicher Stimmung an ihnen vorbeischlenderten, schienen sie zu verhöhnen. Wie in Trance fanden sie den Weg zurück zum Wagen. Sie hatten kein Wort miteinander gesprochen, seit sie aus der Bank gekommen waren. Was sollten sie auch sagen? Sie hatten so viel Hoffnung in diesen Termin gesetzt, nachdem der Signore vorletzte Woche so begeistert von ihrer Crema Piemontese gewesen war.

»Es tut mir leid«, sagte Francesca leise und nahm Matteos Hand. Noch standen sie auf dem kleinen Parkplatz. Matteo hatte den Blick gesenkt.

»Es hatte sich so gut angehört«, flüsterte er, ohne aufzusehen.

»Ich weiß«, entgegnete Francesca ebenso leise. »Bereust du jetzt, was du gestern zu Signor Bianco gesagt hast?«

»No.« Matteo sah sie an. Dann wiederholte er: »No! Ich bin froh darüber, denn du bist die einzige Frau auf der Welt, die ich heiraten will. Auch wenn im Moment der Gedanke an eine Ehe weiter weg zu sein scheint denn je. Ich habe ja nicht einmal das Geld, um all die Schulden zu bezahlen.«

Die beiden stiegen in das Auto.

»Was wird jetzt wohl passieren?«, fragte Francesca.

Matteo zuckte mit den Schultern und startete den Motor. »Das werden wir vermutlich schneller erfahren, als uns lieb ist.«

Die Rückfahrt verbrachten sie in niedergeschlagenem Schweigen. Beide hingen ihren Gedanken nach. Francesca hatte Angst und wünschte, sie hätte eine Idee, wie sie den Milanis helfen könnte. Aber es stand schlimmer denn je. Sie hatten keine Mitarbeiter mehr in der Backstube, die Bank in Alba saß ihnen im Nacken, und die Bank in Genua wollte ihnen kein Geld geben. Plötzlich schien es aussichtslos, es bei weiteren Banken zu versuchen. Würden sie nicht alle genauso argumentieren wie Signor Foscarelli?

Als sie wieder in Alba waren, wurden in der Stadt gerade Stände aufgebaut. Girlanden wurden über die Straßen gespannt, und einige Straßen waren für den Verkehr gesperrt worden, sodass sie einen Umweg fahren mussten, um zum Café Alba zu gelangen.

»Was ist denn hier los?«, fragte Francesca.

Matteo sah in den Rückspiegel. »Das sind die Vorbereitungen für die *Fiera dei Tartufi*, die am Wochenende beginnt. Das ist die berühmte alljährliche Trüffelmesse, die zum ersten Mal nach den Kriegsjahren wieder stattfinden kann. Das Ganze ist wie ein Volksfest. Es geht bis in den November hinein und findet an sechs aufeinanderfolgenden Wochenenden statt. Unsere Straße wird am Wochenende auch für den Verkehr gesperrt sein.«

Francesca hatte schon von der Trüffelmesse in Alba gehört, die weit über die Grenzen der Stadt hinaus bekannt war. Sogar in Monchiero hatten sie darüber gesprochen, weil in diesen Wochen Touristen aus ganz Europa ins Piemont kamen. Manche von ihnen hatten sich sogar bis in ihr kleines Dorf verirrt.

Als sie wenig später endlich wieder zu Hause waren, erwartete sie Antonella in der Küche.

Sie fragte die beiden gar nicht erst, wie es gelaufen war, sondern schien es an ihren Mienen ablesen zu können. Nach einem langen Seufzer sagte sie: »Signor Matteo, im Salon warten die beiden Herren auf Sie, die Sie schon einmal besucht haben.«

Kapitel 9

Italien, Piemont, Oktober 1946 bis Mai 1947

9. bis 14. Oktober 1946

Matteo und Francesca wechselten einen erschrockenen Blick.

»Ich begleite dich«, sagte Francesca.

Matteo schien widersprechen zu wollen, überlegte es sich dann aber anders und nickte ihr zu. Gemeinsam gingen sie in den Salon. Die beiden Männer erhoben sich, als sie eintraten. Sie hatten auf dem Sofa gesessen. Leere Kaffeetassen standen vor ihnen auf dem Tisch.

»Signor Milani«, rief der Kleinere der beiden. »Wir freuen uns, Sie wiederzusehen. Wie ist es Ihnen ergangen?«

»Gut«, erklärte Matteo, und Francesca konnte sehen, dass er sämtliche ihm verbliebene Kräfte aufbringen musste. Er streckte die Schultern durch und setzte ein verkrampftes Lächeln auf. »Wir haben unsere Umsätze steigern können. Sie werden erfreut sein zu hören, dass ich Ihnen in Kürze Ihr Geld zurückzahlen kann.«

Francesca unterdrückte einen überraschten Ausruf. Sie sah zu Boden, um ihre Gefühle zu verbergen. Matteo schien einen Plan zu verfolgen.

»Das freut uns«, sagte der größere Mann. »Denn wir haben nicht vor, uns länger vertrösten zu lassen. Was bedeutet in Kürze?«

»Das kann ich nicht genau sagen«, musste Matteo zugeben, »aber ich verspreche Ihnen, es wird nicht mehr lange dauern.«

»Signor Milani.« Der Mann schnalzte missbilligend mit der Zunge. »Warum bringen Sie mich in so eine Lage? Wir mögen uns doch, aber nun muss ich Ihnen erklären, wie es Menschen ergeht, die ihr Versprechen nicht einhalten.«

»No.« Matteo hob abwehrend die Hand. »Das ist nicht nötig. Wenn Sie mir nur noch eine oder zwei weitere Wochen geben würden«, bat er.

»Warum sollten wir das tun?«, fragte der kleine Mann. »Wenn Sie es in den letzten Wochen nicht geschafft haben, wieso sollten wir annehmen, dass sich das in den nächsten sieben Tagen ändern sollte?«

Beide Männer waren hinter dem niedrigen Couchtisch hervorgekommen und traten jetzt auf Matteo zu. Der größere ließ seine Fingerknöchel knacken. Sein Gesichtsausdruck verdunkelte sich. Dann ballte er die Hand zur Faust und holte zum Schlag aus.

Matteo duckte sich.

»Wegen der *Fiera dei Tartufi*«, rief Francesca mit panischer Stimme.

»Che cosa?« Der Mann ließ die Hand sinken und sah Francesca an, als hätte er sie erst jetzt wahrgenommen. »Wer ist das?«

»Meine Geschäftspartnerin«, erklärte Matteo und machte einen Schritt zurück, um sich beschützend vor Francesca aufzubauen.

»Sie sollten lieber aus dem Zimmer gehen, Signorina, das hier ist nicht für die Augen eines jungen Mädchens bestimmt.« Der kleinere Mann grinste und wies zur Tür.

»No, warten Sie!« Francesca trat neben Matteo. »Wir werden Ihr Geld bis übernächste Woche Sonntag haben, weil die Trüffelmesse stattfindet und wir vor dem Café unsere Creme verkaufen. Damit werden wir das von Ihnen geforderte Geld einnehmen.« Sie atmete tief durch und trat näher an den fremden Signore heran. »Das versprechen wir Ihnen.«

Der größere Mann sah unentschlossen zwischen Francesca und seinem Begleiter hin und her. »Ich weiß nicht …«

»Wenn Sie Signor Milani jetzt verprügeln, werden Sie Ihr Geld nicht schneller bekommen. Er würde vielleicht wegen seiner Verletzungen nicht arbeiten können. Aber wenn Sie sich darauf einlassen, in zehn Tagen noch einmal herzukommen, werden Sie das Geld bekommen. Und falls nicht, können Sie ja immer noch tun, was Sie eigentlich jetzt machen wollten.«

»Was meinst du?«, fragte der verhinderte Schläger seinen Kumpanen.

Der Mann zuckte mit den Schultern. »Das wird dem Alten nicht gefallen, aber die Kleine hat recht. Heute gehen wir sowieso ohne Geld hier raus.«

Der andere nickte und trat mit grimmiger Miene auf Matteo zu. »Nicht übernächsten Sonntag, sondern jetzt Sonntag. Heute ist der neunte, wir kommen am dreizehnten wieder. Vier Tage geben wir euch, keine Stunde länger.«

Francesca zögerte nicht und stellte sich zwischen Matteo und den Mann. »Einverstanden! Mehr brauchen wir nicht. Kommen Sie am Sonntagabend, dann bekommen Sie Ihr Geld.« Francesca wusste, dass ihr Versprechen mehr als riskant war.

»Na schön«, sagte er, schubste Francesca zur Seite und sah Matteo drohend an. »Heute lassen wir dich noch mal davonkommen. Aber wenn wir demnächst wiederkommen und du hast das Geld nicht, werden wir es aus dir herausprügeln, da kannst du sicher sein.«

»Und lass dir nicht einfallen zu verschwinden«, setzte der andere hinterher. »Wir haben Verbindungen im ganzen Land. Wir finden dich.«

Die Männer warfen Matteo noch einen letzten Blick zu und verließen dann den Salon.

Sobald sie gegangen waren, ließ Francesca sich in einen der Sessel sinken.

Matteo eilte zur Tür und sah hinaus. Als er sicher war, dass die Männer wirklich das Haus verlassen hatten, kehrte er zurück und setzte sich neben Francesca auf den Boden. Er fasste ihre Hände. »Bist du verrückt, dich so in Gefahr zu bringen? Mit diesen Kerlen ist nicht zu spaßen.«

»Eben.« Sie nickte kraftlos. »Sie hätten dich übel zugerichtet, wenn sie einmal handgreiflich geworden wären. Jetzt haben wir wenigstens noch ein paar Tage Zeit, auch wenn ich mir nicht sicher bin, ob wir in der kurzen Zeit das Geld wirklich auftreiben können.«

»Zumal wir keine Mitarbeiter mehr haben«, sagte Matteo mit matter Stimme.

Francesca stand auf. »Wie auch immer, wir müssen die Trüffelmesse nutzen. Vielleicht bekommen wir ja tatsächlich zumindest einen Teil der Summe zusammen. Es werden so viele Menschen nach Alba kommen, dass es doch irgendwie klappen muss, sie auch an unseren Stand mit der Crema Piemontese zu locken.«

Matteo hob plötzlich den Blick, und dann nickte er entschlossen. »Wir müssen die Torten fürs Wochenende vorbereiten und dann Unmengen an Creme herstellen. Haselnüsse haben wir erst einmal noch genug, aber du solltest an deine Familie schreiben, die Nüsse müssten inzwischen reif sein.

Nächste Woche müssen wir es irgendwie schaffen, nach Monchiero zu fahren und neue zu besorgen, damit wir weitermachen können. Vielleicht haben sie ja auch ein oder zwei Erntehelfer für uns übrig, die Weinlese dürfte bald durch sein.«

Der Samstag kam und mit ihm der erste Tag der diesjährigen *Fiera dei Tartufi.* Die Oktobersonne schien noch kräftig, aber es war längst nicht mehr so heiß wie in den letzten Wochen. Die Blätter der Bäume auf dem großen Platz hatten sich bereits orange gefärbt. Stimmengewirr vermischte sich mit Musik, die auf dem Platz, an dem das Café Alba lag, gespielt wurde. In der ganzen Innenstadt waren Stände aufgebaut, an denen nicht nur Trüffel, sondern auch Öle, Süßigkeiten und andere Waren verkauft wurden. Die Straßen waren voller Menschen, die sich an den Auslagen vorbeischoben, stehen blieben, um die größten Trüffel zu bewundern, oder sich auf die wenigen freien Plätze in einem der Straßencafés stürzten.

Auch das Café Alba war gut besucht. Francesca hatte einen Tisch vor dem Eingang aufgebaut, um ihre neuen Kreationen anzubieten. In den letzten Tagen hatte sie so viel Schokoladennusscreme angerührt, dass ihr der Arm schmerzte. Für all die Blöcke reichte der Platz nicht mehr in den Kühlschränken und der Vorratskammer, sodass sie einen Teil in den kühlen Keller bringen mussten. Francesca hatte auch eine riesige Menge der runden Kugeln mit Cremefüllung hergestellt, denen sie den Namen »Pralina D'Alba« gegeben hatte. In Ermangelung von hübschen Schmuckkartons hatte sie sie in kleine Papiertüten gefüllt, die sie alle mit einem Füllfederhalter beschriftet hatte. Außerdem hatte Antonella ihr geholfen und gestern zwanzig Weißbrote gebacken. So konnte Francesca den Leuten ein Stück Brot mit einer Scheibe der Schokoladencreme zum Probieren anbieten.

In den letzten Tagen hatte sie nur wenige Stunden geschlafen, weil sie sich auch noch um die Waren für das Café und die Torten für zwei anstehende Hochzeiten kümmern musste. Auch Matteo hatte wie besessen gearbeitet, und sogar Antonella war ihnen zur Hand gegangen, wo es nur ging.

Am Morgen wollte Francesca die Preistafeln für die Crema Piemontese und die Pralina D'Alba machen. Sie fragte Matteo, wie viel Geld sie für einen Block Schokoladennusscreme nehmen sollten.

»Nun, ein Kilo Schokolade kostet zurzeit dreitausend Lire. Unsere Schokoladennusscreme sollen sich aber alle Menschen leisten können«, sagte Matteo. Er nahm einen Bleistift und einen Zettel und begann zu rechnen.

»Ungefähr fünfzig Lire kostet uns ein Block Creme von fünfhundert Gramm in der Herstellung«, stellte er fest.

»Dann schlage ich vor, wir verkaufen sie für dreihundert Lire pro Stück.« Francesca überschlug die Zahlen im Kopf. »Dann bleiben uns zweihundertfünfzig Lire Gewinn. Um an die geforderte Summe zu kommen, die wir bis nächsten Sonntag brauchen, müssen wir also knapp zweitausend Blöcke verkaufen. Dabei sind die Einnahmen durch die Pralinen und die Hochzeitstorten nicht mitgerechnet.«

»Haben wir denn so viel Crema Piemontese vorbereitet?«, fragte Matteo erschrocken.

»Wir haben bereits etwa tausend Blöcke. Wenn wir die verkauft haben, müssen wir schleunigst neue machen.« Hoffentlich wurde die Ware so gut angenommen, wie sie es sich erhoffte.

Matteo lächelte sie müde an. Sie sah ihm an, wie viel Kraft auch ihn die letzten Tage gekostet hatten. »Ich bewundere dich.

Du kommst aus der Provinz zu uns, mit nur wenig Schulbildung, aber du scheinst eine äußerst gewiefte Geschäftsfrau zu sein.«

»Unsinn.« Francesca lachte. Das Lob wärmte sie und jagte ihr zugleich einen Schauer über den Rücken. »Ich denke nur praktisch.«

Matteo küsste sie auf die Wange. »Wenn ich die beiden Hochzeitstorten ausgeliefert habe, werde ich mich sofort an die Arbeit machen.«

»Aber komm erst zu mir an den Stand. Es kann ja sein, dass es nicht so gut läuft, wie wir es uns erhoffen«, warf Francesca ein.

»Dann hätten wir wahrhaftig ein Problem.« Matteo seufzte. »Am Sonntag werden die Typen nämlich hier stehen, und dann lassen sie sich mit Sicherheit nicht noch einmal hinhalten.«

Francesca wollte gar nicht daran denken, wie es weitergehen würde, wenn die Besucher der *Fiera dei Tartufi* nicht auf ihre Crema Piemontese anspringen würden. Sie ergriff die Körbe, in die sie einige Blöcke gelegt hatte, und ging nach draußen.

Sie hatte gerade die letzten Waren auf den Verkaufstisch gelegt, als plötzlich Signora Milani neben ihr stand. In den letzten Tagen hatte sie Francesca mit Verachtung gestraft, nachdem sie von der geplatzten Verlobung von Matteo und Giovanna gehört hatte. Die ersten Kunden hatten bereits Tüten mit Pralinen in der Hand, die sie bezahlen wollten. Sie wollte sich ihnen gerade zuwenden, als ihre Herrin sie an den Schultern fasste.

»Francesca, ich kümmere mich um die Abrechnung, du um die Waren«, erklärte die Signora in ihrem langen schwarzen Witwenkleid und schob Francesca zur Seite. »Und Antonella kommt gleich auch runter, sie wird es übernehmen, das Brot mit der Creme anzubieten.«

Einen Moment lang starrte Francesca sie sprachlos an. »Danke, Signora Milani.«

Ihre Herrin nickte ihr gebieterisch zu, dann wandte sie sich an die Kunden, um zu kassieren. Schon nach wenigen Minuten war Francesca Matteos Mutter dankbar, dass sie aufgetaucht war, denn sie hätte all die Arbeit niemals allein bewältigen können. Es kamen immer mehr Leute an den Stand, manche kauften gleich drei oder vier Schokoladennuss-Blöcke. Auch die Pralinen wurden so stark nachgefragt, dass sie um zwölf Uhr am Mittag bereits ausverkauft waren. Francesca ließ die Signora mit den letzten dreihundert Blöcken Crema Piemontese allein zurück und eilte in die Backstube, wo sie Matteo half, neue Creme anzurühren, zu Fünfhundert-Gramm-Blöcken zu formen und Praline D'Alba herzustellen. Denn morgen war traditionell noch mehr auf der *Fiera dei Tartufi* los, und sie würden mindestens noch mal tausend Blöcke verkaufen.

Es war spät in der Nacht, als Francesca und Matteo endlich fertig waren. Gleich am Montag würden sie zu Francescas Familie fahren und neue Nüsse holen.

»Kommt nach oben«, rief Antonella in diesem Moment von der Treppe aus. »Es reicht für heute, ich habe euch noch etwas zu essen gemacht.«

»Francesca, leg den Lappen weg«, sagte Matteo. »Heute machen wir nicht mehr sauber.«

Francesca sträubte sich zwar dagegen, die Backstube so unaufgeräumt zu hinterlassen, aber sie war unsagbar müde und spürte jeden Muskel im Körper. Also folgte sie Matteo nach oben. Als sie die Küche betraten, blieb Francesca überrascht stehen. Am gedeckten Tisch saß die Signora.

»Wir werden heute alle zusammen in der Küche essen«, erklärte sie. »Wir haben alle viel gearbeitet, und es ist nicht nötig, dass Francesca im Esszimmer deckt.«

»*Grazie*, Signora«, murmelte Francesca, der es unangenehm war, dass ihre Herrin auf sie Rücksicht genommen hatte.

Signora Milani nickte und deutete auf einen der Stühle. »Setz dich.«

Francesca und Matteo nahmen einander gegenüber Platz. Antonella stellte zwei Schüsseln mit Pasta und Sauce auf den Tisch. »Weißbrot ist leider nicht mehr da, das wurde alles heute verkauft. Morgen wird es leider kein Brot geben, ich habe es nicht geschafft, noch welches zu backen.«

»Das macht nichts.« Die Signora lächelte. »Die Crema Piemontese verkauft sich auch so bestens.«

Dann nahmen sich alle hungrig von der Pasta und der Sauce.

Eine Weile aßen sie schweigend. Dann fragte Matteo: »Madre, wie viel haben wir heute eingenommen?«

Die Signora sah zu Francesca hinüber, und einen Moment lang glaubte diese, sie wollte wieder eine Bemerkung machen, dass man darüber nicht vor dem Personal spreche. Aber stattdessen nickte sie ihr zu. »Es war eine ausgezeichnete Idee von dir, die *Fiera dei Tartufi* zu nutzen.« Sie stand auf und nahm ein schwarzes Büchlein zur Hand, das auf dem Büfett zwischen den beiden Türen gelegen hatte. Als sie es aufschlug und auf die Summe der heutigen Einnahmen deutete, sog Francesca überwältigt die Luft ein.

Zwar wusste sie, dass sie viel verkauft hatten, aber dass sie schon am ersten Tag einen großen Teil der von den Geldverleihern geforderten Summe zusammenhatten, damit hatte sie nicht gerechnet. Das bedeutete, sie mussten morgen nur noch einmal denselben Umsatz machen, dann konnten sie die Männer bezahlen und behielten sogar noch etwas übrig.

Die Signora erhob ihr Glas. »Ich trinke auf die Crema Piemontese und deren Schöpfer: Matteo und Francesca. *Ben fatto*!«

»Auf Matteo und Francesca«, sagte auch Antonella, die nun ebenfalls ihr Weinglas hochhielt.

Matteo sah seine Mutter überrascht an. »*Grazie*, Madre. Das bedeutet mir viel.«

»*Grazie*, Signora«, bedankte sich auch Francesca leise.

Die Signora trank einen Schluck Wein. »Morgen werden wir es wieder genauso machen wie heute. Ich kassiere, Francesca gibt die Waren aus, Matteo sorgt in der Backstube für Nachschub, und Antonella hilft aus, wo Not am Mann ist.«

»Im Café herrschte heute zwischendurch auch Chaos«, stellte die Köchin fest. »Obwohl alle vier Angestellten da waren, sind sie kaum mit der Arbeit hinterhergekommen.«

»Haben wir denn noch genug Kuchen und Torten?«, fragte Francesca erschrocken. Sie hatte nur an die Crema Piemontese gedacht, nicht an die Backwaren fürs Café.

»Darum kümmern wir uns morgen«, erklärte Matteo sanft. »Jetzt kann niemand von uns mehr die Augen aufhalten. Ich schlage vor, wir gehen jetzt alle zu Bett und versuchen, wenigstens ein paar Stunden zu schlafen. Wir haben morgen wieder einen anstrengenden Tag vor uns.«

Francesca fiel, kaum lag sie im Bett, in einen tiefen traumlosen Schlaf. Als Antonella sie am nächsten Morgen weckte, hatte sie das Gefühl, gerade erst eingeschlafen zu sein. Ihr Körper schmerzte von der Anstrengung der letzten Tage. Doch als sie an die Einnahmen von gestern dachte, sprang sie aus dem Bett. Das Ziel war greifbar nah, sie durfte jetzt nicht aufgeben!

In großer Eile trank sie ihren Kaffee und verschwand dann in der Backstube, wo sie mit Erschrecken feststellte, dass sie kaum noch Kuchen und Torten für das Café hatten. Sofort begann sie, Haselnüsse zu rösten, sie zu mahlen, mit Zucker, Eiern, Mehl und Rum zu verrühren. Die *Torta di nocciole* ging ihr inzwischen schnell von der Hand, und innerhalb von zwei Stunden hatte sie zehn Nusstorten gebacken. Für aufwendige Torten war keine Zeit mehr. Matteo war eine halbe Stunde später erschienen und hatte sich sofort darangemacht, Francesca zu helfen. Zum Frühstück aßen beide nur ein wenig Weißbrot, während sie einfache Tortenböden backten, die sie anschließend mit Creme bestrichen und mit Obst garnierten. Francesca musste Matteo bald darauf allein in der Backstube zurücklassen, um den Verkaufsstand vor dem Café aufzubauen und die Crema Piemontese und die Praline D'Alba hinauszuschaffen. Und noch bevor die Signora zu ihr gekommen war, standen die ersten Kunden Schlange. Wie Matteo angekündigt hatte, war heute noch deutlich mehr los als am Tag zuvor. Gestern hatte Francesca schon geglaubt, dass die *Fiera dei Tartufi* gut besucht sei, heute war das Gewimmel vor dem Café unvorstellbar. Die Signora konnte kaum in Ruhe den einen Kunden abrechnen, da warteten schon zehn weitere darauf, ihr Geld loszuwerden. Daher half Francesca beim Kassieren, während Antonella, die sich zu ihnen gesellt hatte, die Fragen zur Crema Piemontese beantwortete.

Der letzte Block war bereits um zwei Uhr verkauft, Pralinen gab es schon vorher nicht mehr. Die Kunden, die leer ausgegangen waren, wurden auf das kommende Wochenende vertröstet. Im Café waren die Bestände auch sehr übersichtlich geworden, und die Kuchen und Torten, die Matteo den Tag über immer wieder fertigstellte, waren schnell weg. Francesca half ihm beim Backen, nachdem der Verkaufsstand leer war. Schließlich hatten sie weder Mehl noch Zucker. Sämtliche Vorräte waren aufgebraucht, und es blieb ihnen keine andere Wahl, als das Café für heute zu schließen.

»Für das nächste Wochenende werden wir uns besser vorbereiten«, erklärte Matteo, als er sich mit einem Geschirrtuch die Hände abtrocknete. »Vor dem Krieg haben wir zur *Fiera dei Tartufi* nie so einen Andrang im Café gehabt. Das muss an der Crema Piemontese liegen. Ich werde morgen mal versuchen, Mitarbeiter zu bekommen, die uns unterstützen können.«

Francesca sah vom Spülbecken auf, in dem sie gerade die Kuchenformen und Backbleche schrubbte. »Vielleicht solltest du zuerst mit der Bank sprechen, denn ich glaube, jetzt muss Signor Cattaneo einsehen, dass das Café Alba eine Zukunft hat. Wir brauchen ihm nur die Zahlen vom Wochenende zu zeigen.«

Matteo trat neben sie und legte einen Arm um sie. »Du hast recht. Morgen werden wir gemeinsam zur Bank gehen und mit dem Direttore reden. Und dann fahren wir zu deinen Eltern, um die Haselnüsse zu ernten.«

Francesca nickte. »Wenn ich daran denke, morgen Haselnüsse zu pflücken, weiß ich gar nicht, wie das gehen soll. Mir tut mein ganzer Körper weh.«

Matteo zog sie fest an sich und küsste sie zärtlich. »Sollen wir lieber am Dienstag fahren? Ein Tag Ruhe würde uns guttun.«

»Das können wir uns nicht leisten. Wir müssen morgen fahren, um ab Dienstag alles fürs nächste Wochenende vorzubereiten und neue Crema Piemontese herzustellen. Die ganzen Nüsse müssen ja auch noch geröstet werden, und falls wir keine Mitarbeiter finden, müssen wir alles zu zweit schaffen.«

»Na gut, aber heute Abend sollst du nicht mehr arbeiten.« Er nahm Francesca die Spülbürste aus der Hand. »Ich mache hier den Rest, du gehst nach oben und ruhst dich aus.«

»Auf gar keinen Fall, du hast genauso viel getan wie ich«, protestierte Francesca.

Gemeinsam räumten sie die Backstube auf und gingen dann zu Antonella in die Küche. Wie angekündigt, kamen die beiden Männer aus Turin, und als Matteo ihnen ihr Geld gab, bedankten sie sich bei ihm wie bei einem guten Geschäftspartner. Nachdem sie verschwunden waren, atmete Francesca erleichtert auf. Es bestand zwar noch eine Restschuld bei den Verleihern, aber die war übersichtlich. Wenn die Männer nächste Woche wiederkamen, würden sie den Betrag dank der Trüffelmesse sicher zusammenhaben.

Wieder aßen sie zu viert in der Küche zu Abend und gingen dann alle früh schlafen.

Am nächsten Tag fuhr Matteo als Erstes einkaufen, um Mehl, Kakaopulver, Zucker, Hefe und anderes zu besorgen. Als er mit dem voll beladenen Fiat vorfuhr, half Francesca ihm beim Ausladen. Sie hatte schrecklichen Muskelkater, aber ihr Erfolg mit der Crema Piemontese ließ sie die Schmerzen vergessen. Anschließend zog Francesca wieder das geliehene Seidenkostüm an und hakte sich bei Matteo unter. Zu Fuß liefen sie die Via Rattazzi hinunter bis zur Bank. Matteo erklärte dem Mitarbeiter hinter dem Schalter, dass er Direttore Cattaneo zu sprechen wünschte.

»Oh, ohne Termin glaube ich nicht, dass er Sie empfangen kann«, sagte der Mann und setzte eine bedauernde Miene auf. Doch wenige Minuten später führte er sie nach hinten. »Sie haben Glück, der Direttore hat unerwartet doch kurz Zeit für Sie.«

»Matteo.« Direttore Cattaneo kam ihnen in der geöffneten Tür seines Büros entgegen. »Was für eine Überraschung.«

»Ciao, Direttore Cattaneo.« Matteo reichte dem Mann die Hand. »Das ist Signorina Pellegrino.«

»Sehr erfreut, Signorina.« Der Direttore gab Francesca die Hand. Anscheinend erkannte er sie nicht als das Hausmädchen wieder, das ihm vor wenigen Wochen noch bei den Milanis das Essen serviert hatte.

Sie nahmen in dem kleinen Büro Platz, das mit einem modernen Schreibtisch aus Glas und schwarzen Lederstühlen ausgestattet war.

Nachdem sie einige Belanglosigkeiten über die *Fiera dei Tartufi* und das Wetter ausgetauscht hatten, lehnte sich Direttore Cattaneo in seinem Schreibtischstuhl zurück. »Und was haben Sie sich bezüglich der Schwierigkeiten überlegt, in denen das Café Alba steckt? Wollen Sie den Betrieb verkaufen? Signor Bianco hat nach wie vor Interesse.«

»Wir wissen beide, dass es keine Schwierigkeiten gibt«, antwortete Matteo. »Zumindest nicht solche, die einen Verkauf rechtfertigen würden.«

»Wie bitte?« Signor Cattaneo sah ihn verwirrt an. »Mein Junge, Sie sind praktisch zahlungsunfähig.«

»Das bin ich nicht«, widersprach Matteo. »Die Schulden, die mein Vater bei den Geldverleihern aus Turin gemacht hat, werde ich am kommenden Sonntag endgültig begleichen, und Ihnen habe ich hunderttausend Lire mitgebracht, als Sofortzahlung auf die ausstehenden Raten. Wenn Sie mir bitte eine Aufstellung zukommen lassen über die Beträge, die in Kürze gezahlt werden müssen, dann werde ich veranlassen, dass Sie in den nächsten Wochen Ihr Geld erhalten.«

Der Direttore sah ihn einen Moment lang an. Er schien nicht recht zu wissen, was er sagen sollte. Schließlich fragte er: »Woher haben Sie das Geld? Bis vor Kurzem waren Sie kaum in der Lage, auch nur eine einzige Lira zu zahlen.«

»Das stimmt nicht, Direttore. Seit mein Vater gestorben ist, haben wir jede Rate Ihrer Bank zahlen können«, sagte Matteo. »Ich weiß, dass Signor Bianco auf Sie einwirkt, aber unser Betrieb ist nicht in Schwierigkeiten. Ganz im Gegenteil, wir haben ein neues Produkt entwickelt, das wir im größeren Stil vertreiben wollen. Wir wollen in eine Fabrik mit vielen Mitarbeitern investieren, und ich hoffe, dass wir auf Ihre Unterstützung bauen können.«

»Sie wollen …?« Der Direttore schien verwirrt. Er stieß ein verlegenes Lachen aus. »Warum sollte ich Ihnen glauben? Wieso hat Ihr Vater all die Schulden angehäuft, und Sie schaffen es innerhalb weniger Wochen, so viel Geld einzunehmen?«

Matteo erklärte ihm das, was er auch schon Signor Foscarelli erzählt hatte. Von der Geschäftsunfähigkeit seines Vaters, der neuen Creme, die er und Francesca zusammen entwickelt hatten. Und schließlich berichtete er von dem Erfolg am Wochenende auf der *Fiera dei Tartufi*.

»Ich muss darüber nachdenken«, sagte Direttore Cattaneo. »Geben Sie mir ein paar Tage Zeit.«

»Gerne.« Matteo stand auf. »Aber warten Sie nicht zu lange. Wenn Sie nicht mit uns zusammenarbeiten wollen, werden wir eine andere Bank finden, die es tun wird.«

»Signor Matteo.« Der Direttore stand ebenfalls auf und breitete die Arme aus. »Ich werde Ihnen in Kürze Bescheid geben.«

»Dann werden Sie den Milanis also die Kredite nicht kündigen, wie Sie es angedroht hatten?«, fragte Francesca nach.

»Nein, Signorina. Wenn Signor Matteo seine Raten pünktlich zahlt, besteht dazu kein Anlass.«

Sie verließen die Bank und sahen sich zufrieden an.

»Die akute Gefahr ist erst einmal abgewendet.« Matteo reichte ihr seinen Arm, und sie hakte sich wieder bei ihm unter. »Wenn wir die beiden Geldverleiher ganz ausgezahlt haben, können wir nach vorne blicken.«

Francesca fühlte sich erleichtert. Zum ersten Mal seit Signor Foscarelli ihnen die Absage erteilte hatte, schien sie wieder frei atmen zu können. »Der nächste Schritt ist der Kredit, den wir für unsere Crema Piemontese brauchen.«

Matteo nickte lächelnd. »Gleich nach der *Fiera dei Tartufi* kümmern wir uns darum.«

Als Nächstes machten sie sich auf den Weg zu Francescas Familie. Als sie am späten Vormittag auf dem Weingut ankamen, waren nur die Frauen da, um das Mittagessen vorzubereiten, doch Francescas Schwägerin Giuseppa lief los, um ihren Vater zu holen.

»Das ist nicht nötig«, wehrte Francesca ab. »Wir wollen doch nur die restlichen Haselnüsse ernten.«

Wenig später kam ihr Vater und führte sie sogleich in einen der Schuppen am Haus. Er deutete auf einige Leinensäcke. »Du hattest uns gebeten, die Erntehelfer schon in die Haselnüsse zu schicken, falls sie mit der Weinlese durch sind, und das haben wir getan. Wenn ihr die Arbeiter bezahlt, lasse ich sie weiter ernten. Noch sind viele Nüsse an den Sträuchern.«

»Oh, *grazie, Padre*!« Francesca reichte ihrem Vater die Hand. Am liebsten hätte sie ihn vor Dankbarkeit umarmt, weil sie nun doch nicht, mit ihrem sowieso schon müden Körper, durch die Büsche kriechen und Nüsse ernten musste. Aber sie wusste, dass ihr Vater das seltsam gefunden hätte, und ließ es daher lieber sein.

Sie luden die Säcke auf die Lieferfläche des Fiats, und Matteo bezahlte Francescas Vater großzügig. Sie wusste, dass ihre Eltern noch nie so viel Geld an ihren Haselnüssen verdient hatten und dass es trotzdem auch für Matteo ein sehr gutes Geschäft war, denn sie waren um ein Vielfaches preiswerter als der Kakao.

Zum Mittagessen blieben sie auf dem Weingut und setzten sich unter die Platane im Hof. Bald würden die Pellegrinos nicht mehr draußen essen können, es war schon merklich frischer geworden. Der Herbst stand auf der Schwelle, und Francesca hoffte, dass er mit seinen Regentagen warten würde, bis die *Fiera dei Tartufi* vorüber war. Denn sie würden bestimmt bessere Geschäfte machen, wenn das Wetter gut war.

*

15. bis 20. Oktober 1946

Den Rest der Woche verbrachten sie vor allem mit den Vorbereitungen für das kommende Wochenende, weshalb Francesca in der Wohnung nur das Nötigste erledigte. Matteo machte sich am Mittwoch auf die Suche nach neuen Mitarbeitern und kam zwei Stunden später mit Amadeo und Fernando zurück. Die beiden waren von Signor Bianco inzwischen wieder entlassen worden, weil er in seinen Restaurants eigentlich gar keine Konditoren brauchte. Sie hatten es jedoch nicht gewagt, nach ihren alten Stellen im Café Alba zu fragen, weil sie Matteo enttäuscht hatten. Jetzt waren alle umso glücklicher, dass dieses Zwischenspiel vorüber war. Amadeo und Fernando nahmen ihre gewohnten Tätigkeiten wieder auf, und sofort spürte Francesca eine deutliche Entlastung.

Am Samstag bauten sie wieder den Stand vor dem Café Alba auf, und wie am letzten Wochenende kamen die Menschen in Scharen.

Die Signora war gerade gekommen, um ihren Platz an der Kasse, die aus einer metallenen Geldkassette bestand, einzunehmen, als Lucia an den Stand trat.

»Francesca!«

Die Freundinnen umarmten sich. Wegen der *Fiera dei*

Tartufi schaffte es keine von ihnen, die wöchentlichen Marktbesuche zu machen, weshalb sich die beiden jungen Frauen nun schon seit zwei Wochen nicht mehr gesehen hatten.

»Ich habe gerade meine Trüffel abgeliefert«, erzählte Lucia. »Zurzeit gehe ich jeden Tag mit den Schweinen raus, um zu suchen. Du wolltest mich doch mal begleiten. Wie sieht es aus, hast du in den nächsten Tagen Lust mitzukommen?«

»Oh, liebend gern würde ich dich zum Trüffelsuchen begleiten«, antwortete Francesca. »Aber im Moment haben wir einfach viel zu viel zu tun.«

»So?« Lucia sah sie neugierig an.

»Na ja, das Café und dann noch der Verkaufsstand hier«, sagte Francesca und deutete auf den Tisch vor ihr.

»Schade, aber dann klappt es ja vielleicht nach der Trüffelmesse.« Sie betrachtete die Crema Piemontese. »Was ist das?«

»Warte.« Francesca schnitt ein Stück von der Schokoladennusscreme ab und legte sie auf eine Scheibe frisches Weißbrot, das Antonella wieder gebacken hatte. »Hier, probier mal.«

Lucia biss vorsichtig ab und schloss die Augen. Einen Moment lang kaute sie schweigend. Dann sah sie Francesca an. »Das ist ja großartig. Schmeckt wirklich lecker!«

In diesem Moment kamen mehrere Leute auf den Stand zu, und es bildete sich die erste Schlange.

Francesca verabschiedete sich hastig von Lucia, und sie verabredeten, dass Lucia in der kommenden Woche auf einen Kaffee vorbeikommen würde.

Es war wieder ein Tag, an dem so viele Kunden kamen, um die Crema Piemontese zu kaufen, dass Francesca kaum Zeit hatte, um selbst einen Kaffee hinunterzustürzen oder eine Kleinigkeit zu essen. Da sie in der letzten Woche eine deutlich größere Menge an Blöcken und Pralinen hergestellt hatten, waren sie erst am Sonntagnachmittag ausverkauft. Sie hatten noch einen höheren Umsatz gemacht als am Wochenende zuvor, und als am Sonntagabend die beiden Männer wiederkamen, konnte Matteo ihnen das restliche Geld zahlen, das er ihnen noch schuldete. Anschließend saßen sie wieder alle vier um den Küchentisch, und auch wenn sie erschöpft waren, glänzten ihre Augen, und sie sprachen über die Pläne, die Matteo und Francesca mit der Crema Piemontese hatten.

»Die *Fiera dei Tartufi* geht noch bis Mitte November«, sagte Francesca. »Wenn wir jedes Wochenende so gut verkaufen, könnten wir doch die Halle, die Matteo gesehen hat, auch ohne Kredit kaufen.«

Matteo nickte. »Ich würde gern auch das Land ringsumher kaufen, das ist nicht teuer, und wir können es ja wieder verkaufen, falls wir es dann doch nicht benötigen. Aber auf diese Weise hätten wir Platz, falls wir weiter expandieren müssen.«

Francesca lachte. »Du denkst schon daran, die Firma zu vergrößern, dabei haben wir noch gar nicht richtig angefangen.«

Matteo zwinkerte ihr zu. »Ich bin eben überzeugt von unserer Idee.« Er beugte sich zu ihr und küsste sie zärtlich auf die Wange. »Ich bin überzeugt von dir.«

Francesca sah ihn liebevoll an. »Wir brauchen eine genaue Kostenaufstellung«, überlegte sie weiter, während sie ihren leeren Teller zur Seite schob. »Was würden uns die Maschinen kosten? Das Personal?«

»Nun, das hängt von der Warenmenge ab, mit der wir starten wollen. Ich nehme an, dass wir es am Anfang recht übersichtlich halten können.« Matteo lehnte sich zurück. »Wir müssen uns um die Vertriebswege kümmern. Wer sind unsere Kunden?«

»Wir müssen Kaufleute im ganzen Piemont besuchen und ihnen unsere Crema vorstellen.« Francesca lehnte sich aufgeregt vor. »Fernando und Amadeo sind wieder da. Das bedeutet, wir könnten ein paar Tage herumfahren. Was denkst du?«

Matteo nickte. »Das muss parallel laufen. Während wir die Fabrik aufbauen, müssen wir schon unsere Kunden gewinnen. Damit wir auch sofort loslegen können, wenn die Maschinen in Betrieb gehen.«

»Dann muss ich mich ja wohl nach einem anderen Hausmädchen umsehen«, sagte die Signora und seufzte.

Francesca sah sie entschuldigend an. »Ich fürchte, ja, Signora.«

»Ich freue mich für dich, Kindchen.« Antonella tätschelte liebevoll Francescas Hand und legte ihr eine dicke Scheibe Weißbrot auf den Teller.

Die Signora runzelte die Stirn. »Nun, ich kann nicht bestreiten, dass du besondere Talente zu haben scheinst, nicht nur für das Kreieren besonderer Produkte, sondern auch fürs Geschäftliche. Eine Art Bauernschläue.«

»Madre, Francesca ist nicht bauernschlau«, widersprach Matteo. »Sie ist geschäftstüchtig. Und sie war es, die uns aus dem Schlamassel mit den Schulden geholfen hat.«

»Signor Bianco hätte das auch getan«, sagte die Signora und trank ihren Wein aus.

»Und das hätte er uns auch ein Leben lang spüren lassen, glaube mir.« Matteo lehnte sich auf seinem Stuhl zurück. »Als Francesca und ich ihn zufällig abends getroffen haben, hat er unmissverständlich erklärt, dass er den Betrieb geleitet und wir nicht mehr viel zu sagen gehabt hätten. Er hätte die Entscheidungen getroffen und erst einmal in seine Tasche gewirtschaftet. Die mögliche Erbschaft hätte er mir zwar vor die Nase gehalten, aber er hätte mich auch damit erpressen können. Nein, Madre, jetzt sind wir frei und können selbst entscheiden, was wir tun wollen.«

»Ach, Matteo.« Die Signora seufzte. »Signor Bianco wird sich niemals geschlagen geben. Frei sind wir vielleicht, aber du hast dir auch einen mächtigen Feind gemacht.«

Francesca fröstelte unwillkürlich. Ob sie es wollte oder nicht, sie musste der Signora insgeheim recht geben. Signor Bianco wirkte wie jemand, der auf Rache aus war, und dass Matteo seine Tochter verschmäht und ihn damit um den Besitz des Café Alba gebracht hatte, würde er mit Sicherheit nicht so hinnehmen.

*

25. November 1946

Ende November, nach sechs Wochenenden mit der *Fiera dei Tartufi*, hatten die Milanis so viel eingenommen, dass sie nicht nur die Schulden bei den Geldverleihern aus Turin, sondern auch die Raten bei der Bank abgezahlt hatten.

Signora Milani hatte inzwischen Ida eingestellt, eine junge Frau aus Alba, ebenfalls sechzehn Jahre alt, so wie Francesca es gewesen war, als sie bei den Milanis angefangen hatte. Inzwischen war sie siebzehn, im Oktober hatte sie Geburtstag gehabt. Ida bezog die Kammer neben Francesca unterm Dach und sollte sich fortan um den Haushalt kümmern.

Für Francesca war es eine große Erleichterung, nun nicht mehr zwischen den Backgängen oder während die *Baci di dama* im Ofen waren, nach oben hasten zu müssen, um Betten zu machen, Böden zu wischen oder die Fenster zu putzen, nur um dann in aller Eile wieder in die Backstube zurückzukehren. Matteo hatte am Montag nach dem letzten Verkaufstag der Trüffelmesse das Kostüm, das er ihr für den Besuch bei der Bank in Genua geliehen hatte, gekauft und ihr feierlich überreicht. Er war nämlich der Meinung, dass es Francesca sehr gut stünde und sie auf Dauer diese Art von Kleidung benötige.

Außerdem war er dazu übergegangen, ihr monatlich eine stattliche Summe Lohn zu zahlen. Das Geld sammelte sie in einer leeren Kakaodose.

»Du solltest ein eigenes Konto bei der Bank eröffnen«, schlug er ihr vor, als sie ihm erzählte, wie sie ihr Geld verwahrte. »In der Dose ist es nicht vor Dieben und Einbrechern geschützt.«

Francesca versprach, darüber nachzudenken, auch wenn sie glaubte, dass das Geld in der Dose weniger gefährdet war als bei der Bank. Noch immer sparte sie für ihre Aussteuer, aber insgeheim war sie auch froh, dieses gesparte Geld zu haben, mit dem sie in der Not Matteo unterstützen könnte, wenn es erneut zu einer solchen Situation kommen würde wie mit den Geldverleihern aus Turin. Vielleicht würden auch mal eine ihrer Schwestern oder die Eltern Hilfe brauchen. Francesca beruhigte es, über diese kleine Reserve zu verfügen.

Doch zunächst sah nichts danach aus, als würde Matteo noch einmal in die Bredouille geraten. In der letzten Woche hatte er einen dritten Mitarbeiter für die Backstube eingestellt, der sich ausschließlich um die Crema Piemontese kümmern sollte. Francesca hatte angeregt, ihn ein Dokument unterschreiben zu lassen, in dem er sich zur Verschwiegenheit verpflichtete. Dafür waren die beiden zu dem Familienanwalt Signor Romano gegangen, der Matteo auch schon mit der Patentanmeldung geholfen hatte. Inzwischen hatten sie längst eine Patenturkunde erhalten. Jeder neue Mitarbeiter, aber auch Amadeo und Fernando, musste künftig einen Zusatzvertrag unterzeichnen, in dem er versicherte, über die Rezepte Stillschweigen zu wahren.

Der neue Mitarbeiter ermöglichte es nicht nur, in Zukunft täglich die Crema Piemontese und Praline D'Alba im Café verkaufen zu können, sondern auch, dass Francesca nun mehr Zeit für den Aufbau ihres Unternehmens hatte. Da die Halle, die Matteo ihr im Oktober gezeigt hatte, inzwischen an jemand anderen verkauft worden war, besichtigten Matteo und sie mehrere leer stehende Gebäude, doch keines schien ihnen geeignet. Deshalb erwarb Matteo schließlich im Dezember ein riesiges Areal am Rande von Alba, mit herrlichem Blick auf die Nachbargemeinde Guarene mit seinem stolzen Castello. Dort ließ er ein achthundert Quadratmeter großes Gebäude erbauen. Sie hatten das Firmengebäude so konzipiert, dass man problemlos anbauen konnte, falls es erforderlich wurde. Außerdem hatten sie drei Büroräume eingerichtet, in denen sie Kunden empfangen und die Buchführung erledigen konnten. Da sie während der ganzen Zeit sehr gute Umsätze mit der Crema Piemontese erzielten, die inzwischen im Café und in mehreren kleinen Läden in der Stadt verkauft wurde, hatten sie ausreichend Geld, um einen Röstofen für die Haselnüsse und mehrere Rührmaschinen anzuschaffen. Sie stellten Arbeiter ein, die sich bereits mit derartigen Gerätschaften auskannten und in Kürze beginnen sollten. Sie selbst fuhren an drei Tagen die Woche durchs Piemont, um neue Kunden zu gewinnen. Die restlichen zwei Tage in der Woche widmeten sie sich ihren Rezepten und probierten neue Ideen aus.

»Vielleicht sollten wir zwei Vertreter einstellen, die an unserer Stelle neue Kunden finden«, schlug Matteo im Januar 1947 vor, als die Tage kurz waren. Sie waren im Dunkeln losgefahren, und als sie zurückkehrten, leuchteten bereits die Straßenlaternen.

»Dann müssten wir die Vertreter aber nach Erfolg bezahlen«, überlegte Francesca. Auf diese Weise würden sie sich natürlich viel mehr anstrengen, die Crema Piemontese zu verkaufen, als wenn sie immer denselben Lohn erhielten.

»Meinst du, wir können uns das leisten?«, fragte sie Matteo, als sie müde die Treppe im Haus in der Via Rattazzi nach oben stiegen. »Wann kann es in der Fabrik losgehen?«

»Das dauert nicht mehr lange, das Gebäude steht, die Maschinen werden kommende Woche geliefert. Und wir haben schon so viele Bestellungen, dass wir die ersten Monate gut über die Runden kommen sollten.«

Francesca war zwiegespalten. Es wäre zwar eine enorme Erleichterung, wenn Matteo und sie nicht mehr selbst herumfahren und Klinken putzen müssten, aber auf der anderen Seite stieg die Verantwortung auch mit jedem Mitarbeiter, den sie einstellten. Bislang hatten sie sechs Männer für die Fabrik verpflichtet, die beginnen würden, sobald die Maschinen angekommen waren. Nun auch noch zwei Vertreter bezahlen zu müssen, da hatte Francesca Bedenken.

»Da seid ihr ja«, begrüßte Antonella sie, als sie die Diele betraten. »Das Essen ist in wenigen Minuten fertig.«

Francesca dachte weiter über Matteos Vorschlag nach, während sie sich Gesicht und Hände wusch. Vermutlich war es vernünftig, Vertreter durch die Gegend fahren zu lassen, denn auf die Dauer würden sie und Matteo natürlich vor Ort gebraucht, schließlich hatten sie eine Firma zu leiten.

Wenig später saßen alle in der Küche um den Tisch. Seit der Trüffelmesse hatten sich die Signora und Matteo angewöhnt, immer öfter mit Antonella und Francesca und jetzt auch Ida zusammen zu essen. Besonders an Tagen wie heute, wenn Matteo und Francesca spät nach Hause kamen und kein Besuch erwartet wurde.

»Ich glaube, du hast recht«, erklärte Francesca, als sie vor ihrem Teller mit *Gnocchi di patate alla Piemontese* saß, köstlichen Kartoffelklößchen mit einer Tomaten-Salbei-Sauce, die eine Spezialität von Antonella war. »Wenn wir zwei Vertreter einstellen würden, die einen festen Betrag im Monat und eine Sonderzahlung bei einem Geschäftsabschluss bekommen, können wir uns in der Zeit um die Fabrik kümmern, die Rezepte verbessern und neue erfinden.«

»Das meine ich auch.« Matteo lächelte sie liebevoll an.

Die Signora schnaubte. Francesca wusste, dass sie es nicht für richtig hielt, dass sie sich mit diesen Angelegenheiten befasste. Sie machte sich schon auf ein paar scharfe Worte der Signora gefasst, als sich die Köchin zu Wort meldete.

»Ich finde es großartig, dass unsere Francesca so einen Geschäftssinn entwickelt hat, nicht wahr, Carla? Es ist doch wunderbar, dass Frauen langsam mal ernst genommen werden. Das haben wir dem Krieg zu verdanken, auch wenn er uns sonst nichts Gutes gebracht hat.« Antonella blies auf eines der dampfenden Klößchen. »Ich erinnere mich noch, dass meine Freundin, die in derselben Straße aufgewachsen ist, den Traum hatte, eine Sekretärinnenausbildung zu machen. Ausgelacht worden ist sie.«

»Das war damals eben nicht üblich«, entgegnete die Signora und wirkte nicht so, als würde sie die modernen Entwicklungen gutheißen.

Aber Antonella sprach schon weiter: »Ich wollte immer Köchin werden. Und ich habe es nie bereut. Jedenfalls ist es einfacher für Frauen geworden, zu arbeiten, seit sie im Krieg in den Fabriken gebraucht wurden.«

»Tut es dir denn manchmal nicht leid, dass du nie geheiratet hast?«, fragte Matteo sie.

Antonella griff nach seiner Hand und drückte sie. »Ich hatte ja euch. Ihr seid meine Familie. Dein seliger Vater war mein erster Junge, dann kamt ihr. Du und Valentino. Ich war nie einsam, hatte keine Zeit, etwas zu bereuen.«

*

Mai 1947

Inzwischen war die neue Fabrik in Betrieb genommen worden, und die Produktion verlief abgesehen von ein paar Anfangsschwierigkeiten nahezu reibungslos. Zwei Vertreter waren eingestellt worden, die Ladenbesitzer aufsuchten, um ihnen die Crema Piemontese vorzustellen. Auch Matteo und Francesca übernahmen Gebiete, in denen sie selbst um neue Kunden warben. Aber sie blieben nun die meiste Zeit in der Fabrik und fuhren nur noch hin und wieder selbst übers Land. Und bald schon brauchte es kaum mehr Besuche, weil sich herumgesprochen hatte, dass es die Crema Piemontese gab, die auf keinem Frühstückstisch mehr fehlen durfte, sodass die beiden Mitarbeiter das Gebiet erweitern konnten und nun auch jenseits des Piemonts die Crema vorstellten.

An einem Montag im Mai 1947 kamen Matteo und Francesca morgens in die neue Fabrik, als ihnen einer der fünf Mitarbeiter entgegeneilte. Das Gebäude war erst seit wenigen Wochen fertiggestellt, und Francesca genoss jedes Mal den Geruch nach frischer Farbe, der sich mit den Aromen des Kakaos und der gerösteten Haselnüsse vermischte. Überhaupt hatte sie noch nie ein so schönes modernes Gebäude gesehen. Sie bewunderte die Wände aus Glasbausteinen, die viel Licht hineinließen, und die makellosen weißen Wände. Der Boden war aus schlichtem grauem Beton, der sich gut pflegen ließ.

»Signor Milani!« Der untersetzte Mann mit dem schwarzen Lockenkopf deutete auf die Milchglasscheibe der Bürotür. »Ein Herr erwartet Sie!«

»Danke, Marco.« Matteo nickte dem Arbeiter zu und öffnete die Tür, wobei er Francesca den Vortritt ließ.

In einem der niedrigen bequemen Besucherstühle saß Direttore Cattaneo. Er sprang auf, als sie eintraten.

»Matteo! *Mio caro amico! Come stai*?« Direttore Cattaneo reichte Matteo die Hand, ohne Francesca wahrzunehmen.

Die beiden Männer begrüßten sich, dann deutete Matteo auf Francesca. »Sicher erinnern Sie sich an Signorina Pellegrino.«

»Sì, sì.« Er reichte jetzt auch Francesca die Hand. »Signorina, würden Sie uns entschuldigen? Ich habe mit Signor Milani etwas Geschäftliches zu besprechen.«

»Wenn es um etwas Geschäftliches geht, sollte Signorina Pellegrino ruhig hierbleiben. Denn all das hier«, Matteo machte eine ausholende Armbewegung, »ist unsere gemeinsame Unternehmung. Sie ist meine wichtigste Beraterin.«

Der Bankdirektor blickte einen Moment lang irritiert und ein wenig missbilligend, wie Francesca fand, zwischen ihnen hin und her. Dann schien er sich zu entscheiden, zum Thema zu kommen. »Matteo, ich gratuliere dir zu deinem Erfolg! Es ist unglaublich, was du in der kurzen Zeit alles auf die Beine gestellt hast.«

»*Grazie*, Signore.« Matteo legte den Hut auf die Garderobenablage hinter der Tür und rückte Francesca dann einen Stuhl zurecht, eher er selbst Platz nahm.

»Was sind denn deine Pläne für die Zukunft?«, fragte Direttore Cattaneo. »Du willst doch sicher den Betrieb weiter vergrößern?«

Matteo zuckte mit den Schultern. »Mal schauen, wie es sich entwickelt. Wir haben ein Patent auf die Crema Piemontese und werden auch einige andere Produkte patentieren lassen. Dann muss sich zeigen, wie groß die Nachfrage ist.«

Francesca atmete erleichtert auf, als sie hörte, wie vage Matteo mit seinen Antworten blieb. Ihr war der Direttore nicht geheuer, er schien ein Mann zu sein, der ausschließlich auf seinen Vorteil bedacht war.

»Du bist noch sehr jung und hast keinerlei Erfahrung.« Direttore Cattaneo lehnte sich vor. »Ich würde dir gern Männer vermitteln, die dir bei der Geschäftsführung helfen, das käme deinem Betrieb zugute.«

Matteo sah ihn einen Moment lang an. Francesca musste sich auf die Zunge beißen, um nicht laut zu sagen, dass der Direttore ihnen jetzt nicht mehr zu helfen brauchte. Als sie ihn um einen Kredit gebeten hatten, hatte er gezögert und sogar alles getan, um es ihnen schwer zu machen, den Betrieb weiterzuführen. Seine jetzige Hilfsbereitschaft hing doch ganz bestimmt mit Signor Bianco zusammen. Vermutlich steckte er dahinter und würde sich als einer der Männer herausstellen, die Direttore Cattaneo ihnen empfehlen wollte.

»Ich werde darüber nachdenken«, erklärte Matteo schließlich.

»Tu das, mein Junge.« Der Direttore erhob sich. »Und wenn ich persönlich dir helfen kann, dann brauchst du nur Bescheid zu sagen.«

Francesca unterdrückte ein Schnauben. Wie sarkastisch, jetzt seine Hilfe anzubieten, wo sie Erfolg mit ihrer Crema Piemontese hatten. Vor wenigen Monaten, als die Milanis Hilfe gebraucht hatten, hatte er sie ihnen nicht nur verwehrt, sondern sogar noch zusätzlichen Druck gemacht, indem er gedroht hatte, die Kredite zu kündigen. Jetzt, wo er den Erfolg sah, den Matteo mit seiner Firma hatte, schien er wohl etwas von dem Kuchen abhaben zu wollen.

Sobald der Bankdirektor sie verlassen hatte, sah Francesca Matteo empört an. »Was für ein falscher Mann!«

Matteo nickte nachdenklich. »Natürlich wird er im Auftrag von anderen handeln.«

»Signor Bianco«, warf Francesca ein.

»Vielleicht.« Matteo zog sie in seine Arme und strich ihr eine der dunklen Haarsträhnen zurück. »Aber wo Erfolg ist, tauchen sehr schnell Männer auf, die daran teilhaben wollen. Und sie glauben, ich sei zu jung, um mich zu behaupten. Ich glaube sogar, der Direttore hält mich für dumm. Sonst hätte er es nicht gewagt, jetzt zu mir zu kommen.«

»Das ist so hinterhältig«, regte sich Francesca auf. »Als du seine Hilfe wirklich gebraucht hast …«

»Ich weiß«, unterbrach Matteo sie und sah sie liebevoll an. »Aber wir sollten uns von Leuten wie Direttore Cattaneo nicht die Laune verderben lassen. Wir sollten uns auf Dauer andere Banken suchen, die mit uns arbeiten. Aber heute habe ich ganz andere Pläne mit dir.«

»So?« Francesca sah ihn neugierig an.

»Wir fahren ans Meer«, verkündete Matteo. »Jetzt sofort.«

»Aber die Fabrik …?« Auch wenn alles bestens lief, so war es doch nötig, dass Matteo und Francesca ansprechbar waren, falls Probleme auftauchten.

»Marco wird heute hier die Verantwortung tragen.« Matteo reichte Francesca den Arm, und gemeinsam gingen sie in die große Fabrikationshalle. Die Rührmaschinen brummten, und es duftete nach Kakao und gerösteten Nüssen. Durch die gegenüberliegenden Fenster fiel die Sonne herein und ließ die braune Creme in den großen Bottichen verführerisch schimmern.

Matteo wandte sich an Marco, einen Mann Mitte dreißig, der sich bereits in den ersten Wochen sehr gut bewährt hatte.

Er arbeitete zügig und sehr sorgfältig, dabei schaffte er es noch, immer ein Auge auf die anderen Arbeiter zu haben, und er hatte schon so manches Malheur verhindert. Jetzt erklärte Matteo ihm, dass er heute die Aufsicht habe.

Marco nickte. »Selbstverständlich, Signore. Ich werde mich um alles kümmern.«

Beruhigt stiegen die beiden kurz darauf in den Fiat.

Francesca kurbelte das Fenster herunter, um die Frühlingsluft zu genießen. Der Winter war grau und feucht gewesen, und die Sonnenstrahlen taten gut. Matteo fasste immer wieder nach Francescas Hand und küsste sie zärtlich, während er den Blick auf die Straße vor ihnen gerichtet hielt. Die Landschaft strahlte in frischen Farben. Das Grün der Bäume, Weinreben und Wiesen war noch hell und saftig, die Trauben an den Reben noch winzig klein, und die Sonne ließ den Himmel umso blauer und die Blumen am Wegesrand umso bunter wirken.

Nach zweieinhalb Stunden sahen sie das Glitzern des Meeres in der Ferne, und Francesca lachte laut auf vor Begeisterung. Bei Savona bog Matteo rechts in Richtung Westen ab, und Francesca konnte sich gar nicht an den malerischen Küstendörfern und dem weiten Ozean sattsehen, der sich links neben ihnen erstreckte. Wie vieles war seit ihrem ersten Besuch am Meer geschehen! Was hatten sie alles erreicht!

»Ich wünschte, mein Vater hätte unseren Erfolg noch miterleben können«, sagte Matteo in diesem Moment.

Francesca nickte. Ihre Familie lebte, und auch sie sehnte sich danach, den Erfolg mit ihnen teilen zu können. Aber Adriana und Chiara hatte sie seit mehr als einem Jahr nicht gesehen, und auch zum Weingut schafften sie es nur selten. Dabei war das Leben so schnell vorüber, der Tod des Signore hatte es gezeigt. Sie musste sich unbedingt mehr Zeit für ihre Familie nehmen, aber seit sie die Fabrik hatten, schaffte sie es ja kaum noch, ihre Freundinnen zu treffen. Erst gestern hatte sich Angelina halb ernst beschwert. Aber jetzt, in diesem Moment, wollte Francesca nicht an ihr schlechtes Gewissen denken, sondern den Tag genießen. Die Sonne ließ das Wasser silbern glitzern, dann wieder schimmerte es azurblau. Menschen saßen am Strand auf Badetüchern, andere hatten sich, obwohl es noch nicht sehr warm war, ins Wasser gewagt. Kinder kreischten und rannten um die Wette. Möwen schrien, und kleine Boote dümpelten in der Nähe der Küste.

Irgendwo hielten sie an und gingen von der Straße an den Strand hinunter. Hand in Hand wanderten sie barfuß über den warmen Sand, setzten sich auf Felsen, die ins Meer hineinragten, und legten sich irgendwann auf zwei Liegen, die man für wenig Geld mieten konnte. Als sie hungrig wurden, aßen sie in einem kleinen Restaurant frischen Fisch mit Weißbrot und Salat. Inzwischen war es spät geworden, und die Sonne stand tief. Ein goldenes Licht überzog das Wasser und die bunten Häuser. Nachdem sie gegessen hatten, gingen sie noch einmal hinunter zum Strand und setzten sich in den noch warmen Sand. Matteo legte seinen Arm um Francescas Schultern und zog sie sanft zu sich heran. Es war ein wunderschöner Moment, und Francesca versuchte ihn sich fest einzuprägen.

Dann holte Matteo etwas aus seiner Tasche, ein kleines, mit dunkelblauem Samt bezogenes Kästchen. Als er es öffnete, begann Francescas Herz schneller zu schlagen. Es war ein silberner Ring mit einem kleinen funkelnden Diamanten. Ohne sie loszulassen, fragte Matteo: »Willst du meine Frau werden, Francesca?«

Ihr stockte der Atem. Um nichts in der Welt hatte sie heute mit einem Heiratsantrag gerechnet. Matteo hatte immer deutlich gemacht, dass er sich noch zu jung fühlte, um eine Ehe einzugehen. Doch nachdem sein Vater gestorben war, hatte er erwachsen werden müssen, hatte Verantwortung übernehmen und sich um den Betrieb kümmern müssen. Inzwischen hatten sie gemeinsam viel erreicht, sie waren beide erwachsen geworden und hatten voneinander und miteinander gelernt. Inzwischen war die Bedrohung für den Betrieb abgewendet. Matteo hätte sich jetzt auch wieder amüsieren, vielleicht noch andere Frauen kennenlernen können.

Das alles ging Francesca durch den Kopf, während sie am Strand eines kleinen Ortes, irgendwo westlich von Savona, saß und auf den Diamantring starrte, den Matteo in seiner linken Hand hielt.

»Ich weiß, dass du noch sehr jung bist, und ich trage den Ring, ehrlich gesagt, schon einige Wochen mit mir herum. Aber ich kann nicht länger warten, denn ich liebe dich, und ich will endlich mein Leben ganz und gar mit dir teilen.« Matteo sah sie voller Zärtlichkeit an. »Bitte, Francesca, heirate mich.«

»Natürlich heirate ich dich.« Francesca lachte, und zugleich stiegen Tränen des Glücks in ihr auf. Dieser Moment war sogar noch schöner geworden. Sie liebte das Meer, und dass Matteo mit ihr zur Küste gefahren war, um hier um ihre Hand anzuhalten, zeigte, wie wichtig sie ihm war. »Ich liebe dich auch und werde von Herzen gern deine Frau.«

Kapitel 10

Italien, Piemont, Mai 1947 bis September 1948

Die nächsten Wochen waren eine Zeit der ersten Male. Zum ersten Mal betrat Francesca das Atelier einer Schneiderin, bei der Matteo und sie eine komplette Garderobe anfertigen ließen. Sie brauchten vornehmere Kleidung, hatte Matteo lächelnd erklärt, schließlich seien sie jetzt erfolgreiche Geschäftsleute. Außerdem würde auch das Hochzeitskleid aus cremeweißer Seide von der Frau geschneidert werden. Sie suchten Blumen beim Floristen aus und sprachen mit Gastronomen über mögliche Menüs. Als Termin hatten sie sich den sechzehnten August ausgesucht, einen Samstag.

Signora Milani hatte zwar nicht gerade vor Freude gestrahlt, aber auch nichts Missbilligendes geäußert, als Matteo und Francesca ihr von den Heiratsplänen berichteten.

»Wie wundervoll!«, hatte Antonella ausgerufen, als Francesca und Matteo in die Küche gekommen waren und ihr die Neuigkeit verkündet hatten. »Gibt es denn eine Verlobungsfeier?«

Francesca und Matteo sahen sich ratlos an. Darüber hatten sie noch gar nicht nachgedacht. Schließlich schüttelte Matteo den Kopf. »Ich weiß nicht, wie du das siehst, aber ich freue mich sehr auf die Hochzeit und würde lieber alle Kräfte auf diese Feier konzentrieren.«

»Du hast recht.« Francesca lächelte ihn glücklich an. »Wir haben so viel Arbeit mit unserer Fabrik. Wir machen eine wunderbare große Hochzeitsfeier.«

»Kinder, Kinder!« Die alte Köchin stemmte die Hände in die Hüften und lachte. »Aber arbeitet mir nicht zu viel. Ihr zwei seid ein sehr ehrgeiziges Paar. Ihr müsst zwischendurch auch mal zur Ruhe zu kommen.«

»Das werden wir«, versprach Matteo.

Aber Francesca war klar, dass er genauso wenig wie sie von der Arbeit lassen konnte. Ihnen bedeutete die Fabrik einfach zu viel. Und doch hatte Antonella recht, sie mussten hin und wieder auch ein wenig Entspannung finden.

Daher ging Francesca am kommenden Samstag wieder auf den Markt und traf sich mit Angelina, Lucia und Michela. Natürlich gab es unter den jungen Frauen nur ein Thema, Francescas Hochzeit mit Matteo.

»Ich beneide dich so sehr«, sagte Lucia mit einem wehmütigen Gesichtsausdruck. »Du hast nicht nur den bestaussehenden Mann Albas bekommen, sondern auch noch ein gut laufendes Café und eine Fabrik dazu.«

»Na ja, dafür hat Francesca aber auch viel gearbeitet«, warf Angelina ein. »Sie selbst hat schließlich keinen geringen Anteil am Erfolg, stimmt doch, oder?« Sie stieß Francesca in die Seite.

Francesca zuckte mit den Schultern, weil sie nicht gern so viel über sich selbst sprach, und versuchte, das Gespräch auf ein anderes Thema zu lenken, aber das war natürlich nicht möglich. Sie musste in allen Einzelheiten vom Heiratsantrag am Strand erzählen, und es wurde ausgiebig über die bevorstehende Feier und das Brautkleid geredet. Als Francesca am

Mittag wieder in der Via Rattazzi war, fühlte sie sich erschöpfter als nach einem langen Tag in der Fabrik. Aber sie war auch sehr froh darüber, so gute und liebe Freundinnen zu haben, die so viel Anteil nahmen.

*

Juni 1947

Die Signora arrangierte sich allmählich mit dem Gedanken, dass Francesca ihre Schwiegertochter werden würde, und im Laufe der folgenden Wochen mischte sie sich auch mehr und mehr in die Planung ein und schien sich sogar auf das Fest zu freuen. Francesca vermutete, dass ihr klar geworden war, dass sie selbst sich in einer ähnlichen Situation befunden hatte, als sie damals in die Familie Milani hineingeheiratet hatte. Und vielleicht hatte Carla Milani ja auch erkannt, dass Francesca mit ihren Ideen und ihrem Engagement für die Familie den Betrieb gerettet und Matteo ein freies Leben geschenkt hatte, in dem er heiraten konnte, wen er wollte.

Am nächsten Sonntag, es war inzwischen Anfang Juni 1947, fuhren Matteo und Francesca zum Weingut und teilten die Neuigkeit ihrer Familie mit, die sich sofort mit ihnen freute. Francescas Vater holte den besten Wein hervor, und sie stießen auf das künftige Brautpaar an. Dann begannen ihre Schwägerinnen und Francescas Mutter, Pläne zu schmieden, und Francesca hörte ihnen lächelnd zu. Aber insgeheim war sie auch traurig, weil sie sich wünschte, ihre Schwestern Chiara und Adriana könnten bei ihnen sein. Sie nahm sich vor, ihnen gleich heute Abend Briefe zu schreiben, um sie zur Hochzeit einzuladen. In dem letzten Jahr hatte sie die beiden nicht einmal gesehen, weil Adriana ja in Meran und Chiara im Kloster war. Die wenigen Besuche auf dem Weingut, die Adriana und Francesca machten, fielen nie auf denselben Tag. Sie bedauerte es, dass sie sich nicht öfter bei ihnen gemeldet hatte, aber meist war sie abends zu müde, um sich noch an den Schreibtisch zu setzen. Und sie nahm an, dass es den beiden nicht anders erging.

Die Feier sollte im Café Alba stattfinden, natürlich würde sie selbst für die Hochzeitstorte und auch die *Albesi Regina* sorgen. Francesca ließ sich von ihren Freundinnen, von der Signora und ihrer Mutter und den Schwägerinnen in die Planungen hinsichtlich des Kleides, der Sitzordnung und des Blumenschmucks hineinreden, aber was die Hochzeitstorte anging, durfte niemand etwas sagen. Außer Matteo, der durfte ihr helfen.

»Natürlich muss die Füllung aus Crema Piemontese bestehen«, erklärte sie Matteo, als sie am Sonntag in der Backstube standen. Amadeo und Fernando hatten heute frei, und die ruhigen Stunden nutzten sie, um über neue Pralinen und Schokoladennuss-Leckereien zu sprechen und einiges davon auszuprobieren.

»Und die Torte muss mehrere Etagen haben«, warf Matteo ein. »Mindestens drei.«

»Und mit weißer Zuckerglasur ummantelt«, rief Francesca und sah das Kunstwerk schon vor sich.

Matteo zog sie in seine Arme. »Ich bin so froh, dass du meine Frau werden willst. Ich liebe dich.«

Und Francesca glühte innerlich vor Glück und Liebe zu diesem Mann.

*

August 1947

»Wir sollten die Verpackung anpassen«, sagte Francesca eines Tages, als sie und Matteo vor einer Palette mit Schokoladennuss-Blöcken standen, die gleich in einen der inzwischen zwei eigenen Lieferwagen verladen werden sollte. Auf dem nagelneuen beigefarbenen Fiat prangte der braune Schriftzug »Azienda Milani – Crema Piemontese«. Inzwischen hatten sie beschlossen, ein eigenes Emblem für die Fabrik zu verwenden, um ihr Produkt deutlicher vom Café Alba zu trennen.

»Was meinst du?«, wollte Matteo wissen, der unruhig nach dem Fahrer Ausschau hielt, denn die Crema Piemontese durfte nicht lange in der warmen Morgensonne stehen.

»So wie auf den Autos. Wir waren in den letzten Monaten in vielen Geschäften, und mir ist aufgefallen, dass die erfolgreichsten Waren sehr auffallende Verpackungen haben. Unsere Crema muss man erst in die Hand nehmen, um zu verstehen, was das eigentlich ist. Das alles sollte doch schon auf den ersten Blick klar sein. Wenn wir also dieses Emblem fest in den Köpfen der Menschen verankern, wissen sie sofort, dass es sich um Schokoladennusscreme handelt.«

»Eine sehr gute Idee.« Matteo lockerte seine Krawatte.

»Wir müssten höchstens noch ein Bild außen anbringen, auf dem die Creme zu sehen ist.« Francesca sah dem Fahrer zu, der die Palette endlich in den Lieferwagen lud.

»Nach der Hochzeit, mein Liebling.« Matteo legte seinen Arm um sie. »Wir sollten uns jetzt erst einmal auf unseren großen Tag konzentrieren.«

*

16. August 1947

Die Sonne strahlte von einem wolkenlosen Sommerhimmel, als Francesca am Tag der Hochzeit auf die Straße vor dem Café Alba trat. Es war gleich zehn, und sie war bereits seit fünf Stunden wach. Antonella hatte darauf bestanden, dass sie heute länger im Bett bleiben sollte, aber sie war zur gewohnten Zeit wach geworden und so aufgeregt gewesen, dass sie sowieso nicht mehr hätte schlafen können. Also hatte sie sich angezogen und war in die Backstube hinuntergelaufen, wo sie mit angehaltenem Atem den Kühlraum geöffnet hatte. Und da stand sie! Ihre Hochzeitstorte! Francesca hatte sechs Biskuitböden in unterschiedlichen Größen gebacken, die sie anschließend, mit Crema Piemontese als Füllung, aufeinandergeschichtet hatte. Dann hatte sie die Torte mit Zuckerglasur übergossen und mit Marzipanrosen und Praline D'Alba verziert.

Sie hatte sich im Café vergewissert, dass alles für die Feier vorbereitet war. Die Zimmerpflanzen, die den Verkaufsraum vom Cafébereich trennten, waren herausgebracht worden, sodass es nun mehr Platz für die Gäste gab. Die Tische waren in Hufeisenform aufgestellt worden. Frische Sommerblumen standen in kleinen Vasen auf weißen Tischdecken. Auch Weingläser, glänzendes Besteck und Spitzenbänder als Dekoration waren bereits darauf angeordnet. Hier war nichts mehr zu tun, alles war bis ins kleinste Detail liebevoll vorbereitet worden.

Jetzt stand sie vor dem Haus und atmete die Sommerluft tief ein. Sie nahm den Duft der Blumen wahr, die überall blühten, doch hier, mitten in der Stadt, roch sie auch Pferdeäpfel, Kaffee und Auspuffgase, was für sie inzwischen völlig normal war. Menschen schlenderten vorbei, manche sahen enttäuscht das Schild an, das vor dem Café angebracht war und auf dem »Heute geschlossene Gesellschaft« stand. Eigentlich war es ein Tag wie jeder andere, sie konnte sogar die Marktschreier von der Piazza Duomo bis hierher hören, und doch erschien ihr alles vollkommen neu und aufregend. Sie atmete glücklich die warme Luft ein und ging wieder ins Haus zurück.

»Ach, da bist du, Kindchen.« Antonella lächelte, als Francesca in die Küche kam. »Ich habe dich schon gesucht. Wo hast du gesteckt?«

»Ich habe nach der Torte geschaut und im Café noch einmal alles überprüft«, antwortete Francesca und nahm eine Kaffeetasse von Antonella entgegen.

»Du brauchst dich heute um nichts zu kümmern, das haben andere bereits erledigt«, tadelte die Köchin sie, aber in mildem Ton. »Angelina ist schon hier und auch die Schneiderin. Sie warten im Schlafzimmer der Signora auf dich.«

»Ach, ist es denn schon so spät?« Francesca sah erstaunt auf die Uhr. Ihre Freundin sollte ihr beim Anziehen helfen, dann würde ein Friseur kommen, der Francescas Haare aufstecken und ihr ein wenig Rouge auflegen würde. Francesca hatte noch nie in ihrem Leben Schminke benutzt und war unsicher, ob es denn heute sein musste. Aber sie hatte ihrer zukünftigen Schwiegermutter nicht widersprechen wollen.

Während Francesca zum Schlafzimmer lief, wanderten ihre Gedanken zu ihrer Familie, die sicher schon in heller Aufregung sein würde. Zwei Mitarbeiter der Milanis, die sonst die Crema Piemontese auslieferten, sollten die Pellegrinos abholen und nach Alba bringen.

»Die Braut!«, rief Angelina, als Francesca das Zimmer betrat. »Wie geht es dir? Bist du nervös?« Sie stürzte auf sie zu und umarmte sie stürmisch.

Francesca lachte. »Nicht so sehr wie du, scheint mir.«

Angelina stimmte in ihr Lachen ein. »Stimmt, ich bin schrecklich nervös.«

Die Schneiderin reichte ihr lächelnd die Hand. »Signorina, sollen wir anfangen?«

Francesca nickte und spürte, dass sich ihr Herzschlag beschleunigte. Ihr Blick fiel auf das cremeweiße Kleid, das am Schrank hing. Niemals hätte sie geglaubt, einmal in einem so schönen Hochzeitskleid zu heiraten. Es war das schönste Kleid, das sie je gesehen hatte.

Nachdem sich Francesca ausgekleidet hatte, half ihr die ältere Frau dabei, das Brautkleid anzuziehen.

»Achtung«, mahnte Angelina, als sie Schritte vor der Tür hörte. »Matteo darf dich auf gar keinen Fall vorher in dem Kleid sehen.«

Francesca winkte ab. »Er musste heute Morgen sicherheitshalber das Haus verlassen und ist bei seinem Freund Mario.«

»Dem Conte?«, fragte Angelina sofort. »Dann wird er also auch zur Hochzeit kommen?«

»Mach dir bloß keine falschen Hoffnungen!« Francesca lachte. »Matteo hat mir gesagt, dass schon seit Jahren feststeht, wen der Conte zu heiraten hat.«

»Wer redet denn gleich vom Heiraten?«, rief Angelina in gespielter Empörung und ließ sich auf den Stuhl am Fenster fallen. »Ich hätte allerdings nichts gegen ein bisschen Spaß und das ein oder andere teure Geschenk.«

»Von wegen, als ob er durch die Gegend laufen und Geschenke machen würde.« Francesca bewunderte sich im Spiegel. Das cremeweiße Kleid schmiegte sich an ihre schlanke Figur und zeigte recht viel Dekolleté. Die Seide schimmerte im Licht der Sonne, das durch das Fenster hineinfiel. Es war ein schlichtes Kleid, doch das betonte Francescas Schönheit nur umso mehr.

»Bei dir hat es doch geklappt, also kannst du mir ruhig auch meinen Prinzen gönnen«, beschwerte sich Angelina und nahm vorsichtig den Schleier in die Hand.

»Erst muss der Friseur kommen«, erklärte die Schneiderin und nahm ihr den Schleier wieder ab.

»Natürlich gönne ich ihn dir. Ich gönne dir das größte Glück dieser Welt«, sagte Francesca zu ihrer Freundin und meinte es aus tiefstem Herzen auch so.

In diesem Moment trat der Friseur ins Zimmer und unterbrach die Unterhaltung. Er steckte Francescas Haare zu einer hohen Frisur und flocht ihr weiße Blüten ins tiefschwarze Haar. Dann puderte er ihr Gesicht, tupfte Rouge auf die Wangen, umrandete die Augen mit einem schwarzen Stift und trug Lippenstift auf. Schließlich setzte er ihr vorsichtig den Schleier auf.

Als Francesca sich erneut im Spiegel betrachtete, musste sie eingestehen, dass der Mann seine Arbeit vorzüglich erledigt hatte. Das Make-up war dezent, und vielleicht gerade deshalb ließ es sie noch schöner aussehen.

Angelina betrachtete sie beinahe ehrfürchtig. »Mich wundert es nicht, dass sich der Sohn des Hauses in dich verliebt hat, vielmehr ist es rätselhaft, warum dir nicht sämtliche Männer Italiens den Hof gemacht haben.«

»Sei nicht albern.« Francesca lachte. Aber heute fühlte sie sich tatsächlich begehrenswert, wenngleich sie nie vergessen würde, woher sie kam. Und Schönheit war vergänglich, dessen war sie sich bewusst, auch wenn sie noch jung war. Aber bis dahin würde noch viel Zeit vergehen, heute wollte sie nicht über solche Dinge nachdenken.

In diesem Moment trat die Signora ins Zimmer. »Wir sollten uns auf den Weg machen, die Kutsche ist vorgefahren.«

Matteo hatte eigens für den heutigen Tag eine weiße Kutsche gemietet, die von zwei schwarzen Pferden gezogen wurde. Nach der kirchlichen Zeremonie in der Cattedrale di San Lorenzo würden Francesca und er von der Piazza Duomo in der Kutsche zurück in die Via Rattazzi fahren. Francesca war zwar der Meinung gewesen, man hätte die Strecke auch gut laufen können, aber Matteo hatte auf die Kutsche bestanden.

Auch wenn das Trauerjahr vorbei war, trug die Signora weiterhin nur schwarze Kleider. Selbst für den heutigen Festtag hatte sie sich nicht überzeugen lassen, ein farbenfroheres Gewand anzulegen. Zu ihrem üblichen schwarzen Kleid trug sie einen großen Hut, unter dem ihr Gesicht kaum zu sehen war.

Francesca konnte nicht widerstehen und trat noch einmal vor den Spiegel. Sie konnte sich nicht sattsehen an dem wunderschönen Kleid, das sie auf eine Art schön machte, die ihr vollkommen neu erschien. Zum ersten Mal sah sie sich im Spiegel als Frau, nicht mehr als junges schüchternes Mädchen.

»Komm, Kindchen.« Antonella war in der geöffneten Tür aufgetaucht und lächelte sie liebevoll an. »Auch wenn das heute dein Ehrentag ist und die Zeremonie schwerlich ohne dich beginnen wird, sollten wir die Gäste nicht allzu lange warten lassen.« Sie hielt Francesca einen wunderschönen Strauß entgegen.

Francesca umarmte die alte Köchin dankbar und nahm dann den Brautstrauß aus rosafarbenen Rosen. Bevor sie in den Flur trat, steckte sie die Nase hinein und sog den süßen Duft tief ein. Die beiden Frauen gingen nach unten, wo die Signora und Angelina bereits vor der Kutsche standen. Bislang hatte Francesca eine so prachtvolle Equipage nur im Vorbeifahren gesehen, und das auch nicht allzu oft. Bei diesem Modell handelte es sich um einen Landauer, das Verdeck war zurückgeschlagen und die Tür geöffnet. Der Kutscher war livriert und reichte Francesca die Hand, um ihr beim Einsteigen zu helfen. Sie nahm auf der Bank entgegen der Fahrtrichtung Platz, damit sich die beiden älteren Damen auf die bequemere setzen konnten. Doch Antonella wollte nichts davon wissen und scheuchte Francesca hoch, damit sie sich neben ihre zukünftige Schwiegermutter setzen konnte. Angelina und Antonella nahmen gegenüber Platz. Der Kutscher schnalzte, und die Pferde setzten sich in Bewegung. Die Menschen auf der Straße sahen sich nach der edlen Kutsche um und winkten ihnen fröhlich zu. Francesca erwiderte die Grüße und genoss die Aufmerksamkeit. Niemals hätte sie gedacht, dass es ihr Spaß machen würde, im Mittelpunkt zu stehen, aber heute freute sie sich an den Blicken. Viel zu schnell hatten sie die Piazza Duomo erreicht. Die bunten Marktstände leuchteten unter dem tiefblauen Himmel. Das Stimmengewirr klang wie Musik in Francescas Ohren. Sie sog den Duft von Käse, Obst, Fisch und Blumen tief ein, der ihr inzwischen so vertraut geworden war. Der Kutscher trug einen Zylinder, auf dessen Seidenstoff die Sonne ein regenbogenfarbenes Muster warf. Die Signora hatte ihren Sonnenschirm aufgespannt und wedelte sich mit der anderen Hand, in der sie einen spanischen Fächer hielt, Luft zu. Obwohl es noch nicht einmal Mittag war, stand die Sonne schon hoch und brannte unbarmherzig auf die Kutsche nieder. Francesca atmete auf, als der Landauer vor der Cattedrale di San Lorenzo hielt.

Der mächtige sakrale Bau spendete angenehmen Schatten. Vor dem Eingang war ein Spalier aufgestellt worden, das mit denselben blassrosafarbenen Rosen und Bändern geschmückt war wie Francescas Brautstrauß. Menschen standen vor dem Eingang, die sie bewundernd anlächelten und sich dann beeilten, ins Innere der Kathedrale zu kommen. Francesca nahm sie nur schemenhaft wahr, so aufgeregt war sie. Doch dann erblickte sie ihren Vater, der auf sie wartete, um sie zum Altar zu führen.

Sobald der Kutscher die Tür geöffnet hatte, streckte ihr Vater der Signora die Hand entgegen, um ihr beim Aussteigen zu helfen. Während ihre zukünftige Schwiegermutter ihr noch einmal zunickte und dann in der Kirche verschwand, stiegen Antonella und Angelina aus der Kutsche. Ihr Vater lächelte Francesca stolz und liebevoll an, dann reichte er ihr seinen Arm, und sie schritten gemeinsam auf den Eingang zu.

Dunkelheit und der Geruch von Weihwasser, Rauch und Kerzen umfing sie. Orgelmusik setzte ein. Als sie aus dem dunklen Vestibül in die riesige helle Kirche traten, sah Francesca in erwartungsvolle Gesichter, die sich alle zu ihr umgewandt hatten. Sie nahm weder die kunstvoll gestalteten Säulen rechts und links wahr noch die mit Blattgold belegten Heiligenbilder an den Wänden. Sie hatte nur Augen für Matteo, der am Ende des Mittelgangs stand und sie erwartete. Er trug einen schwarzen eleganten Anzug mit dazu passender Fliege und hatte die Hände vor dem Bauch gefaltet. Er sah ihr entgegen, während sie auf ihn zuschritten. Irgendwo hier musste auch ihre Familie sein. Aus dem Augenwinkel konnte sie ihre Schwester Adriana neben ihren Eltern und Brüdern in der ersten Reihe sitzen sehen. Chiara dagegen hatte das Kloster nicht verlassen dürfen und fehlte leider. Wehmütig dachte Francesca an ihre geliebte jüngere Schwester.

Angelina war Francescas Trauzeugin und nahm an der Seite neben Mario Platz, Matteos Trauzeugen. Francesca konnte sich vorstellen, wie aufgeregt ihre Freundin sein musste, neben dem Conte zu sitzen. Doch dann wurde all das unbedeutend, als Francesca zu ihrem Bräutigam trat.

Ihr stockte der Atem, als Matteo den Blick auf sie richtete.

Er war so voller Zärtlichkeit, Liebe und Bewunderung. Einen Moment lang verlor sie sich in seinen dunklen Augen. Als sie wieder daraus auftauchte, sah sie sich verstohlen zu ihrer Familie um. Ihrer Mutter liefen schon jetzt Tränen über die Wangen, die sie mit einem Taschentuch abtupfte.

Wie anders diese Hochzeit war als die beiden Feste, die anlässlich der Eheschließung ihrer Brüder stattgefunden hatten. Man hatte auf dem Dorf gefeiert, Francescas Hochzeit dagegen fand mitten in einer Stadt statt. Dann musste sie an die Trauerfeier für den Signore denken, die ebenfalls in dieser Kathedrale abgehalten worden war. Wie sehr wünschte sie, Matteos Vater hätte diesen Tag mit ihnen feiern können. Zugleich war sie aber auch dankbar, dass sie ihren Schwiegervater noch hatte kennenlernen dürfen, diesen gütigen, liebenswürdigen Mann.

Die Orgelmusik endete, und der Pfarrer begann mit der Zeremonie. Francesca war so aufgeregt, dass sie Mühe hatte, seinen Worten zu lauschen. Matteo warf ihr hin und wieder einen beruhigenden Blick zu, und als sie sich gegenseitig das Eheversprechen gegeben und die Ringe an die Finger gesteckt hatten, war Francescas Brust von einem warmen, prickelnden Glück erfüllt, das sie noch nie zuvor empfunden hatte.

Und dann war die Zeremonie auch schon vorüber, und sie verließen die Kirche als Mann und Frau. Eine Schar Gäste erwartete sie bereits draußen mit fröhlichen Rufen. Irgendjemand überreichte dem Bräutigam eine Vase, die er zerschmeißen musste, und Matteo tat es mit voller Hingabe. Sie zersprang in unzählige kleine Scherben, was die Menge zu neuen Jubelrufen hinriss. Damit waren ihnen viele glückliche Ehejahre vorausgesagt. Auch die Marktbesucher waren stehen geblieben, eine Traube hatte sich gebildet. Dutzende Augenpaare waren auf die strahlende Braut gerichtet, und wieder stellte Francesca überrascht fest, dass ihr die Aufmerksamkeit gefiel.

»Francesca!« Sie drehte sich um und sah direkt in Adrianas lachendes Gesicht.

Die Schwestern fielen sich in die Arme. Seit fast drei Jahren hatten sie sich nun nicht mehr gesehen, und doch kam es ihr vor, als sei es erst vor wenigen Tagen gewesen, dass sie nebeneinander im Weinberg gearbeitet oder abends am Kamin gesessen hatten. Aber Adriana hatte sich verändert, sie wirkte erwachsener, das Gesicht war nicht mehr so pausbäckig wie früher, und sie war elegant gekleidet.

Auch ihre Eltern gratulierten ihr, die Schwägerinnen und natürlich Roberto und Alessandro. Die nächste Stunde nahmen sie und Matteo all die Glückwünsche der Gäste entgegen, bevor sie überhaupt daran denken konnten, in die wartende Kutsche zu steigen. Schließlich machten sich die Gäste zu Fuß auf den Weg zum Café Alba, während Matteo und Francesca in dem Landauer saßen.

Die Menschen am Straßenrand jubelten ihnen zu, und obwohl Francesca und Matteo nur Augen füreinander hatten, winkten sie den Passanten immer wieder zu.

In der Via Rattazzi wurden sie bereits erwartet. Nachdem der Kutscher die Tür geöffnet und Matteo Francesca aus dem Landauer geholfen hatte, warfen die Kinder von Fernando und Amadeo Rosenblätter, und die Gäste bildeten ein Spalier zum Eingang des Cafés. Drinnen waren die Kerzen angezündet worden, es duftete nach dem Rinderfilet, das es heute geben würde, nach Knoblauch, Thymian und Basilikum. Francesca freute sich, ihre Familie bei sich zu haben. Lucia, Michela und Angelina kamen sofort ins Gespräch mit Adriana und ihren Schwägerinnen Raffaela und Giuseppa, und sogar die Signora bemühte sich, herzlich zu Francescas Eltern zu sein.

Es waren auch einige Leute aus Monchiero gekommen und natürlich die Mitarbeiter der Fabrik sowie Fernando und Amadeo mit ihren Familien. Nach dem Essen wurden die Tische an die Wand gerückt, sodass Platz zum Tanzen war. Francesca lag in Matteos Armen und genoss seine Nähe und die Vorfreude auf die erste Nacht mit ihm. So lange hatte sie sich nach mehr Nähe gesehnt, nach all den intimen Dingen, von denen sie inzwischen eine etwas genauere Vorstellung hatte, durch ihre gegenseitigen zaghaften Erkundungen ihrer Körper, ohne dass sie es jedoch zum Äußersten hatten kommen lassen.

Es war schon spät, als Matteo und Francesca sich von den letzten Gästen verabschiedeten und müde die Treppe nach oben stiegen. Die Signora und auch Antonella hatten die Feier schon vor Stunden verlassen.

»Moment.« Matteo lächelte, beugte sich vor und hob Francesca hoch, als sei sie nicht schwerer als ein Block Crema Piemontese. »Ich trage meine Braut über die Schwelle.«

Francesca lachte leise und legte ihre Hände um seinen Nacken. Sie sog seinen inzwischen vertrauten Duft nach Zitrone und Pfefferminze ein. Matteo trug sie die letzten Treppenstufen hoch und durch die Tür, die in die Diele führte. Dann ließ er sie runter und zog sie an sich.

»Endlich allein«, flüsterte sie, und im nächsten Moment fanden sich ihre Lippen.

Es gab nur sie beide in diesem Moment, und Francesca versank in der Weichheit seines Kusses, in seiner Wärme, seinem Geruch. Ohne voneinander abzulassen, liefen sie den Gang hinunter. In Matteos Zimmer sanken sie aufs Bett. Seine Hände strichen über Francescas Körper, und sie gab sich dem Prickeln unter seinen Berührungen hin. Mit geschlossenen Augen spürte sie die Erregung, die seine Finger bei ihr auslösten, und als Matteo ihr das Hochzeitskleid abstreifte, bebte ihr Körper. Sie hatte sich eigentlich Zeit lassen wollen, hatte sich diesen Moment wieder und wieder vorgestellt und sich vorgenommen, ihn bis ins Kleinste auszukosten, doch jetzt war es unmöglich, das Tempo zu drosseln. Matteo begann, jeden Zentimeter ihrer Haut zu küssen, bevor er die Strumpfbänder löste und die weiße Seide von ihren Beinen rollte. Francesca riss an seinem Jackett, befreite auch ihn von sämtlichem störenden Stoff, der in dieser Nacht noch das einzige verbliebene Hindernis zwischen ihnen darstellte. Und dann ließen sie sich beide fallen, tauchten ein in ein Meer aus explodierenden Empfindungen, die Francesca sich vorher nicht einmal annähernd so wunderschön und intensiv hatte vorstellen können. Als sie eine ganze Weile später atemlos und erhitzt nebeneinanderlagen, war sie noch immer erfüllt von der Zärtlichkeit und der ganz neuen Verbundenheit, die zwischen ihnen entstanden war.

*

September 1947

Die Tage und Wochen, die nun folgten, waren die schönsten, die Francesca jemals erlebt hatte. Da sie so viel mit dem Unternehmen zu tun hatten, verschoben sie ihre Flitterwochen auf später. Aber wozu hätten sie auch wegfahren müssen, wo doch in Alba alles so paradiesisch war? Francesca war in dieser Zeit einfach nur glücklich.

Sie verließ die Dachkammer und zog in Matteos Schlafzimmer. Künftig war sie die erste Frau des Hauses, aber sie übernahm nicht die Führung des Haushaltes, wie es eigentlich ihr Recht gewesen wäre. Denn Francesca hatte zum einen viel zu großen Respekt vor der Signora und zum anderen auch gar keine Zeit, sich darum zu kümmern. Daher blieb alles wie zuvor, mit der einzigen Ausnahme, dass Francesca fortan, wenn Besuch da war, nicht mehr mit Antonella und Ida in der Küche, sondern mit Matteo und der Signora im Esszimmer speiste. Doch seit der Signore tot war und Francesca und Matteo zusammen waren, hatte sich auch die Etikette im Hause Milani verändert. Es war, als hätte Francesca mit ihrem Wechsel vom Hausmädchen zur Hausherrin auch die Grenze zwischen Dienerschaft und Herrschaft aufgeweicht. Und so aßen sie nun, wenn kein Besuch erwartet wurde, alle zusammen in der Küche. Francesca fühlte sich mit dieser Regelung sehr wohl, und sie war sicher, dass es der Signora nicht anders erging. Denn Antonella war für sie fast wie eine Mutter, und abends gemeinsam mit ihr den Tag durchzusprechen, tat allen gut.

Matteo hatte gewollt, dass Francesca seine Mutter nicht mehr Signora Milani nannte, sondern mit ihrem Vornamen Carla ansprach, doch sie konnte sich nicht dazu überwinden, und die Signora machte auch keine Angebote in diese Richtung, sodass offensichtlich war, dass es auch ihr so lieber war. Unangenehm wurde diese Sache nur, wenn sie Gäste hatten, die sich verwundert ansahen, wenn sie die förmliche Anrede zwischen Schwiegertochter und Schwiegermutter wahrnahmen, daher vermied Francesca es tunlichst, Signora Milani direkt anzureden, wenn sie nicht unter sich waren.

»Marco, wir haben einen ganzen Stapel Bestellungen.« Matteo trat neben ihren fleißigsten Mitarbeiter und sah ihm dabei zu, wie er eine große Schüssel gerösteter und zerkleinerter Haselnüsse in die Schokoladenmasse schüttete. »Meinst du, wir schaffen es, im Monat eine Tonne mehr zu produzieren?«

Francesca stand hinter ihrem Mann und sog den Duft der Creme tief ein.

»Mit sechs Mitarbeitern und vier Rührmaschinen?« Marco sah Matteo mit großen Augen an und schüttelte dann den Kopf. »Bauen Sie eine neue Halle, stellen Sie sechs bis acht weitere Männer ein, dann können wir sicher die doppelte Menge herstellen.«

»Gibt es denn keine Möglichkeit, mit den vorhandenen Maschinen und unserem Personal mehr zu schaffen?«, fragte Matteo nach.

Marco schüttelte den Kopf. »Es sei denn, wir legen Nachtschichten ein. Aber auch dazu brauchen wir mehr Leute.«

»Was hältst du davon, wenn wir wirklich mehr Mitarbeiter einstellen?«, fragte Francesca, als sie die Halle verlassen hatten und zu ihrem Büro auf der anderen Seite des Ganges liefen.

»Ich weiß nicht.« Matteo verzog gequält das Gesicht. »Fordern wir unser Glück dann nicht allzu sehr heraus?«

»Aber die Nachfrage ist da«, gab Francesca zu bedenken und betrat das kleine Kontor, das sie sich eigens für sich eingerichtet hatten. Sie deutete auf die Papiere, mit denen der Schreibtisch übersät war. »Wir sollten auch einen Buchhalter einstellen. Du musst zugeben, dass wir beide nicht gerade besonders gut darin sind, solche Dinge zu erledigen. Wäre es nicht schön, wenn wir uns nur noch um die Crema Piemontese und unsere Pralinen zu kümmern bräuchten, während ein anderer den trockenen Bürokram für uns erledigt?«

Matteo lächelte. »Natürlich wäre das eine Erleichterung.« Er wurde ernst. »Aber was ist, wenn die Nachfrage zurückgeht? Im Moment scheint ganz Italien verrückt nach unserer Crema Piemontese zu sein, aber wer sagt uns, dass das so bleibt?«

»Zur Not müssen wir dann wieder Leute entlassen.« Sie

hob die Hand. »Im allerletzten Notfall, aber ich bin zuversichtlich, dass das nicht passiert.«

»Na schön«, gab Matteo zögernd nach. »Aber auf keinen Fall vergrößern wir die Fabrik, das ist mir zu gewagt. Lass uns zwei Männer mehr für die Produktion einstellen. Und einen Buchhalter, der den Papierkram erledigt.«

Francesca nickte. »Und die Haselnussernte steht bald an. Dafür können wir Erntehelfer zu meinen Eltern schicken. Mein Vater hat schon gesagt, dass er dafür nicht viel Geld will.«

*

4. und 5. September 1948

Der Sommer 1948 war heiß gewesen, zu heiß für eine hochschwangere Frau wie Francesca. Das Kind wurde Mitte September erwartet, und alle im Haus fieberten dem Ereignis entgegen. Und endlich kam ein Wetterumschwung, es wurde kühler. Am Morgen des vierten Septembers 1948 wurde Francesca vom Regen geweckt, der gegen die Scheiben klopfte. Sie rollte sich aus dem Bett und zog sich an. Dann ging sie, so schnell es ihre Körperfülle zuließ, nach unten und trat in den Hinterhof hinaus. Einen Moment lang stellte sie sich in das wundervoll kühle Nass, breitete die Arme aus und genoss die Feuchtigkeit auf der Haut. Wie belebend und wie erfrischend!

»Francesca!«, hörte sie die Stimme der Signora, die am Fenster ihres Büros im ersten Stock aufgetaucht war. »Komm sofort wieder hinein, du holst dir noch den Tod.«

Schweren Herzens riss Francesca sich von dem wohltuenden Regen los und ging zurück ins Haus. In der Küche trocknete sie sich Gesicht und Haare ab.

»Was soll das denn?« Die Signora kam in die Küche. »Eine Grippe wäre das Letzte, was wir jetzt gebrauchen können. Du trägst ein Kind unterm Herzen, und es kann praktisch jeden Tag so weit sein. Stell dir vor, du ziehst dir jetzt eine Lungenentzündung zu, ich mag gar nicht daran denken.«

»*Scusi*, Signora.« Francesca lachte, auch wenn sie die Sorgen ihrer Schwiegermutter durchaus verstehen konnte. »Aber ich habe der Versuchung nicht widerstehen können, nachdem ich die letzten Wochen so entsetzlich unter der Hitze gelitten habe.«

»Nach der Niederkunft kannst du wieder tun, was du willst, aber du bist für meinen Enkel verantwortlich, für die Zukunft unserer Familie und des Betriebs.« Die Signora wandte sich ab. »Und jetzt lass uns frühstücken.«

Einen Moment lang hatte Francesca geglaubt, die Signora würde sich um sie sorgen, aber jetzt erkannte sie, dass es ihr nur um das ungeborene Enkelkind ging. Sie atmete tief durch und setzte sich an den Küchentisch, an dem die Signora schon vor Kaffee und Weißbrot mit Crema Piemontese saß.

»Wie geht es dir?«, fragte Antonella und stellte ihr eine Tasse Kräutertee hin. Die Köchin war der Meinung, zu viel Kaffee schade dem Ungeborenen.

»Viel besser, jetzt, da es endlich etwas kühler geworden ist.« Francesca seufzte. »Die letzten Tage waren schlimm.«

»Regen bekommen wir jetzt genug, denke ich.« Antonella sah aus dem Fenster in den dunklen Himmel hinaus. »Ich glaube nicht, dass es so schnell zu regnen aufhört.«

»Die Natur wird sich freuen.« Francesca dachte an das Weingut und wie sich die prallen Trauben jetzt über ein paar Tropfen Feuchtigkeit freuen würden. »Aber ich hoffe, dass es nicht zu Unwettern kommt.« Gerade jetzt waren die Reben auch besonders empfindlich. Aufgrund ihrer fortgeschrittenen Schwangerschaft waren sie und Matteo schon seit einigen Wochen nicht mehr in Monchiero gewesen, und sie vermisste ihre Familie. Zu gern hätte Francesca gewusst, wie ihre Eltern über den Regen dachten, ob er willkommen war oder eher gefürchtet. Der Sommer war trocken gewesen, aber ohne selbst in Monchiero gewesen zu sein, konnte Francesca nicht beurteilen, wie es um den Wein stand.

»*Buongiorno*.« Matteo betrat in diesem Moment die Küche. Er war unten in der Backstube gewesen und hatte mit Amadeo, Fernando und dem neuen Konditor den Arbeitsplan für den heutigen Tag besprochen. Denn neben der Fabrik mussten sie sich ja auch noch weiterhin um das Café Alba kümmern. »Ich fahre jetzt zur Fabrik. Kommst du mit, mein Liebling, oder willst du dich lieber ausruhen?«

»Es geht mir heute viel besser.« Francesca lächelte und stemmte sich von ihrem Stuhl hoch. »Ich will nur schnell unten im Café bei Angelina vorbeischauen. Ich habe sie seit Tagen nicht gesehen, weil ich mich kaum bewegen konnte.«

»Du bist so tapfer.« Matteo küsste sie. »Ich wünschte, ich könnte dir diese Last abnehmen.«

»Man sagt, Männer seien viel zu wehleidig, um Kinder zur Welt zu bringen«, mischte sich Antonella ein. »Setzt dich, mein Junge, trink eine Tasse Kaffee, während Francesca zu ihrer Freundin geht.«

»Aber bleib nicht zu lange unten.« Matteo lächelte Francesca liebevoll an. »Ich muss heute unbedingt mit dem neuen Vorarbeiter sprechen.« Erst vor wenigen Wochen hatte er ihn eingestellt. Er hatte ihnen dazu geraten, eine Nachtschicht einzuführen, denn die Nachfrage war so gewaltig, dass sie kaum genug produzieren konnten. Schon lange brauchten die beiden Vertreter nicht mehr herumzufahren, sondern saßen in ihrem Büro in der Azienda Milani und kümmerten sich von dort aus um die Kunden. Außerdem meldeten sich täglich neue Händler, die ebenfalls die Crema Piemontese verkaufen wollten.

Francesca nickte und verließ die Küche.

»Francesca!« Angelina kam gerade aus dem Café in den Flur, als sie die Treppe hinunterwatschelte. Sie stürmte auf sie zu und umarmte sie.

Die beiden Freundinnen hatten kaum Zeit, die neuesten Ereignisse auszutauschen, als Matteo auch schon hinter ihnen stand und zum Aufbruch drängte.

»Ich muss sowieso das Café vorbereiten, auch wenn ich kaum glaube, dass heute viele Gäste kommen werden, bei dem Wetter.« Angelina deutete nach draußen. »Ich kann mich nicht erinnern, dass es schon mal so stark geregnet hat.«

»Ach, das hört gleich auf.« Matteo winkte ab und legte dann seinen Arm um Francesca, um ihr nach draußen zu helfen. Dort spannte er seinen Schirm auf, und beide liefen so schnell es ging zum Fiat.

Da sie noch Unterlagen bei ihrem Steuerberater abgeben wollten, der auf der anderen Seite des Tanaro wohnte, fuhren sie über die Brücke von Alba, die 1847 erbaut worden war. Francesca sah fasziniert in den rauschenden Fluss hinab. Seit der letzten Nacht regnete es unablässig, und da der heiße Sommer die Böden ausgetrocknet hatte, nahmen sie das viele Wasser jetzt nur schwer auf. Der Pegel des Tanaro war so hoch, wie Francesca ihn bislang noch nie gesehen hatte. Er hatte beinahe den runden Teil der Bögen erreicht, an denen die Brücke endete. Es fehlten vielleicht noch ein oder zwei Meter, und die Straße wäre überflutet.

Matteo warf ebenfalls einen Blick nach unten. »Wir sollten nicht lange bleiben, sondern zügig zur Fabrik fahren und auch alle Mitarbeiter nach Hause schicken. Es sieht mir verdächtig nach Hochwasser aus. Wenn das so weiterschüttet, wird die Brücke spätestens heute Mittag nicht mehr passierbar sein, und einige unserer Leute müssen auf die andere Seite des Flusses.«

Ein Schauer überlief Francesca. Als Kind hatte sie Geschichten über die Katastrophe von Molare gehört, einer Überschwemmung, hervorgerufen durch einen Wolkenbruch, der die Staumauer eines Sees hatte brechen lassen. Damals hatten viele Menschen ihr Leben verloren. Aber so etwas passierte vermutlich nicht hier in Alba, wo sie keinen Stausee hatten und es auch keinen Damm gab, der brechen konnte. Trotzdem machten die Wassermassen, die unter ihnen tobten, Francesca Angst. War es die Schwangerschaft, die sie so schreckhaft machte, oder drohte wirklich Gefahr? Sie wischte den Gedanken fort und beschloss, sich nicht verrückt zu machen. Schließlich war Matteo in Alba aufgewachsen, und es kam sicherlich nicht zum ersten Mal vor, dass es so stark regnete. Wenn es wirklich eine Bedrohung durch den Regen gäbe, dann würde Matteo sie und ihr Kind sofort in Sicherheit bringen.

Francesca blieb im Wagen sitzen, als Matteo die Unterlagen bei ihrem Steuerberater abgab, und wenige Minuten später saß er auch schon wieder neben ihnen. Als sie über die Brücke zurückfuhren, kam es Francesca so vor, als sei der Pegel in der kurzen Zeit bereits gestiegen. Sie schüttelte den Kopf. Sie musste Ruhe bewahren. Als Francesca wenig später vor der Fabrik aus dem Fiat stieg, hielt Matteo den Regenschirm über sie. Das Wasser lief in Sturzbächen über den Asphalt der Straße, und sie beeilten sich, ins Gebäude zu kommen.

Das vertraute Summen, Klacken und Hämmern der Maschinen empfing sie. Francesca sog den Duft der Crema Piemontese ein. Als sie die Halle betraten, waren die Arbeiter konzentriert in ihre Tätigkeiten versunken. Francesca schnappte sich eine Pralina D'Alba von einem Tablett, auf dem die Köstlichkeiten zum Verpacken warteten. Genussvoll schloss sie die Augen. Sie liebte den weichen, nougatartigen Kern und die knackige Schokoladenhülle.

»Bitte bringen Sie die laufenden Arbeitsgänge zu Ende und begeben Sie sich dann auf den Heimweg«, hörte sie Matteos Stimme. »Der Flusspegel ist bereits gestiegen, wenn es nicht bald aufhört zu regnen, wird der Tanaro über die Ufer treten, und Sie kommen nicht mehr nach Hause.«

Ein leises Raunen machte sich breit, die Mitarbeiter sahen zu den Fenstern. Doch da es draußen durch die dicke Wolkendecke dämmrig und in der Halle hell war, konnten sie nicht viel mehr erkennen als die Regentropfen, die gegen die Fensterscheiben prasselten. Francesca und Matteo gingen ins Büro hinüber und teilten den beiden Vertretern mit, dass auch sie lieber nach Hause fahren sollten.

»Ich bringe meine Frau nach Hause und komme dann noch einmal vorbei«, erklärte Matteo dem neuen Vorarbeiter Signor Viarengo, der in der Abwesenheit von Francesca und Matteo das Sagen in der Fabrik hatte. »Warten Sie bitte auf mich, damit wir dann zusammen abschließen können.«

»Sì, Signore.« Der Mann nickte. »Um halb zwölf hat sich noch ein Kunde angekündigt, der mit Signor Giao über die Belieferung seiner drei neuen Supermärkte sprechen möchte. Ich versuche, ihn zu erreichen und den Termin zu verschieben. Sonst muss ich auf ihn warten, er würde sich bestimmt ärgern, wenn er bei dem Wetter herkäme und niemand wäre da.« Signor Giao war einer der beiden Vertreter, die sich jetzt auf den Heimweg machten.

Francesca nickte. Er hatte recht, auf keinen Fall durften sie die Kunden verärgern.

»Falls der bei dem Wetter überhaupt kommt.« Matteo seufzte.

Als sie wieder auf den Flur vor den Büros hinaustraten, sagte Francesca: »Du musst mich nicht erst nach Hause bringen. Ich warte mit dir zusammen hier, bis alle das Gebäude verlassen haben und Signor Viarengo den Kunden erreicht hat.«

»No.« Matteo sah sie liebevoll an. »Auf gar keinen Fall solltest du in deinem Zustand hier warten müssen, während du zu Hause gemütlich die Beine hochlegen kannst. Und es wird sowieso noch eine Weile dauern, bis die Maschinen durchgelaufen sind. Ich rechne nicht damit, dass die letzten Arbeiter vor zwölf Uhr hier fertig sind. Da schaffe ich es leicht, dich nach Hause zu bringen und wieder herzukommen.«

»Na schön«, gab Francesca nach, der der rauschende Fluss und der Regen schon ein wenig Angst gemacht hatten.

Matteo hatte recht, momentan sollte sie sich ausruhen. Allerdings fand sie seit Wochen keine Position mehr, die einigermaßen gemütlich war. Wenn sie lag, hatte sie den Eindruck, nie wieder aufstehen zu können, beim Sitzen schmerzte der Rücken und beim Laufen und Stehen waren es die Beine, die ihr wehtaten. Sie freute sich inzwischen darauf, das Kind endlich zur Welt zu bringen, denn die körperliche Belastung einer Schwangerschaft war nicht zu unterschätzen.

Also ließ sie sich von Matteo wieder zum Fiat begleiten. Es regnete ohne Unterlass. Auf dem Parkplatz vor der Fabrik hatten sich die Pfützen ausgebreitet, und es würde nicht mehr lange dauern, bis der Parkplatz unter Wasser stand. Sie mussten vorsichtig gehen, um den tiefsten Lachen auszuweichen. Als sie endlich wieder im Fiat saßen, waren Francescas Lederschuhe dennoch durchgeweicht, und auch ihr Sommermantel war klatschnass geworden.

»Ich werde gleich noch einmal über den Fluss fahren und

versuchen, bei einer der Baufirmen Sandsäcke zu bekommen«, sagte Matteo, und Francesca nahm seinen angespannten Kiefer wahr. Die Wangenmuskeln zuckten. »Ich habe Angst, dass uns das Wasser in die Fabrik läuft.«

»Bitte fahr nicht mehr über den Fluss«, rief Francesca erschrocken, während sie die Scheibenwischer beobachtete, die unermüdlich den Regen von der Windschutzscheibe schoben. »Der Pegel ist inzwischen bestimmt noch höher, nachher kommst du nicht wieder zurück.«

»Aber wir müssen unsere Fabrik schützen, mein Liebling.« Matteo fuhr langsam. Auch auf der Fahrbahn hatten sich inzwischen tiefe Lachen gebildet, teilweise standen die Straßen unter Wasser, und an den Gullideckeln sammelten sich kleine Seen. Francesca schluckte, als sie das gurgelnde Wasser sah, das aus einem der Abflussgitter emporsprudelte. Hoffentlich würden noch alle Mitarbeiter gut nach Hause kommen. Wenn Matteo nur nicht diese Sandsäcke holen müsste!

»Gibt es denn keine Möglichkeit, Sandsäcke auf dieser Seite des Flusses zu bekommen?«, unternahm sie einen weiteren Versuch, ihn von der Überquerung des Tanaro abzuhalten.

»Ich wüsste nicht, wo.« Er schüttelte den Kopf. »Ich verspreche dir, dass ich vorsichtig sein werde.«

Obwohl sie nicht einmal eine halbe Stunde in der Fabrik geblieben waren, kamen sie auf der Rückfahrt viel langsamer voran. Die Polizei hatte eine Straße wegen Überflutung komplett gesperrt, andere Straßen waren ebenfalls nicht mehr passierbar, aber noch nicht gesperrt. Vermutlich hatte die Polizei nicht genügend Leute, um all die Stellen zu sichern, die nicht mehr befahrbar waren. Matteo musste den Fiat über Umwege nach Hause steuern, doch zwanzig Minuten später hatten sie die Via Rattazzi erreicht.

Matteo hielt direkt vor dem Café Alba. Er fasste Francescas Hand. »Schick bitte auch die Mitarbeiter im Café und in der Backstube nach Hause, bevor es noch schlimmer wird. Sie sollen ein Schild an die Tür hängen, dass das Café aufgrund der Wetterlage geschlossen bleibt. Ich werde auch Sandsäcke mitbringen, die wir hier vor die Türen legen können. Und ruh dich aus, ich komme, so schnell ich kann, wieder.«

Francesca hielt seine Hand fest umschlossen. »Musst du denn wirklich noch einmal zurück? Kannst du nicht bleiben?«

Matteo schüttelte bedauernd den Kopf. »Ich verspreche dir, ich bin ganz schnell zurück.«

»Dann fahr nur zur Fabrik, bitte bleib auf dieser Seite des Flusses, fahr nicht zu der Baufirma. Wir sind doch jetzt schon kaum mehr durchgekommen, nachher sitzt du noch auf der anderen Seite des Flusses fest und kommst nicht zurück.«

»So schnell wird der Fluss nicht alles überschwemmen«, beruhigte Matteo sie. »Mach dir keine Sorgen. Und zur Not könnte ich ja auch in der Baufirma oder in der Fabrik übernachten.«

Francesca seufzte. »Und wenn dann ausgerechnet unser Kind kommt? Ich brauche dich hier, bei mir.«

»Ich weiß, mein Liebling, ich weiß.« Er beugte sich zu ihr und küsste sie zärtlich. »Aber es wäre schon ein sehr großer Zufall, wenn ich in der Fabrik festsäße und gleichzeitig bei dir die Wehen einsetzen würden, nicht wahr? Sag dem kleinen Mann, dass er gefälligst zu warten hat, bis sein Papà wieder da ist. Ich beeile mich.«

»Bleib hier.« Francesca strich ihm über die Wange. Plötzlich hatte sie Angst. Warum musste Matteo das Risiko eingehen und noch einmal zur Fabrik fahren? Signor Viarengo konnte sich auch allein darum kümmern, dass alle das Gebäude verließen, und es dann abschließen. »Warum meinst du immer, dass du alles selbst erledigen musst?«

»Weil ich nun einmal die Verantwortung trage, mein Liebling.« Er stieg aus und lief durch den Regen um das Automobil herum. Als er ihr die Tür öffnete, rief er: »Ich verspreche dir, ich bin so schnell wieder hier, dass du kaum merken wirst, dass ich fort war.«

Francesca sprang aus dem Auto und lief die wenigen Schritte zum Eingang. In der Tür vom Café blieb sie stehen und sah sich noch einmal um. Matteo saß inzwischen wieder im Fiat und winkte ihr durch die leicht beschlagene Seitenscheibe zu. Dann startete er den Wagen und fuhr davon. Francesca sah dem spritzenden Wasser noch einen Moment lang nach, dann ging sie hinein.

Kein einziger Gast saß an einem der Tische. Auch die Straßen, durch die sie gefahren waren, waren ungewöhnlich leer gewesen. Die Menschen schienen alle zu Hause zu bleiben.

»Wo ist Matteo?« Angelina trat neben sie und sah in den Regen hinaus.

Francesca erzählte ihr, was ihr Mann vorhatte, und sagte, dass sie, Enrica und Emilia nach Hause gehen sollten. »Wenn Matteo nur hiergeblieben wäre«, sagte sie besorgt.

»Mach dir keine Sorgen.« Angelina zog die Schürze aus. »Er wäre nicht gefahren, wenn es zu gefährlich wäre.«

»Ich hoffe, du hast recht.« Francesca sah ihrer Freundin und den beiden anderen Kellnerinnen dabei zu, wie sie die Milch in die Kühlkammer brachten, ihre Mäntel anzogen und nach Hause gingen.

Sie umarmte Angelina noch einmal und winkte ihr nach, als sie in den Regen hinauseilte. Dann schrieb sie selbst zwei Schilder, die sie an die Türen des Cafés hängte. Nachdem auch die Männer aus der Backstube fort waren, schloss sie die

Türen ab und räumte das auf, was liegen geblieben war. Als sie nach oben kam, kam die Signora aus ihrem Büro, um sich nach dem Zustand der Straßen zu erkundigen.

In diesem Moment durchfuhr Francesca ein Stich, der ihr fast die Luft raubte. Sie schrie leise auf und krümmte sich.

»Francesca!« Die Signora eilte auf sie zu. »Was ist los?«

Einen Moment lang konnte sie nicht antworten, weil der Schmerz sie überwältigte. Sie hatte das Gefühl, als sei eine Hand in sie hineingefahren und würde an ihren Eingeweiden ziehen.

»Ich weiß nicht«, keuchte sie schließlich, als die Qualen etwas nachließen. »Das können doch nicht die Wehen sein, oder doch?«

»Natürlich können sie es sein.« Die Signora verdrehte die Augen und murmelte ein Stoßgebet. »Der Termin ist für Mitte September errechnet. So genau können die das ja gar nicht wissen. Ich habe schon oft gehört, dass Kinder viel früher oder auch deutlich später kommen.« Sie rang die Hände. »Herr, steh uns bei!«

»Vielleicht war es ja gar nichts.« Francesca streckte sich. Die Schmerzen waren wieder abgeklungen. »Es war sicher nur die Angst um Matteo, denn er ist noch mal zur Fabrik gefahren.«

»Meinst du, die Azienda könnte überschwemmt werden?« Die Signora sah sie skeptisch an. »Wir haben hier in Alba meist Glück. Ja, der Tanaro ist hin und wieder über die Ufer getreten, aber dass die Häuser unter Wasser standen, das habe ich noch nicht erlebt.«

Francesca behielt lieber für sich, dass vorhin schon ein paar der Häuser am Ufer gefährlich nah an der Wasserkante gestanden hatten. Und da es noch immer regnete, würden bei denen sicher die Keller volllaufen. Die Fabrik war nicht allzu weit vom Tanaro entfernt. Und die Halle lag nicht erhöht. Francesca presste die Lippen zusammen, als sie sich vorstellte, dass all die schönen neuen Maschinen unter Wasser stehen könnten. »Matteo will unbedingt noch über den Tanaro fahren, um Sandsäcke zu holen.«

Die Signora nickte. »Das hört sich schlau an.«

Francesca sah ihre Schwiegermutter besorgt an. Sie hatte den Zustand der Straßen ja nicht gesehen und konnte nicht wissen, wie ernst die Lage war.

»Mach dir keine Sorgen«, drang die Stimme der Signora in ihre Gedanken hinein. »Es wird schon alles gut gehen. Sicher hört es bald auf zu regnen. Und hoffentlich funktioniert das Telefon bald wieder.«

Francesca wollte der Signora zu gern glauben. Sie lächelte ihre Schwiegermutter dankbar an und fasste an ihren gewaltigen Bauch. Das Kind schien sich gerade zu drehen, es veranstaltete einen ziemlichen Aufstand, so wie es sich anfühlte.

»Leg dich besser hin.« Die Signora fasste nach ihrem Arm und führte sie ins Schlafzimmer. »Ich werde zur Sicherheit nach der Hebamme schicken lassen. Bei dem Wetter sollten wir nicht bis zum letzten Moment warten.« Sie rief nach Ida und bat sie, die Hebamme zu rufen.

»Meinen Sie, dass das wirklich schon nötig ist?«, fragte Francesca, die gar nicht daran denken wollte, jetzt auch noch das Kind zur Welt zu bringen. Sie freute sich seit Wochen auf den Tag, an dem sie ihren Sohn oder ihre Tochter endlich in den Armen halten konnte, aber sie hatte sich nicht vorgestellt, dass es inmitten eines Unwetters geschehen sollte.

»Ich sagte doch, nur zur Sicherheit.« Die Signora half Francesca, sich aufs Bett zu legen. »Ich werde Ida sagen, dass sie zur Hebamme gehen soll, und Antonella bitten, dir einen Tee zu bringen.«

»*Grazie*, Signora«, murmelte Francesca und schloss die Augen.

Sie hörte, wie die Signora den Raum verließ. Es tat gut, sich ein wenig auszuruhen. Denn die Aufregung des Tages hatte sie doch mehr angestrengt, als sie gedacht hätte. Die Schwangerschaft forderte eben doch einen Tribut, auch wenn Francesca sich alles in allem nicht beklagen konnte. Sie hatte keine größeren Probleme gehabt in all den Monaten, außer der anfänglichen Übelkeit, die war aber irgendwann so plötzlich verschwunden, wie sie gekommen war.

Francesca döste ein. Im nächsten Moment fuhr sie aus dem Schlummer auf. Wieder bohrte sich etwas in ihren Unterleib und schien in ihr zu reißen und zu ziehen.

Sie keuchte auf und verzog schmerzhaft das Gesicht. Jetzt konnte sie es nicht mehr leugnen, das mussten die Wehen sein.

»Ich bringe dir Tee, Liebes.« Die Köchin kam mit einem dampfenden Becher ins Zimmer. Als sie Francescas Gesicht sah, hielt sie inne. »Hast du Schmerzen?«

Francesca nickte, während sie sich darauf konzentrierte, gleichmäßig zu atmen, wie es ihr die Hebamme erklärt hatte. Hätte sie nur besser zugehört! Aber sie hatte insgeheim angenommen, dass es schon nicht so schwer sein könnte, ein Kind auf die Welt zu bringen, und daher war sie nicht ganz bei der Sache gewesen. Jetzt verfluchte sie sich dafür.

»Ida ist losgegangen, um die Hebamme zu holen, denn die Telefonleitung scheint durch den Regen zusammengebrochen zu sein. Wir bekommen keine Verbindung.« Antonella setzte sich auf die Bettkante und nahm Francescas Hand. »Sie wird sicher rechtzeitig hier sein. Ich werde schon mal Wasser aufsetzen, Tücher holen und der Signora Bescheid sagen. Bis die Hebamme hier ist, werden wir beide dir helfen. Du brauchst keine Angst zu haben.«

Francesca nickte und biss die Zähne zusammen, um nicht zu zeigen, wie schmerzhaft diese Wehe gerade war.

Antonella verließ das Zimmer, und die Welle ebbte langsam ab. Francesca entspannte sich wieder etwas. Wenn nur Matteo zu Hause wäre! Sie sah zum Fenster, wo der Regen ungemindert weiter gegen die Scheibe trommelte.

Wenige Minuten später kehrten die Signora und Antonella zurück ins Zimmer. Die Köchin trug einen Stapel weißer Laken und Handtücher, die sie auf der Kommode neben der Tür ablegte.

»Erst einmal solltest du dein Kleid gegen ein Nachthemd tauschen«, erklärte die Signora energisch. Sie zog das weite Schwangerschaftsnachthemd unter dem Kissen hervor, auf dem Francesca gerade lag. Dann half sie ihr dabei, sich aus dem Umstandskleid zu quälen.

Als Francesca endlich umgezogen war, hatte bereits die nächste Wehe eingesetzt und trieb ihr den Schweiß auf die Stirn. Sie bemühte sich, ruhig zu bleiben, obwohl der Schmerz ihr Angst machte. Noch nie hatte sie etwas ähnlich Qualvolles durchgemacht, und sie fragte sich, warum es so viele Menschen auf dieser Welt gab, wenn die Frauen bei der Geburt solche Schmerzen durchleben mussten. Sie jedenfalls würde es sich gut überlegen, bevor sie sich noch einmal auf eine Schwangerschaft einließ.

Doch schon wenig später, als der Schmerz abgeklungen war, meldete sich die Vorfreude auf ihr Kind zurück. Nicht mehr lange, und es wäre geschafft. Dann konnte sie endlich den kleinen Wonneproppen in ihren Armen halten. Doch bis es so weit war, musste sie noch einiges überstehen.

Es klopfte an der Tür.

»Gott sei Dank! Die Hebamme!« Die Signora atmete auf und rief: »Sì, sì, kommen Sie nur herein.«

Doch anstatt der Geburtshelferin trat Ida unsicher ins Zimmer. »Signora, es tut mir leid, aber ich konnte nicht bis zur Hebamme durchkommen, weil die Straßen unter Wasser stehen. Ich kam irgendwann nicht mehr weiter.«

»*Dannato*, du musst es schaffen. Geh sofort wieder los, und komm nicht eher wieder, bis du die Hebamme erreicht hast«, zischte die Signora und ballte die Faust.

»Aber Signora, die Straßen sind gesperrt, selbst wenn ich schwimmen könnte, es ist zu gefährlich, und die Polizei lässt mich auch gar nicht durch.« Ida hob die Hände. »Ich habe es wirklich versucht …«

»Es ist gut«, mischte sich Antonella ein, bevor die Signora antworten konnte. »Natürlich sollst du dich nicht in Gefahr bringen, nicht wahr, Carla?«

Einen Moment lang wirkte die Signora hilflos. Dann sah sie Ida und Antonella entschlossen an. »Also schön, es sieht so aus, als müssten wir es allein schaffen. Es ist nicht damit zu rechnen, dass das Wetter in den nächsten Stunden besser wird.«

»Ich habe schon bei einigen Geburten geholfen, Signora.« Ida sah sie an. »Nicht dass ich wirklich Bescheid wüsste, aber ich habe viele Geschwister und war bei den Geburten meiner kleinen Schwestern und Brüder, aber auch bei denen meiner Nichten und Neffen dabei.«

»Sehr gut, gemeinsam werden wir das Kind schon auf die Welt holen.« Die Signora öffnete die Knöpfe ihrer Bluse am Handgelenk und krempelte die Ärmel hoch. »Francesca, du darfst jetzt keine falsche Scham an den Tag legen. Ich hebe jetzt dein Nachthemd an, denn ich muss nachsehen, wie es da unten aussieht.«

Francesca nickte. *»Naturalmente.«*

»Antonella, ich brauche Tücher, die wir unterlegen können, Ida, du hilfst mir.« Die Signora scheuchte die beiden mit Handbewegungen hin und her.

»Sì, Signora.« Ida trat auf die andere Seite des Bettes.

Die Signora hob vorsichtig die Decke an und beugte sich hinunter. Francesca stellte die Beine auf und spreizte sie, so gut es ging.

»Ich denke, es wird noch eine ganze Weile dauern, da scheint noch nichts geweitet zu sein.« Die Signora schob zwei Tücher unter Francescas Unterleib und legte dann die Decke wieder über ihre Beine.

Francesca sagte nichts, aber sie konnte sich nicht vorstellen, dass es noch besonders lange dauern würde, denn sie hatte so starke Schmerzen, dass es sich anfühlte, als würde das Kind jeden Moment auf die Welt kommen. Allerdings vergingen zwischen den Wehen immer mehrere Minuten, manchmal fast eine Viertelstunde. Das brauchte Francesca aber auch, denn sie musste sich jedes Mal von den unsäglichen Qualen erholen.

»Dein Tee, Liebes.« Antonella reichte ihr den Becher.

Francesca nippte an dem inzwischen abgekühlten Getränk, auch um den Mund zu befeuchten. Dann fragte sie: »Ist Matteo schon zurück?«

»Noch nicht.« Die Signora sah zum Fenster. »Und wenn die Straßen wirklich überschwemmt sind, kann ich mir auch nicht vorstellen, dass er noch kommt. Das Vernünftigste wird sein, dass er in der Fabrik übernachtet und erst morgen nach Hause kommt.«

Francesca sah ihre Schwiegermutter entsetzt an. Der Gedanke daran, nicht zu wissen, wo ihr Mann war, und die Geburt ohne sein Beisein durchstehen zu müssen, war unerträglich. Nicht dass Matteo im Zimmer gewesen wäre, natürlich war eine Geburt nichts für Männer, aber der Gedanke daran, dass er nebenan wartete, hätte sie beruhigt.

Doch in diesem Moment meldete sich die nächste Wehe und ließ sie sogar die Sorgen um Matteo vergessen. Sie konnte nur noch ans Atmen denken und an das kleine Wesen, das aus ihr herausdrängte.

Die nächsten Stunden kamen die Wehen in immer kürzeren Abständen, sodass Francesca sich kaum von der einen erholen konnte, da war schon die nächste da. Sie verspannte sich so sehr, dass ihr auch der Rücken schrecklich wehtat und sie nicht mehr wusste, wie sie sich legen sollte, um wenigstens ein bisschen Entspannung zu finden.

Obwohl die Wehen nun immer schneller aufeinanderfolgten, schien es nicht weiterzugehen. Francesca schrie vor Schmerzen laut auf, der Schweiß lief ihr in Strömen den Körper hinunter, und sie glaubte, mit jeder Wehe auseinandergerissen zu werden.

»Beim nächsten Mal müssen Sie pressen, Signora Milani«, erklärte Ida ihr irgendwann, die Sonne war inzwischen schon untergegangen. »Wenn Sie spüren, dass die nächste Wehe kommt, helfen Sie dem Kleinen, indem Sie pressen.«

»Ich kann nicht«, sagte Francesca, die vollkommen kraftlos war. Sie würde weder pressen noch sonst irgendetwas tun können.

»Sie müssen«, erklärte ihr das junge Hausmädchen. »Denn ohne Ihre Hilfe wird es für das Kind schwer werden.«

In diesem Moment rollte auch schon eine neue Welle der Schmerzen heran. Francesca schrie und krallte sich mit den Fingern im Bettlaken fest.

»Pressen!«, rief Ida.

»Ich …« Francesca hatte keine Energie mehr.

»Sie müssen pressen!«, schrie das Hausmädchen sie an.

Und auch wenn ihr der ganze Leib wehtat und sie müde und erschöpft war, presste Francesca mit all der Kraft, die sie in diesem Moment noch aufbringen konnte.

»Sehr gut«, rief Ida und beugte sich weiter vor. Sie drückte

Francescas Beine auseinander. »Weiter, nicht aufhören. Pressen Sie, ich sehe etwas.«

Sie sah etwas! Diese Worte beflügelten Francesca.

»Tatsächlich!«, rief auch die Signora, die sich in der letzten Stunde etwas zurückgezogen hatte, um der erfahreneren Ida den Vortritt zu lassen. »Das Köpfchen, man kann das Köpfchen sehen.«

»Jetzt nicht nachlassen«, ermahnte sie das junge Hausmädchen. »Weiter, Sie haben es gleich geschafft.«

Francesca hatte den Eindruck, einer Ohnmacht nahe zu sein, weil sie kaum noch etwas spüren konnte außer Schmerzen. Ihr ganzer Körper schien wund und zerrissen, kein Muskel, der nicht laut protestierte. Und doch presste sie so fest sie konnte, als die nächste Wehe über sie hereinbrach.

»Sì, sì, es ist da!« Vorsichtig hantierte Ida an Francescas Unterleib, ließ sich Schere und Bänder reichen.

Und dann vernahm Francesca den ersten Laut ihres Kindes, erst war es kaum mehr als ein leises Wimmern, doch bald schon schwoll es zu einem kräftigen Schrei an.

Ida reichte das kleine Wesen an die Signora weiter, die schon mit Tüchern bereitstand. Francesca streckte die Arme nach dem Kind aus, aber noch dauerte es, bevor sie das Kind halten durfte. Antonella hatte eine Schüssel mit warmem Wasser gebracht, und jetzt wurde das Kind dort von seiner Großmutter abgewaschen.

»Ein Mädchen.« Die Signora drehte sich lächelnd zu Francesca um. Ihre Augen schimmerten feucht. »Ihr habt eine wunderschöne Tochter bekommen.«

Wenige Minuten später war das kleine Mädchen in warme Tücher gehüllt, und die Signora reichte es Francesca, die es staunend betrachtete. Dann drückte sie es an sich und bedeckte das kleine Köpfchen mit Küssen. Was für ein Wunder!

Was für ein Meisterwerk! Die kleinen Finger und Zehen, der dunkle Flaum auf dem Kopf und die schwarzen Augen. Matteos Augen. Ein winziger Mensch. Tränen liefen Francesca übers Gesicht. Sie war unendlich müde, konnte aber den Blick nicht von ihrer Tochter nehmen.

Währenddessen hatte Ida die Nachgeburt entsorgt und die befleckten Tücher entfernt. Die Signora und Antonella hatten das Schlafzimmer aufgeräumt.

»Liebes, das Kind muss jetzt schlafen, und du solltest ein frisches Nachthemd anziehen und dich dann auch ausruhen.« Antonella nahm ihr das Neugeborene ab.

»No«, rief Francesca, »ich möchte sie noch ein bisschen halten.«

»Sobald du umgezogen bist«, erklärte Antonella in einem Ton, der keinen Widerspruch duldete. »Solange lege ich die Kleine in ihr Bettchen.«

Widerstrebend löste sich Francesca von ihrer Tochter und ließ sich von Ida und der Signora aus dem verschwitzten Nachtgewand helfen. Ida wusch sie gründlich mit warmem Wasser und trocknete sie anschließend mit einem weichen Leinentuch ab. Francesca ließ all das über sich ergehen, und als sie wenig später ein neues Nachthemd trug und in frischen Laken lag, fühlte sie sich deutlich besser. Nur ihr Unterleib schmerzte noch immer, aber der Gedanke an ihre kleine wunderschöne Tochter tröstete Francesca über die Qualen hinweg.

Dann durfte sie die Kleine noch ein paar Minuten im Arm halten, doch ihr fielen immer wieder die Augen zu, und als Antonella das Kind in das kleine Bettchen gleich neben Francesca legte, protestierte sie nicht, sondern schlummerte im nächsten Moment ein.

Sie erwachte wenig später durch ein Rütteln an ihrem Arm.

»Signora Milani, Sie sollten jetzt versuchen, die Kleine anzulegen«, hörte sie, wie von weit her, Idas Stimme.

Francesca blinzelte in das sanfte Licht der Stehlampe. Sie spürte, wie Ida ihr das kleine Mädchen reichte und ihr an die Brust legte.

Doch das Kind schien genauso wenig mit Francescas Brust anzufangen zu wissen, wie Francesca wusste, was jetzt zu tun war.

»Sie müssen Geduld mit ihr haben, bieten Sie es ihr immer wieder an.« Ida lächelte Francesca an. »Nur nicht aufgeben, bei meiner Nichte hat es auch lange gedauert, bis sie begonnen hat, zu saugen.«

»Ist das denn schlimm?«, krächzte Francesca. Ihr Hals war wund von den Schreien. »Muss sie nicht etwas trinken?«

»Doch, und das wird sie auch tun«, beruhigte Ida sie. »Wir lassen sie noch ein bisschen an Ihrer Brust liegen, und wenn sie jetzt nicht trinken will, versuchen wir es in ein oder zwei Stunden noch einmal.«

»Bleiben Sie denn hier?«, fragte Francesca und spürte, wie ihr die Augen schon wieder zufielen.

»Ja«, sagte Ida leise. »Um vier Uhr in der Nacht wird mich Antonella ablösen.«

»Danke«, flüsterte Francesca und vergrub ihre Nase in dem weichen Flaum des Köpfchens. Dann konnte sie sich an nichts mehr erinnern, sie musste eingeschlafen sein.

Das nächste Mal wurde sie von dem Geschrei ihrer Tochter wach. Ida hatte die Kleine schon auf dem Arm und reichte sie Francesca, damit die sie an die Brust legen konnte. Und tatsächlich begann das Mädchen auch ganz zaghaft zu saugen.

»Sie müssen es beide langsam lernen«, erklärte ihr das Hausmädchen. »Ihr Körper wird nach und nach mehr Milch produzieren.«

Die Kleine nuckelte immer stärker an Francescas Brustwarze. Tränen der Zuneigung und Rührung stiegen in ihr auf. In diesem Moment war sie so sehr von Liebe zu diesem Geschöpf erfüllt, dass ihr die Welt außerhalb des Schlafzimmers vollkommen egal geworden war. Sie versprach ihrer Tochter in diesem Moment in ihren stummen Gedanken, dass sie sie ein Leben lang lieben und auf sie achtgeben würde.

»Ich liebe dich«, murmelte sie immer wieder in den weichen Flaum des Köpfchens, während das Kind glucksend trank. Irgendwann schlief die Kleine ein, und Ida nahm Francesca das Mädchen ab, um sie in das Bettchen zu legen.

Begleitet von dem leisen Rauschen des Regens schlief Francesca ein.

Noch mehrere Male weckten Ida, und später Antonella, Francesca in den nächsten Stunden, damit sie ihre Tochter stillen konnte. Francesca nahm es kaum wahr, sie befand sich in einem seltsamen Zustand zwischen Schlaf und Wirklichkeit, aber die ganze Zeit erfüllte sie das warme Gefühl der unendlichen Liebe zu ihrem Kind. Noch nie hatte Francesca jemanden so intensiv geliebt wie dieses kleine Wesen.

Es war schon beinahe elf Uhr, als Francesca wieder geweckt wurde. Dieses Mal war es die Signora, die sich zu ihr hinabbeugte und ihr das Mädchen reichte. Inzwischen fand der kleine Mund Francescas Brust wie von allein, und das Kind begann sofort mit Inbrunst zu trinken. Bald darauf kam Antonella mit einem Frühstückstablett und stellte es auf den Tisch vor dem Fenster ab.

Nachdem Francescas Tochter getrunken hatte, nahm die Signora sie, um sie zu wickeln. Antonella half Francesca währenddessen aufzustehen, sodass Ida das Bett frisch beziehen konnte.

Jeder Schritt schmerzte. Ihr Körper war wund und aufgerieben. Francesca stöhnte leise auf, als sie zum Tisch hinüberwankte. Einen Moment lang blieb sie vor der Scheibe stehen und sah hinaus in den trüben Tag. Es hatte aufgehört zu regnen, auf der Straße standen große Pfützen.

Plötzlich wandte sie sich um. »Matteo! Wo ist er?«

Dass sie Matteo vollkommen vergessen konnte! Nicht einen Gedanken hatte sie an den Mann verschwendet, den sie so sehr liebte. Die Geburt, die Schmerzen und die Anstrengung hatten sie alles andere vergessen lassen.

»Er ist noch nicht nach Hause gekommen, Liebes«, erklärte Antonella und seufzte. »Vermutlich musste er in der Fabrik bleiben, die Straßen sind noch immer unpassierbar. Ich habe gerade mit einem Polizisten gesprochen, der die Via Rattazzi entlanggelaufen ist. Er sagt, wir sollen alle zu Hause bleiben, noch ist die Lage vollkommen unübersichtlich.«

»Aber Matteo hätte uns doch Bescheid gegeben, wenn er woanders übernachtete.« Francescas Magen krampfte sich zusammen. Plötzlich war ihr eiskalt vor Angst.

»Das kann er ja nicht«, beruhigte Antonella sie. »Schließlich sind die Straßen gesperrt, wenn er selbst nicht mehr durchkommt, kann er auch niemanden schicken. Und da in der ganzen Stadt die Telefonleitungen zusammengebrochen sind, kann er uns auch nicht anrufen.«

Das sah Francesca ein, und dennoch fühlte sie sich schuldig, weil sie Matteo in den letzten Stunden vollkommen vergessen hatte. Besorgt nahm sie am Tisch Platz und zwang sich, Kaffee zu trinken und etwas Weißbrot mit Crema Piemontese zu essen.

Als sie damit fertig war, hatte Ida das Bett komplett neu bezogen, und Francesca ließ sich in die frischen Laken fallen. Sie nahm ihr Kind und legte es an. Wieder begann das kleine Mündchen sofort zu saugen.

»Isabella«, sagte Francesca leise. »So werden wir dich nennen, wenn Matteo nichts dagegen hat.«

Sie hatten vorher immer mal wieder darüber nachgedacht, wie sie ihr Kind nennen wollten, und Matteo hatte erklärt, mit allem einverstanden zu sein. Er freute sich auf seinen Sohn oder seine Tochter und vertraute darauf, dass Francesca einen schönen Namen wählen würde.

Francesca hatte viele Namen in Erwägung gezogen, aber Isabella war nicht dabei gewesen. Erst jetzt, als sie das winzige Geschöpf in ihren Armen hielt, wusste sie plötzlich, dass Isabella der richtige Name für diesen kleinen Menschen war. Ida und Antonella gingen, um das Mittagessen vorzubereiten, und die Signora verschwand ebenfalls, um irgendetwas zu erledigen. Zum ersten Mal war Francesca mit ihrer Tochter allein. Sie konnte den Blick nicht von ihr wenden und küsste das kleine Gesichtchen immer wieder. Hin und wieder lauschte sie mit angehaltenem Atem in das stille Haus hinein, ob sie Matteos Schritte im Flur hören würde oder seine Stimme, die laut nach ihr rief. Er wusste ja noch nicht einmal, dass die Wehen bei ihr eingesetzt hatten, denn er war gerade weggefahren, als Francesca das erste Ziehen gespürt hatte. Er hatte also gar keine Ahnung davon, dass er inzwischen Vater geworden war.

Am Nachmittag halfen ihr die Signora und Antonella aufzustehen und begleiteten sie in den Salon, wo sie eine Weile mit der kleinen Isabella auf dem Arm saß und Kaffee trank.

»Gibt es immer noch keine Nachricht von Matteo?«, fragte Francesca die Signora, die ihr gegenüber auf dem Sofa saß.

Ihre Schwiegermutter schüttelte den Kopf und umklammerte den Griff ihrer zarten Kaffeetasse, die sie, samt Unterteller, in der Hand hielt. »Anscheinend sind die Straßen noch immer nicht passierbar. Antonella hat Ida gerade hinausgeschickt, damit sie sich ein Bild von der Lage macht.

Wenn sie gleich zurückkommt, werden wir sicherlich mehr wissen.«

Doch in den nächsten zwei Stunden erfuhr Francesca nichts Neues. Erst als sie alle um den Küchentisch saßen – das Essen fand heute schon um sechs statt, weil Francesca kein Mittagessen hatte haben wollen und die Signora der Meinung war, dass sie jetzt unbedingt etwas zu sich nehmen sollte –, trat die Hebamme in die Küche, dicht gefolgt von Ida.

»Signora Milani, es tut mir sehr leid, dass ich nicht bei Ihnen sein konnte, aber die Wetterlage ließ es nicht zu. Erst jetzt hat mich Ihr Hausmädchen erreicht und hergeholt. Sie sehen gut aus.« Die Hebamme trat neben Francesca und betrachtete sie.

»Danke, Signora.« Francesca wollte aufstehen, um die Frau ins Schlafzimmer zu begleiten, aber die Hebamme hob abwehrend die Hand.

»Bleiben Sie sitzen und essen Sie, Sie brauchen schließlich Kraft, um Ihr Kind zu stillen. Ich werde erst einmal das Kind untersuchen, wiegen und vermessen. Anschließend kümmere ich mich um Sie.« Sie hob das Kind aus dem Korb, der zwischen Antonella und Francesca stand, und verließ den Raum.

Ida servierte das Abendessen, doch Francesca, die gerade noch Hunger gehabt hatte, war der Appetit vergangen. Die Hebamme war hergekommen, warum war Matteo noch nicht bei ihr?

»Ida, wie sehen denn die Straßen aus? Und haben Sie irgendetwas von Signor Milani gehört?«, fragte sie das Hausmädchen, als es die Pasta servierte.

»No, leider nicht, Signora. Es sind noch immer nicht alle Straßen frei.« Das Mädchen lächelte sie entschuldigend an. »Ich hatte Glück, dass ich es endlich bis zur Hebamme geschafft habe.«

»Dann geht das Wasser aber langsam zurück?«, fragte Francesca hoffnungsvoll.

»Sì, südlich von uns ist alles wieder passierbar, aber in Richtung des Tanaro stehen die meisten Straßen noch immer unter Wasser, und ich habe gehört, dass der Pegel noch weitersteigt, weil das Wasser aus den Bergen jetzt in den Fluss läuft.«

»*Madonna mia!*«, murmelte die Signora.

»Dann kommt Matteo heute vielleicht wieder nicht nach Hause?« Francescas Blick wanderte zur Standuhr neben der Tür. Es war inzwischen fast halb sieben.

»Das kommt darauf an, wo er ist«, erklärte die Signora in scharfem Ton. »Wenn er auf der anderen Flussseite ist und die Straßen dort noch überflutet sind, wird er wohl kaum herkommen können.«

Francesca sog erschrocken über die Barschheit der Signora die Luft ein.

Die Signora presste die Lippen fest aufeinander, und zum ersten Mal konnte Francesca die Sorgen erkennen, die sich die Frau machte, auch wenn sie ihre Gefühle gleich wieder hinter der strengen Fassade verbarg.

Mit weicherer Stimme fuhr Signora Milani fort: »Er wird kommen, sobald es ihm möglich ist.«

Francesca nickte und zwang sich, die Nudeln zu essen. Auch wenn sie wusste, dass die Signora recht hatte, schaute sie immer wieder zur Tür, in der Hoffnung, er würde endlich hereinkommen.

Sie waren gerade mit dem Essen fertig, als die Hebamme zurückkam und Francesca holte. Isabella hatte sie in ihr Bettchen gelegt.

»Ihre Tochter ist gesund und wohlauf, Signora Milani«, erklärte ihr die Hebamme, während sie Francesca den Gang entlangführte. »Sie haben das großartig gemacht!«

»Danke, Signora«, sagte Francesca erleichtert.

Francesca legte sich aufs Bett und ließ sich nun selbst von der Hebamme untersuchen.

»Ihre Helferinnen haben wunderbare Arbeit geleistet«, sagte die Hebamme zufrieden, nachdem sie die Bettdecke über Francesca gebreitet hatte. »Es sieht so aus, als seien Sie auch ohne mich gut zurechtgekommen.«

»Unser Hausmädchen Ida war eine wertvolle Hilfe«, sagte Francesca lächelnd und nahm sich vor, Ida ein besonderes Geschenk zu kaufen, um sich bei ihr zu bedanken. »Sie hat wohl schon einigen Geburten beigewohnt und wusste genau, was zu tun war. Und doch hätte es mich sicher beruhigt, wenn Sie da gewesen wären.«

Die Hebamme nickte und schloss ihre Tasche. Dann sah sie sich suchend um. »Wo ist denn Ihr Mann? Ich habe den glücklichen Vater noch gar nicht gesehen.«

»Wenn ich das wüsste«, seufzte Francesca, und sofort breitete sich wieder Angst in ihr aus. »Er ist seit gestern Nachmittag nicht nach Hause gekommen. Wir vermuten, dass er in der Fabrik oder auf der anderen Seite des Tanaro festsitzt und noch nicht durchkommen kann.«

Die Hebamme verzog das Gesicht. »Hoffentlich geht es ihm gut. Ich habe schlimme Dinge gehört. Es soll viele Verletzte geben und auch Tote.«

»Wirklich?« Francesca schluckte. Zum ersten Mal hörte sie davon, dass Menschen ihr Leben bei diesem Unwetter verloren hatten. Ihr wurde kalt, und das Abendessen lag ihr mit einem Mal schwer im Magen. Bislang hatte sie nicht mit einem Gedanken daran gedacht, dass Matteo nicht wiederkommen könnte. Wenn sie nur wüsste, ob es ihm gut ging!

»Sie brauchen sich sicher keine Sorgen zu machen, Ihr Mann ist ein junger kräftiger Bursche, der wird sich schon zu helfen wissen.« Die Hebamme schien zu bereuen, dass sie Francesca von den Opfern erzählt hatte. Sie wandte sich zur Tür. »Bestimmt ist all das Gerede von den Toten und Verletzten auch maßlos übertrieben. Sie wissen ja, wie die Menschen sind, es wird alles dramatisiert. Bitte vergessen Sie, dass ich es überhaupt erwähnt habe. Ich bin morgen wieder bei Ihnen, und jetzt ruhen Sie sich aus.«

Natürlich konnte Francesca weder vergessen, was die Hebamme ihr gesagt hatte, noch konnte sie sich ausruhen. Sie betätigte die Klingel am Bett, und wenig später kam Ida.

»Bitte schick die Signora zu mir, ich habe keine Kraft, noch einmal aufzustehen.«

Das Mädchen deutete einen Knicks an und wollte wieder gehen, als Francesca sie aufhielt. »Warte, ich habe dir noch gar nicht richtig dafür gedankt, wie großartig du mir letzte Nacht geholfen hast. Ich glaube, ohne dich wären wir alle überfordert gewesen. Danke, Ida!«

»Das habe ich sehr gern getan, Signora.« Das Mädchen errötete und huschte aus dem Zimmer.

Kurz darauf trat die Signora ins Zimmer. Sie wirkte ein wenig verärgert, dass Francesca sie zu sich hatte rufen lassen. »Du hast nach mir verlangt?«

»Ich mache mir schreckliche Sorgen«, begann Francesca und wartete, bis die Signora neben ihrem Bett stand und einen Blick auf die friedlich schlafende Isabella in ihrem Bettchen geworfen hatte. »Die Hebamme hat gerade davon gesprochen, dass es auch Tote und Verletzte geben soll. Haben wir keine Möglichkeit, irgendwie von Matteo zu hören? Vielleicht könnten wir Ida bis zum Fluss schicken, und sie kann jemanden auf der anderen Seite fragen …?«

»Das ist lächerlich«, erklärte die Signora. »Ich glaube, du hast keine Vorstellung von dem Lärm, den der Fluss macht.

Ida käme zum einen gar nicht nah genug an den Fluss heran, und zum anderen würde niemand auch nur ein Wort von dem verstehen, was sie schreien würde.«

Francesca atmete tief ein und aus. »Aber was sollen wir denn sonst tun? Was ist, wenn Matteo …« Sie konnte den Satz nicht zu Ende sprechen, weil sie den Gedanken daran nicht ertrug.

»Hör auf, so einen Unsinn zu denken. Natürlich ist Matteo nichts passiert, und das wirst du schon noch früh genug erfahren, wenn er morgen hier auftaucht. So, und jetzt schlaf, ich will nichts mehr davon hören.«

Kapitel 11

Italien, Piemont, September 1948

6. und 7. September 1948

In dieser Nacht schlief Francesca kaum. Entweder hielten sie ihre Sorgen wach oder Isabellas Weinen. Immer wieder legte sie ihre Tochter an, doch sie schien nicht so recht zufrieden zu sein und schrie kurze Zeit später erneut. Ob sie die Unruhe ihrer Mutter spürte?

Francesca war beinahe erleichtert, als sie am nächsten Morgen von Antonella geweckt wurde. Es war schon hell draußen, aber noch immer hingen dunkle Wolken am Himmel. Wenn es jetzt wieder zu regnen begann, würde Francesca vollkommen verzweifeln. Denn dann würde der Flusspegel weiter steigen, anstatt zu sinken, und Matteo könnte noch immer nicht kommen. Doch noch war es trocken.

Beim Frühstück herrschte Schweigen. Francesca konnte aber die Sorge auf dem Gesicht der Signora deutlich erkennen, und die raue Art, mit der sie gestern Francescas Beunruhigung weggewischt hatte, rührte vermutlich von ihrer eigenen Angst her.

Isabella lag in ihrem Körbchen und quengelte leise vor sich hin. Als Francesca ihren Kaffee getrunken hatte, wollte sie gerade mit der Kleinen ins Schlafzimmer zurückkehren, um sie zu stillen, als die Hebamme eintraf.

»Haben Sie schon etwas von Ihrem Mann gehört?«, fragte die Frau, während sie Isabella auszog und auf die Waage legte, die sie mitgebracht hatte.

»No«, sagte Francesca leise.

Die Frau antwortete nicht, und das machte Francesca noch verrückter, als wenn sie ihrer Sorge laut Ausdruck verliehen hätte. Denn so dachte sie die ganze Zeit darüber nach, was die Hebamme vielleicht wusste und ihr verschwieg. Hatte sie irgendwas gehört? War ihrem Mann etwas zugestoßen?

Irgendwann hielt Francesca es nicht mehr länger aus und fragte die Frau, was sie an Neuigkeiten mitbekommen hatte.

»Nicht viel, Signora. Sie suchen nach Vermissten, soweit ich weiß.« Die Hebamme zog Isabella wieder an.

»Nach Vermissten?« Francesca fasste sich erschrocken an die Kehle. War Matteo auch vermisst? Mussten sie sich darum kümmern, dass auch nach ihm gesucht wurde? Oder war er in der Fabrik in Sicherheit und wartete darauf, dass der Wasserpegel sank?

Francesca stand auf und lief zum Fenster, wo sie auf die Straße hinuntersah. Noch immer standen Pfützen auf dem Asphalt, aber es war eindeutig weniger Wasser als zuvor. Mit den Händen auf die Fensterbank gestützt sagte sie: »Wenn man nur endlich wieder auf die andere Flussseite gelangen würde. Ich befürchte, dass Matteo dort festsitzt, seit er die Sandsäcke holen wollte.«

»Oh, ich glaube, der Weg ist seit heute Morgen wieder frei«, erklärte die Hebamme.

Francesca sah sie überrascht an. Erleichterung durchflutete sie. »Tatsächlich? Dann müsste Matteo ja jeden Moment wieder hier auftauchen.«

»Bestimmt ist er in Kürze wieder bei Ihnen«, sagte die Hebamme, bevor sie Francesca bat, sich aufs Bett zu legen.

Doch es wurde Mittag, und Matteo war noch immer nicht zurückgekehrt. Der Nachmittag kam, und noch immer gab es kein Lebenszeichen von ihm. Irgendwann gegen vier Uhr stand Francesca entschlossen aus dem Sessel im Salon auf. »Ich werde mich anziehen und hinausgehen, um nachzuschauen, wie es draußen aussieht. Denn wenn die Hebamme recht hat, müsste Matteo doch längst wieder bei uns sein.«

Die Signora sah von ihrer Stickarbeit auf. Sie zog die Brauen zusammen, sodass eine steile Falte zwischen ihren Augen entstand. Einen Moment lang glaubte Francesca, dass sie ihr widersprechen wollte, doch dann sagte sie: »Du hast recht, er müsste wieder zurück sein, wenn die Straßen inzwischen tatsächlich frei sind. Aber du kannst auf keinen Fall gehen, du liegst im Wochenbett, auch wenn du dich erstaunlich wenig im Bett aufhältst.« Die Signora legte ihre Handarbeit auf das kleine Tischchen neben sich und stand auf. »Ich werde gehen, zusammen mit Ida oder Antonella. Eine der beiden soll hier bei dir bleiben, die andere sucht mit mir nach Matteo.«

»*Grazie*, Signora«, murmelte Francesca leise. Plötzlich stieg Zuversicht in ihr auf. Endlich ging es vorwärts, endlich konnten sie etwas tun. Sie folgte der Signora in die Küche, wo sie zuhörte, wie ihre Schwiegermutter Antonella und Ida ihr Vorhaben vortrug. Isabella wurde von der Signora im Weidenkorb getragen, den sie jetzt auf den Küchentisch stellte.

»Das hört sich vernünftig an«, sagte die Köchin. »Ida, am besten gehst du mit der Signora nach Matteo suchen, während Francesca mir mit dem Abendessen hilft. Denn wenn ihr zurückkommt, werdet ihr durchgefroren sein, und wir können dann alle eine heiße Suppe mit frischem Brot vertragen.«

Francesca war klar, dass Antonella sie beschäftigen wollte, denn natürlich würde die Köchin die Suppe auch ganz wunderbar ohne ihre Hilfe zubereiten können, doch während sie den Hefeteig knetete, spürte sie, dass die Anspannung etwas nachließ. Es half ihr, mit den Händen zu arbeiten, und lenkte sie von ihren Gedanken an Matteo ab. Als Isabella aufwachte, stellte sie den Teig an den warmen Ofen, damit er aufging, und setzte sich mit ihrer Tochter an den Küchentisch. Währenddessen schnitt Antonella Bohnen und Möhren für die Minestrone.

»Glaubst du, dass es ihm gut geht?«, fragte Francesca die Köchin.

Die alte Frau sah von ihrer Arbeit auf und betrachtete Francesca eine Weile. Dann seufzte sie. »Nein, denn wenn alles in Ordnung wäre, hätte er längst alles darangesetzt, zu uns zu kommen. Er hätte uns nicht so lange im Ungewissen gelassen.«

Francesca sah die Köchin entsetzt an. »Dann glaubst du, er ist …«

»Nein, mein Kind, er muss nicht gleich tot sein. Aber vielleicht ist er in der oberen Etage der Fabrik eingeschlossen oder sonst irgendwie in einer misslichen Lage. Auf jeden Fall kann er uns nicht kontaktieren, denn das hätte er sonst längst getan.« Sie nahm wieder das Messer auf und schnitt weiter.

Francescas Herz krampfte sich zusammen. Es gab keine zweite Etage in der Fabrik. Wenn Matteo wirklich vom Wasser eingeschlossen worden war, hatte er gar nicht weiter nach oben fliehen können.

Die beiden Frauen sprachen nicht viel, während sie auf die Signora und Ida warteten. Mehrmals fragte Antonella, ob sich Francesca nicht lieber hinlegen wolle, schließlich war es noch keine zwei Tage her, dass sie ein Kind geboren hatte. Zwei

Tage also auch, seit Matteo verschwunden war. Aber Francesca wollte nicht ins Bett, sie musste hier in der Küche bleiben, bei Antonella, wo sie Neuigkeiten sofort erfahren würde.

Stunde um Stunde verging, und die Zeit schien sich auszudehnen. Als es acht Uhr schlug und die beiden Frauen noch immer nicht nach Hause gekommen waren, konnte Francesca die Tränen kaum mehr zurückhalten. Um kurz vor neun hörten sie endlich Schritte in der Diele, und sie liefen der Signora und dem Hausmädchen entgegen.

»*Mamma mia!*«, rief Antonalla. »Warum hat das so lange gedauert? Kommt in die Küche.«

»Was habt ihr erfahren? Wo ist Matteo?«, fragte Francesca und drückte Isabella fest an sich.

»Lasst uns erst einmal zur Ruhe kommen«, antwortete die Signora und ließ sich von Ida aus dem Mantel helfen. »Ich bin vollkommen durchgefroren und erschöpft.«

»Ich habe für uns alle in der Küche gedeckt«, sagte Antonella und sah die Signora besorgt an.

Ida verschwand nach oben, um sich den feuchten Mantel auszuziehen und einen trockenen Rock anzuziehen.

Beklemmung stieg in Francesca auf. Sie spürte immer deutlicher, dass etwas nicht in Ordnung war. Matteo war inzwischen seit zweieinhalb Tagen verschwunden, und die Signora wollte nichts sagen. Das konnte nichts Gutes zu bedeuten haben. Die Beklemmung wandelte sich in Panik, und Francesca zwang sich, Ruhe zu bewahren. Sie atmete tief durch. Was auch immer geschah, es ging nicht mehr nur um sie allein. Sie war für ihre Tochter verantwortlich und durfte jetzt nicht in blinde Verzweiflung fallen. Und außerdem hatte sie ja noch gar nicht gehört, was die Signora erfahren hatte. Sie ging also in die Küche, wo ihre Schwiegermutter schon Platz genommen hatte. Antonella stellte gerade den großen Topf mit der dampfenden Gemüsesuppe auf den Tisch. Einen Augenblick später war auch Ida da, die sofort zur Schöpfkelle griff und allen auftat. Das frische Weißbrot, das Francesca gebacken hatte, lag in einem Korb, und nach einem kurzen Tischgebet aßen alle schweigend ihre Suppe. Isabella schlummerte im Korb neben Francesca und wirkte friedlich.

Das Schweigen war kaum auszuhalten. Francesca hatte so viele Fragen, sie wollte unbedingt wissen, wie es draußen aussah, ob die Straßen wieder frei waren, wie die Fabrik den Regen überstanden hatte und natürlich, ob und was sie über Matteo erfahren hatten.

Erst als die Signora ihren Teller geleert hatte, lehnte sie sich zurück und begann zu erzählen. »Die Straßen sind wieder passierbar, aber sie sehen noch immer schrecklich aus. Schlamm und Unrat überall, der Tanaro hat alles mit sich gerissen, was sich ihm in den Weg gestellt hat.«

Francesca hatte den Atem angehalten, als sie gehört hatte, dass die Straßen wieder frei waren. »Und Matteo? Wo ist er?«

»Ich weiß es nicht«, erklärte die Signora und sah Francesca verzweifelt an. »Wir haben keine Spur von ihm gefunden.«

»Waren Sie auch bei der Fabrik?«, fragte Francesca.

»Sì.« Die Signora fasste nach Francescas Hand. »Ich fürchte, ich habe keine guten Neuigkeiten. Die Fabrik steht unter Wasser. Die Maschinen, die Halle, die Büros, alles ist überschwemmt worden, aber das Wasser läuft langsam wieder ab.«

»Und Matteo?«, fragte Francesca, der die Fabrik in diesem Moment vollkommen egal war. Sie umklammerte die Hand der Signora.

Die Signora sah Francesca ernst an, und sie erkannte die Angst, die in ihr wütete. »Kein Hinweis auf ihn, nicht die geringste Spur.«

»Und der Fiat? Stand sein Auto vor der Fabrik?«, rief Francesca mit Panik in der Stimme.

»No.« Die Signora schürzte die Lippen. »Das Auto war nicht zu sehen. Wir haben die Leute gefragt, die in der Nähe der Fabrik aufgeräumt haben, aber niemand wusste etwas über Matteo. Er ist wie vom Erdboden verschwunden.«

»*Oh dio mio!*« Francesca bekreuzigte sich. Jetzt konnte sie die Verzweiflung nicht mehr zurückhalten. »Es muss ihm etwas zugestoßen sein. Er wäre doch längst nach Hause gekommen. Vielleicht ist er irgendwo in der Fabrik eingeschlossen? Der Schlamm hat die Tür blockiert, und er kann nicht raus.« Francesca stand auf. »Wir sollten sofort zur Fabrik und noch einmal nach ihm suchen.«

»Setz dich wieder hin, Francesca.« Die Signora streckte die Hand nach ihr aus und zog sie zurück auf den Stuhl. »Wir waren bei der Fabrik. Zwar nicht im Inneren des Gebäudes …«

»Das muss es sein«, rief Francesca. »Er ist bestimmt in einem der Büros eingeschlossen.«

»Und wir waren bei der Polizei. Sie werden jetzt nach Matteo suchen, und es ist schon eine Mannschaft von Rettungskräften zur Fabrik unterwegs, die nach Matteo sucht. Ich habe ihnen auch gesagt, dass er Sandsäcke auf der anderen Flussseite besorgen wollte. Die Polizei wird überall suchen.« Die Signora sah sie eindringlich an.

Francesca starrte ihre Schwiegermutter an. Ihr war eiskalt geworden. »Können wir denn nichts tun? Nur hier sitzen und warten?«

»Ich fürchte, so ist es«, sagte die Signora. »Die Männer haben ganz andere Geräte, sie können sich ihren Weg durch den Schlamm bahnen. Wir müssen abwarten, so schwer es uns auch fallen mag. Es wird im Moment von acht Toten gesprochen …«

Francesca sog erschrocken die Luft ein. Sie begann zu zittern. »Acht Tote?«

»Und dazu all die Menschen, die ihre Häuser verloren haben. Noch ist das ganze Ausmaß der Katastrophe gar nicht absehbar.«

Francesca schlug die Hände vors Gesicht. Sie war in einem entsetzlichen Albtraum gelandet. Wenn Matteo doch nur zu Hause geblieben wäre, wenn er doch nur nicht noch einmal zur Fabrik gefahren wäre. Sie hörte ein Knarren und wandte sich sofort zur Tür herum. Matteo! Im nächsten Moment würde er durch die Tür kommen und ihnen erklären, warum er so lange nicht hatte nach Hause kommen können. Aber nichts geschah. Es war nur das alte Holz, das durch die Feuchtigkeit der letzten Tage gearbeitet hatte.

»Wir sollten zu Bett gehen.« Antonella nahm den Suppentopf und trug ihn hinüber zum Herd. »Wir sind alle erschöpft.«

Die Signora sah Antonella mit leerem Blick an. Erschöpfung und Angst lagen auch in ihren Zügen. »Wir können im Moment nichts tun.«

»Es wird alles gut werden«, sagte Francesca, mehr zu sich selbst als zu den anderen. »Es gibt eine vernünftige Erklärung, warum wir nichts von ihm gehört haben und warum er noch nicht bei uns ist.«

In dieser Nacht schlief Francesca so gut wie gar nicht. Isabella und ihre Sorgen hielten sie abwechselnd wach. Sie stand um sechs Uhr auf, nachdem sie ihre Tochter gestillt und frisch gewickelt hatte, wusch sich und zog sich an. Dann ging sie mit dem Kind zu Antonella und Ida in die Küche, um nicht mit ihren Gedanken allein sein zu müssen.

Antonella sagte nichts, als sie Francesca in die Küche kommen sah. Den Korb mit der schlafenden Isabella hatte Francesca auf die Bank gestellt.

Schweigend reichte Antonella Francesca eine Tasse mit Kaffee und die Schüssel mit dem Teig, der bereits aufgegangen war. Wortlos begann Francesca daraus Brote zu formen. Wie so oft half es ihr, mit den Händen zu arbeiten.

Als die Brote im Ofen waren, ging sie nach unten in die Backstube, in der sie schon lange nicht mehr gewesen war, weil Matteo und sie in der letzten Zeit meist in der Fabrik beschäftigt gewesen waren.

Doch sobald sie die Backstube betrat, überfielen sie all die Erinnerungen an Matteo. Der Duft nach Gebackenem, nach Vanille, Schokolade und Zimt hing noch in der Luft, war so vertraut und verstärkte zugleich ihre Furcht. Verzweiflung, Angst und Trauer nahmen ihr einen Moment lang den Atem. Nur Isabella, die zufrieden in ihrem Korb lag, riss sie aus ihrer Lethargie, in die sie einen Moment lang verfallen war. Francesca stellte das Körbchen mitten auf den großen Arbeitstisch, der zentral im Raum stand. Dann begann sie Schokolade zu schmelzen und Haselnüsse zu rösten. Als es Zeit fürs Frühstück war, ging sie mit Isabella, die inzwischen wieder aufgewacht und hungrig geworden war, nach oben. Nachdem sie das Kind gestillt und gewickelt hatte, war es beinahe neun.

Um fünf am Nachmittag kam Angelina aus dem Café herauf und brachte zwei Polizisten mit.

»Die Herren wollen zu dir, Francesca«, sagte sie und sah ihre Freundin besorgt an.

Francesca erstarrte einen Moment. Ihr Mund war trocken, ihr Herzschlag hallte laut in ihren Ohren.

»Sì? Ich bin Francesca Milani, haben Sie Neuigkeiten von meinem Mann Matteo?«, fragte sie und hörte selbst, wie unnatürlich hoch ihre Stimme klang.

»Wir sollten uns vielleicht irgendwohin setzen«, schlug einer der beiden vor.

Francesca sog erschrocken die Luft ein. Sie strauchelte, und im nächsten Moment war Angelina an ihrer Seite, um sie zu stützen. Plötzlich hatte sie eine fürchterliche Vorahnung.

»Francesca, ich bin ganz allein unten.« Angelina zögerte.

»Schon gut«, sagte Francesca schnell. »Geh ruhig.«

Zögernd machte sich die Kellnerin wieder auf den Weg. Francesca konnte sehen, dass es ihrer Freundin nicht leichtfiel, sie in dieser Situation allein zu lassen, doch sie hatten einen Betrieb, der weiterlaufen musste.

»Ins Wohnzimmer vielleicht?«, schlug der zweite Polizist vor.

»Ja … sicher … der Salon«, stotterte Francesca und konzentrierte sich darauf, einen Schritt vor den anderen zu setzen. Zitternd öffnete sie die Tür.

Als sie zur Seite trat, um die beiden Polizisten eintreten zu lassen, schwankte sie, sodass einer der Männer ihren Arm griff.

»Möchten Sie vielleicht noch jemanden dazu bitten?«, schlug der eine Polizist vor.

Francesca zuckte zusammen, dann nickte sie. »Meine Schwiegermutter. Ich hole sie.«

Schnell wankte sie auf den Flur hinaus. Schweiß stand ihr auf der Stirn. Auch wenn die beiden Männer noch kein Wort über den Grund ihres Besuchs gesagt hatten, wusste sie intuitiv, dass ihr Auftauchen nichts Gutes verhieß. Irgendwie schaffte sie es bis zu dem kleinen Büro der Signora.

»Signora Milani«, sagte sie, sobald sie, ohne zu klopfen, ins Zimmer getreten war.

Die Signora saß am Schreibtisch und blickte auf. Sorge stand ihr ins Gesicht geschrieben. Sie stand auf. »Francesca? Was ist passiert?«

»Da sind zwei Polizisten, die wollen mit uns reden«, stieß Francesca atemlos aus. »Im Salon.«

Einen Moment lang hielt die Signora inne, ohne ein Wort zu sagen. Dann atmete sie tief durch und strich über ihr Kleid.

Francesca ließ die Signora vorgehen und tastete sich an der Wand entlang zum Salon. Ihr war eiskalt, die Hände zitterten, der Hals war trocken.

Als sie eintraten, standen die beiden Polizisten noch immer unschlüssig im Raum.

»Ich bin Signora Milani, die Mutter von … Ich nehme an, Sie kommen wegen meinem Sohn, Matteo?« Ohne die Antwort abzuwarten, deutete sie auf das Sofa. »Bitte.«

Die Polizisten warteten, bis die Signora und Francesca in den zwei Sesseln, die an dem niedrigen Tischchen standen, Platz genommen hatten, bevor sie sich ebenfalls setzten.

»Also?«, fragte die Signora, die mit geradem Rücken auf der Kante des Sessels saß.

Der eine Polizist räusperte sich. »Sie vermissen Ihren Ehemann und Sohn Matteo Milani, ist das richtig?«

Die Signora nickte ungeduldig.

»Sì«, krächzte Francesca. Übelkeit stieg in ihr auf. Der Schweiß kitzelte, als er zwischen ihren Brüsten in den BH sickerte. Sie zitterte vor Kälte.

»Hat Ihr Mann einen Fiat 1100?«, fragte der andere Polizist.

»Sì«, antwortete die Signora dieses Mal.

»Ich muss Ihnen leider mitteilen, dass ein Fiat 1100 bei Barbaresco gefunden worden ist. Er muss vom Wasser mitgerissen worden sein und hat sich da an einer Böschung, kurz vor der Brücke, verfangen.« Er machte eine Pause und schien sich zu sammeln.

Francescas Finger krampften sich in den Brokatstoff der

Sessellehne. Ihr Atem ging schnell, und Schwindel stieg in ihr auf.

»Es befand sich eine leblose Person in dem Wagen, ein Mann, auf den die Beschreibung Ihres Ehemanns und Sohnes passt. Eine Wiederbelebung war nicht mehr möglich, es konnte nur noch sein Tod festgestellt werden.« Der Polizist sah sie mitfühlend an.

Doch Francesca nahm die Worte zunächst kaum auf. Sie hatte sie gehört, hatte sie erwartet, und doch drangen sie in diesem Moment nicht zu ihr durch. Sie starrte den Polizisten an.

Der zweite Polizist sprach weiter, aber seine Worte erreichten Francesca ebenfalls nicht. »Durch das Hochwasser war die Böschung die ganze Zeit nicht zugänglich, wir nehmen an, dass Ihr Mann schon am Samstag, kurz nach seinem Verschwinden, von den Wassermassen mitgerissen worden und gestorben ist. Aber erst heute Morgen ist das Auto entdeckt worden.«

Francesca wusste hinterher nicht mehr, was als Nächstes geschehen war. Irgendwann am nächsten Tag waren sie und die Signora zu einem Polizeigebäude gebracht worden. Durch lange Flure und über dunkle Treppen ging es in einen Keller. Da war chemischer Geruch gewesen, und sie waren durch weiß geflieste Gänge geführt worden. Auf einem Metalltisch hatte ein Mann gelegen. Wächserne Haut mit bläulichem Schimmer. Als ein Arzt in weißem Kittel sie fragte, ob das ihr Mann sei, schüttelte Francesca den Kopf, weil er nicht aussah wie Matteo. Nichts erinnerte an den wunderschönen, warmherzigen, starken, liebevollen Matteo.

Doch die Signora hatte ihr widersprochen und bestätigt, dass es sich um ihren Sohn handelte. Irgendwie waren sie wieder zurück in die Via Rattazzi gekommen. Antonella und Ida waren da gewesen und hatten sie ins Bett geschickt. Sie wollte Isabella stillen, aber es floss keine Milch. Antonella hatte die Kleine aus der Flasche gefüttert und Francesca gezwungen, äußerst süßen Kräutertee zu trinken. Und dann war sie eingeschlafen.

Als sie wach wurde, schien die Sonne. Einen Moment lang hatte sie keine Erinnerung an die letzten Tage. Nur ein dumpfes Gefühl sagte ihr, dass etwas Schlimmes geschehen war. Sie setzte sich auf und sah das leere Kinderbettchen.

Ein heftiger Stich durchfuhr sie. Wo war ihre Tochter? Sie sprang aus dem Bett, und in diesem Moment kam alles wieder. Die Polizisten, der kalte geflieste Raum, in dem Matteo gelegen hatte. Matteo, den sie zunächst gar nicht erkannt hatte.

Er war tot!

Ertrunken, eingeschlossen in dem Fiat, der tödlichen Falle. In ihrem Kopf breitete sich ein schrilles Pfeifen aus, sie sackte in sich zusammen und fiel auf den Boden. Dann stieß sie einen Schrei aus, Tränen quollen hervor. Matteo war fort, er würde nie wieder zurückkommen. Sie sehnte sich so sehr nach seinem Trost, nach seiner Umarmung, nach seinem Lächeln und Zuspruch.

»Liebes.« Antonella kam ins Zimmer gelaufen und half ihr auf die Beine. Dann schloss sie sie in ihre Arme. Lange hielt die alte Köchin sie fest, und beide Frauen weinten um Matteo. Francesca spürte die Trauer, die sie um ihren Mann empfand, auch bei der Köchin. Für sie musste es ebenso ein schlimmer Verlust sein, schließlich hatte sie Matteo schon als Kind gekannt, sie hatte ihn aufwachsen und zum Mann heranreifen sehen. Matteo musste für Antonella fast wie ein eigener Sohn sein. Doch all diese Gedanken änderten nicht, dass Francescas Körper vor Verzweiflung schmerzte.

»Du musst dich anziehen und etwas essen. Du hast den ganzen gestrigen Tag verschlafen, aber ich habe dich nicht wecken wollen.« Die alte Frau löste sich von ihr und strich sich über das nasse Gesicht. Francesca erschrak, als sie die geröteten Augen sah. Wie viele Tränen hatte Antonella in den letzten Stunden vergossen?

»Isabella?«

»Es geht ihr gut. Ich habe dir geholfen, sie hat gestern genug Milch bekommen, dein Körper hat funktioniert.«

Sie ließ sich von ihr beim Ankleiden helfen. Dann folgte sie der Köchin in die Küche, wo Isabella in ihrem Korb lag. Als Francesca ihre Tochter sah, stürzte sie auf das Körbchen zu und hob das schlafende Kind hoch, um es an sich zu drücken. Sie küsste wieder und wieder das kleine Köpfchen und sog den süßen Neugeborenenduft tief in sich ein. Die Kleine regte sich, wachte aber nicht auf, sondern schmiegte sich nur an den warmen Körper ihrer Mutter.

Während Antonella Suppe aufwärmte, setzte sich Francesca an den Küchentisch und liebkoste ihr Kind. Sie wollte nicht nachdenken, einen weiteren Moment noch die Augen vor der Wirklichkeit verschließen.

Doch wenige Minuten später erschien Angelina in der Küche. Sie setzte sich einen Moment lang still neben Francesca und sah sie mit Tränen in den Augen an. Dann strich sie sanft über Isabellas winzigen Arm. Mit tränenerstickter Stimme flüsterte sie: »Ich weiß gar nicht, was ich sagen soll. Es ist entsetzlich. Nur gut, dass du Isabella hast, so kannst du dich immer an ihn erinnern.«

Francesca lächelte traurig. Isabella war tatsächlich ein Trost. Wenn sie ihre Tochter nicht gehabt hätte, sie wüsste nicht, wie sie mit dem Verlust umgehen sollte. Aber das Kind war der Grund für Francesca weiterzumachen, und sie musste auch für Isabella die Fabrik retten. Schließlich war es Matteos und ihr großer Traum gewesen, aus ihrer Crema Piemontese einen Verkaufsschlager zu machen, der irgendwann einmal auf den Frühstückstischen von ganz Italien zu finden sein sollte. Und das musste sie weiterführen, nachdem der Start so verheißungsvoll gewesen war. Denn eines Tages wollte sie Isabella all das übergeben können, damit auch sie in dem Beruf und Unternehmen ihrer Vorfahren arbeiten konnte. Francesca wusste, dass es schwer werden würde, ohne Matteo, der so viel mehr wusste als sie, der so viel mehr Erfahrung und Kontakte hatte, aber sie hatte dieselbe Leidenschaft für ihre Erfindung, dieselbe Liebe zur Backkunst und Konditorei, dass sie es schaffen würde.

Francesca küsste das kleine Köpfchen und nahm sich in diesem Moment vor, dass sie Isabella die beste Schulbildung ermöglichen wollte, damit sie eines Tages all das wusste, was sie brauchte, um als Unternehmerin zu bestehen.

Doch zuerst war noch viel Arbeit zu erledigen. Sie musste sich selbst einen Überblick verschaffen, nachsehen, wie die Fabrik das Hochwasser überstanden hatte.

»Also gut.« Sie atmete tief durch und strich sich mit einer Hand über die feuchten Wagen.

»Signora, in der Diele steht Signor Viarengo.« Ida war in die Küche getreten und wich Francescas Blick aus. Das Hausmädchen schien nicht zu wissen, wie sie mit der jungen Witwe umgehen sollte.

»Sehr gut.« Francesca stand auf. Der Vorarbeiter kam ihr gerade recht. Sie musste mit ihm zur Fabrik fahren.

Francesca ließ Isabella bei Antonella in der Küche und ging in die Diele hinaus.

»*Buongiorno*, Signora Milani.« Signor Viarengo hatte an dem bunten Fenster gestanden. »Mein aufrichtiges Beileid, ich bin zutiefst geschockt. Ich hatte keine Ahnung, dass Ihr Mann … Aber ich habe ihn am Samstag gar nicht mehr gesehen. Wie vereinbart hatte ich noch gewartet, bis die letzten Maschinen durch waren und die Arbeiter gegangen waren. Da Ihr Mann bis dahin noch nicht wieder da war, bin ich davon ausgegangen, dass er es sich vernünftigerweise anders überlegt hatte und doch zu Hause geblieben war. Ich habe zugesehen, dass die Arbeiter und auch ich schleunigst dort wegkamen, denn das Wasser stand schon einige Zentimeter hoch auf dem Parkplatz.«

»Es ist nicht Ihre Schuld, Signor Viarengo.« Francesca schluckte gegen die Tränen an, die schon wieder in ihr aufstiegen. »Ich möchte Sie bitten, mich zur Fabrik zu bringen, damit ich mir einen Überblick verschaffen kann.«

»Sie wollen …? *Scusi*, Signora, aber ich hatte vor, mit Ihnen das weitere Vorgehen zu besprechen und Sie dann in Ihrer Trauer allein zu lassen.« Der Vorarbeiter drehte nervös seinen Hut in den Händen.

»No.« Francescas zwang sich, die Fassung zu wahren. »Es ist unser Betrieb, ich muss mich selbst darum kümmern.«

Signor Viarengo schüttelte den Kopf. »*Scusi*, Signora, aber sind Sie sicher, dass Sie dem auch gewachsen sind? Die Fabrik hat sehr unter dem Hochwasser gelitten.«

Francesca schloss einen Moment die Augen, dann öffnete sie sie wieder. »Ich muss es mir selbst ansehen«, sagte sie leise, aber entschlossen.

Signor Viarengo nickte zögernd. »Gestern hat es kaum einer der Arbeiter geschafft, zur Fabrik zu kommen, weil die Straßen erst im Laufe des Tages wieder passierbar waren. Daher habe auch ich erst heute nachsehen können, was passiert ist. Es sieht verheerend aus, und ich bin nicht sicher, wie wir vorgehen sollen.«

»Sie sind mit dem Auto hier?«, fragte sie.

Signor Viarengo nickte.

»Geben Sie mir nur ein paar Minuten, um meine Tochter zu versorgen, dann bin ich bereit. Unser Hausmädchen wird Ihnen einen Kaffee bringen.«

»*Grazie*, Signora, und herzlichen Glückwunsch zur Geburt Ihres Kindes.« Signor Viarengo sah sie mit einem traurigen Lächeln an.

Francesca nickte ihm zu und ging dann in die Küche.

Antonella stand am Herd und rührte in zwei Kochtöpfen.

»Ihr müsst mir einen Gefallen tun«, erklärte Francesca der Köchin. »Ich muss dringend zur Fabrik. Bitte passt auf Isabella auf, ich bleibe nicht lange weg.«

»Aber … glaubst du, dass das gut ist? Jetzt? In deiner Verfassung?« Antonella sah sie erschrocken an.

»Die Fabrik war Matteo sehr wichtig, und ich muss sie für ihn retten.« Francesca nahm die Hand der Köchin. »Ich werde Isabella jetzt wecken und stillen, dann sollte sie mindestens zwei Stunden satt sein, vielleicht auch drei. Und dann bin ich auf jeden Fall wieder zurück.«

»Na schön«, sagte die Köchin. »Ich werde Ida bitten, die Kleine zu übernehmen.«

»Danke, Antonella.« Francesca drückte der Köchin die Hand und zog sich dann in ihr Schlafzimmer zurück, um Isabella zu stillen. Sie war gerade fertig, als die Hebamme kam.

»Es tut mir leid, aber ich muss jetzt dringend fort«, erklärte sie der verwunderten Frau, als sie sie in der Diele traf. Sie deutete auf das Hausmädchen neben sich, das den Korb mit dem Kind in der Hand hielt. »Ida passt auf Isabella auf. Vielleicht kann sie Ihnen behilflich sein.«

»Aber ich bin in erster Linie wegen Ihnen gekommen«, protestierte die Hebamme. »Ich muss Sie untersuchen …«

»Ich habe keine Zeit mehr fürs Wochenbett, befürchte ich.« Francesca seufzte und spürte die Last ihrer Worte. »Mein Mann ist gestorben, und unsere Fabrik ist überschwemmt. Ich muss mir ein Bild von der Lage machen.«

»Mein Beileid, Signora«, rief die Hebamme ihr nach, aber Francesca hatte das Zimmer schon verlassen.

Zusammen mit Signor Viarengo verließ sie das Haus. Als sie auf die Via Rattazzi traten, fiel Francesca sofort der Gestank auf. Es lag der Geruch von Moder und Fäulnis in der Luft. Ansonsten sah hier alles recht unauffällig aus. Einige abgebrochene Zweige der Bäume, die auf dem Platz standen, waren an den Straßenrand gespült worden. Die Stühle vor dem Café Alba hatten die Mitarbeiter schon wieder ordentlich aufgestellt und gesäubert, doch vor anderen Lokalen lagen noch umgekippte Blumenkästen.

Signor Viarengo führte sie zu einem Lieferwagen, auf dem der Schriftzug »Azienda Milani – Crema Piemontese« stand.

»Ich fürchte, die Sitze sind noch nicht wieder ganz trocken und ein wenig schmutzig. Legen Sie besser diese Zeitung unter.« Er reichte sie ihr und öffnete dann die Tür. »All unsere Fahrzeuge haben unter Wasser gestanden. Wir haben Glück, dass der Lieferwagen heute wieder angesprungen ist. Einer der Fahrer hat das Benzin abgelassen und neues eingefüllt, damit der Motor nicht zu Schaden kommt. Er kümmert sich gerade auch um die anderen Fahrzeuge.«

Francesca breitete die Zeitung auf dem Sitz aus, deren Schlagzeile »Inzwischen zehn Tote bei Alba-Hochwasser« ihr die Tränen in die Augen trieb. Aber sie zwang sich, jetzt nicht in Selbstmitleid zu versinken. Erst musste sie die Fabrik sehen, später würde sie genug Zeit haben, ihren Mann zu betrauern.

Signor Viarengo schüttelte stumm den Kopf, während er

den Motor startete. Francesca konnte ahnen, welche Gedanken ihm im Kopf umhergingen.

Die Fahrt zur Fabrik erschütterte Francesca. Je weiter sie sich von der Via Rattazzi entfernten, umso stärker wurde der Gestank. Die Straßen und Gehwege waren von Schlamm und Geröll bedeckt. Noch immer standen große Pfützen auf den Straßen, die wenigen Fahrzeuge, die unterwegs waren, fuhren vorsichtig durch die Wasserlachen und hielten sich in der Mitte der Fahrwege, um dem Geröll auszuweichen. Umgekippte Mülltonnen, Gartenmöbel, Autoreifen und andere Gegenstände lagen vor Brücken und in den Böschungen.

Als sie den Tanaro erreichten, schlug Francesca die Hand vor den Mund. Signor Viarengo steuerte den Lieferwagen vorsichtig an der Uferstraße entlang. Francesca sah überall Menschen, die Wasser und Schlamm aus den Gebäuden schippten und Möbel und Teppiche an den Straßenrand warfen, weil sie unwiederbringlich zerstört worden waren.

Wenig später lenkte Signor Viarengo den Lieferwagen auf den Parkplatz der Fabrik.

Wieder konnte Francesca nur entsetzt auf das Chaos starren, das sich vor ihr ausbreitete. Leere Paletten und Fässer waren vom Wasser auf den Platz geschwemmt worden, eine alte Matratze, Planen und der Kotflügel eines Automobils lagen herum. Und das alles war mit einer stinkenden Schlammschicht überzogen.

Signor Viarengo lenkte den Wagen so nah wie möglich an den Eingang heran.

»Es sind heute auch noch nicht alle Arbeiter gekommen«, erklärte er, bevor er ausstieg und um den Wagen herumkam. »Drei der Männer sind anscheinend nicht durchgekommen, die Busse fahren nur unregelmäßig und nicht überallhin. Vielleicht haben sie aber auch zu Hause zu tun, falls sie in ihren Wohnungen und Häusern vom Hochwasser betroffen sind.«

Francesca nickte erschüttert und ließ sich von Signor Viarengo aus dem Wagen helfen. Draußen war der modrige Gestank noch schlimmer.

»Sie sollten lieber die hier anziehen.« Der Mann reichte ihr ein paar Gummistiefel.

Francesca schlüpfte aus ihren Lederschuhen und zog die Gummistiefel an, die ihr mindestens zwei Nummern zu groß waren. Vorsichtig folgte sie dem Vorarbeiter zum Eingang. Die Tür stand auf, es kamen ihr zwei der Arbeiter mit Wassereimern entgegen. Als sie Francesca sahen, nahmen sie die Mützen vom Kopf und sprachen ihr ihr Beileid aus. Francesca konnte nur nicken und musste wieder die Tränen hinunterschlucken.

Als sie das Gebäude betrat, stieß sie einen entsetzten Schrei aus. Im Eingangsbereich war der Boden feucht, doch als sie eine Stufe hinunter in den Flur gingen, stand sie knöcheltief im Wasser. Sie blickte durch die erste der vier Glastüren, die in die große Halle führten, und riss den Mund auf. Dort stand das Wasser noch höher. Drei weitere Arbeiter schöpften mit Metalleimern Wasser und brachten es nach draußen.

Signor Viarengo deutete auf die Tür und ließ ihr den Vortritt. Als sie beide im knöcheltiefen Wasser in der Halle standen, zeigte er auf eine dunkle Linie an der Wand. Sie war ungefähr auf Höhe von Francescas Kinn. »Bis hier hat das Wasser gestanden. Das bedeutet, auch die Maschinen standen in dem Schmutzwasser, ich weiß nicht, ob wir damit noch produzieren können. Nicht nur aus technischer, sondern auch aus hygienischer Sicht.«

»Dio mio.« Francesca schüttelte den Kopf. »Das ist ein Albtraum. Ich werde mich mit der Versicherung in Verbindung

setzen und mit dem Hersteller der Maschinen. Wie sieht es in den Büros aus? Sind unsere Unterlagen zu Schaden gekommen?«

»Dort sieht es nicht besser aus als hier, aber da wir die meisten Papiere in Regalen gelagert haben, die über der Wasserlinie angebracht waren, sind viele Ordner unbeschädigt. Ich glaube, da können wir das meiste retten.«

»Wenigstens das«, seufzte Francesca. »Also gut, kommen Sie mit mir. Ich muss die wichtigsten Unterlagen raussuchen und dann irgendwohin kommen, wo die Telefone wieder funktionieren.«

»Soweit ich gehört habe, sollen erst im Laufe der Woche die Telefonverbindungen wieder repariert sein.« Signor Viarengo folgte Francesca aus der Halle hinaus auf den Flur und weiter in das Büro am Ende des Ganges, das Matteo und sie benutzt hatten. »Ich denke, in der Via Rattazzi werden Sie bestimmt bald wieder eine funktionierende Leitung haben, hier wird wohl noch länger weder Strom noch Telefon funktionieren.«

Francesca schluckte die Verzweiflung hinunter, als sie ihr schönes Büro vom Wasser verwüstet vorfand. Die neuen schicken Ledersessel, die modernen Schränke, die Glastische, alles war von Schlamm überzogen. Telefon, Tacker, Locher und Stifte waren vom Schreibtisch heruntergespült worden und lagen auf dem Fußboden im Schlamm. Papiere wellten sich von der Feuchtigkeit, und der allgegenwärtige modrige Gestank legte sich auf ihre Lunge.

Sie griff nach einem Taschentuch, das sie sich vor die Nase presste. Dann atmete sie tief durch und trat an das Regal hinter dem Schreibtisch heran, wo sie die Ordner herauszog, die sie brauchte. Signor Viarengo hatte recht, den wichtigsten Papieren war nichts passiert.

»Lassen Sie die Männer weiter das Wasser aus dem Gebäude schöpfen«, sagte Francesca und sah sich noch einmal um. »Ist Signor Mancini heute gekommen?«

»Sì, Signora Milani. Der Buchhalter ist hier.« Der Vorarbeiter sah sich um. »Er hilft mit, das Wasser aus dem Gebäude zu schöpfen.«

»Das ist sehr löblich, aber ich brauche ihn. Wir müssen alle Kunden anrufen, die diese Woche auf Lieferungen warten, und ihnen mitteilen, dass wir erst einmal nicht wissen, wann es weitergeht mit der Herstellung unserer Creme. Außerdem brauche ich einen der Männer, damit er mir in der Via Rattazzi hilft«, erklärte sie Signor Viarengo. »Am besten Marco, er soll in der Backstube so viel Crema Piemontese herstellen, wie er schafft. Ich brauche auch einen Fahrer und einen Wagen. Wir werden von der Via Rattazzi aus arbeiten, um wenigstens einen kleinen Teil Crema verschicken zu können.«

»Sì, Signora.« Signor Viarengo eilte davon.

Wenige Minuten später stand ein Lieferwagen samt Fahrer bereit, in den Francesca, Marco und Signor Mancini, ein Mann an die fünfzig mit Bauchansatz und runder Brille, den Matteo und Francesca erst vor wenigen Wochen eingestellt hatten, kletterten. Der Fahrer nickte Francesca zu. »Signor Viarengo hat mich dazu abgestellt, Sie zu fahren.«

»Sì.« Francesca strich über die Sitze, die trockener waren als die des Wagens, in dem sie mit dem Vorarbeiter hergekommen war.

Die Rückfahrt von der Fabrik in die Via Rattazzi war beinahe noch deprimierender als die Hinfahrt. Denn inzwischen hatte Francesca in der Fabrik gesehen, wie zerstörerisch die Wassermassen auch im Inneren der Gebäude vorgegangen waren. Wie lange würde es dauern, bis in der Fabrik wieder gearbeitet werden konnte? Würde überhaupt irgendwann die Herstellung wieder aufgenommen werden können?

Als sie die Via Rattazzi erreicht hatten, richtete sie in Matteos Arbeitszimmer ein provisorisches Büro ein. Francesca wies den Buchhalter an, sich einen Überblick über die ausstehenden Bestellungen zu verschaffen und dann, sobald die Telefonleitung wieder stand, die Kunden anzurufen und ihnen zu erklären, dass es zu Lieferverzögerungen kam.

Mit Marco verschwand sie in der kleinen Backstube, in der sie und Matteo so viel Zeit gemeinsam verbracht hatten. Sie beauftragte ihn, Fernando, den neuen Konditor und Amadeo, hier so viel Crema Piemontese herzustellen, wie es ihnen möglich war. Die Vorräte in der Speisekammer waren jedoch übersichtlich, daher wies sie Signor Mancini an, Bestellungen für Kakao und andere Zutaten aufzugeben. Glücklicherweise stand die Haselnussernte auf dem Weingut noch bevor, sodass sie die Nüsse wenigstens nicht an das Hochwasser verloren hatten. Wenn das Unwetter zwei Monate später über Alba hereingebrochen wäre, hätten sie vermutlich die Nüsse für das ganze kommende Jahr verloren.

Alle machten sich an die Arbeit, und am nächsten Tag, es war inzwischen Freitag, der zehnte September, gegen Mittag funktionierte auch die Telefonleitung wieder, sodass Signor Mancini sich an die Arbeit machen und die Kunden anrufen konnte. Francesca selbst hatte die Telefonnummer der Versicherung herausgesucht, mit der Matteo die Fabrik abgesichert hatte. Dort rief sie an und erfuhr, dass in der nächsten Woche ein Mitarbeiter kommen und sich die Schäden anschauen würde.

Noch immer waren die Straßen in jenem verheerenden Zustand wie vor zwei Tagen, als sie zum ersten Mal nach der Geburt und dem Unwetter das Haus verlassen hatte. Überall sah sie Menschen in Gummistiefeln, die ruinierte Möbel, Teppiche und andere Gegenstände an den Straßenrand stellten, damit sie vom Sperrmüll entsorgt werden würden. Andere schippten noch immer Wasser aus Kellern und Erdgeschossräumen, wuschen Mauern, Böden und Stühle mit frischem Wasser ab.

Auf dem Parkplatz der Fabrik standen wieder ein paar Autos mehr, und Francesca konnte Bewegungen hinter der Glasbausteinwand erkennen, nachdem sie den Wagen verlassen hatte. Sie bat den Fahrer, auf sie zu warten, während sie zum Gebäude eilte. Männer und nun auch Frauen mit Eimern kamen ihr entgegen, andere trugen Stühle, Tische oder Kartons, die nass geworden waren.

Sie blieb stehen und unterdrückte ein Schluchzen. Wie oft waren sie und Matteo hierhergekommen, wie groß waren ihre Träume und Erwartungen gewesen. Es war unbegreiflich, dass er sie nie wieder begleiten sollte.

Als sie die Fabrik betrat, erkannte sie, was die Mitarbeiter inzwischen alles geleistet hatten. Jeder, der ihr begegnete, erklärte noch einmal sein aufrichtiges Mitleid, in vielen Augen standen Tränen, und Francesca musste sich selbst immer wieder die Wangen trocknen.

Das alles kam ihr unwirklich vor. Noch immer hatte ihr Herz nicht vollständig begriffen, dass Matteo nicht wiederkommen würde, nur ihr Verstand erinnerte sie von Zeit zu Zeit daran.

»Nächste Woche kommen zwei Männer von der Firma, die die Maschinen hergestellt hat, und werden sich die Geräte anschauen. Dann wissen wir, ob wir sie retten können«, erklärte Signor Viarengo, als Francesca ihn in seinem Büro aufsuchte. Dann trat er einen Schritt zurück, sodass er den Schreibtisch besser anschauen konnte. Er deutete mit dem Kinn darauf.

»Bei den Möbeln können wir viele retten. Diesen Tisch haben wir vorgestern gesäubert und trocknen lassen.«

»Gibt es denn schon wieder fließendes Wasser hier?«

Signor Viarengo schüttelte den Kopf. »Wasser und Strom sind noch nicht wieder da. Das erschwert die Arbeit sehr. Unsere Fahrer haben Wasser in Eimern aus der Stadt geholt, damit wir überhaupt etwas säubern konnten. Glücklicherweise sind die beiden Fahrzeuge gerettet worden.«

»Ich danke Ihnen«, sagte Francesca. »Sie haben das alles sehr gut im Griff. In den letzten Tagen hätte ich mir ohne Sie nicht zu helfen gewusst.«

»Selbstverständlich, Signora, und ich spreche für alle Mitarbeiter, wenn ich sage, dass wir Sie nach Kräften auch weiterhin unterstützen werden.«

»Solange es trocken bleibt, ist alles gut.« Francesca sah aus dem Fenster zum Himmel, der grau und dunkel aussah.

»Neue Regenfälle wären im Moment wirklich das Schlimmste, was uns passieren könnte«, bestätigte Signor Viarengo. »Aber der Himmel gefällt mir nicht.«

»Ich schlage vor, Sie geben der gesamten Belegschaft den morgigen Samstag frei, denn die Woche hat uns sicherlich alle mitgenommen. Und da wir sowieso noch nicht wissen, wie es weitergeht, bevor nicht die Männer von der Versicherung und von dem Hersteller der Maschinen hier waren, sollen sich alle zu Hause erholen, denn die kommende Woche wird bestimmt wieder sehr anstrengend.« Francesca trat in den Flur hinaus. Sie fühlte sich kraftlos und wusste zugleich, dass sie stark sein musste, weil die Verantwortung der Fima nun ganz allein in ihrer Hand lag. Aber sie war dankbar dafür, dass sie so zuverlässige Mitarbeiter wie Signor Viarengo hatte.

Francesca war kaum wieder zu Hause in der Via Rattazzi angekommen, als es zu regnen begann. Sie sah besorgt in den feinen Nieselregen hinaus. Die Nässe war gar nicht gut, denn auf diese Weise würde es nur umso länger dauern, bis die Gebäude, Möbel und Maschinen trockneten.

Doch den ganzen Nachmittag hörte der Niederschlag nicht auf. Beim Abendessen war sie mit Antonella und Ida allein, weil die Signora sich nicht gut fühlte und das Bett hütete. Sie hatte den ganzen Tag über Gäste empfangen, die ihr kondoliert hatten. Francesca wunderte sich, woher ihre Schwiegermutter die Kraft nahm, all die Beileidsbekundungen durchzustehen. Sie selbst wurde schon allein bei dem Gedanken daran verrückt, den ganzen Tag im Salon eingepfercht zu sein, mit den Damen der Stadt, die mit ihren Fragen immer wieder an das Unglück erinnerten.

In der Nacht legte sie Isabella nicht in den Korb, sondern ließ die Kleine in ihrem Bett schlafen. Mit dem Duft des Kinds in der Nase und der Wärme des kleinen Körpers an ihrem schlummerte Francesca irgendwann ein. Sie wurde von Isabellas Wimmern wach. Als sie ihr schlaftrunken die Brust gab, nahm sie ein Rauschen wahr. Schlagartig war sie hellwach. Noch immer regnete es. Genau das, was sie gar nicht gebrauchen konnten. Hoffentlich würde es bald aufhören und nicht wieder so lange andauern, dass es zu neuen Überschwemmungen kam.

Doch Francescas Hoffnungen erfüllten sich nicht. Am Samstag nieselte es, und am Sonntag regnete es so stark, dass Francesca nicht wagte, das Haus in der Via Rattazzi zu verlassen. Am Nachmittag kamen Signore und Signora Bianco mit ihrer Tochter Giovanna, die seit der geplatzten Verlobung mit Matteo nicht mehr bei den Milanis gewesen waren, um der Signora ihr Beileid auszusprechen. Sie fragten nicht nach Francesca, und sie hielt sich lieber im Hintergrund. Doch die Signora berichtete hinterher, dass Signora Bianco erzählt hatte, dass es zu neuen Überschwemmungen gekommen sei und es weitere Todesopfer gebe.

Francesca saß mit Isabella in der Küche, weil sie die Stille in ihrem Schlafzimmer nicht ertrug. Sie sah der Köchin beim Zubereiten des Abendessens zu. Diese liebe, gütige Frau hatte innerhalb von zwei Jahren zwei Männer verloren, die sie von klein auf gekannt und für die sie mütterliche Gefühle gehegt hatte. All das Mitleid konzentrierte sich auf die Signora, die ihren Sohn verloren hatte, und auf Francesca, die um ihren Ehemann trauerte, aber dass Antonella Matteo vermutlich in ähnlicher Weise geliebt hatte wie die Signora, schien kaum jemand zu bedenken.

Das Wetter wurde immer schlechter. Der Himmel öffnete am Montag seine Schleusen, und das, was am Sonntag ein normaler Dauerregen gewesen war, der jedoch, durch die sowieso schon überfüllten Flüsse zu weiteren Überschwemmungen geführt hatte, wuchs sich jetzt zu einem Unwetter aus. Am Dienstag wurden die Wolkenbrüche wieder zu Dauerregen, und inzwischen stand auch die Via Rattazzi etwa zwanzig Zentimeter unter Wasser. Es war pures Glück, dass das Café nicht volllief, weil der Bürgersteig an beiden Seiten hoch genug war, sodass das Wasser nicht bis ins Gebäude drang. Francesca dachte an die Fabrik und wollte sich gar nicht vorstellen, wie es dort inzwischen aussehen würde. All das, was die Mitarbeiter in der letzten Woche mühsam aufgeräumt und gesäubert hatten, war vermutlich aufs Neue ein Opfer der Wassermassen geworden. Und dann wieder war ihr all das vollkommen gleichgültig, weil Matteo nicht mehr da war. Es kam sogar der Moment, in dem sie sich fragte, ob sie die Fabrik nicht einfach schließen sollte.

*

17. September 1948

Die Frage drängte sich ihr am darauffolgenden Freitag erneut auf, als sie zum ersten Mal das Haus verließ, nachdem es am Mittwoch endlich aufgehört hatte zu regnen. Der Fahrer hatte Francesca abgeholt und zur Fabrik gebracht, wo sie sich mit Signor Viarengo traf, um das weitere Vorgehen zu besprechen.

Jetzt stand sie in Gummistiefeln auf dem Parkplatz im knöcheltiefen Wasser. Dieses Mal stand das Wasser deutlich höher als beim ersten Hochwasser vor inzwischen knapp zwei Wochen.

Zwei Wochen, in denen sie Matteo nicht mehr an ihrer Seite hatte. Zwei Wochen, seit sie Mutter geworden war. Isabellas Geburtstag fiel von nun an ein Leben lang mit dem Todesdatum ihres Vaters zusammen. Francesca war kalt geworden, als sie diese Tatsache zum ersten Mal begriffen hatte. Was würde dieses Wissen mit Isabella machen, jedes Jahr aufs Neue an ihrem Ehrentag auch an den tragischen Verlust ihres Vaters denken zu müssen, der nicht einmal mehr erfahren hatte, dass er Vater geworden war? Hatte er seinen letzten Atemzug getan, als Isabella ihren ersten getan hatte?

Der modrige Gestank des Schlamms stieg ihr in die Nase, und sie starrte sprachlos auf das Chaos, das die Flut hinterlassen hatte.

»Ich weiß nicht, ob es sich lohnt, all das wieder aufzubauen«, sagte sie, mehr zu sich selbst als zu dem Vorarbeiter. »Ich weiß nicht, ob ich die Kraft dazu habe.«

Francesca schüttelte schon im nächsten Moment den Kopf. Sie durfte sich nicht ihrer Verzweiflung hingeben und mit dem Schicksal hadern. Sie hatte eine Aufgabe zu erfüllen, sie musste die Azienda Milani retten.

Signor Viarengo schwieg eine Weile, dann räusperte er sich

und erklärte zögernd: »Ich verstehe, dass Ihnen all das wie ein hoher Berg vorkommt, den zu bezwingen unmöglich erscheint. Es ist sehr viel auf einmal über Sie hereingebrochen. Und doch lohnt es sich unbedingt, die Fabrik neu aufzubauen und weiterzuführen. Sie haben eine grandiose Geschäftsidee, die sehr gut angelaufen ist. In Ihrer Crema Piemontese liegen Millionen, davon bin ich überzeugt, und Sie dürfen jetzt auf keinen Fall den Mut verlieren.« Er strich über sein schütteres Haar, das vom Wind verweht wurde.

Francesca sah ihn von der Seite an. »Ich danke Ihnen für Ihren Zuspruch. Und Sie haben natürlich recht, ich muss die Firma schon allein für Matteo weiterführen und auch für Isabella. Auf diese Weise kann ich ihr etwas von ihrem Vater erhalten, was ihm wichtig war und hoffentlich eines Tages auch ihr wichtig sein wird.«

Als Francesca in die Via Rattazzi zurückkam, eilte ihr Ida schon im Treppenhaus entgegen. »Sie haben Besuch.«

Francesca sah sie überrascht an. Sie hatte heute nicht mit Besuch gerechnet, weil die ganze Stadt unter dem Hochwasser litt und jeder genug mit sich selbst zu tun hatte. Aber da die Telefonleitungen wieder einmal zusammengebrochen waren, vermutete Francesca, dass vielleicht der Vertreter der Versicherungsgesellschaft persönlich vorbeigekommen war.

Doch als sie wenig später in den Salon trat, erhob sich Signor Bianco aus einem der Sessel. »Signora Milani, ich bin gekommen, um Ihnen mein tiefes Beileid zum Tod Ihres Gatten auszusprechen.«

»*Grazie*«, murmelte Francesca und sah unbehaglich zu der Signora, die mit unbewegter Miene in einem der Sessel saß. Als Signor Bianco gestern hier gewesen war, hatte er nicht einmal nach ihr gefragt. Warum war er heute wieder hergekommen?

Signor Bianco faltete die Hände im Schoß. Er trug einen dunklen Anzug aus einem teuren schimmernden Stoff. Der dezente Duft seines Aftershaves lag in der Luft. Er lehnte sich leicht vor: »Signora, ich habe bereits mit Ihrer Schwiegermutter darüber gesprochen, dass ich Ihnen gern helfen möchte.«

Francesca fuhr zusammen. Mit einem Mal wurde sie wachsam. Natürlich! Das hätte sie sich denken können. Signor Bianco war gekommen, um seinen Vorteil aus Matteos Tod zu ziehen. Gestern hatte er vorgefühlt, sich einen Eindruck verschafft. Matteo war noch nicht einmal beerdigt worden, und schon kreisten die Geier über seinem Leichnam.

»Ich kann mir vorstellen, dass im Moment alles sehr viel für Sie ist«, fuhr er fort. »Und dann ist Ihre neue Fabrik auch noch ein Opfer der Überschwemmungen geworden.« Er machte eine Pause und sah Francesca lauernd an, die Hände immer noch im Schoß gefaltet, die Beine leicht und siegesgewiss von sich gestreckt.

Als Francesca nicht reagierte, sprach er weiter. Dabei schlug er einen überheblichen Tonfall an, als spräche er zu einem Kind. »Ich möchte Ihnen gern helfen. So viel Pech, wie Sie und die Familie Milani in den letzten Jahren hatten, wer würde da nicht sofort zur Unterstützung herbeieilen! Und auch wenn mir jeder vernünftige Geschäftsmann sagen würde, dass es vollkommen verrückt von mir ist, in dieser Situation in Ihr Unternehmen zu investieren, kann ich nicht anders, als Ihnen ein Angebot zu unterbreiten, das Sie nicht ablehnen sollten. Ich sehe es selbstverständlich nicht als Geschäft, sondern als reine Tat der Menschlichkeit.«

Francesca ahnte, worauf das hinauslief. Doch sie setzte eine verwirrte Miene auf. »Wovon sprechen Sie, Signore?«

»Ich will Ihnen Geld geben. Viel Geld!« Er lehnte sich zurück und zupfte an dem Stoff seiner Hose. Dann schlug er die Beine übereinander. »Dass Ihr Unternehmen nichts mehr wert ist, brauche ich Ihnen nicht zu sagen. Wie mir Ihre verehrte Schwiegermutter mitteilte, waren Sie gerade draußen bei der Firma und haben sich ein Bild von der Lage gemacht. Sie können das alles nur noch abreißen, denn dass die Versicherung bezahlt, bezweifle ich stark. Und Ihre Kunden werden Sie bereits jetzt zum größten Teil verloren haben, denn wenn die Kaufleute eins nicht ausstehen können, ist es Unzuverlässigkeit. Kurzum: Für Ihr Unternehmen, das keine müde Lira mehr wert ist, mitsamt Ihrer Rezepte, dem Patent für Ihre Crema und Ihrer vielleicht noch verbliebenen Kundschaft, bin ich bereit, Ihnen eine Million zu zahlen. Ich übernehme sogar das Personal, darum brauchen Sie sich also auch nicht mehr zu sorgen. Und mit dem Geld können Sie sorglos leben. Denn seien Sie ehrlich: Als Frau sind Sie doch heillos überfordert mit dieser Situation.«

Einen Moment lang sah Francesca ihn verdutzt an. Sie fragte sich, ob er sie für so dumm hielt, dass ihr nicht klar war, dass das Unternehmen eine Million Lire mühelos in einem Monat verdiente, oder ob er einfach nur unverschämt und dreist war und darauf hoffte, dass sie sich von ihm überrumpeln ließ.

»Signor Bianco«, begann Francesca in ruhigem Ton. »Ich werde mich für Ihr Angebot nicht einmal bedanken, weil es eine Beleidigung darstellt, und folglich werde ich nicht einmal in Erwägung ziehen, es anzunehmen. Ich bin weder daran interessiert, unsere Firma zu verkaufen, noch benötige ich Hilfe. Wir haben ein sehr gesundes Unternehmen und werden auch die Schäden des Hochwassers bestens regeln können, daran besteht kein Zweifel. Denn auch wenn es für Sie neu zu sein scheint, sind auch wir Frauen durchaus in der Lage, mit Krisen umzugehen. Wir bringen Kinder zur Welt, da werden wir doch auch eine Hochwasserkatastrophe meistern können!«

Signor Bianco stutzte, dann begann er zu lachen. »Sie sind so erfrischend selbstsicher. Dabei sind Sie … was? Ein Dienstmädchen? Eine Magd? Woher nehmen Sie Ihre Kenntnisse?«

»In erster Linie bin ich verärgert, Signore. Darüber, dass Sie mich für dumm verkaufen wollen. Ich habe nicht vor, mit Ihnen weiter darüber zu streiten.« Francesca stand auf.

Die Signora rührte sich nicht. Sie war mit versteinerter Miene der Unterhaltung gefolgt, und Francesca hätte unmöglich sagen können, ob sie nun auf ihrer oder auf Signor Biancos Seite stand.

Signor Bianco hingegen sprang jetzt ebenfalls auf. Mit zwei Sätzen war er an der Tür und verstellte Francesca den Weg.

Erschrocken fuhr sie zurück.

»Seien Sie vernünftig«, sagte er eindringlich. Das Gönnerhafte seines Tonfalls war einer schneidenden Schärfe gewichen. »Ich verfüge über viel mehr Erfahrungen und Beziehungen. Ich brauche bloß mit dem Finger zu schnippen, um Sie zu vernichten. Wenn ich schon Matteo im Weg stehen konnte, was meinen Sie, wie leicht es mir bei Ihnen fällt? Einer Frau? Von Natur aus schwach und noch dazu vollkommen ungebildet.«

»Bei Matteo ist es Ihnen ja glücklicherweise nicht gelungen.« Francescas Stimme triefte vor Sarkasmus. »Sie haben sich zwar ins Zeug gelegt, aber anhaben konnten Sie ihm nichts. Er hat das Haus und Café behalten und noch dazu seine eigene Fabrik eröffnet. Das muss Ihnen ein Dorn im Auge gewesen sein, nicht wahr? Da hatte plötzlich jemand noch mehr Erfolg, als Sie es sich vorstellen konnten. Obwohl Sie den Direttore di Banca bestochen haben und sicherlich bereit waren, noch viel weiter zu gehen.«

»Was glauben Sie eigentlich, wer Sie sind?« Signor Bianco verlor die Fassung und fasste nach Francescas Unterarm.

Sie schrie vor Schmerz auf, als sich seine Finger in ihre Haut bohrten.

»Signore!« Die Signora sprang auf und kam zu ihnen. »Ich muss doch sehr bitten! Unterstehen Sie sich, meine Schwiegertochter tätlich anzugehen.«

»Ich bin als Freund gekommen, aber ich gehe als Ihr Feind.« Er hielt ihren Arm noch immer fest. Kleine Speicheltropfen sprühten Francesca ins Gesicht. »Ich werde alles daransetzen, Sie zu vernichten. Sie und Ihr Unternehmen, das Café, Ihre gesamte Familie. Wenn ich mit Ihnen fertig bin, wird Sie niemand in Alba mehr ansehen. Sie werden nicht mehr eingeladen und verlieren alles. *Alles!* Geld und Ansehen. Sie werden mich noch anflehen, dass ich Ihr kleines, armseliges Unternehmen kaufe.« Damit ließ er Francescas Arm los und stürmte aus dem Zimmer.

Zitternd blieb Francesca eine Weile stehen und lauschte dem Nachhall seiner Schritte.

Die Signora trat auf sie zu. Francesca rechnete mit einer Standpauke, dass sie ihr vorwerfen würde, wie dumm sie sich verhalten hatte, einen Mann wie Signor Bianco gegen sich aufzubringen, doch stattdessen zog die Signora Francesca in ihre Arme. Es war das erste Mal überhaupt, dass sie Francesca auf diese Weise berührte. Sie hielt sie fest, streichelte beruhigend über ihren Rücken und wartete einfach nur ab, bis die Anspannung und der Schrecken aus Francescas Körper wichen. Tränen stiegen in Francesca auf. Sie schluchzte still in das dunkle Trauerkleid der Signora. Es waren nicht nur Tränen der Trauer und des Schocks über die Drohungen des Signor Bianco, sondern vor allem Tränen der Rührung und Dankbarkeit. Zum ersten Mal hatte sich die Signora klar hinter Francesca gestellt, zum ersten Mal signalisierte sie ihr, dass sie ihr Handeln für richtig befunden hatte.

Irgendwann löste die Signora sich von Francesca und hielt sie auf Armeslänge von sich, um sie anschauen zu können: »Du hast richtig gehandelt. Männern wie ihm muss die Stirn geboten werden. Wir lassen nicht zu, dass er Matteos Traum zerstört.«

Kapitel 12

Italien, Piemont, März 1952

Inzwischen waren dreieinhalb Jahre vergangen. Die Fabrik war längst wieder hergerichtet, die Versicherung hatte die Schäden bezahlt, und die Zahl der Bestellungen war dermaßen gestiegen, dass Francesca sich allmählich mit dem Gedanken anzufreunden begann, tatsächlich eine zweite Halle zu bauen. Inzwischen hatte sie gelernt, die Geschäfte zu leiten und den Überblick zu behalten. Sie wusste, dass sie ein Vielfaches ihrer momentanen Jahresproduktion verkaufen konnten, falls sie es nur schafften, mehr herzustellen. Signor Viarengo und Signor Mancini versuchten schon seit Wochen, sie von einer zweiten Halle und der Einstellung weiterer Arbeiter zu überzeugen. Zurzeit arbeiteten zehn Männer und vier Frauen in der Halle, hinzu kamen die beiden Vertreter, Signor Mancini, Signor Viarengo, eine Sekretärin und ein zweiter Buchhalter. Insgesamt waren es also zwanzig Mitarbeiter. Wie würde es sein, wenn sie stattdessen die Verantwortung für dreißig oder vierzig tragen würde? Ihr war nicht wohl dabei, wenn sie daran dachte.

Matteo fehlte Francesca jeden Tag, und jeden Abend sprachen sie von ihm, wenn sich alle um den Küchentisch versammelt hatten. So war es auch an diesem Abend.

»Matteo mochte Agnolotti am liebsten«, sagte Antonella gerade, während sie die Teller füllte.

Isabella brabbelte vor sich hin. Francesca musste lächeln, wenn sie ihre Tochter ansah. In ihr lebte Matteo weiter. Es waren seine Augen, die sie durch ihre Tochter anblickten.

In diesem Moment tönte die Türglocke durchs Haus. Ein seltenes Geräusch, weil tagsüber immer jemand im Café war, der die Besucher empfing, aber jetzt war es schon nach acht, und alle Mitarbeiter waren nach Hause gegangen.

»Nanu?« Die Signora sah auf. »Wer kann das sein?«

Ida stand auf und lief zur Tür. Sie hörten ihre Schritte, die sich durch das leere Haus entfernten. Wenig später stand sie wieder in der Küche und wirkte etwas ratlos, als sie zur Seite trat und einen jungen Mann ins Zimmer ließ.

»Valentino!«, rief die Signora und sprang auf. Sie schlug die Hände vors Gesicht und stürmte zur Tür.

Auch Antonella war aufgestanden und hatte die Hände vors Gesicht geschlagen.

Francesca brauchte einen Moment, um zu begreifen, wer da vor ihnen stand. Valentino, der Bruder ihres Mannes, der seit dem Krieg als verschollen galt. Sie betrachtete den Mann, der Matteo auf schmerzliche Weise ähnlich sah. Er hatte dieselben dunklen Augen wie Matteo und dichtes schwarzes Haar mit einer Tolle über der Stirn. Valentino war ein gut aussehender Mann, von beachtlicher Körpergröße, er war bestimmt einen ganzen Kopf größer als sie selbst.

Das also war der verloren geglaubte Sohn? Matteos Bruder?

Francesca sah, wie die Signora ihren Sohn fest an sich drückte.

Immer wieder murmelte sie: »*Mio figlio, mio figlio*«, während ihr Körper von Schluchzern erschüttert wurde.

Irgendwann löste sich der junge Mann von seiner Mutter und sah sie lachend an. »Na, ist mir die Überraschung gelungen?«

Die Signora nickte stumm, immer noch liefen ihr Tränen über das Gesicht. Sie betrachtete Valentino, als fürchtete sie, dass er im nächsten Moment wieder verschwunden sein könnte.

Francesca beobachtete ihren Schwager verstohlen. Er sah nicht so aus, als sei er die letzten sieben oder acht Jahre oder sogar länger in Kriegsgefangenschaft gewesen. Er war wohlgenährt, trug einen teuren Nadelstreifenanzug und handgenähte Budapester Schuhe. Sein Bart war gepflegt und gut gestutzt, die Haut gebräunt, die Hände gepflegt und sauber. Was auch immer er in den letzten Jahren getan hatte, es konnte keine schwere körperliche Arbeit gewesen sein.

Jetzt schloss er Antonella in die Arme. Dabei schweifte sein Blick durch die Küche, glitt über das Kindermädchen hinweg und blieb an Francesca hängen, die er beinahe ungebührlich eindringlich musterte.

»Und wer ist diese Schönheit?«, fragte er und nahm mit einem charmanten, beinahe schelmischen Lächeln schräg gegenüber von ihr am Küchentisch Platz.

»Das ist Francesca, die Frau deines Bruders Matteo«, erklärte die Signora ihrem Sohn. Sie stand neben ihm und hatte ihre Hand auf seine Schulter gelegt. Nun beugte sie sich zu ihm hinunter, fasste nach seinen Fingern und sagte: »Wir haben Matteo vor dreieinhalb Jahren beim Hochwasser verloren.«

Einen Moment lang sah Valentino seine Mutter an. Mit einer Hand fuhr er sich durch die dunklen Haare. »No! Er ist tot?« Er fasste sich ans Herz. »Mein kleiner Bruder ist gestorben? Das kann nicht sein.«

Francesca legte den Kopf schief und beobachtete ihn. Diese Reaktion war seltsam. Die Augen blieben trocken, das schelmische Lächeln blitzte noch immer darin auf, während seine Stimme vor aufgesetzter Trauer triefte. Er beugte sich vor. »Und wo ist Padre?«

Etwas im Ton des jungen Mannes wirkte ganz und gar nicht überrascht. Sie betrachtete ihn genau und hatte den Eindruck, dass Valentino bereits von Matteos Tod gewusst hatte. Das Erschrecken, das er zeigte, wirkte unglaubwürdig.

»Es tut mir sehr leid, *mio figlio*, aber dein Vater ist seit sechs Jahren tot.« Die Signora betrachtete ihren älteren Sohn voller Mitgefühl und Unglauben. »Und ich habe all die Jahre gedacht, dass ich auch dich verloren hätte.«

»Das … ich … Wie ist das passiert?« Valentino hatte die Augen weit aufgerissen und die Hand wieder aufs Herz geschlagen. Francesca presste die Lippen fest zusammen. Sie nahm ihm erneut nicht ab, dass er von dieser Nachricht überrascht war.

Die Signora seufzte und richtete sich auf. Langsam ging sie zurück an ihren Platz und setzte sich. Dann berichtete sie von der Krankheit des Signore und seinem raschen Tod. »Kurz darauf hat Matteo Francesca geheiratet, und vor dreieinhalb Jahren hat sie uns, an Matteos Todestag, Isabella geschenkt.« Sie deutete auf die Kleine, die mit großen Augen der Unterhaltung gefolgt war.

»Das sind sehr viele Neuigkeiten auf einmal.« Valentino stand auf und wandte sich zur Tür. Er hatte eine Trauermiene aufgesetzt. »Ich bin vorübergehend im Hotel untergekommen. Morgen werde ich jedoch wieder hier einziehen. Ist mein altes Zimmer noch bereit?«

»*Naturalmente.*« Die Signora lächelte. »Ich habe immer gehofft, dass du eines Tages zurückkehren würdest.«

Er öffnete die Tür, hielt jedoch noch einmal inne und wandte sich um. »Und jetzt überlasse ich euch wieder eurem Abendessen. Ich werde morgen früh wiederkommen, um über mein Erbe zu sprechen. Ich werde alles verkaufen, um unbelastet zu sein.«

»Du willst schon wieder gehen?«, fragte Antonella erschrocken und folgte ihm zur Tür. »Iss wenigstens mit uns, wir haben dich doch so lange nicht gesehen.«

Er breitete die Arme in einer entschuldigenden Geste aus. »Ich muss noch einen Geschäftspartner treffen und bin außerdem sehr müde.«

»Wo hast du denn die letzten Jahre gesteckt? Wie geht es dir? Erzähl doch etwas von dir.« Die Signora fasste ihren Sohn am Arm.

»Überall und nirgends bin ich gewesen. Nachdem ich der Hölle in Afrika entkommen war, habe ich verschiedene Geschäfte gemacht.«

»So?« Die Signora sah ihn fragend an.

»Aber ich will euch nicht langweilen. *Buona notte.*« Valentino warf ein charmantes Lächeln in die Runde und tippte sich an den nicht vorhandenen Hut. Dann ließ er die Frauen allein zurück.

Einen Moment lang starrten alle auf die geschlossene Tür. Francesca lagen die Agnolotti, die sie eben gegessen hatte, schwer im Magen. Ein Gefühl der Beklemmung breitete sich in ihr aus. Einerseits freute sie sich für die Signora, dass sie ihren Sohn unvermutet zurückbekommen hatte, doch Valentino wirkte eigenartig geheimnisvoll. Nichts schien zusammenzupassen. Er war kaum eine Viertelstunde im Haus geblieben, und das, obwohl er seit Jahren seine Mutter und Antonella nicht mehr gesehen hatte, die Frauen, die ihn aufgezogen hatten. Er schien über den Tod seines Vaters und

Bruders informiert gewesen zu sein, gab das aber nicht zu. Außerdem war es sehr seltsam, dass er in all den Jahren seiner Mutter keine Nachricht hatte zukommen lassen, dass er am Leben war. Es war hartherzig und kalt. Er musste sich doch gedacht haben, dass seine Eltern in größter Sorge um ihn waren. Sie dachte an den Signore, der gestorben war, ohne zu wissen, dass sein ältester Sohn noch am Leben war.

Francesca hatte nie viel über den verlorenen Sohn erfahren. Weder die Signora noch Matteo oder Antonella hatten von ihm erzählt. Francesca hatte das auf die Trauer um ihn geschoben und nicht unnötig Schmerz durch Fragen auslösen zu wollen. Doch jetzt fragte sie sich, ob nicht noch mehr hinter dem Schweigen steckte.

Sie strich sich über ihren Pagenkopf, den sie seit Kurzem trug. Sie ging seit einiger Zeit regelmäßig in einen Schönheitssalon, wo ihr die Haare geschnitten, die Fingernägel manikürt und die Haut mit Masken und Cremes behandelt wurde. Wenn Francesca in den weichen Stühlen dort Platz nahm, fühlte sie sich immer seltsam. Die anderen Frauen, die jede Woche dorthin kamen, betrachteten Francesca auch eher skeptisch, die aufgrund ihrer Arbeit nur alle paar Wochen einen Termin dort buchen konnte. Es war nicht Francescas Welt, und sie würde es wohl auch nie werden. Und doch musste sie elegant und professionell wirken, wenn sie mit anderen Geschäftsleuten zusammentraf. Aus diesem Grund hatte sie sich für die Besuche dort entschieden.

Wenn Valentino auch nur halb so gütig und gerechtigkeitsliebend wie Matteo wäre, dann würde sein plötzliches Wiederauftauchen bestimmt ein Gewinn für die Familie und auch für das Café Alba sein. Mit dieser Hoffnung legte sie sich schlafen.

Als sie am nächsten Morgen mit dem Frühstück fertig war,

traf sie in der Diele auf Valentino, der gerade ins Haus gekommen war. Seinen Hut warf er achtlos auf eine Kommode, die neben der Tür zum Büro seiner Mutter stand.

»*Buongiorno*«, grüßte er Francesca gut gelaunt und zwinkerte ihr frech zu. »Ich hoffe, du hast gut geschlafen, liebste Schwägerin.«

»*Grazie.*« Francesca lächelte kühl, ihr gefiel der vertrauliche Ton ihres Schwagers nicht. Oder war sie zu empfindlich? Wenn nur Matteo noch hier gewesen wäre. In diesem Moment kam Isabella den Flur hinuntergelaufen. Francesca fing sie in ihren Armen auf und sah sich nach Ida um. Sie brauchte Isabellas Mantel, damit sie zur Fabrik aufbrechen konnten.

»Wen haben wir denn da?«, fragte Valentino und betrachtete Isabella genau.

»Das ist deine Nichte Isabella«, stellte Francesca ihre Tochter noch einmal vor. Dann setzte sie das Mädchen wieder auf den Boden und bückte sich zu ihr hinunter. »Sag deinem Onkel Valentino Guten Tag, Schatz.«

Isabella legte den Kopf schief und murmelte etwas.

Valentino strich über Isabellas Haare und wandte sich dann ab. Er steuerte die Tür des Büros der Signora an.

»Wir müssen los«, rief Francesca ihm nach. »Wenn ich nachher zurück bin, können wir über alles sprechen. Zum Beispiel über das Café.«

»*Naturalmente.*« Valentino blieb vor der Tür der Signora stehen. »Ich habe davon gehört, dass du es die letzten Jahre geleitet hast. Wir können über alles reden. Und ich danke dir für deine Arbeit in den letzten Jahren. Dem Café Alba scheint es ja prächtig zu gehen. Alles wirkt gepflegt, und die Regale sind voll.«

»Sì.« Francesca lächelte stolz.

»Ich brauche nachher nur ein paar Unterschriften von dir, aber damit will ich dich jetzt nicht belästigen.«

Francesca nickte nachdenklich. Vermutlich wollte er am Café beteiligt werden, ein nachvollziehbarer Wunsch.

Als sie am Abend nach Hause kam, eilte Ida auf Francesca zu. »Signor Milani erwartet Sie in seinem Arbeitszimmer.«

Francesca blieb stehen. *Seinem* Arbeitszimmer? Valentino war seit nicht einmal vierundzwanzig Stunden zurück, und schon hatte er das Arbeitszimmer übernommen.

Sie brachte Isabella zu Antonella in die Küche.

»Hallo, Liebes.« Die Köchin lächelte. »Wie war dein Tag?«

Francesca machte eine Handbewegung. »Gut, danke. Hast du zufällig mehr von Valentino erfahren? Wo war er die letzten Jahre? Was hat er gemacht, und warum hat er sich nicht gemeldet?«

Antonella seufzte und bückte sich, um Isabella hochzunehmen. Die Kleine wurde langsam zu schwer für die alte Frau. »Er macht ein großes Geheimnis um die letzten Jahre.«

»Also gut, ich werde mal zu ihm gehen, er will, dass ich irgendetwas unterschreibe.«

Antonella sah sie besorgt an. »Lass dich zu nichts drängen, Liebes.«

Francesca zögerte. »Wie war er eigentlich als Kind und junger Mann? War er … ich meine … hat er in seiner Art Matteo geähnelt?«

Antonella lachte auf. »Geähnelt? Ich weiß nicht. Sie waren Brüder, und das konnte man an ihrem Aussehen immer deutlich erkennen. Aber Matteo war ehrgeiziger, Valentino hat immer den einfachsten Weg gesucht. Aber er war auch ein lieber Junge.«

»*Naturalmente.*« Francesca lächelte und ging zu ihm ins Arbeitszimmer.

»Ah, Francesca.« Als sie eintrat, stand er auf und breitete die Arme aus. »Wie schön, dass du zurück bist. Was hast du den ganzen Tag über getrieben? Ich hatte schon viel früher mit dir gerechnet.«

»Ja?« Francesca warf einen Blick auf die Standuhr, die zwischen den beiden Fenstern stand. Es war nicht einmal sieben Uhr. »Es ist aber noch nicht spät. Normalerweise komme ich erst kurz vorm Abendessen zurück.«

Er nickte nachdenklich, dann deutete er auf den runden Eichenholztisch. »Bitte, nimm Platz.«

Francesca schluckte die Verärgerung darüber hinunter, dass er gar nicht darüber nachzudenken schien, dass sie bis gestern dieses Zimmer genutzt hatte. Er spielte sich wie der Herr im Haus auf, obwohl er seine Familie jahrelang hatte glauben lassen, tot zu sein. Doch all das schien nicht mehr zu zählen.

»Ich habe alles vorbereitet.« Er griff nach einer dicken Ledermappe, die auf dem Schreibtisch lag. »Du brauchst dir all das gar nicht durchzulesen, unterschreibe einfach auf den Linien unten.«

Er legte die Mappe geschlossen vor Francesca auf den Tisch. Dann zwinkerte er ihr zu, bevor er sie aufschlug. »Vorsicht! Nicht erschrecken, es ist eine Menge Papierkram.«

Es war in der Tat ein gewaltiger Stapel an dicht beschriebenen Unterlagen.

»Und das hast du alles heute erst fertiggestellt?«, fragte sie und warf ihm einen skeptischen Blick zu.

»Nun, nicht alles. Einige der Unterlagen hatte mein Geschäftspartner schon vorbereitet.«

Francesca lehnte sich zurück und griff nach dem ersten Blatt.

»Du brauchst es dir nicht durchzulesen.« Valentino beeilte sich, ihr das Dokument wieder aus der Hand zu nehmen. »Einfach nur unterschreiben.«

»*Scusa.*« Francesca bemühte sich um ein Lächeln. »Aber

einfach nur unterschreiben erscheint mir nicht angebracht. Ich werde mir natürlich erst durchlesen, was du da von mir unterschrieben haben möchtest.«

»Bitte.« Er machte eine gönnerhafte Geste. Noch immer lag ein siegesgewisses Lächeln auf seinem Gesicht. »Aber du als Frau kennst dich doch sowieso kaum aus. Es ist also reine Zeitverschwendung, sich mit dem Kleinkram zu befassen.«

Francesca überflog die Unterlagen, und mit jedem Wort, das sie mehr las, begann sie zunehmend die Fassung zu verlieren. Sie atmete tief durch, zwang sich, ruhig zu bleiben. Ihr Schwager schien sie für sehr naiv, um nicht zu sagen dumm zu halten, und er war eindeutig zurückgekommen, um sich zu bereichern. Er hatte einen Vertrag aufgesetzt, in dem Francesca ihm das Café Alba übertrug, einen weiteren, in dem sie auf den ihr zustehenden Anteil an dem Haus in der Via Rattazzi verzichtete, und ein Dokument, das die Azienda an Valentino übertrug. Mit der Fabrik hatte er nicht das Geringste zu tun, das war allein ihr Unternehmen. In einem weiteren Schreiben sollte sie ihm auch sämtliche bisher eingenommenen Gelder übertragen, ihm ihre Konten überlassen und sich aus dem Geschäft zurückziehen.

Francesca stand auf. »Ich werde diese Unterlagen auf gar keinen Fall unterschreiben. Das sind Verträge und Urkunden, die dir meinen gesamten Besitz zusprechen würden. Das Haus hier, das Café und vor allem meine Azienda, die gar nichts mit dem Erbe deines Vaters zu tun hat. Matteo und ich haben die Fabrik gegründet, lange nach dem Tod deines Vaters.«

Valentino sah sie nachdenklich und ein wenig überrascht an und nahm dann ihr gegenüber an dem runden Tisch Platz. Hatte er ernsthaft damit gerechnet, Francesca so einfach betrügen zu können? Er machte eine Handbewegung, als verscheuche er eine lästige Fliege. »Nun, ich will mich nicht mit dir streiten, und auch meiner Mutter sollten wir keinen Kummer bereiten, indem wir über ein paar Lire zanken. Aber als du alles geerbt hast, war nicht klar, dass ich noch lebe. Du kannst mir also freiwillig geben, was mein ist, indem du diese Dokumente unterschreibst. Oder du lässt es auf einen öffentlichen Prozess ankommen, der meine arme Mamma sehr mitnehmen würde.«

»Valentino.« Francesca schluckte die Wut hinunter, die in ihr aufstieg, und zwang sich zur Ruhe. »Ich bin vollkommen einverstanden, dass dir die Hälfte des Wertes zusteht, den das Café Alba und auch das Haus hier zum Zeitpunkt des Todes eures Vaters hatte. Aber warum sollte ich unterschreiben, dass dir alles gehört? Und wieso auch meine Fabrik, die gar nichts mit deinem Erbe zu tun hat?«

»Du bist keine Milani.« Valentino sah sie abfällig an. »Dir steht das alles hier nicht zu. Mein Bruder ist tot, und ich bin am Leben. Ich will das Erbe meiner Familie weiterführen.«

»Weiterführen? Hast du nicht angedeutet, alles verkaufen zu wollen?« Francesca stieß laut die Luft aus. »Und auch wenn ich keine gebürtige Milani bin, so ist Isabella es sehr wohl. Ihr steht das Erbe ihres Vaters zu.«

»Sie ist eine Frau, ebenso wie du.« Valentino blitzte sie böse an. »Und aus diesem Grund habe ich auch nicht vor, das alles noch weiter mit dir zu verhandeln. Das hier ist alles mein Erbe, und du solltest die Verträge jetzt unterschreiben.«

Francesca stand auf. »Matteo und ich haben nach dem Tod eures Vaters den Betrieb aus den Schulden geführt und unsere eigene Fabrik eröffnet. In den Verträgen hier soll ich aber auf alles verzichten, nicht einmal ein Teil soll mir zugesprochen werden. Das ist lächerlich, und ich werde nichts dergleichen unterschreiben. Du bekommst die Hälfte des Wertes, den das Café und auch das Haus hier damals hatten, als dein Vater gestorben ist. Das ist mein letztes Angebot.«

»Dein Angebot?« Valentino stand ebenfalls auf und folgte ihr zur Tür. »Also, was willst du?«

»Das, was mir und Isabella zusteht. Und das ist die gesamte Fabrik und ein Teil des Cafés.« Francesca öffnete die Tür. »Wenn du also alles haben willst, musst du gerichtliche Schritte einleiten.«

Valentino fasste nach Francescas Arm und hielt ihn so fest, dass ihr der Schmerz einen Moment lang den Atem nahm.

»Du solltest dir noch einmal gut überlegen, ob du dich mit mir anlegen willst, denn ich kann dich im Handumdrehen vernichten. Ich habe mächtige Freunde. Einer davon ist an dem Betrieb interessiert. Er wird bekommen, was er haben möchte, und ich werde meinen Vorteil daraus ziehen. Du kannst mitmachen oder dich gegen uns stellen.«

»Dieser Freund heißt nicht zufällig Signor Bianco?«, unterbrach Francesca ihn und riss sich aus dem festen Griff ihres Schwagers los. Plötzlich ergab alles einen Sinn. Signor Bianco hatte ihr damit gedroht, sich an ihr zu rächen. In den letzten Jahren war es auffallend ruhig um ihn geworden, seit seinem hinterlistigen Hilfsangebot, gleich nach dem Hochwasser, hatte er sich bedeckt gehalten.

»Sì, und ich bin froh, dass er mich darauf aufmerksam gemacht hat, dass ich gerade um Millionen betrogen werde«, antwortete Valentino.

»Betrogen trifft es ja wohl nicht ganz«, sagte Francesca, während sie sich auf den Weg in Richtung Küche machte. »Immerhin hättest du dich längst melden können, dann hättest du deinen Anteil sofort bekommen.«

»Ach ja? So wie jetzt? Du versuchst dich anscheinend mit Händen und Füßen dagegen zu wehren, dass ich mein Erbe antreten kann.«

»Das tue ich nicht! Ich will nur, dass es gerecht zugeht.

Und mit der Azienda Milani hast du nichts zu tun, die haben Matteo und ich allein aufgebaut.«

Wütend und besorgt zugleich betrat Francesca die Küche. Signora Milani und Antonella saßen am Küchentisch. Isabella spielte mit leeren Gläsern und Murmeln auf dem Boden in der Ecke.

»Du bist gar nicht so dumm, wie es dein hübsches Äußeres vermuten ließe.« Valentino war ihr gefolgt. Er ignorierte die Köchin und auch seine Mutter. »Ich werde mich nicht mit einem Almosen abspeisen lassen. Ich will alles, und ich werde es darauf ankommen lassen. Ich ziehe gegen dich vor Gericht und werde mein Erbe einfordern. Es sei denn, du kooperierst.«

Wut stieg in Francesca auf. Niemals würde ein Gericht ihm die Firma zusprechen. Oder doch? Francesca hatte keine Ahnung von juristischen Fragen oder Erbrecht. Sie schnaubte entrüstet.

»Wir zwei wären ein gutes Gespann, denke ich.« Er kam auf Francesca zu. Dann beugte er sich zu ihr.

Sie konnte sein Aftershave riechen, das bestimmt teuer war, aber unangenehm in ihrer Nase kribbelte.

Dicht an ihrem Ohr flüsterte er: »Ich heirate dich, denn du scheinst nicht nur schön zu sein, sondern auch klug. Damit könntest du mir ebenbürtig sein.«

»Niemals.« Ekel stieg in Francesca auf. Sie wich vor ihm zurück.

Antonella sprang auf.

»Was denn?«, fragte er und sah die Köchin grinsend an. »Ich stelle Francesca doch nur vor die Wahl: Wenn sie mir keine weiteren Schwierigkeiten macht, werde ich die Geschäftsführung übernehmen. Ich bin bereit, sie zu heiraten, es ist schließlich üblich, dass Männer ihre verwitweten Schwägerinnen zur Frau nehmen. Und sie ist zu jung, um allein zu bleiben. Dann wäre auch die ganze Streiterei um das Erbe hinfällig.« Er steckte die Hände in die Hosentasche seines teuren Anzugs, dann wandte er sich wieder an Francesca: »Andererseits werde ich bestimmt nicht hinter dir herlaufen, aber ich kann dich vernichten, ohne mich überhaupt anstrengen zu müssen. Ich lasse mir mein Erbe nicht nehmen, schon gar nicht von einer wie dir!«

Er schlenderte zur Tür. »Wir essen in ein paar Minuten im Esszimmer.«

»Francesca?« Die Signora sah sie erschrocken an, sobald Valentino die Küche verlassen hatte »Was war das denn?«

»Valentino«, stieß Francesca aus. »Er hat … war er immer schon so rücksichtslos und brutal?«

Ihre Schwiegermutter sah sie an, ohne zu antworten. Antonella machte sich am Herd zu schaffen. Francesca konnte den Blick ihrer Schwiegermutter nicht deuten. War es Resignation? Angst?

Francesca stützte sich auf den Küchentisch und erzählte den beiden Frauen, was Valentino von ihr zu unterschreiben verlangt hatte.

Die Signora wirkte müde. Sie ließ sich auf dem Küchenstuhl zurücksinken. Dann seufzte sie. »Was hat er gesagt, wo er die letzten Jahre gewesen ist?«

»Dazu hat er gar nichts gesagt«, antwortete Francesca verwirrt. Wozu war es wichtig, wo er gewesen war, wenn er gerade versucht hatte, Francesca zu betrügen? »Auf jeden Fall war er bestimmt nicht bis vor Kurzem in Afrika in Kriegsgefangenschaft. Woher kommen der teure Anzug, die sauberen Hände, die gebräunte Haut? Er hat zugegeben, dass er durch Signor Bianco von unserem Erfolg gehört hat, deshalb ist er hier. Er wäre nicht gekommen, wenn er hier nicht ein Vermögen erwarten würde.«

Die Signora sagte nichts, sondern schloss einen Moment

die Augen. Francesca konnte erkennen, dass es in ihr arbeitete. Einerseits wollte sie ihren Sohn nicht verraten, indem sie sich auf Francescas Seite schlug, andererseits schien sie sein Verhalten aber nicht zu überraschen.

»Er will gerichtlich gegen mich vorgehen«, flüsterte Francesca. Sie richtete sich wieder auf. »Es sei denn, ich überlasse ihm mein gesamtes Unternehmen, oder ich würde ihn heiraten.«

»Nun, ihm steht die Hälfte von allem zu, schließlich ist er unser einziger Erbe«, warf ihre Schwiegermutter ein.

Francesca sah sie empört an. »Aber Matteo und ich haben die Fabrik aufgebaut, wir haben ein hoch verschuldetes Café übernommen und es wieder in die schwarzen Zahlen gebracht. Die ganze Idee mit der Crema Piemontese war unsere. Wir sind das Risiko eingegangen, wir haben das Fabrikgebäude errichtet und Arbeiter eingestellt. Das alles hatte nichts mit Matteos und Valentinos Erbe zu tun. Ich bin bereit, ihm einen Anteil auszuzahlen, für das Haus hier und meinetwegen auch für das Café, obwohl wir ursprünglich nichts weiter als Schulden übernommen haben.«

Die Signora wirkte müde, als sie leise sagte: »Nun, ihr hattet den guten Namen des Café Alba.«

»Und dafür bin ich ja auch bereit zu zahlen«, rief Francesca, die nicht verstand, wie die Signora sich auf die Seite Valentinos schlagen konnte. Es war so offensichtlich ungerecht! »Aber ich verstehe nicht, warum er von dem Erfolg meiner Fabrik profitieren sollte.«

»Ich wünsche mir nur, dass sich alle gut vertragen«, seufzte die Signora. Zum ersten Mal erkannte Francesca, wie alt ihre Schwiegermutter in den letzten Jahren geworden war. Es erinnerte nicht mehr viel an die tatkräftige, energische Frau, die Francesca vor sechs Jahren kennengelernt hatte.

»Ich werde mir einen Anwalt suchen«, erklärte Francesca.

In diesem Moment betrat Ida die Küche.

»Ida, Liebes, wir müssen im Esszimmer decken«, sagte Antonella schnell, und damit war das Thema des Erbes fürs Erste beendet. »Valentino möchte wieder zur alten Ordnung zurückkehren.«

Francesca seufzte. »Ich esse mit euch in der Küche.«

»No.« Die Signora stand auf und trat zu Francesca. »Das ist nicht dein Platz. Wenn Valentino auf das Esszimmer besteht, dann gehörst du an unsere Seite. Du bist die Frau meines Sohnes.«

Am nächsten Tag überlegte Francesca, was sie nun tun sollte. Sobald sie in die Fabrik kam, zog sie sich in ihr Büro zurück. Die Unterhaltung mit Valentino ging ihr nicht aus dem Sinn. Sie ließ sich in ihren Sessel sinken und starrte auf die Schreibtischunterlage. Was sollte sie jetzt tun? War es besser, erst einmal abzuwarten, was Valentino unternehmen würde? Aber dann wäre sie dazu gezwungen, auf seine Schachzüge zu reagieren. Nein, entschlossen stand sie auf. Sie würde vorbereitet sein. Sie wollte gerade nach dem Telefonhörer greifen und sich mit dem Familienanwalt der Milanis, Signor Romano, verbinden lassen, als sie innehielt. Inwieweit konnte sie sich auf die Loyalität des Mannes verlassen? Würde er auf ihrer Seite stehen? Sie war sich ja nicht einmal sicher, ob die Signora zu ihr oder ihrem Sohn halten würde, wenn es zu einer offenen Auseinandersetzung kommen sollte. Nein, Francesca schüttelte den Kopf. Sie musste einen eigenen Anwalt finden.

Entschlossen ging sie zur Tür, um bei Signor Viarengo nachzufragen, ob er ihr einen guten Juristen empfehlen könnte. Der Vorarbeiter saß in seinem Büro und hatte Listen mit verschiedenen Aufstellungen vor sich liegen.

Als Francesca eintrat, sah er auf. »Signora was kann ich für Sie tun?« Er kam um seinen Schreibtisch herum und rückte ihr einen der beiden modernen Cocktailsessel zurecht, die in einer Ecke des Raumes an einem kleinen Tisch standen. Francesca liebte diese Sitzgruppe, die sie erst seit kurzer Zeit hatten.

Signor Viarengo nahm in dem zweiten Sessel Platz und streckte die langen Beine aus.

Ohne Umschweife begann sie ihm von Valentinos Auftauchen und seinen absurden Forderungen zu erzählen. Signor Viarengo sah sie erschrocken an. Von Zeit zu Zeit nickte er. Je mehr er hörte, umso mehr wich die Farbe aus seinem Gesicht. Als Francesca geendet hatte, stand er auf und trat ans Fenster. Eine Weile sah er auf den Hof hinaus.

Schließlich drehte er sich um. »Ich stimme vollkommen mit Ihnen überein, dass Sie sich auf jeden Fall einen Anwalt nehmen sollten. Ich weiß nicht, was Signor Valentino genau im Sinn hat, aber auf jeden Fall wird er hier aufgetaucht sein, um sich zu bereichern.«

»Ich habe keine Ahnung von Rechtsstreitigkeiten«, seufzte Francesca. »Bislang habe ich nie einen Juristen gebraucht.«

»Ich werde mich umhören nach jemandem, der auf Erbrecht und Unternehmensrecht spezialisiert ist«, sagte Signor Viarengo.

»Aber bitte seien Sie diskret«, sagte Francesca, »denn wenn mein ärgster Konkurrent Signor Bianco davon erfährt, wird er hundertprozentig versuchen, meinen Anwalt zu beeinflussen. Denn Signor Bianco ist es, der hinter all den Ideen meines Schwagers steckt. Er wartet seit Jahren darauf, meine Firma in die Finger zu bekommen.«

»Selbstverständlich werde ich diskret vorgehen, Signora Milani.« Signor Viarengo nickte ihr zu, und sie erkannte den

Ernst in seinen Augen. Auch ihm war klar, dass viel auf dem Spiel stand.

Francesca stand auf. »*Grazie.*«

Er begleitete sie zur Tür. »Signora, machen Sie sich keine Sorgen. Das Ganze wird sich bestimmt klären lassen.«

Francesca lächelte traurig und verließ den Vorarbeiter wieder. So viel Glück sie auch mit dem Erfolg der Firma hatte, so viele Dramen hatte sie auch schon erlebt. Und nun ereilte sie die nächste Katastrophe. Anstatt sich über den wiedergefundenen Schwager freuen zu können, musste sie um ihr Unternehmen fürchten. Auch wenn sie sicher war, dass er ihr niemals alles wegnehmen konnte – schließlich stand ihr zumindest die Hälfte des Erbes zu –, war Valentino ein Mann und sie nur eine Frau. Und falls Valentino mit seinen Forderungen Erfolg hätte und die Hälfte ihres gesamten Unternehmens bekommen würde, wäre Francesca kaum in der Lage, ihn wieder loszuwerden, da Männer in der Geschäftswelt nun einmal bessere Beziehungen hatten und anders anerkannt waren als Frauen. Es bestand kein Zweifel, sie würde dann über kurz oder lang ihre Leitungsfunktion verlieren.

Am nächsten Tag hatte Signor Viarengo einen Namen für Francesca: die Anwaltskanzlei Rossi in Turin.

»Es handelt sich um Vater und Sohn, beide spezialisiert auf Unternehmens- und Erbrecht«, erklärte Signor Viarengo. »Sie sind die richtigen Anwälte für diesen Fall, denn der Vater ist bereits seit vierzig Jahren als Anwalt tätig und hat viele Fälle erfolgreich behandelt. Er verfügt über eine Menge Erfahrung. Sein Sohn hingegen ist noch jung, hat sich aber auch schon einen guten Namen gemacht. Er kennt sich anscheinend sehr gut aus, ist hervorragend ausgebildet und findet immer den richtigen Ton. Beide zusammen haben ein umfangreiches Wissen.«

Francesca dankte ihm und nahm die Adresse entgegen. Signor Viarengo versprach, in der Kanzlei anzurufen und sie anzumelden. Sofort ließ sie sich nach Turin fahren.

Die Anwaltskanzlei lag an einer schönen Straße am Stadtrand von Turin, die von Kastanienbäumen gesäumt war. Als Francesca den Neubau betrat, bewunderte sie die modernen Fliesen im Eingangsbereich. Eine geschwungene Treppe führte in die erste Etage, in der sich die Kanzlei befand.

Vor der weißen Tür mit dem großen Messingschild, auf dem »Giuseppe und Aurelio Rossi, Rechtsanwälte« stand, hielt sie einen Moment inne und atmete tief durch. Dann betrat sie die Kanzlei.

Der dezente Duft von Rosen und Papier schlug ihr entgegen. Sie sah sich um und erblickte einen runden Tisch in der Mitte des Raumes, auf dem ein großer Strauß bunter Wildrosen stand. Schlichte graue Teppiche lagen auf dem Steinboden, und schnörkellose moderne Möbel bildeten die Einrichtung. Hinter einem Schreibtisch saß eine Empfangsdame.

Sie sah auf, als Francesca eintrat.

»*Buongiorno*«, sagte Francesca und stellte sich vor. »Ich bin telefonisch angekündigt worden und hoffe, dass ich, obwohl ich keinen Termin habe, mit einem der Anwälte sprechen kann. Es ist sehr dringend.«

»*Naturalmente*, Signora.« Die Frau deutete lächelnd auf eine Tür. »Nehmen Sie noch einen Moment im Wartezimmer Platz. Signor Rossi wird gleich Zeit für Sie haben.«

Francesca betrat einen großen hellen Raum, in dem an den Wänden Lederstühle standen. Sie war zu aufgeregt, um sich hinzusetzen, und da niemand sonst hier war, lief sie unruhig auf und ab.

Schon wenige Minuten später wurde die Tür geöffnet, und ein junger Mann schaute herein.

»Signora Milani?«, fragte er.

Francesca nickte, erleichtert darüber, dass sie nicht lange warten musste. »Das bin ich.«

»Bitte kommen Sie mit.« Er hielt ihr die Tür auf.

Sein Lächeln war warm und gewinnend und erinnerte sie ein wenig an Matteo. Sofort fiel ein Teil der Anspannung von ihr ab, und sie folgte dem Mann wieder hinaus, an der Empfangsdame vorbei, in einen Korridor, von dem mehrere Türen abgingen.

Vor einer dieser Türen blieb der Mann stehen und ließ ihr den Vortritt in einen Raum, der anscheinend nicht als Büro, sondern ausschließlich für Besprechungen genutzt wurde. Das Mobiliar bestand nur aus einem großen Tisch aus Mahagoni und dazu passenden Stühlen.

Jetzt erst reichte er ihr die Hand. »Ich bin Aurelio Rossi, bitte nehmen Sie Platz.«

Er zog einen der Stühle vom Tisch und wartete, dass sie darauf Platz nahm. Francesca setzte sich verwirrt hin. Dieser Mann konnte unmöglich der erfolgreiche Anwalt sein, den sie brauchte. Sie betrachtete skeptisch das jugendliche Gesicht, die braunen Augen und Haare, das verschmitzte Lächeln, die Grübchen in den Wangen. Er schien kaum älter als sie selbst zu sein.

»Kann ich Ihnen einen Kaffee oder Wasser anbieten?«, fragte er, während er um den Tisch herumging und gegenüber von ihr Platz nahm. Vor ihm auf dem Tisch lagen ein Schreibblock und ein Füllfederhalter.

Francesca schüttelte den Kopf. »Nein, danke.«

»Also, Signora Milani, was kann ich für Sie tun?« Seine dunklen Augen lagen interessiert auf ihr.

Francesca wurde klar, dass dieser junge Mann tatsächlich ihr Anwalt sein sollte.

»No.« Entsetzt sah sie ihn an. »Ich brauche einen guten, einen erfahrenen Juristen. Es geht um eine hohe Summe, um die Zukunft von rund dreißig Angestellten.«

Seine Augenbrauen hoben sich etwas. Ein leichtes Lächeln umspielte seine vollen Lippen. »Ich sehe jünger aus, als ich bin, Signora. Das ist mein Vorteil, weil nicht nur Sie mich unterschätzen, sondern auch die anderen Juristen.«

Francesca betrachtete ihn skeptisch. Wieder zeigten sich beim Lächeln die zwei kleinen Grübchen in den Wangen, was ihm das jungenhafte Aussehen verlieh.

»Signora Milani«, fuhr er fort, »ich schlage vor, dass ich mir erst einmal Ihren Fall anhöre, und dann entscheiden Sie, ob Sie mir diesen Fall zutrauen. Und ich überlege mir, ob ich bereit bin, ihn zu übernehmen.«

Francesca schluckte. Das alles lief nicht so, wie sie es erwartete hatte, aber sie hatte wohl keine große Wahl. Verunsichert über den Beginn des Gesprächs begann Francesca stockend ihre Geschichte zu erzählen. Sie fing ganz vorne an, berichtete von ihren ersten Experimentierversuchen mit den gerösteten Haselnüssen in der Backstube in der Via Rattazzi, von dem Tod des alten Signore und den Schulden, die sie geerbt hatten. Von ihren abgelehnten Kreditanfragen, ihrem Konkurrenten Signor Bianco und dessen Interesse an ihrem Geschäft, von der erfolgreichen Etablierung der Fabrik, dem Hochwasser und der Erweiterung des Unternehmens. Schließlich berichtete sie von Matteos Tod und dem Auftauchen seines lange vermissten Bruders Valentino.

Als sie geendet hatte, war ihr Mund trocken, und sie fühlte sich erschöpft. Es kostete sie immer wieder Kraft, über den schrecklichen Unfall zu reden.

Signor Rossi stand auf und bestellte bei der Empfangsdame Kaffee und Wasser. Als die Getränke wenig später vor ihnen standen, trank Francesca durstig ihr Glas leer. Sie sah auf die Uhr, die über der Tür hing, und stellte erschrocken fest, dass ihr Bericht beinahe zwei Stunden gedauert hatte.

Der Jurist hatte schweigend zugehört, hin und wieder hatte er kurze Nachfragen gestellt und sich auf einem Schreibblock Notizen gemacht. Jetzt sah er sie nachdenklich an.

Francesca kaute unsicher auf ihrer Unterlippe. Plötzlich hatte sie Angst, dass der Anwalt sie nicht vertreten wollte.

Signor Rossi trank seinen Kaffee in einem Schluck und sah dann wieder Francesca ernst an. »Ich denke, wir haben gute Chancen, Sie gegen Ihren Schwager erfolgreich zu verteidigen. Sie haben doch sämtliche Zahlen und auch Anschaffungen dokumentiert, oder?«

Francesca nickte. »Natürlich. Es gibt die Bilanzen mit sämtlichen Umsätzen, sowohl vom Café Alba als auch von der Fabrik. Außerdem habe ich die Kaufverträge für die Maschinen, die Matteo angeschafft hat, und auch die, die ich nach dem Hochwasser neu beschaffen musste.«

»Sehr gut«, erklärte Signor Rossi. »Ich brauche auch die Kauf- und Bauverträge für die Fabrikhalle. Gibt es vielleicht irgendwelche Klauseln in den Verträgen?«

Francesca zuckte mit den Schultern. »Ich weiß es nicht, ehrlich gesagt kenne ich mich nicht sonderlich gut mit solchen Dingen aus.«

»Am besten wird es sein, wenn ich mit meinem Assistenten in den nächsten Tagen bei Ihnen vorbeikomme und mir Ihre Unterlagen genau anschaue.« Er richtete sich auf und sah Francesca an. »Aber zunächst stellt sich die Frage, ob Sie mit mir zusammenarbeiten wollen. Ich kenne nun die Lage und bin bereit, Ihnen zu helfen. Aber nur, wenn Sie mir vertrauen.«

»Ich vertraue Ihnen«, sagte Francesca, und als sie in die warmen braunen Augen blickte, die sie so sehr an Matteo erinnerten, war sie davon überzeugt.

»Gut.« Signor Rossi stand auf.

Francesca nickte erleichtert. Es tat gut, zu wissen, dass sie der möglichen Bedrohung nicht mehr allein gegenüberstand, sondern dass sie nun einen fachkundigen Mann an ihrer Seite hatte.

Kapitel 13

Italien, Piemont, März 1952

Als Francesca an diesem Abend mit Isabella nach Hause in die Via Rattazzi kam, hörte sie Valentinos Stimme.

»Komm her!« Er steckte den Kopf aus der Tür des Arbeitszimmers und stieß einen Pfiff aus.

Francesca, die nach ihrer Rückkehr aus Turin noch lange in der Fabrik gesessen und Angebote geprüft hatte, war zu müde, um jetzt noch mit ihrem Schwager zu streiten. Sie war nur froh, dass sie zu Hause nie sensible Dokumente aufbewahrt hatte, sondern sich sämtliche Unterlagen, die vertrauliche, firmenwichtige Informationen enthielten, in der Fabrik befanden.

»Ich bin müde, wir müssen uns morgen unterhalten«, erklärte sie und wollte an ihm vorbei zu ihrem Zimmer gehen.

»No, jetzt!« Valentino fasste nach ihrem Arm und hielt sie fest.

»Au!« Francesca versuchte sich aus seinem Griff zu lösen. »Lass mich gefälligst los.«

»Lass meine Mamma los!«, rief Isabella und stürzte sich auf ihren Onkel. Sie begann mit ihren kleinen Fäusten gegen seine Beine zu trommeln.

Valentino sah überrascht zu Isabella hinunter, und einen Moment lang befürchtete Francesca, er würde ihre Tochter schlagen. Immerhin hatte er Francescas Arm losgelassen. Jetzt zog sie Isabella schnell von Valentino fort und stellte sich schützend vor ihre Tochter.

»Wenn ich mit dir sprechen möchte, dann hast du mir gefälligst zu gehorchen«, wandte sich Valentino wieder an sie. Er holte aus, und Francesca schrie erschrocken auf. Sie schaffte es, seinen Arm zu fassen zu bekommen, bevor er sie schlagen konnte. Aber er war stärker und hatte sich ihr schnell entwunden und nun seinerseits wieder ihre Handgelenke umklammert, sodass es schmerzte.

Francesca kreischte so laut, bis Antonella, Ida und die Signora von irgendwoher auftauchten.

»Hilfe!«, rief sie.

»Valentino, lass sie los«, sagte die Signora mit tonloser Stimme.

Einen Moment lang tat Valentino nichts, dann gab er nach und ließ sie endlich los.

»Ich werde dir noch beibringen, dass du mir zu gehorchen hast. Wer hat dich eigentlich erzogen?« Er schenkte ihr einen hasserfüllten Blick.

»Ich schäme mich zumindest dafür, dass ich dich erzogen habe«, sagte die Signora und legte Francesca die Hand auf die Schulter. »Francesca ist die Frau meines Sohnes, somit ist sie zu meiner Tochter geworden, und ich erwarte von dir, dass du sie respektierst.«

»Ich bin jetzt das Familienoberhaupt, und du hast mir genauso zu gehorchen wie jede andere Frau, die unter meinem Dach wohnt.« Er verschwand wieder im Arbeitszimmer und knallte die Tür hinter sich zu.

Francesca schüttelte sich und griff nach Isabellas Hand.

»Mamma, der Mann ist böse«, sagte Isabella mit Entschiedenheit in der Stimme. »Ich hasse ihn.«

Erschrocken bückte sich Francesca zu ihrer Tochter hinunter. Erst jetzt fiel ihr auf, wie mutig Isabella ihrem Onkel entgegengetreten war. Sie hatte sich nicht von ihm einschüchtern lassen. Aber dieser Mut konnte ihr auch gefährlich werden. Daher erklärte sie: »Schätzchen, dein Onkel hat schlimme Dinge erlebt, die ihn so haben werden lassen.«

»Was denn?«, fragte Isabella sofort.

Francesca zögerte. »Ich weiß es nicht. Er ist im Krieg gewesen, und im Krieg kämpfen Männer gegeneinander.«

»Sie tun sich weh? Warum denn?«, wollte Isabella wissen.

Francesca stand wieder auf und fasste die Hand ihrer Tochter, um mit ihr in die Küche zu gehen. Weil sie zu müde war, um mit ihrer Tochter weiter über die großen Fragen der Menschheit zu reden, sagte sie: »Das weiß ich auch nicht, aber du musst mir versprechen, dass du dich vor Onkel Valentino in Acht nimmst, ja?«

»Na gut, aber ich passe auf, dass er dir nicht wehtut«, erklärte sie altklug, sodass Francesca lachen musste und sie fest in die Arme schloss. Was hatte sie für eine wundervolle, tapfere kleine Tochter!

»Und ich werde immer auf dich aufpassen, mein Schätzchen«, versprach Francesca ihr.

Isabella schmiegte sich fest an sie, und Francesca hoffte, dass sie ihr Versprechen immer würde einhalten können. Aber wenn es um ihre Tochter ging, würde sie zur Löwin werden, um sie zu verteidigen.

Drei Tage später stemmte Isabella ihre kleinen Hände angriffslustig in die Hüften, als sie ihren Onkel am Esstisch sitzen sah. Valentino schien seine Nichte jedoch kaum wahrzunehmen.

»Ich denke darüber nach, dich einigen Organisationen zu melden«, erklärte er, als Francesca sich an den Esstisch neben ihre Tochter setzte. »Hast du schon von der 'Ndrangheta gehört?«

Francesca sah ihn leicht genervt an, weil es nicht das erste Mal war, dass er in Rätseln Drohungen ausstieß. »Tu, was immer dir gefällt, du brauchst mich nicht darüber in Kenntnis zu setzen.«

»So?« Er lehnte sich auf seinem Platz am Kopf der Tafel zurück.

Isabella hatte aufgehört zu kauen, das Crema-Piemontese-Brot hatte sie zurück auf ihren Teller gelegt. »Du bist böse«, sagte sie zu ihrem Onkel.

»Hm«, brummte Valentino, ohne das Kind anzusehen. Stattdessen wandte er sich an Francesca. »Allein daran, dass du nicht zu wissen scheinst, wovon ich spreche, ist zu erkennen, dass du nicht geschaffen dafür bist, ein Geschäft zu führen. Und mir ist der Familienbetrieb zu wichtig, um ihn jemandem wie dir zu überlassen, die über nichts Bescheid weiß.« Er hatte sich während seiner kleinen Ansprache so in Rage geredet, dass seine Stimme immer lauter geworden war. Jetzt schlug er auf den Tisch, und seine Stimme war hasserfüllt. »Ich werde dich bekämpfen und wie eine Fliege zerdrücken. Ich habe mächtige Freunde, was meinst du, wovon ich in den letzten Jahren gelebt habe? Ich werde meine Freunde auf dich hetzen, sie gehören einer mächtigen Familie an und werden sich bei dir melden. Und wenn die mit dir fertig sind, wenn du am Boden liegst, dann komme ich und brauche nur noch die Früchte einzusammeln.«

»Es ist verboten zu schreien«, erklärte Isabella. »Wenn du das machst, darfst du nicht mit uns zusammen essen.«

»Du machst der Kleinen Angst«, sagte Francesca schnell, als sie sah, wie ihr Schwager Isabella wütend musterte. Daher beschloss sie, das Thema zu wechseln, um ihn von Isabella, die eindeutig mutiger war, als gut für sie war, abzulenken. »Ich bin es leid, mir deine leeren Drohungen anzuhören.«

»Du wirst noch früh genug erkennen, dass es keine leeren Drohungen sind.« Valentino stand auf und stützte sich mit beiden Händen auf dem Tisch ab.

»Valentino.« Die Stimme der Signora ließ alle im Raum zusammenfahren. Sie stand in der Tür zum Esszimmer und sah ihren Sohn mit ausdruckslosem Gesicht an. »Hör sofort auf damit! Du weißt genau, dass du auch dich selbst zerstören würdest, wenn du bestimmte Leute auf uns aufmerksam machst. Selbst wenn du dadurch an dein Ziel kommen solltest, würdest du anschließend von ihnen ausgepresst wie eine Zitrone.«

Einen Moment lang sah Valentino seine Mutter fassungslos an. »Was weißt du schon davon?«

»Mehr, als mir lieb ist.« Die Signora setzte sich auf ihren Platz.

»Madre, vielleicht gehöre ich ja schon längst selbst einer Organisation an, hast du da mal drüber nachgedacht?« Valentino ließ sich wieder auf seinen Stuhl fallen und griff nach seiner Tasse. »Verdammt, wo ist denn das nutzlose Hausmädchen? Meine Tasse ist leer.«

»Erstens weiß ich ziemlich sicher, dass du keinerlei familiäre Verbindung zu einer der organisierten Familien hast und somit gar nicht von ihnen aufgenommen werden würdest, und zweitens bin ich mir genauso sicher, dass du es dort nie über einen kleinen Handlanger hinaus schaffen würdest. Du hast nicht genug Mut, um es in einer solchen Organisation weit zu bringen. Du wärst immer nur der kleine Soldat, der sich für die großen Bosse aufopfern würde. Sei also ein schlauer Junge, und halte dich von ihnen fern.«

Einen Moment lang starrte Valentino seine Mutter an. Dann stand er auf und verließ wortlos den Raum.

Die Signora seufzte, sobald sich die Tür hinter ihm geschlossen hatte. »Es war vermutlich nicht besonders schlau von mir, ihn so zu reizen.«

»Signora, was hat das zu bedeuten? Von wem haben Sie gesprochen?« Francesca strich ihrer Tochter beruhigend über den Rücken, doch diese Geste sollte vor allem sie selbst beruhigen. Isabella aß unbeeindruckt ihr Weißbrot.

»Von der Mafia«, erklärte die Signora. »Es gibt mehrere kriminelle Organisationen. Eine davon ist die 'Ndrangheta, die angeblich in Norditalien Fuß fassen will. Sie stammen eigentlich aus Kalabrien. Früher oder später wirst du vermutlich noch mit ihnen zu tun bekommen. Jeder, der erfolgreich ist, gerät in ihr Visier.«

»Oh.« Francesca küsste das Köpfchen ihrer Tochter und bemühte sich, ihre Angst nicht zu zeigen. Isabella sollte gar nicht erst auf die Idee kommen, auch noch gegen die organisierte Kriminalität den Kampf aufnehmen zu wollen. »Ich habe jedenfalls nicht vor, mich erpressen zu lassen.«

»Ich hoffe, dass dir das gelingen wird«, seufzte die Signora. Mit einem Blick auf Isabella, die interessiert dem Gespräch der beiden Frauen lauschte, fügte sie hinzu: »Wir sollten das Thema wechseln.«

Francesca stimmte ihr zu, und sie begannen sich über die neuen Vorhänge zu unterhalten, die die Signora in Auftrag gegeben hatte.

*

In den nächsten Tagen wiederholten sich diese Vorfälle immer wieder. Valentino sprach offene oder versteckte Drohungen aus, je nachdem, ob die Signora in der Nähe war oder nicht. Überhaupt schien seine Mutter die einzige Person zu sein, die einen gewissen Einfluss auf ihn hatte.

Francesca dachte oft darüber nach, dass er angedeutet hatte, ebenfalls in den letzten Jahren in mafiöse Geschäfte verwickelt gewesen zu sein, und sie überlegte, ob das stimmen konnte. Irgendwo musste er ja gesteckt haben, und etwas musste ihn davon abgehalten haben, in dieser Zeit nach Hause zu kommen oder sich zumindest bei seiner Familie zu melden. Hatte er sich tatsächlich für illegale Dinge zur Verfügung gestellt? Und wenn ja, wie weit war er bereit gewesen zu gehen? Schrak er jetzt davor zurück, ihr – oder schlimmer, ihrer Tochter – körperliche Gewalt anzutun? Sie erinnerte sich an seine festen Klammergriffe, die jedes Mal blaue Flecken an ihren Handgelenken hinterlassen hatten. Wenn Isabella nur vorsichtiger wäre, aber ihre Tochter schien sich nicht so leicht einschüchtern zu lassen. Einerseits war das eine bewundernswerte Eigenschaft, aber sie konnte sie auch in unnötige Gefahr bringen.

Und dann, Valentino war inzwischen seit einem Monat im Haus, bekam Francesca Post von Signor Romano, dem Familienanwalt der Milanis. Der Brief lehnte an ihrem Weinglas, als sie sich abends an den Tisch im Esszimmer setzte. Valentino saß bereits auf seinem Platz am Kopf der Tafel und beobachtete sie mit einem sadistischen Grinsen. Francesca ahnte sofort, was der Inhalt des Schreibens sein musste. Mit einem möglichst unbeschwerten Seitenblick auf ihre Tochter, die neben ihr saß, griff sie nach dem Brief. In diesem Moment trat die Signora ins Zimmer, und ihr Blick blieb sofort an dem Umschlag haften, den Francesca in der Hand hielt.

»Was ist das?«, fragte sie.

Francesca sah Valentino mit gehobenen Augenbrauen auffordernd an.

Ihr Schwager hob die Hände. »Woher soll ich das wissen? Dein Name steht auf dem Brief.«

Francesca unterdrückte ein Seufzen. Sie hatte sich vorgenommen, ihrem Schwager gegenüber Stärke zu zeigen, um Isabella zu demonstrieren, dass man mit allen Dingen beherrscht umgehen musste. Sie wollte Isabella beibringen, dass es wichtig war, Männern wie ihrem Onkel die Stirn zu bieten, aber auch vorsichtig zu sein. Isabella war viel zu vorlaut. Das kam vielleicht auch daher, dass Francesca sich nicht selbst genug zur Wehr setzte und ihre Tochter meinte, sie verteidigen zu müssen. Damit musste jetzt Schluss sein! Sie würde sich nicht von Valentino erpressen und bedrängen lassen.

Entschlossen griff sie zu ihrem Messer und schlitzte den Umschlag auf. Sie zog ein Schreiben hervor, entfaltete es und las:

Sehr geehrte Signora Francesca Milani,

im Namen meines Klienten, Valentino Milani, setze ich Sie davon in Kenntnis, dass er die Übertragung des Besitzes einfordert, der ihm zusteht. Davon betroffen sind sämtliche Vermögenswerte, die Sie zum heutigen Tag erlangt haben und die ausschließlich aus Ihrer Heirat mit dem Bruder meines Mandanten resultieren. In Anerkennung Ihrer guten Verwaltungsdienste während der Abwesenheit meines Mandanten schlägt er vor, Ihnen zur Entschädigung die Summe von fünfhunderttausend Lire zu zahlen.

Hochachtungsvoll
Salvatore Romano
Rechtsanwalt
Alba

Francesca sah auf. Sie schüttelte fassungslos den Kopf. »Jetzt verlangst du also ganz offen nicht nur die Hälfte von allem, sondern meinen gesamten Besitz? Du hast es ja schon einmal versucht. Wenn ich am Tag nach deiner Rückkehr die Unterlagen unterschrieben hätte, ohne sie zu lesen, wie du es gewollt hast, wäre ich schon vor einem Monat um alles gebracht worden. Aber dass das dein Anwalt mitmacht! Er muss dir doch gesagt haben, dass es aussichtslos ist. Das ist lächerlich!«

»Ohne die Verbindung zu meinem Bruder hättest du die Fabrik niemals aufbauen können«, erklärte Valentino leichthin und griff zu der Weinflasche.

Ida betrat das Esszimmer und servierte eine Platte mit Tomaten und Büffelmozzarella. Der intensive Duft des Basilikums breitete sich im Esszimmer aus.

»Du hast den Namen Milani, die Räumlichkeiten hier, das Wissen meiner Familie und die geheimen Rezepte, auf denen der Erfolg des Café Alba beruht, ausgenutzt und für deine Zwecke gestohlen«, erklärte er und hielt Ida auffordernd seinen Teller entgegen, damit sie ihm auftun sollte. Ohne die junge Frau weiter zu beachten, fuhr er fort: »Ich könnte dich verklagen.«

»Unsinn.« Francesca stieß ein ungläubiges Lachen aus. »Ich habe mit Matteo zusammengearbeitet. Er ist genauso berechtigt gewesen, auf die Familienrezepte zuzugreifen wie du. Und wir haben sowieso unsere eigenen Waren kreiert und brauchen die alten Backanleitungen eurer Vorfahren nicht. Wenn du so scharf darauf bist, schenke ich sie dir.«

»Nachdem du sie bereits als Grundlage für deine Crema Piemontese benutzt hast«, rief Valentino und stellte seinen gefüllten Teller ab. »Diese Rezepte sind jetzt nichts mehr wert. Du hast sie ja bereits ausgeschlachtet.«

»Das ist Unsinn, und das weiß du auch.« Francesca hatte ihren Vorsatz, sich von Valentino nicht provozieren zu lassen, schon wieder vergessen. »Ohne meine Idee, geröstete Haselnüsse zu verwenden, wäre die Crema nichts Außergewöhnliches. Es gibt zig Konditoren in ganz Italien, die ähnliche Schokoladencremes herstellen. Aber wir haben sie mit Haselnüssen versetzt und zu etwas Besonderem gemacht.«

Valentino breitete die Arme aus und griff dann zu Messer und Gabel. »Wir brauchen uns darüber gar nicht zu streiten, sondern überlassen das dem Gericht. Ich bin jedoch ziemlich sicher, dass der Besitz komplett mir zugeschrieben wird als dem einzigen überlebenden Sohn. Und wenn du mich weiterhin so schlecht behandelst, werde ich dir nicht einmal die Entschädigungssumme von fünfhunderttausend zahlen, wie ich es ursprünglich vorgehabt habe.«

»Das ist lächerlich«, rief sie. Ihr war der Appetit vergangen, anscheinend war sie in einem Albtraum gelandet. Während sie ein kleines Stück Mozzarella auf ihre Gabel spießte, sah sie zur Signora hinüber. Ihre Schwiegermutter hatte sich zurückgehalten, dabei hätten ein paar klare Worte vielleicht Vernunft in Valentino erwecken können. Carla Milani war der einzige Mensch, der, wenn überhaupt, ein Umdenken bei Valentino erreichen konnte.

Francesca zwang sich, mit Isabella über ihren Tag in der Kinderstätte der Fabrik zu sprechen, die sie inzwischen eingerichtet hatte und in der zwei weitere Kinder von Arbeiterinnen betreut wurden, und die Signora nach den Fortschritten mit den Vorhängen zu fragen. Aber sowohl Isabella als auch die Signora waren beide recht einsilbig. Valentino hatte diese Familie verändert, er hatte erreicht, dass sie sich nicht mehr ungezwungen und leicht unterhalten konnten, sondern sich die ganze Zeit bewusst waren, dass der Feind im selben Raum saß. Wie sehr sehnte Francesca sich nach den gemütlichen Abenden am Küchentisch zurück, an denen sie mit Antonella über Rezepte gesprochen und von Ida den neusten Dienstbotentratsch erfahren hatte.

Ihre Schwiegermutter war noch zurückhaltender und verschlossener geworden, und ihre kleine Tochter schien immer aggressiver zu werden. Francesca legte ihr Besteck auf den Teller. Sie hatte nur mit Mühe essen können. In diesem Moment nahm sie sich vor, dass sie ein eigenes Haus kaufen würde, falls Valentino nicht in absehbarer Zeit wieder ausziehen sollte. Denn wenn er sich für immer in diesem Haus einnisten sollte, würden Francesca und Isabella hier nicht frei leben können. Andauernd müssten sie auf der Hut vor ihm sein.

Am nächsten Morgen rief sie sofort bei Aurelio Rossi an, als sie in der Fabrik war. Vor zwei Wochen war er zusammen mit einem Assistenten bereits hier gewesen und hatte sich die Unterlagen zeigen lassen, die er für wichtig erachtet hatte.

Jetzt erzählte Francesca ihm von dem Schreiben des Anwalts Romano.

»Ich habe um zehn Uhr einen Termin«, erklärte Signor Rossi zögernd. »Den muss ich leider wahrnehmen, aber danach kann ich mich sofort auf den Weg machen und bin gegen Mittag bei Ihnen.«

»*Grazie*, Signore.« Francesca legte erleichtert auf. Schon

allein das Wissen darum, dass der Anwalt gleich bei ihr sein würde, stimmte sie zuversichtlicher.

Ungeduldig wartete sie auf Signor Rossi. Sie lief unruhig durch die große Halle und sah den Arbeitern zu, die konzentriert die Maschinen bedienten und die Waren überwachten.

Drei Stunden später sah sie einen silbernen Alfa Romeo auf den Parkplatz einbiegen. Sie hielt inne und beobachtete, wie der Fahrer den Wagen in der Nähe des Eingangs abstellte. Kurz darauf stieg er aus, und Francesca erkannte erleichtert Aurelio Rossi. Einen kurzen Augenblick lang fühlte sie sich in eine andere Zeit zurückversetzt, als Matteo aus seinem Fiat gestiegen war. Sie musste an die erste gemeinsame Autofahrt denken, als er sie nach Monchiero gebracht hatte. Dann atmete sie tief durch und eilte dem Rechtsanwalt entgegen.

»Signora Milani.« Signor Rossi streckte ihr die Hand entgegen. Sein Händedruck war fest und warm.

»*Grazie*, dass Sie gleich herkommen konnten.« Francesca deutete auf den Eingang des Gebäudes. »Bitte.«

»Wir sind ja vorbereitet«, erklärte der Jurist mit einem beruhigenden Lächeln, während er ihr in die Fabrik folgte. »Ich denke, wir können die überzogenen Forderungen schnell abwehren.«

»Oh, Sie glauben nicht, wie sehr mich Ihre Worte beruhigen.« Francesca drehte sich lächelnd zu Signor Rossi um. Tatsächlich tat es gut, die Zuversicht des Mannes zu spüren, der sich in der Materie viel besser auskannte.

Sie führte ihn in ihr Büro, wo sie sich an den Schreibtisch setzten und Francesca ihm Kaffee und Pralinen servierte. Dann reichte sie ihm wortlos das Schreiben.

Er las den Text, ohne eine Miene zu verziehen. Schließlich legte er den Brief vor sich auf den Tisch und zog eine Mappe aus seinem Aktenkoffer. »Ich habe schon eine Aufstellung gemacht, die genau verzeichnet, welche Vermögensverhältnisse zu welchem Zeitpunkt vorhanden waren.« Er überreichte ihr eine mehrseitige Liste mit über fünfhundert Posten, stand auf und kam um den Schreibtisch herum, um ihr die einzelnen Zeilen zu erklären. Als er sich über sie beugte, nahm Francesca seinen Duft nach Sandelholz und Bergamotte wahr. Sie bewunderte seine sauberen, gepflegten Hände, als er auf das Blatt deutete. »Hier sehen Sie die Summe, mit der Ihr Mann das Café 1946 geerbt hat. Es gab sehr hohe Verbindlichkeiten. Zum Zeitpunkt Ihrer Hochzeit im August 1947 waren die Schulden abgetragen, und das Café Alba stand sogar mit einem gut gefüllten Konto da.«

Francesca dachte an die damalige Zeit, die ihr schon so unendlich weit entfernt vorkam. Damals war sie sich des unbeschreiblichen Glücks, das sie durch Matteo erfahren hatte, gar nicht bewusst gewesen. Nachdem er sich gegen Giovanna Bianco und für sie entschieden hatte, hatten sie wunderschöne, unbeschwerte Tage erlebt.

Signor Rossis Stimme riss sie aus ihren Gedanken: »Ein wenig ungünstig ist es, dass Sie die neue Firma nicht eindeutig als selbstständiges Unternehmen gegründet haben. Es gibt zwar die Kaufverträge der Grundstücke und so weiter, die Ihr Mann auch auf Ihren Namen hat ausstellen lassen, aber die Fabrik geht nicht eindeutig als gesondertes Unternehmen aus den Unterlagen hervor. Das hätte die Sache einfacher gemacht und gar keinen Zweifel daran gelassen, dass Ihr Schwager keinerlei Anrecht auf die Fabrik hat.«

»Wir haben damals ja nicht im Traum daran gedacht, dass Valentino noch leben könnte. Natürlich soll er seinen gerechten Anteil bekommen, aber ich glaube, es stört ihn vor allem, dass eine Frau die Fabrik leitet«, sagte Francesca und wagte es nicht, Signor Rossi anzuschauen, der noch immer nah hinter ihr stand, um in die Unterlagen vor Francesca schauen zu können. Wenn sie jetzt den Kopf drehte und ihn ansah, würde ihr Blick sie verraten. Er erinnerte sie so sehr an Matteo, dass es sie verwirrte. Sie sehnte sich plötzlich nach seiner Nähe, wollte sich an diesen fremden Mann schmiegen. Francesca schüttelte irritiert den Kopf. Was war nur los mit ihr?

»Da dürfte Ihr Schwager nicht der Einzige sein.« Signor Rossi richtete sich auf.

Francesca entspannte sich.

»Es ist sehr ungewöhnlich, dass eine Frau eine dermaßen große Firma leitet.« Er blieb neben ihr stehen und lächelte. »Ich kenne sonst überhaupt keine Signora, die ein Unternehmen führt. Und Ihre Firma ist eine absolute Erfolgsgeschichte, das kommt noch hinzu.«

Francesca spürte, dass sie errötete. »Ohne Matteo wäre ich nie in diese Situation gekommen. Er hat mein Talent gefördert, mir die Möglichkeit gegeben, in seiner Backstube zu arbeiten und mit ihm zusammen all das hier aufzubauen.«

»Er scheint ein sehr kluger Mann gewesen zu sein.« Signor Rossi sah Francesca so intensiv an, dass ihr ein Schauer über den Körper lief. »Denn er hat erkannt, dass in Ihnen eine sehr gute Firmenchefin steckt.«

»Wenn er nicht gestorben wäre, hätten wir das Unternehmen gemeinsam geleitet.« Francesca seufzte. »Mir ist es, ehrlich gesagt, oft unheimlich, dass ich all diese Entscheidungen jetzt allein treffen muss. Ich habe nicht die Ausbildung und Erfahrung, die Matteo hatte, und aus diesem Grund hätte ich mich auch darüber gefreut, Unterstützung durch meinen Schwager zu erhalten. Aber er ist gar nicht an der Fabrik oder dem Café interessiert, sondern will alles verkaufen. Mein ärgster Konkurrent, Signor Bianco, steckt dahinter.«

»Er hat auch überhaupt kein Recht dazu, sich in Ihre Firma

einzumischen«, bestätigte Signor Rossi. »Signora Milani, erlauben Sie, dass ich Sie zum Essen einlade? Wir können dann ja während des Mittagessens weitere Einzelheiten besprechen.«

Francesca durchfuhr ein aufgeregtes Kribbeln. Sie wusste, dass die Einladung rein geschäftlich war, doch Francesca bedeutete sie mehr. Es war das erste Mal, dass sie wieder mit einem Mann Zeit verbrachte, den sie anziehend fand. Dabei wusste sie nicht einmal, ob er verlobt war. Einen Ehering trug er nicht, doch das musste ja nicht bedeuten, dass er nicht eine feste Freundin oder Verlobte hatte.

»Sehr gerne«, antwortete sie und ermahnte sich stumm, sich nicht auf ihre romantischen Gefühle einzulassen. Lange Zeit hatte sie gedacht, nach Matteos Tod nie wieder einen Mann lieben zu können, doch inzwischen waren dreieinhalb Jahre vergangen, und auch wenn sie die Liebe zu Matteo immer in sich trug und sicher war, dass sie niemand anderen jemals genauso lieben konnte, so sehnte sie sich in letzter Zeit doch wieder nach Romantik, nach Zärtlichkeit, nach einem Partner, mit dem sie ihre Träume, Sorgen und Erlebnisse teilen konnte.

»Kommen Sie.« Er bot ihr seinen Arm an, nachdem sie in ihren Mantel geschlüpft war.

Wieder umhüllte sie der dezente Duft von Sandelholz und Bergamotte, als sie neben ihm zum Ausgang ging. Er schloss seinen Alfa Romeo auf und hielt ihr die Tür auf. Es war das erste Mal, dass sie in einem Wagen fuhr, der nicht von der Firma Fiat gebaut worden war, und sie stellte erstaunt fest, wie luxuriös die Ledersitze waren, wie vornehm die Innenverkleidung aus Mahagoniholz, und sie bewunderte das Armaturenbrett.

»Gibt es ein bestimmtes Restaurant, in das wir gehen sollen?«, fragte er sie, als er den Wagen gestartet hatte.

Francesca schüttelte den Kopf. »Am besten fahren wir in die Stadt und schauen dann dort.«

»Woher stammen Sie?«, fragte Signor Rossi sie, während sie in Richtung der Innenstadt von Alba fuhren.

Francesca war überrascht, dass er ihr eine private Frage stellte, aber dann berichtete sie ihm von dem Weingut und ihrer Jugend, die sie dort verbracht hatte.

»Unsere Kindheit könnte nicht unterschiedlicher sein«, sagte Signor Rossi und schmunzelte. »Während Sie schon früh haben mithelfen müssen und in einer großen Familie aufgewachsen sind, war ich ein Einzelkind, habe mich von klein auf mit Büchern und Landkarten befasst, mich auf mein späteres Studium vorbereitet, und statt im Weinberg zu spielen, habe ich mit meinen Freunden auf der Straße gekickt. Allerdings viel zu wenig, ich habe immer schon viel Zeit mit Lernen am Schreibtisch verbracht, statt mich mit anderen Kindern zu treffen.«

Signor Rossi parkte seinen Wagen ganz in der Nähe der Via Rattazzi, und sie schlenderten durch die Straßen der Stadt. Francesca erzählte ihm, wie sie nach Alba gekommen war und sich schließlich in Matteo verliebt hatte. Und er berichtete von seinem Studium in Turin und in Rom, von den Freunden, die er dort kennengelernt und mit denen er teilweise noch heute befreundet war, und von den Jahren, die er in verschiedenen Anwaltskanzleien gearbeitet hatte, um Erfahrungen zu sammeln.

Sie setzten sich in ein kleines Restaurant, in dem sie Vitello tonnato und Pasta mit Scorzone aßen. Als sie zwei Stunden später zurück zum Auto gingen, hatte Francesca den Eindruck, Signor Rossi schon seit Jahren zu kennen. Sie wusste, dass er die Berge und das Meer liebte, dass er gern philosophische Bücher las, seine Verlobte vor zehn Jahren – ja, Signor Rossi war tatsächlich schon dreiunddreißig und somit über zehn Jahre älter als Francesca – an einen Deutschen verloren hatte, der ein hochrangiger Nazi und für den Tod vieler norditalienischer Juden verantwortlich gewesen war, dass er sich daraufhin dem Widerstand angeschlossen hatte und dass er gern Weißwein unterm Sternenhimmel trank.

»Danke für diesen wundervollen Mittag«, sagte er, als er ihr auf dem Parkplatz vor der Fabrik die Tür des Alfa Romeos aufhielt. »Ich habe die Zeit mit Ihnen sehr genossen.«

Francesca schirmte mit der Hand die Sonne ab, die um diese Tageszeit unbarmherzig auf den großen Platz schien. »Ich danke Ihnen.«

»Ich werde ein Antwortschreiben aufsetzen, das ich dem Anwalt Ihres Schwagers schicke. Dann müssen wir erst einmal die Reaktion darauf abwarten.« Signor Rossi begleitete sie zum Eingang. »Wenn bis dahin irgendetwas anfällt, bei dem ich Ihnen helfen kann, melden Sie sich bitte jederzeit.«

»*Grazie.*« Francesca lächelte und reichte ihm die Hand.

»*Arrivederci*, Signora Milani.« Signor Rossi sah sie an, und ihre Blicke versanken einen Moment lang ineinander. Dann tippte er sich an den Hut und ging zurück zu seinem Wagen. Francesca sah ihm noch lange nach.

*

April und Mai 1952

In den nächsten Tagen musste sie immer wieder an Signor Rossi denken, während sie ungeduldig darauf wartete, wie der Anwalt ihres Schwagers auf das Antwortschreiben reagieren würde. Durch die Ruhe und Souveränität, die Signor Rossi ausgestrahlt hatte, fühlte sie sich mittlerweile bestens von ihm vertreten. Aber da waren auch so viele andere Empfindungen, die in ihr aufwallten, wenn sie an ihn dachte, was immer häufiger vorkam.

Gleichzeitig machte Valentino ihr und Isabella das Leben zur Hölle. Wann immer sie ihm begegnete, warf er ihr böse Blicke zu oder machte abfällige Kommentare. Isabella begann wütend zu werden, sobald sie Valentino nur sah, und schleuderte ihm freche Bemerkungen um die Ohren. Francesca hatte bereits mehrmals mit Isabella gesprochen und ihr verboten, so mit ihrem Onkel zu sprechen.

»Aber er ist doch auch so frech zu dir«, hatte die Kleine gesagt, und darauf hatte Francesca keine gute Antwort gehabt.

Sie kehrte weniger gern in die Via Rattazzi zurück und fühlte sich zunehmend unwohler. Tagsüber waren sie in der Fabrik einigermaßen sicher. Einmal war Valentino vorbeigekommen, um sich seinen, wie er erklärte, zukünftigen Arbeitsplatz anzuschauen. Doch Signor Viarengo und einige Arbeiter hatten ihm den Zugang zur Fabrikationshalle und auch zu den Büros verweigert, nachdem sie sich bei Francesca erkundigt und erfahren hatten, dass er nicht willkommen war.

Inzwischen war Francesca überzeugter denn je, dass sie aus dem Haus in der Via Rattazzi ausziehen musste, denn auf Dauer war der Zustand nicht zu ertragen. Besonders um Isabella machte sie sich Sorgen, denn ein Kind musste sich zu Hause sicher fühlen. Doch Francesca musste erst abwarten, wie der Streit mit Valentino ausging, denn wenn sie jetzt ein Haus kaufen würde, würde er vermutlich auch darauf Ansprüche erheben.

Am Dienstag in der darauffolgenden Woche, es war inzwischen Mai geworden, erhielt sie einen Anruf von Signor Rossi.

»Wie schön, dass Sie anrufen«, sagte Francesca. Ihr Herzschlag beschleunigte sich. »Gibt es Neuigkeiten?«

»No, leider noch nicht«, sagte der Anwalt, »wir werden uns

wohl noch ein wenig gedulden müssen. Ich rufe aus einem anderen Grund an.«

»So?«, fragte Francesca, die ihre Enttäuschung kaum verbergen konnte, dass es noch keine Reaktion auf ihr Antwortschreiben gab.

»Ich wollte Sie fragen, ob ich Sie zum Abendessen einladen darf«, hörte sie Signor Rossis Stimme.

Francescas Herz schlug noch schneller. Er wollte sich mit ihr treffen? Sie hatte gedacht, dass er nur so freundlich zu ihr gewesen war, weil sie seine Klientin war und er zu allen seinen Klienten freundlich sein musste.

»Signora Milani? Sind Sie noch in der Leitung?«, fragte er, Unsicherheit schwang in seiner Stimme mit.

»Sì, ich ... ich ...«, stotterte Francesca, die noch immer überrascht von der Frage war.

»Hören Sie, ich will Sie in keiner Weise bedrängen, und falls Sie meine Frage als unangemessen empfinden ...«

»No, no, Signor Rossi, das ist es nicht. Ich freue mich, dass Sie mich fragen, ich möchte Sie nämlich ebenfalls sehr gern wiedersehen. Also, privat meine ich, als Klientin werde ich ...« Sie brach ab, als sie merkte, dass sie sich wie eine Idiotin anhören musste.

»Ich freue mich sehr, Francesca. Ich darf Sie doch Francesca nennen?«

»*Naturalmente*«, erklärte sie mit einem Lächeln. »Es ist nur so, dass ich abends ungern weggehe, weil meine Tochter dann allein in der Via Rattazzi bleiben muss. Es ist zwar eigentlich kein Problem, weil meine Schwiegermutter und auch unsere Köchin da sind, die auf sie achtgeben würden, aber es ist wegen meines Schwagers. Er tritt zu Hause brutal auf und droht mir offen, und meine Tochter ist furchtlos. Zu furchtlos, wie ich denke. Ich möchte sie ungern mit ihm allein lassen.«

»Er droht Ihnen?«, fragte Signor Rossi, und sie konnte hören, dass er fassungslos war.

Francesca nickte, bis ihr einfiel, dass er sie ja nur hören und nicht sehen konnte. Schnell sagte sie: »Sì.« Und dann berichtete sie ihm von all den Drohungen, die er ausstieß.

»Francesca, wie lange sind Sie heute noch in der Fabrik?«, fragte er.

»Bis zum Abend, so wie jeden Tag, wieso?«, antwortete sie.

»Ich habe noch einen Termin, dann komme ich bei Ihnen vorbei. Ich habe etwas für Sie.«

Es wurde fünf Uhr, bis Francesca den Alfa Romeo auf den Parkplatz einbiegen sah. Sofort schlug ihr Herz schneller, und ein Kribbeln breitete sich in ihrem Magen aus. Sie eilte ihm entgegen.

»Francesca.« Mit einem warmen Lächeln kam er ihr entgegen und stellt seinen Aktenkoffer ab, bevor er mit beiden Händen ihre ergriff. Einen Moment lang sahen sie sich schweigend an, dann sagte er leise: »Es tut mir leid, dass ich es nicht schneller geschafft habe, aber ich hatte noch Verpflichtungen.«

»Es ist sehr aufmerksam von Ihnen, dass Sie überhaupt gekommen sind«, antwortete Francesca.

»Keineswegs, der Gewinn liegt ganz auf meiner Seite. Ich freue mich, Sie wiederzusehen, wenngleich ich in größter Sorge bin, dass Sie so behandelt werden. Sie hätten mir schon längst Bescheid geben sollen.«

Francesca ergriff seinen dargebotenen Arm und ging neben ihm ins Gebäude. »Sie können mir ja auch nicht helfen.«

»Das stimmt nicht ganz.« Er sah sie an, und sie meinte, Zärtlichkeit in seinem Blick zu erkennen. Oder bildete sie es sich nur ein, weil sie es sehen wollte? Er fuhr fort: »Ich rate Ihnen, Ihren Schwager zu verklagen, wegen Bedrängung, Drohung und Einschüchterung.«

»Was?« Daran hatte Francesca bislang gar nicht gedacht.

»Das ist allerdings nicht ganz einfach, denn man würde Ihnen nicht glauben, weil vor Gericht das Wort eines Mannes meist mehr zählt als das einer Frau. Es sollte nicht so sein, aber leider ist es immer noch der Fall. Und ich nehme an, es gibt keine Zeugen, oder?«

»Nur meine Schwiegermutter«, sagte Francesca nachdenklich, während sie die Tür zu ihrem Büro öffnete. »Und die würde ich ungern in die Situation bringen, gegen ihren eigenen Sohn aussagen zu müssen.«

Signor Rossi nickte. »Verständlich. Ich habe Ihnen daher etwas mitgebracht.« Er öffnete seinen Aktenkoffer, den er auf einen der Stühle vor dem Schreibtisch abgestellt hatte, und holte einen kleinen Kasten hervor.

»Was ist das?« Francesca betrachtete das Gerät interessiert.

»Das ist eins der modernsten Tonbandgeräte, die zurzeit auf dem Markt sind. Ein Minifon«, antwortete Signor Rossi mit einem verschmitzten Lächeln. »Damit können Sie bis zu zweieinhalb Stunden aufnehmen.«

»Damit kann ich etwas *aufnehmen*? Sie meinen, was Leute sagen?« Francesca sah ihn fragend an.

Er nickte lächelnd.

»Wie geht das?«

»Es ist ganz einfach. Sie drücken auf diese beiden Tasten, dann wird aufgezeichnet. Versuchen Sie es mal.« Er reichte ihr das Gerät, und Francesca nahm es zögernd entgegen.

Vorsichtig drückte sie auf die Knöpfe, auf die Signor Rossi gerade gedeutet hatte.

»Und jetzt sagen Sie etwas«, forderte er sie auf.

»Was soll ich denn sagen?«, fragte sie.

»Das reicht schon.« Signor Rossi drückte auf einen anderen Knopf und betätigte dann einen weiteren Schalter. Die

Spulen drehten sich, und dann erklang plötzlich Francescas Stimme. »Was soll ich denn sagen?«

Francesca schlug die Hand vor den Mund, als sie sich sprechen hörte. Erschrocken fragte sie: »So hört sich meine Stimme an?«

Signor Rossi nickte. »Falls es Ihnen gelingen würde, eine der Drohungen Ihres Schwagers aufzuzeichnen, dann hätten wir einen wunderbaren Beweis in der Hand, den wir bei Gericht gegen ihn verwenden können. Eventuell hilft uns das auch bei dem laufenden Rechtsstreit, auf jeden Fall aber, falls Sie gegen ihn klagen wollen. Glauben Sie, dass Sie das hinbekommen? Sie müssen es natürlich heimlich aufnehmen.«

Francesca nickte.

»Der Apparat ist so klein, dass Sie ihn in die Handtasche stecken können, ohne dass er etwas merkt. Sobald Sie ein paar brauchbare Aussagen haben, komme ich wieder und hole das Band ab. Dann werden wir gegen ihn klagen.«

»Vielen Dank.« Francesca nahm das Gerät und lächelte ihn dankbar an.

»Und jetzt lade ich Sie und Ihre Tochter zu Kaffee und Kuchen ein, einverstanden?«

*

Mai 1952

Francesca brauchte fünf Tage, dann hatte sie das Tonband mit Aufnahmen gefüllt. Sie hatte sich angewöhnt, sobald sie nach Hause kam, den kleinen Apparat einzuschalten, den sie in ihrer Handtasche bei sich trug. Und erst wenn sie allein in einem Zimmer war, drückte sie auf die Stopp-Taste.

Als Valentino sie an dem ersten Abend, an dem sie mit ihrer Handtasche zum Abendessen erschien, sah, betrachtete er sie abfällig. »Oh, die Dame trägt neuerdings ihre Besitztümer bei sich. Oder hast du darin eine Waffe versteckt, weil du Angst hast, ich würde über dich herfallen?«

»Valentino!«, sagte die Signora scharf.

Ihr Sohn zwinkerte ihr grinsend zu. »Francesca weiß, dass es nur ein Scherz ist, nicht wahr?«

»*Naturalmente.*« Francesca lächelte, während sie insgeheim feststellte, wie nah er der Wahrheit gekommen war. Ihre Waffe war zwar nicht spitz wie ein Messer oder tödlich wie ein Revolver, aber sie würde ihn hoffentlich ebenso zum Schweigen bringen.

»Ich werde unsere Firma wieder in die Hände eines männlichen Milani bringen, und wenn ich Francesca zerquetschen muss wie eine Fliege, werde ich das tun.«

Francesca versuchte, ihre Zufriedenheit über die ausgesprochene Drohung nicht zu zeigen, während sie aufgenommen wurde.

Auf diese Weise hatte sie sehr schnell mehrere Aussagen von Valentino auf ihrem Tonbandgerät. Dann rief sie in Turin bei Signor Rossi an, mit dem sie und Isabella in der letzten Woche einen wunderschönen Nachmittag und Abend verbracht hatten. Francesca hatte sich gefreut, dass er sich so gut mit Isabella verstanden hatte. Auch Isabella schien Signor Rossi zu mögen, denn sie hatte ihm in einem fort von ihren Freunden in der Kinderstätte der Fabrik und von ihrem bösen Onkel Valentino erzählt.

»Es ist eine ausgezeichnete Idee, dass Sie eine Kinderstätte eingerichtet haben. Auf diese Weise schaffen Sie die besten Voraussetzungen für zufriedene Arbeitskräfte. Und zufriedene Mitarbeiter wiederum sind loyal und werden nicht so häufig krank«, hatte er erklärt und sie mit Bewunderung angesehen.

Unter diesem Blick war Francesca errötet. »Ich habe nur das getan, was ich mir für mich selbst als Angestellte auch gewünscht hätte.«

»Sie sind die bewundernswerteste Frau, der ich je begegnet bin.« Signor Rossi sah sie über den Tisch des Cafés an. »Sämtliche männliche Firmenchefs können viel von Ihnen lernen.«

Jetzt verabredeten sie sich für den nächsten Tag, einen Donnerstag, an dem Signor Rossi am Nachmittag nach Alba kommen wollte. Doch am nächsten Morgen erhielt Francesca einen Anruf seiner Sekretärin, dass Signor Rossi gerade in einem Termin sei, sie jedoch bitte, sofort nach Turin zu kommen, da ein Schreiben vom Gericht eingetroffen sei. Darin wurde Francesca zur Anhörung für nächsten Montag geladen.

Francesca ließ sich sofort nach Turin fahren, wo sie schon von Signor Rossi erwartet wurde. Sie gingen sämtliche Punkte durch, die am Montag wichtig werden konnten, und Signor Rossi erklärte Francesca, was sie genau sagen sollte, damit es vor Gericht Bestand haben würde. Schnell hatte sie begriffen, dass Wörter wie »ungerecht«, »gemein« oder »neidisch« nicht gut wirkten und sie sich ausschließlich an Fakten halten musste.

Das Wochenende verging in einiger Anspannung. Valentino hielt sich mit seinen Bemerkungen nicht zurück, und Isabella war ebenfalls nicht dazu zu bewegen, den Mund zu halten. Ihr Onkel machte sich einen Spaß daraus, das kleine Mädchen zu provozieren, und brachte sie einmal sogar dazu, vor Wut zu kreischen und mit den Füßen aufzustampfen. Das wiederum brachte Isabella einen Tadel ihrer Großmutter ein, die erklärte, eine Dame habe sich nicht so gehen zu lassen.

Francesca atmete daher in mehr als einer Hinsicht auf, als endlich der Montag gekommen war und sie in der Fabrik auf Signor Rossi wartete. Gemeinsam fuhren sie zum Gericht.

Das alte Gerichtsgebäude war im Krieg komplett zerstört worden, und erst vor zwei Jahren war der Neubau fertiggestellt worden. Ein modernes Gebäude, schmucklos und vier Etagen hoch. Signor Rossi führte sie durch mehrere Gänge und blieb schließlich vor einer der vielen Türen stehen. Einen Moment lang passierte gar nichts. Signor Rossi lächelte ihr beruhigend zu. Francesca versuchte sich zu entspannen und zuversichtlich zu sein, aber die Angst nahm ihr fast den Atem. Es stand so viel auf dem Spiel, es ging um ihre Firma, das, was Matteo wichtig gewesen war. Manchmal fragte sie sich, wie Matteo eigentlich zu Valentino gestanden hatte, ob er als Kind auch schon so gewesen war, aber sie hatten in der kurzen Zeit, die sie gemeinsam erleben durften, nur selten über den verschwundenen Bruder gesprochen. Damals war so viel anderes wichtig gewesen, ihre Tage waren mit der Crema Piemontese und dem Aufbau der Fabrik gefüllt gewesen.

In diesem Moment kamen Valentino und Signor Romano den Gang hinunter. Ihr Schwager trug eine der modischen Ballonjacken aus hellem Wildleder, die bestimmt nicht preiswert gewesen war, dazu eine schwarze Anzughose. Er hatte die Hände lässig in die Hosentaschen gesteckt, und als die beiden Männer Francesca und Signor Rossi erreichten, nahm Valentino den Hut ab und nickte beiden übertrieben locker zu.

Sie kamen nicht dazu, Höflichkeiten auszutauschen, da in diesem Moment die Tür geöffnet wurde und sie von einem jungen Mann hineingebeten wurden.

Francesca fand sich in einem schmucklosen Raum wieder, der kleiner war, als sie angenommen hatte. Wenige Stuhlreihen befanden sich hintereinander, davor waren zwei Tische aufgestellt, an denen jeweils weitere drei Stühle standen, und auf einem Podest davor war das Richterpult.

Signor Rossi führte Francesca an einen der beiden Tische,

während Valentino mit dem Familienanwalt der Milanis an dem anderen Platz nahm.

Signor Rossi holte einige Aktenmappen aus seinem Koffer hervor und legte sie auf den Tisch.

In diesem Moment betrat der Richter den Raum, unschwer an seiner schwarzen Robe zu erkennen und der weißen Lockenperücke, die er wie einen Hut auf seinem Kopf trug. Erst jetzt bemerkte Francesca, dass Signor Rossi und Signor Romani ebenfalls solche Perücken aufgesetzt und schwarze Roben übergezogen hatten. Trotz oder vielleicht gerade wegen der Anspannung hätte sie beinahe lachen müssen, weil es wie eine Verkleidung wirkte.

Nach dem Richter, der inzwischen Platz genommen hatte, betraten zwei weitere Personen in Roben den Raum und nahmen rechts und links von ihm Platz. Einer von ihnen war ein Stenotypist, wie Francesca erkannte, als er auf einer kleinen Maschine zu tippen begann.

Der Richter eröffnete die Sitzung und trug die Klage von Valentino Milani vor. Dann erhielt Signor Rossi die Gelegenheit, im Namen seiner Mandantin darauf zu antworten.

Während er sprach, beruhigte Francesca sich. Signor Rossi traf die richtigen Worte und fasste alles in perfekter Weise zusammen.

Anschließend erwiderte Signor Romani, aber Francesca fand die Argumente wenig überzeugend, die im Wesentlichen darin bestanden, dass der Erfolg von Francescas Firma ohne den guten Namen der Milanis nicht möglich gewesen wäre.

Signor Rossi warf ein, dass die Firma aufgrund von Francescas Geschäftsidee, die aus der Not heraus geboren war, weil es zu wenig Schokolade gegeben hatte, der Grund für den Erfolg gewesen wäre.

Der Richter nickte schließlich und sah Francesca und dann

Valentino einen Moment lang eingehend an. »Ich folge Ihrer Argumentation, Signor Romani, dass Signora Milani ohne die Startbedingungen, die sie durch die Familie Milani hatte, voraussichtlich nicht in der Lage gewesen wäre, ihr Unternehmen aufzubauen.«

Francesca wurde eiskalt.

Valentino stieß einen zufriedenen Laut aus und warf Francesca ein abfälliges Grinsen zu.

»Ich muss jedoch berücksichtigen, dass Signora Milani und ihr verstorbener Mann in der Tat ein hoch verschuldetes Unternehmen geerbt haben, das sie durch Geschäftssinn und weitsichtige Ideen aus der Krise geführt und in eine neue Zukunft gesteuert haben«, fuhr der Richter fort. »Der Aufbau der Fabrik ist getrennt von dem Betrieb des Café Alba zu betrachten. Hier hat Signor Valentino Milani keinerlei Rechte zu beanspruchen.«

Francesca atmete erleichtert auf.

Valentino ließ die flache Hand auf den Tisch sausen. »Was soll das …?«

Der Richter schlug mit einem kleinen Hammer auf den Tisch. »Ruhe!«

Signor Romani legte Valentino beruhigend die Hand auf den Arm und warf ihm einen ermahnenden Blick zu.

»Signor Rossi hat in seiner Aufstellung verdeutlichen können, dass sämtliche Anschaffungen, die mit dem neuen Unternehmen zu tun haben, erst nach der Erbschaft von dem verstorbenen Vater der beiden Brüder getätigt wurden. Somit bleibt die Firma unberührt, und ich sehe auch keinen Verstoß darin, dass Signora Milani den Namen Milani als Firmennamen führt, schließlich ist es ihr rechtmäßiger Ehename. Etwas anders verhält es sich mit dem Café Alba und dem Haus in der Via Rattazzi. Hier ist Valentino Milani zu entschädigen beziehungsweise geht die Hälfte des Besitzes an ihn.«

»Nur die Hälfte?«, rief Valentino und sprang auf. »Ich will auch an der Fabrik beteiligt sein, das ist schließlich Teil des Unternehmens.«

Wieder schlug der Richter mit seinem Hammer auf den Tisch. »Wenn Sie mich fragen, können Sie mit diesem Urteil sehr zufrieden sein, schließlich hat Ihre Schwägerin hervorragend gewirtschaftet. Hätten Sie zum Zeitpunkt des Todes Ihres Vaters geerbt, wären es nur Schulden gewesen. Inzwischen macht das Café Alba einen beträchtlichen Jahresumsatz. Hinzu kommt das Wohnhaus, das Ihnen ja auch zur Hälfte gehört.«

»Aber Sie können es doch nicht gutheißen, dass eine Frau das Familienunternehmen führt!«, rief Valentino aufgebracht.

»Ich muss doch sehr bitten.« Der Richter klopfte wieder mit seinem Hammer auf den Tisch. »Ich schließe hiermit offiziell die Sitzung. Gegen das Urteil können beide Parteien Einspruch einlegen.« Er stand auf. »Jetzt will ich, sozusagen privat, gern auf Ihre Bemerkung eingehen. Ja, ich halte es auch für falsch, dass Frauen in der Geschäftswelt tätig sind, aber nicht, weil ich es ihnen nicht zutraue, Ihre Schwägerin hat das Gegenteil bewiesen, sondern weil sie zu Hause gebraucht werden. Wohin soll uns all das führen, wenn auch Frauen arbeiten gehen? Wer erzieht unsere Kinder, wer überwacht den Haushalt, wer unterstützt den Mann, während er die Familie versorgt? Natürlich sind das besorgniserregende Entwicklungen, aber Ihre Schwägerin befand sich in einer Notsituation. Ihr Gatte war verstorben, Sie waren für tot erklärt worden, was hätte sie denn tun sollen?«

»Verkaufen«, rief Valentino. »Es gab ja Angebote. Mit einem der Interessenten stehe ich jetzt in Verhandlung.«

»Damit widersprechen Sie sich ja selbst«, erklärte der Richter und griff nach einer Mappe, die vor ihm auf dem Tisch lag. »Denn dann gäbe es keinen Milani-Familienbetrieb mehr, der Ihnen anscheinend ja so sehr am Herzen liegt.«

Der Richter verließ den Raum, ohne auf die Proteste Valentinos weiter einzugehen.

»Wir sind noch nicht fertig«, wandte er sich nun an seine Schwägerin. »Du hast es gehört, das Haus in der Via Rattazzi gehört mir.«

»Zur Hälfte«, entgegnete Francesca.

Valentino wischte ihren Einwand mit einer Handbewegung fort. »Ebenso wie das Café Alba.«

Signor Rossi räusperte sich. »Ich schlage vor, dass Sie einen Weg finden, respektvoll miteinander umzugehen. Denn der gemeinsame Besitz und die Verantwortung für das Café Alba machen es erforderlich, dass Sie zusammenarbeiten.«

»Ich übernehme ab sofort die Leitung des Café Alba. Solltest du noch irgendwelche Unterlagen dazu in deiner Fabrik haben, dann solltest du sie sofort herausgeben«, sagte Valentino.

»Das Café Alba lag Matteo sehr am Herzen, und es ist auch mir wichtig. Ich möchte ebenfalls Entscheidungen treffen können«, sagte Francesca.

»Du hast Glück gehabt, dass du die Firma so einfach zugesprochen bekommen hast, die eigentlich aus der Milani-Familie heraus entstanden ist. Du solltest also den Mund nicht zu weit aufreißen, denn sonst könnte es sein, dass du am Ende alles verlierst.« Valentino grinste.

»Was wollen Sie damit sagen?«, fragte Signor Rossi.

Valentino zuckte mit den Schultern und folgte seinem Anwalt. Er wandte sich noch einmal um. »Ich will gar nichts sagen. Aber es wäre doch jammerschade, wenn die schöne Fabrik beispielsweise ein Opfer der Flammen werden würde oder wenn deine süße Tochter verschwinden würde.«

»Ich warne dich.« Francescas Körper versteifte sich vor Wut und Angst. »Wenn du Isabella irgendetwas antuen solltest, werde ich dir das Leben zur Hölle machen.« Sie ballte die Hände zu Fäusten und machte einen Schritt auf Valentino zu, der schon beinahe den Ausgang erreicht hatte.

Signor Rossi hielt sie am Arm zurück. »Nicht! Genau das will er ja erreichen. Die Verhandlung ist nicht so gelaufen, wie er es sich erhofft hat, und nun will er seine Macht demonstrieren.«

Valentino warf ihnen noch einen letzten hasserfüllten Blick zu und folgte dann seinem Anwalt, der schon längst den Raum verlassen hatte.

Francesca atmete tief durch. »Das mag ja alles sein, aber das Café Alba ist mir sehr wichtig. Valentino hat sich in den letzten Jahren nicht bei seinen Eltern gemeldet, er hat sie nicht einmal wissen lassen, dass er noch lebte. Ich glaube ihm nicht, dass der Familienbetrieb ihm etwas bedeutet.«

»Das glaube ich auch nicht.« Signor Rossi suchte seine Sachen zusammen und schob die Ordner dann in seine Aktentasche. »Er hat sich vom Geld anlocken lassen. Ihr Erfolg mit der Fabrik ist ihm von Ihrem Konkurrenten mitgeteilt worden, und er ist aus diesem Grund zurückgekehrt.«

»Weil er versucht hat, seinen Vorteil daraus zu schlagen«, sagte Francesca. »Ich habe keine Kraft mehr, zu kämpfen. Vielleicht sollte ich meinen Anteil an dem Haus und dem Café an Signor Bianco verkaufen. Dann sollen die beiden sich gegenseitig die Köpfe einschlagen, mir kann es gleich sein.«

»Wieso nicht? Ich halte das für keine schlechte Idee.« Signor Rossi hatte Robe und Perücke wieder ausgezogen und alles in seine Tasche gesteckt.

Francesca schüttelte den Kopf. »Meine Schwiegermutter hängt sehr an dem Haus. Und auch unsere alte Köchin. Ich würde beide sehr ungern Valentino ausliefern. Und auch Matteo waren das Haus und das Café wichtig.«

Signor Rossi reichte Francesca seinen Arm, und sie machten sich auf den Weg aus dem leeren Gerichtssaal. »Ihr Schwager ist nicht zurückgekehrt, weil er das Café leiten will. Er hat geglaubt, dass Sie leichte Beute seien und ihm freiwillig die Firmenleitung Ihres erfolgreichen Unternehmens überlassen.«

»Es würde mich nicht wundern, wenn Signor Bianco ihn geschickt hat, dieses Theater zu veranstalten, um dann, wenn ich meinem Schwager die Geschicke der Azienda Milani überlassen hätte, von Valentino alles zu kaufen«, überlegte Francesca grimmig, und ihre Worte machten erstaunlich viel Sinn. »Er versucht seit Jahren, an den Betrieb zu gelangen, und Valentino scheint nur am Geld interessiert zu sein.«

Signor Rossi sah sie von der Seite an, während sie durch die Gänge des Gerichts zum Ausgang liefen. Ihre Schritte hallten von den Wänden wider. »Er hat bestimmt nicht damit gerechnet, dass Sie sich so stark zur Wehr setzen würden. Valentino kannte Sie ja nicht und hat vermutlich angenommen, jetzt, wo ein männlicher Milani zur Leitung des Unternehmens fehlt, würden Sie und Ihre Schwiegermutter ihm mit Freude die Geschäfte überlassen. Und dann hätte er an Signor Bianco verkauft und wäre mit dem Geld wieder verschwunden.«

»Aber was soll ich denn jetzt tun?«, fragte Francesca. »Auch wenn die Fabrik gerettet ist, muss ich das Café mit ihm gemeinsam führen. Und ich habe keine Zeit und Kraft, mich ständig mit ihm und seinen Forderungen auseinanderzusetzen.«

»Sie sind eine starke Frau, und Ihr Schwager hat, wie gesagt, kein ernsthaftes Interesse an der Leitung des Cafés. Ich glaube, dass Sie die Sache aussitzen können.« Signor Rossi lächelte. »Ich schlage vor, wir unterhalten uns beim Mittagessen in Ruhe darüber.«

Sie fuhren zu einer kleinen Trattoria, außerhalb von Alba, wo sie sich an einen Tisch im Schatten auf der Terrasse setzten, von dem aus sie eine wunderbare Aussicht über die umliegenden Weinfelder hatten. Dort nahm Signor Rossi die Unterhaltung wieder auf.

»Sie haben meines Erachtens zwei Möglichkeiten. Entweder Sie ziehen sich komplett zurück, lassen ihn wirtschaften und kontrollieren nur regelmäßig seine Arbeit.« Signor Rossi trank einen Schluck Wein. »Irgendwann wird er vermutlich die Lust an der Sache verlieren und wieder verschwinden.«

»Er würde das Café Alba niemals so führen können wir ich«, warf Francesca ein. »Und sobald er die Rezepte kennen würde, würde er sie bestimmt weiterverkaufen und unser Geschäft ruinieren.«

»Sie sollten auf jeden Fall sofort Ihre persönlichen Rezepte aus dem Café Alba zurückziehen und die Mitarbeiter zur Geheimhaltung verpflichten.«

»Das haben wir schon getan. Matteo und ich haben schon vor Jahren sämtliche Angestellten Verträge unterschreiben lassen und auch beim Amt unsere Rezepte patentieren lassen.«

»Sehr gut.« Signor Rossi drehte nachdenklich sein Weinglas hin und her. Dann sah er sie entschlossen an. »Sie haben eine zweite Möglichkeit, nämlich den Angriff.«

»Das hört sich gut an.« Francesca lachte. »Was muss ich tun?«

»Nun, Sie haben ja bereits die Drohungen auf Band gesammelt. Ich bin gerade Zeuge der Drohungen durch Ihren Schwager geworden. Das bedeutet, wir haben einiges in der

Hand, um ihn zu verklagen und deutlich zu machen, dass Sie das Haus und das Café Alba nicht mit ihm teilen können. Daher klagen Sie auf alleinige Nutzung der Immobilie und die alleinige Geschäftsführung, aber Sie müssen Ihren Schwager natürlich regelmäßig an den Gewinnen beteiligen, falls Sie mit dieser Forderung durchkommen sollten.«

»Das hört sich sehr gut an und ist genau das, was ich möchte«, antwortete Francesca.

»Prima, dann werde ich morgen sofort die Klage vorbereiten.« Signor Rossi hielt ihr das Glas entgegen. »Darauf trinken wir.«

Francesca stieß mit ihm an. Nachdem sie ihr Glas wieder abgesetzt hatte, lehnte sie sich auf dem Stuhl zurück und ließ ihren Blick über die Weinreben wandern. In der Ferne glitzerte der Tanaro im Sonnenlicht. »Ich sollte eigentlich erleichtert sein, weil die Fabrik ganz eindeutig mir zugesprochen wurde. Und doch habe ich ein ungutes Gefühl …«

Signor Rossi nickte nachdenklich. »Ihr Schwager hat eine gewisse Art an sich, die einen erschaudern lässt. Er ist so voller Wut und Hass. Die Drohungen, die er ausstößt, gehen Ihnen verständlicherweise nahe.«

Francesca nickte. Sie war tatsächlich unsicher, wie ernst sie Valentino nehmen sollte und ob er ihr, der Firma oder Isabella tatsächlich gefährlich werden würde.

In den nächsten Tagen blieb zunächst jedoch alles ruhig. Francesca konnte endlich wieder ganze Tage in der Backstube verbringen und neue Rezepte ausprobieren. Auch wenn ihr Valentino und seine Drohungen nicht ganz aus dem Kopf gingen, war die größte Gefahr abgewendet. Er würde niemals Mitspracherecht an ihrem Unternehmen bekommen. Dennoch war natürlich der Gedanke daran, dass er das Café Alba an sich reißen könnte, unerträglich genug, denn Francesca ahnte, dass er damit nicht verantwortungsbewusst umgehen, sondern einzig und allein an seinem eigenen Profit interessiert sein würde.

*

Mai 1952

Als sie am Freitagabend mit Isabella in die Via Rattazzi kam, riss Valentino die Tür zur Diele auf, sobald sie den oberen Treppenabsatz erreicht hatten.

»Was soll das?« Er fuchtelte wild mit einem Brief vor Francescas Gesicht herum.

Sie zog die Augenbrauen zusammen. Anscheinend war der Brief von Signor Rossi angekommen. »Ich weiß nicht, was das ist, und kann dir folglich auch nicht beantworten, was du wissen willst.«

»Du wagst es, mich zu verklagen?«, schrie er und baute sich drohend vor Francesca auf.

»Du sollst nicht schreien«, ließ sich Isabellas Stimmchen vernehmen. Sie hatte ihren Zeigefinger erhoben und wackelte damit hin und her.

»Isabella, geh bitte in die Küche, ich bin gleich bei dir«, wies Francesca ihre Tochter an. Insgeheim bewunderte sie die Kleine dafür, dass sie sich nie einschüchtern ließ, war aber zugleich auch besorgt, dass das lose Mundwerk ihrer Tochter sie noch in Schwierigkeiten bringen könnte.

»Aber nicht mehr schreien«, erklärte Isabella und warf Valentino einen strengen Blick zu.

Wäre die Situation nicht so angespannt gewesen, hätte Francesca lächeln müssen.

Valentino beachtete das Mädchen nicht weiter, sondern wandte sich an Francesca. »Mit dieser albernen Klage kommst du nicht durch.«

Francesca sah ihrer Tochter nach, die hüpfend in Richtung Küche verschwand. Dann zuckte sie mit den Achseln. »Ich habe Beweise.«

»Das steht hier«, rief er aufgebracht. »Aber was sollen das für Beweise sein?«

»Tonaufnahmen deiner Drohungen. Ich trage immer einen Aufnahmeapparat mit mir herum, um alles dokumentieren zu können.« Sie hatten das Gerät zwar längst an Signor Rossi zurückgegeben, aber es würde bestimmt nicht schaden, wenn Valentino glaubte, nach wie vor abgehört zu werden.

»Du kleine …« Er brach ab und stapfte wütend ins Arbeitszimmer davon.

Francesca sah ihm nach. Diese Schlacht hatte sie wohl gewonnen, aber der Krieg war noch lange nicht ausgestanden. Valentino würde bestimmt nicht so einfach aufgeben. Oder hatte sie ihn endlich in seine Schranken gewiesen?

Die Antwort erhielt sie zwei Tage später, als sie mitten in der Nacht vom Klingeln des Telefons geweckt wurde.

»Signora Milani«, hörte sie die Stimme ihres Nachtwächters, der die Fabrik beaufsichtigte. Schlagartig war sie wach. »Soeben ist ein Feuer ausgebrochen, jemand hat eine Scheibe eingeworfen und Benzin in die Halle geschüttet. Das wurde entzündet, aber ich habe den Brand selbst löschen können, weil ich zufällig das Klirren der zerbrochenen Scheibe gehört habe.«

»Wie groß ist der Schaden?«, fragte Francesca erschrocken.

»Es ist nicht viel passiert. Die Scheibe muss ersetzt werden. Die Scherben fege ich zusammen, an den Maschinen ist nichts passiert.«

»Ich danke Ihnen.« Francesca seufzte. »Sie haben sehr gut reagiert. Morgen werden wir uns Gedanken machen, wie wir das Unternehmen besser schützen können.«

Nachdem sie aufgelegt hatte, schlich sie leise über den Flur zu Valentinos Zimmer. Vorsichtig öffnete sie die Tür und sah hinein. Das Bett war leer und unberührt, ihr Schwager schien nicht zu Hause zu sein.

Am nächsten Tag rief sie Signor Rossi an, um ihn über den nächtlichen Vorfall zu unterrichten. Sie ließ ein neues Fenster einbauen und besprach sich mit Signor Viarengo.

»Vielleicht sollten wir eine hohe Mauer um das gesamte Firmengelände bauen lassen, mit drei Toren. Diese Zugänge können leichter überwacht werden als ein so großer offener Bereich«, erklärte sie dem Vorarbeiter. Schon länger hatte sie über diese Mauer nachgedacht, es wurde Zeit, sie endlich zu errichten, zum Schutz der Firma und der Mitarbeiter.

Signor Viarengo nickte zustimmend.

Also ließ Francesca von ihrem Architekten eine vier Meter hohe Mauer planen, mit drei großen Zugangsbereichen, die durch Schranken abgesperrt werden konnten.

Inzwischen hatte Valentino die Leitung des Café Alba an sich gerissen. Die Kellnerinnen, die zum Teil seit mehr als zwanzig Jahren im Café arbeiteten, hatte er entlassen und stattdessen junge Frauen eingestellt, die vollkommen unerfahren, aber besonders gut aussehend waren.

Angeführt von Angelina, wandten sich die geschockten, entlassenen Mitarbeiterinnen glücklicherweise sofort an Francesca, die ihnen allen eine Stelle in der Fabrik gab und versprach, sie so bald wie möglich wieder im Café Alba einzustellen.

*

Juni 1952

Es war bedeckt, als endlich der Tag der Verhandlung da war, an dem es um Francescas Klage gegen Valentino gehen sollte. Francesca war seit Tagen bedrückt, ihr graute davor, all die Übergriffe ihres Schwagers öffentlich machen zu müssen. Aber sie wusste, wie wichtig es war, sich zu wehren, und dass es zudem die einzige Möglichkeit war, das Café Alba vor Valentino zu retten, der es mit Sicherheit so schnell wie möglich an Signor Bianco verkaufen wollte. Wieder fuhren Signor Rossi und Francesca zum Gericht, und wieder fanden sie sich in einem ähnlichen Raum wie beim letzten Mal wieder. Der Richter war ein älterer, streng aussehender Mann, der sich die Anklage, die Signor Rossi vortrug, schweigend anhörte. Francesca vermied es, Valentino anzuschauen. Es war kaum auszuhalten, sich Signor Rossis Schilderungen anhören zu müssen, es war, als erlebte Francesca die Brutalität ihres Schwagers ein weiteres Mal. Als Beweismittel wurden die Tonbänder zugelassen, die Francesca heimlich aufgenommen hatte. Am liebsten hätte sie sich die Ohren zugehalten. Nach den ersten Minuten hatte der Richter genug gehört. Francesca war beinahe erleichtert, als der Mann erklärte, auf weitere Bänder verzichten zu wollen. Signor Romani hatte Gelegenheit, auf die Klage einzugehen, und las eine Stellungnahme seines Mandanten vor, in der Valentino erklärte, nie eine der Drohungen ernst gemeint zu haben. Er habe lediglich verdeutlichen wollen, wie wichtig ihm der Familienbetrieb war. Francesca konnte nur mit Mühe ein verächtliches Schnauben unterdrücken. Wenn eines sicher war, dann, dass der Familienbetrieb Valentino vollkommen egal war. Ihn interessierte nur sein eigener Vorteil. Hoffentlich würde das Gericht das auch erkennen.

Der Richter zog sich zurück und wollte nach einer Stunde das Urteil verkünden.

Signor Rossi und Francesca verließen das Gebäude, um währenddessen einen Spaziergang durch den Park zu machen, der hinter dem großen Bau angelegt worden war. Noch immer war der Himmel wolkenverhangen, doch an einigen Stellen konnte man die Junisonne erahnen. Francesca war übel. Was würde geschehen, wenn der Richter ihre Klage ablehnte? Sie stieß mit der Schuhspitze gegen einen Kieselstein, der auf dem Weg lag. Vermutlich würde das das Ende des Café Alba bedeuten. Valentino würde insistieren, bis Francesca einem Verkauf zustimmte. Würde sie sich weigern, fände er mit Sicherheit eine Möglichkeit, den Betrieb in den Konkurs zu treiben.

Angespannt folgte sie Signor Rossi nach einer Stunde wieder in den Gerichtssaal. Kurz darauf kehrte auch der Richter zurück, um das Urteil zu verkünden.

Francescas Herz schlug bis zum Hals, ihr Mund war trocken. Sie dachte an Matteo und versprach ihm in Gedanken, alles dafür zu tun, sein Erbe zu retten.

Francesca lauschte mit angehaltenem Atem den Worten des Richters: »In Anbetracht der ausgesprochenen Drohungen gebe ich der Klägerin recht, dass es unzumutbar ist, wenn sie gezwungen ist, mit Signor Valentino Milani zusammenzuarbeiten. Die Klägerin soll also den Betrieb führen und das Haus bewohnen und dem Beklagten regelmäßig seinen Anteil auszahlen.«

Erleichterung durchflutete sie. Sie sackte in sich zusammen und schickte ein Dankesgebet zum Himmel. Es war geschafft! Sie hatte für das Café Alba gekämpft und gewonnen. Matteo wäre stolz auf sie.

»Was sagen Sie da?« Valentino sprang erzürnt auf. »Haben sich denn hier alle gegen mich verschworen?«

Der Richter schlug mit dem Hammer auf sein Pult und beendete die Sitzung.

Francesca ignorierte Valentinos Beschimpfungen und folgte Signor Rossi aus dem Gerichtsgebäude hinaus. Sie hoffte, Valentino von nun an nicht mehr sehen zu müssen. Sie würde ihm seine Schecks mit dem ihm zustehenden Gewinn schicken, aber sie wollte ihn nicht mehr um sich herum ertragen müssen. Ihre Knie waren weich, als sie auf den Parkplatz trat. Mit letzter Kraft schleppte sie sich zum Wagen.

»*Grazie*, Signor Rossi«, lächelte Francesca, als sie wieder in dem Alfa Romeo saßen und zurück zur Fabrik fuhren. »Es scheint, als hätten Sie recht behalten und mir einen sehr guten Rat gegeben.«

»Sie verdanken sich all das selbst.« Signor Rossi warf ihr einen kurzen Blick zu. »Ich glaube, keine andere Frau hätte es gewagt, diese Schritte zu gehen. Sie behaupten sich großartig in einer Welt, die eigentlich von Männern beherrscht wird. Ich bin froh, dass ich Sie kennenlernen durfte.«

Francesca spürte, wie ihr das Blut in die Wangen schoss.

Eine Weile fuhren sie schweigend durch die Landschaft. Der Himmel war aufgeklart, die Sonne schien auf die sanften Hügel des Piemonts und tauchte sie in warmes Licht. Signor Rossi lenkte den Wagen jedoch nicht zur Fabrik, sondern zu der kleinen Trattoria, in der sie das letzte Mal auch schon essen gewesen waren.

»Ich möchte Sie zur Feier des Tages einladen«, sagte er lächelnd, als er ihr die Tür des Wagens öffnete.

»Ich sollte *Sie* einladen«, lächelte Francesca und ließ sich von ihm aus dem Alfa Romeo helfen. »Sie haben mir schließlich eine große Last von der Seele genommen.«

»Francesca.« Signor Rossi hielt sie auf, als sie zu der kleinen Trattoria gehen wollte. »Ich habe mich in Sie verliebt.«

Francesca sah ihn überrascht an, unfähig, etwas zu entgegnen.

»Das habe ich Ihnen schon so lange gestehen wollen, aber ich musste natürlich erst die Gerichtstermine abwarten, denn ich wollte Sie nicht in eine unangenehme Lage bringen. Es ist ja schließlich möglich, dass Sie mich abweisen, und dann wäre die Situation sehr unangenehm geworden. Aber jetzt kann ich nicht mehr länger schweigen. Sie sind die schönste, stärkste und ungewöhnlichste Frau, die ich kenne.«

Francesca Bauch begann zu kribbeln, ihr Herzschlag beschleunigte sich, und ein warmer Schauer überlief sie. Sie lächelte und legte ihre Hand in seine. Dann zog sie ihn vorsichtig zu sich heran und antwortete ihm, indem sie sich zu ihm neigte. Seine Augen blickten sie voller Zärtlichkeit und Verlangen an. Ihre Lippen näherten sich einander, und als sie miteinander verschmolzen, gab sie sich ganz diesem Augenblick hin, der sich auszudehnen und gleichzeitig zu schrumpfen schien. Seine Lippen waren warm und weich, einen Moment lang schien er zu zögern, dann schloss er seine Arme um Francesca. Sie sog seinen Duft nach Sandelholz und Bergamotte ein und spürte seine warme Haut.

Irgendwann lösten sie sich voneinander und blickten sich an.

»Das war also deine Antwort auf mein Geständnis?«, fragte er lächelnd. »Ich muss sagen, dass sie meine kühnsten Träume übertroffen hat.«

Er legte seinen Arm um Francesca, und sie schmiegte sich glücklich an ihn.